BASTEI LÜBBE

Von Katherine Sutcliffe erschienen bei BASTEI-LÜBBE:

11 647 Wie Feuer im Blut
11 672 Insel der Leidenschaft
11 681 Geliebter Verräter
11 692 Wenn der Haß erlischt
11 776 Verführung am Amazonas
11 847 Fieberträume
12 051 Meine einzige Liebe
12 348 Verbotene Sehnsucht

Katherine Sutcliffe

Im Sturm der Gefühle

Aus dem Englischen
von Bodo Baumann

BASTEI
LÜBBE

BASTEI-LÜBBE-TASCHENBUCH
Band 12 463

Deutsche Erstveröffentlichung
Titel der amerikanischen Originalausgabe:
Miracle

Printed in France November 1996
Einbandgestaltung: Franz Wöllzenmüller
Satz: hanseatenSatz-bremen, Bremen
Druck und Bindung: Brodard & Taupin, La Flèche
ISBN 3-404-12463-4

Dem Trainer meiner Pferde gewidmet:
Mark Jamieson von Trademark Farms, Manor/Austin, Texas, der sich so rührend und hingebungsvoll um meine schönen Araber kümmert und mich jedesmal mit Stolz erfüllt, wenn er sie bei Turnieren vorstellt;
der mir hilft, einen meiner größten Träume zu erfüllen. Du bist einer der Besten in dieser Branche, ein vorbildlicher Profi, der seine Pferde mit dem Respekt und der Zuneigung behandelt, die sie so sehr verdienen.
Ich bin glücklich, dich gefunden zu haben.

Auch bei seinen großartigen Pflegerinnen möchte ich mich bedanken:
Kiki Pantaze, Alison Cowden und Catherine Pipkin.
Drei wunderbare Damen, die hart arbeiten, damit die Pferde gesund bleiben, sich wohl fühlen und mit Eifer bei der Sache sind, wenn sie vorgestellt werden.
Wir wüßten nicht, wie wir ohne euch zurechtkommen sollten.

Ehe und Liebe haben nichts gemeinsam. Wir heiraten, um eine Familie zu gründen; und wir gründen eine Familie, damit die Gesellschaft fortbesteht. Die Gesellschaft kann nicht auf den Ehestand verzichten. Wenn die Gesellschaft eine Kette ist, dann ist jede Familie ein Glied in dieser Kette. Um diese Glieder zu schmieden, sind wir stets auf der Suche nach einem dafür geeigneten Metall. Wenn wir heiraten, müssen wir die gleichen Konventionen zusammenbringen; wir müssen die Vermögen zusammenlegen, gleichrangige Geschlechter miteinander verbinden und für das gemeinsame Interesse arbeiten, das aus Reichtum und Kindern besteht.

Aus ›Ratschläge einer Großmutter‹ von Guy de Maupassant

Prolog

Basingstoke Hall, Salisbury, England

1800

Ah, diese Hochzeiten! Was für eine *glorreiche* Tradition. Was für ein *Pomp!* Was für *Umstände!*

Und was für ein königlicher Schmerz im *derrière.*

Die Herzoginwitwe von Salterdon sah über die kunstvoll angelegte Parklandschaft hin, die zum Wohnsitz ihres Enkelsohnes gehörte; beobachtete die hin- und hereilenden Lakaien – es mußten mindestens hundert sein –, die damit beschäftigt waren, buntgestreifte Sonnenzelte zu errichten, Dutzende von Tischen für das Bankett aufzustellen, lange Reihen von Polsterstühlen aufzubauen und eine Vielzahl von blühenden Topfpflanzen entlang des Ganges zu verteilen, der, mit roten Teppichen ausgelegt, zu einer Plattform vor dem fernen Springbrunnen mit den sich aufbäumendenen Marmorpferden führte. Der Springbrunnen war jetzt abgestellt, aber das leere Bassin würde sich bald mit sprudelndem Champagner füllen – mit genügend Champagner, daß die fünfhundert Gäste, die sie eingeladen hatte, um dieses überaus glückliche Ereignis mitzuerleben, sich einen Rausch antrinken konnten.

So weit, so gut.

Mit einem Seufzer ging sie in den riesigen Salon zurück und ließ den Blick ihrer scharfen Augen über die Einrichtung gleiten, während sie dem Stimmengemurmel ihrer Enkelsöhne lauschte, die sich in der angrenzenden Zimmerflucht befanden. Bis jetzt hörten sich ihre Stimmen ja noch freundlich genug an. Trey, ihr ältester Enkelsohn und somit Erbe des Herzogtums, nachdem sein Vater vor so vielen Jahren auf tragische Weise ums Leben gekommen war, würde Clayton, den jüngeren Bruder, jetzt wohl einen Drink anbieten und eine Portion Schnupftabak; ihm dann vielleicht noch einen oder zwei etwas pikante Witze erzählen, bevor sie sich ernsthaft in die Wolle geraten würden. Sie konnte, während sie an der Wand lauschte, das Bild der beiden mühelos vor ihrem inneren Auge heraufbeschwören, die sie von dem Augenblick an, als sie vor dreißig Jahren im Abstand von wenigen Minuten das Licht der Welt erblickt hatten, vergötterte.

Wer hätte an jenem schönen Frühlingstag schon wissen können, daß ihre Mutter, als ihre Wehen einsetzten, zwei eineiige Zwillingsbrüder zur Welt bringen würde?

»Preiset Gott dafür, daß er uns mit zwei so schönen und kräftigen Jungen gesegnet hat!« hatte der Herzog (der Sohn der Herzoginwitwe) damals ausgerufen und die Kinder daraufhin total verzogen.

Wer hätte sich vorstellen können, daß zwei so reizende Knaben mit so unschuldigen Engelsgesichtern, strahlenden grauen Augen und einem Lächeln, das selbst Eisen zum Schmelzen bringen konnte, sich zu so schrecklichen Rabauken entwickeln würden, die, bewußt oder unbewußt, derartig schlimme Sachen anstellten, daß selbst die abgebrühtesten Klatschbasen ungläubig die Köpfe schüttelten?

Wer würde wohl gedacht haben, daß sie, die Herzogin von Salterdon, im Alter von sechzig Jahren, als sie sich schon darauf freute, sich auf dem Land zur Ruhe setzen zu können, wo sie möglicherweise in Frieden sterben konnte (sobald der barmherzige Gott beschloß, daß es nun Zeit für sie sei, von der Bühne abzutreten), sich von einem Tag auf den anderen durch den plötzlichen und viel zu frühen Tod der Eltern der beiden Jungen dazu verpflichtet sah, die Erziehung dieser ›arroganten Monster‹, wie deren zahlreiche Kinderschwestern und Gouvernanten sie zu bezeichnen pflegten, in den stürmischen Jahren der Pubertät zu übernehmen.

Nicht, daß diese Jahre *nur* eine einzige Leidenszeit für sie gewesen wären.

Die Herzogin schniefte, tupfte sich mit ihrem parfümierten, monogramm-bestickten Taschentuch die Nase ab, neigte den Kopf ein wenig zur Seite und legte nun das Ohr an die Wand, damit sie das Gespräch der beiden im Nachbarzimmer besser verfolgen konnte. Sie zog eine Braue in die Höhe, als dort das Stimmengemurmel plötzlich abriß. *Jetzt ist es wohl so weit*, dachte sie und begab sich rasch zu einem der anderen Fenster, von dem aus sie die Aktivitäten am Ende des Westflügels beobachten konnte, wo sich der Wintergarten befand, der, von einem Liebhaber des Fin de Siècle vor hundert Jahren errichtet, sich eher ausnahm wie die Miniaturausgabe einer gotischen Kathedrale mit seinem Hauptschiff, den Seitengängen, den gebündelten kannelierten Säulen und dem einem Gurtgewölbe ähnelnden Glasdach, das den Marmorboden darunter mit bunten Lichtkaskaden überschüttete.

Die ersten Gäste hatten sich schon vor Stunden eingefunden: Frauen in tief ausgeschnittenen Seidenkleidern mit hochgezogener Taille, die von weißbestrumpften Gentlemen in übertrieben eleganten Anzügen begleitet waren, wandelten nun in Scharen, an Gläsern mit Milchpunsch nippend, auf dem Gelände umher und schlossen zweifellos Wetten darauf ab, wie diese ganze Affäre denn nun wohl ausgehen würde. Für die achtzigjährige Herzogin, die ihr ganzes Leben unter den hochmütigen Blicken ihrer aristokratischen Familie und ihrer Peers verbracht hatte, stand es außer Frage, daß die Leute, die dort in Gruppen beisammenstanden, sich alle über das gleiche Thema unterhielten.

Die Braut paßte nicht zu ihm – nicht mit *ihrem* Hintergrund und *ihrer* Herkunft, die, wenn man den Gerüchten Glauben schenken durfte, sie nicht nur zu einer namenlosen, sondern auch mittellosen Person machten.

Ha! Aber die Braut war schön, niemand konnte das bestreiten. Mochte die vornehme Welt noch so oft mit ihren Juwelen klingeln und ihre Geldbörsen schütteln: sie würde dennoch nicht mit all ihren Schillingen in ihren Schatztruhen die Anmut und Liebenswürdigkeit der Braut kaufen können. Das Mädchen mit seinem fast überirdisch guten Aussehen und seiner einzigartigen Weise, die Welt ohne Arglist und Neid zu betrachten, hatte etwas an sich, das selbst die kältesten Herzen und engstirnigsten Geister zum Schmelzen brachte. Die Herzogin von Salterdon, die für ihre Zielstrebigkeit bekannt war, konnte ein Lied davon singen. Man sollte doch meinen, daß eine Frau ihres Alters nichts mehr überraschen konnte, was die Menschen, die Liebe, den Haß, den Tod und den Verrat betraf, weil sie das alles im Leben selbst erfahren hatte. Und während sie in ihren Kreisen als störrisch und hart galt – mit einem Rückgrat, das so starr war wie ein Schiffsmast –, hatte sie in den letzten paar Wochen gelernt, nachzugeben; ja, sogar Tränen zu vergießen.

Du liebe Güte, sie verwandelte sich offenbar in eine sentimentale alte Närrin! Sie mußte es wohl schon geworden sein, weil sie sonst diese Dummheit niemals zugelassen hätte. Das lag vermutlich an ihrem Verstand, der offenbar mit den Jahren ein wenig eingerostet war und sie irgendwie an einem vernunftgemäßen Verhalten gehindert hatte. Das hatte ihren eisernen Willen in Gelee verwandelt und kalte Entschlußkraft in eine . . . eine warme Pfütze der Reue. Vielleicht war es aber auch nur das Bedürfnis einer alten Frau, die Gewißheit zu haben, daß ihre Enkel glücklich waren, bevor sie starb. Die Gewißheit, daß sie nicht versagt hatte in ihrem Bemühen, ihre jungen Geister und Seelen zu etwas zu formen, das ihre Gesellschaftskreise für akzeptabel hielten.

Nicht, daß sie in dieser Hinsicht so schrecklich besorgt gewesen wäre. Trey, der Erstgeborene und somit Erbe des Titels seines Vaters, war durchaus fähig, alles zu erreichen, was er sich vom Leben erwünschte, und hatte das auch – bereits mehrmals – bekommen, ehe er alles wieder mit schlechten Kapitalanlagen oder Glücksspielen verloren oder an einen

Haufen unverbesserlicher Taugenichtse verschwendet hatte, die an seinem Geldbeutel hingen wie säugende Schakale. Sie liebte Trey. Wie konnte sie ihn denn auch nicht lieben? Und während es ihr zwar schwerfiel, sich mit seinem hedonistischen Lebensstil und seinen Freunden abzufinden, konnte sie nicht umhin, die Schuld für seinen Leichtsinn und seine Vergnügungssucht seinen Eltern – und bis zu einem gewissen Grade sich selbst – zu geben. Da er bereits im zarten Alter von zehn Jahren Erbe eines Herzogtums geworden war, hatte er natürlich nicht eine Sekunde lang unter der Ungewißheit seiner Zukunft gelitten, wohingegen Clayton . . .

Die Herzogin begab sich zu einem Stuhl und ließ sich darauf sinken. Mit steifem Rücken, die mit Juwelen geschmückten Hände leicht auf die Armlehnen gestützt, heftete sie nun den Blick auf das Ölporträt an der Wand.

Clayton Hawthorne. Er war schon immer ihr Lieblingsenkel gewesen. Sie hatte ihn von Anfang an erkannt – diesen Unterschied zwischen den beiden Jungen –, während die Eltern ihn niemals hatten wahrhaben wollen. Sie hatten dem älteren Sohn alles zukommen lassen, was seine gesicherte Position als Erbe des Titels für ihn bereithielt, während Clayton sich damit hatte begnügen müssen, für sein Überleben selbst zu sorgen. Er war mit Eigenschaften geboren worden, die Trey sich mit seiner Stellung, seinem Reichtum und seinem Titel niemals kaufen konnte – mit Ehrgefühl, Selbstachtung und Ehrgeiz. Mit *sehr viel* Ehrgeiz.

Clayton hatte es inzwischen zu einem der reichsten Männer Englands gebracht. Er hatte genügend Ländereien und Güter angehäuft, um einen Großteil der Bevölkerung in vier Grafschaften ernähren und ihr ein Dach über den Kopf geben zu können. Er hatte einen Geist, der nach Wissen hungerte, und eine so zart besaitete Seele, daß er selbst der niedrigsten Kreatur mit Hochachtung begegnete. Während Trey sich in der oft korrupten und dekadenten Welt der adeligen Gesellschaft wohl fühlte, mied Clayton diese. Er verbrachte vielmehr seine wenigen Mußestunden in der Natur. Er sehnte sich nach dem Schein der Sonne auf seinem Gesicht, berauschte sich an dem Geruch der Erde an seinen Händen. Zweifellos marschierte Clayton Wyatt Bishop Hawthorne, Lord Basingstoke, nach dem Taktschlag eines anderen Trommlers.

Darin bestand sein Problem – und ihres.

Während es keine Frau in England oder irgendeinem anderen Land gab, die nicht schon bei dem Gedanken, daß dieser etwas unkonventionelle junge Lord sie vielleicht heiraten würde, in Ohnmacht gesunken wäre, hatten schon viele von ihnen mit allerlei Kniffen und Tricks versucht, ihn für sich zu erobern. Keiner war es jedoch bisher gelungen. Zwar hatte es bisher in seinem Leben schon viele Geliebte und Mätressen gegeben, aber keine von ihnen hatte sich lange halten können. Sobald ihre Augen sich bei der Aussicht, ihn mit einem Ehering für immer an sich fesseln zu können, in leuchtende Sterne verwandelt hatten, hatte er ihnen noch einen zärtlichen Abschiedskuß gegeben und war dann in das flammende Abendrot hineingewandert. Als die Herzogin ihm deshalb immer wieder Vorhaltungen gemacht und ihn gefragt hatte, was er denn zu unternehmen gedenke, um den Namen der Hawthornes vor dem Aussterben zu bewahren, hatte er darauf mit diesem für ihn typischen arroganten Schulterzucken und einem schiefen Lächeln erwidert: ›Ich kann Euch dahingehend beruhigen, Großmutter, daß ich, was den vergnüglichen Zeugungsakt betrifft, keineswegs der Schlappschwanz bin, der ich Euch zu sein scheine. Was jedoch meine bisherige Weigerung betrifft, den Bund fürs Leben einzugehen, kann ich nur wiederholen, was ich schon öfter zu Euch gesagt habe: Ich muß erst noch einer Frau begegnen, die nicht vorausberechenbar, langweilig, eitel, geschmacklos oder ein geldgieriges Satansweib mit den Charaktereigenschaften von Hafermehl ist. Es müßten schon Weihnachtern und Ostern zusammenfallen, bevor ich zulasse, daß einer von diesen kokettierenden Geiern mit einem Heißhunger auf Pralinen und Pariser Couturiers sich an die Rockzipfel meines Erfolgs heftet.‹ Und dann hatte er noch mit einer Verbeugung, die ebenso unverschämt wie respektvoll war, hinzugesetzt: ›Ich habe nicht die Absicht, irgendeine kleine Maus aufzulesen, um diese zu meiner Ehefrau zu machen, verehrte Großmutter; also erspart Euch jetzt die Mühe, mir wieder eine Herzattacke vorzuspielen. Ihr seid nämlich so gesund wie ein verdammtes Maultier und werdet uns – sehr zu Treys Verdruß – allesamt überleben. Wenn Ihr jedoch so darauf erpicht seid, einen von uns beiden verheiratet zu sehen, bevor Ihr das Zeitliche segnet, solltet Ihr Eure Bemühungen auf meinen Bruder konzentrieren. Er ist schließlich der Erstgeborene – der Herzog von Salterdon. Ich, Madam, bin jedoch nur ein einfacher Bauer.‹

Ein einfacher Bauer – du liebe Güte!

Eine Tür flog auf. Die Herzogin erstarrte und klammerte sich mit beiden Händen an die Armlehnen. Dann fiel die Tür so heftig wieder ins Schloß, daß die Wände wackelten. Sie wandte den Kopf erneut dem Fenster zu und sah, wie einer ihrer beiden Enkelsöhne über den Rasen rannte und Scharen von Lakaien und Pfauen vor ihm auseinanderstoben, während er wütend den Ställen zustrebte. Gäste hielten in ihrer Promenade inne, steckten die Köpfe zusammen und unterhielten sich jetzt zweifellos im Flüsterton darüber, ob das nicht schon der erste Hinweis auf das Unheil sei, das sich hier zusammenbraute – auf den Skandal, den sie alle befürchtet oder erwartet hatten.

»Idioten«, murmelte die Herzogin leise und fragte sich nun, sehr zu ihrer eigenen Verwunderung, welcher ihrer beiden Enkelsöhne es denn wohl sei, der dort draußen über die Rasenflächen stürmte – das weiße Hemd vom Wind wie eine zweite Haut um den Oberkörper gewickelt, die Haare eine wehende Standarte schwarzer Locken. Natürlich konnte das nur Clayton sein. Trey würde sich niemals in so einem despektierlichen Aufzug in der vornehmen Gesellschaft zeigen.

Nun öffnete sich in ihrem Rücken eine Tür und wurde leise

wieder geschlossen. Schritte ... Und dann erschien eine männliche Gestalt in ihrem Blickfeld. Groß und elegant in ihrem besten schwarzen Frack mit einem Rollkragen aus schwarzem Samt. Der Herzog von Salterdon war ein atemberaubend hübscher Mann und – ebenso arrogant und auf eine enervierende Weise distanziert – ein etwas würdevolleres Ebenbild dieses störrischen Brausekopfes, der dort unten über den Rasen stürmte. Wie oft war ihr in den Jahren, als sie dieses widerspenstige Zwillingspaar hatte aufziehen müssen, der Gedanke gekommen, daß beide Brüder, wenn sie nur ein paar positive Wesenszüge voneinander geerbt hätten, sich zu perfekten Gentlemen entwickeln würden, zu durch und durch gesitteten menschlichen Wesen, zu Musterbildern dessen, was Gott sich unter einem Aristokraten vorgestellt hatte, als er diese Gattung erschuf.

Salterdon ging zum Fenster und beobachtete nun wie die Herzogin den Auszug seines Bruders aus den herzoglichen Gärten.

»Ich fürchte, ich habe einen Nerv getroffen«, sagte er, die Hände in die Taschen seiner schwarzen Frackhose vergrabend.

»Überrascht dich das?« erwiderte sie.

»Ich dachte, er würde es besser aufnehmen.«

»Dachtest du?«

Endlich drehte der Herzog ihr das Gesicht zu. Seine Augen erinnerten sie wie gewöhnlich an kalten Stahl, selbst dann noch, als sich seine Mundwinkel zu einem selbstgefälligen Grinsen hoben. »Er hat sein Visier fallen lassen und warf mir den Fehdehandschuh vor die Füße. Er verlangte, daß wir uns im Morgengrauen treffen sollen, damit er endlich mit mir und meinen ›hinterlistigen Machenschaften‹ abrechnen könne. Ich sagte ihm, daß er mir seinen Sekundanten benennen soll.«

»Unsinn.« Die Herzogin trommelte mit den Fingern auf die Armlehnen. »Er wird sie natürlich heiraten. Es gibt keinen Grund, warum er das nicht tun sollte.«

»Es gibt natürlich einen Grund. Um Euch zu ärgern. Ihr wißt, daß Clay immer sehr stolz darauf war, daß er sich Euren offenkundigen Bemühungen, ihn zu manipulieren, stets erfolgreich widersetzen konnte ... Viel besser als ich, muß ich gestehen, sonst wäre ich jetzt nicht in der Bredouille. Ich bin sicher, daß er sich über den Tisch gezogen fühlt, nachdem er entdecken mußte, daß es Euch doch noch gelungen ist, ihn zu übertölpeln.«

Den Blick wieder auf das Porträt an der Wand richtend, spitzte die Herzogin den Mund.

Salterdon trat nun an ihre Seite, beugte sich über den Sessel, brachte seine Lippen an ihr Ohr und flüsterte: »Meine verehrte Großmama, wir wissen doch beide, daß Clay ein Meister der Gegenoffensive ist ...«

»Er liebt sie!« unterbrach sie ihn unwillig.

»Es wäre doch immer noch besser, sich Euren Plänen zu widersetzen als Euch vor Euren Gästen zu blamieren, die doch alle nur darauf warten, daß der Himmel sich öffnet und die Konsequenzen Eurer Intrige auf Euren schönen, edlen Kopf herunterhageln, nicht wahr?«

Den Blick wieder auf ihren Enkelsohn heftend, wölbte die Herzogin hochmütig eine Braue. »Ich würde an Eurer Stelle meine Worte vorsichtiger wählen, Euer Gnaden. Es genügte ein Federstrich, und du wärst – wieder einmal – ein mittelloser Mann.«

Sie tauschten beide ein dürres Lächeln aus, ehe Salterdon zu dem Wandschränkchen mit den Spirituosen ging, um sich einen Drink zu besorgen. »Er wird es durchziehen«, sagte er nachdenklich. »Er wäre ein Narr, wenn er das nicht täte. Schließlich ist sie ein sehr ... außergewöhnliches Mädchen.«

»Sollte das etwa Wehmut sein, die ich aus deiner Stimme heraushöre?«

»Möglich.«

Die Herzogin schaute über die Schulter auf ihn zurück. Ihre Blicke trafen sich.

Sein Glas absetzend, sagte Salterdon: »Ihr habt wieder dieses arglistige Glitzern in Euren Augen, Großmutter. Ich bin nicht sicher, daß mir das gefällt.«

»Falls Clayton, dieser törichte Junge, die Sache nicht durchzieht . . .«

»Ihr wollt doch nicht damit andeuten, daß . . .«

». . . dann sind wir alle die Verlierer.«

»Bis auf sie. Sobald sie argwöhnt, daß sie . . .«

»Dann ist es zu spät. Dann wird sie bereits die Herzogin von Salterdon sein. Welche Frau würde sich nicht letztendlich mit dem Gedanken anfreunden, eines Tages eine Herzogin sein zu können? Alles zu erben, was ich besitze?«

»Offenbar kennt Ihr Lady Cavendish nicht so gut wie Ihr meint.«

»Sie ist eine Frau – oder etwa nicht? Hinter dieser makellosen Fassade lauert ein Fuchs, der nicht weniger als wir anderen darauf erpicht ist, die Reichtümer und Annehmlichkeiten des Lebens zu genießen. Zudem würde ich dich für deine Bemühungen reich entlohnen.«

»*Reich* entlohnen?«

Sie nickte.

»Es war mir gar nicht bewußt, daß Ihr so großen Wert darauf legt, Urenkel zu bekommen.«

»Ich werde mein erstes Enkelkind auf meinen Knien schaukeln, ehe ich sterbe. Ich werde es verhätscheln, verzärteln, ihm alle seine Wünsche erfüllen.«

Einen Moment lang zeigte sich ein amüsiertes Funkeln in Salterdons grauen Augen. Dann warf er seinen hübschen Kopf in den Nacken und lachte. »Meine geliebte Großmama – Ihr habt uns weder auf den Knien geschaukelt noch jemals einen unserer Wünsche erfüllt. Denn wenn Ihr das auch nur ein einziges Mal getan hättet, statt uns nur zu striktem Gehorsam gegenüber aristokratischen Normen anzuhalten, wären aus uns beiden möglicherweise durchaus passable menschliche Wesen geworden.«

»Meine Gründe für das Verhätscheln von Kindern sind in deinen Augen sicherlich nicht schätzenswert, mein impertinenter und respektloser Enkelsohn. Ich möchte sie nämlich auf eine Art großziehen, daß ihr, als deren Eltern, euch gezwungen seht, euch mit ihrer Aufsässigkeit auseinanderzusetzen – wie ich mit eurer in den letzten zwanzig Jahren . . . Nun sag mir mal, wie du dich wirklich fühlen würdest, wenn du mit diesem Mädchen verheiratet wärest?«

Salterdon starrte, immer noch ein Lächeln auf den Lippen, in sein Portweinglas.

»Dachte ich es mir doch«, erklärte die Herzogin. Sie schob sich in ihrem Sessel in die Höhe, zog die Samtärmel ihrer Tunika glatt und griff sich dann an den zu einer Schnecke aufgesteckten grauen Haarzopf auf ihrem Hinterkopf. »Die Hochzeit wird in drei Tagen stattfinden, mit oder ohne . . .«

». . . eine Braut«, kam da unerwartet eine atemlose Stimme von der Tür her.

Die Herzoginwitwe und der Herzog drehten sich abrupt dem Eindringling zu. Clayton Hawthorne stand auf der Schwelle des Salons, die langen, in schwarzen Stoff gehüllten Beine ein wenig gespreizt, die zu Fäusten geballten Hände in die Seiten gestemmt. Sein mit Spitzen besetztes, fein genähtes weißes Hemd aus indischer Baumwolle stand offen, so daß man seine braungebrannte Brust sah. An seinen Schultern und in seinen Haaren klebten kleine Heupartikel. Er atmete schwer, und eine dunkle Röte breitete sich auf seinem Gesicht bis zu den hohen Wangenknochen aus, während er die beiden mit Augen betrachtete, die die Farbe von heißer Asche hatten.

»Wo ist sie?« erkundigte er sich in scharfem Ton. »Was habt ihr mit ihr gemacht? Wenn das wieder einer von Euren verdammten Versuchen ist, mich zu manipulieren . . .« Den Blick auf die Herzogin gerichtet, bewegte er sich nun auf eine so bedrohliche Weise durch den Raum, daß sie sich veranlaßt sah, vor ihm zurückzuweichen, bis ein Tisch in ihrem Rücken sie zwang, stehenzubleiben, das Kinn anzuheben und seinem wütenden Blick zu begegnen. »Ich habe Euch gewarnt«, preßte er durch die zusammengebissenen Zähne. »Ihr verdammte, Euch ständig in fremde Angelegenheiten einmischende alte Hexe! Dafür sollte ich Euch erwürgen. Wißt Ihr, was Ihr jetzt angerichtet habt? Sie ist fort. Verschwunden. Zweifellos in dieses scheußliche alte Erdloch zurückgekehrt, wo ich sie gefunden habe – und das alles nur, weil Ihr es nicht lassen könnt, Menschen wie Marionetten zu behandeln. Und was hat das jetzt für Folgen? Sie wird mir das niemals verzeihen. Sie wird mir nie mehr vertrauen – keinem von uns –, und ich kann ihr das nicht verdenken.«

»Du wirst ihr natürlich nachreisen«, bemerkte der Herzog mit ruhiger Stimme.

»Oh, ja«, erwiderte Hawthorne, noch immer seiner Großmutter in die Augen starrend. »Ich werde ihr nachreisen – was immer mir das auch helfen wird.«

Jemanden zu lieben, bedeutet, ein Wunder zu erblicken, das für jeden anderen unsichtbar ist.

François Mauriac

Kapitel eins

Wyndthorst Hall, Cheltenham, England

Drei Monate früher

Clayton Hawthorne stand am Sims des mächtigen Renaissance-Kamins, der mit der gräßlichen Sammlung von Porzellanengeln seiner Großmutter befrachtet war, eine Schulter gegen die Einfassung gelehnt, die Arme vor der Brust gekreuzt, und betrachtete seinen Zwillingsbruder mit müden, leicht entzündeten Augen. Tatsächlich war er so erschöpft, daß er sich kaum noch auf den Beinen halten konnte. Nachdem er unter dem Vorwand, daß es sich um eine äußerst dringliche Angelegenheit handeln würde, von Seiner Hoheit, dem Herzog, nach Wyndthorst bestellt worden war, hatte Clayton Basingstoke, sein Heim in Südengland, kurz nach Mitternacht verlassen und war kurz nach Anbruch der Morgendämmerung auf dem Landsitz der Herzoginwitwe eingetroffen, um dort erfahren zu müssen, daß es nicht, wie er aufgrund der Dringlichkeit vermutet hatte, um die Gesundheit der alten Dame schlecht bestellt war, sondern er nur wieder einmal auf eines von Treys üblichen Täuschungsmanövern hereingefallen war.

»Ich bin mir bewußt, daß das alles ein wenig verrückt ist«, sagte der Herzog von Salterdon, sein Konterfei in einem Spiegel mit goldenem Rahmen betrachtend, und rückte dann seine seidene Halsbinde zurecht, so daß deren Enden genau auf der Mitte seines weißen Hemds zu liegen kamen. Eine schwarze Augenbraue wölbend, stellte er dann seinen Blick auf Claytons Abbild im Spiegel ein, um dessen Aufzug zu mustern: die mit Schlamm bedeckten Schaftstiefel, die mit Flicken besetzte Reithose und das fadenscheinige, vom vielen Waschen ausgebleichte Hemd. Sein Bruder hatte sich nicht einmal die Mühe gemacht, seine Haare zu kämmen. Sie standen ihm wirr um den Kopf und bedurften dringend einer Schere, weil sie ihm hinten viel zu weit in den Nacken hineinhingen.

Clayton konnte die Gedanken, die sich in diesem Moment hinter Treys steingrauen Augen bewegten, mühelos lesen: *Du hast dich nur so angezogen, um mich zu ärgern.*

Aber gewiß doch gab Clay mit einem Grinsen und diesem ›Das-bekümmert-mich-einen-Dreck‹-Glitzern in seinen Augen zurück, das seinem Bruder exakt seine Gefühle in dieser Angelegenheit übermittelte. Clayton Wyatt Bishop Hawthorne, zweiter Sohn von Harry William Dillion Hawthorne, dem zehnten Herzog von Salterdon, ehe er bei einem Schiffbruch vor der Küste Afrikas ein viel zu frühes Ende fand, war ein unübertroffener Meister darin, seine wahren Gedanken und Empfindungen vor anderen zu verbergen. In Wetten und Glücksspielen erprobte Männer hatte schon oft im Angesicht von Clays eisiger, undurchdringlicher Miene der kalte Schweiß auf der Stirn gestanden.

Clayton endlich das Gesicht zuwendend, fuhr der Herzog fort: »Vor vierzehn Tagen hätte ich noch genauso gedacht. Aber da die Umstände nun mal so sind, wie sie eben sind, bin ich der festen Überzeugung, daß ich gar keine andere Wahl habe. Ich schwöre auf die Krone des Königs, Clay, daß die Herzoginwitwe sich nur noch an das Leben klammert, um mich zu quälen.«

»Die Herzoginwitwe klammert sich nicht an das Leben, sondern erfreut sich eines hohen Alters, weil sie vollkommen gesund ist. Auch möchte sie noch gern ihren ersten Urenkel standesgemäß auf die Welt kommen sehen, womit ich natürlich Erben des Titels meine – den zukünftigen Herzog von Salterdon. Kurz gesagt, mein teurer Bruder, sie wird nicht eher sterben, bis sie dich respektabel verheiratet weiß und von einem halben Dutzend Bälgern umgeben sieht, die wie kleine Ratten um deine Füße herumkrabbeln.«

Wieder musterte Clayton einen langen Moment seinen Bruder mit halbgeschlossenen Lidern, den harten muskulösen Körper entspannt gegen den Kamin gelehnt. »Komm endlich zur Sache«, sagte er schließlich. »Du hast mich doch nicht mit einem Trick dazu gebracht, diese höllische Reise von Basingstoke nach Wyndthorst Hall zu unternehmen, um jetzt mit mir über unsere Großmutter zu plaudern. Du willst etwas von mir. Was ist es?«

»Ach, Clay, wie immer bist du auf eine fast peinliche Weise direkt ... ein Zug, um den ich dich beneiden könnte, wären wir in eine sozial oder ökonomisch niedere Klasse hineingeboren worden. Offensichtlich hast du bereits irgendwann in einer schon weit zurückliegenden Vergangenheit deine Lektionen in gutem Benehmen vergessen. Vielleicht ist es das, was dich in unseren Kreisen so verrufen macht. Aber da ist etwas an deiner dunklen, guten Erscheinung und deiner bukolischen Virilität, das offenbar unglaublich anziehend auf Frauen mit schwachen Herzen wirkt, die sich im Mittelpunkt deiner Aufmerksamkeit befinden. Ich vermute, daß nichts deinen Ruf als Liebhaber schaden kann.«

Clayton ein ironisches Lächeln schenkend, fuhr Trey nun mit gesenkter Stimme fort: »Ich frage mich, wie Frauen nur dazu kommen können, Geschmack an einem solchen Grobian wie dich zu finden. Offenbar gibt es da eine feminine sexuelle Appetenz, ein geschlechtliches Verlangen, das sie dazu treibt, gelegentlich ein Tänzchen mit dem Teufel zu wagen. Du hast bisher auf allen Kontinenten gebrochene Herzen hinterlassen, und dennoch ... da ist auch nicht eine der Frauen, die deinem

Zauber erlegen sind, welche mit Zorn oder Bedauern auf diese feurige Affäre mit dir zurückgeblickt hätte. Wie die Gemahlin eines gemeinsamen Freundes erst kürzlich erklärte: ›Wenn jeder Ehemann, der seine einsame Ehefrau vernachlässigt, sie mit so viel Aufmerksamkeit und Zärtlichkeit behandeln würde wie dieser überaus hübsche und skandalöse Lord Hawthorne, würde es keine treulosen Ehefrauen geben. Sie wären alle auf eine so himmlische Weise zufriedengestellt, daß sie ihr Ehebett niemals gegen ein anderes eintauschen würden.‹«

»Ich bin sicher, daß du mich nicht dazu gezwungen hast, die ganze Nacht durchzureiten, um mit mir über mein Liebesleben zu reden«, sagte Clayton.

»Da hast du absolut recht. Ich habe dich hierherzitiert, um dich davon zu unterrichten, daß ich einen Plan ausgeheckt habe, um das von der Herzogin zu bekommen, was ich haben möchte – brauche.«

»Erzähl mir jetzt nicht, daß du wieder vorhättest, dich in ihr Zimmer zu schleichen und sie im Schlaf zu ersticken«, neckte Clayton ihn lachend. »Ich habe beim letzten Mal hundert Pfund mit dir gewettet, daß du diesen Plan nicht ausführen würdest – und diese Wette auch gewonnen.«

»Nein, nicht so etwas Dramatisches diesmal. Ich habe lediglich vor, ihr das zu geben, was sie von uns verlangt. Eine Schwiegertochter – vielmehr Schwieger-Enkelin.«

Schweigen.

»Du?« erwiderte Clayton schließlich mit ungläubiger Stimme. »Heiraten? Mit Verlaub, Euer Gnaden, das kann ich erst glauben, wenn ich es sehe.«

»Du brauchst gar nicht so ein schockiertes Gesicht zu machen. So etwas passiert jeden Tag. Gelegentlich muß man eben Kompromisse machen, wenn man etwas erreichen will, das einem das Leben schuldet.«

»Dann sag mir mal – hast du da jemand Bestimmten im Sinn?«

Seine Gnaden zog eine Schnupftabaksdose aus dem Rock und klappte sie auf. »Ja, das habe ich«, erwiderte er, eine Prise aus der Dose nehmend.

Wieder kehrte Stille ein, während Clayton über diese überraschende Neuigkeit nachdachte. »Nun? Spann mich nicht so lange auf die Folter. Welches kleine Gänschen ist so verzweifelt, daß es sich mit dem Gedanken trägt, *dich* zu heiraten?«

»Ich würde an deiner Stelle den Mund nicht so voll nehmen, Clay. Nicht bei deiner Reputation. Es gibt keinen Vater in England oder auf dem Kontinent, der seine Tochter auch nur fünf Minuten lang unbeaufsichtigt in deine Nähe lassen würde – nicht für alle deine Guinness in deinen Schatztruhen und auch nicht für deine sieben Landgüter. Schließlich bist du ja ein unverbesserlicher Spieler . . .«

». . . der gewinnt. Der *immer* gewinnt. Der schon auf zwei Meilen Entfernung einen Betrüger erkennen kann. Und der deshalb nicht auf Gedeih und Verderb auf eine pfennigfuchsende Großmutter angewiesen ist, die dem Tode trotzt, um dich, den ältesten Hawthorne, zur Heirat und zum Zeugen eines Erben zu zwingen. Kurzum, ich bin nicht auf das Geld der Herzoginwitwe angewiesen und kann sie deshalb auch herzlich dazu einladen, in der Hölle zu schmoren, falls ich mal den Wunsch hätte, ihr das zu sagen.«

»Was du aber natürlich nicht tun würdest, weil du die alte Krähe magst.«

Der Herzog nahm noch eine Prise von dem Tabak, die er sich in das linke Nasenloch stopfte, um dann die mit einer Krone geschmückte Tabaksdose aus blauem Porzellan wieder zuzuklappen und in seine Rocktasche zu stecken.

»Ich kann ehrlicherweise sagen – ja, ich mag sie«, erwiderte Clayton. »Ich finde sie amüsant, wenn nicht sogar berechenbar. Außerdem bin ich immer ihr Lieblingsenkel gewesen.«

»Das ist noch milde ausgedrückt. Ich habe allerdings noch nie verstehen können, weshalb. Du bist immer der Unruhestifter gewesen – für sie und auch für mich. Ein Lausbube, wie er im Buch steht. Und das bist du auch heute noch, möchte ich sagen. Ich würde dir nur so weit trauen, wie ich dich werfen kann.«

Die Brüder wechselten daraufhin ein dürres Lächeln, drehten sich dann gleichzeitig um und marschierten im Gleichschritt auf zwei mächtige Terrassentüren zu, die auf ein tausend Morgen umfassendes Landgut hinausblickten, das seit zweihundert Jahren im Besitz ihrer Familie war.

»Wo ist also das Gänschen?« fragte Clayton nach kurzem Schweigen.

»Gänschen?«

»Die glückliche Braut in spe.«

»Ach, ja, natürlich! Ich hielt es für besser, mich für jemanden zu entscheiden, der nicht mit dem in unseren Kreisen üblichen Klatsch in Berührung gekommen ist. Jemand, der weder meinen Lebensstil noch meine Freunde kennt. Jemand, der vollkommen damit zufrieden wäre, sein Dasein auf einem meiner Landgüter zu verbringen – fernab von dem Leben, das ich in London und im Ausland führe. Jemand ...«

»... der von deiner Dekadenz nichts weiß.«

»Hmmm«, meinte der Herzog leise und nachdenklich, »ja, ich schätze, das wäre wohl die taktvollste Art, es auszudrükken, wenngleich ich mich beeile, hinzuzusetzen, daß das Mädchen keineswegs dumm ist – weit entfernt davon.«

»Wo hast du sie denn gefunden?«

»Es war eher ein Zufall. Ich hatte mich gar nicht mit der Absicht getragen, auf Brautschau zu gehen, sondern segelte mit meiner Jacht, der ›Lady Lover‹, und ein paar Freunden um die Südküste der Insel herum, als plötzlich ein Sturm aufkam, unser Hauptsegel erfaßte und das Boot mit unwiderstehlicher Gewalt auf diese verdammten Klippen von Rocken End Race warf.«

»Bitte«, suchte Clayton ihn wieder auf den Punkt zu bringen, »das Mädchen ...«

»Ach, das Mädchen, ja ... das letzte, an das ich mich damals noch erinnern konnte, war dieses Bersten, als der Rumpf der ›Lady Lover‹ von diesem verdammten Felsenriff aufgespießt wurde, das sich von der Südspitze der Insel ein paar Meilen weit ins Meer hinaus erstreckt. Dann wachte ich, spukkend und würgend, wieder auf. Und während mir das Salzwasser aus Mund und Nase rinnt, sehe ich sie über mir auf einem Felsblock sitzen, von dem Seetang und Krabben heruntertropften. Ich liege also, halb ertrunken, da, und alles, was sie sagen konnte, war: ›Guten Tag.‹«

Clayton betrachtete das Profil des Herzogs. »Guten Tag?«

Trey erwiderte mit einem kurzen Nicken. »Genau ihre Worte. Und dann stieß sie mit ihrem bloßen großen Zeh eine Sandkrabbe an und gewährte mir dabei einen großzügigen Ausblick auf ihr nacktes Bein – bis hierher.«

Der Herzog deutete mit der Hand auf seine Oberschenkel und setzte dann, Clayton eines von diesen strahlenden Lächeln zeigend, für das die beiden Brüder berühmt waren, hinzu: »Langweile ich dich?«

»Noch nicht«, murmelte Clayton, die Augen verengend. »Du hast mir bisher ja nur den großen Zeh und das nackte Bein bis hierher« – er tippte mit dem Daumen gegen seinen Oberschenkel – »von ihr beschrieben. Was hat sie dir denn noch enthüllt?«

»Sie hatte wunderschöne kupferrote Haare, die bis zu ihren Kniekehlen hinunterreichten. Ihr Gesicht war so weiß wie die Daunen einer Taube, abgesehen von ein paar über ihrem Nasenrücken verteilte Sommersprossen. Bekleidet war sie wie ein Wildfang – mit aneinandergestückelten Stoffresten. Genauer gesagt, sehr spärlich. Ich schwöre dir auf diesen Tag, daß sie nichts – ich wiederhole – *nichts* darunter anhatte. Ihre Brustwarzen waren sehr ausgeprägt, möglicherweise, weil sie fror. Daß sie immer so wären, würde mir, offen gestanden, nicht gefallen«, setzte Trey mit einem schalkhaften Funkeln seiner Augen hinzu. »Ihr schien das aber gleichgültig zu sein. Als sie vom Felsblock herunterstieg, um neben mir im Sand in die Knie zu gehen, kreuzte sie nicht etwa die Arme vor ihren kleinen runden Brüsten, sondern besaß die Kühnheit, ihre Schultern durchzudrücken und wie eine Meerjungfrau auf die See hinauszublicken. Ich gebe zu, daß mich das sehr beeindruckt hat. Ich war fasziniert.«

»Du? Fasziniert von einer Frau, die nicht deinem Stand angehört?«

Der Herzog räusperte sich, drehte sich von den Terrassentüren weg, ließ, sich an der Pracht des Salons seiner Großmutter weidend, den Blick durch den Raum wandern – über die üppigen Teppiche auf dem Boden und die kostbaren Tapisserien an den Wänden – und sagte: »Darauf werde ich später noch zu sprechen kommen. Immer hübsch der Reihe nach ... Das Mädchen schaute also auf das Meer hinaus, kreuzte die Beine, stützte die Ellenbogen auf die Knie und richtete den Blick schließlich auf mich, während ich, durchnäßt bis auf die Haut, dalag, mit den Zähnen klapperte und das Salzwasser, von dem ich offensichtlich reichlich genossen hatte, in meinem Bauch gluckerte. Dann beugte sie sich über mich und sagte: ›Ich denke, ich wurde dazu ausersehen, Sie zu retten.‹ Und ich darauf ungläubig: ›Wie bitte?‹, während ich dachte: ›Dieses Kind läßt mich hier erfrieren und faselt davon, daß der Allmächtige sie hierherschickte, um mich zu retten?‹«

»Hat sie das denn?« fragte Clayton grinsend. »Dich gerettet, meine ich?«

»Ich glaube nicht«, erwiderte der Herzog. »Was sie tat, war, in der Gischt und dem Nebel unterzutauchen und mit einem Esel mit langen grauen Zottelhaaren zurückzukehren, der seine gelben Zähne bleckte und so laut plärrte, daß er den heiligen Petrus von den Toten erwecken mußte, was meinem von Salzwasser verstopften Gehirnzellen nicht gut bekam. Irgendwie gelang es ihr dann, mich über den Rücken des Esels zu werfen, und mich, begleitet von meinen Freunden, die sich dem Esel in einer Art von wackeliger Prozession anschlossen, zu einem baufälligen alten Gemäuer zu bringen, das halb Kapelle, halb Leuchtturm zu sein schien und nicht genug Licht ausstrahlte, um es eine Elle, geschweige denn eine Meile weit sehen zu können. Diese Behausung war mehr als nur ein bißchen frostig. Offenbar stand die alte Kapelle während der Flut gänzlich unter Wasser, und wer auch immer diese armselige Funzel in dem bröckelnden achteckigen Turm in Gang halten mußte, saß dort gute zehn Meter über den brandenden Wogen in der Falle.«

Seinen Blick wieder Clayton zuwendend, der ihn mit zusammengebissenen Zähnen und bleichem Gesicht ansah, beeilte sich Trey hinzuzufügen: »Entschuldigung. Ich vergesse gelegentlich deine Aversion gegen Seewasser.«

Trey sah zu, wie Clayton nun durch das Zimmer wanderte schließlich an dem Wandschrank haltmachte, in dem die alkoholischen Getränke verwahrt waren. Er wartete, bis sein Bruder sich einen Brandy eingegossen und sich genügend gestärkt hatte, um seinen Ausführungen wieder folgen zu können, ehe er fortfuhr: »Was uns nun auf das zurückbringt, was ich dir vorschlagen wollte.«

»Ich bin mir nicht sicher, daß mir auch gefällt, was du mir jetzt vorschlagen möchtest«, erwiderte Clayton, stallte das leere Brandyglas beiseite, und zog einen Mundwinkel eigensinnig in die Höhe.

»Du solltest mich erst bis zu Ende anhören, ehe du voreilige Schlüsse ziehst«, bemerkte der Herzog.

Clayton schwieg still, während das weiche Licht der Morgensonne, das durch ein Fenster in seiner Nähe fiel, einen Schatten auf seine Züge warf. Es wurde ihm jetzt klar, warum Trey ihn hierherzitiert hatte. Während sein Bruder verschlagen und verzweifelt genug sein mochte, irgendein Mädchen von niederem Stand zu heiraten und ihr ein Kind zu machen, in der Hoffnung, daß ihre Großmutter wenigstens ein Teil seines zukünftigen Erbes ausspucken würde, würde er, Clayton, sich nicht so sehr erniedrigen, diesem Mädchen den Hof zu machen. Denn daß der Herzog von Salterdon vor irgendeinem Plebejer einen Kniefall machen würde, war geradezu lächerlich. Undenkbar.

»Sie ist wirklich sehr charmant, Clay.«

»Nein.«

»Aber . . .«

»Nein und abermals nein.«

»Selbst *du* könntest sie womöglich reizvoll finden. Und interessant. Sogar faszinierend, wie ich vorhin sagte.«

Clayton wandte sich zur Salontür.

»Clay«, rief der Herzog, »ich bitte dich . . .«

Clayton Hawthorne, Lord Basingstoke, Hawcroft, Winchfield, Bishopstoke und Tichfield, um nur einige seiner Besitztümer zu nennen, hielt in seiner Flucht inne und sah zum Herzog zurück. Sein Bruder stand steif vor den Terrassentüren. Das durch die Scheiben flutende Sonnenlicht zog einen harten Saum um Treys Schultern, Kopf und die leicht mit Schweiß bedeckte Stirn.

»Ich bin in Schwierigkeiten«, gestand der Herzog.

»Wieviel?« fragte Clayton ungerührt.

»Was macht das noch für einen Unterschied? Du hast mir bereits mehr Geld geliehen, als die meisten Männer in dreihundert Jahren verdienen könnten, wenn sie so lange leben würden. Ich weigere mich, dich noch einmal um ein Darlehen zu bitten.«

»Brillant formuliert, wenn ich daran denke, daß du mir bereits dreißigtausend Pfund schuldest. Hast du schon mal daran gedacht, deinen Lebensstil ein wenig zu ändern? Oder ist es unschicklich, Euer Gnaden so etwas zuzumuten?«

Trey wölbte beide Augenbrauen.

Clayton fuhr fort, seinen Bruder mit ausdrucksloser Miene zu betrachten, während tief in seinem Inneren wieder der alte, ihnen beiden so vertraute Zorn aufwallte, der schon so oft zu herben Auseinandersetzungen zwischen ihnen geführt hatte. Obwohl er sich bemühte, sich seinen Groll nicht anmerken zu lassen, schien ihm das nicht ganz zu gelingen, wie er an Treys Reaktionen sah, dessen Augen sich plötzlich verengten.

»Wirklich, Clay«, sagte er mit einem trockenen Lachen, »wir sind inzwischen doch zu alt für solche törichten, meine Geburt betreffenden Gehässigkeiten. Ich kann doch schwerlich für die Tatsache verantwortlich gemacht werden, daß ich zuerst auf die Welt gekommen bin und deshalb zum Anwärter auf den Titel meines Vaters wurde.«

»Und sein Vermögen.«

»In dieser Hinsicht stehst du doch auch nicht so übel da, Clay . . .«

»Richtig. Denn während du den guten Namen unserer Familie, ihre Reputation und ihren Reichtum verschleudert hast, habe ich für meine Zukunft gesorgt: den Boden beackert, Saaten ausgebracht und Basingstoke zu einem der schönsten Häuser Englands gemacht – indessen du die Nase gerümpft und mich meiner plebejischen Züge wegen verächtlichgemacht hast. Aber wer, möchte ich dich jetzt fragen, bittet jetzt wen um Hilfe?«

Einen Moment lang senkte Salterdon die Augen und bewegte die Schultern unter seinem überaus eleganten Cutaway, ehe er den Blick wieder auf Clay richtete. Clayton schüttelte den Kopf. »Diesmal habe ich nicht die Absicht, die Wölfe von Eurer Türschwelle zu vertreiben, Euer Gnaden.«

»Ich hatte Pech mit meinen Investitionen, Clayton.«

Clayton drehte seinem Bruder den Rücken zu und ging dann gemessenen, aber zielstrebigen Schrittes durch die unglaublich lange, mit Marmorplatten ausgelegte Galerie auf die Halle mit den Eingangstüren zu, wo der Haushofmeister wie eine Schildwache stand, bereit, ihm seine Hilfe anzubieten, falls er irgend etwas benötigen sollte.

»Verdammt, Clayton, bleib und hör mich an!« rief der Herzog und brachte Clayton dazu, mitten im Schritt anzuhalten. Er schwang herum, sich seinem Ebenbild stellend.

Clay hatte diesen Ausdruck schon öfter gesehen – nicht nur

in den Augen seines Bruders, sondern auf dem Gesicht eines jeden Narren, der in die Macht und das Prestige verliebt war, mit denen seine Stellung im Leben ihn ausgestattet hatte. Diese Leute würden alles dafür opfern, um alles zu behalten: Ehre, Stolz, Würde. Am Ende verloren sie in der Regel dann trotzdem alles mit einem einzigen Wurf beim Würfelspiel. Clay sollte das am besten wissen. Er hatte Basingstoke Hall auf diese Weise erworben.

Schließlich bedeckte der Herzog von Salterdon das Gesicht mit den Händen, ließ die Schultern müde sinken und sagte in etwas leiserem Ton: »Ich habe niemand anderen, an den ich mich wenden könnte, Clay. Die Banken weigern sich, mir noch Kredite einzuräumen. Es gibt da gewisse . . . Gentlemen, die drohen, sich an unsere Großmutter zu wenden, wenn ich nicht bald bezahle. Wir wissen beide, daß unsere Großmutter sich weigert, mir noch ein einziges Darlehen zu gewähren, bevor ich nicht geheiratet und einen Erben gezeugt habe.«

Schweigen.

Clayton holte tief Luft und blies sie dann langsam wieder durch die Nase aus. Er hörte hinter sich die Schritte des Haushofmeisters, der sich wieder aus der Halle entfernte, und dann das sanfte Klappen einer Tür.

»Was genau verlangst du also von mir?« fragte Clayton.

»Daß du diesem Mädchen den Hof machst. Mache sie in den Herzog verliebt – bringe sie dazu, daß sie ihre Einwilligung gibt, den Herzog zu heiraten. Bringe sie zur Hochzeit nach London zurück, wo ich, der Herzog, dann vor dem Traualtar stehen werde, um mein Ehegelöbnis abzulegen. Sie wird den Unterschied nicht merken – schließlich sind wir ja eineiige Zwillinge, die sich gleichen wie ein Ei dem anderen. Wenn schon die Herzogin Mühe hat, uns auseinanderzuhalten, wird das dem Mädchen ganz bestimmt nicht gelingen. Sobald sie dann von mir schwanger geworden ist, werde ich sie einfach aufs Land schicken – ihr mein Gut in York als Wohnung anweisen.«

»Und wenn dieses Mädchen nun nichts für den Herzog übrig haben sollte?« fragte Clayton spitz.

»Sei doch nicht lächerlich, Clay. Bisher hat sich noch jede Frau, mit der du dich in der Absicht, sie zu verführen, genähert hast, Hals über Kopf in dich verliebt.«

Wieder trat jetzt Stille ein. Die Sekunden schienen so langsam zu verrinnen wie kleine Ewigkeiten; es war, als würde die Luft zwischen ihnen sich mit Elektrizität aufladen.

Nach einer endlos scheinenden Zeit sagte Clay: »Unsere Großmutter wird das niemals akzeptieren, Trey. In dem Moment, wo sie erfährt, daß du ein Mädchen von niederem Stand geheiratet hast, wird sie die Ehe annullieren lassen, das Mädchen mit einer Entschädigung abfinden und wegschikken . . .«

»Aber das ist doch das Schöne daran, daß sie gar kein gewöhnliches Mädchen ist, sondern eine *Lady* Cavendish, die Tochter eines verstorbenen Lords mit einer Vorliebe für alte Burgen . . .!«

»Nein.« Clayton schüttelte den Kopf. »Und wenn es die Königin von England wäre, würde ich mich nicht dazu . . .«

»Verdammt!« fluchte Trey durch die zusammengebissenen Zähne. »Du schuldest mir das, Clay!«

Clayton bewegte sich nicht. Er zuckte nicht einmal mit einer Wimper, als er nun seinen Bruder mit dieser kalten, ausdruckslosen Miene betrachtete, die Trey dazu brachte, einen Schritt vor ihm zurückzuweichen, ehe er sich wieder fing und die Füße fest in den Boden pflanzte.

»Du schuldest mir das«, wiederholte Salterdon nun in einem leiseren, behutsameren Ton. »Wenn ich nicht gewesen wäre, wärst du jetzt tot, wie wir beide wissen. In deiner Dankbarkeit hast du mir damals geschworen, daß du das eines Tages wieder gutmachen würdest – daß ich nicht bedauern würde, mein Leben riskiert zu haben, um deines zu retten.«

»Du Bastard«, knurrte Clayton. Er drehte sich wieder zu den beiden Flügeln der massiven Eingangstür um, drückte sie auf und eilte dann die Stufen der geschwungenen Freitreppe hinunter zu seinem Pferd und seinem Reitknecht.

Hinter ihm rief Trey: »Ich betrachte das als Zustimmung, Clayton!«

Seinem Reitknecht die Zügel aus der Hand reißend, so daß das Pferd schnaubend zu tänzeln anfing, warf Clay seinem Bruder einen finsteren Blick zu.

Der Herzog von Salterdon lächelte erleichtert, bildete mit beiden Händen einen Trichter vor dem Mund und rief: »Ich schwöre, daß du das nicht bereuen wirst, Clay. Vielleicht verliebst du dich sogar selbst in sie!«

»Den Teufel werde ich tun«, gab Clayton zurück, schwang sich behende auf seinen Hengst und nahm die Zügel auf, ohne sich erst die Handschuhe anzuziehen, die er in den Bund seiner eng sitzenden Kniehose geschoben hatte. Der Wind zauste seine schwarzen Locken, als er nun seinem Hengst die Fersen in die Flanken stieß und murmelte: »Es müßte schon ein Wunder geschehen, wenn ich mich jemals in ein Mädchen verlieben sollte, du verdammter Mistkerl von einem Bruder.«

Jeder hielt seine Vergangenheit in sich verborgen wie die Blätter eines Buches, das er auswendig gelernt hat; und seine Freunde konnten nur den Titel lesen.

Virginia Wolf

Kapitel zwei

Die Insel Wight

Der Wind peitschte die Wellen gegen die düsteren, zerklüfteten Felsen von Rocken End Race und hämmerte wie eine ungestüme, kalte Faust gegen die Mauern des Leuchtturms. Fensterläden klapperten. Das an der feuchtklammen Wand aufgeschlichtete Brennholz kam ins Rutschen und brach in sich zusammen. Miracle betrachtete mit einem bedauerndem Blick das Malheur, während sie ihre gesammelten Eicheln vor den stürzenden Scheiten in Sicherheit brachte. Dann schloß sie, das Heulen des Windes nicht beachtend, wieder die Augen und murmelte leise den Liebeszauber der Druiden vor sich hin.

Das alte Gebälk stöhnte über ihr. Das ganze Gebäude schwankte. Seewasser drang durch die sich stetig erweiternden Spalten in den von Flechten überzogenen Feldsteinmauern und bildete kleine glasige Pfützen auf den verrottenden Planken des Bodens.

Miracle Cavendish war die einzige Tochter von Lord Dexter Cavendish, der vor acht Jahren das Zeitliche gesegnet hatte. Sie hatte ihr ganzes leben in dem einst recht imposanten, sich aber nun in eine Ruine verwandelnden Cavisbrooke Castle verbracht und kein einziges Mal die Insel auch nur für kurze Zeit verlassen. Ihr Vater war für sie nicht viel mehr als eine vage Erinnerung – ein Fremder, der zu so unregelmäßigen Zeiten in ihrem Leben aufgetaucht und daraus wieder verschwunden war, daß sie ihn bestimmt nicht erkannt hätte, wenn sie ihm außerhalb von Cavisbrooke begegnet wäre. Ihre Mutter hatte ihr stets versichert, daß er sie inniglich lieben würde, und es war der Gedanke daran, der sie jahrelang getröstet hatte, nachdem ihre Mutter das abgeschiedene und einsame Leben in der Burg satt gehabt, Miracle der Obhut von Jonathan Hoyt, einem ergebenen Diener und Stallknecht, überlassen hatte und nach Paris durchgebrannt war. Bei den Inselbewohnern war sie als das ›seltsame Mädchen‹ bekannt, das in dem ›Leuchtturm von Saint Catherine über der Kapelle haust‹. Johnny nannte sie einfach . . . Mira.

Offen gestanden war es Miracle gleichgültig, was die Inselbewohner von ihr dachten. Denn sie waren auf ihre Weise ebenfalls ein eigenartiges Völkchen, das sich strikt an seine Gewohnheiten hielt – an den Trott seiner eintönigen kleinen Existenzen. Sie wachten morgens zu ihren täglichen Plackereien auf, wie das jeder andere auf dieser Welt tat – nur sie nicht.

Oh, ja, sie war seltsam, sehr seltsam, und sie genoß diesen Ruf. Sie hatte schon vor langer Zeit beschlossen, daß sie lieber sterben als in Mittelmäßigkeit ersticken und sich einer dumpfen Routine unterwerfen lassen wollte. Zudem war über ihre Bestimmung schon vor langer Zeit entschieden worden – genauer gesagt, vor zwanzig Jahren an jenem turbulenten Weihnachtsmorgen, als sie im Verlauf eines der schlimmsten und verheerendsten Stürme, die die Insel seit Jahrhunderten heimgesucht hatten, zur Welt gekommen war. Wie ihre Mutter und Johnny ihr erzählt hatten, war der Sturm in dem Augenblick, als sie ihren ersten Atemzug machte, zum Erliegen gekommen, hatten die Wolken sich geteilt und die Sonne hell über der Insel geschienen. Deshalb hatte ihre Mutter sie Miracle – ›Wunder‹ – getauft und ihr versichert, daß sie dazu ausersehen war, etwas Großes in der Welt zu leisten.

Nun, dessen war sie sich keineswegs sicher, aber sie war schon seit langem davon überzeugt, daß sie kraft ihres Namens dazu auserkoren war, etwas Wunderbares zu vollbringen – nur daß sich bisher die Gelegenheit dazu noch nicht ergeben hatte. Aber sie würde schon noch kommen – dessen war sie sich sicher.

Nachdem sie die letzte von ihren neun Eicheln durchbohrt hatte, legte sie diese zu den anderen neben einem langen Baumwollfaden ab, den sie bereits ihrem ledernen Beutel mit heilkräftigen Ingredienzen – Kräutern, Steine, Federn, Kreide und Asche – entnommen hatte, und fügte diesem Arrangement noch einen Weißdornzweig hinzu. Dann ließ sie sich auf die Knie nieder, schloß, die Hände leicht auf die die Schenkel gestützt, abermals die Augen und rezitierte noch einmal mit leiser Stimme:

Mögen Liebe und Ehe das Thema sein,
das mich heute nacht in meinen Träumen beschäftigt.
Feuer, Mond und heilige Eiche:
Ich beschwöre euch, mir alle drei als treue Freunde
mit eurer Zauberkraft behilflich zu sein
und mir das Bild meines Liebsten zu zeigen.
Laßt seine Gestalt und sein Gesicht vor mir
erscheinen, und gebt mir mit einem Symbol oder
Zeichen seine Stellung zu erkennen.
Cupido, unterstütze du mein Begehren.

Der Sturm schlug wieder wie eine Faust gegen die Mauern – noch heftiger diesmal, so daß die Eicheln wie Murmeln über den Boden hüpften und sich in den Ecken des Leuchtturms verloren. Miracle fiel auf den Po, fluchte leise vor Enttäuschung und versuchte dann die für ihren Zauber benötigten Gegenstände wieder einzusammeln, ehe sie in Ritzen des

Fußbodens verschwanden. Da hörte sie diese Stimme – oder glaubte wenigstens, sie in diesem Moment zu hören.

Zur Salzsäule erstarrend, die Augen weit aufgerissen, lauschte sie nun mit angespannten Sinnen dem donnernden Gesang des Sturms und der Wellen, die mit steigender Flut dem Fundament der Kapelle von Saint Catherine unter ihr immer näher kamen, und bemühte sich, ihr wild pochendes Herz ein wenig zu beruhigen, um nachdenken zu können. Diese Hexe von einer weisen Frau, die ihr vor Jahren den Beutel mit den zauberkräftigen Ingredienzen gegeben hatte, hatte sie davor gewarnt, in der Zeit des Morrigan – den Nächten der Morgana, wenn kein Mond am Himmel zu sehen war – irgendwelche Beschwörungen anzustellen. Besonders einen Liebeszauber sollte sie in dieser Zeit vermeiden.

»Nichts als Leid wird über das Mädchen kommen, das in stockdunkler Nacht die Geister beschwört!« hatte die geheimnisvolle Ceridwen ihr erklärt.

Sich auf die Lippen beißend, verstaute Miracle nun wieder ihre Eicheln und Fäden im Lederbeutel, wobei sie sich fragte, wie denn ihr Liebeszauber, nur weil sie ihn in einer Neumondnacht beschworen hatte, plötzlich wirken und sich gegen sie richten sollte, nachdem doch all ihre Beschwörungen sie in mondhellen Nächten nie etwas bewirkt hatten? Zudem gehörten Zaubersprüche ja sowieso in das Reich der Märchen und des Aberglaubens, und sie machte das alles nur zum Zeitvertreib, damit ihr die Nächte, die sie hier als Leuchtturmwärterin von Rocken End Race verbrachte, nicht gar zu lang wurden. Würde sie sich erlauben, tatsächlich an so einen Humbug zu glauben ...

Da war es wieder! Eine Stimme ...

Miracle sprang auf die Füße und spähte durch die mit Gischt bespritzten Scheiben. Wie ein am Horizont verschwindender Geist glitten dort die Segel eines Schiffes in den Nebel hinein und tauchten darin unter. Einen Moment lang vergaß Miracle zu atmen; ihre Augen brannten, als sie nun die kochende See und die brodelnden Wolken absuchte und die Angst in ihr aufstieg wie eine heiße Flamme. Wenn ein unglücklicher Seefahrer mit seinem Schiff hier auf ein Riff gelaufen war, während sie mit überirdischen Mächten getändelt hatte, würde sie sich das niemals verzeihen.

Zunächst dachte sie, daß das, was sich dort am Rand der Klippen zeigte, nur eines dieser vom windgepeitschten Regen und von Nebelschwaden erschaffenen Gebilde war, die schon oft Anlaß zu Geschichten von Geistern und Kobolden gegeben hatten. Dann bewegte sich diese Erscheinung, wenn auch nur langsam, durch den Nebel am Ende der Landzunge den Strand herauf, stolperte über Steine, sank dann taumelnd gegen die Spanten eines Schiffes, das hier vor mehr als einem halben Jahrhundert von einem Orkan auf den Strand geworfen worden war und nun wie das Skelett eines vorsintflutlichen Tieres aus dem Schlick herausragte.

Dort kam diese Gestalt nun zur Ruhe. Der Wind blähte ihre schwarzen Kleider auf wie die Segel des Schiffes, das soeben am Horizont im Nebel verschwand. Erst jetzt war Miracle davon überzeugt, daß diese Gestalt kein Gespenst, sondern ein menschliches Wesen war. Dem Aussehen nach ein Mann, der nun regungslos dastand und aufs Meer hinausstarrte. Verloren und unglücklich. Frierend und durchnäßt bis auf die Haut. Jemand, der vermutlich Hilfe benötigte. Der ganz *bestimmt* Hilfe brauchte. Denn kein vernünftiger Mensch würde bei so einem Wetter versuchen, an der Küste von Rocken End Race zu landen.

Sie stemmte sich gegen die Tür, die auf eine kleine Außenplattform hinausführte, bis sie den Widerstand des Windes überwunden hatte und hinaustreten konnte auf dieses hölzerne Gerüst, das in früheren Zeiten die Funktion eines Krähennestes erfüllt und dem Leuchtturmwärter als Ausguck gedient hatte, wenn er den wäßrigen Horizont mit dem Fernrohr absuchen wollte. Inzwischen war jedoch diese kleine Plattform zu einem gefährlich durchhängenden Balkon verkommen, der unter dem leichtesten Gewicht erbebte und stöhnte und bei dem kleinsten Windstoß bedenklich von einer Seite auf die andere schwankte.

Als das nun geschah, suchte sie sich mit einem Schrei am hölzernen Geländer der Plattform festzuhalten, worauf das morsche Holz ihr buchstäblich unter der Hand zerbröckelte. Da warf sie sich zitternd gegen die Mauer des Leuchtturms und wartete mit angehaltenem Atem, bis der Wind sich ein wenig gelegt hatte. Erst dann wagte sie sich wieder bis zum Rand der Plattform vor, und als sie die Gestalt dort unten noch immer gegen einen Spant des Schiffswracks gelehnt sah, rief sie: »Hallo! Sind Sie über Bord gespült worden? Soll ich Sie retten?«

Mit einer, wie es ihr erschien, müden Bewegung, drehte die Gestalt sich jetzt um und suchte die Küste mit den Augen ab, als erwartete sie, daß jeden Moment eine Nixe oder böse Fee hinter einem der mächtigen Felsen oder eine der mit Seetang bedeckten Sanddünen hervorkommen würde. Miracle bemerkte nun, daß nur sein Umhang von der Gischt durchnäßt war, die Kleider darunter aber offenbar trocken geblieben waren, was sie mit einer gewissen Erleichterung zur Kenntnis nahm. Denn wenn sie diesen Burschen hätte retten müssen, wäre sie genötigt gewesen, von ihrem Ausguck auf die ebene Erde hinunterzusteigen – ein Unternehmen, bei dem sie Gefahr lief, sich den Hals zu brechen.

»Hier herauf!« rief sie, den Arm über den Kopf werfend, was die Plattform wieder in gefährliche Schwingungen versetzte.

Schließlich blickte die Gestalt in die Höhe. Der Mann stand einen Moment da, mit beiden Händen seinen Umhang vor der Brust zusammenziehend, damit der Wind ihn nicht aufbauschte und fortwehte. Dann bewegte er sich taumelnd auf das Gebäude zu, den Schritt verlängernd, als das Wasser der Flut nun um seine Stiefel gurgelte und an seinen Beinkleidern hinaufspritzte. Er mochte in diesem Moment sogar geflucht haben.

Sie war sich dessen nicht ganz sicher. Der Wind stellte seltsame Dinge mit den Stimmen der Menschen an, wenn er sie aus so einer Entfernung zu ihr hintrug.

Die Gestalt hielt nun am Fuße des Leuchtturms wieder an, starrte auf die offene Tür der alten Kapelle und dann wieder aufs Meer hinaus.

»Sie dürfen gern zu mir heraufkommen!« rief sie zu ihm hinunter.

Sie meinte, zu hören, wie er etwas darauf antwortete.

»Ich kann Sie nicht verstehen . . .«, begann sie, als er sein Gesicht zu ihr hinaufhob und den Kragen seines Umhangs zurückschob. Der Wind erfaßte nun die Masse seiner dunklen Haare, daß sie ihm wie eine Standarte um den Kopf wehten und ihr bekannt erscheinende Gesichtszüge freilegte.

»Oh, Hölle und Teufel«, rief sie, »nicht Sie schon wieder!«

Clayton zwinkerte ein paarmal heftig, um die salzige Gischt aus seinen Augen zu entfernen, und bemühte sich dann, die Sirene dort hoch über ihm scharf ins Blickfeld zu bekommen. Denn so wie dieses Mädchen aussah – mit ihren flammend roten Haaren, die ihr wie ein aus Kupferfäden gesponnenes Netz um den Kopf standen, und mit dem so stramm wie ein gutsitzender Handschuh auf den Körper gepreßten Leibchen ihres braunen Kleides konnte es sich ja nur um eine Sirene handeln. Clayton hatte alle Arten von Begrüßungen erwartet: ein Jauchzen, einen Jubelschrei, ein vor freudiger Überraschung ohnmächtiges Hinsinken – kurzum all diese typisch femininen Reaktionen, welche die Vertreter des weiblichen Geschlechtes anzuwenden pflegten, wenn sie sich plötzlich zu dem Mann ihrer Träume gegenübersahen. Schließlich hatte der Herzog ihm ja zu verstehen gegeben, daß dieses junge Ding mehr als glücklich sein würde, wenn er ihr Beachtung schenkte. Er hatte ihn auch mit solchen Ausdrücken wie ›außergewöhnlich, überaus schön – so schön, daß ein erwachsener Mann vor Verlangen nach ihr weinen könnte‹ – auf dieses Mädchen vorbereitet, insofern der Betreffende einen ›unseligen Geschmack‹, wie der Herzog es ausdrückte, ›fände an einer Vertreterin der gesellschaftlich und ökonomisch unter ihm stehenden Klassen‹. Deshalb war das letzte, was Clayton nun erwartet hatte, dieser Fluch zur Begrüßung, als sie ihn wiederzuerkennen glaubte, und dieser flammende Blick der Empörung, den sie ihm noch zuwarf, ehe sie sich eilends wieder in die ihm sehr fragwürdig erscheinende Sicherheit dieses alten Leuchtturms zurückzog und die Tür hinter sich zuwarf.

Daß er seinen Bruder irgendwie mißverstanden haben könnte, hielt er für ausgeschlossen. Denn der Herzog von Salterdon hatte ihm auf die Gesundheit der Herzoginwitwe geschworen, daß dieses ›faszinierende Wesen‹ geradezu ekstatisch auf die Aussicht reagieren würde, daß er, der Herzog, ihr den Hof machen könnte. Und daß sie weitaus mehr sei als nur eine Schönheit.

Das mußte natürlich der Schlüssel zu diesem Rätsel sein. Trey Hawthorne würde sich nicht einen Pfifferling um die Gesundheit der Herzoginwitwe scheren.

»Du liebe Güte!« hörte Clayton in diesem Moment eine atemlose Stimme hinter sich, worauf er sich langsam umdrehte, um Benjamin, seinen Kammerdiener, ins Auge zu fassen, der nun aus dem Nebel auftauchte und so rasch, wie er das vermochte, ein paar Reisetaschen über die Klippen hievte, um sie vor der steigenden Flut in Sicherheit zu bringen. Als Benjamin schließlich Clayton erreichte, setzte der grauhaarige und um die Taille herum schon ein wenig feiste Diener keuchend seine Last ab, richtete sich wieder auf und starrte dann ebenso sprachlos wie sein Herr auf dieses baufällige Gemäuer, das einmal eine von Walter de Godyton errichtete Kapelle gewesen war, die zu einer Einsiedelei gehörte, die vor Hunderten von Jahren einer Reihe von Priestern als Wohnung gedient hatte.

»Beim Zeus«, hauchte Benjamin, wobei seine Worte ihm wie eine Wolke in der frostigen Luft vor dem Mund standen. »Ich würde meinen, daß dies ein höchst unwirtlicher Ort ist und von so einer wilden Natur, daß sich darin allerlei Getier eingenistet zu haben scheint. Seid Ihr sicher, daß wir uns nicht in der Adresse geirrt haben? Denn ich vermag mir nicht vorzustellen, daß irgend jemand, insofern er nicht ein Geist ist, in diesem gräßlichen Gemäuer wohnen könnte.«

»Ich bin ganz deiner Meinung, Ben. Allerdings scheint es sich bei dem unholden Wesen, das offenbar in diesem Gemäuer haust, um die Person zu handeln, die ich hier aufsuchen soll, wie ich befürchte. Ich glaube nämlich, daß ich sie eben dort oben auf diesem morschen Gerüst habe herumturnen sehen – mit flammend roten Haaren, die ihr wie Speichen vom Kopf wegstanden.«

»Gespenster«, murmelte der Kammerdiener leise und erschauerte. »Ihr wißt doch, was ich von solchen Spukgestalten halte, Mylord. Man muß sich diese auf eine sichere Entfernung vom Leibe halten. Solange Ihr nicht wie ich bereits Bekanntschaft mit Geistern gemacht habt, werdet Ihr mir wahrscheinlich nicht glauben, was für eine verheerende Wirkung diese auf den Verstand eines Menschen ausüben können. Ich habe die Haare eines Mannes über Nacht weiß werden sehen, nur weil er einem Mahr einen Moment lang ins Gesicht schaute.«

Clayton runzelte die Brauen. Benjamin Hughes hatte große, dunkle und feuchte Augen, die Clayton an einen Jagdhund erinnerten. Hinter der Stirn seines länglichen Gesichts mit den Hängebacken schienen stets melancholische Gedanken zu nisten. Er hatte eine rote Nase – ein Zeichen dafür, daß er stets fror, wie der alte Mann beteuerte. Doch jeder, der ihn kannte, wußte, daß diese blaurote Färbung von einem seltsamen Zwang herrührte, zu jeder vollen Stunde einen ›Schluck von seiner Medizin‹ nehmen zu müssen, um sich eine Grippe vom Leib zu halten, die ihn sonst sicherlich befallen würde, wenn er diese nicht pünktlich einnahm. Seine Medizin bestand natürlich aus Brandy, und die Gespenster, mit denen er angeblich bereits Bekanntschaft gemacht hatte, waren zweifellos das

Produkt einer Überdosierung seines Grippemedikaments gewesen.

Ben hatte Claytons Familie bereits vierzig Jahre lang gedient, und seit vierzig Jahren hatte er jedesmal, wenn er in der Dunkelheit mit dem Kopf gegen etwas gestoßen war, seiner Herrschaft des Morgens von zahllosen Begegnungen mit Kobolden, Geistern und Dämonen berichtet. Die Herzoginwitwe oder Clayton hatten viele Stunden damit verbracht in dem Versuch, Benjamin davon zu überzeugen, daß solche Wesen gar nicht existierten und die Gespenster, die er gesehen haben wollte, nichts anderes waren als Bettlaken, die zum Trocknen auf der Leine hingen, oder zuweilen auch schimmernde Gase, die zu bestimmten Zeiten des Jahres den Sümpfen und Mooren entstiegen.

An diesem Nachmittag wäre es Clayton jedoch sehr willkommen gewesen, wenn er an Gespenster geglaubt und die Erscheinung dort oben auf dem Leuchtturm, die ihn soeben zum Teufel gewünscht hatte, für den ruhelosen Geist einer längst Verstorbenen hätte halten können – und nicht für diesen ›faszinierenden Engel‹, den er im Auftrag seines Bruders dazu verführen sollte, mit diesem die Ehe einzugehen.

Das eiskalte Wasser, das ihm gurgelnd um die Knöchel schäumte und ihm oben in die Stiefelschäfte hineinschwappte, holte ihn jetzt mit einem Schlag in die Wirklichkeit zurück. Das Kinn gegen die Brust gedrückt, um das Gesicht vor dem schneidenden Wind zu schützen, marschierte er nun auf diese zerklüftete Felswand zu, die fast lotrecht vom Strand in den von Nebel und Wolken verhangenen Himmel hinaufstieg. Wenn er die Wand erklommen hatte, wollte er sich seinen nächsten Zug überlegen – ob er sich noch einmal diesem Leuchtturm nähern oder sich besser auf den Weg nach Cavisbrooke Castle machen und Gott darum bitten sollte, daß das Mädchen im Leuchtturm auf den Klippen von Rocken End Race kein Wesen aus Fleisch und Blut, sondern nur eine Ausgeburt seiner Phantasie gewesen war.

Sicherlich würde doch selbst der irregeleitete und übel beleumdete Herzog von Salterdon seinem Bruder nichts Falsches erzählen, was die Umstände seiner bevorstehenden – wenngleich ihm, Clayton, jetzt fraglich erscheinenden – Heirat mit der Tochter von Lord Cavendish betraf!

Mit brennenden Lungen, erfrierenden Fingern und gefühllos gewordenen Füßen langten sie schließlich auf dem Gipfel von Catherine's Down an, der sich achthundert Fuß über dem Meer erhob. Clayton, der während dieser anstrengenden Kletterpartie über die grob in die Felswand hineingehauenen Stufen seinem Diener die Reisetaschen abgenommen hatte, warf diese nun auf den Boden und sank gegen einen Felsblock, während Benjamin sich noch die letzten Meter zum Gipfelplateau hinaufkämpfte. Als er dann seinen Herrn wieder eingeholt hatte, blickten sie beide, schwer atmend und stumm, in der bereits einsetzenden Abenddämmerung auf den Leuchtturm hinunter, der in der Stunde, die sie für den Aufstieg gebraucht hatten, von den rollenden Wellen der Tide vollkommen eingeschlossen worden war, die nun buchstäblich an den Wänden des alten Gemäuers hinaufkletterten. Die Kapelle befand sich zum größten Teil unter Wasser. Alles, was von ihr noch aus der grauen Flut herausragte, war das steinerne Kruzifix auf dem Dach, und die Wellen leckten an diesem empor und küßten dem am Kreuz hängenden, sterbenden Erlöser die Füße.

Von einem leichten Übelkeit erfaßt, sank Clayton wieder gegen den Felsblock zurück.

»Schaut nicht hinunter«, keuchte sein Diener neben ihm und blickte, sich mit beiden Händen an den Kragen seines Mantels fassend, noch einmal in die Tiefe. »Es ist empörend, wie hier unsere heiligsten Gefühle verletzt werden. Welcher vernünftige Mensch würde wohl an so einem ruchlosen Ort seine Andacht verrichten wollen?«

»Exakt meine Meinung«, sagte Clayton durch die zusammengepreßten Zähne. Dann drehte er sich vom Rand der

Steilwand weg und ging einen Pfad hinunter, wischte sich den Schweiß mit dem Jackenärmel aus dem Gesicht und wünschte seinen Bruder zum Henker.

Es hatte Stunden gedauert, bis Clayton endlich einen Bauer dazu hatte überreden können, ihn und seinen Diener mit einem Ochsenkarren nach Cavisbrooke Castle zu bringen. Als sie schließlich kurz nach Mitternacht ihr Ziel erreichten, warf Benjamin nur einen einzigen Blick auf das alte, furchtgebietende Gemäuer, das auf einem Felsvorsprung ungefähr fünfhundert Fuß über der donnernden Brandung des Ozeans thronte, machte auf dem Absatz kehrt und erklärte, daß es in diesem von Nebelschwaden umschlungenen Felsennest nur so wimmeln würde von den verdammten Seelen der Raubritter, die in dieser Burg gehaust haben mußten, und nun des Nachts, ihre blutigen Schwerter schwingend, dort durch die Gänge geisterten.

Offenbar hatte die Tatsache, daß es dem Bauern ein Vergnügen gewesen war, ihnen von den ›Verrückten‹ zu erzählen, die dieses ›finstere alte Loch‹ bewohnten, keinen Eindruck auf ihn gemacht.

»Wer würde sich denn schon so eine alte Burg wie Cavisbrooke Castle kaufen, frage ich dich?« hatte der Bauer Benjamin mit so eindringlichem Ernst erklärt, daß dieser gestöhnt hatte. »Der muß ja nicht ganz richtig im Kopf sein! Kein Wunder, daß sich damals, als dieser närrische junge Lord Cavendish hier auftauchte und seine Frau und deren Reitknecht in dieser von Ratten verseuchten alten Burg einquartierte, die Leute so ihre Gedanken machten. Denn diese Lady Lorraina Cavendish hauste dort oben jahrelang ganz allein – abgesehen von diesem Reitknecht, der genauso meschugge ist wie die ganze Familie –, während ihr Gemahl sich in der Weltgeschichte herumtrieb und sie nur alle paar Monate mal besuchte. Ich schätze, wenn sie nicht vorher schon verrückt gewesen ist, mußte dieses einsame Dasein in diesem finsteren Gemäuer sie ja schließlich in den Wahnsinn treiben. Sie hat sich dann auch wochenlang unten in diesem Leuchtturm eingeschlossen und auf das Meer hinausgestarrt, ob denn ihr Mann jetzt nicht bald wieder nach Hause käme. Eines Abends war sie dann einfach verschwunden – wie eine Flamme im Wind. Einige hier behaupten, daß sie jetzt tot sei, in diesem verdammten Leuchtturm herumgeistere und darauf warte, daß ihr Gemahl zurückkäme und sie von hier fortbrächte. Tatsache ist, daß es dort nicht mit rechten Dingen zugeht. Wir alle hier haben es mehr als einmal gesehen: das Einhorn und der Engel, die im Morgengrauen durch den Nebel davonflogen. Deswegen geht ja auch keiner von uns mehr dorthin. Nein, Sir – nicht zu den Klippen von Rocken End Race. Die überlassen wir den Toten, die sich dort tummeln.«

Clayton und Benjamin standen nun Schulter an Schulter, unter dem kalten Nebel erschauernd, auf der alten Zugbrücke, starrten hinauf zu den Wehrmauern und Türmen der alten Burg, die in der Dunkelheit verschwammen, als die letzten Sterne am Himmel von einer Nebelwand verdeckt wurden, während die – natürlich lächerlichen – Geschichten des Bauern von Geistern und Einhörnern an ihrem Unterbewußtsein nagten.

»Nun«, sagte Clayton schließlich zu seinem Kammerdiener, »ich denke, es wird Zeit, daß du unserer Gastgeberin von unserer Ankunft unterrichtest. Wir können doch wohl schwerlich hier auf der Zugbrücke übernachten, nicht wahr?«

»Ihr solltet das besser selbst übernehmen«, murmelte Benjamin, noch immer die finsteren Wehrmauern anstarrend.

Clayton räusperte sich und beschwor noch einmal das Bild der wilden rothaarigen Sirene vor seinem inneren Auge herauf, die ihn von dem Leuchtturm herab mit den Worten begrüßt hatte, daß sie ihn zur Hölle wünschte. Offenbar war es ein verdammt glücklicher Zufall gewesen, daß Benjamin sie nicht gesehen hatte, sonst wären sie nie bis hierher gekommen.

»Benjamin . . .«, begann er wieder.

»Ich mache das nicht... Sir. Ihr könnt mich nicht dazu zwingen. Denn es sind zweifellos Dämonen, die hinter diesem Tor dort hausen. Die Sorte mit den langen Schnauzen und Reißzähnen...«

»Benjamin...«

»... und Hörnern hinter den spitzen Ohren...«

»Zwinge mich nicht dazu, ein Machtwort zu sprechen. Du weißt, daß ich das kann.«

»Aber Ihr werdet das nicht tun, Sir.«

»Doch. Ich werde. Ich werde dich entlassen, wenn du jetzt nicht sofort etwas unternimmst. Ich friere..., und wer weiß denn, was für eine Sorte von Bestien hier in diesem trüben Wasser des Burggrabens unter der Zugbrücke lauert?«

»Ich verstehe, Sir«, schnappte der Kammerdiener, drückte die Schultern durch und begab sich zögernden Schrittes zum Torhaus am Ende der Zugbrücke, wo er eine Weile, mit den Händen den Torbogen abtastend, verharrte, bis ihm ein Strick zwischen die Finger kam, an dem er zog.

Irgendwo in der Tiefe des Gemäuers war daraufhin der dumpfe Klang einer Glocke zu vernehmen.

Sich auf dem Absatz herumdrehend, blinzelte Benjamin mit schweren Lidern zu seinem Herrn hinauf und murmelte: »Absolut makaber, Basingstoke. Ich muß noch einmal meinen Protest einlegen gegen dieses wahnwitzige und mir unzumutbar erscheinende Unternehmen, daß, wenn Ihr mir erlaubt, mich zu wiederholen, zweifellos uns beide ins Verderben...«

»Benjamin!«

»Jawohl, Sir?«

»Halt den Mund.«

Die Lippen spitzend, hob der Kammerdiener beide Brauen und sagte nun im Ton eines gescholtenen Kindes, das immer das letzte Wort haben mußte: »Es kommt niemand. Zweifellos sind sie alle ausgeflogen und tanzen jetzt irgendwo um Becken mit glühenden Kohlen...«

In diesem Moment wurde er von einem scharrenden und

quietschenden Geräusch unterbrochen, als sich das schwere, aus massiver Eiche bestehende Burgtor zu öffnen begann. Sofort machte Benjamin einen Satz rückwärts, er barg sich hinter Claytons Rücken und murmelte: »Habt keine Angst, Mylord. Ich werde Euch beschützen. Gebt mir nur einen Augenblick Zeit, bis ich meinen Mut wiedergefunden habe . . .«

». . . und die Loyalität, die du mir geschworen hast«, setzte Clayton im trockenen Ton hinzu, was ein lautes Hüsteln seines Dieners zur Folge hatte, bis der einen Schmutzfleck auf Claytons Umhang entdeckte, an dem er nun eifrig zu reiben begann – zweifellos in dem Bemühen, seine Aufmerksamkeit von dem abzulenken, was da hinter dem Burgtor von Cavisbrooke Castle lauerte.

Dieses hatte sich inzwischen so weit geöffnet, daß man den Kopf hindurchstecken konnte. Ein alter Mann mit einem aschfahlen runden Gesicht, Schnurrbart und einer Brille, deren Gläser so rund waren wie Monde, blickte Clayton fragend an.

»Oh«, begrüßte ihn der Alte dann mit den gleichen Worten wie die Sirene auf den Leuchtturm, »Sie sind das wieder.«

Einen Moment lang suchte Clayton fieberhaft in seinem Gedächtnis, um sich an die Worte seines Bruders zu erinnern, der ihm einen offenbar stark verkürzten Bericht über seinen Aufenthalt in Cavisbrooke Castle gegeben hatte. »Hoyt, alter Knabe«, erwiderte er dann. »Was für eine Freude, dich wiederzusehen.«

Der alte Mann blinzelte heftig und betrachtete Clayton dann, die Augen hinter den runden Gläsern unter den buschigen grauen Brauen zu Schlitzen verengend, ein paar Sekunden lang neugierig, zuckte schließlich zusammen, als habe man ihn mit einer Nadel in den Hintern gestochen, und fragte in einem etwas weniger barschen Ton: »Was bringt Euch denn nach Cavisbrooke zurück . . . Euer Gnaden?«

»Mein Wunsch, Lady Cavendish wiederzusehen, natürlich.«

»Hat aber ziemlich lange gedauert, bis Euch das eingefallen

ist«, grummelte der Alte, ohne das Tor auch nur einen Millimeter weiter zu öffnen.

»Meint Ihr«, wisperte Ben neben Claytons Ohr, »daß er uns einlassen wird?«

Im gleichen Moment ließ sich eine andere wispernde Stimme irgendwo im Rücken der grauhaarigen Schildwache am Tor vernehmen, die fragte: »Ist er es? Natürlich ist er es. Wer anders könnte wohl die Unverfrorenheit besitzen, mitten in der Nacht die Leute aus dem Bett zu klingeln, um ihnen zu befehlen, ihn ins Haus zu lassen? Sag ihm, daß er fortgehen soll, Johnny. Wir wollen ihn hier nicht haben.«

Hoyt spitzte die Lippen, und dabei zog sich sein silbergrauen Schnurrbart zu einem Gebilde zusammen, das Clayton an die gesträubten Stacheln eines sich zusammenrollenden Igels erinnerte. Schließlich sagte der Alte: »Lady Cavendish läßt Euch ausrichten, daß sie nicht zu Hause ist. Kommt morgen wieder.«

»Nein!« flüsterte die Stimme hinter ihm aufgeregt: »Er soll gar nicht wiederkommen. Sag ihm das, Johnny. Ich möchte sein arrogantes, unverschämtes, respektloses Gesicht nicht mehr sehen!«

»Lady Cavendish ist zur Zeit nicht auf Gäste eingerichtet«, gab Hoyt die Anweisung seiner Herrin in etwas abgewandelter Form weiter. Und dann, leise über seine Schulter: »Soll ich ihnen sagen, daß sie nach zurück nach Niton gehen sollen, Kind? Das ist der einzige Ort, wo sie jetzt noch eine Unterkunft finden könnten, wie du weißt. Aber sie werden mindestens vier Stunden brauchen, bis sie dort ankommen . . ., und es könnte sein, daß sie sich unterwegs in diesem Nebel verirren oder gar von der Straße abkommen und von der Steilküste hinunterstürzen ins Meer.«

»Ich kann nicht begreifen, wie du auf den Gedanken kommen kannst, daß ich diesen Herzog von . . . von Dingsda wieder mein Haus betreten lassen soll, wo du doch ganz genau weißt, was für eine Meinung ich von ihm und seinen ungehobelten Freunden habe.«

»Aye, aber du hast bislang noch nie einen Bettler von deiner Schwelle gewiesen, Mädchen. Überlege doch, wie dein Gewissen dich plagen wird, wenn du daran denkst, daß diese erbarmungswürdigen Kreaturen sich auf die Klippen verirren könnten. Du weißt doch, was man sich von den Aristokraten erzählt, Mädchen. Daß sie zu dumm dazu wären, sich den eigenen Hintern abzu . . .«

»Kanaille!« schnaubte Basingstoke an Claytons Ohr.

»Oh!« kam da wieder die weibliche Stimme, gefolgt von einem Laut, der sich anhörte wie das Aufstampfen mit einem Fuß. »Ich bin es allmählich leid, mich stets nach deinem unfehlbaren Sinn für Schicklichkeit richten zu müssen, Johnny.«

Plötzlich schwang das massive Burgtor auf und gab den Blick frei auf die plumpe Gestalt des bebrillten Dieners mit borstigen eisengrauen Haaren und einem offenbar hastig über ein Nachtgewand geworfenen Mantel. Hinter ihm stand diese Sirene, die Clayton vom Leuchtturm herunter begrüßt hatte — in dem gleichen zerschlissenen braunen und nun auch noch ziemlich zerknitterten Kleid, das sie am Nachmittag angehabt hatte. Ihre Haare waren eine wilde Flut übereinanderstürzender Locken, die in dem spärlichen Licht der Laterne sehr rot und lebendig aussahen, als sie nun die Hände auf die Hüften stemmte und Clayton mit einem zornigen Blick fixierte.

»Wie könnt Ihr es wagen«, begann sie und stampfte dabei mit einem ihrer in Pantoffeln steckenden Füßen auf den Boden, »Euch hier noch einmal blicken zu lassen! Ich bin in meinem Leben schon öfter arroganten Leuten begegnet, aber Ihr habt in dieser Hinsicht den Vogel abgeschossen, Salterdon. Wenn meine Erinnerung mich nicht trügt, habe ich zu Euch gesagt, daß ich, als Ihr und Eure überaus unliebenswürdigen Freunde vor ein paar Wochen geruhtet, mein Haus wieder zu verlassen, froh wäre, Euch endlich loszuwerden. Ich könnte Euch sogar damit gedroht haben, Euch gewaltsam aus meinem Haus entfernen zu lassen, falls es Euch einfallen sollte, noch einmal wiederzukommen. Und jetzt habt Ihr Euch doch tatsächlich erdreistet, hier wieder, mitten in der Nacht, auf meiner Türschwelle zu hocken wie ein schmutziger Straßenköter . . .«

»Straßenköter!« japste Benjamin an Claytons Ohr. »Mylord, ich würde mir solche Ausdrücke nicht gefallen . . .«

»Laß die Lady ausreden«, unterbrach Clayton ihn und schenkte dem Mädchen ein dünnes, trockenes Lächeln, worauf sie ihre Brauen zu einem Strich zusammenschob – ob aus Wut oder plötzlicher Verlegenheit um Worte, wußte er nicht zu sagen. Sie stand jedenfalls einen Moment lang sprachlos da, und er hatte den Eindruck, daß sie in Gedanken ihre nächste Tirade vorbereitete, mit der sie ihn vermutlich herzlich dazu einladen würde, sich kopfüber von der Wehrmauer ihrer Burg ins Meer zu stürzen.

Vielleicht ist das gar keine so schlechte Idee, dachte Clayton.

Er drückte seine Schultern durch und ließ mit seinem Blick ihre Augen nicht los, die wie ihr Gesicht im Schatten lagen, und dann bewegte sich Clayton auf sie zu. Er sah, wie sie das Kinn anhob, als jählings eine frostige, nasse Bö ihre roten Haare aufwirbelte und den bisher schlaffen Rock ihres Kleides bauschte. Die meisten Frauen wären jetzt, vor Kälte erschauernd, zusammengefahren und hätten um einen Umhang oder einen Schal gebeten. Nicht jedoch dieses Mädchen – aber welche ihrem Stand angehörende Frau hätte wohl so wie sie einem Herzog die Stirn geboten und ihn buchstäblich zur Hölle gewünscht?

Er griff nach ihrer Hand.

Sie entzog sie ihm, bevor er sie richtig zu fassen bekam.

Er griff noch einmal danach – geduldig, ihr noch immer sein *Ich-werde-dich-schon-noch-für-mich-gewinnen*-Lächeln zeigend, mit dem er schon das Herz so vieler spröder Jungfrauen zum Schmelzen gebracht hatte, die meinten, ihm die kalte Schulter zeigen zu müssen. Diesmal umspannte er mit seinen kalten Fingern ihr Handgelenk und zog dann ihre schmale Hand an seine Lippen. Mit seinem Blick noch immer ihre Augen festhaltend, die nun so rund wie Pfennige waren, sagte er mit einer so sinnlichen Stimme, wie das sein fröstelnder Körper zuließ: »Ich möchte mich für mein früheres Betragen entschuldigen. Ich bedauere es zutiefst. Offenbar habe ich mich wie ein Esel benommen. Aber jetzt, nachdem ich meinen Fehler eingesehen habe, bin ich hierher nach Cavisbrooke gekommen, um Abbitte zu leisten. Sicherlich wird eine so ... vornehme Lady wie Ihr mir meine Arroganz verzeihen und mir die Möglichkeit geben, mein bedauernswertes Verhalten von damals wiedergutzumachen.«

Er küßte leicht ihre Hand, hauchte seinen warmen Atem auf ihre blasse Haut. Eine Moment lang schien sie wie hypnotisiert dazustehen, blieb aber so wachsam wie ein Vogel.

Er dachte: *Nun haben ihre Knie zu zittern begonnen — ein wenig nur, aber doch genug, um sie an ihrer Fähigkeit, meinem Charme widerstehen zu können, zweifeln zu lassen.* Sie würde jetzt ihre Meinung von ihm noch einmal überdenken und sich fragen, ob sie nicht zu streng mit mir ins Gericht gegangen ist. Schließlich war er ja ein Herzog — sogar ein recht gutaussehender Herzog. Sie würde sich also sagen, daß sie dafür dankbar sein müsse, daß er ihr überhaupt Beachtung schenkte.

»Euer Gnaden«, hauchte sie mit einer fast tonlosen Stimme, ihm sacht ihre Hand entwindend. Dann wich sie einen Schritt in die Burg hinein zurück und fuhr fort: »Der Weg nach Niton ist gefährlich — selbst am hellen Tag und bei klarem Himmel. Ihr solltet darauf achten, daß Ihr in diesem Nebel nicht dem Rand der Steilküste zu nahe kommt und in einen Abgrund stolpert.«

Damit schlug sie ihm das Tor vor der Nase zu.

Es begann zu regnen. Es war nicht das für diese Jahreszeit typische Nieseln, es war ein Wolkenbruch. Als habe Gott nun die Absicht, in dieser überaus undelikaten Angelegenheit Partei für diesen zanksüchtigen weiblichen Drachen zu ergreifen und ihn auf diese besondere Weise für den Auftrag zu bestrafen, den er für seinen Bruder übernommen hatte. Es goß wie aus Kübeln, und das Wasser lief ihm in Strömen über das Gesicht und in den Mantelkragen hinein. Binnen weniger Sekunden war er bis auf die Haut durchnäßt, während sich breite Pfützen um seine Füße bildeten.

»Mylord«, hörte er Bens Stimme im Rauschen und Prasseln, »soll ich Euch eine Droschke bestellen?«

»Sehr komisch«, gab Clayton giftig zurück und fuhr fort, das geschlossene Burgtor anzustarren, während seine Zähne laut zu klappern begannen.

»Dürfte ich dann Eurer Lordschaft empfehlen, Ihre hier absolut unangebrachten charismatischen Bemühungen aufzugeben und statt dessen diese Tür dort einzutreten, wie das jeder Herzog, der etwas auf sich hält, tun würde, wenn er sich einer so himmelschreiend groben Behandlung durch eine Person minderen Standes ausgesetzt sieht.«

Er sollte also die Burg stürmen. In Ordnung. Clayton starrte auf die dicke Eichentür, deren Holz sicherlich noch erheblich älter war als dieses Gemäuser und deshalb so hart wie Eisen.

Als er leise vor sich hinfluchte, öffnete sich diese Tür wieder. Wenn auch nur einen winzigen Spalt.

»Ist er immer noch da?« hörte er die im Regen kaum vernehmbare Stimme dieses zänkischen Drachens.

Hoyt starrte ihn an. Regentropfen sammelten sich auf seinen Brillengläsern und rannen ihm über die Nase. »Aye«, erwiderte er, »er steht noch da draußen. Steif wie ein Leichnam. Scheint mir, seinem Aussehen nach, nicht sonderlich glücklich zu sein. Kann ich ihm nicht verdenken. Bei so einem Wetter würde man keinen Hund vor die Tür jagen, geschweige denn einen Herzog. Soll ich ihn hereinbitten, Mylady?«

»Oh, nun – also gut, wenn wir das unbedingt müssen.

Aber ich warne dich, Johnny. Ich möchte nichts mit ihm zu tun haben . . .«

Hoyt ließ nun das Tor weit aufschwingen, während er einen unsicheren Schritt von ihr wegmachte und dann sein ganzes Gewicht auf einen Krückstock aus knorrigem Wurzelholz verlegte. Clayton funkelte ihn durch den prasselnden Regen hindurch an, die Hände an den Seiten zu Fäusten geballt, während ihm das Wasser aus den Ärmellöchern rann. Dann glitt sein Blick von dem alten Mann weg zu dem Mädchen, das nun ebenfalls von der Tür zurücktrat, das Gesicht wieder im Schatten, die Arme vor der Brust gekreuzt.

Schließlich schritt Clayton, sich zu einem dünnen Lächeln zwingend, über die Schwelle in die düstere, aus grauen Feldsteinen und Mörtel errichtete Vorhalle hinein, die sich über ihm wölbte wie ein Dom, ihn aber in dieser spärlichen Beleuchtung eher an ein Felsengrab erinnerte. Er hatte sich Licht erhofft und Wärme, wovon ersteres kaum und letzteres überhaupt nicht vorhanden war: Er konnte seinen Atem sehen, als er in seine frostklammen Hände hauchte.

Kaum hatte Hoyt das Tor hinter Benjamin geschlossen, der mit einem Seufzer der Erleichterung die schweren, mit Regenwasser vollgesogenen Reisetaschen auf dem Boden absetzte, als die Lady erklärte: »Ich betreibe hier kein Asyl für Verirrte, Obdachlose und so hoffärtige Leute wie Euch, Euer Gnaden. Diesmal werdet Ihr für Euer Essen und Euer Logis bezahlen müssen – im Gegensatz zum letztenmal, wo Ihr und Eure ekelhaften Begleiter wie eine Horde von Blutegeln meine Großzügigkeit maßlos ausgenützt haben.« Und dann setzte sie mit einem leisen, ironischen Unterton hinzu: »Ihr könnt Euch jetzt zu Eurem Quartier begeben. Ich denke, Ihr wißt den Weg dorthin.«

Clayton blickte Benjamin stumm an. Benjamin, dem der Regen noch von der Nase tropfte, gab den Blick seines Herrn ebenso stumm zurück, aber Clayton konnte in dessen Hundeaugen lesen, daß er dasselbe dachte wie er.

Sie kannten den Weg zu ihrem Quartier nicht.

Schließlich sagte Clayton, eine Braue in die Höhe ziehend: »Wenn ich für mein Essen und mein Logis bezahle, erwarte ich dafür auch einen Service. Und zu diesem Service gehört das Tragen meines Gepäcks.«

Die Lady schien einen Moment lang vor Wut zu schäumen. Dann packte sie mit einem ärgerlichen Schnauben die nassen Reisetaschen, taumelte ein wenig, als sie diese anheben wollte, bis Hoyt ihr zu Hilfe kam und sie dann beide, schwankend unter ihrer Last, in einem dunklen Korridor untertauchten. Clayton, Ben an seiner Seite, folgte den beiden im Abstand von anderthalb Metern.

»Ich werde ihn nicht heiraten, das schwöre ich dir«, raunte die Lady ihrem Begleiter zu, aber so laut, daß Clayton es hören konnte. »Nicht für alle seine Titel und seinen Reichtum. Ich mag ihn nicht, Johnny.«

»Gib ihm eine Chance, Kind. Er scheint diesmal viel netter zu sein als beim letzten Mal. Außerdem ist es noch nie deine Art gewesen, jemanden von deiner Schwelle zu weisen, der in Not ist – selbst wenn der Betreffende aussieht wie frisch angeschwemmter Seetang.«

Das Mädchen seufzte, ihre Last von der rechten in die linke Hand verlagernd: »Wenn Mama hier wäre . . .«

». . . hätte sie nicht gezögert, diesen Mann aufzunehmen«, schnitt Hoyt ihr das Wort ab. »Du bist wie sie, Kind. Schön, temperamentvoll und eigensinnig. Aber sie hatte nicht einen wirklich gemeinen Zug in sich. Sie hat es verstanden, selbst dem ärmsten und verzweifeltsten Reisenden das Gefühl zu geben, daß er hier willkommen sei. Ja – damals schien diese alte Burg nicht gar so dunkel und kalt gewesen zu sein. Zumindest nicht dann, wenn sie zugegen war. In dieser Hinsicht bist du nicht so wie deine Mutter, Kind – bist es jedenfalls nicht heute abend gewesen. Ich fürchte, Mylady, Ihr seid eigenwilliger geworden, als Euch guttut. Zu introvertiert und vielleicht auch zu esoterisch. Dafür kann ich nicht Eurer Mutter die Schuld geben, sondern nur mir selbst. Es war ein Fehler von mir, mit Euch in Euren Mußestunden über Sokrates' und Platons Ideenlehre zu diskutieren. Und daß ich Euch ermutigt habe, Eurer Neigung für das . . .«

»Pst!« unterbrach sie ihn rasch und warf einen verstohlenen Blick über die Schulter. Clayton belohnte sie mit einem selbstgefälligen Lächeln, das seine Genugtuung darüber ausdrückte, daß sie sich mit seinem Gepäck abmühte. Tatsächlich war er mehr von dem Gespräch fasziniert, das die beiden da vor ihm führten, und von der Weise, wie ihr Haar bei jeder ihrer Bewegungen hin und her schwang. Desgleichen von den überaus wohlgestalteten Rundungen ihres Gesäßes. Vielleicht würde er ihr im Verlauf der nächsten Minuten, wenn sein Gewissen ihm diktierte, daß er das tun müsse, ihr seine Hilfe anbieten.

»Ich hätte Eure Mutter dazu überreden sollen, Euch auf eine ordentliche Schule zu schicken«, erklärte Hoyt in einem leicht verbitterten Ton.

»Wo man mir wahrscheinlich das Zupfen von Harfensaiten oder das Klimpern auf einem Cembalo beigebracht hätte. Nein, danke, Sir. Mein Leben ist hier, in Cavisbrooke, wo ich die Freiheit habe, ich selbst zu sein . . . und die Dinge zu pflegen, die ich am meisten schätze.«

Endlich, nachdem sie, wie es Clayton vorkam, eine Ewigkeit lang durch einen Tunnel zugiger, dunkler Korridore geschlurft waren und seine Gastgeberin sein Gepäck über die Stufen schier endloser enger Wendeltreppen hinter sich hergezogen hatte, langten sie in einer Flucht von riesigen, kalten und größtenteils unmöblierten Kammern an, wo Mylady seine Reisetasche auf den Boden warf, sich, heftig atmend, zu ihm umdrehte und erklärte:

»Ich werde Euch morgen früh keinen Tee bringen und Euch auch nicht das Frühstück am Bett servieren. Solltet Ihr heißes Wasser für Euer verdammtes parfümiertes Bad brauchen, könnt Ihr Euch das selbst holen und es erhitzen. Ich werde Euch auch keinen Karren und ein Eselgespann zu einer

Besichtigungsfahrt nach Niton zur Verfügung stellen, oder, besser gesagt, zu einem Ausflug in den dortigen Pub, damit Ihr Euch mit Eurer Bagage einen Rausch antrinken und anschließend grölend durch meine Wohnung galoppieren könnt wie ein Horde von Indianern mit der Mentalität und dem Verstand von Wickelkindern. Ihr werdet mich auch nicht mehr ›mein Schnuckelkäfer‹, ›mein hübscher Strandhase‹ oder ›meine süße Wassermaus‹ nennen oder auch nur einfach ›Rotschopf‹. Ich bin für Euch Lady Cavendish, Sir, und wiederhole jetzt, was ich Euch schon damals mehrmals gesagt habe — nämlich, daß ich keineswegs geneigt bin, Eure Bestrebungen hinsichtlich einer ehelichen Verbindung mit meiner Person oder sich auf mich beziehende Absichten ähnlicher Natur zu unterstützen. Ich mag Euch nicht, Herzog. Weder Euch noch Eure Freunde oder Eure Lebensweise. Mir ist es egal, wieviel Schlösser oder Landgüter Ihr besitzt; und daß Ihr regelmäßig mit König George diniert, kann mir auch nicht imponieren. Ihr und Eure Freunde seid in meinen Augen nichts als arrogante Grobiane, und wenn ich einen Tag in meinem Leben bereue, dann jenen, als ich Euch und Eure schieläugigen, beschwipsten Begleiter am Strand angeschwemmt fand wie einen Haufen mit Seetang garnierte Salzheringe. Wenn ich diesen Tag noch einmal durchleben könnte, würde ich Euch dort als Krabbenfutter liegenlassen. Wenn ich es allerdings recht bedenke, würden die Krabben Euch auch nicht haben wollen.«

Woraufhin Lady Cavendish mit ein paar graziösen Schritten um Clayton herumging, sich aus dem Raum entfernte und Hoyt bei den beiden ›Gästen‹ zurückließ, der, auf seinen Krückstock gelehnt, Benjamin amüsiert betrachtete, dem angesichts der nackten vier Wände seines Quartiers der Unterkiefer heruntergeklappt war. Dann, den Blick auf Clayton heftend, sagte er mit sichtlicher Verwunderung: »Ich habe bisher noch nie erlebt, daß sie jemanden so wenig leiden konnte wie Euch, Sir.« Dann wandte er sich kopfschüttelnd zur Tür und folgte seiner Herrin hinaus in den dunklen Flur.

Noch immer sein dünnes Lächeln auf den Lippen, starrte Clayton auf die nun leere Türschwelle.

»Sir«, sagte Ben hinter ihm, »was würdet Ihr denn jetzt gern tun?«

Claytons Lächeln erlosch. »Wenn du es genau wissen willst«, erwiderte er, »würde ich jetzt am liebsten meinen Bruder umbringen.«

Nachdem Miracle die schwere Eichentür ins Schloß geworfen hatte, lehnte sie sich, schwer atmend, dagegen, schob die Hand in die Tasche ihres Rocks und schloß die Finger um den Beutel mit den Eicheln, die sie vor ein paar Stunden zu ihrem lachhaften Versuch benützt hatte, mit den Mondgöttern Verbindung aufzunehmen.

Daß dieser abscheuliche Herzog exakt in dem Augenblick aufgetaucht war, wo sie Cupido darum gebeten hatte, ihr das Gesicht ihres zukünftigen Gatten zu zeigen, konnte nur ein Zufall gewesen sein.

Wie sehr sie doch diese dünkelhaften, hoffärtigen Männer des Hochadels haßte, die meinten, sich etwas auf ihr ›blaues Blut‹ einbilden zu können! Zudem glaubte sie ja auch gar nicht an die Wirkung von Ceridwens Zaubersprüche. Sie waren nichts anderes als Notizen in einem uralten schwarzen Buch, dessen Seiten allmählich zu Staub zerfielen; waren bald nur noch vergessene Geschichten, die sich, um Johnny zu zitieren, ›schlaue alte Weiber ausgedacht hatten, weil sie sich einen Ehemann nicht mal mit einer Fallgrube hatten einfangen können‹.

Sie zündete eine Kerze an und ging zu einer Truhe an der Wand, aus der sie nun vorsichtig Ceridwens heiliges Buch nahm und dann wütend anstarrte. Draußen heulte der Wind um den bröckelnden Turm – das erste Festungswerk, das Walter de Godyton hier auf der Felsenplatte errichtet hatte, ehe er die Anlage zu einer Burg ausbaute.

Eine Eule schrie.

Miracle erschrak so heftig, daß Buch und Kerze ihren Händen entglitten. Hoch über ihr, auf einem Balken unter dem Dach, saß der rundgesichtige Vogel und blickte mit seinen großen Augen in seiner weißen Federmaske, ohne zu blinzeln, auf sie herunter.

Dann schrie er zum zweitenmal.

Das Buch vom Boden aufhebend, blätterte sie rasch in den brüchigen, dünnen Seiten, bis sie den Liebeszauber des Eulenrufes fand.

> Wenn du in der Zeit des Morrigan – den mondlosen Nächten – den Ruf der Eule vernimmst, ist das ein sehr bedenkliches Zeichen; denn er prophezeit dir eine Flut schlimmer und trauriger Ereignisse. Du wirst große Mühsal und Anstrengungen auf dich nehmen müssen, wenn du all den Dingen, die jetzt auf dich zukommen, eine Wende zum Guten geben willst.

Miracle sank auf den Boden nieder, packte das Buch mit beiden Händen und sagte seufzend: »Wußte ich es doch, daß dieser unsägliche, aufgeblasene Narr von einem Herzog uns nur Unheil bringen wird.«

Noch nie hat die Liebe mich so rasch und süß überwältigt,
wie ein Sonnenstrahl, der ihr Gesicht zu einer herrlichen Blume erblühen ließ,
und mir das Herz stahl.

John Clare

Kapitel drei

Clayton hatte nur wenig geschlafen. Noch Stunden, nachdem diese übellaunige, streitsüchtige Lady und ihr Begleiter Hoyt – ein überraschend sympathischer, wenn auch wunderlicher Mann – ihnen ihr wenig einladendes Quartiere gezeigt hatten, war er zwischen den frostigen vier Wänden der zugigen Kammer auf und ab gewandert, sich überlegend, ob er dieser fragwürdigen Eskapade nicht ein Ende bereiten sollte, ehe sie richtig begann. Auch Geschwisterpflichten hatten ihre Grenzen, wenn sie unzumutbar waren. Zumal Trey ihn ja auch, was die Umstände seiner Beziehung zu dieser keineswegs liebenswerten jungen Dame betraf, ganz offensichtlich belogen hatte. Das Ganze sah ihm verdächtig nach einem dieser Schelmenstückchen des Herzogs aus, die darauf abzielten, seinen ihn bei seinen Ausschweifungen Gesellschaft leistenden Freunden Stoff für pikante Anekdoten zu liefern. Zweifellos hockten sie jetzt nach einem ihrer nächtlichen Trinkgelage beisammen und amüsierten sich königlich über diese verabscheuungswürdige Farce.

Andererseits war es jedoch eine sattsam bekannte Tatsache, daß sein Bruder sich in argen finanziellen Schwierigkeiten befand und die Herzogin in den letzten paar Monaten überaus deutlich ihr Mißfallen darüber bekundet hatte, daß Trey sich weigerte, in den Ehestand zu treten und einen Erben zu zeugen.

Auch hatte Clayton eine gar nicht so üble Lust dazu, dieses idiotische Unternehmen durchzuziehen. Es konnte Trey vielleicht eine Lehre sein – und auch seiner tyrannischen und sich ständig in fremde Angelegenheiten einmischenden Großmutter einen Denkzettel verpassen. Trey würde sich mit einer Frau verheiratet sehen, die er gar nicht haben wollte, und die Herzogin würde sich plötzlich in der für sie überaus unangenehmen Lage befinden, ihren Standesgenossen erklären zu müssen, wieso ihr Enkelsohn dazu kam, ein so verrücktes und mittelloses Mädchen zu ehelichen.

Was Trey wirklich nötig brauchte, war ein Tritt in den Hintern, waren Umstände, die ihn zwingen würden, sich seinen Lebensunterhalt im Schweiße seines Angesichts verdienen zu müssen und daß sein Bruder in die gleiche Lage kam wie er, Clayton, damals, als er sich auf die eigenen Beine stellen wollte. Er hatte seine Großmutter um ein Startkapital gebeten und keinen Penny von ihr bekommen. Da war er, Clayton, hingegangen, hatte die Ärmel hochgekrempelt und sich daran gemacht, den verfallenen, heruntergewirtschafteten Landsitz von Basingstoke Hall in Salisbury wieder instandzusetzen. Er hatte die Felder selbst gepflügt, bis seine Hände bluteten, und schließlich eine der besten Ernten der Gegend eingefahren. Er hatte den Erlös, den er damit erzielte, sofort wieder investiert – einen Teil davon auch am Spieltisch – und schließlich ein Vermögen gemacht. Und er hatte noch die Narben an den Händen, die bewiesen, wie hart er dafür gearbeitet hatte.

Er schuldete Trey etwas. Das konnte er nicht leugnen. Trey mußte das Wasser schon bis zum Hals stehen, wenn er diese Schuld jetzt von ihm einforderte.

Trotzdem mußte es doch noch eine andere Lösung geben. Schließlich hatte Trey ihn ja belogen, was sein Verhältnis zu dieser jungen Dame betraf. Bevor er, Clayton, England verlassen hatte und nach Frankreich gereist war, wo seine Mätresse lebte, hatte sein Bruder ihm erzählt, daß er und Lady Cavendish im besten Einvernehmen voneinander geschieden waren. Daß sie erklärt hätte, sie würde sich auf ein Wiedersehen mit ihm freuen – ihm sogar angedeutet habe, daß es ihr nicht unangenehm wäre, falls er ihr den Hof zu machen gedächte.

Und Clayton hatte ihm das alles geglaubt. Ausgerechnet er, der berüchtigt war für seine Scharfsichtigkeit. Es war schon verdammt lange her, seit jemand ihn mit einem Bluff hatte aufs Kreuz legen können.

Clayton runzelte die Stirn und ging zu der offen stehenden Tür der Nachbarkammer. Dort lag Benjamin auf einem Strohsack auf dem Boden und schnarchte leise, eine dünne Decke bis zum Kinn hinaufgezogen.

Schwer zu glauben, daß er, Clayton, noch vor vier Nächten in den Armen seiner Mätresse geschlafen hatte. Warm. Trocken, satt und ein wenig beschwipst. Er hatte ihr erzählt, daß er für seinen Bruder eine Geschäftsreise auf die Isle of Wight unternehmen müsse. Was man kaum als Lüge bezeichnen konnte.

Trotzdem hatte es eine Zeit in noch gar nicht so ferner Vergangenheit gegeben, in der er es sich zweimal überlegt hätte, Gräfin Blanche Delarue-Madras für längere Zeit aus den Augen zu lassen. Von all seinen Liebschaften war sie schließlich diejenige gewesen, die den Gedanken an eine Ehe für ihn fast zu einer Verlockung gemacht hätte. Schließlich hatte sie es ja auch nicht auf sein Geld abgesehen – davon hatte sie selbst mehr als genug.

Mit siebzehn war sie von ihren Eltern mit einem verschrumpelten Zwerghahn von einem Grafen, der dreißig Jahre älter gewesen war als sie, mit kurzen Beinen, einem Klumpfuß, einer Brust wie ein Gorilla und einem Gesicht wie ein Fuchs verheiratet worden. Bald nach der Geburt ihres einzigen Kindes hatte dieser dann in den Armen einer seiner zahllosen Mätressen einen Herzschlag bekommen. Seine Familie hatte Blanche für ihre Langmut reichlich entschädigt und sie dann, ihr alles Gute wünschend, auf die Straße gesetzt.

Ah, ja. Die Gräfin Delarue-Madras war exquisit: immer willig, eifrig und scharf. Die Zeiten, die sie miteinander im Bett verbracht hatte, waren stets eine sehr heiße und stürmische Angelegenheit gewesen.

Clayton war selbst diese Affäre schließlich langweilig geworden. Tatsächlich gab es fast nichts in seinem Leben, dessen er nicht überdrüssig geworden war. Reichtum und Erfolg stellten für ihn kaum noch eine Herausforderung dar. Wie wäre er sonst wohl dazu gekommen, sich an den unwirtlichsten Rand dieser Welt zu begegeben – weg von den voraussehbaren Eskapaden an den Spieltischen und in den Klubs? Während Basingstoke Hall für ihn früher eine Zufluchtsstätte gewesen war, wo er sich in einer behaglichen Atmosphäre entspannen und Ruhe finden konnte, hatte er sich in den letzten zwei Jahren dort unerträglich einsam gefühlt. Man konnte ja nun nicht jeden Tag eine Soiree geben oder eine Jagd veranstalten; außerdem hatten seine Freunde inzwischen fast alle Füchse in drei Grafschaften ausgerottet!

Er verließ jetzt die Kammer, schloß die Tür hinter sich und spähte den unendlichen langen Korridor hinunter, in dem Kerzen, die in uralten, verwitterten Wandhaltern aus Bronze steckten, ihr spärliches Licht verbreiteten. Hier gab es keine Teppiche, nur nackten Stein, dessen Feuchtigkeit durch die Sohlen seiner Stiefel zu dringen und an seinen Beinen hinaufzukriechen schien. Kein einziges Gemälde hing an den Wänden, nur Spinnweben waren zu sehen, die von der niedrigen Balkendecke herunterhingen.

Welche vernünftige Frau würde nicht die erste sich ihr bietende Gelegenheit beim Schopf fassen, um einer solchen Umgebung zu entrinnen? überlegte er, während er, sich gelegentlich an der Wand entlangtastend, langsam den Korridor hinunterbewegte. *Welche Frau, die ihre sechs Sinne beisammen hatte, würde hier auf die Dauer wohnen wollen?* Schließlich zählte man das Jahr 1800; aber dieses ›Schloß‹ war nicht moderner als eine Herberge zur Zeit Heinrichs VIII. – und das war noch großzügig geschätzt, dachte Clayton bei sich. Wenn er den Erzählungen des Bauern glauben konnte, der ihn hierhergebracht hatte, war Cavisbrooke Castle in der Regierungszeit Wilhelms des Eroberers erbaut worden.

Doch was er jetzt am allerwenigsten verstand, war das Verhalten seines Bruders: Warum, zum Teufel, hatte er ausgerechnet diese eigenartige, offenbar nicht ganz zurechnungsfähige junge Dame zu seiner zukünftigen Braut erwählt – auch wenn er sie nur heiraten wollte, um die Herzogin zu ärgern?

Clayton blieb stehen und lauschte. Er hatte ein Geräusch in seinem Rücken gehört.

Er spähte zurück in das Dunkel, aus dem er soeben gekommen war.

Da bewegte sich etwas. Etwas Huschendes. Vielleicht eine Ratte. Er zweifelte nicht daran, daß es in diesem alten Gemäuer von diesen Biestern nur so wimmelte.

Er zog seine Uhr aus der Rocktasche, ließ den Deckel aufschnappen und strengte seine Augen an, um die Zeit von ihr ablesen zu können.

Acht Uhr morgens. Vielleicht war es noch zu früh für die Dame des Hauses, sich von ihrer Liegestatt zu erheben und sich um ihre Gäste zu kümmern. Clayton setzte seine Wanderung durch dieses Labyrinth aus Gängen, Korridoren, Galerien und Treppen fort, die buchstäblich von ihrer eigenen Stille widerhallten, bis er sich schließlich hoffnungslos darin verirrt hatte. Verflixt – gab es denn keinen einzigen Dienstboten in diesem Haus? Man hätte in dieser Burg glatt Hungers sterben können, ohne daß es jemandem aufgefallen wäre – oder auch an Kälte, da die Räume hier entweder gar keine Fenster hatten oder nur winzige Schießscharten, die kaum einen Sonnenstrahl passieren ließen.

Er begann seine Rede zu proben, mit der er sich bei seiner

›Gastgeberin‹ entschuldigen wollte, daß er ihr ›Schloß‹ so rasch wieder verlassen müsse. Zwingende Gründe. Nicht, daß es irgendeiner Entschuldigung bedurft hätte. Lady Cavendish würde mehr als froh sein, ihn wieder scheiden zu sehen. Sie hätte ihn wohl am liebsten gleich von einem der Türme oder Söller hier oben direkt hinunter ins Meer befördert . . .

Wie hieß diese Lady gleich wieder mit Vornamen? Er versuchte vergeblich, sich daran zu erinnern.

Trey hatte fast immer nur von Ihrer Ladyschaft gesprochen. Doch einmal – flüchtig – war in seinen Ausführungen auch ihr Name aufgetaucht . . . Marianne? Oder hatte er sie ›Margaret‹ genannt?

Ach – was spielte das jetzt noch für eine Rolle. Er würde sich so rasch wie möglich wieder von hier empfehlen. Doch dazu mußte er erst einmal aus diesem Labyrinth herausfinden . . .

Endlich erreichte er einen Durchgang, dem sich ein Korridor mit gewölbter Decke anschloß und dessen Fensterschlitze ein bißchen mehr Tageslicht hereinließen. Dort vernahm er auch endlich Stimmen, die aus einiger Entfernung an sein Ohr drangen, und er bewegte sich vorsichtig in diese Richtung, bis er schließlich an den Eingang zu einem großzügig bemessenen Innenraum kam. Es war zwar kein übermäßig großes Zimmer, aber was das Licht und die Luft betrafen, war es den schwarzen Löchern von Zellen, an denen er bisher vorbeigekommen war, bei weitem vorzuziehen.

Als er dieses ›Zimmer‹ nun näher betrachtete, entpuppte sich dieses als ein Garten, der ihn durch die Üppigkeit und Vielzahl der Gewächse überraschte. Die Wände, die dieses Areal umschlossen, boten Pflanzen und Tieren vor den Stürmen des Meeres Schutz und dienten rankenden Blumen und Früchten als Stütze. Er sah hier herrliches Spalierobst an den Mauern, Mais, Stangenbohnen und Wassermelonen. Pyramiden aus Stockrosen, chinesische Astern, Gartennelken, Reseden und Geranien zeigten sich hier unter der Sonne in voller Blütenpracht.

Selbst in ihrem gegenwärtigen, halb verfallenen Zustand ragten die Außenmauern dieser dachlosen Ruine noch fast dreißig Meter in die Höhe. Eine Außentreppe führte zu einem ungefähr fünf Meter über dem Boden schwebenden Torbogen, den man früher vermutlich nur über eine Leiter erreichen konnte, und der Raum dahinter mußte, wie die Reste der in roter und gelber Farbe gehaltenen Fresken und der kleine Altar davor vermuten ließen, früher mal eine Kapelle gewesen sein.

Doch es waren nicht diese traurigen Überreste aus den längst vergangenen glanzvollen Tagen von Cavisbrooke Castle, die seine Aufmerksamkeit erregten, es war das Mädchen, das seinen Blick festhielt.

Das rothaarige Mädchen, dem die Sonne über Kopf und Schultern flutete, als sie sich über ein Gemüsebeet beugte und mit einer musikalischen Stimme zu ihrem Begleiter sagte: »Ich würde mich viel lieber mit dir über Don Francisco Salvas Entdeckung der galvanischen Elektrizität unterhalten als über unseren höchst unwillkommen Besucher, diesen Herzog von ... Dingsda.«

»Salterdon«, korrigierte Hoyt sie mit einer vorwurfsvollen und zugleich amüsierten Miene.

Sie blieb eine Weile stumm, ganz auf die ihr offenbar Vergnügen machende Arbeit konzentriert, als sie mit einer Hacke die Erde um die Wurzeln der Pflanzen herum auflockerte, wobei sich ihre Wangen von der Anstrengung rosig verfärbten, während ihr Gesicht einen nachdenklich Ausdruck zeigte. Seltsam, wie diese klosterartige Umgebung diesem Augenblick eine stille Heiterkeit verlieh, und seltsam und überraschend für ihn, daß ihn nun der Gedanke daran irritierte, daß dieses Mädchen dort drüben (nicht Sirene, nicht Drachen, nicht Hexe – weit entfernt davon) nun bald seinem Bruder gehören würde, wenn er, Clayton, sich dazu entschloß, dieses ihm irgendwie widersinnig erscheinende Verwirrspiel fortzusetzen.

»Ich fand ihn unverschämt«, sagte sie schließlich, ein Unkraut aus einer Gruppe von Pfingstrosen entfernend. »Und anmaßend. Du weißt ja, was ich von arroganten Leuten halte, Johnny.«

»Er ist ein Herzog. Er hat ein Recht darauf, arrogant zu sein.«

»Nein. Kein Mensch hat das Recht, sich über andere erhaben zu fühlen. Du selbst und Mama habt mich das gelehrt.«

»Aye, verdammt noch mal. Ich hätte nie gedacht, daß mein eigenes Moralempfinden eines Tages die Zähne blecken und mich beißen würde. Trotzdem ist er noch immer ein Gast. Hat deine Mutter dir denn nicht beigebracht, wie segensreich Herzenswärme sein kann? Denn falls sie das versäumte ...«

»Seine Hände sind kalt.«

Clayton wölbte eine Braue, kreuzte die Arme vor der Brust und lehnte sich gegen die Mauer.

»Kalt!« wiederholte sie und schlug dabei heftig mit ihrer Hacke in den Boden. »Und seine Augen sind ... sind tückisch. Ja, tückisch! Ein Mann sollte in einer Frau das Gefühl wecken, daß sie ...«

»... hübsch ist«, ergänzte Johnny mit lauter Stimme, »begehrenswert! Himmel, du bist deiner Mutter viel ähnlicher, als ich dachte. Eben sagtest du noch, daß du Arroganz verabscheust. Wie sieht es denn dann mit der Eitelkeit aus? He?«

Ihr Lachen war wie ein heller Glockenklang, der von den Wänden des dachlosen Raumes widerhallte und, Sonnenstäubchen gleich, über die schweren, in allen Farben leuchtenden Blütenköpfe hinschwebte. Dann trat wieder Stille ein, als sie sich auf die Fersen zurücksetzte und das Gesicht ins Licht hob, das aus dachloser Höhe auf sie herunterflutete. So verharrte sie eine Weile, während sich ihre Wangen nun lebhaft zu röten begannen und ein wenig feucht wurden. Das tiefe Schweigen wurde nur von dem Schrei der Raben durchbrochen, die hoch oben über der Turmruine kreisten, wo in dem tiefblauen Himmelsausschnitt weiße Wolken in rascher Folge dahinjagten.

Clayton war einen Moment wie gelähmt und schien nicht viel anderes tun zu können als sie anzustarren. Selbst als etwas sie veranlaßte, ihren Kopf in seine Richtung zu drehen und ihre tiefblauen Augen den seinen begegneten, vermochte er sich nicht zu rühren.

»Oh«, kam es flüsternd über ihre weichen Lippen, »er ist hier.«

Johnny, der sich in einem mit einem Kissen versehenen steinernen Sessel niedergelassen hatte, den vier Engel auf ihren Schultern zu tragen schienen, drehte sich nun ebenfalls in seine Richtung. Ein Lächeln zeigte sich auf seinem runden Gesicht, und mit einem Zwinkern in seinen blauen Augen rief er: »Euer Gnaden! Gesellt Euch doch zu uns, bitte!«

Clayton quittierte die Einladung mit einem trockenen Lächeln und erwiderte: »Kann ich denn das wagen? Ist sie nicht gefährlich?«

»Ho-ho! O ja – das könnte durchaus sein. Sie scheint heute morgen ein wenig unter schlechter Laune zu leiden, obwohl ich nicht begreifen kann, weshalb.«

Endlich erhob sich die junge Dame aus ihrer Hocke und stand einen Moment lang unschlüssig zwischen den Geranien, während der Saum ihres hellbraunen Kleides leicht um ihre Fußknöchel strich. Dazu trug sie Pantoffeln aus braunem Ziegenleder und gestrickte, mit einem Rippenmuster versehene Wollstrümpfe. Sie hielt in der einen Hand einen Korb mit Zwiebeln und Lauch, und in der anderen Hand eine Heckenschere. »Euer Gnaden«, sagte sie. »Herzog . . .«

». . . von Dingsda«, ergänzte Clayton schlagfertig.

Sie hob das Kinn an und warf Hoyt einen kurzen Blick zu, dann schob sie die Schultern vor und kaute auf der Unterlippe.

»Kommt doch zu uns, Euer Gnaden. Bitte.« Hawthorne

deutete auf einen zweiten, teilweise von Geißblattranken überwucherten steinernen Sessel.

»Aber nur, wenn Ihr keinen Anstoß an meiner Unverschämtheit und Anmaßung nehmt.«

Hoyt starrte ihn einen Moment lang mit offenem Mund an und lachte dann leise. Lady Cavendish senkte kurz die Augen und betrachtete ihn dann unter halb gesenkten Lidern hervor so vorsichtig und eindringlich, als wäre sie etwas Unerwartetem begegnet.

Clayton trat in den Garten hinaus, zögerte ein Weilchen, um das warme Gefühl der Sonne auf seinen Schultern zu genießen, und ließ sich dann neben Hoyt auf den steinernen Sessel nieder, wobei er durch die Bewegung einen süßen Duft nach Honig aus den pollenschweren Geißblattblüten freisetzte.

»Miracle«, sagte der alte Mann, »es gehört sich nicht, unseren Gast so anzustarren.«

Miracle. Das war also ihr Name. Ungewöhnlich. So ungewöhnlich wie sie selbst. Er paßt zu ihr, ging es Clayton durch den Kopf, und er bemühte sich sofort, diesen Gedanken wieder zu verbannen. Er hatte sich darauf vorbereitet, sie nicht zu mögen; jeden Versuch, ihr (um seines Bruders willen) den Hof zu machen, zu unterlassen und ihrer Aufforderung nachzukommen, sich so rasch wie möglich wieder zu verabschieden. Schließlich hatte er sich ja um sie bemüht – und das war alles, was er Trey schuldete. Andererseits war er aber auch nicht auf sie vorbereitet gewesen – nicht auf dieses Mädchen, das inmitten von Pfingstrosen saß, ihre perfekten Züge der Sonne dargeboten.

Miracle drehte sich nun von ihnen fort, suchte sich vorsichtig einen Weg zwischen den blühenden Geranien und Reseden bis zu der Stelle, wo sie einen zweiten, mit Karotten und weißen Rüben gefüllten Korb an der mit wildem Wein bedeckten Mauer zwischen Frauenhaarfarnen auf einem weichen Moospolster abgestellt hatte. Sie sieht aus wie eine Märchenfee oder

Nymphe, dachte er. Und ist ebenso schwer faßbar. Er verstand plötzlich, warum sein Bruder sie dazu auserwählt hatte, seine Herzogin zu werden. Ihre Natürlichkeit strahlte aus ihren Zügen auf eine Weise, die einem fast den Atem nahm. Da war keine Spur von Verstellung in diesem Gesicht, keine Heuchelei, keine Eifersucht, und ganz sicherlich kein Zynismus. Auch war sie ganz bestimmt nicht verrückt. Ihre Verrücktheit bestand darin, daß sie hier in diesem finsteren Loch einer mittelalterlichen Burgruine hauste, wo doch eine ganze Welt dort draußen geradezu nach ihrer Art von Unschuld lechzte.

»Habt Ihr gut geschlafen?« erkundigte sich Johnny.

»Nie besser als heute nacht«, log Clayton, dessen Blick noch immer auf dem Mädchen ruhte.

»Ich werde dafür sorgen, daß man etwas mehr Torf in Euer Quartier schafft. Wir können doch nicht zulassen, daß Ihr hier frieren müßt. Nicht wahr, Mira?«

»Vielleicht will Seine Gnaden gar nicht bei uns bleiben«, sagte sie spitz, ihre feinen dunklen Brauen ein wenig zusammenziehend, als sie Clayton wieder ins Auge faßte.

»Unsinn! Seine Gnaden hat schließlich diese weite Reise hierher nur unternommen, um dich wiederzusehen. Warum sollte er also jetzt nicht hierbleiben? Richtig, Salterdon?«

Clayton kreuzte die Beine, während diese Logik ihn wie ein Schlag auf den Hinterkopf traf. Er hatte sich dazu entschlossen, sich nicht länger für die Kapriolen seines Bruders einspannen zu lassen. Er hatte sich bereits die Gründe zurechtgelegt, die er vorbringen wollte, um sich von seinen Gastgebern im guten Einvernehmen verabschieden zu können – bis zu dem Moment, als er dort aus dem Gewölbe gekommen und . . . Miracle gesehen hatte.

»Ja«, erwiderte er nachdenklich, »Sie haben vollkommen recht.«

Einen kurzen Moment verharrte ihr Blick noch unter hochgezogenen Brauen auf ihm, ehe sie sich wieder ihrer Arbeit zuwandte und sich auf die fette, schwarze Erde kniete. Die

Haare flossen in feurigen, seidigen Strähnen über ihre Schultern auf den Boden, wo sie sich unweit ihrer grabenden Hände wie eine kupferrote Lache ausbreiteten.

»Mira erzählte mir, daß Ihr am Felsenstrand von Race End gelandet seid«, sagte Johnny. »Nachdem Ihr beim erstenmal mit diesen verdammten Klippen auf recht unliebsame Weise Bekanntschaft gemacht habt, hätte ich angenommen, daß Ihr Euch diesmal für die Fähre entscheiden würdet.«

»Das erstemal?« erwiderte Clayton stirnrunzelnd, mit seinen Gedanken bei den Händen des Mädchens weilend – feingliedrige Hände mit langen, schmalen Fingern, an denen jetzt Humus klebte. Einen Moment lang vergaß er den Flirt seines Bruders mit dem Tod und was ihn, Lord Basingstoke – nein, den Herzog – wieder hierhergebracht hatte.

Wo ist nur mein Verstand geblieben? fragte er sich verwundert, die Augen verengend und Miracle noch eindringlicher betrachtend, während sich ein leiser Groll in ihm regte, daß sie sich trotz der eben genannten Umstände so gar nichts aus ihm zu machen schien. »Ich hatte Geschäfte in Frankreich«, gab er schließlich zur Antwort. »Es schien mir eine Zeitvergeudung zu sein, um die ganze Insel herumzusegeln, um dort auf die Fähre umzusteigen.«

»Wo sind denn Eure Freunde?« fragte Miracle, ohne ihn anzusehen.

»Wie bitte?«

»Ich sagte . . .«

»Ich kann Euch nicht hören, Mylady.«

Wütend stieß Miracle ihre kleine Grabschaufel in den Boden und drehte sich zu ihm um. »Seid Ihr taub?« herrschte sie ihn an.

»Absolut nicht. Ich bin es nur gewohnt, daß die Leute mich anschauen, wenn sie mit mir reden.«

»Entschuldigung, Euer Hoheit.«

»Euer Gnaden«, korrigierte er sie mit einem trockenen Lächeln.

»Euer Gnaden«, wiederholte sie auf eine so herablassend zuckersüße Weise, die ihn fast so verletzt hätte wie ein Schlag ins Gesicht, wäre nicht dieses faszinierend kampfeslustige Funkeln in ihren zornigen Augen so gewesen.

»Wo ist Eure Begleitung?« erkundigte sie sich nun zum zweitenmal.

»Er liegt vermutlich noch schnarchend auf seinem Strohsack«, erwiderte Clayton.

»Ich meine nicht *diesen* Begleiter. Ich meine die *anderen.*« Sie rümpfte ihre mit ein paar Sommersprossen bedeckte Nase. »Diese abscheulichen Männer, die Euch überallhin nachliefen wie junge, Euch anhimmelnde Welpen!«

»Mira!« wies Johnny sie zurecht.

»Du hast sie doch auch recht sonderbar gefunden. Und den Herzog ebenfalls. Streite das jetzt nicht ab!«

Mit einem kleinen, entrüsteten Schnauben rutschte Johnny nun auf seinem Kissen hin und her, während sein Gesicht alle Schattierungen der roten Farbskala durchlief, während er nach seinem Krückstock aus knorrigem Wurzelholz langte, dessen Griff man mit einem Schnitzmesser das Aussehen eines Pferdekopfes gegeben hatte.

»In welcher Beziehung?« erkundigte sich Clayton.

Da wurden ihre bisher verschlossenen Züge plötzlich sehr lebendig, als sie mit einer graziösen Bewegung vom Boden aufsprang. »Nachdem das Meer Euch auf den Klippen von Race End gespuckt hatte, nahmen wir Euch in den Schoß unsere Familie auf und taten alles, um Euch den Aufenthalt in unserem Haus so angenehm wie möglich zu machen. Doch Ihr habt uns behandelt, als wären wir nicht viel mehr als Eure Dienstboten, kommandiertet uns den ganzen Tag herum und beschwertet Euch über die ›unzumutbaren Quartiere‹. Und als Ihr mit Eurem verabscheuungswürdigen Freunde unser Haus wieder verließet, botet Ihr uns nicht mal einen einzigen Schilling als Entschädigung für unsere Mühe und Arbeit an, die wir mit Euch und Euren Freunden hatten. Wenn Ihr, Sir, ein Paradebeispiel dafür seid, was heuzutage aus unserer Aristokratie geworden ist, dann danke ich Gott dafür, daß ich das Glück hatte, hier aufgewachsen zu sein – in einer Welt, die weit entfernt ist von solch schamloser Anmaßung.«

»Seid Ihr jetzt fertig?« fragte Clayton mit leicht verengten Augen und einem grimmigen Lächeln auf den Lippen.

»Noch nicht ganz.« Sie hob ihren Rock an, stieg über ein paar Reihen krauskrautiger Karotten hinweg, wobei sie Clayton einen kurzen, aber recht großzügigen Anblick ihrer bestrumpften Beine gewährte, und pflanzte sich dann dicht vor ihm auf, wobei sie einen lehmverkrusteten Zeigefinger vor seinem Gesicht hin und her schwang.

»Ich kann deshalb nicht begreifen, woher Ihr die Frechheit nehmt, wieder hierherzukommen und anzunehmen, daß ich auch nur einen Funken Sympathie für Euch empfinden könnte. Mir ist es egal, ob Ihr ein Herzog seid. Es gibt vieles, was für Demut spricht, von Höflichkeit ganz zu schweigen. Der tapferste Held wird in unseren Augen noch strahlender durch seine Fähigkeit, sich bei seinen Untergebenen mit einem schlichten ›Dankeschön‹ für deren Dienste erkenntlich zu zeigen. Ihr, Sir, seid taktlos.«

»Gütiger Himmel!« keuchte Hoyt und sank nun, die Beine von sich streckend, ohnmächtig in seinem Sessel zurück, während sein Krückstock mit einem lauten Poltern zu Boden fiel.

»Johnny!« rief Miracle erschrocken und beeilte sich, ihm zu Hilfe zu kommen.

Clayton verließ mit einer einzigen fließenden Bewegung seinen Platz, faßte gleichzeitig mit Miracle den alten Mann um den Oberkörper und richtete ihn wieder auf. Miracle kramte daraufhin in ihrer Schürzentasche, entnahm ihr ein kleines Fläschchen, das eine farblose Flüssigkeit enthielt, und bewegte dieses, nachdem sie den Korken entfernt hatte, unter der Nase des alten Mannes hin und her, der bald darauf zu husten begann und sie mit tränenden Augen rasch mit beiden Händen von sich fortzuschieben suchte. »Gütiger Himmel, Mädchen, du wirst mich noch mit deiner gräßlichen Medizin umbringen!«

»Geht es dir jetzt wieder besser?« erkundigte sich Miracle besorgt, und der Ärger auf ihrem Gesicht war gänzlich von einer tiefen Sorge um ihren Freund und Gefährten verdrängt worden.

»Kaum«, schnaubte er und rieb sich mit dem von braunen Flecken bedeckten Handrücken diesen schrecklichen Geruch aus der Nase. »Wie sollte ich mich wohl fühlen, wenn du den einzigen Mann, der bisher geneigt war, dir den Hof zu machen, beleidigst? Bei allem, was mir heilig ist, habe ich deiner Mutter geschworen, mich darum zu kümmern, daß du gut versorgt sein und unter den gegebenen Umständen so glücklich wie möglich würdest; aber du hast es offenbar darauf abgesehen, alle meine Versuche, meinen Schwur zu halten, zu vereiteln!«

Sie blinzelte ein paarmal mit ihren unglaublich blauen Augen, schob den Unterkiefer vor und runzelte, sich auf den Fersen schaukelnd, die Stirn.

»Nun schau mich bloß nicht so an, Mädchen. Du kennst die Wahrheit. Und versuche jetzt nicht abzustreiten, daß du ein bißchen melancholisch geworden bist angesichts der Möglichkeit, daß du als alte Jungfer enden könntest. Ich habe doch selbst gehört, wie du über deinen verdammten Eicheln gesessen und diesen blödsinnigen Liebeszauber gemurmelt hast, den dir eine alte Hexe namens Ceridwen beibrachte.«

»Sie ist eine weise Frau, Johnny.«

»Blödsinn! Wenn sie weise wäre, hätte sie sich doch wohl selbst einen Ehemann mit ihrem Hokuspokus geangelt. Gib mir meinen Krückstock!«

»Weshalb?«

»Weil ich mich jetzt auf den Weg zum Leuchtturm machen werde.«

»Ich hole dir den Karren.«

»Nein, ich gehe zu Fuß.«

»Du wirst doch nicht so dumm sein und zu Fuß dorthin gehen!«

»Darf ich dich an deine eigenen Worte von vorhin erinnern? Oder gilt das Gebot der Höflichkeit für dich etwa nicht, wenn du mit Leuten redest, die viel älter sind als du?«

Ihre Wangen färbten sich hochrot, und sie faßte nun wieder Clayton ins Auge, als sie sagte: »Jetzt seht Ihr, was Ihr angerichtet habt!«

»Was habe *ich* denn angerichtet?« erwiderte er.

»Ihr seid erst ein paar Stunden hier, und schon habt Ihr Zwietracht in diesem Haus gesät!«

»Basingstoke!« kam in diesem Moment ein unerwarteter Schrei vom Durchgang her.

Drei Köpfe drehten sich in die Richtung, aus der Benjamin nun mit blutleerem Gesicht und butterweichen Knien in den Garten hereinwankte. »Mylord!« krächzte er, als das letzte Quentchen Kraft in seinen Beinen dahinschmolz und er mit einem Ächzen zu Boden sank.

»Gütiger Gott«, riefen Clayton und Johnny wie aus einem Mund.

Clayton und Miracle erreichten den Diener zur gleichen Zeit, dessen weiße Haare vom Kopf weg standen wie gesträubte Federn. Er griff mit bebenden Händen nach Claytons Rockschößen, während er ihn mit großen wilden Augen ansah.

»Um Gottes willen, nun rede doch schon, Mann, und sage mir, was passiert ist!« beschwor Clayton ihn.

»Ich sah es mit meinen eigenen Augen, Sir.«

»Was?«

»Das Biest. Es war dort an meiner Tür, und seine Hufe klapperten auf den Steinen wie Knochen im Wind.«

»Ein Biest.« Das war eher eine Frage.

»Es war riesig und so weiß wie ein Dutzend Geister zugleich. Seine schwarzen Augen sprühten Feuer, und aus seinen

Nasenlöchern kamen Rauchfontänen. Es war schrecklich, Mylord. Und böse. Lauerte mir im Dunkeln auf. Und die Geräusche, die es machte . . .« Der Diener erschauerte. »Ein röhrendes Brüllen. Ein Knurren tief in seiner Kehle. Und als wäre das nicht schon genug gewesen . . .«

»Nun sag bloß nicht, es wäre dir noch ein zweites Gespenst erschienen«, unterbrach Clayton ihn.

»Doch. Ein Geist mit schwarzer Haut und einem halben Gesicht. Ein Mann in einer Robe, die über den Boden schleifte. Er sprach mich an. Redete mit lallender Zunge.«

Miracle holte geräuschvoll Luft und legte rasch zwei Finger auf die Lippen. Sie sah zu Johnny hoch, der Benjamin über Claytons Schulter hinweg mit geweiteten Augen ansah. Offensichtlich hatte er sich von seinem Ohnmachtsanfall erstaunlich rasch erholt.

»Er sprach dich an?« forschte Hoyt.

Benjamin nickte heftig.

»Er redete mit lallender Zunge?« begehrte nun Miracle zu wissen.

»Ihr habt diese Gespenster auch gesehen?« fragte Benjamin mit schriller Stimme und begann wieder am ganzen Leib zu schlottern.

»Nein!« rief Johnny.

»Ganz bestimmt nicht!« pflichtete Miracle ihm bei.

Clayton bedachte seinen Diener mit einem teilnahmsvollen Lächeln und einem Schlag auf den Rücken. »Entspanne dich, Ben. Zweifellos hast du das alles mal wieder geträumt. Ich bin sicher, unsere liebenswürdigen Gastgeber werden uns bescheinigen, daß Cavisbrooke Castle ein geisterfreies Haus ist.«

»Ich würde nicht soweit gehen, Euch darauf eine Garantie zu geben«, erklärte Miracle nun mit leiser Stimme, so daß Benjamins graue Augenbrauen sogleich wieder in die Höhe schossen und Clayton seufzend die Augen verdrehte. »Es geht nämlich das Gerücht um, daß der ehemalige Besitzer von Cavisbrooke Castle sich eines Tages dazu entschlossen habe, jeden geheimen Gang und jedes Verlies der Burg zu erforschen, und dabei auf eine schwere verschlossene Eisentür stieß. Er sprengte sie auf, gelangte daraufhin in einen engen, aus dem Fels herausgehauenen Gang, an dessen Ende sich eine zweite, ebenfalls verriegelte Eisentür befand. Nachdem er auch diese aufgesprengt hatte, fand er sich in einem Verlies wieder, an deren Wand ein Mann von riesenhafter Statur auf seinem Stein saß, der den Kopf in die Hände gestützt hatte und vor dessen Füßen eine kleine hölzerne Truhe stand. Der damalige Burgbesitzer machte einen Schritt auf die besagte Gestalt zu, aber kaum kam diese mit der Außenluft in Berührung, als sie auch schon vor seinen Augen zu Staub zerfiel, so daß das Geheimnis ihrer Identität nie gelüftet werden konnte.« Sie senkte ihre Stimme ein wenig und fügte effektvoll hinzu: »Seither haben unwillkommene Gäste geschworen, daß sie diese arme, unglückliche Seele des Nachts gegen die Wände hätten schlagen und jammern hören, man möge sie endlich befreien.«

Mit zusammengepreßten Lippen und aufeinandergebissenen Zähne entriß Clayton Miracle das Fläschchen mit der übelriechenden Flüssigkeit, als Benjamin die Augen verdrehte und vor ihm ins Gras sank. Er hielt dem Diener das Fläschchen unter die Nase und knurrte: »Danke.«

»Gern geschehen«, erwiderte Miracle lächelnd.

Die Erfahrung lehrt uns, daß die Liebe nicht aus zwei Menschen besteht, die einander ansehen, sondern vielmehr aus zwei Menschen, die zusammen in die gleiche Richtung blicken.

Antoine de Saint-Exupery

Kapitel vier

Sie hatte oft ihre eigene Wankelmütigkeit beklagt und sie war ihres Unvermögens wegen, jemandem auf die Dauer zu zürnen, wenn dieser auch nur die geringste Reue über seine schmutzigen Taten zeigte, schon heftig getadelt worden. Diese Schwäche hatte sie offenbar von ihrer Mutter geerbt, denn sie dachte daran, wie diese ihr teure Frau es ihrem Vater verzieh, daß er sie in dieser alten Burg untergebracht und sich danach so gut wie gar nicht mehr um sie und seine Tochter gekümmert hatte. Aber diesem Herzog würde sie niemals verzeihen, auch wenn er sich heute morgen im Mauergarten so besorgt um Johnnys – eines Dieners – Gesundheit gezeigt hatte. Und wenn er jetzt auch mit ihr in einem viel weniger beleidigenden und herablassenden Ton gesprochen hatte als damals, und seine grauen Augen, die sie früher so kalt und abschätzig gemustert hatten, sie jetzt an glühende Torfasche erinnerten. Und obwohl seine Hände jetzt nicht mehr kalt waren.

Dessen konnte sie sich natürlich nicht so ganz sicher sein, denn er hatte sie nur zweimal ganz flüchtig berührt: das erstemal in der vergangenen Nacht, als er über die Schwelle ihres Hauses trat (da waren sie eindeutig kalt gewesen), und das zweitemal, als er ihr das Fläschchen mit dem Aalgallenextrakt entriß, mit dem er seinen ohnmächtigen Diener wieder zum Leben zu erwecken hoffte.

Wie konnte er es wagen, Schuldgefühle in ihr zu wecken, weil sie seinen lächerlich leichtgläubigen Kammerdiener erschreckt hatte! Miracle riß ein Stück Kruste von einem altbakkenen Brotlaib ab und warf es den Tauben zu, die draußen auf dem Fensterbrett hungrig gurrten und sie mit ihren kleinen schwarzen Augen beobachteten.

»Ich habe doch nur die Wahrheit gesagt«, erklärte sie den Vögeln auf dem Fensterbrett mit lauter Stimme, holte nun das weiche Innere des Brotlaibes mit den Fingern heraus und warf es ebenfalls den Tauben zu.

Dann nahm sie eine Schöpfkelle, tauchte sie in einen Topf mit heißer Curry-Suppe, in der weiße Rüben, Karotten und Erbsen schwammen, füllte den ausgehöhlten Brotlaib damit und legte dann noch ein großes Stück gelben Käse darauf. Danach schob sie das Ganze in den Steinofen, wo die Hitze den Käse zum Schmelzen brachte, ihn goldbraun röstete und damit gleichzeitig den Brotlaib mit der darin abgefüllten Suppe versiegelte.

Anschließend wickelte Miracle den Brotlaib in ein vorgewärmtes Tuch, legte ihn in einen Henkelkorb, hängte sich diesen an den rechten Arm und erließ dann mit raschen Schritten die Burg, wobei sie leise vor sich hinsummte und sich bemühte, nicht mehr an diesen Herzog von Dingsda zu denken, an diesen Hawthorne Soundso.

Er hatte ihr einmal seinen Namen gesagt, kurz nachdem sie ihn aus dem Meer gefischt hatte. Ihn und seine Begleiter, die ihr deutlich zu verstehen gegeben hatten, daß es ihnen vollkommen gleichgültig sei, ob der Herzog sie beachten würde oder nicht.

Und er hatte ihr auch nicht übermäßig viel Aufmerksamkeit geschenkt, nur mit seinen Bemerkungen über ihre Unzulänglichkeiten hatte er nicht gegeizt: Ihre Haare seien zu lang und zu lockig. Sie müsse lernen, sich modisch und standesgemäß zu kleiden, weil man sich sonst in der vornehmen Gesellschaft Londons über sie lustig machen würde.

Sie hatte ihm daraufhin mitgeteilt, daß sie nicht die Absicht habe, nach London oder irgendeinen anderen Ort in der Nähe der Stadt zu ziehen.

Er hatte sich dann bei ihr darüber beschwert, daß das Essen zu knapp, das Quartier zu kalt und das Mobiliar von Cavisbrooke Castle unbequem und erschreckend primitiv sei. Er hatte sogar gesagt, daß ihre Kleider nicht einmal gut genug wären für einen Lumpensammler.

Das hatte sie so verletzt, daß sie hatte weinen müssen – heimlich natürlich, damit es keiner sah. Das Kleid, das er kritisiert hatte, war erst am Abend zuvor fertig geworden, und ihre Fingerspitzen waren noch wund gewesen von der Anstrengung, mit einer stumpfen Nadel zu nähen.

»Miracle!« hörte sie *seine* tiefe Stimme irgendwo hinter sich.

Wenn man vom Teufel spricht . . . Verdammt! dachte sie und beschleunigte ihre Schritte, sich für eine Abkürzung entscheidend, die sie mindestens zehn Minuten früher zum Leuchtturm bringen würde als der Weg, den sie sonst immer nahm. Diese Entscheidung fiel ihr nicht leicht, denn diese Abkürzung war ein schmaler, gefährlicher Pfad entlang des Steilufers, den sie nur benützte, wenn ein plötzlich aufkommender Sturm oder Nebel die tückischen Klippen von Race End verhüllten und diese für Schiffe, die in ihrer Nähe kreuzten, zu einer tödlichen Falle machen konnten. Aber so, wie es jetzt aussah, würden die dunklen Wolken am Horizont erst gegen Abend die Insel erreichen und Regen bringen. Sie hatte gehofft, dann so weit von diesem Herzog von Dingsda entfernt, wie möglich, ihr Dinner einnehmen zu können.

»Miracle!« rief der Herzog zum zweitenmal.

»Ich kann mich nicht entsinnen, Euch die Erlaubnis gegeben zu haben, mich mit meinem Vornamen anzureden«, erklärte sie ihm, als er sie eingeholt hatte. »Oder gelten vielleicht für Herzöge keine Anstandsregeln, wenn sie mit ihren Untergebenen sprechen?«

Er lief nun neben ihr her, mit seinen langen Beinen, die in hohen Schaftstiefeln steckten, mühelos mit ihr Schritt haltend. Er hatte seinen Rock gegen ein lockeres Hemd und ein seidenes Halstuch vertauscht, das sehr weiß wirkte im Kontrast zu seinem von der Sonne gebräunten Gesicht.

Er ist groß, dachte sie, als sie merkte, daß ihr Scheitel ihm knapp bis an die Schulter reichte.

Seltsam, daß sie das nicht schon bei seinem ersten Aufenthalt auf der Insel bemerkt hatte! Allerdings war ihr damals nicht viel mehr als sein arrogantes Auftreten und sein albernes Benehmen aufgefallen.

»Es war nicht nett von Euch, was Ihr mit Benjamin gemacht habt«, sagte er.

»*Ihr* seid derjenige, der nicht nett ist«, erwiderte sie heftig und nahm den Henkelkorb in die andere Hand, so daß er gezwungen war, die Seite zu wechseln.

Er sagte nichts.

Miracle betrachtete kurz seine Hände, und dabei fiel ihr auf, daß sie ihr diesmal nicht annähernd so weiß – als ob er in seinem Leben noch nie eine ehrliche Arbeit verrichtet habe – erschienen wie damals.

Als sie schließlich den Scheitelpunkt des Pfades erreichten, zögerte Miracle einen Moment, ehe sie mit dem Abstieg begann, wobei sie sorgfältig ihren Weg zwischen bröckelnden Steinen und klaffenden Spalten im Fels suchte und darauf achtete, daß sie dem Rand der Steilwand nicht zu nahe kam, die hier gute hundertfünfzig Meter lotrecht in den Ozean abfiel. Es dauerte einen Moment, ehe sie bemerkte, daß der Herzog sich nicht mehr neben ihr befand.

Sie blieb stehen und blickte auf dem Pfad zurück. Die Augen mit der Hand gegen die Sonne abschirmend, sah sie Salterdon regungslos auf einem Felsvorsprung stehen. Der Wind, der immer recht frisch vom Meer heraufwehte, bauschte sein Hemd und wühlte in seinen Haaren, was ihm ein wildes, verwegenes Aussehen gab.

»Ihr schaut gar nicht wie ein Herzog aus«, dachte sie laut.

»Nein?« erwiderte er mit einer Stimme, die das Brausen des Windes übertönte. »Wonach *sehe* ich denn aus, Lady Cavendish?«

»Nach einem Bauern.«

»Ah«, glaubte sie ihn sagen zu hören. Sie bildete sich ein, daß er sogar lächelte – nur ein kurzes Aufblitzen seiner weißen Zähne, und dann war es vorbei. Lachte er sie etwa aus? Zweifellos fand er ihre Bemerkung dumm, wenn nicht sogar beleidigend. Und vielleicht war es auch töricht von ihr, so etwas zu sagen, denn was würde ein Herzog wohl von der Landarbeit verstehen? Insbesondere *dieser* Herzog?

Sie setzte nun wieder den Fuß auf den Pfad, wobei sie ein Dutzend kleiner Steine lostrat, die über den Rand der Steilwand kollerten und ins Meer hinunterfielen. Ihren Weg etwas langsamer fortsetzend, lauschte sie seinen Schritten, und als sie merkte, daß er ihr wieder nicht folgte, blieb sie abermals stehen und blickte zurück.

»Wollt Ihr nicht mitkommen?« rief sie zu der Stelle hinauf, wo er noch immer regungslos verharrte, die Hände an den Seiten zu Fäusten geballt, einen seltsam fragenden Ausdruck im Gesicht.

»Sollte das etwa eine Einladung sein?« rief er zurück.

»Ihr könnt es auch als Ungeduld auslegen«, erwiderte sie. »Mein Essen wird nämlich kalt.«

Eine Sekunde verstrich, dann eine zweite, während der Herzog, die Kiefer zusammenpressend, sie mit seinen grauen Augen eindringlich ansah. Dann hatte sie sein offenkundiges Unvermögens, sich für etwas entscheiden zu können, satt, schwang auf dem Absatz herum und begann entschlossen den steilen Abhang hinunterzusteigen, auf dem nur kleine Grasbüschel und Felsspalten ihren Füßen einen Halt gaben. Ihr Herz machte einen kleinen Satz, als das Geräusch von kollernden Steinen an ihr Ohr schlug. Er ist mir also doch nachgekommen, dachte sie, und nahm sich vor, ihn mit den Worten: *Ich hätte es ja eigentlich wissen können, daß man Euch nicht so leicht los wird*, zu begrüßen. Aber als sie über die Schulter blickte, hielt dieser seltsame Ausdruck in seinen Augen sie davon ab, diesen Satz auch auszusprechen. Er sah in diesem Moment nicht zu ihr herüber, sondern hinunter auf die brüllende, tobende See tief unter ihnen, und sein Gesicht war so schokkierend blaß, daß sie jählings stehenblieb und durch diese unbedachte Bewegung wieder ein gutes Dutzend Steine lostrat. Diese scheuchten eine Schar Möwen, die in der Felswand nisteten, auf, die nun mit wild schlagenden Flügeln und gellenden Schreien um sie herumflatterten. Da beugte sich der Herzog vor und packte so schnell ihren Arm, daß sie von dieser heftigen Bewegung, mit der er sie anscheinend vor einem Sturz bewahren wollte, mehr aus der Fassung gebracht wurde als von der Aussicht, sich möglicherweise im nächsten Moment dort unten in der tobenden Brandung wiederzufinden. Und seine Finger, die ihren Arm in einem festen Griff umspannten, fühlten sich dabei keineswegs kalt an, sondern schienen ihr Löcher in die Ärmel zu brennen.

»Wie galant von Euch«, erklärte sie, wobei sie versuchte, ihm ihren Arm zu entreißen. »Habt Ihr etwa die Absicht, auf diese Weise meine Gunst zu gewinnen? Indem Ihr Euch zu meinem Beschützer macht? Zu meinem heldenhaften Ritter, der in schimmernder Rüstung herbeisprengt, um mich aus der Gewalt des Drachen zu befreien?«

»Entschuldigung«, erwiderte er gepreßt, ihren Arm freigebend, wobei sein Blick noch immer auf die schäumenden Wellen in der Tiefe gerichtet blieb. »Ich glaubte nur . . .«

». . . daß ihr mich vor diesen riesigen Vögeln retten müßtet?« ergänzte sie mit einem leisen, selbstgefälligen Lachen. »Wenn ich Euch so anschaue, Herzog, habe ich eher das Gefühl, daß ich *Euch* retten müßte.«

Endlich kehrte sein Blick wieder zu ihr zurück. Er war so hart und durchbohrend, daß ihr das Lächeln auf den Lippen gefror. Sie schlug sich mit dem Korb ein-, zweimal gegen die

Beine, während sie auf der Unterlippe kaute und sich über dieses sie entnervende Gefühl wunderte, das sich da in ihrer Brust, in der Nähe ihres Herzens, breitmachte. Sie war nie jemand gewesen, der sich über die Fehler oder Ängste eines anderen Menschen lustig gemacht hatte. Seit der Ankunft dieses unwillkommenen Gastes und dessen Begleiters jedoch hatte sie offenbar nichts anderes mehr im Sinn. Das war natürlich seine Schuld. Aus irgendeinem ihr unerklärlichen Grund beunruhigte sie seine jetzige Anwesenheit, im Gegensatz zu seinem früheren Aufenthalt in der Burg, als sie sein närrisches Benehmen mit einem Lachen abgetan hatte – so wie sie sich auch über einen drolligen jungen, noch nicht stubenreinen Hund amüsieren würde, der sich in ihr Haus verirrte.

In etwas sanfterem Ton fuhr sie fort: »Ich brauche keinen Ritter. Ich bin durchaus in der Lage, auf mich selbst aufzupassen. Das habe ich zwanzig Jahre lang getan. Außerdem gehört Ihr wirklich nicht zu jener Sorte von Männern, mit denen ich eine eheliche Bindung eingehen würde, selbst wenn ich Euer aufdringliches Interesse an meiner Person ernst nähme.«

»Nein?« erwiderte er ärgerlich. »Was, wenn ich Euch bitten darf, stört Euch denn so an meiner Person, Mylady? Bin ich Euch nicht hübsch genug?«

Ihre Augenbrauen gingen in die Höhe, dann runzelte sie die Stirn und stieß einen Stein mit dem Fuß über den Rand der Steilwand. Dann setzte sie ihren Abstieg ein wenig langsamer und vorsichtiger fort, weil er sich hartnäckig an ihre Fersen heftete.

»Nun?« forschte er.

»Ich finde keinen Fehler an Eurem Aussehen«, sagte sie schließlich mehr zu sich selbst als zu ihm.

»Dann denkt Ihr vielleicht, daß ich nicht genügend Geld besitze?«

»Ich zweifle nicht daran, daß Ihr ein reicher Mann seid, Euer Gnaden. Jeder kann an Eurer Kleidung sehen, daß Ihr keineswegs mit jedem Penny geizen müßt. Eure Manieren sind makellos, wenn Ihr geruht, Euch auf diese zu besinnen. Eure Redeweise ist vornehm und gewählt – ein Beweis Eurer guten Erziehung. Ich bin sicher, daß nur das allerblaueste Blut in Euren Adern fließt.«

Als sie eine Felsplatte von der Größe eines kleinen Tisches erreichte, trat Miracle auf diese hinaus, schirmte die Augen erneut mit der Hand ab und blickte über die mit kleinen weißen Schaumkronen versehenen Wellen bis zum Horizont, wo diese mit dem blaßblauen Himmel zusammenflossen. Dann ließ sie sich auf die Knie nieder und nahm die Serviette von dem mit Suppe gefüllten Brotlaib in ihrem Korb. »Kurzum«, fuhr sie fort, einen neugierigen Blick auf den Herzog werfend, der noch immer, den Rücken gegen die Felswand gepreßt, auf dem Pfad verharrte, »es sind weder Euer Aussehen, Euer Reichtum noch Eure hochadelige Abkunft, die mein Herz erobern könnten, sondern Demut, Güte, Rücksichtnahme. Das sind die Eigenschaften, die ich an einem Menschen am meisten schätze, Euer Gnaden. Möchtet Ihr an meiner Mahlzeit teilnehmen, Sir? Oder ist Euch meine Speise nicht gut genug?«

Er bewegte sich nicht, gab ihr auch keine Antwort auf ihre Frage, sondern blieb auf dem Pfad an die Felswand gelehnt stehen, seine steingrauen Augen unverwandt auf sie gerichtet, während der Wind mit seinem Hemd und seinen dunklen Haaren spielte.

Miracle riß ein Stück von dem Brot ab, betrachtete es einen Moment, ehe sie es, zwischen die Fingerspitzen klemmend, in die Höhe hielt. Es dauerte nur Sekunden, bis drei Möwen gleichzeitig vom Himmel herunterschossen, die sich um diesen Leckerbissen stritten. Und nachdem es einer von ihnen gelungen war, den Schatz für sich zu erbeuten, flatterte sie damit wieder in den Himmel hinauf, verfolgt von dem lauten Gezeter ihrer beiden leer ausgegangenen Begleiter.

»Ihr, Euer Gnaden, und ich passen nicht zueinander«, fuhr sie fort. »Auf diese Weise, indem ich mit meinen Freunden in den Himmel hinaufsteige, pflege ich meine Mußestunden zu verbringen. Der Mann, den ich heiraten werde, muß fliegen können.«

Sie riß wieder ein Stück Brot ab und bot es den kreischenden, sich begierig darauf stürzenden Möwen an. »Ich habe sehr wenig Sinn für weinselige Vergnügungen, die in der Regel nur Reue und Scham zur Folge haben. Wie kann man nur Geschmack an solch zweifelhaften, in Flaschen abgefüllten Freuden finden, wenn man weiß, daß sie nur von kurzer Dauer sind und einem zumeist am nächsten Tag Übelkeit und Katzenjammer bereiten?«

»Um Himmels willen.« Endlich fand er seine Sprache wieder, drückte sich aber sofort wieder an die Felswand, als eine kurze, heftige Bö ihn bei den Schultern packte und aus dem Gleichgewicht zu bringen drohte. »Ihr wünscht Euch einen verdammten Heiligen zum Mann, Madam. Muß Ihr Zukünftiger auch ein Keuschheitsgelübde ablegen?«

»In einem gewissem Sinne, ja.« Sie nickte und drehte ihr Gesicht dann in den Wind.

»Pardon, Mylady, aber dann würde ich Euch empfehlen, Euch ein Nonnengewand zu besorgen, den Schleier zu nehmen und Euch in ein Kloster zurückzuziehen. Offensichtlich erwartet Ihr ein verdammtes Wunder.«

»Ich erwarte, daß mein zukünftiger Gemahl mir treu ist, Sir, und er mich höher schätzt als alles sonst.« Ihre Stimme klang plötzlich gepreßt, so sehr war sie mit Gefühlen befrachtet. Dann fügte sie mit einer fast wilden Entschlossenheit hinzu: »Er wird natürlich stolz auf mich sein, und sich nicht scheuen, mich der Welt zu präsentieren. Er wird sich nicht meiner Fähigkeit schämen, selbständig sein zu können in meinen Verhaltensweisen und meinem Denken. Und er würde sein Leben einsetzen für mein Recht, frei zu sein von all den Fesseln und Einschränkungen, die die Gesellschaft uns aufzuerlegen versucht.« Sie wandte sich wieder zu Clayton und erklärte mit einer wachsenden Erbitterung, die ihr die Tränen in die Augen trieb: »Ja, Euer Gnaden, vielleicht erwarte ich ein ›verdammtes Wunder‹. Aber solche Wunder sind möglich, wenn wir nur daran glauben und die Geduld besitzen, auf dieses Wunder warten zu können. Seid Ihr ein geduldiger Mann, Salterdon?«

»Nein.«

»Das dachte ich mir. Männer Euren Schlages erwarten sofortige Ergebnisse auf ein Fingerschnalzen hin.« Sie warf wieder ein Stück Brot in die Luft und sah zu, wie ein Vogel darauf herunterstieß, um den Brocken mit dem Schnabel aufzufangen. »Ich bin überzeugt, daß Ihr nicht die leiseste Ahnung habt, was Hunger oder emotionale Entbehrungen wirklich bedeuten. Eure Welt schwelgt in Genußsucht. Eure Speisekammern sind immer gefüllt. Wenn Ihr Euch Gesellschaft wünscht, verschaffen Euch Eure Macht und Eure Titel *jede* Frau, die Ihr begehrt.«

»Offensichtlich nicht jede Frau«, bemerkte er.

Sie zog eine Braue in die Höhe. »Euer Gnaden – ich glaube nicht einen Moment daran, daß Ihr mit der Absicht nach Cavisbrooke zurückgekommen seid, um mich als Eure Ehefrau zu gewinnen. Und selbst wenn ich mir wünschte, das zu glauben, was nicht der Fall ist –, gäbe es sehr viel, was Ihr tun müßtet, um mich zu eroberen.«

»Zum Beispiel, auf dem Wasser zu gehen und fliegen zu können.« Eine Möwe flatterte vom Himmel herunter und setzte sich auf seine Schulter. Sie legte den Kopf schief und sah ihm in die Augen. »Ich muß leider gestehen«, sagte er zu dem Vogel, »daß ich beides nicht kann.«

Der Sturm brach gegen Mitternacht herein und brachte eine beißende Kälte mit, die der Wind, der heulend durch die Korridore der Burg brauste wie eine Schar unsichtbarer Geister, vor sich hertrieb. Clayton kauerte in einem geschnitzten Sessel aus wurmstichigem Eichenholz, der von einem mottenzerfressenen Wandteppich bedeckt war, der mindestens hundert Jahre alt sein mußte. Der Staub war in dicken Wolken aus dem durchhängenden Polster aufgewirbelt, als er sich müde in den Sessel hatte fallen lassen.

Er hätte jetzt gern einen Drink gehabt. Etwas Hochprozentiges – vorzugsweise Brandy. Bei seiner heimlichen Erkundungsreise durch die bewohnten Gemächer des Hauses hatte Benjamin nichts auftreiben können, was auch nur im entferntesten Ähnlichkeit mit einem Grog gehabt hätte. Das verwunderte Clayton nach dem Vortrag, den Miracle ihm am Nachmittag auf der Felsplatte über dem Ozean gehalten hatte, nicht besonders. Er fror bis ins Mark seiner Knochen hinein. Selbst sein dicker Wollmantel, in den er sich eingewickelt hatte, spendete ihm keine Wärme mehr. Seine Kiefer taten ihm weh von der Anstrengung, seine Zähne am Klappern zu hindern. Seine Zehen waren taub vor Kälte, seine Ohren brannten wie Feuer.

Vor ihm, an einem Tisch sitzend, der mit einem Stapel säuberlich zusammengefalteter weißer Leinenhemden bedeckt war, schlief Lady Miracle Cavendish, den Kopf auf ein paar teilweise zusammengenähte Gewänder gelegt. Ihre Haare schimmerten wie gesponnenes Kupfer im mageren Licht einer Öllampe.

In den letzten zwei Stunden hatte Clayton frierend an seinem Platz verharrt und die Lady beobachtet, die noch im Schlaf die Nadel mit dem eingefädelten Faden zwischen den Fingerspitzen festhielt. Warum saß sie nur hier oben in der alten Turmstube, weit entfernt von den Gemächern in den unteren Stockwerken des alten Schlosses, die ihr wenigstens ein bißchen Komfort zu bieten vermochten?

Sie wirkte so zierlich und klein, selbst in dieser winzigen Kammer. Zweifellos war sie eine hübsche junge Frau mit jenen Gesichtsmerkmalen, die ihr auch noch im Alter Komplimente eintragen würden. Gewiß gehörte sie nicht zu diesen modebewußten jungen *femmes fatales* der Gesellschaft, deren jugendliche hübsche Drallheit sich (nachdem sie sich einen Ehemann mit einem Adelstitel geangelt hatten) am Ende ihres ersten Ehejahres in ihrer Leibesmitte konzentrieren und nach der Geburt ihres ersten Kindes nur noch in ihren geschwollenen Knöcheln zeigen würde. (Während die Damen sich der Hoffung hingaben, daß ihr adeliger Ehemann seine niedrigen Gelüste fortan bei seinen zahlreichen Mätressen stillen mochte, was dieser mit großer Freude tun würde, sobald es ihm gelungen war, die notwendigen Erben zu zeugen.)

Miracle würde anders sein.

Er stellte sie sich schlank und gesund vor: mit vom Wind geküßten Wangen und glänzenden blaugrünen Augen – selbst dann noch, nachdem sie ein halbes Dutzend erstaunlich schöner Kinder auf die Welt gebracht hatte, die ihr alle ähnlich sähen.

Das würde natürlich nicht geschehen. Wie konnte er denn vergessen, daß der Herzog von Salterdon nur an einem Kind interessiert war. An einem Jungen. An der männlichen Frucht seiner Lenden, die Trey Hawthorne, den erstgeborenen Sohn des ehemaligen Herzogs von Salterdon, zu einem der reichsten Männer Englands machen würde.

Der Wind rüttelte heftig an den Fensterläden des Turms, und der Donner rollte über seine Zinnen hin. Blitze zuckten auf und warfen einen grellen Schein durch die schmalen Schießscharten. Miracle bewegte sich unruhig und öffnete ihre schweren Lider. Einen langen Moment verweilte sie noch mit schlaftrunkenen, geöffneten Augen an ihrem Platz, den Kopf auf das weiche, weiße Linnen gebettet, und versuchte offensichtlich, sich über ihre Umgebung klarzuwerden. Dann sah sie ihn, setzte sich kerzengerade auf und blickte ihn mit geweiteten Augen an, während sich ihre Brüste rasch hoben und senkten.

»Was macht Ihr denn hier?« fragte sie mit atemloser Stimme.

»Ich beobachte Euch, wie Ihr seht.«

»Wie habt Ihr diesen Raum gefunden?«

»Ich konnte nicht schlafen . . .«

»Und deshalb seid Ihr also einfach im Haus herumgewandert und in die Privaträume Eurer Gastgeberin eingedrungen? Wie typisch für Euch. Sagt mir, wo Ihr überall gewesen seid und was ihr dort gefunden habt. Gesteht, Sir! Was habt Ihr entdeckt?«

»Räume. Leere Räume zumeist. Keine heulenden Geister oder Skelette in irgendwelchen Verliesen. Weshalb fragt Ihr mich danach? Versteckt Ihr hier etwas, Lady Cavendish, das die Welt nicht sehen sollte?«

Der Turm begann in diesem Moment zu wackeln, der Boden unter ihren Füßen zu beben. Die Lampe auf dem Tisch warf einen zitternden Schein über nackte Steinwände.

Die Betroffenheit über seine Anwesenheit schien sich plötzlich in eine tiefe Besorgnis zu verwandeln, als ihr der Tumult, der draußen herrschte, endlich zu Bewußtsein kam. Sie runzelte die Stirn, sprang von ihrem Stuhl auf, lief zu einem der Fenster, drückte die Läden auf und stieß einen lauten Schrei aus, als der Sturm ihr den eisigen Regen ins Gesicht peitschte.

»Verdammte Närrin, wo bist du nur mit deinen Gedanken gewesen?« rief sie mit klagender Stimme in die Dunkelheit hinein.

Mit drei langen Schritten eilte Clayton nun zu ihr und faßte nach den Fensterläden. Da packte Miracle mit einer ihn überraschenden Kraft seinen Arm und zog ihn von den Läden weg. Sich aus dem Fenster hinausbeugend, wobei ihr Gesicht und ihre Schulter im Nu von dieser eisigen Regenflut triefend naß waren, spähte sie wieder in die Dunkelheit hinaus und rief abermals mit klagender Stimme: »Wo bin ich nur mit meinen Gedanken gewesen?«

Da packte er sie bei den Schultern, riß sie vom Fenster weg, griff dann, den Atem anhaltend, als ihn Wind und Regen mit voller Wucht ins Gesicht schlugen, nach den beiden Fensterläden, kämpfte einen Moment lang mit dem Sturm, zog sie wieder vor dem Fenster zusammen und verriegelte sie rasch.

»Um der Liebe Christi willen«, sagte er, sich mit klappernden Zähnen zu ihr umdrehend. Sie stand da, die Arme vor der Brust gekreuzt und die Hände so fest zusammengepreßt, daß die Knöchel weiß hervortraten. Die Haare klebten ihr in nassen Strähnen am Kopf und an den Schultern. »Was, zum Teufel, glaubt Ihr denn, was Ihr da tut?« rief er. »Ihr werdet Euch den Tod holen!«

Rasch zog er seinen Mantel aus und wollte ihn über ihr vollkommen durchnäßtes Kleid werfen. Doch sie wich ebenso rasch vor ihm zurück, eilte zum Tisch und suchte in fiebernder Hast den Raum mit den Augen ab, während der Turm abermals unter dem wuchtigen Schlag eines Donnerschlages erzitterte. »Ich sollte jetzt dort sein – im Leuchtturm!« klagte sie mit bebenden Lippen. »Wie konnte ich nur hier am Tisch einschlafen, während sich draußen ein Gewitter zusammenbraute?«

Sie starrte auf ihre Nähsachen, als vermochten ihr diese eine Antwort auf ihre Frage zu geben.

»Bitte«, sagte Clayton nun im milderen Ton und machte einen vorsichtigen Schritt auf sie zu, während er ihr mit einer Hand seinen Mantel hinstreckte. »Ihr zittert ja vor Kälte, Mädchen.«

»Nein!« rief sie und sah ihn wütend an, während ihre Wangen sich hochrot färbten. »Glaubt Ihr, ich wüßte nicht, was Ihr hier gesucht habt? Ihr schert Euch nämlich einen Deut darum, ob ich vor Kälte zittere oder nicht, Euer Gnaden. Ihr wollt nur etwas von mir – dasselbe, was alle die andern Männer Eures Schlages von mir wollten, die mit seidenen Kniestrümpfen, goldbetreßten Röcken und prallgefüllten Geldbörsen in ihren schimmernden Karossen durchs Land fahren. Ihr betrachtet uns, als wären wir irgendwelche hinter Glas ausgestellte seltsame Exemplare. Und tuschelt dann unter Euch, daß es eine Schande wäre, in welch primitiven Verhältnissen die Leute hier auf dieser Insel leben müßten. Doch Ihr kommt recht gern hierher, um unsere Produkte zu kaufen – unsere Schafe, die die besten von ganz England sind; unsere Rinder, unseren

Weizen oder unsere Spitzen für Eure Frauen und Mätressen; unsere Knöpfe und Handschuhe für einen Bruchteil dessen, was sie wirklich wert sind. Und dann brüstet Ihr Euch vor Euren Peers, wenn Ihr nach London zurückgekehrt seid, wie ihr mit diesen ›Plebejern‹ gefeilscht habt, bis ihr uns unsere Waren buchstäblich unter dem Hintern weggestohlen habt. Nun seid Ihr aus irgendwelchen Gründen hierhergekommen und wollt mich haben. Aber nehmt bitte zur Kenntnis, *Euer Gnaden*, daß der Preis, den man für mein Herz bezahlen müßte, so weit von Euren Vorstellungen entfernt ist, daß Ihr diesen nicht einmal zu ermessen vermögt.«

»Und was für ein Preis würde das sein, Mylady? Ich bin, darf ich Euch versichern, ein sehr vermögender Mann, so daß es sehr wenig gibt, was meine Zahlungsfähigkeit übersteigen würde.«

»Liebe«, sagte sie mit blitzenden Augen, ihr kleines Kinn anhebend. »Nicht mehr, Sir, und auch nicht weniger.«

Wieder wurde der Turm von einem so gewaltigen Donnerschlag erschüttert, daß Verputz von der Decke herunterfiel. Miracle rannte aus dem Zimmer, und Clayton stürmte ihr nach, wobei seine Möglichkeit, sie einzuholen, durch den Umstand eingeschränkt wurde, daß er mit den engen Wendeltreppen nicht vertraut war, die nun in vollkommener Dunkelheit unter ihm lagen, nachdem der Wind alle Kerzen in der Turmstube ausgeblasen hatte.

Kein Zweifel, daß sie unterwegs zum Leuchtturm war. Er brauchte keine Hellseherin, die ihm das erst offenbaren mußte. Und sein Instinkt sagte ihm, daß sie den kürzesten Weg dorthin wählen würde – diesen schmalen Pfad am Rand der Steilküste, für den sie sich schon am Morgen entschieden hatte. Dieser lächerliche kleine Streifen Sand, der sich hundertfünfzig Meter über dem Ozean an der Steilwand hinzog. Ein einziger falscher Tritt auf dem nun vom Regen schlüpfrig gewordenen Pfad genügte, und . . .

Er rannte durch den Korridor, in dem noch das Echo ihrer

Schritte hing und stolperte dann, als er ins Freie kam, einen Moment lang durch den Regen, geblendet von dem gleißenden Lichterspiel der Blitze, die wie riesige weiße, gelbe und blaue Speere über den Türmen und Wehrgängen hinschossen.

»Miracle!« rief er und zwang seine Beine dazu, sich vorwärtszubewegen, während er leise erst seinen Bruder, dann sie und schließlich seine verdammenswerte Schwäche verfluchte.

Er sah sie einen flüchtigen Moment lang vor sich den Pfad hinunterrennen eine kaum sichtbare Erscheinung, die in der nächsten Sekunde wieder von der Dunkelheit verschluckt wurde. Clayton hielt am Scheitelpunkt des Pfades an und suchte den Hang unter sich angestrengt mit den Augen ab. Sein Magen krampfte sich zusammen. Seine Beine schienen sich in Eisklumpen zu verwandeln, während ihm das Herz bis in die Kehle hinauf pochte. Er konnte nicht schlucken.

»Miracle!« schrie er nun wohl zum hundertsten Male. Doch seine Stimme trug nicht weit. Seine Rufe wurden schon nach wenigen Metern vom prasselnden Regen erstickt.

Tief, tief unter sich konnte er das Wasser brüllen und toben hören wie ein wild um sich schlagendes Monster, und als der Himmel sich scheppernd wieder erhellte und elektrische Pfeile in die aufgewühlte See hinunterschossen, sah er Miracle unter sich auf dem Pfad. Sie hing über dem Abgrund und klammerte sich an einem Grasbüschel fest, das Gesicht zu ihm emporgerichtet und die weit aufgerissenen Augen glasig vor Angst.

Er ballte die Hände zu Fäusten und machte einen Schritt auf den Steilhang hinaus, dann ein zweiten, während er in seinen Stiefeln bis zu den Waden im Schlamm versank und der heulende Wind sich gegen seine Schultern warf, ihn auf den Rand des Abgrundes zutreibend.

Endlich erreichte er sie, ging, den Rücken gegen den Fels gestemmt, in die Knie, umklammerte mit seinen regennassen Fingern ihre vom Schlamm bedeckten Handgelenke und zog sie wieder auf den Pfad hinauf. Sie fiel gegen ihn, hing eine Weile, am ganzen Leibe zitternd, an ihm und stolperte dann wieder von ihm fort, tastete sich im Regen an der Felswand entlang den Pfad hinunter. Er holte sie diesmal schon nach wenigen Metern ein, packte sie, schwenkte sie herum und schrie sie an: »Himmel, habt Ihr den Verstand verloren? Wißt Ihr eigentlich, was Ihr da macht?«

»Ich muß hinunter! Es könnten Schiffe dort draußen sein, die auf mich angewiesen sind . . .«

»Verdammt«, unterbrach er sie, »wir haben Flut, Miracle. Ihr könnt den Leuchtturm jetzt unmöglich erreichen.«

»Da ist ein Boot . . .«

»Das ist unmöglich, Mädchen, hört Euch diesen Wind an! Und diese Wellen! Ihr würdet Euch bei diesem Wetter keine zehn Sekunden lang in dem Boot halten können. Ich lasse das nicht zu. Verdammt noch mal!«

Damit riß er sich den Umhang von den Schultern, warf ihn um sie, wickelte sie darin ein wie in einen Kokon, hob sie auf seine Arme, grub die Absätze seiner Stiefel in den Schlamm, kämpfte sich durch den Regen den Pfad wieder hinauf und orientierte sich an dem winzigen gelben Licht, das hinter einem Fenster im Hauptturm der Burg flackerte.

Als er diese erreicht hatte, stieß er mit dem Fuß das Tor auf und ging dann mit Miracle auf den Armen, die ihr Gesicht an seiner Schulter barg, und aus deren Kleidern das Regenwasser auf den Boden tropfte, zielstrebig durch das Labyrinth der Korridore.

Plötzlich tauchte Benjamin aus der Dunkelheit auf.

»Basingstoke!« keuchte er überrascht.

»Heißes Wasser«, schnaubte Clayton. »Eine Menge davon. Und Handtücher. Und Decken. Und schau um Himmels willen zu, daß du genügend Torf für ein Feuer zusammenbekommst, ehe das Mädchen sich den Tod holt.«

»Ist bereits erledigt, Sir«, erklärte der Diener. »Ich habe nicht nur im Salon, sondern auch in unseren Schlafkammern den Kamin angeschürt«, setzte er in dem leicht vorwurfsvollen Ton eines rechtschaffenen Dieners hinzu, den man nicht erst an seine Pflichten erinnern muß.

Der Salon war einer der wenigen komfortablen Räume von Cavisbrooke Castle. Die Walnußtäfelung schimmerte rosig im Licht der Kaminflammen und der Handvoll im Raum verteilten Öllampen. Der Boden war mit Teppichen und Wachstuch belegt, und ein halbes Dutzend Binsensessel, deren Rücken- und Armlehnen mit Wachs poliert waren, standen an den Wänden, an denen Ölgemälde, die Jesus und seine Jünger darstellten, hingen. Zwei üppig gepolsterte Lehnstühle waren vor den Kamin geschoben, und eine hübsche Standuhr mit einem Gehäuse aus Mahagoni verkündete mit zwei lauten Schlägen die erste halbe Stunde des neuen Tages.

Miracle noch immer auf den Armen, stand Clayton vor dem prasselnden Kaminfeuer, starrte in die Flammen und ließ, langsam wieder zu Atem kommend, die Stille und die Wärme, die im Raum herrschten, auf sich einwirken. Kaum zu glauben, daß außerhalb dieser massiven Mauern ein Unwetter tobte. Kaum zu glauben, daß er den wütenden Elementen getrotzt und dieses Mädchen von der Schwelle des Todes zurückgeholt hatte. Wirklich nur schwer zu glauben, wenn er bedachte ...

Er spann den Gedanken nicht zu Ende, ließ sich in einen der beiden Polstersessel sinken und hielt, das Mädchen weiterhin fest in seinen Armen, bis das Zittern ihres Körper allmählich abebbte.

»Ich mußte gehen«, sagte sie an seiner Schulter.

»Natürlich mußtet Ihr. Ich bin überzeugt, daß jeder Seemann in König Georgs Marine auf das Licht Eures Leuchtturms angewiesen ist, wenn er im Sturm den Weg nach Hause finden will.« Er blickte in ihr vom Regen feuchtes Gesicht und schenkte ihr ein trockenes Lächeln. Auf dem Rost brach prasselnd ein Torfbrikett auseinander und schickte einen Funkenregen auf den Kaminvorleger.

Sie runzelte die Brauen, und der Schmollmund, den sie jetzt machte, hätte ihm fast wieder ein Lächeln entlockt.

»Das ist natürlich Eure Schuld«, erklärte sie. »Ich bin von Natur aus eigentlich gar nicht so heftig und impulsiv. Hättet Ihr meine Gedanken nicht so sehr beschäftigt, wäre es mir schon vor Stunden eingefallen, daß ich hinunter muß in die Kapelle von St. Catherine, um den Leuchtturm zu besetzen. Dann hätte ich nicht die Abkürzung zu nehmen brauchen.«

Er blickte, mit einer Locke ihrer Haare spielend, nachdenklich vor sich hin und murmelte: »Ermutigend, glaube ich. Ich meine, daß es mir gelungen ist, mich in Euren Gedanken einzunisten.«

Sie sah ihn aus großen Augen eindringlich an, während ihr Körper sich langsam entspannte. »Ihr habt mir das Leben gerettet«, flüsterte sie leise, während sie die Wimpern senkte und sich sacht an ihn schmiegte.

Clayton sagte nichts, fuhr nur fort, sie an seine Brust zu drücken – fester, als er das eigentlich sollte, wie eine Stimme in seinem Kopf ihn mild tadelte. Aber sie fühlte sich überraschend gut an: weich, warm, haltenswert. Wenn er an die Kälte dieser rauhen Nacht dachte, fühlte sich so ein anschmiegsamer, warmer Körper verdammt gut an.

Zudem hatte er ja eine Rolle zu spielen. Er hatte den Auftrag bekommen, sie zu verführen. Sie hatte ihn am Nachmittag – wissentlich oder unbewußt – auf dieser gefährlichen Felsenklippe herausgefordert, und er war noch nie ein Mann gewesen, der sich einer Herausforderung nicht gestellt hätte.

In diesem Augenblick erschien Benjamin, die Arme voller Decken, auf der Schwelle des Salons. »Ich habe mir erlaubt, Eure Wäschekammer zu plündern«, erklärte er Miracle und warf die Decken auf den zweiten, unbesetzten Lehnstuhl. Dann eilte er wieder aus dem Raum und kehrte ebenso rasch mit einem Tablett zurück, auf dem Teegeschirr und eine dampfende Teekanne standen. »Das sollte die junge Lady aufwärmen, Sir. Dafür garantiere ich.«

Clayton blickte in die wachsamen Augen in diesem alabasterfarbenen Gesicht. Ihre nun trocknenden Haare umrahmten ihr Gesicht wie ein zartes Lockengespinst, das die Perfektion ihrer Züge noch betonte. Ihre Lippen waren rot, feucht und weich.

Er lächelte. Es war ein echtes Lächeln, nicht dieses für ihn typische sarkastische Kräuseln der Lippen.

Sie zog die Brauen zusammen. »Ich habe Euch das bisher noch nie tun sehen«, sagte sie.

»Was habt Ihr mich bisher noch nie tun sehen?«

»Lächeln.«

»Nein?« Er lächelte abermals. »Ich nehme an, ich mache das nicht oft.«

»Das solltet Ihr aber. Ihr seid sehr ernst, müßt Ihr wissen. Vielleicht würden Euch die Leute liebenswerter finden, wenn Ihr öfter lächeln würdet.«

»Was bringt Euch denn auf die Idee, daß mich die Leute nicht mögen würden, Lady Cavendish?«

»Nun, damit meinte ich natürlich Leute im allgemeinen . . .«

»Oder solltet Ihr damit möglicherweise Euch selbst gemeint haben?«

Sie gab ihm darauf weder eine Antwort noch bewegte sie sich, sondern fuhr fort, ihn unter ihren langen schwarzen Wimpern hervor auf eine Weise zu betrachten, die ihn an einen bezaubernden Engel erinnerte: verlockend und auf eine unschuldige Art verführerisch.

»Sir«, sagte Benjamin behutsam hinter ihnen, »der Tee für die Lady ist fertig.«

Ohne große Anstrengung erhob Clayton sich nun aus seinem Lehnstuhl, trug Miracle zu dem anderen Polstersessel hinüber, setzte sie dort ab, wickelte sie in eine der Decken ein und trat dann zurück, während Benjamin einen dicken Schal, den er vor den Kamin ausgebreitet hatte, um ihn anzuwärmen, herbeiholte und ihr diesen um die Schultern legte. Dann reichte er ihr eine gefüllte Teetasse, und sie schlang die Finger darum und schloß, die Wärme genießend, kurz die Augen.

»Sieh zu, daß sie ordentlich versorgt wird«, sagte Clayton dann zu seinem Kammerdiener, sich über den Ton seiner Stimme ärgernd, die rauh und selbst für seine Ohren ein wenig heiser klang, und wandte sich dann zur Tür.

»Euer Gnaden«, rief Miracle.

Er hielt kurz an, sah aber nicht zurück.

»Danke«, sagte sie leise.

Clayton saß, bis ins Mark hinein frierend und durchnäßt bis auf die Haut, vor dieser erbärmlichen Glut, die sich Kaminfeuer schimpfte, die Ellenbogen auf die Knie gestützt, den Kopf in den Händen vergraben, und starrte auf den Steinboden, ohne ihn wirklich zu sehen.

»Diese Burg ist das reinste Mausoleum«, erklärte Benjamin, als er aus einer Kanne einen schwachen zweiten Teeaufguß in einen Porzellanbecher goß, an dem der Henkel fehlte. Dann zog er eine kleine Reiseflasche aus seiner Rocktasche, fügte dem Tee einen Fingerbreit Brandy hinzu, zögerte kurz und besserte dann noch mit der gleichen Menge Brandy nach. »Ich wette, das wird Euch die Eisnadeln aus den Adern spülen, Mylord.«

Clayton hob den Kopf und starrte müde auf die dampfende Tasse mit dem Teeaufguß. »Wo, zum Teufel, hast du denn den aufgetrieben?«

»Den Brandy, meint Ihr? Ganz gewiß nicht hier, Sir. Ich habe einen halben Tag lang alle Schränke in der Küche und im Keller durchsucht, aber nicht einen Tropfen Alkohol darin gefunden. Nachdem mir klar geworden war, daß es hier weder Wein-, Bier- oder gar Branntweinfässer gibt, war ich gezwungen, auf meine eigenen . . . pardon . . . Eure eigenen Vorräte zurückzugreifen. Wir haben diesen Brandy aus Basingstoke mitgebracht.«

»Wir?«

»Ich wußte doch, daß Ihr hin und wieder ein Gläschen davon zu schätzen wißt. Zumal dann, wenn Ihr Euch in einer griesgrämigen Laune befindet.«

»Ich bin in meinem ganzen Leben noch nie griesgrämig gewesen!« schnaubte Clayton.

»Sehr wohl, Sir. Was immer Ihr sagt.« Benjamin schob die Reiseflasche wieder in seine Rocktasche zurück, nahm die Überdecke vom Bett und warf sie Clayton über die Schultern.

Der Dampf stieg in aromatischen Wolken aus der Tasse auf und hüllte Claytons Gesicht ein. »Vorne werde ich geröstet, und hinten erfriere ich«, sagte er durch die zusammengepreßten Zähne.

»Jawohl, Sir.«

»Wo ich herkomme, haben wir an beiden Enden des Zimmer einen Kamin, so daß unser Hintern genauso warm wird wie unser . . .«

»Jawohl, Sir.«

»Verrate mir mal etwas, Benjamin.«

»Wenn ich kann, Sir.«

»Was, zum Teufel, machen wir eigentlich hier?«

»Laßt mich mal überlegen . . .« Während er die Zudecke auf dem Bett sorgfältig zurückschlug, so daß sie am Kopfende ein perfektes gleichschenkliges Dreieck bildete, und das Kissen aufklopfte, bis auch das letzte Fältchen aus dem Bezug verschwunden war, dachte Benjamin gründlich über die Frage seines Herrn nach, richtete sich dann auf, nahm eine steife, würdevolle Haltung ein und erwiderte: »Meines Wissens, Sir, haben wir dieses überaus ungastliche Haus – was es meiner Meinung nach, wie Ihr auch immer darüber denken mögt, im höchsten Maße ist, weil es hier nur so wimmelt vor Geistern und bocksbeinigen Dämonen –, diese unwirtliche Stätte aufgesucht mit dem Auftrag und in der erklärten Absicht, die hier wohnhafte junge Dame, Lady Cavendish, zu becircen und sie, indem Ihr Euch als Euren Bruder, den Herzog von Salterdon, ausgebt, dazu zu bringen, sich mit diesem zu ver . . .«

»Halt den Mund«, knurrte Clayton.

»Jawohl, Sir.«

»Ich entnehme deiner Stimme und dem Tenor deiner Ausführungen, daß du das mißbilligst.«

»Es steht mir nicht zu, das Verhalten Eurer Lordschaft zu billigen oder zu mißbilligen, Sir.«

»Verdammt noch mal, Ben, du bist in den letzten zwanzig Jahren für mich so etwas wie ein Vater gewesen, also fang mir jetzt nicht mit diesem servilen Unsinn an!« Er drehte den Kopf zur Seite und blickte seinen Kammerdiener durchbohrend an. »Was hältst du von dem Mädchen?«

»Ich halte sie für ziemlich . . .«

»Magst du sie?«

»Ja.«

»Glaubst du, daß sie glücklich wäre, wenn sie meinen Bruder heiraten würde?«

Ein besorgter Ausdruck trat nun in Benjamins Augen, und seine Mundwinkel sackten nach unten.

»Schon gut. Ich kann dir die Mühe sparen, mir darauf eine Antwort zu geben, weil wir beide wissen, daß es keine Frau auf dieser Welt gibt, die seine Eigenheiten lange ertragen könnte. Und ganz besonders dieses Mädchen nicht. Außerdem hat sie erklärtermaßen gar kein Interesse an ihm. Scheint so, als hätte sie noch nie etwas für ihn übrig gehabt.«

»Nein? Was für einen Mann würde sie denn tolerieren?«

»Einen Mönch«, erwiderte Clayton. »Besser noch, einen Heiligen.«

»Kaum die für eine Beschreibung Eures Bruders passende Terminologie, würde ich sagen . . . Was übrigens auch für Eure Lordschaft zutrifft.«

Clayton lehnte sich etwas entspannter auf seinem Stuhl zurück und streckte seine langen Beine vor dem Feuer aus. Im Geiste sah er sie jetzt wieder auf dieser Felsplatte über dem Meer sitzen und ihre Mahlzeit an die hungrigen Vögel verfüttern, während die Sonne aus ihrem Gesicht strahlte. »Sie wünscht sich einen Mann zum Gatten, der fliegen kann, Benjamin. Kannst du mir sagen, wie ich das bewerkstelligen sollte?«

Benjamin nippte an seinem Tee und setzte eine gewichtige Miene auf. »Ich hatte in der Zeit, wo Eure Lordschaft auf den Klippen herumgeturnt seid und Vogelnester ausgenommen habt, ein sehr ausführliches Gespräch mit Mr. Hoyt, dem ich entnehmen konnte, daß Lady Lorraina nur wenige Tage nach ihrer Heirat mit dem inzwischen verstorbenen Lord Cavendish von ihm alleingelassen wurde und buchstäblich wie eine Verbannte in dieser Burg gelebt hat. Er kehrte nur zweimal im Jahr zu ihr zurück, wobei er seiner jungen Gattin jedesmal versprach, sie beim nächsten Mal aufs Festland mitzunehmen. Das hat er aber nie getan. Von dem Tage an, an dem die Lady mit ihm in dieses Haus zog, bis zu jener Nacht, als sie ihrer Tochter einen Abschiedskuß gab und dann verschwand, hat sie die Insel nie verlassen. Zehn Jahre lang verbrachte Lady Cavendish ihre Tage und Nächte in dieser schrecklichen Burg und unten im Leuchtturm, wo sie auf die Heimkehr ihres Gatten wartete.«

»Bastard«, murmelte Clayton in seinen Teebecher hinein.

»In der Tat«, sagte Ben, seinen Becher absetzend. »Und Ihr würdet das Mädchen dem gleichen Schicksal unterwerfen. Ah, Sir, Ihr seht mich jetzt wütend an, könnt das aber nicht leugnen. Euer Bruder würde sie nur heiraten, um Eure Großmutter zu versöhnen und sie dann auf irgendeinem Landsitz versauern lassen ...«

»Du vergißt dich«, schnaubte Clayton.

Im milderen Ton und mit einer etwas weniger herausfordernden Pose erwiderte Benjamin: »Ihr könnt diese Burg jederzeit verlassen, Sir, und nach London zurückkehren. Ihr könnt Eurem Bruder sagen, daß das Mädchen von irgendwelchen Heiratsplänen nichts wissen will. Besser noch, Ihr sagt ihm, daß das Mädchen inzwischen schon verheiratet ist ... Was allerdings nicht der Wahrheit entsprechen würde ...«

». . . und eine Unredlichkeit von mir wäre. Hast du schon einmal erlebt, daß ich mich unredlich verhalten habe?«

Der Diener schob seine Schulter wieder in die Höhe und erklärte stolz: »Nein, Sir.« Nach ein paar Sekunden des Schweigens fragte er dann: »Wäre das alles, Mylord?«

Clayton nahm einen Schluck aus seinem Becher und schloß kurz die Augen, als der mit heißem Tee verdünnte Brandy seinen Magen erreichte. »Ja«, erwiderte er heiser und setzte dann, als Benjamin sich der Tür zuwandte, noch hinzu: »Übrigens – nenn mich nicht immer Basingstoke, wenn das Mädchen zugegen ist. Denk daran, wer ich bin und welche Mission ich hier zu erfüllen habe . . ., nämlich das Herz der Lady für meinen Bruder zu gewinnen.«

»Sehr wohl, Sir.« Benjamin schritt zur Tür und hielt dort noch einmal an: »Ich würde Euch empfehlen, ebenfalls daran zu denken, wer Ihr seid. Gute Nacht, Sir.«

»Gute Nacht«, flüsterte Clayton und sank in seinen Stuhl zurück.

»Was für Ideen werden euch jungen Mädchen von heute eigentlich in den Kopf gesetzt?«

Berthe antwortete: »Aber die Ehe ist doch etwas Heiliges, Großmutter.«

Des Herz der Uralten erbebte; es war das Herz einer Frau, die noch im großen, galanten Jahrhundert das Licht der Welt erblickt hatte.

»Nicht die Ehe, die Liebe ist etwas Heiliges«, sagte sie. »Hör auf das Wort einer alten Frau, mein Kind ... Man heiratet nur einmal, Kleines, weil die Welt das so verlangt; aber lieben kann man zwanzigmal im Leben, weil die Natur uns so geschaffen hat ... Wenn man das Leben nicht mit der Liebe überpuderte; mit so viel Liebe wie irgend möglich – so wie man bittere Pillen für Kinder mit Zucker überstäubt –, dann würde niemand das Leben so, wie es ist, hinnehmen.«

Berthe machte große, runde Augen vor Erstaunen. Sie murmelte: »Oh, Großmutter, man kann doch nur einmal im Leben lieben.«

Aus ›Ratschläge einer Großmutter‹
von Guy de Maupassant

Kapitel fünf

Miracle stellte eine Schüssel mit heißem Haferbrei und dann einen Teller mit Hörnchen vor Jonathan Hoyt auf den Tisch. Die Bänke, der Tisch, die Zinnkrüge, die mit eisernen Bändern versehenen Flaschen, das Tongeschirr und alles andere

Gerät hatten in der Küche von Cavisbrooke schon seit dreihundert Jahren ihren Dienst getan.

»Sie ist ein Quälgeist«, erklärte Johnny, während er ein wenig enttäuscht auf diese Mischung aus Getreide, Sahne und Butter hinuntersah. »Ein Kümmerer. Das war sie schon als Kind gewesen – flatterte dauernd um einen herum wie eine Glucke um ihre Küken. Ich habe es ihr einmal gesagt und dann noch mindestens hundertmal wiederholt, daß die Zeit kommen wird, wo die Hirnlosen dieser Welt schon auf sich selbst aufpassen müßten. Wenn diese verdammten Narren nicht so viel Verstand besitzen, bei einem Sturm einen Hafen aufzusuchen, dann geschieht es ihnen nur recht, wenn sie auf den Klippen von Race End landen.«

Miracle räusperte sich, als wollte sie Johnny daran erinnern, daß vor noch gar nicht so langer Zeit auch Salterdon zu diesen ›verdammten Narren‹ gehört hatte. Dann warf sie einen besorgten Blick auf Seine Gnaden, bei dem jedoch Johnnys Bemerkung offensichtlich auf taube Ohren gestoßen war. Denn Salterdon starrte ebenso geistesabwesend wie Johnny auf seinen Teller hinunter.

Schön, dachte sie bei sich, zumindest überlegt er es sich noch, ob er sich auch diesmal wieder über sein spartanisches Mahl beschweren soll, wie er das bei seinem ersten Besuch getan hatte. Tatsächlich hatte er an diesem Morgen noch nicht viel gesagt. Allerdings war sie auch nicht sehr viel gesprächiger gewesen als er. Vielleicht hätte sie sich noch einmal bei ihm für seine doch recht wagemutige Rettungstat in der vergangenen Nacht bedanken sollen. Vielleicht würde sie das noch nachholen – bei einer passenderen Gelegenheit.

Johnny fixierte den Herzog, der ihm gegenübersaß und mit noch etwas schläfrigen Augen vor sich hinsah. »Sie behauptet, daß sie um meine Gesundheit besorgt sei . . .«

»Bin ich auch«, fiel ihm Miracle ins Wort und holte, ihm ein strahlendes Lächeln schenkend, noch einen Topf Honig von der Anrichte, den sie vor ihm auf den Tisch stellte.

»Wäre ja zu schön, wenn das zutreffen würde. Eine Frau, die wirklich um das Wohl eines Mannes besorgt ist, würde gelegentlich auch mal ein Stück Fleisch auf den Tisch bringen. Das ist ein Morgen für Blutwürste und gebratenen Speck. Aber sie füttert mich ständig mit Grünzeug und Feldfrüchten, als wäre ich eine verdammte Kuh, Euer Gnaden. Haferbrei zum Frühstück, Kartoffelpuffer zum Lunch und abends Stampfkartoffeln mit gesottenen Karotten, wo ich mir doch nichts anderes wünsche als ein *so* dickes Lammsteak.« Er deutete mit Daumen und Zeigefinger einen Durchmesser von mindestens zwei Zoll an, während seine Augen einen verträumten Ausdruck annahmen.

»Von zu viel Fleisch bekommt man nur die Gicht«, erklärte sie mit fester Stimme und stellte nun eine Schüssel voll Haferbrei vor dem Herzog auf den Tisch, wobei sie sich innerlich gegen sein mißbilligendes Grunzen und das verächtliche Kräuseln seiner Lippen wappnete und sich vornahm, ihn daraufhin herzlich zu einem Sprung von der Wehrmauer ins Meer einzuladen oder ihm zu empfehlen, einen Fußmarsch nach Niton ins Gasthaus ›Zum Hund und Hasen‹ zu unternehmen, wie er das bei seinem ersten Besuch mit seinen Trabanten gemacht hatte.

Salterdon sah nicht zu ihr auf, sondern fuhr fort, mit leicht verquollenen Augen in seinen Becher mit schwarzem Kaffee zu starren. Er hatte sich nicht rasiert, und seine Wangen hatte eine fast schwarze Färbung angenommen, so daß er heute nicht so aussah wie ein Bauer, sondern eher wie ein Zigeuner, dessen Haare eine Idee zu lang waren. Sie hingen ihm vorne in die noble Stirn und berührten seinen Nasensattel. Er trug jedoch, wie die Etikette das offenbar von ihm verlangte, einen Cutaway zum Frühstück; allerdings nicht diesen mitternachtsblauen Rock, den er sich bei seinem heroischen Ausflug auf die Steilküste in der letzten Nacht verdorben hatte, sondern einen sehr eleganten aus moosgrünem Kammgarn, der seine Augen so dunkel machte wie Schiefer – *wenn* er gelegentlich geruhte, sie anzuschauen, was an diesem Morgen jedoch kaum der Fall gewesen war.

Nicht, daß sie das etwa gestört hätte.

Keineswegs. Denn diese Unruhe, dieses seltsame Flattern in ihrem Magen, hing natürlich mit der Tatsache zusammen, daß sie nun zweifellos tot dort unten im Meer treiben würde, wenn er nicht gewesen wäre, und war keineswegs darauf zurückzuführen, daß sie daran dachte, ob er vielleicht nicht noch einmal dieses neugierige Interesse für ihre Person bekunden könnte.

Du liebe Güte – nein! Der Himmel mochte das verhindern!

Je früher sie ihn aus diesem Haus scheiden sah, um so besser.

»Danke«, sagte er mit einer Stimme, als hätte er Kieselsteine unter der Zunge.

Sie wölbte die Augenbrauen und erwiderte: »Gern geschehen«, und drehte sich dann zu Benjamin um, der, auf Anweisungen seines Herrn wartend, bei der Tür stand. »Benjamin«, sagte sie, »Sie werden sich doch zu uns an den Tisch setzen, nicht wahr?«

Der Mann, dessen Auge genauso müde aussahen wie die Seiner Gnaden – zweifellos deswegen, weil er die ganze Nacht hindurch nach Gespenstern Ausschau gehalten hatte –, blickte sie erschrocken an.

»Nehmen Sie doch Platz, Sir. Sie haben doch sicherlich Hunger, nehme ich an.«

»Wie ein Wolf, Miss, aber . . .«

»Dann setzen Sie rasch hin, ehe der Brei kalt wird. Dort drüben. Neben Seine Gnaden.« Sie deutete auf einen leeren Platz am Tisch.

»Lady Cavendish«, begann der Kammerdiener, immer noch sichtlich beunruhigt über diese unerwartete Entwicklung. Er sah nervös zum Herzog hinüber, der nur mit den Achseln zuckte und nickte, ehe er den Blick wieder auf seinen Porridge richtete.

»Wir halten hier auf Cavisbrooke nicht viel von Förmlichkeiten«, erklärte Miracle. »Nicht wahr, Johnny?«

»Richtig«, erwiderte Hoyt und machte sich nun mit sichtlichem Appetit über sein Frühstück her. »Obwohl ich gern für eine paar dicke Scheiben Speck eine Weile lang dort an der Tür stehen würde. Aye, das würde ich tun. Wißt Ihr eigentlich, Euer Gnaden, daß Lady Cavendish sich weigert, mir öfter als einmal in der Woche ein Stück Fleisch zu braten? Und dann kauft sie es auch noch bei dem verdammten Schlachter in Niton ein. Wir haben so viele Schafe, Rinder und Schweine – von den Hühnern, Tauben und Kaninchen gar nicht erst zu reden –, um damit König Georgs ganze Armee verpflegen zu können, und sie erlaubt mir nicht, auch nur einem dieser Biester den Hals umzudrehen! Es war mein Fehler, daß ich ihr erlaubte, ihnen Namen zu geben. Sobald sie diese verdammten Tiere erst einmal getauft hat, sind sie Mitglieder unsere Familie geworden.«

Seine Gnaden legte seinen Löffel weg, wischte sich den Mund mit einer Serviette ab und richtete den Blick auf Miracle. »Darf ich Euch fragen, auf welchen Namen Ihr ein Schwein zu taufen beliebt?«

»Auf Samuel«, erwiderte sie, ohne zu zögern, »und Claude und Charles.«

»Sie hat unseren Eber ›Chuck‹ getauft«, erklärte Johnny und rülpste. »Ich schwör' Euch bei allen Leberwürsten dieser Welt, daß dieses häßliche Biest tatsächlich auf diesen Namen hört. Sie braucht nur ›Chuck‹ zu rufen, und schon kommt er so rasch angaloppiert, wie ihn seine krummen Beine tragen wollen.«

Miracle rieb sich die feuchten Hände an einem Tuch ab und sagte mit einem leisen Lachen in der Stimme: »Verratet mir mal, Euer Gnaden, ob Ihr etwas essen würdet, das intelligent genug ist, sich seinen Namen zu merken?«

»Woher wollt Ihr denn wissen, daß es auf seinen Namen reagiert und nicht bloß auf Eure Stimme?« erkundigte sich

Salterdon, während er belustigt zwinkerte und ein leises Lächeln um die Lippen seines hübschen Mundes spielte. Das hatte eine verblüffende Wirkung auf sie. Fast hätte sie das Küchenhandtuch fallen lassen.

Sie runzelte leicht die Stirn, während ihr Gesicht einen tiefernsten Ausdruck annahm, als sie erwiderte: »Weil er nicht kommt, wenn ich ihn Samuel rufe, natürlich.«

»Bei Zeus«, erklärte Benjamin, während er mit großen, runden Augen seinen Herrn anstarrte, »was für eine schockierende, ja, beängstigende Möglichkeit. Wäre es nicht konsternierend, wenn wir entdeckten, daß die erbarmungswürdigen Biester, die wir verzehren, intelligent genug wären, uns zu verspeisen, wenn sie das Glück hätten, mit Händen geboren zu werden statt mit Hufen? Ich werde keinen Eber mehr anschauen können, ohne mich dabei im Geiste auf einem Bratspieß über dem Feuer rösten zu sehen.«

Miracle lachte. »Und da wir schon einmal von Namen sprechen . . .«, sagte sie, den Herzog mit einem neugierigen Blick streifend, »wie kommt es, daß Ben Euch ständig mit Basingstoke anredet?«

Herr und Diener starrten sie beide an und wechselten dann einen Blick.

»Nun«, räusperte sich Salterdon, »er hat für meinen Bruder gearbeitet . . . in Basingstoke.«

»Jahrelang!« setzte Ben hinzu.

»Die Macht der Gewohnheit läßt sich nur schwer brechen«, erklärte Salterdon, seinem Diener zunickend.

»Ein bedauerliches Laster von mir«, murmelte Ben.

Miracle warf ihr feuchtes Küchenhandtuch in den Spülstein und nahm dann den Sack mit den Kienspänen zur Hand, der neben dem Herd lag. Den Rest des Vormittags würde sie dazu verwenden, so viel Brot zu backen, daß sie damit drei Tage lang auskommen würden. Deshalb mußte sie nun alle Öfen in der Küche anheizen.

Sie trat aus der Küche hinaus in den Morgen, der kalt und

trübe hereingebrochen war. Eine Nebelschicht lag wie eine weiße Decke über den regennassen Feldern und Wiesen. Sie ließ die Tür hinter sich ins Schloß zurückschwingen und erfreute sich an dem Anblick der sanft gewellten grünen Weiden und der Wälder dahinter, die im Nebel blaß und gespenstisch wirkten. Schafe waren wie kleine weiße Wattebäusche über das Land verteilt, das plötzlich gegen eine niedrige graue, gezackte Felsmauer zu stoßen schien, wo es senkrecht zum Meer abfiel. Vögel kreisten dort, Raben und kreischende Möwen. Schwarz und Weiß: eine Dichotomie wie dieses friedliche grüne Land und die wild brodelnde See darunter. Eine Dichotomie, die sie auch in ihren widerstreitenden Gefühlen wiederfand – in dieser Antipathie gegen und dieser Verwunderung über ihren Gast, ihr Verstand bemühte sich so gut, wie es ihm gelingen wollte, diese seltsame Wendung der Ereignisse und diesen Widerspruch ihrer Empfindungen zu begreifen.

Im gleichen Moment saß Johnny Hoyt, ihr Freund und lebenslanger Gefährte, am Küchentisch und redete mit dem Herzog, als wäre er der Milchmann, der ins Haus gekommen war, um Geschichten mit ihm auszutauschen. Der Herzog aß ihren Haferbrei und trank ihren Kaffee, als wäre es die selbstverständlichste Sache der Welt für ihn, trockenes Brot mit einer Leuchtturmwärterin und ihrem Hausknecht zu brechen.

Bei seinem früheren Aufenthalt hatte Seine Gnaden nach Wildbret, Rebhühnern und Hummerfleisch verlangt. Er hatte sich geweigert, Miracles Einladung zu folgen und am Küchentisch Platz zu nehmen, sondern hatte sich mit seinen Begleitern im Salon bewirten lassen, wo sie sich laut darüber beklagt hatten, daß es in diesem Haus nicht einmal einen Marsala und Madeira gab, mit dem sie diesen ›Bauernfraß‹ hinunterspülen konnten. Statt in die Küche zurückzugehen, wanderte Miracle, ihre Öfen vergessend, eine Weile im Garten zwischen den Büschen und Mauern umher, während sie in Gedanken zu den Ereignissen der vergangenen Nacht zurückkehrte. Sie dachte daran, wie sie vor dem Kaminfeuer in Salterdons Armen gelegen und sich an seine Brust geschmiegt hatte. Nur ein einziges Mal in ihrem Leben war sie einem Mann so nahe gewesen – oder eher einem Jungen –, als sie beide unter einem Felsvorsprung Schutz vor dem Regen gesucht und sich aneinandergepreßt hatten. Das war vor einem halben Jahr gewesen, und sie hatte den Jungen seitdem nicht mehr gesehen.

Joe Cobbett hatte jedoch nicht so ausgesehen, sich nicht so angefühlt und nicht so gerochen wie Salterdon. Dieser Mann war ein Zigeunerkönig, dessen Brust und Arme so hart waren wie Stein. Er roch nach Seife, Leder und Sandelholz.

»Ich glaube Euch nicht«, hörte sie eine Stimme hinter sich. *Seine* Stimme. Ihr Herz machte einen kleinen Satz. Sie wirbelte herum, so daß ihr Rock ihr um die Beine schwang und der Sack mit den Kienspänen ihr von der Schulter glitt und den Arm hinunterrutschte.

Salterdon war auf dem Gartenweg stehengeblieben. Er wirkte sehr elegant in seinem moosgrünen Rock, den er vorne aufgeknöpft hatte, so daß man seine grün-gold gestreifte Weste darunter sehen konnte, in seiner hellbraunen Nankinghose und den blankgewienerten Schaftstiefeln, die ihm bis zu den Knien hinaufreichten. Zweifellos hatte Benjamin Stunden dazu gebraucht, um sie mit Spucke und Bürste auf Hochglanz zu bringen. Sie konnte sich gut vorstellen, wie Seine Gnaden die Bemühungen seines Dieners mit arroganter Miene verfolgte. Sie versuchte, Luft zu holen und sich zu überlegen, was sie nun sagen sollte.

»Ich bemerkte eben, daß ich Euch nicht glaube«, wiederholte er mit einer geradezu feierlich ernsten Stimme.

»Was glaubt Ihr nicht? Und warum schleicht Ihr Euch ständig so an mich heran?«

»Was ich nicht glaube, ist diese Taufe der Schweine. Und außerdem schleiche ich mich nicht an Euch heran. Ich habe zweimal Euren Namen gerufen, ehe ich mir erlaubte, näherzutreten. Offensichtlich«, setzte er mit einem Zucken seiner breiten Schultern hinzu, »wart Ihr ganz in Euren Gedanken versunken. Seid Ihr immer so nachdenklich, Miss Cavendish, oder bekümmert Euch etwas? Oder findet Ihr nur ein Vergnügen daran, irgendwelchen Tagträumen nachzuhängen?«

Sie gab ihm keine Antwort, sondern drehte sich wortlos um und entfernte sich in Richtung Hühnerstall, wo ein lautes Gakkern der Hennen ihr verkündete, daß sie ihrer morgendlichen Legepflicht nachgekommen waren.

Salterdon folgte ihr dorthin, lehnte sich gegen die offene Hühnerstalltür, verschränkte die Arme vor der Brust und sah zu, wie sie die Hühner von ihren Nestern hob, die sich mit lautem Gegacker und heftigem Flügelschlagen auf die Stangen flüchteten. Sie raffte ihre Schürze vorn zusammen, so daß sie einen Beutel bildete, in den sie die Eier hineinlegte – braune, gesprenkelte und auch ein paar weiße.

»Verratet mir mal«, sagte der Herzog, als sie wieder aus dem Stall kam, »warum macht Ihr so etwas?«

»Eier einsammeln?« erwiderte sie belustigt und warf ihm einen Blick über die Schulter zu, der ihm bedeutete, daß sie Wichtigeres zu tun habe, als einen Schwatz mit ihm zu halten.

»Die Hemden.« Er klaubte eine Hühnerfeder aus ihrem Haar und zwirbelte sie zwischen den Fingerspitzen. »Warum versteckt Ihr Euch dort oben?« – er deutete mit der Feder zu dem von Nebelschwaden verhüllten Turm hinauf – »und näht dort?«

»Habt Ihr das etwa Jonathan erzählt?« fragte sie mit Panik in der Stimme.

Er hob beide Augenbrauen und legte den Kopf auf die Seite, als er sagte: »Ich sah keinen Grund dazu.«

Miracle gestattete sich nun, dem Blick seiner grauen Augen zu begegnen. Es war ein sehr eindringlicher, fast durchbohrender Blick, irgendwie verwirrend und enthüllend – was sich jedoch nicht auf seine, sondern auf ihre Person bezog. Es war, als würde sie von diesem eindringlichen Blick bis in den tiefsten Winkel ihres Seins durchleuchtet.

Miracle wich einen Schritt zurück, um die Distanz zu ihm

zu vergrößern. Seine Nähe weckte in ihr ein seltsames, entnervendes Gefühl, verwirrte sie. Sie wich seinem Blick aus und sah zu den Schweinen, die in einiger Entfernung mit ihren Schnauzen grunzend den Boden aufwühlten.

»Ich verkaufe diese Hemden«, erklärte sie ihm mit einigem Widerstreben, »an einen Kaufmann in Niton. Mr. Turner ist sein Name. Seine Kunden kommen von überall her, aber zumeist aus London. John . . . Jonathan würde es nicht gefallen, daß ich für Geld arbeite. Er schwor meiner Mutter, daß er während ihrer Abwesenheit gut für mich sorgen – daß es mir an nichts fehlen würde. Und er hat sein Wort bisher immer gehalten.«

Sie sah sich im Garten um, der das baufällige Schloß umgab, und lächelte vergnügt: »Das Paradies ist dort, wo man es sich einrichtet, Euer Gnaden. Ich habe hier alles, was ich brauche. Zudem«, fuhr sie, die Stimme ein wenig senkend, fort, »hat Jonathan wie jeder gute und noble Mensch seinen Stolz, Sir, und tut alles, was in seinen Kräften steht. Aber ich nehme an, daß Ihr von solchen Dingen nichts versteht, nicht wahr, Euer Gnaden? Daß man sich schindet und abrackert für etwas, das man wirklich haben möchte?«

Der Herzog sagte eine Weile nichts, betrachtete nur ihr Heim mit einem Blick, als sähe er im Geist irgend etwas anderes . . . oder als würde er sich in diesem Moment an irgend etwas erinnern. Sie fand diesen Blick seltsam – ungewöhnlich für ihn. Denn bei seinem früheren Aufenthalt schien der Herzog von Salterdon nicht einen Moment lang an seine Zukunft gedacht haben, geschweige denn an seine Vergangenheit. Schließlich sagte er: »Und mit dem Geld, das Ihr für das Nähen der Hemden bekommt, kauft Ihr einmal in der Woche Fleisch?«

»Und Talg für die Kerzen, und Lauge für Seifen, und Baumwolle für meine Näharbeiten, und . . .«

»Und?«

»Manchmal kann ich auch ein paar Pfennige auf die hohe Kante legen.«

»Um was zu kaufen?«

Miracle kam sich plötzlich sehr töricht vor und drehte das Gesicht zu Seite. »Ich fürchte, Ihr werdet mich auslachen.«

»Das bezweifle ich«, sagte er mit leiser Stimme.

Sie schüttelte den Kopf und ging einen Gartenweg hinunter, der sich durch wild wuchernde Pfingstrosen schlängelte. Ihre Hände begannen zu zittern. Wenn sie nicht aufpaßte, würde sie noch ihre kostbaren, gerade eingesammelten Eier fallenlassen und ...

Sacht faßte der Herzog nach ihrem Arm, und als sie krampfhaft ihre mit Eiern gefüllte Schürze mit beiden Händen festhielt, damit sie keines davon verlor, griff er rasch zu und nahm in dem Bemühen, ihr dabei zu helfen, ein paar von ihnen in seine Hände. Sie vermied es jetzt, ihn anzusehen, und versuchte, ihre Aufmerksamkeit auf irgend etwas zu richten, das sie von diesen entnervenden Gedanken ablenken konnte, die ihr nun durch den Kopf gingen.

Wie überaus seltsam, daß sie sich *diesem* Mann anvertrauen wollte, daß sie ihm ihre Hoffnungen, ihre Träume, ihre Phantasien enthüllen wollte. Schließlich – wenn sie einmal von Johnny absah – verbrachte sie ihre langen Tage und Nächte nur in der Gesellschaft ihrer Tiere, ihres Gartens und mit Ceridwens lächerlichen Liebeszaubersprüchen. Sie wußte nicht einmal so recht, wie man sich mit einem Fremden unterhalten mußte ... oder ob er überhaupt ein Gespräch mit ihr führen wollte. Konnte sie sich damals, bei seinem ersten Besuch, so sehr in ihm getäuscht haben?

»Bitte«, sagte sie leise, ihn mit einem Seitenblick streifend, »meine Eier.«

»Wenn Ihr gebeichtet habt«, erwidert er, trat von ihr weg und neckte sie damit, daß er die zerbrechlichen Eier auf den offenen Handflächen balancierte.

»Ihr werdet mich auslachen«, wiederholte sie und fand seine ihr doch recht kindisch erscheinende Art, sich zu benehmen, fast erheiternd. Er sieht aus wie ein kleiner mutwilliger Junge, dachte sie bei sich, wenn er so mit den Augen zwinkert und die Lippen zu einem Lächeln aufstülpt.

»Ihr seid schon ein seltsamer Mann, Sir«, sagte sie und versuchte rasch, ihm die Eier wieder wegzunehmen. Eines davon kollerte von seiner Hand herunter und zerbrach auf dem Boden.

»Oweh«, sagte er, eine Braue in die Höhe ziehend. »Wollt Ihr das etwa noch einmal versuchen?«

Sie hob das Kinn und tat genau das. Ein zweites Ei zerschellte auf dem Gartenweg.

Er lächelte schalkhaft. »Wenn Ihr so weitermacht, wette ich, daß Ihr keine Eimer für Euer Brot mehr haben werdet. Stellt Euch das mal vor!«

»Also gut. Wenn Ihr es unbedingt wissen müßt – ich gedenke, Cavisbrooke zu renovieren«, erklärte sie ihm mit einem gewissen Maß ärgerlicher Rechtfertigung in der Stimme. »Seid Ihr jetzt zufrieden? Amüsiert Euch das, Euer Gnaden, daß ich diese alte, halb verfallene Burg wiederherstellen möchte? *Gebt mir meine Eier zurück!* Könnt Ihr Euch auch nur im Traum vorstellen, daß ich dieses Vorhaben in die Tat umsetzen könnte? Ich bin mir durchaus bewußt, daß alle Bewohner dieser Insel sich vor Lachen auf dem Boden wälzen würden, wenn sie etwas von meinen Plänen erführen. Nur zu. Sagt mir, wie unmöglich das sein wird, daß es besser wäre, die Burg abzureißen und ein neues Haus an seiner Stelle zu errichten! Erinnert mich daran, daß ich nur eine Frau bin, die nicht viel mehr als einen Topf voller Pfennige besitzt und einen Kopf voller Rosinen. Nur zu – Ihr würdet mir nichts Neues sagen, weil ich das alles schon mehr als einmal gehört habe, Euer Gnaden. Und wenn Ihr schon einmal dabei seid, könnt Ihr mir auch gleich noch sagen, daß kein Steinmetz, Maurer oder Zimmermann auf dieser Insel bereit wäre, für mich zu arbeiten, selbst wenn ich das Geld für die Renovierung der Burg zusammengespart hätte. Ich bin eben verrückt – genauso verrückt wie meine Mutter!«

Damit wirbelte sie auf dem Absatz herum, daß der Rock ihr um die Beine flog, und lief auf das Haus zu. Gütiger Himmel – gleich würde sie anfangen zu weinen. Genügte es denn nicht schon, daß sie eben einen Narren aus sich gemacht hatte?

Plötzlich stand Salterdon vor ihr. Sie mußte die Absätze in den Boden bohren, damit sie nicht in ihn hineinlief. Sie hob ihr Kinn und drückte die Schultern durch, als sie hinauf in sein Gesicht blickte. Dann hörte sie sich mit gepreßter Stimme sagen:

»Wenn das Haus heller wäre, neuer und ... und großartiger, dann würde meine Mutter vielleicht wieder heimkommen. Vielleicht würde sie sich dann wieder dazu entschließen, bei uns zu wohnen ..., würden wir wieder ... eine Familie sein.«

»Ich verstehe«, antwortete er leise, während er behutsam die Eier wieder in ihre Schürze zurücklegte. »Und vielleicht werdet Ihr mit dem Geld, das Ihr jetzt spart, versuchen, Sie wiederzufinden.«

»Ja«, sagte sie entschlossen. »Ich werde nach Paris fahren und sie dort wiederfinden. Und vielleicht werde ich, während ich mich dort aufhalte, auch entdecken, was es ist, was sie von uns ... von mir ... weggelockt hat. Vielleicht werde auch ich, wenn ich dort bin ... eine welterfahrene Frau werden. Das war es, was sich meine Mutter am meisten wünschte, Sir. Zu Ihrer Welt zu gehören.«

»Paris. Ihr scheint mir nicht zu dieser Sorte junger Damen zu gehören, die sich vor Verlangen danach verzehren, in den Pariser Salons oder im Palais Royale zu verkehren oder am Arm eines Pariser Adeligen oder Patriziers über die Rue Saint-Honoré zu flanieren. Vielleicht in den Seitenstraßen von Canterbury oder den Gassen von Exmouth. Aber doch nicht Paris, meine Liebe.«

»Macht Ihr Euch über mich lustig, Sir?« schnaubte Miracle.

»Ganz bestimmt nicht.«

»Was gibt Euch dann das Recht, so über mich zu befinden?«

Er sagte nichts, blickte nur in ihr Gesicht, bis sie spürte, daß der Ärger sie verließ und sie beschämt zurückließ – mit roten Wangen, auf eine ihr unerklärliche Weise verletzlich wie ein Lieblingskind, das von einem Elternteil bei einer Lüge ertappt wurde und nun dafür Abbitte leisten wollte.

»Meine Mutter ist dort«, sprudelte sie heraus. »In Paris. Wenn ich nur dort hinreisen könnte, wäre ich mir sicher, sie überreden zu können, wieder mit mir nach Hause zu kommen. Sie *würde* nach Hause kommen, wenn Cavendish . . . anders wäre.«

»Und warum ist sie nach Paris gereist?«

»Der Lichter wegen, natürlich. Und wegen der Leute. Des geschäftigen Treibens wegen, das dort herrscht. Sie hatte ja so oft gehört, daß Paris die schönste Stadt der Welt sei. Welche Frau würde nicht liebend gern dort sein? Sie sehnte sich danach, durch die Korridore der großen, weltberühmten Museen zu wandeln, die es dort gibt, und sie wünschte sich so sehr, bei den großen Virtuosen der Musik und der Malerei zu studieren. Sie liebte die Musik so sehr und verbrachte viele Stunden an ihrem Klavier.«

Wie immer, wenn sie über ihre Mutter sprach, bereitete ihr dieses Thema Unbehagen, und so ging sie von ihm weg zu einem Beet wilder Erdbeerpflanzen mit winzigen weißen Blüten und Tautropfen. »Wißt Ihr«, sagte sie nachdenklich, »daß ich Eure Neugierde, was meine Familie betrifft, sehr seltsam finde? Früher . . .«

»Früher . . .?«

»Da hattet Ihr nur für Euer Wohlergehen Interesse. Wenn Eure Wißbegierde nur ein Trick ist, mit dem Ihr mein Vertrauen und meine Zuneigung gewinnen wollt, dann, fürchte ich, werdet Ihr schrecklich enttäuscht werden.«

Sie standen nun lange schweigend da und beobachteten den wirbelnden Tanz der Möwen über den Klippen am Rand des Kanals. Endlich sah sie wieder zu ihm hoch und überraschte ihn dabei, wie er sie aufmerksam, aber nicht mehr so eindringlich musterte wie noch vor einigen Minuten. Seine Augen hatten jetzt einen sanften, fast schläfrigen Ausdruck. »Versprecht Ihr mir, Jonathan nichts von meinen Plänen zu erzählen? Ich weiß zwar nicht, warum, aber jedesmal, wenn ich von meiner Mutter rede, wird er gereizt, fast wütend. Und sagt ihm bitte nichts von den Hemden.«

»In Ordnung«, erwiderte er nach einem Moment. »Ich gebe Euch mein Wort darauf.«

Sie warf ihm wieder einen schrägen Blick zu. »Ich möchte Euch gern glauben, aber ich denke nicht, daß ich das kann. Nicht nach dem letzten Mal . . .«

Er runzelte die Stirn. »Dem letzten Mal?«

»Damals, als ich Euch bat, niemandem zu sagen, daß Ihr mich mit Joe Cobbett am Rand der Steilküste hattet spazierengehen sehen. Ihr habt es dann aber doch Joes Vater erzählt, dem das Wirtshaus ›Zum Hund und Hasen‹ gehört, und Joe durfte sich danach nie mehr mit mir treffen.« Ihre Stimme verebbte, bevor sie dann, mehr mit sich selbst als mit ihm redend, hinzufügte: »Vielleicht ist es besser so. Er ist jetzt verheiratet und glücklich . . .«

»Dieser Joe . . ., habt Ihr ihn geliebt?«

»Ich . . .« Sie sah von ihm fort und zu einer Stelle auf den Weiden hin, wo sich nun ein Dutzend Schafe zusammendrängte und das Hinterteil dem auffrischendem Wind zukehrte. »Einmal, eine kurze Zeit lang, glaubte ich . . . vielleicht . . . aber nein.« Sie schüttelte den Kopf. »Ich weiß jetzt, daß ich ihn nicht geliebt habe.«

Schweigen füllte nun wieder den Raum zwischen ihnen aus. Sie standen nebeneinander, Miracle, ihre Schürze mit den Eiern festhaltend, und Seine Gnaden mit den Händen in den Hosentaschen und mit einem seltsam ausdruckslosen Gesicht, den Blick auf den grauen, nebelverhangenen Horizont richtend.

Das Schweigen währte schließlich so lange, daß Miracle es nicht mehr als behaglich, sondern als beklemmend empfand. »Es tut mir leid«, sagte sie, »daß Ihr meinetwegen gestern nacht Eure Kleider ruiniert habt. Ich bat Benjamin, sie mir zu bringen, und habe sie so gut es ging ausgebessert. Der Rock hatte einen Riß im Ärmel«, sie deutete vorsichtig mit einem Finger, der mit Mehl bestäubt und an der Spitze ein wenig mit Hühnerkot beschmutzt war, auf seinen Rock, um ihm die Stelle zu zeigen, »den ich geflickt habe. Aber Euer Hemd ... Ich bin nicht sicher, ob die Flecken wieder herausgehen werden ...«

»Macht Euch deswegen keine Sorgen. In dem Geschäft, wo ich es gekauft habe, gibt es mehr als genug von dieser Sorte.«

»Das bezweifle ich nicht.«

Sie wandte sich wieder dem Haus zu und war ein paar Schritte den ausgetretenen Pfad hinuntergegangen, als seine Stimme sie einholte: »Ich glaube Euch das noch immer nicht. Das mit den Schweinen, meine ich!«

Sie lächelte leise vor sich hin, und die Anspannung und der Ärger der letzten Tage schienen ihr von den Schultern zu gleiten, als sie »Claude!« rief, und ein roter, borstiger Eber den Kopf hob und mit seinen hellen Knopfaugen zu ihr herüberschielte. »Claude!« rief sie abermals, und nun kam er quietschend und grunzend, das Ringelschwänzchen steil in die Luft reckend, auf sie zu galoppiert.

»Samuel! Chuck! Seine Gnaden möchte eure Bekanntschaft machen!«

Daraufhin gab es einen förmlichen Massenansturm der Schweine. Den Kopf ein wenig schief gelegt, sah sie kurz zu Salterdon zurück, der, die Hände noch immer in den Hosentaschen vergraben, den schwerfälligen Galopp der Tiere durch die Pfützen und den Matsch beiläufig beobachtete. »Ich wünsche Euch noch einen schönen Tag, Euer Gnaden!« rief sie. »Und viel Freude an Eurer Gesellschaft!«

Dann lief sie ins Haus zurück und hielt noch einmal im Eingang zur Küche an. Hinter dem Türpfosten versteckt, beobachtete sie eine Weile, wie der Herzog von Salterdon regungslos inmitten der tanzenden, quiekenden und grunzenden Schweinen verharrte und mit ernstem, gedankenverlorenen Gesicht auf den fernen, brausenden Ozean hinausblickte.

Einsamkeit war das erste, was Gott, der Schöpfer, nicht gutheißen konnte.

John Milton

Kapitel sechs

Nilton war ein einfaches kleines Dorf, das aus drei verschlammten Straßen, an denen aus Feldsteinen errichtete, größtenteils mit Ried gedeckte Katen standen, einer Handvoll Läden, einer Kirche und einer Schule mit einem Klassenzimmer bestand. Die Kirche, die offenbar auf ein beträchtliches Alter zurückblicken konnte, befand sich am Westrand des Dorfes neben einem Bauernhof an einem mit tiefen Furchen durchzogenen Fahrweg, der sich zu den schwarzen Klippen von Race End hinunterschlängelte. Dem müden Reisenden, der diesen Fahrweg heraufkam, hatte die Ortschaft nicht viel zu bieten bis auf ein Logis in der Herberge ›Zum weißen Löwen‹ und eine Mahlzeit im Gasthaus ›Zum Hund und Hasen‹, die beide warm, gut beleuchtet und offenbar gut besucht waren – besonders der Gasthof, wie Clayton feststellte, als er sich dort zur Theke durchkämpfen mußte, um bei einem Krug warmen Braunbiers seine Lage zu überdenken.

Seine Peers hatten ihm oft vorgeworfen, daß er zu vernünftig sei, das Leben zu ernst nähme und sich alle möglichen Arbeiten aufhalste, um seine Tüchtigkeit zu beweisen. Da fanden seine Freunde unendlich langweilig in Anbetracht der Tatsache, daß die Herzogin ihm selbst den Mond geschenkt hätte, wenn er ihn von ihr verlangt hätte, nur weil es ihm gelungen war, seinen Namen sauber und sich selbst aus Skandalen herauszuhalten. Aber hier stand er nun und wurde langsam, aber sicher von Minute zu Minute beschwipster, während er im

Geiste über die letzten Tage nachdachte, die er in Cavendish Castle in der Gesellschaft einer verrückten jungen Lady verbracht hatte, die mit Schweinen kommunizierte. Und mit Seemöwen. Eine Frau, die von einem Mann verlangte, daß er fliegen können müsse, bevor sie ihn als Anwärter auf ihre Hand überhaupt in Betracht ziehen würde.

Sie wollte keinen Mann zum Gatten haben, der den Frauen nachstellte und seiner amourösen Abenteuer wegen berüchtigt war, womit sie den Herzog von Salterdon recht genau beschrieb.

Sie wollte nicht in einer Welt leben, die von ihr erwartete und verlangte, daß sie sich strikt an die gesellschaftlichen Konventionen der Schicklichkeit und des Anstands zu halten habe. Sobald sie zum erstenmal mit Schweinen reden würde, würde der Bannstrahl dieser sogenannten besseren Gesellschaft auf ihren hübschen Kopf herniedersausen ...

Oh, ja, man konnte nicht bestreiten, daß sie schön war, wenn auch auf eine ungewöhnliche Art: eigenwillig bis zum Starrsinn und nicht bereit, sich der Norm anzupassen oder sich dieser gar zu unterwerfen.

Der Herzog von Salterdon würde sie einfach heiraten, mit ihr schlafen, bis sie schwanger war und sie dann ein von Langeweile ausgefülltes, unbefriedigendes Dasein führen durfte. Es würde für sie keine Teeparties geben, keine Bälle oder Empfänge, keine gesellschaftlichen Größen oder Salonlöwen würden bei ihr aus- und eingehen, um ihr ihre Aufwartung zu machen. Denn für die Gesellschaft würde sie aufgehört haben zu existieren – und selbst ihr umtriebiger Gatte würde keinen Gedanken mehr an sie verschwenden.

Kein Zweifel, überlegte Clayton, während er den letzten Schluck Ale aus seinem Humpen nahm, daß er nun nach Cavisbrooke zurücklaufen, seine Reisetaschen packen, Lady Miracle Cavendish und ihrer muffigen, von Geistern heimgesuchten alten Burg Lebewohl sagen und mit seinem Diener nach Basingstoke zurückkehren sollte. Daß er nun wieder sein eigenes Leben weiterführen und Trey wie einen Stein in seinem Schuldensumpf versinken lassen sollte. Ja. Das war es, was er jetzt tun würde . . ., sobald er noch einen Humpen von diesem Bier getrunken hatte.

Er trank, bis die Sonne den Klippen von Kingston Downs rote Säume aufsetzte. Dann warf er eine Handvoll Münzen auf die Theke und verließ das Gasthaus, stand eine Weile im kühlen Abendwind, sog die Luft in sich hinein und hoffte zu Gott, daß er davon wieder einen klaren Kopf bekommen würde.

Dann ging er durchs Dorf. Er war noch nicht bereit, nach Cavisbrooke zurückzukehren. Er neigte dazu, unvernünftig zu reagieren, wenn er zuviel trank, weshalb er es auch selten tat; und auch weil sein Kopf sich nach solchen Zechtouren anfühlte, als hätte ein Pferd ihn dort getreten – oder in diesem Fall ein Einhorn.

Er starrte lange in das Fenster eines Ladens, ohne wirklich etwas zu sehen, noch geplagt von dem Aufstand seines Gewissens, mit dem er überhaupt nicht gerechnet hatte. Hin und her gerissen zwischen dem Wunsch, seinem Bruder zu helfen, und der Sorge um das Wohlergehen eines ihm gänzlich fremden Wesens einer Fremden mit einem hübschen Gesicht – eines naiven jungen Mädchens, das an Wunder glaubte . . .

»Hallo, Ihr da!« kam da eine Stimme aus dem Inneren des Ladens, die Clayton in die Wirklichkeit zurückholte. Sein Blick konzentrierte sich nun auf das Gesicht des Mannes, der ihm mit gelben Zähnen zulächelte, mit den Knöcheln seiner rechten Hand von innen gegen die Scheibe klopfte und mit einer Stimme, die von dem Glas gedämpft wurde, rief: »Ich führe hier die beste Konfektionsware außerhalb Londons, Sir! Kommt herein und überzeugt Euch selbst! Ich wette, Ihr werdet ihn so prächtig und stolz wie ein Pfau wieder verlassen.«

Clayton starrte den Mann hinter der schmutzigen Scheibe an, während ihm die Hände und das Gesicht allmählich taub wurden von der Kälte.

Der Ladeninhaber bewegte sich jetzt rasch auf die Ladentür zu, riß sie auf und rief, als Clayton, von dem vielstimmigen Chor eines Glockenspiels begrüßt, über die Schwelle trat: »Willkommen! Ich konnte schon gleich an dem Schnitt Eures Rocks erkennen, daß Ihr ein Gentleman von Bedeutung und großer Weisheit seid!«

Clayton sah sich in dem kleinen, mit allerlei Konfektionswaren vollgestopften Laden um. Er musterte die Kollektion seidener Hauben für Damen, die beiden mit Cutaways bekleideten Schneiderpuppen neben dem Ladentisch und die Regale mit den übereinandergestapelten Hemden, Westen, Zylindern und Biberhüten, worauf sein Blick wieder zu den Hemden zurückwanderte.

Turner grinste. »Wie ich sehe, seid Ihr nicht nur ein Mann von Geschmack, sondern besitzt auch ein Auge für Qualität, weil Euch meine Hemden zu gefallen scheinen.« Er faßte Clayton beim Arm und zerrte ihn hinter den Ladentisch vor das Wandregal. Mit seinen wäßrigen, rotgeränderten Augen zu Clayton schielend, riß er das oberste Hemd vom Stapel und hielt es Clayton mit einer kleinen Verbeugung hin. »Ihr werdet nicht bestreiten können, daß es nur wenige Hemden gibt, die so gut gearbeitet sind wie diese hier. Und befühlt einmal das Material, Sir. *Indische* Baumwolle. So fein und fest, wie man sich einen Stoff aus Kattun nur wünschen kann. Und diese Nähte!« Er zerrte ein paarmal heftig an den Ärmeln. »Ein Hemd wie dieses hier hält viele Jahre, Sir.«

»Woher beziehen Sie denn diese Hemden?«

Der Ladenbesitzer sah sich um, als müßte er sich erst davon überzeugen, daß sie nicht belauscht wurden, und meinte dann grinsend: »Wenn Ihr diese Hemden kauft, Sir, könnt Ihr zu Hause Euren Freunden erzählen, daß Sie von dieser Verrückten gewebt und genäht wurden. Sitzt des Nachts oben in ihrem Turm, spinnt die Baumwolle zu Fäden, webt daraus den Stoff, schneidet ihn zu, näht ihn zusammen . . .«

»Dazu braucht sie doch Stunden«, unterbrach Clayton ihn.

»Tage, Sir!«

»Wieviel verlangt Ihr für so ein Hemd?«

»Ein Pfund.«

»Gütiger Gott, so viel zahle ich nicht einmal in der Fleet Street dafür. Das sind ja Wucherpreise!«

»Eure Fleet-Street-Hemden sind aber nicht halb so gut gearbeitet wie diese. Auch stammt der Stoff ja gar nicht aus Indien, sondern ist hausgemacht. Und zudem bezahlen die Leute mir hier gern diesen Preis dafür, weil sie sich nämlich, wie ich bereits sagte, vor ihren Freunden damit brüsten können, daß sie von dieser Verrückten stammen.«

»Und wer ist diese Verrückte?«

»Ich sehe schon, daß Ihr noch nicht lange hier sein könnt, weil ihr nämlich sonst bereits von ihr gehört hättet – von dem Mädchen, das täglich zu den Klippen von Race End hinunterwandert, um dort nach ihrer Mutter zu suchen, die vor zehn Jahren verschwunden ist. Total meschugge, sage ich Euch. Lebt ganz allein dort oben in dieser alten Burg, denn diesen Krüppel von einem Diener, der zusammen mit ihr in diesem alten Gemäuer haust, kann man ja nicht als vollwertigen Menschen bezeichnen. Außerdem ist er genauso verrückt wie sie. Was ist? Wollen Sie dieses Hemd nun kaufen oder nicht?«

»Wie viele von diesen Hemden haben Sie?«

»Drei. Aber ich erwarte noch heute eine weitere Lieferung. Sie müßte eigentlich jeden Augenblick damit hier eintreffen.«

»Ich werde sie alle kaufen.«

»Alle?« Die Augen des Mannes wurden rund vor Erstaunen und leuchteten dann vor Freude auf.

»Diese drei hier und alle, die sie heute und in Zukunft liefern wird. Alle«, betonte Clayton noch einmal, »aber unter einer Bedingung.«

»Bedingung?« Turner fuhr sich mit der Zunge über die Lippen.

»Daß Sie dem Mädchen auch bezahlen, was sie wert sind.«

»Und was sind Sie Eurer Meinung nach wert?«

»Ein Pfund natürlich.«

»Ich müßte doch verrückt sein, wenn ich ein Pfund für so ein Hemd . . .«

Clayton bewegte sich so rasch, daß der Ladenbesitzer keine Zeit zu einer Reaktion fand. Clayton krallte seine Hände in den Kragen des Mannes und warf ihn so heftig gegen die Wand, daß das ganze Haus erbebte. Dem Ladenbesitzer quollen die Augen aus den Höhlen, während ihm sein Doppelkinn herabsank. Er blickte Clayton in die Augen und schluckte schwer.

»Hör mir jetzt genau zu«, sagte Clayton in drohendem Ton. »Ich bin betrunken, und da juckt es mich immer in den Fingern, jemanden zu verprügeln. Also stelle meine Geduld nicht auf eine harte Probe. Du bist durch das Talent dieser Lady reich geworden, von ihrem Ruf ganz zu schweigen. Deshalb wirst du sie fortan für ihre Mühen belohnen. Wenn du denkst, daß ihre Waren ein Pfund wert sind, dann wirst du ihr diesen Preis auch bezahlen. Falls nicht, werde ich dich bei der Behörde anzeigen, die sich dann sehr genau dafür interessieren wird, wieviel Steuern du für dein Gewerbe bezahlst – oder nicht bezahlst. Habe ich mich deutlich genug ausgedrückt?«

»Ja, doch.« Ned Turner nickte heftig. »Ja! Hier kommt sie schon.«

Clayton sah über die Schulter aus dem Fenster und sah einen Karren die Straße herunterkommen, der von einem langohrigen zotteligen, grauen Esel gezogen und von Miracle gelenkt wurde.

»Ihr seid genauso verrückt wie sie«, erklärte Turner, während er mit seinen hervorquellenden Augen vorsichtig zu Clayton hinaufschielte.

»Richtig. Deshalb solltest du auch genau das tun, was ich von dir verlange, alter Junge, wenn du weißt, was gut für dich ist. Und damit ich mich davon überzeugen kann, daß du meine Bedingungen auch erfüllst, werde ich mich dort hinter den Vorhang stellen und dich beobachten.«

Turner nickte abermals und klappte dann auch noch den Mund zu, als Clayton ihn wieder losließ, seinen Rock glattstrich und ihn mit einem dürren Lächeln belohnte. Dann versteckte er sich hinter dem Vorhang des Durchgangs zum Hinterzimmer, als auch schon die Ladenglocken bimmelten und Miracle den noch immer schreckensbleichen Ladenbesitzer begrüßte.

»Guten Abend, Mr. Turner«, hörte Clayton ihre melodische Stimme. Er spürte, wie sein Zorn nun so rasch verrauchte, wie ein Nebelstreif sich in der Mittagssonne auflöst. Er schloß die Augen und merkte, wie ein Lächeln seinen linken Mundwinkel in die Höhe zog. Seltsam, daß sie so eine Wirkung auf ihn ausübte. »Sir, Ihr seht ja heute ganz blaß aus«, hörte er sie sagen, und der Ton ihrer Stimme verriet ihm, daß sie ehrlich besorgt war um diesen habgierigen Parasiten, der sie jahrelang schamlos ausgebeutet hatte. »Fehlt Euch etwas?«

»Nichts, was ein Glas Brandy oder ein steifer Grog nicht wieder kurieren könnte«, erwiderte Turner mit grollender Stimme. »Es ist mir unbegreiflich, wo diese Welt noch hinkommen wird, wenn sich jetzt schon allerlei dreistes und skrupelloses Gesindel auf unseren Straßen tummeln darf, das einen ehrlichen Mann um seine sauer verdienten Groschen bringt.«

»Ich verstehe.« Eine Pause und dann schließlich wieder ihre Stimme: »Habt Ihr denn heute einen Bedarf an Hemden?«

Wieder eine Pause. »Ich . . . nun, ja. Sicher. Ich werde Euch alle Hemden abnehmen, die Ihr mitgebracht habt. Bring sie nur rasch herein und empfehlt Euch dann wieder. Ich bin in Eile und werde bereits woanders erwartet.«

»Ich habe Ihnen zwölf . . .«

»Tatsächlich? Gut. Legt sie dorthin. Dort drüben ins Regal. Und hier ist Euer verdammtes Geld.«

»Oh!« rief sie. »Aber Mr. Turner, das sind doch . . .«

». . . ein Pfund pro Hemd.«

»Ja, aber . . .«

»Stellt jetzt keine Fragen, sondern geht! Macht, daß Ihr fortkommt, bevor ich wieder zur Vernunft komme und es mir anders überlege!«

»Gott segne Sie, Sir!« rief sie. Ein Bimmeln, als sich die Ladentür öffnete und schloß. Dann kehrte wieder Stille im Laden ein.

Clayton trat hinter dem Vorhang hervor. Turner stand am Regal, in den Armen den Stapel dieser wunderschön gearbeiteten Hemden, die fette Unterlippe schmollend vorgeschoben, was Clayton sicherlich erheitert hätte, wenn er sich wild daran erinnert hätte, wie Miracle vor Erschöpfung in dem kalten, von spärlichem Kerzenlicht erhellten Turmzimmer über ihren Näharbeiten eingeschlafen war.

»Das wären dann fünfzehn Pfund«, erklärte der Ladenbesitzer und bestätigte die Summe mit einem Schniefen.

Clayton zog seine Geldbörse aus dem Rock und legte dieses kleine Vermögen auf den Ladentisch. »Ich werde meinen Diener morgen herschicken, um die Hemden abzuholen.« Clayton trat ans Fenster und beobachtete, wie Miracle mitten auf der Straße einen Freudentanz aufführte und dann dem Esel, der ihre Pirouetten mit trompetenstoßartigen Schreien begleitete, einen Kuß auf die Nase gab. Passanten blieben auf der Straße stehen, und er konnte ihren Mienen ansehen, wie sehr sie dieses Verhalten mißbilligten, als Miracle jetzt, die Dorfbewohner und deren abfällige Meinung über sie vergessend, noch weiter die Straße hinuntertanzte, wo der Metzger sein Geschäft hatte (Hoyt würde heute abend zum Dinner sein langersehntes Hammelkotelett essen können), so daß ihr der Rock ihres einfachen braunen Kleides nur so um die Beine flog.

»Ich habe zwar keine Ahnung, wer Ihr seid«, sagte Turner hinter ihm, »oder was das Mädchen Euch bedeutet, aber jeder hier in Niton weiß, daß sie genauso plemplem ist wie ihre Mutter, die vor zehn Jahren von hier verschwand. Das Mädchen gehört meiner Meinung nach in das Spital für Geisteskranke von Saint Luke, wenn Ihr mich fragt.«

»Aber ich habe Euch nicht gefragt«, erwiderte Clayton.

Clayton nahm sich ein Zimmer in der Herberge, weil er zu betrunken und zu müde und der Weg zurück nach Cavisbrooke zu verdammt lang war für einen nächtlichen Fußmarsch.

Er hatte keineswegs die Absicht gehabt, in diesem Dorf zu übernachten, und Benjamin würde krank werden vor Sorge um ihn. Aber ihm tat der Kopf weh, und auch seine Beine schmerzten. Es gab nicht einen Quadratzentimeter seines Körpers, der nicht von irgend etwas gepeinigt wurde. Wie schade, daß jetzt nicht die Gräfin Delarue-Madras bei ihm war, um ihn von seinen Plagen zu befreien. Sie war eine sehr gute Pflegerin, indem sie ihm erlaubte, all seine Energien und Frustrationen an ihr auszulassen . . . oder in ihr . . . oder um sie herum. Sie war in dieser Hinsicht sehr entgegenkommend und besaß eine enorme Ausdauer, ihn mit ihrem erfahrenen Körper, ihrer schwülen, rauchigen Stimme und ihrem warmen, feuchten Mund immer zu neuen Anstrengungen anzuspornen.

Nur daß die Erinnerung an sie an diesem Abend ihm kein Lächeln entlockte, ihm nicht einmal vor Verlangen einen Steifen bescherte. Tatsächlich war das einzige Gefühl, das die Erinnerungen an sie weckte, Gereiztheit, weil sie dieselbe Pflege so vielen seiner Freunde hatte angedeihen lassen, daß er sie gar nicht alle an beiden Händen aufzählen konnte.

Hingegen wanderten seine Gedanken immer wieder beharrlich zu Miracle zurück. So lächerlich das auch war: Er fuhr fort, sich allerlei Methoden auszudenken, mit denen er sie vielleicht gewinnen könnte – für seinen Bruder natürlich. Sie verlangte Respekt, Verständnis und Anerkennung. Und Liebe.

Teufel – was überlegte er sich denn da?

Nachdem er eine Stunde lang in dem winzigen Stübchen auf und ab gewandert war und sich nicht mehr gar so beschwipst fühlte, kehrte er in den ›Hund und Hasen‹ zurück, bestellte dort noch mehr Ale und lauschte den rauhen Stimmen der Männer, die sich an der Theke zusammendrängten. Das waren zumeist Bauern mit roten Gesichtern und robuster Statur – alles Männer, die sich nach einer langen Tagesarbeit in Schlamm und Lehm die Bäuche mit dem vollschlugen, was ihre Frauen ihnen aus Kohl, Lammfleisch und Mehlklößen zubereitet hatten, und sich dann ins Wirtshaus begaben zu einem geselligen Beisammensein mit ihresgleichen. Auch ein paar Seeleute waren in der Gaststube und fielen Clayton durch die lüsternen Blicke auf, die sie der zwar mit Reizen üppig ausgestatteten, aber deswegen doch keineswegs reizvollen Kellnerin nachschickten, die ihnen Brot und Käse an den Tisch gebracht hatte.

Die Gruppe, die sich jedoch um ihn herum versammelt hatte, stammte offensichtlich vom Festland und schien in recht komfortablen Verhältnissen zu leben. Ihre feinen, tadellos geschnittenen Röcke der Männer wiesen auf Reichtum hin. Ihre Frauen, die sich wie eine Schar kleiner Hühner in einer Ecke zusammendrängten, trugen alle diesen langen, sich an den Körper schmiegenden Musselinkleider mit hochgezogener Taille, wie sie auf dem Kontinent große Mode waren, und die gelockten und geringelten Haare hingen ihnen über den Rükken hinunter. Sie wisperten und zwitscherten untereinander und warfen gelegentlich einen Blick zu ihren Gatten hinüber, die sich in der Gruppe von Gentlemen befanden, die sich um diesen jungen, bereits ziemlich beschwipst zu sein scheinenden Burschen versammelt hatten, der sich offenbar immer mehr für die Idee erwärmte, im Mittelpunkt der Aufmerksamkeit dieser gutbetuchten Leute zu stehen.

»Ich sage Euch«, erklärte der junge Mann. »Die sind total verrückt – die beiden in dieser alten Burg dort oben. Manche hier behaupten, sie hätten gesehen, wie das Mädchen den Mond ansingt. Andere wieder behaupten, das wäre alles nur ein Spuk, was sie da gehört hätten.«

Die Männer lachten und murmelten dann unter sich. Ein rundlicher, weißhaariger Stadtfrack mit dicker Nase und eingefallenen Wangen warf dem jungen Mann eine Münze zu und rief: »Hör mir jetzt ja nicht auf, mein Guter, sondern erzähle uns noch mehr.«

»Oh, klar, sicher werde ich Euch noch mehr erzählen«, erklärte der Junge und warf sich in seine schmächtige Brust. »Manche hier sagen, daß die Lady Lorraina sich selbst umgebracht hat.«

Clayton starrte in seinen Krug hinein, wobei ihm gar nicht zu Bewußtsein kam, daß er schon lange leer war und der Wirt ihn schon vor etlicher Zeit durch einen vollen ersetzt hatte. Er fühlte sich elend. Er fühlte sich so gereizt, daß er diesem Lackaffen, der den Jungen mit Münzen fütterte, am liebsten mit der Faust ins Gesicht geschlagen hätte. Doch in den letzten fünfzehn Minuten war er von diesen idiotischen Geschichten genauso gefesselt gewesen wie diese blasierten Herren, die dem Jungen das Mundwerk mit Pennies und Freibier schmierten.

»Lady Lorraina Cavendish sei die schönste Frau Englands gewesen, behaupten einige hier. Und die zügelloseste dazu«, fuhr er mit einem Grinsen fort, was bei seinen Zuhörern wieder ein schepperndes Lachen auslöste. »Sie mochte die Männer – wahrhaftig, das tat sie. Pflegte des Nachts, wenn sie nicht in diesem Leuchtturm auf der Klippe Ausschau nach Schiffen hielt, von dieser muffigen alten Burg herunterzusteigen und an dem Tisch dort drüben in der Ecke zu sitzen . . .« Der Junge deutete auf einen Tisch in einem dunklen Winkel des Raumes, wo eine schattenhafte Gestalt saß, die der Menge den Rücken zukehrte. Clayton konnte von der Stelle aus, wo er stand, gerade noch deren Umrisse erkennen.

»Sie ließ sich von Matrosen ihre Drinks bezahlen«, fuhr der Junge fort, »bis sie sich dann in den frühen Morgenstunden zu einer hilflosen, schutzbedürftigen Person erklärte und ihre Bewunderer bat, sie doch nach Hause zu bringen – wenn Sie wissen, was ich damit meine. Mit ihren Haaren, die so rot waren wie der Abendhimmel bei Sonnenuntergang und ihr bis zum Hintern hinunterreichten, sah sie ganz bestimmt nicht wie jene Sorte von Frauen aus, die ein Mann einer anderen wegen verlassen würde. Nicht wie dieser junge Spund, dieser Cavendish, das getan hat. Sie hatte ihn angefleht, sie doch von hier wegzubringen, aber der wollte nichts davon wissen. Und so hat sie sich schließlich selbst umgebracht – stürzte sich von der Plattform oben am Leuchtturm hinunter auf die Felsen und ließ ihre Tochter allein auf der Welt zurück, die inzwischen genauso verrückt geworden ist wie ihre Mutter. Sie lebt auch jetzt noch dort oben in dieser verschimmelten alten Burg. Die Leute hier schwören, daß es in diesem Gemäuer spukt, daß dort der Geist von Lorraine umgehen würde. Das stimmt. Ich habe ihn selbst gesehen.«

»Tatsächlich?«

»Erwartest du etwa von uns, daß wir dir das glauben sollen?«

»Glaubt, was Ihr wollt. Aber ich sag' Euch, wenn die Morgen so neblig heraufdämmern, daß man die Luft mit einem Messer zerschneiden kann, könnt Ihr sie am Fuß der Steilküste sehen. Da kommt sie auf einem Einhorn aus der grauen Brühe herausgeritten.«

»Auf einem Einhorn!«

»Aye, auf einem Einhorn, einem weißen Monster mit Augen wie glühende Kohlen, das mit feuerschnaubenden Nüstern über den Sand und die Wellen hinfliegt. Und Lorrainas rote Haare flattern im Wind wie eine Standarte der Hölle. Einige hier behaupten, daß sie dort über die Klippen und die Wellen reitet, um Ausschau nach ihrem Gatten zu halten, auf dessen Rückkehr sie so lange vergeblich gewartet hat, und . . .«

Clayton löste endlich den Blick von der Gestalt, die dort ganz allein am Ecktisch saß. »Glaubst du wirklich an diese lächerlichen Spukgeschichten, die die Leute sich hier ausdenken?« fragte er, und bei dem Klang seiner tiefen, kultivierten Stimme wurde es sofort so still im Raum, daß der Geschichtenerzähler mitten im Satz innehielt, sich umdrehte und dann versuchte, sich schwankend von seinem Platz zu erheben.

»Wer, zum Teufel, glaubt Ihr denn zu sein«, stotterte der junge Mann, »daß Ihr so etwas behauptet? Und was, zum Teufel, wißt Ihr denn überhaupt davon?«

»Genug, um dir sagen zu können, daß das alles nur dummes Geschwätz und reiner Humbug ist.«

»Ihr könnt jeden von uns fragen, der hier in Niton lebt. Jeder wird Euch sagen können, daß jeder von uns sie schon einmal gesehen hat, und ich schwöre, daß unser Leben danach nicht mehr dasselbe gewesen ist wie vorher. Habe ich recht, Harry?«

Der Schankwirt, der gerade mit einem Lappen seinen flekkigen Tresen abwischte, hielt kurz in seiner Tätigkeit inne und nickte. »Aye, wir haben sie alle gesehen«, murmelte er, ohne den Blick von der Theke zu nehmen. »Einige von uns wohl genauer, als sie das hätten tun sollen, schätze ich.« Er schielte mit einem Auge zu einem Jungen hin, der, hinter einer Tabakwolke versteckt, sich zwischen den Tischen im Hintergrund der Schenke bewegte. Der junge Mann, fast noch ein Knabe, schien eine jüngere Ausgabe von Harry zu sein. Die Bemerkung seines Vaters ignorierend, sammelte er stumm die leeren Bierkrüge auf den Tischen ein und ging damit so rasch er konnte in die Küche hinter der Gaststube.

Der Geschichtenerzähler, dem offenbar das viele Ale, das er bereits geschluckt hatte, und die Aufmerksamkeit, die ihm alle hier im Raum versammelten Leute zu zollen schienen, zu Kopf gestiegen waren, bahnte sich einen Weg durch die Zuhörer, bis er sich Zeh an Zeh mit Clayton befand, der in der unerschütterlichen Haltung eines Mannes, der sich durch nichts aus der Ruhe bringen ließ, am Tresen lehnte und im stillen Benjamin dafür dankte, daß der darauf bestanden hatte, er dürfe für seinen Ausflug nach Niton nur seine ›Schurkenkleider‹ anziehen – wie sein Kammerdiener seine rehlederne Kniehose und seine zweireihige Matrosenjacke zu bezeichnen pflegte, weil beide bereits an etlichen Stellen ziemlich mitgenommen aussahen von den zahllosen Auseinandersetzungen, die Clayton mit Leuten in Kneipen und anderswo gehabt hatte, die ihm entweder nur ungern das am Kartentisch an ihn verlorene Geld überlassen wollten oder sich aus anderen Gründen mit ihm angelegt hatten. Er war sich nicht sicher, wie er es seinem Diener, falls dieser kleine Gernegroß vor ihm seine Geduld noch weiter strapazierte, erklären sollte, daß er erneut seine Kleider ruiniert hatte.

»Die Wahrheit ist«, erklärte der Junge, den Gürtel an seinen Pantalons strammziehend, »daß ich zufällig die gegenwärtige Lady Cavendish sehr genau kenne. Auf eine intime Weise, wie man das zu bezeichnen pflegt.«

Die Zuhörer begrüßten seine Worte mit lautem Grölen, prosteten sich gegenseitig mit ihren Krügen voller Ale oder Honigwein zu und schütteten sich den Inhalt auf die Hände und Ärmel, als sie näher herandrängten in der Hoffnung auf eine Prügelei.

»Du bist ein Lügner«, erklärte Clayton, den Blick auf das Gesicht des jungen Burschen heftend, das noch immer dieses unverschämte Grinsen zur Schau trug, mit dem er seine Worte begleitet hatte.

»Ein Lügner?« wiederholte der Junge, nachdem es allmählich still geworden war in der Gaststube. »Ihr nennt mich einen Lügner?« sagte er mit einem erstickten Lachen, weil er es plötzlich unmöglich fand, dem Blick dieses Mannes, der ihn der Lüge zieh, auszuweichen.

»Pete«, flüsterte jemand. Dann trat ein junger Mann aus der Menge, stellte sich neben seinen Freund, legte ihm die Hand auf die Schulter und schüttelte sie leicht. »Gib es auf, Pete. Er ist größer als du und scheint mir seinem Aussehen nach auch ein bißchen schlauer zu sein als du. Auf jeden Fall ist er lange nicht so besoffen, wie du das jetzt zu sein scheinst.

Komm, Pete. Laß uns beide nach Godshill hinunterlaufen und dort noch einen Humpen trinken – auf meine Rechnung.«

Als Clayton den jungen Mann kurz ins Auge faßte, der sich neben Pete aufgebaut hatte, warf dieser rasch einen Blick in die Runde. Nachdem er festgestellt hatte, daß seine Zuhörer sich zu zerstreuen begannen, setzte er wieder sein Grinsen auf und wich vor Clayton zurück. »Also gut. Aber laß uns lieber nach Week Down hinuntergehen. Ich kenne dort nämlich eine hübsche kleine Rothaarige, die weiß, wie sie mir einen Steifen machen kann.«

Als die beiden daraufhin die Schenke verließen, räumten auch die Gentlemen, die den jungen Mann mit Münzen und Ale zu seinen Geschichten animiert hatten, das Feld und ließen die Schenke fast leer zurück. Clayton trank erst den Krug mit Ale, dann den mit Honigwein leer, warf eine Handvoll Münzen auf die Theke und bewegte sich langsam auf den Tisch an der Rückwand zu, wo die Gestalt, die dort allein saß, soeben die Kerze gelöscht hatte, so daß ein bläulicher Rauch um ihre Schultern strudelte.

Dann starrte er einen langen Moment über Miracles Schulter. Sie hatte das Essen, das man ihr auf einem Brett serviert hatte, kaum angerührt. Nur der Humpen, der daneben stand, war leer. Sie schien seine Gegenwart zu spüren, denn ihre Schultern sahen plötzlich sehr straff und eckig aus, und ihre Finger schienen sich fest um den Henkel ihres Tonkruges zu krallen, als sie diesen anhob und mit einer ihn erschreckenden, schneidenden Stimme sagte:

»Es scheint so, als ob Ihr den Leuten hier den Spaß verdorben habt, Euer Gnaden. Was für eine Schande! Die Geschichte des Jungen begann gerade spannend zu werden wenngleich auch ein wenig zu phantasievoll. Ich habe besonders jenen Teil seiner Ausführungen genossen, in dem er mich, meine Mutter und Jonathan zu Verrückten erklärte.« Sie hob den Krug an die Lippen, und als sie merkte, daß er leer war, setzte sie ihn heftig wieder auf die Tischplatte zurück. »Natürlich fand ich auch die Idee, daß meine Mutter eine Hure gewesen sei, überaus faszinierend. Wenn diese Leute nur wüßten, wie sehr sie meinen Vater geliebt hat . . .«

Zögernd streckte Clayton die Hand aus und legte sie auf ihre schmale Schulter. Sie zuckte bei seiner Berührung zusammen.

»Ich dachte, Ihr würdet das Trinken von Alkohol mißbilligen«, sagte er und fand, daß es ihm große Mühe bereitete, sachlich mit ihr zu reden.

»Niemand von uns ist perfekt, Sir. Am wenigsten ich selbst. Es gibt eben manchmal Tage, wo man ein Gläschen Wein oder Brandy braucht. Joe!« rief sie laut zum Tresen hinüber, so daß die Handvoll angetrunkener Gäste, die noch in der Gaststube weilten, einen fragenden Blick in ihre Richtung warfen, dann die Köpfe zusammensteckten und miteinander tuschelten. Joe Cobbett eilte, ein feuchtes weißes Tuch über der Schulter, aus der Spülküche herbei. Kleine Schweißtropfen hingen an dem Flaum, der seine Oberlippe bedeckte, als er ein par Schritte von Miracles Tisch entfernt jählings anhielt und sie mit offenem Mund anstarrte, als wäre sie ein Gespenst. »Noch einen Krug Ale, wenn ich bitten darf«, sagte sie. »Und bring auch Seiner Gnaden einen Humpen davon. Das ist das mindeste, was ich für einen Mann tun kann, der auf eine so unerschrokkene Weise für meinen guten Ruf eingetreten ist. Bitte, Euer Gnaden, setzt Euch zu mir.«

Sie hatte ihn, seit er an ihren Tisch gekommen war, noch kein einziges Mal angesehen. Als er sich auf dem Stuhl ihr gegenüber niederließ, fuhr sie fort, auf das Brot und den Käse zu starren. Ihre Hände ruhten, zu Fäusten geballt, auf der Tischplatte. Ihre sonst so rosigen Wangen waren so blaß wie die Wachskerze auf dem Tisch. In dem nun überaus spärlichen Licht in der Gaststube wirkte ihr Gesicht hager und ausgezehrt.

»Ich nehme an, daß der Zeitpunkt gekommen ist, in dem Ihr mich davon in Kenntnis setzen werdet, daß Ihr es Euch anders überlegt habt – was den Grund Eurer zweiten Reise hierher betrifft, meine ich. Vielleicht habt Ihr bei Eurem ersten Besuch zu oft und zu tief ins Glas geschaut oder inzwischen all diese pikanten, den Ruf meiner Familie betreffenden Informationen, die Euch hier zweifellos zugetragen wurden, wieder vergessen. Deshalb habt Ihr nun nach reiflicher Überlegung beschlossen . . .«

»Hört auf, mir ständig irgendwelche Worte in den Mund zu legen«, unterbrach er sie mit tiefer, ernster Stimme.

»Wollt Ihr etwa bestreiten, daß Ihr nicht an die Möglichkeit gedacht hattet, es wäre ein Fehler von Euch gewesen, noch einmal herzukommen?« Endlich hob sie den Kopf und sah ihn mit hochgezogenen Brauen und großen, seelenvollen, zornigen und . . . verlangenden Augen an.

Er schluckte. »Nein«, erwiderte er leise, »das will ich nicht leugnen.«

Sie zuckte nicht mit einer Wimper, sondern fuhr fort, ihn durchbohrend anzusehen – selbst dann noch, als Joe zwei volle Krüge so heftig auf dem Tisch abstellte, daß das Ale über den Rand hinausschwappte. Dann entfernte er sich eilig wieder.

»Warum bleibt Ihr dann hier?« forschte sie. »Ihr seid Euch doch sehr deutlich bewußt, daß ich Euch nicht hier haben möchte.«

»Tatsächlich nicht?«

Da griff sie mit blitzenden Augen nach ihrem Krug, hob ihn an den Mund, nahm einen kräftigen Schluck, setzte ihn wieder ab und wischte sich mit dem Handrücken den Bierschaum von den Lippen.

Clayton lehnte sich entspannt in seinen Stuhl zurück. »Vielleicht hätte ich Euren Worten mehr Glauben geschenkt, wenn ich Euch nicht hier entdeckt hätte. Denn es gibt nur eine Erklärung dafür, wenn eine Frau sich hierher in die Gesellschaft von Dummköpfen begibt, von denen sie ganz genau weiß, daß sie auf eine sie demütigende Weise über sie reden werden: Sie sucht verzweifelt den Kontakt zu anderen Menschen. Ihr mögt zwar für mich nichts übrighaben, Mylady, aber Ihr könnt schwerlich bestreiten, daß meine Gesellschaft auf Cavisbrooke Euch willkommen gewesen ist. Ihr habt schließlich nicht darauf bestanden, daß ich Euer Haus wieder verlassen soll.«

»Und würdet Ihr es verlassen, wenn ich darauf bestünde?« fragte sie hitzig und nun mit hochroten Wangen.

Er nahm sich einem Moment Zeit, ehe er darauf antwortete. »Ja. Natürlich. Meine Zeit ist zu kostbar, um sie für eine Frau zu verschwenden, die auch nicht das geringste Verlangen nach mir verspürt. Wollt Ihr mir jetzt etwa gegenübersitzen und mir ins Gesicht sagen, daß Ihr nicht das geringste Interesse an mir habt, Miss Cavendish?«

»Ja!« gab sie wieder hitzig zurück und griff nach ihrem Bierkrug. »Aber ich glaube auch keinen Moment daran, daß ich für Euch mehr bin als ein Spielzeug oder vielleicht auch eine Testperson, an der Ihr Euch Eure Männlichkeit beweisen wollt, weil sie für Euch eine größere Herausforderung darstellt als die vielen anderen ›schwachen, zirpenden, hirnlosen kleinen Gänschen‹, die Ihr und Eure abscheuliche Bande von Begleitern bei Eurem ersten Besuch hier zu erobern gedachten. Oh, ja, Euer Gnaden, ich habe damals alles mitangehört, als Ihr und Eure boshaften Freunde sich mit ihren Eroberungen gebrüstet und die Frauen miteinander verglichen haben, als wären sie Pferde auf einem Rennplatz. Ja, ich möchte, daß Ihr mein Haus verlaßt, ehe ...«

Clayton lehnte sich auf seinen Stuhl vor und legte die Finger um das Gelenk ihrer Hand, die heftig zu zittern begonnen hatte.

»Ehe was, Miracle?«

Zitternd und heftig den Kopf schüttelnd, versuchte Miracle ihren Arm aus seinem Griff zu befreien, schloß die Augen und holte tief Luft. »Ehe ich mich dazu überrede, Euch zu glauben. Bevor ich Gefallen an Euch finde. Ehe ich von Euch abhängig bin. Ich begreife nicht, warum Ihr Euch diesmal so heftig darum bemüht, mich in diesen Zustand zu versetzen. Ich versichere Euch, ich werde nicht so enden wie meine Mutter. Geht fort, Salterdon, ich bitte Euch darum. Geht weg von hier und laßt mich in Ruhe.«

Dann sprang sie so heftig von ihrem Platz auf, daß ihr Stuhl umkippte und sich das Ale aus ihrem Krug auf Claytons Schoß ergoß. Einen Moment lang stand sie entsetzt da, dann floh sie, ohne noch ein einziges Wort zu sagen, aus dem Gastraum der Schenke.

Dunkles Bier floß in Claytons Hose hinein, kroch an seinen Schenkeln hinunter und in die Schäfte seiner Stiefel. Joe Cobbett eilte herbei, sein weißes Tuch wie ein Banner über den Kopf schwingend. Dann ließ der junge Mann sich ein wenig unbeholfen vor ihm auf die Knie fallen, in dem Bemühen, ihm den braunen Gerstensaft von der Hose zu wischen.

Clayton riß ihm das Tuch aus den Händen und schnaubte: »Um Himmels willen, seid vorsichtig, damit Ihr mich nicht gänzlich zum Eunuchen macht.«

»Entschuldigung, Euer Gnaden. Ich wollte Euch nur helfen, nachdem ich miterlebt habe, was Ihr für Lady Cavendish getan habt. Und . . .« Der Adamsapfel des Jungen hüpfte auf und nieder, ehe er, die Stimme senkend, fortfuhr: »Sie ist nicht verrückt, Mylord. Weit entfernt davon. Tatsächlich ist sie das klügste Mädchen, das ich bisher in meinem Leben kennengelernt habe. Sie wird jedem Mann eine treue und sehr nützliche Ehefrau sein. Aye, das wird sie. Ihr müßt nur Geduld haben. Sie wird Euch schließlich ihr Vertrauen schenken. Und sobald sie Euch vertraut, gibt es nichts, was sie nicht für Euch tun würde. Sie wird Euer bester Freund sein, Sir. Ich schwöre Euch, daß es so ist.«

»Ihr seid wohl ein richtiggehender Experte, was sie betrifft, nicht wahr, Mr. Cobbett?« bemerkte Clayton, während er fortfuhr, sich das Bier von der Hose zu wischen. »Verratet mir mal etwas, Mr. Cobbett. Seid Ihr in Miss Cavendish verliebt gewesen?«

Joe sah auf seinen Vater, der sie beide beobachtete wie zwei tollwutverdächtige Bulldoggen.

»Hat sie Euch geliebt?« forschte Clayton. »Antwortet mir, verdammt noch mal, und hört auf zu zittern wie eine Maus!«

Joes Gesicht verfärbte sich plötzlich, und ein zorniger Funken glomm in seinen Augen auf. »Nur Euch habe ich es zu verdanken, daß ich nicht mehr mit ihr zusammen sein kann. Ihr konntet ja Euren Mund nicht halten und habt ihm erzählt, daß ich mich mit ihr getroffen habe. Wenn Ihr nicht gewesen wäret, könnte ich jetzt mit Miracle verheiratet sein, statt mit dieser dummen Pute, mit der ich nun leben muß. Ich hätte Miracle von hier weggebracht, so daß diese Bande von Geschichtenerzählern ihr nicht mehr solche Sachen hätten andichten können. Aber Ihr habt mir das alles vermasselt . . .«

»Joe!« rief der Vater des Jungen. »Was, zum Henker, macht du denn so lange dort hinten? Belästigst du etwa einen unserer vornehmsten Gäste?«

»Aber nein, Pa«, gab Joe rasch zurück und schickte Clayton noch einen letzten Fahr-zur-Hölle-Blick zu, ehe er auf dem Absatz kehrt machte und rasch davonschlurfte.

Clayton starrte ihm nach. »Du magst zwar ein gemeiner Bastard sein, Trey«, murmelte er, als säße sein Bruder neben ihm, »aber du hast wenigstens den Anstand besessen, sie davor zu bewahren, sich an einen solchen Mann wie Joe Cobbett zu binden.«

Der Raum begann sich um ihn herum zu drehen wie ein Kreisel, als er sich vom Tisch erhob, die Tür des Gastraums ansteuerte und die Stufen der Vortreppe hinunterstolperte. Die Nacht war kalt und sternenklar. Er konnte seinen Atem sehen, als er, zum Himmel hinaufsehend, tief Luft holte und sie langsam wieder durch den Mund entweichen ließ. Er wünschte sich, er hätte seinen Mantel mitgenommen, als er sich zu seinem Ausflug nach Niton entschloß.

Wo war Miracle?

Sicherlich schon auf dem Weg zurück nach Cavisbrooke.

Er hatte sie gedemütigt. Er hätte sie in der Schenke nicht ansprechen dürfen. Dann hätte sie sich so unbemerkt wieder aus dem Staub machen können, wie sie dort eingekehrt war, und niemand außer Joe Cobbett hätte gewußt, daß sie Zeugin wurde, wie man sie in aller Öffentlichkeit verleumdete und beleidigte.

Warum, zum Henker, machte er sich Sorgen darüber, was sie dabei empfunden hatte und wie sie sich jetzt fühlte? Sie hatte ihn doch dazu aufgefordert, aus ihrem Leben zu verschwinden und zur Hölle zu fahren . . ., ehe er sie ebenfalls verletzen konnte. Ehe sie wie ihre Mutter ihre Jugend – ja, ihr ganzes Leben damit vergeudete, daß sie irgendeinen Hundesohn liebte, der die eheliche Verbindung mit ihr nur als eine zwingende Notwendigkeit betrachtete.

Er hatte versucht, sie davon zu überzeugen, daß das nicht geschehen würde. Zum Teufel mit ihm! Wie konnte er ihr nur so eine verdammte Lüge erzählen?

Mit wehenden Schweifen und fliegenden Mähnen,
Geblähten Nüstern, die nie einen Schmerz gekannt,
Mäulern, die nie ein Gebiß oder Zügel blutig gerissen,
Füßen, die nie ein Eisen getragen,
Flanken, die nie eine Gerte oder Sporen berührt,
Kamen Tausende von Pferden – die wilden – die freien –
Wie Wellen, die über das Meer hinrollen,
Mit donnernden Hufen herangebraust.

Aus ›Marzeppa‹ von Lord Byron

Kapitel sieben

Clayton öffnete die Augen. Finsternis umgab ihn – eine nasse und kalte Finsternis. Sein Gesicht brannte. Sein Rücken schmerzte. Wo, zum Teufel, befand er sich hier? Was, zum Henker, war mit ihm passiert?

Er konnte nicht denken. Da waren unzählige wütende Bienen, die in seinem Kopf herumsummten – zumindest fühlte sich sein Kopf so an. Er hatte das Gefühl, daß er sich übergeben müsse, wenn er nicht sogar schon vorher starb.

Gesichter zuckten vor seinem inneren Auge auf, so kurz und grell wie Blitze, die ihm wie Nadeln ins Gehirn stachen. Ihm vage vertraute Gesichter, zu denen ebenso vage vertraute Stimmen gehörten.

Du nennst mich nicht noch einmal einen Lügner!

Die Augen wieder schließend, rollte Clayton sich auf den Bauch und stöhnte. Der Boden unter ihm begann zu schaukeln wie Wellen, die auf- und abschwollen, ihn hochhoben und wieder fallen ließen, während sich in der schwarzen Tiefe des Meeres eine donnernde Stimme erhob, die ihm damit drohte, ihn zu sich herunterzuziehen.

Wo war er hier nur?

Nicht in Afrika. Nicht auf diesem Schiff, dem sinkenden Schiff, dessen Klüverbaum und Stagsegel lichterloh brannten und dessen Maste über ihm als turmhohe Fackeln in den pechschwarzen Nachthimmel hinaufragten. Die Stimmen, die in seinem Kopf lärmten, gehörten nicht der Mannschaft des todgeweihten Schiffes, und auch nicht seinen Eltern, die seinen Namen riefen und schrien:

»Clayton! Darling! Spring! Spring, Clayton, spring!«

So viele Körper, die sich brennend und schreiend neben ihm wälzten. Die beteten, untergingen, starben. Die in die unermeßliche Tiefe des von zahllosen Quallen und Haien bevölkerten Ozeans hinuntersanken.

Er war doch nicht wieder ein Junge von zehn Jahren?

Denk an etwas Angenehmes!

Blaugraue Augen, die belustigt zwinkerten. Weiche rote Lippen, die stets zu einem Lächeln bereit waren. Eine Neigung zur Keckheit und eine sich rührend verführerisch gebende Unschuld, die selbst einen Heiligen in Versuchung führen mußte, geschweige denn einen Lord, der nur seinem Bruder dabei helfen wollte, seine fragwürdigen, ja verachtenswerten Ziele zu erreichen. Oh, nein. Er würde sich hüten, zu viel Gefallen an ihr zu finden. Er war hierhergekommen, um einen Auftrag auszuführen. Zudem würde sie ja bald seine Schwägerin sein.

Sie war verrückt. Mußte es wohl sein. Wer würde denn sonst zehn Jahre lang auf die Rückkehr eines geliebten Menschen warten?

Hatten diese verdammten Schweine tatsächlich auf ihre Namen gehört?

Auch Dankbarkeit hatte seine Grenzen. Was besagte das schon, daß sein Bruder ihm das Leben gerettet hatte? Ihn dreimal daran gehindert hatte, in diesem strudelnden grünen Wasser zu versinken?

Warum, zu Teufel, hatte er ein kleines Vermögen für diese Hemden ausgegeben, die er zu einem Bruchteil des Preises von seinem Schneider in London hätte kaufen können?

Warum hatte er in einer Schenke voller Raufbolde seine Stimme erhoben, um den Ruf dieses Mädchens zu verteidigen?

»Es ist genug, Pete!«

»Männer seines Standes bringt man nicht um. Nimm nur seine verdammte Börse und laß uns dann wieder von hier verschwinden.«

»Ich muß diesem Kerl eine Lektion erteilen, die er nicht so rasch wieder vergessen wird! Ich werde diesem Kerl zeigen, daß er nicht hierherkommen und mich einen Lügner ...«

»Still! Da kommt jemand!«

»Ich sagte dir doch, daß wir ihm nicht hier hätten auflauern dürfen! Die Stelle ist zu nahe bei dieser verdammten alten Burg. Du weißt doch, was die Leute sich hier von ihr erzählen ...«

»Pst! Was ist denn das dort drüben?«

»Da! Ja, es kommt auf uns zu! Gütiger Gott – so etwas gibt es doch nicht! Wir sind verloren, Pete! Wir sind so gut wie tot!«

Clayton stemmte sich mühsam in die Höhe und zwang seine Augen dazu, sich zu öffnen. Er war nicht mehr von stockdunkler Nacht umgeben. Ein fahles Grau zeigte sich nun im Nebel und kündigte den neuen Tag an. Er biß die Zähne zusammen, erhob sich langsam und schloß wieder kurz die Augen, damit die Welt aufhören sollte, sich um ihn zu drehen.

Sicherlich war das alles eben nur eine Ausgeburt seiner Phantasie gewesen – die Folge von zu viel Grog und Honigwein. Sein verdammtes Gewissen hatte ihn gepeinigt, als er dem Herbergsbesitzer die Miete für das Zimmer bezahlte, das er kaum benützt hatte. Es plagte ihn seines idiotischen Temperaments wegen. Er hatte zugelassen, daß es wieder mal mit ihm durchgegangen war. Er hatte keinen Gedanken daran verschwendet, wie peinlich ihr das sein mußte, wenn er sie ansprach. Es wäre besser gewesen, wenn er die Schenke einfach verlassen und sie nicht beachtet hätte. Sie hätten dann so tun können, als hätte es diesen Auftritt in der Schenke gar nicht gegeben. Als wäre er nie dort gewesen, wäre genauso paralysiert gewesen von diesen törichten Geschichten und Verleumdungen.

Und was danach gekommen war – hatte er sich das alles nur eingebildet? Die Gestalten, die plötzlich aus dem Nirgendwo auftauchten, die von der Höhe auf ihn heruntergestürzt waren mit Gesichtern, die im Sternenlicht gespenstisch ausgesehen hatten. Dann diese Schreckensschreie, dieses Trappeln rennender Füße, das übertönt wurde von dem donnernden Getöse von – was?

Durch die Dunkelheit war ein Wesen ohne Gesicht auf ihn zugekommen. Etwas, das nur Augen hatte, und dessen Körper in wallende Tücher eingehüllt gewesen war. Und aus dessen schwarzen Händen Feuerstrahlen gezuckt waren von – was? Das Gespenst hatte etwas mit lallender Zunge gesagt . . .

Himmel! Er hörte sich ja fast schon so schlimm an wie Benjamin!

Es gab keine Drachen mit Pferdehufen, die Feuer und Rauch aus ihren Nüstern bliesen, keine gesichtslosen Wesen, von deren Fingerspitzen Blitze zuckten, sondern nur eine Bande Raufbolden noch nicht ganz trocken hinter den Ohren, die jetzt vermutlich die Groschen zählten, die sie ihm mit seiner Geldbörse aus der Tasche gezogen hatten.

Clayton blickte um sich, vermochte aber nicht anderes zu erkennen als eine Wand aus Nebel, hinter der irgendwo der Ozean donnerte. Dieses brüllende Tosen schien von allen Seiten her auf ihn eindringen und ihn verschlingen zu wollen.

Er schluckte. Wann, zum Teufel, war dieser Nebel aufgestiegen, daß er ihn jetzt einhüllte wie ein Leichentuch? Wie lange hatte er schon hier bewußtlos und blutend gelegen?

Das Meer konnte sich sowohl vor ihm wie in seinem Rükken befinden. Ein falscher Schritt, und er trat über das Steilufer hinaus und zerschellte dort unten auf den Felsen oder wurde von der Brandung gegen die Klippen geschmettert. Offenbar hatte er es wohl auch nicht anders verdient.

Der Kopf tat ihm höllisch weh. Falls es ihm tatsächlich noch gelingen sollte, Cavisbrooke Castle lebend zu erreichen, würde er Benjamin befehlen, sofort seine Reisetaschen zu packen, seinen seltsamen Gastgebern Adieu sagen, nach London zurückkehren und seinen Bruder davon informieren, daß Seine Gnaden bei der Durchführung seiner schmutzigen Pläne nicht mehr mit seiner, Claytons, Hilfe rechnen könne.

Clayton wollte mit diesem Mädchen nichts mehr zu tun haben. Absolut nichts. Nicht, wenn er wußte, was gut für ihn war.

Eine Brise streifte seine Wangen, dann noch eine. Langsam begann die Nebelwand zu wanken und löste sich in einzelne Schleier auf. Ein Sonnenstrahl brach durch dieses strudelnde Grau, wurde zu einer buttergelben Lichtsäule, die mit ihrer Wärme die Dunstschwaden vertrieb. Langsam, ganz langsam, enthüllte sich die Welt um ihn herum, nahm allmählich wieder Form, Gestalt und Farbe an. Clayton blickte nach unten. Er stand auf einem Felsvorsprung, knapp zwanzig Meter über einem mit Muschelschalen und Geröll übersäten schmalen Sandstreifen.

Vor ihm dehnte sich der Ozean aus, eine schimmernde, schaumgekrönte, bewegte Fläche, in der sich die blutrote Sonne spiegelte, die am Horizont auf den Wellen zu balancieren schien und den Himmel mit scharlachroten und gelben Streifen überzog. Auf dem Strand, sich aus dem Nebel herauslösend, war . . .

Er schloß die Augen. Er hielt sie geschlossen, während etwas schmerzhaft gegen seine Schläfen pochte.

Das mußte dieser verdammte Grog sein, der ihm wieder einen Streich spielte. Er konnte einfach nichts von diesem

Zeug trinken, ohne daß es die wunderlichsten Dinge mit seinem Verstand anstellte.

Langsam öffnete er wieder die Lider – und vergaß das Atmen.

Das silberweiße Ungeheuer tänzelte am Rand der schäumenden grünen Wellen entlang. Clayton sah ganz deutlich das Spiel der Muskeln an Flanken und Schultern, den mächtigen gewölbten Hals und den herrlich gemeißelten Kopf, den es in den Wind drehte. Es schien ihm, als könnte er jeden donnernden Hufschlag dieses Wesens spüren, das kurze, sporadische Schnauben durch die geweiteten Nüstern hören und jeden der von einer Rauchfontäne begleiteten Atemzüge. Aber es war die Frau auf dem Rücken dieses Ungeheuers, die alle seine Sinne gefangennahm.

Überwältigend. Atemberaubend. Ihre langen Haare ein im Wind wehendes rotes Banner. Ihr Gesicht eine Flamme in der feurig roten Morgensonne. Sein Herz setzte ein paar Takte aus. O Gott, das war ein Engel, denn kein menschliches Wesen konnte so schön, so wild und so frei sein wie diese Gestalt dort unten! Ihre langen blassen Beine, die sich unter dem schleierdünnen Gewand abzeichneten, klammerten sich an die Flanken des Tieres, als es leichtfüßig durch die heranbrausenden Wellen galoppierte. Sie trug keine Schuhe. Sie saß auf keinem Sattel. Sie hielt keinen Zügel in ihren weißen Händen, sondern hielt sich nur sacht an der rauchgrauen Mähne dieser Kreatur fest, als wäre sie eins mit diesem schnaubenden Wesen.

Sie tanzten in der Brandung, sie und dieses Biest, wie zu einer Zaubermusik, die nur ihre Ohren vernehmen konnte. Der Drache . . . das Einhorn . . . der mythologische Pegasus galoppierte nun auf der Stelle, die langen, perfekt geformten Beine hoben und senkten sich, während seine Hufe in der Morgensonne wie Gold schimmerten.

Clayton wandte sich ab. Er stolperte über Steine, niedriges Buschwerk, Heidekraut und die dünnen Blütenstengel von

Wildblumen. Dann hielt er abrupt an, bedeckte das Gesicht mit den Händen, fuhr sich mit den Fingern durch die Haare, starrte hinunter auf das zertrampelte Gras und holte tief Luft.

Langsam wandte er sich wieder der aufgehenden Sonne zu, blinzelte im stärker werdenden Licht, schirmte die Augen mit der Hand gegen ihre Strahlen ab, während er vorsichtig zu diesem Felsvorsprung zurückging und abermals auf den Strand hinuntersah.

Das Meer hob und senkte sich, schäumte und zischte. Möwen, Alke und andere Wasservögel stürzten sich hinunter in das brodelnde, schäumende Naß. Der Engel und das Einhorn waren verschwunden – falls es sie überhaupt gegeben hatte.

»Können Sie sich vorstellen, Benjamin, daß unsere Zivilisation vielleicht bald erleben wird, wie Menschen in Tauchschiffen die Meere durchqueren? Daß wir möglicherweise eines Tages alle in einem Unterseeboot von einem Kontinent zum anderen reisen können?«

»Eine Menge Blödsinn, Miss, wenn Ihr mich fragt. Wäre es Gottes Wille gewesen, daß der Mensch unter Wasser schwimmen soll wie ein Fisch, hätte er ihn wohl mit Kiemen erschaffen.«

»Aber stellen Sie sich doch nur diese Möglichkeiten vor! Es ist Ihnen sicherlich bekannt, daß David Bushnell in den Amerikanischen Kolonien 1775 in den ›*Berichten der Amerikanischen Philosophischen Gesellschaft*‹ einen Brief veröffentlichen ließ, in dem er dieser Gesellschaft mitteilte, daß es ihm beinahe gelungen sei, ein unter Wasser perfekt manövrierfähiges Segelschiff zu bauen. Doch erst 1785 hat ein Gentleman-Wissenschaftler, Robert Fulton, Bushnells Forschungen wieder aufgegriffen und dessen Pläne bis zu einem Grade weiterentwickelt, so daß Napoleon persönlich Fulton nach Frankreich einlud in der Hoffnung, daß dieser ihm eine Flotte von Unterwasser-Schlachtschiffen bauen würde.«

»Gütiger Gott«, murmelte der Kammerdiener. »Mir graust,

wenn ich mir vorstelle, welche Konsequenzen so eine Maschine haben würde. Vielleicht käme es noch soweit, daß wir eines Tages im Bauch irgendeines eisernen Monsters durch die Lüfte fliegen werden.«

»Vermutlich hätte Gott uns, wenn er gewollt hätte, daß wir fliegen sollen . . .«

». . . mit Flügeln erschaffen, Mylady.«

Miracle sah eine Weile lang schweigend zu, wie der Kammerdiener sich bemühte, den Lehm und das feuchte Gras aus Salterdons Kleider zu bürsten. Zum erstenmal seit gut einer Stunde ging ihr der Gesprächsstoff aus, hatte sie nicht mehr genügend Kraft und Phantasie, um ein neues Thema zu finden, das geeignet war, den Kammerdiener ein wenig von der Sorge um seinen Herrn abzulenken.

Vorsichtig legte sie nun ein feuchtes, warmes Tuch auf Salterdons Stirn, zögerte kurz und erlaubte dann ihren Fingerspitzen, ein paar Sekunden lang mit den dunklen Locken am Rand seiner Schläfen zu spielen. Sie war sich nicht sicher, ob sie sich eingestehen sollte, wie sehr sie selbst um ihn besorgt gewesen war, als er um ein Uhr morgens noch immer nicht von Niton zurückgekommen war. Schließlich hatte sie ja während der ganzen Fahrt nach Hause geschäumt vor Wut über seine Arroganz und seine Fähigkeit, ihr seelisches Gleichgewicht zu stören. Sie hatte ihn in der Schenke aufgefordert, Cavisbrooke zu verlassen – und hatte es in jenem Moment auch so gemeint, wie sie es gesagt hatte. Doch jetzt . . .

Kaum zu glauben, daß sie ihn noch vor ein paar Tagen vor die Tür gesetzt und ihm sein Gepäck nachgeworfen hätte.

Sie hätte nicht aus der Taverne stürmen und es ihm überlassen sollen, den Weg zurück nach Cavisbrooke allein zu finden. Die Gegend war lange nicht so friedlich, wie sie am Tage zu sein schien. Da gab es Leute im Dorf, die jedem, der über irgendwelche Verbindungen zu Cavisbrooke verfügte, mit Mißtrauen begegneten oder sogar als eine Bedrohung betrachteten. Auch war der Weg, der am Steilufer entlangführte, nicht ganz ungefährlich. Vor ein paar Monaten erst hatte ein Erdrutsch eine ganze Familie unter sich begraben, die dort an einem warmen sonnigen Tag ein Picknick hatte veranstalten wollen.

Claytons Lider begannen zu flattern. »Er kommt zu sich«, verkündete sie mit leiser, dringlicher Stimme. Benjamin, der im Raum auf und ab gelaufen war, seit er mit dem Eselskarren seinen bewußtlosen Herrn nach Cavisbrooke zurückgebracht hatte, eilte sofort zu ihm.

»So ist's gut, Sir. Ihr werdet bald wieder wohlauf sein. Versucht jetzt nur, tief zu atmen. Ja. So ist es richtig. Ein und aus. Beim Zeus, ich wußte doch, daß ich Euch nicht allein nach Niton hätte gehen lassen sollen. Und ich hätte gleich nach Euch suchen müssen, als mir schwante, daß da etwas nicht in Ordnung war. Wäre es möglich, uns zu sagen, wer Euch das angetan hat, Sir?«

Claytons Lippen bewegten sich.

Miracle beugte sich über ihn, desgleichen Ben. Sie warteten beide darauf, daß er noch einmal zu ihnen sprechen würde.

»Das ist jetzt nicht mehr wichtig«, sagte Salterdon schließlich und schloß wieder die Augen.

Miracle setzte sich in ihren Sessel zurück und studierte das Gesicht Seiner Gnaden. »Das Feuer ist heruntergebrannt, Benjamin. Würden Sie uns noch ein paar Torfstücke holen?«

»Bin schon unterwegs, Miss.«

Sie wartete, bis der Diener den Raum verlassen hatte, ehe sie sich tiefer in das zerschlissene, aber bequeme Polster sinken ließ und fortfuhr, ihren Patienten aus der Nähe zu studieren, wie sie das schon eine Stunde lang während seiner Bewußtlosigkeit getan hatte. Ihr fiel auf, daß die sonst so strengen Linien in seinem kantigen, wie gemeißelt wirkenden Gesicht im Schlaf weniger streng und lange nicht so zynisch zu sein schienen. Doch selbst im Schlummer hatten seine Züge noch etwas Herrisches, Rücksichtsloses, das so typisch war für Männer seines Standes.

Endlich öffnete er wieder die Augen, starrte gegen die Zimmerdecke und atmete ruhig, ohne sich zu rühren. Schließlich sagte er: »Ich träumte, ich würde fliegen.«

Miracle lächelte, obwohl sie das eigentlich nicht wollte, lehnte sich vor, stützte die Ellenbogen auf die Knie und legte das Kinn auf die gefalteten Hände.

»Wo seid Ihr denn geflogen?« fragte sie.

»Über dem Meer. Ich konnte den Wind unter mir spüren und die Sonne auf meinem Gesicht. Ich wollte höher in den Himmel hinauf, hatte aber Angst.«

»Angst wovor, Euer Gnaden?«

»Angst davor, abzustürzen.«

Sie legte den Kopf ein wenig auf die Seite. »Wenn wir die Angst vor dem Abstürzen nicht überwunden hätten, würden wir niemals das Gehen gelernt haben.«

»Touché. Wie lange bin ich schon hier?«

»Seit heute morgen. Benjamin machte sich große Sorgen um Euch, fuhr nach Niton und fand Euch in der Nähe der Steilküste.«

Er hob den Kopf, schnitt eine schmerzliche Grimasse, berührte sein linkes blaues, halb zugeschwollenes Auge mit den Fingerspitzen und sah sie dann an. Es war ein sehr eindringlicher Blick. Sie fühlte sich verwundbar, als könnte er ihre geheimsten Gedanken lesen.

Sie erhob sich aus ihrem Sessel, ging zum Fenster und sah hinaus zum grauen Horizont. »Ich hätte Euch in der Schenke warnen sollen, daß es Ärger geben könnte. Die jungen Männer hier auf der Insel mögen zwar, oberflächlich betrachtet, ein Vergnügen daran finden, Angehörige der Oberschicht, die hier Ferien machen, zu unterhalten. Doch in Wahrheit haben sie eine starke Antipathie gegen diese Leute. Deswegen sollte sich jemand wie Ihr, Sir, nach Einbruch der Dunkelheit mit einer gutgefüllten Geldbörse nicht mehr allein auf den Weg über das offene Land machen.«

»Vermutlich seid Ihr selbst in Gedanken viel zu sehr damit beschäftigt gewesen, mich umzubringen.«

»Vielleicht. Ich nehme an, daß ich Euch für Eure doch recht mutige Verteidigung meines guten Rufes danken sollte, wenngleich ich gestehen muß, daß das meiste von dem, was man von mir behauptete, zutrifft. Trotzdem muß ich mich fragen: Hättet Ihr auch so viel Mut bewiesen, wenn Ihr nicht gewußt hättet, daß ich mich in diesem Augenblick ebenfalls in der Schenke befand?«

»Warum fragt Ihr Euch das?«

»Weil Euer galantes Eintreten für mich möglicherweise nur ein Trick gewesen sein könnte, um mich für Euch einzunehmen.«

Er sagte nichts darauf, sondern lag nur still auf dem Sofa und blickte zur Decke hinauf. Er hatte eine tiefe Schnittwunde an der Oberlippe. Miracle ertappte sich dabei, wie sie jetzt seine Lippen betrachtete. Sie waren fest und weich zugleich. Tatsächlich hatte sie bisher noch nie dem Mund eines Mannes irgendeine Beachtung geschenkt – und schon gar nicht dem Mund *dieses* Mannes – und auch nicht im entferntesten daran gedacht, wie das wäre, wenn dieser Mund sie küssen würde . . . Jedenfalls bis zu diesem Augenblick nicht. Sie wollte plötzlich die gehässigen Worte, die sie ihm in der letzten Nacht ins Gesicht geschleudert hatte –, wieder zurücknehmen. Sie holte Luft und preßte die Hände zusammen.

»Diese Geschichten, die der Junge heute nacht in der Schenke über mich erzählte, haben die Euch nun davon überzeugt, daß Jonny und ich verrückt sein müssen?«

»Ich bin bis jetzt noch nicht zu diesem Schluß gekommen . . . nicht so ganz.«

Sie sah ihn fest an: sein Gesicht, seine Augen, die dunklen, ungebändigten Haare, die ihm in die Stirn fielen und sich in seinem Nacken ringelten. Er hatte ein paar rote, zornig aussehende Schürfwunden auf den Wangen, und sie war auf einmal um Worte verlegen. Sie wußte nicht, ob sie wieder einmal ihren besonderen – absonderlichen – Lebensstil verteidigen oder sich zu ihm bekennen sollte, weil es plötzlich wie eine Erleuchtung über sie kam, daß das, was er dachte, wichtig für sie war.

»Ich bin noch nie jemand gewesen, der meinte, seine Lebensanschauungen verteidigen zu müssen«, erklärte sie mit ziemlich atemloser, ja leicht in Panik geratener Stimme, »denn es geht keinen etwas an, wie wir leben, denken und empfinden. Weder diese Leute hier – noch Euch.«

Salterdon legte sich in das Kissen zurück und schloß die Augen. Seine Wangen sahen plötzlich aschfahl aus. Miracle eilte zu ihm, fiel neben dem Sofa auf die Knie und berührte die leichte Schwellung auf seiner Stirn vorsichtig mit den Fingerspitzen.

Ohne jede Vorwarnung packte er plötzlich ihre Handgelenke und zog sie zu sich, bis ihr Gesicht ganz nahe bei seinem war. »Ich beginne mich zu fragen, wer hier verrückt ist«, flüsterte er rauh. »Ihr oder ich. Sicherlich muß ich es sein, weil ich nämlich anfange, mich einen Teufel darum zu scheren, was die Leute hier reden oder was ich sehe oder höre. Doch das ist es nicht, was mich am meisten stört.«

Er zog sie noch näher zu sich heran, so nahe, daß sie das Heben und Senken seiner Brust an ihrem Busen und seinen warmen Atem an ihrem Mund spüren konnte, während er murmelte: »Ihr seid es, der mir die größten Rätsel aufgibt. Was seid Ihr? Ein Engel? Eine Hexe? Eine Weise oder Verrückte? Habt Ihr einen Zauber über mich gesprochen, Lady Cavendish, so daß ich nun Gespenster sehe, die auf fliegenden Pferden reiten, und gesichtslose Kreuzfahrer auf einem Drachen? Wer seid Ihr? Antwortete mir, verdammt noch mal, oder . . .«

». . . oder was, Euer Gnaden? Werdet Ihr dann Cavisbrooke wieder verlassen?«

Einen langen Moment sagte er nichts, doch als sie versuchte, sich wieder von ihm zu lösen, umspannte er mit der freien

Hand ihren Hinterkopf und wickelte ihre Haare um seine Finger. »Haltet still, und ich werde Euch wieder loslassen. Gut. Jetzt entspannt Euch. Ich werde Euch nicht wehtun. Ich möchte nur . . .«

»Was möchtet Ihr?« forschte sie. »Ihr kommt uneingeladen in mein Haus. Ihr dringt in meine Privatsphäre ein. Ihr scheint zu glauben, daß Ihr nur zuzugreifen braucht, damit ich Euch gehöre. Ich kann Euch versichern, Sir, daß dem nicht so ist.«

Er ließ ihr Handgelenk los und gab auch ihre Haare wieder frei. »Wovor habt Ihr Angst?« fragte er sanft, vorsichtig ihre Wange streichelnd, während er mit seinen hypnotischen grauen Augen in ihrem Gesicht forschte. Sie fühlte plötzlich eine Wärme in sich, etwas Weiches, Schmelzendes, das sich ihrer Sinne bemächtigte. Binnen einer Sekunde schien ihre Welt sich auf einen stecknadelgroßen Punkt zu konzentrieren: auf seine Lippen, die, leicht geöffnet, einen warmen Hauch über ihre Wangen schickten. Und während der Fluchtinstinkt in ihr zu einem übermächtigen Drang wurde, vermochte ein Teil von ihr nur noch dort zu liegen, an ihn gepreßt, während ihre Welt ausgefüllt wurde von seinem Anblick, seinem Geruch, seiner Stimme. Sie begann zu zittern.

»Antworte mir, Miracle. Wovor hast du Angst, Meri Mine? Daß ich dich dazu verführen könnte, dieses kalte, feuchte und düstere Gemäuer zu verlassen? Daß ich dich von dem Regenbogen deiner Illusionen weglocken würde? Warum bist du so sehr darauf versessen, hierzubleiben und darauf zu warten, daß ein Geist aus deiner Vergangenheit wieder nach Hause kommt? Dich mit der Wartung eines alten, halb verfallenen Leuchtturm zu belasten und der Pflege eines Krüppels . . .«

»Johnny hat sein Leben für meine Mutter und mich geopfert. Er ist der einzige Freund, die einzige Familie, die ich habe, Sir. Und was meine Mutter betrifft . . .«

». . . ist sie für immer von hier weggegangen. Du liebe Güte – wie kannst du denn erwarten, daß sie nach zehnjähriger Abwesenheit plötzlich wieder nach Hause kommen würde? Hör auf mich, Liebes. All dein Hoffen, Wünschen und Warten werden sie nicht mehr hierher zurückbringen. Du vergeudest dein Leben damit, daß du . . .«

Sie befreite sich von ihm und stolperte von dem Sofa weg. Schweratmend, die Hände in die Seiten gestützt, stand sie über ihm. »Sie liebt mich. Sie versicherte mir das in allen ihren Briefen. Möchtet Ihr sie sehen? Jede Zeile von ihr singt mir ein aufregendes Lied von der Schönheit der Welt jenseits von Cavisbrooke, Salterdon. Ihre Briefe nehmen mich mit auf eine Reise durch ein Wunderland, beflügeln meine Phantasie mit Geschichten von Seltsamkeiten und mir unfaßbar erscheinenden oder ehrfurchtgebietenden Dingen. Dort gibt es aus schimmerndem Marmor erbaute Städte, herrliche Kathedralen, warmherzige, freundliche Menschen, die jeden Fremden willkommen heißen und sich nicht daran stören, wenn er . . . anders ist. Sobald sie dazu bereit ist, wird sie wieder nach Hause kommen. Dann könnt Ihr Neinsager alle zur Hölle fahren.«

Sie lief aus dem Zimmer und rannte durch die dunklen Korridore bis zur Wendeltreppe, die in den Turm hinaufführte. Heftig atmend, stieg sie die schlüpfrigen, bröckelnden Stufen in das runde Turmzimmer hinauf und verharrte dort, nach Luft ringend, eine Weile am Nähtisch, um den Tumult ihrer Gefühle einigermaßen unter Kontrolle zu bekommen.

Wie konnte er es wagen, sich ein Urteil über ihr Leben, ihre Ideale, ihre Träume anzumaßen? Wie konnte er sich erdreisten, ihr Durchsetzungsvermögen anzuzweifeln?

Sie ließ sich neben einem alten Lederkoffer auf die Knie fallen, öffnete ihn, entnahm ihm vorsichtig einen säuberlich verschnürten Packen vergilbter Briefe, die alle einen französischen Poststempel trugen, und drückte ihn gegen ihre Brust.

»Dummes Mädchen, wie kannst du dich nur so ereifern? Was weiß er denn schon von deinem Leben? Deinen Wünschen? Deinen Träumen? So wenig, wie mein Vater von meiner Mutter gewußt hat.«

Da war noch ein zweiter Stapel von Briefen, alle mit einem Londoner Poststempel versehen. Einige davon waren viel älter als jene in dem Packen, den sie gegen ihren Busen drückte, und zumeist an ihre Mutter adressiert. Nur ein paar aus jüngerer Zeit trugen ihre Anschrift, obwohl der letzte davon auch schon acht Jahre alt war. Ihr Vater hatte ihn ein paar Wochen vor seinem tödlichen Unfall geschrieben, als er vom Pferd gestürzt, mit dem Schädel gegen einen Felsen geprallt und verblutet war, ehe ihn jemand fand. Er hatte ihr ein bescheidenes Legat ausgesetzt, das jedoch groß genug war, ihren Lebensunterhalt zu sichern, bis sie fünfundzwanzig Jahre alt geworden war.

Auch wenn sie sich noch so sehr anstrengte, gelang es ihr jetzt nicht, sich an sein Gesicht zu erinnern – nur an seine kalten blauen Augen und seinen Mund, der niemals lächelte. Er war jung gewesen, hübsch und von forschem Auftreten und hatte bei jedem seiner Besuche, die zweimal im Jahr stattfanden, ihrer Mutter versprochen, daß er sie – endlich – von Cavisbrooke wegbringen würde.

Er hatte es nie getan.

Miracle konnte sich auch nicht entsinnen, daß Lord Cavendish jemals seine Tochter angesprochen hätte. Das einzige, woran sie sich erinnern konnte, war, als er nach einer besonders langen Periode seiner Abwesenheit nach Cavisbrooke zurückgekommen war, seine Verwunderung darüber, daß Miracle inzwischen zu einer jungen Dame herangewachsen war. »Gütiger Gott«, hatte er da mit einem höhnischen Grinsen auf den Lippen gerufen, »sie sieht ja genauso aus wie ihre Mutter!«

Die naive, unschuldige und unwissende kleine Miracle hatte gelächelt und war dann vor Freude auf und ab gehüpft in dem Glauben, daß ihr geliebter, so unnahbarer Vater das als ein Kompliment gemeint hatte. Schließlich hatte ihre Mutter ihr ja jahrelang versichert, daß ihr Vater sie inniglich lieben würde, daß er sie beide liebte, wie er das immer wieder in den vielen

Briefen, die sie von ihm aus London bekam, beteuerte. Er war eben nur ein vielbeschäftigter Mann und wie die meisten Männer unfähig, ihr seine Liebe auch persönlich zu zeigen.

Miracle hatte ihr auch diese Lüge geglaubt, bis sie diese Briefe entdeckte, nachdem ihre Mutter sie, Johnny und Cavisbrooke verlassen hatte. Darin stand kein einziges Wort von Liebe oder Hingabe. Ja, er hatte in seinen Briefen an ihre Mutter nicht einmal an irgendeiner Stelle Miracles Namen erwähnt. Er hatte nur in kurzen, dürren Sätzen von Lorraine verlangt, daß sie ihre melodramatischen Temperamentsausbrüche unterlassen sollte ... Und ja, er wünschte noch immer die Scheidung.

Miracle stieß die Fensterläden des Turmzimmers auf und hielt ihr Gesicht in den Wind. Die Kälte trieb ihr die Tränen in die Augen, und mit einem lauten Seufzen drängte sie ihre Erinnerungen beiseite. Sie würde sich auf die Gegenwart konzentrieren, wie sie das schon immer getan hatte. Du mußt jeden Tag so nehmen, als wäre er der Anfang der Ewigkeit, hatte ihre Mutter sie gelehrt.

Doch zuweilen fiel ihr das so verflixt schwer ...

Sie erschauerte und fuhr sich mit der Hand über die Stirn, während eine sanfte Stimme an ihrem Ohr flüsterte: *Du willst ihm glauben. Du möchtest ihm vertrauen. Du willst ihm das Fliegen beibringen.*

Aber ich habe Angst – eine so schreckliche Angst.

Miracle berührte ihr Handgelenk mit den Fingern, dann die Wange, die Salterdon kurz gestreichelt hatte, und dachte laut: »Immerhin waren seine Hände nicht kalt gewesen.«

Ich möchte
jemanden, der mit mir lacht,
jemanden, der mit mir ernst ist,
jemanden, der mich erfreut und mir hilft
bei meiner Beurteilung seiner oder ihrer Äu-ßerungen
und zuweilen natürlich auch meinen Scharf-sinn bewundert
und mein Urteilsvermögen.

Robert Burns

Kapitel acht

»Ich bin zuversichtlich, daß Ihr eine sehr weise Entscheidung getroffen habt, Sir. Es spricht zwar vieles für die Loyalität gegenüber seinem eigenen Fleisch und Blut – denn wo kämen wir schließlich hin, wenn Familienbande nichts mehr gelten würden in dieser Welt? Der Preis jedoch, den man für einen solchen Betrug bezahlen muß, selbst wenn man ihn aus Loyalität begeht, ist oft so hoch und mit solchen Konsequenzen verbunden, daß er einem Mann mit Gewissen nicht mehr zuzumuten ist. Oh, ja, Sir – je eher wir diese schreckliche alte Burg verlassen können, um so besser. Ich werde jetzt unsere Sachen packen und dafür sorgen, daß wir spätestens in einer Stunde reisefertig sind.«

Clayton stand in der Tür zum Schlafzimmer und sah zu, wie Benjamin von einer Kammer in die andere eilte, seine Kleider und andere persönliche Sachen zusammensuchte und sie dann alle auf seinem Bett auf einen Haufen warf, wobei er sich fragte, was denn tatsächlich seinen Diener zu solcher Eile antrieb: sein angebliches Ehrgefühl oder die Angst vor einer zweiten Begegnung mit seinem ›feuerspeienden Dämon‹.

Clayton überließ Benjamin seiner Arbeit und machte sich auf den Weg durch die dunklen Korridore, wobei er dem Echo seiner Schritte auf dem kalten, nackten Steinboden lauschte, während er im Geiste das Bild von Basingstoke heraufbeschwor: sein Heim – warm, anheimelnd, voller Licht und Farben. Er würde gleich einen Brief an Blanche schicken und sie einladen, zu ihm nach Basingstoke zu kommen. Er würde dort mit ihr so lange im Bett bleiben, bis alle Erinnerungen an Cavisbrooke und Miracle Cavendish aus seinem Gedächtnis getilgt sein würden.

Er würde seinen Bruder, den Herzog, davon unterrichten, daß er, Trey, sich schon selbst um Miracle bemühen müsse, wenn er sie zur Ehefrau haben wollte, weil er, Clayton, Lord Basingstoke und normalerweise ein ehrenwerter Lebemann, nicht sein Gewissen damit belasten wollte, daß er dieser jungen Dame das Wenige, was ihr an Selbstachtung noch geblieben war, wegnahm.

Lady Cavendish wollte er schlichtweg erklären, daß es ein Fehler von ihm gewesen sei, ein zweitesmal hierherzukommen. Er hätte entdeckt, daß sie als Herzogin von Salterdon nicht glücklich sein würde (was nicht gelogen war). Sie würde nicht in den Lebensstil seiner Familie und Freunde hineinpassen. Das anmaßende Verhalten der Hocharistokratie würde ihren Geist brechen, ganz zu schweigen von ihrem Herzen. Auch hatte sie ihm ja deutlich zu verstehen gegeben, daß sie nicht daran interessiert sei, diesen Kreisen anzugehören.

Im Verlauf seiner Erkundungsgänge in der Burg hatte Benjamin einen langen Korridor mit Zimmern entdeckt, die seiner Vermutung nach von Miracle und Mr. Hoyt bewohnt sein mußten. Clayton passierte auf dem Weg dorthin eine riesige Galerie und verharrte einen Moment lang auf der Schwelle des Durchgangs zu Miracles Privatgemächern, während die feuchte Kälte, die hier herrschte, sich in allen Nähten seiner Kleider festsetzte. Die von Miracle gefertigten Talglichter in den Wandhaltern warfen einen düsteren gelben Schein auf die mit primitiven Rahmen versehenen Bilder, die an eisernen Wandhaken hingen und auf denen eine Reihe von wild galoppierenden, sich aufbäumenden oder mit den Hufen stampfenden Pferden zu sehen waren – alle mit seltsam konkaven Köpfen, geblähten Nüstern und so kleinen Mäulern, daß sie in eine Kinderhand gepaßt hätten.

»Euer Gnaden«, drang da die Stimme von Hoyt zu ihm. Kurz darauf war das Tap-Tap seines Krückstocks zu hören, ehe der Mann mit einem Lächeln auf seinem runden Gesicht aus dem dunklen Korridor auftauchte. Er schien keineswegs überrascht oder gar befremdet darüber zu sein, daß sein Gast sich in der Nähe von Lady Cavendishs Privatgemächern herumtrieb.

An Claytons Seite tretend, blickte zu der gerahmten Kohlestiftzeichnung eines sich aufbäumenden Pferdes hinauf. »Eine Arbeit von Miracle«, erklärte er mit sichtlichem Stolz und einer freudig erregten Stimme im Angesicht dieser Porträts, die Pferde in allen nur erdenklichen Aktionen zeigten. Seine Augen leuchteten, als er den Blick wieder auf Clayton richtete. »Eines ihre zahlreichen Talente. Sind diese Zeichnungen nicht ungewöhnlich gut, Eurer Gnaden?«

»Ja«, erwiderte Clayton, »und auch ein wenig beunruhigend.«

»Mira bekennt sich stets leidenschaftlich zu den Dingen und Wesen, die sie liebt. Wo andere vielleicht nur eine leise Sympathie empfinden, erlebt Mira ein ganzes Universum von Gefühlen. Ich bin mir nicht sicher, ob das ein Fluch ist oder ein Segen. Wie denkt Ihr darüber, Euer Gnaden?«

Clayton gab ihm darauf keine Antwort, weil dieser mächtige weiße, sich aufbäumende Hengst dort auf dem Bild ihn an diese gespenstische Vision – dieses Einhorn – erinnerte, das ihm heute morgen an der Steilküste erschienen war.

»Ihr seid sicherlich mit einer bestimmten Absicht hierhergekommen«, fuhr John fort. »Wäre es möglich, daß Ihr die Gründe, die Euch dazu bewogen haben, ein zweitesmal hierherzukommen, neu überdacht habt? Bitte, Euer Gnaden, sagt jetzt nichts, sondern kommt mit in meine Räume. Dort ist es wärmer, und behaglicher.«

Darauf hinkte Johnny, sich leicht auf seinen Krückstock stützend, wieder in den dunklen Korridor hinein, wo er an der Schwelle seiner Suite kurz anhielt, »bitte« sagte und dann in das Zimmer hineintrat.

Clayton folgte ihm nicht sogleich, sondern verharrte noch eine Weile an der Stelle, wo der alte Mann ihn zurückgelassen hatte, die Hände in den Hosentaschen vergraben und den Blick auf das entfernte dunkle Ende des Korridors gerichtet.

Er bemühte sich nach Kräften, seine Gedanken wieder auf Basingstoke zu konzentrieren und was das für ein wunderbares Gefühl sein würde, in seinem breiten, bequemen Vierpfostenbett auf Bergen von Federkissen und unter dicken, mit feinen Daunen gefüllten Plumeaus schlafen zu können. Er beschwor auch das Bild von Blanche vor seinem inneren Auge herauf, wie sie sich auf dem Bett ausstreckte, ihm ihre Arme und Beine einladend entgegenhebend, während ihre langen Haare, die schwärzer als die dunkelste Nacht waren, sich wie ein dunkler Fächer auf dem weißen Laken ausbreiteten.

Doch dieses Bild war so flüchtig und so wenig greifbar, als versuche er, Wasser in die Hand zu nehmen. Gleichgültig, wie sehr er sich auch anstrengte, dieses Bild festzuhalten – es schien ihm durch die Finger zu schlüpfen und zu verschwinden und an seiner Stelle eine ihn verwirrende Vision von Miracle auf seinem Bett zurückzulassen. Eine Vision, in der ihre so rot wie ein Sonnenuntergangshimmel leuchtenden Haare auf seinen weißen Bezügen wie Flammen züngelten, ihre schlanken weißen Beine sich einladend geöff . . .

»Kommt Ihr, Euer Gnaden?« rief Hoyt.

»Du von allen guten Geistern verlassener Bastard«, schimpfte Clayton da leise auf sich selbst. Zweifellos sollte er so rasch wie möglich aus diesem verdammten Gemäuer verschwinden, ehe er dieser Versuchung erlag und etwas tat, mit dem er später unmöglich würde leben können.

Zu seiner Überraschung waren Hoyts Privatgemächer mit ihren ehemals sehr eleganten Möbeln aus Mahagoni, Nußbaum und Rosenholz tatsächlich sehr behaglich. Der Boden war mit kostbaren, wenn auch schon ein wenig fadenscheinigen Orientteppichen belegt; auf den wenigen, über den Raum verteilten Tische standen Porzellanfiguren, und an den Wänden hingen Gemälde in reich verzierten Goldrahmen, die zweifellos einmal den früheren Besitzern der Burg gehört haben mußten, zwischen hohen Regalen, die mit ledergebundenen Büchern bestückt waren, die, wie Clayton mit einem Rundblick feststellte, ausgereicht hätten, um damit die kleinste Bibliothek in Basingstoke füllen zu können.

»Setzt Euch doch«, forderte Johnny ihn auf. »Dorthin, vor das Feuer. Ich fürchte, ihr habt schrecklich frieren müssen, seit Ihr zum zweitenmal hierher nach Basingstoke gekommen seid. Ihr müßt das verstehen, Sir. Mira neigt zu übertriebener Sparsamkeit, womit sie sich nur selbst schadet . . . und mir gelegentlich auch. Wie ich sehe, bewundert Ihr meine Büchersammlung. Ungewöhnlich, würdet Ihr sagen? Wißt Ihr eigentlich, daß Mira sie alle gelesen hat? Ja! Jedes einzelne davon. Und viele davon mehr als einmal. Ihre Favoriten stehen dort – die in grünes Leder gebundenen Bücher. *Die Wunder der Wissenschaft im modernen Leben.* Es gibt nur wenige von modernen Wissenschaftlern zu Papier gebrachten Werke, die sie nicht gelesen hat. Sie ist fasziniert davon, was wir menschliche Wesen alles entdecken oder werden können.«

»Aber trotzdem lebt sie in einer Phantasiewelt«, bemerkte Clayton, sich die Hände am Kaminfeuer wärmend.

John trat neben ihn, starrte einen Moment lang in die Flammen und reichte ihm dann ein mit einer Flüssigkeit gefülltes Glas zu. »Port«, erklärte er. »Euer Lieblingsgetränk, wie ich noch von Eurem ersten Besuch hier in Cavisbrooke weiß.«

Clayton nahm das ihm gereichte Glas entgegen. Er verabscheute Portwein. Aber er war in der Tat das Lieblingsgetränk des Herzogs.

»Genießt ihn, Euer Gnaden. Er soll unser kleines Geheimnis bleiben. Miracle hat keine Ahnung, daß ich mir hier und da einen kleinen Vorrat davon besorge. Sie mißbilligt das, müßt Ihr wissen. ›Wenn der Wein durch die Kehle rinnt, muß der Verstand weichen‹, pflegt sie zu sagen.«

»Ich fürchte, daß sie damit recht hat, aber ich danke Euch trotzdem dafür«, murmelte Clayton, hob das Glas an die Lippen, nahm einen kleinen Schluck daraus und erschauerte.

John ließ sich in einen Sessel fallen und betrachtete Clayton mit einem müden Lächeln. »Als Ihr das erstemal hierherkamt, Euer Gnaden, war ich mir nicht sicher, ob ich Euch mochte. Tatsächlich hielt ich Euch für einen egoistischen und arroganten Esel, für den mir Mira zu schade war. Ich habe meine Meinung noch nicht ganz geändert.«

Clayton schenkte ihm ein strahlendes Lächeln und nahm noch einen Schluck aus seinem Glas.

»Ich bin mir noch nicht einmal sicher, ob ich Euch oder Euren Gründen, die Euch hierhergebracht haben, trauen kann. Und wenn ich auch nur eine Sekunde lang davon überzeugt gewesen wäre, daß Mira Euch so sehr verabscheuen würde, wie sie das stets behauptet, würde ich Euch schon vor Tagen aus dem Haus gewiesen haben. Sie ist etwas ganz Besonderes für mich, müßt Ihr wissen. Ich würde alles tun, was verhindern kann, daß sie unglücklich wird.«

Der alte Mann seufzte, und seine Augen nahmen einen schläfrigen Ausdruck an. »Ich spüre, daß auch etwas Gutes in Euch steckt, Euer Gnaden. Ihr seid ein Mann mit Mitgefühl. Ein Gentleman, der auch bereuen kann. Während ich Eure Motiv, Mira dazu auszuerwählen, ihren Platz möglicherweise an Eurer Seite einzunehmen, in Zweifel ziehe, hege ich hingegen zweifellos den Wunsch, sie vor der Zukunft, die ihre Eltern für sie vorgesehen haben, zu bewahren. Ich kann mich nicht mit der Tatsache abfinden, daß man sie hier als eine Kuriosität betrachtet. Ich will mich auch nicht mit der Tatsache abfinden, daß ihre Mutter und ich ihr die unrealistischen Illusionen zweier Menschen in den Kopf gesetzt haben, die das grausame Los, das ihnen das Schicksal zugeteilt hatte, nicht akzeptieren wollten.«

Clayton starrte in sein Glas mit Portwein und beobachtete, wie sich das Feuer in dessen bernsteinfarbener Oberfläche spiegelte. Der Alkohol und die Wärme, die der Kamin ausstrahlte, machten ihn träge, oder vielleicht war es auch nur eine vorläufige Kapitulation, die ihn davon abgehalten hatte, dem alten Mann seine Entscheidung, dieses Haus noch heute zu verlassen, mitzuteilen. Er sank noch tiefer in seinen Sessel hinein, führte das Glas wieder an die Lippen und nahm diesmal einen kräftigen Schluck daraus.

Johns Augen leuchteten jetzt nur so vor Zärtlichkeit und Freude, als er sich lächelnd erinnerte: »Ihre Mutter und ich wußten schon von dem Tag ihrer Geburt an, daß Mira etwas Besonderes ist. Die meisten Babys schreien bei ihrem ersten Atemzug. Mira lachte. Von diesem Augenblick an wurde unser Leben von ihrem unbezwingbaren Geist und ihrem unbeirrbaren Gefühl für Würde beherrscht. Sie hat mich vieles gelehrt, Euer Gnaden, was Güte, Geduld und Glauben anbelangt. Ich bin nicht immer ein wohlmeinender und aufmerksamer Mensch gewesen. Kinder haben so eine Art, uns Erwachsene zu verändern, Sir. Uns dazu zu zwingen, unsere weniger wünschenswerten Charakterzüge zugunsten unserer versöhnlicheren Eigenschaften zu verdrängen . . . falls wir uns dazu entschließen, einen geliebten Menschen vor den Fehlern zu bewahren, die wir in unserem Leben begangen haben. Habt Ihr etwas übrig für Kinder, Euer Gnaden?«

Seinen Blick auf die Kaminflammen gerichtet, gestattete sich Clayton ein schwaches Lächeln, das seine Mundwinkel in die Höhe zog. »Ich habe dieser Möglichkeit noch keine große Beachtung geschenkt. Vielleicht weil ich niemals einer Frau begegnet bin, die ich mir als Mutter meiner Kinder vorstellen konnte.«

»Niemals?«

Clayton sah nun zu Hoyt hinüber und nahm mit Betroffenheit wahr, wie der alte Mann ihn eindringlich anstarrte. Diese Augen, die so blaß waren wie ein bewölkter Himmel, schienen allwissend und in diesem Moment auch verzweifelt zu sein.

»Niemals?« wiederholte John mit einer Stimme, die so scharf war wie ein Pfeil.

Clayton wartet ein paar Sekunden, ehe er den Rest seines Ports austrank, das Glas beiseite stellte und sich aus seinem Sessel erhob.

»Miracle wird heute nacht Wache im Leuchtturm halten. Sie meinte, daß vermutlich ein Sturm aufkommen würde, was bedeutet, daß wir einen Sturm erleben werden. Sie braucht nur einen Blick zum Himmel hinaufzuwerfen, um Euch sagen zu können, ob sich dort ein Unheil zusammenbraut«, erklärte ihm John in etwas anzüglichem Ton und einem Hauch von Humor in der Stimme. »Ihr könntet sie am Fuß des Black Bluff in der Nähe von Saint Catherine finden. Dort gräbt sie immer nach Muscheln und schwimmt ein bißchen im Meer, während sie auf den Einbruch der Abenddämmerung wartet.«

»Vielen Dank«, sagte Clayton und ging zur Tür.

»Euer Gnaden?«

Er drehte sich noch einmal zu dem alten Mann um.

»Dieser verdammte Leuchtturm ist nicht viel mehr als ein von morschem Holz zusammengehaltener Haufen bröckelnder Steine. Vielleicht wird sie auf Euch hören, wenn Ihr sie davon überzeugt, daß der Aufenthalt darin viel zu gefährlich ist ...«

»Was bringt Euch auf den Gedanken, daß sie von mir einen Rat annehmen würde?«

»Weil sie Euch mag. Oh, nun schaut mich nur nicht so skeptisch an, Salterdon. Ich kenne sie schließlich schon viel länger als Ihr, müßt Ihr wissen.«

»Ihr liebt sie wohl sehr, nicht wahr, Mr. Hoyt?«

Der alte Mann blickte nachdenklich vor sich hin, während die ausgeprägten Sorgenfalten zwischen seinen Brauen sich zu Furchen vertieften. Ehe Johnny ihm eine Antwort geben konnte, war Clayton bereits aus dem Zimmer gegangen.

Clayton bewegte sich am Fuß der Steilküste über den mit Geröll übersäten Sandstrand auf den Leuchtturm von Saint Catherine zu. Zuweilen hielt er an, um auf seine sich im feuchten Sand deutlich abzeichnenden Fußspuren zurückzuschauen, die von den Wellen der beginnenden Flut wieder eingeebnet wurden. Ihm drohte nicht die Gefahr, vom Festland abgeschnitten zu werden, da er jederzeit über die roh in die Felswand gehauenen Stufen auf das Hochplateau hinaufgelangen konnte, das wie ein Gebirge hinter der Kapelle aufragte. Allerdings wurde die Sicht mit der nun hereinbrechenden Abenddämmerung schlechter, der Wind kräftiger und kälter. Er knöpfte sich den Mantel bis zum Hals zu.

Er war sich nicht sicher, was ihn hierhergetrieben hatte. Vielleicht das Gefühl, daß er ihr eine Erklärung dafür schuldete, warum er Cavisbrooke wieder verlassen wollte. Sie würde zweifellos über seinen Entschluß erleichtert sein. Schließlich hatte sie ja in der Nacht vorher selbst das Verlangen an ihn gestellt, seinen Besuch auf Cavisbrooke zu beenden.

Er entdeckte zuerst ihre Fußspuren – winzige Abdrücke nackter Sohlen im Sand, die sich auf den schmalen Sandstreifen wie ein sich dahinschlängelndes Band erst auf das Wasser zu bewegten und dann wieder davon fort, als hätte sie mit den Wellen getanzt. Dann suchte sein Blick nach ihr und fand sie auf dem Boden sitzend, den Rücken gegen einen Spant des Schiffswracks gelehnt, das hier vor vielen Jahren gestrandet war, und sich auf ungewohnt eindringliche Weise mit einem ihrer Füße beschäftigend.

»Ich fürchte, ich habe ihn mir verletzt«, erklärte sie ihm, als er zu ihr trat und sich neben ihr auf ein Knie hinunterließ. Der

Wind spielte mit ihren langen roten Haaren und verlieh ihren Wangen eine lebhaft rosige Färbung. Aber sie sah nicht zu ihm auf, sondern hielt den Blick auf eine blutende Wunde an ihrer Sohle geheftet.

Clayton löste die leinerne weiße Binde von seinem Hals und wickelte sie stramm um ihren Fuß. »Das kommt davon, wenn man sich barfüßig zwischen Muschelschalen und scharfen Steinen tummelt, Meri Mine.«

Miracle sagte nichts, während er die Enden des Tuches über ihrem Spann verknotete und sich dann auf die Fersen zurücksetzte. Sich gegen den Rumpf des Wracks lehnend, blickte sie ihn endlich mit ihren großen Augen an, die so tief und grün waren wie das Wasser hinter ihr. »Ihr hört Euch an wie mein Vater«, sagte sie zu ihm. »Oder wie ich mir stets seine Stimme vorgestellt habe, wenn er sich jemals für mein Wohlergehen interessiert . . . oder überhaupt einmal mit mir gesprochen hätte.« Sie lachte und feuchtete sich die Lippen mit der Zunge an.

»Ich fühle mich nicht gerade so, als wäre ich Euer Vater«, sagte er.

»Als was fühlt Ihr Euch?«

Er starrte ihr in die Augen, ins Gesicht und auf die Lippen, die vom kalten Wind wie ausgedörrt wirkten. Die feinen über ihrem Nasenrücken verteilten Sommersprossen gaben ihr etwas Koboldhaftes – das Aussehen eines Kindes, das der Schalk zu reiten schien. Da war etwas immens Unschuldiges und dabei doch Sinnliches an der Weise, wie sie ihn anschaute – als wäre er irgendeine faszinierende Kuriosität, die sie an ihrem geliebten Strand von Black Bluff angeschwemmt gefunden hatte.

»Das weiß ich nicht so genau«, gestand er ihr schließlich und zwang sich dazu, von ihr wegzusehen und ein paar Brachvögeln nachzuschauen, die auf der Suche nach Nahrung auf das Wasser hinausflogen.

»Ich habe die letzten Minuten hier gesessen und versucht,

mir klar zu werden, ob ich Euch mag oder nicht«, beichtete sie ihm. »Denn wenn ich Euch mag, werde ich Euch wohl vertrauen müssen. Und wenn ich Euch vertraue . . .«

»Was würdet Ihr dann tun, Meri Mine?«

Aus dem Augenwinkel bemerkte er, wie sie den Kopf auf die Seite legte, als würde sie nun eindringlich sein Profil betrachten – vielleicht in der Erwartung, daß er sie wieder anblicken sollte. Aber das tat er nicht.

Schließlich nahm sie eine Hand aus ihrem Schoß, legte ihre kalten Finger fest um sein Kinn und drehte sein Gesicht wieder dem ihren zu. »Dann würde ich vermutlich meine Geheimnisse mit Euch teilen.«

»Welche Art von Geheimnissen?«

»Wunder. Glaubt Ihr an Wunder, Euer Gnaden?«

Ihre Finger strichen über seine Wange und berührten mit einer unglaublichen Behutsamkeit die Wunde an seiner Stirn. Ein Ausdruck von Schuldbewußtsein und Verzweiflung trat in ihre Augen, als würde sie sich irgendwie für sein Mißgeschick verantwortlich fühlen.

»Tut Ihr das?« fragte sie abermals. »An Wunder glauben?«

»Ich . . . weiß es nicht.« Er schüttelte den Kopf. »Nein. Wahrscheinlich nicht.«

»Warum nicht?«

»Vielleicht, weil ich bisher noch nie eines erlebt habe.«

»Vielleicht wißt Ihr nur nicht, wonach Ihr suchen müßt.«

Ohne Vorwarnung sprang Miracle nun vom Boden auf und rannte in Richtung des Leuchtturms und der Kapelle davon. Clayton erhob sich langsam aus der Hocke und sah, wie sie am Eingang der uralten Kapelle wieder anhielt und zu ihm zurückschaute. »Kommt!« rief sie und verschwand dann im Inneren des Gebäudes. Doch er verharrte noch immer an der Stelle, wo sie ihn verlassen hatte, und spürte ein warmes Kribbeln an den Stellen im Gesicht, wo sie ihn berührt hatte.

Das Wasser strudelte um seine Stiefelschäfte. Es reichte ihm bereits bis zu den Knöcheln hinauf. Wieder zur Besinnung kommend, folgte er Miracles Spuren den Strand hinauf und hielt dann vor der türlosen Schwelle der Kapelle an. Vor ihm gähnte ein dunkler Raum, der nach Moder, Seetang und verrottenden Fischen roch. »Miracle«, flüsterte er in den Raum hinein, »kommt heraus, damit ich Euch sehen kann!«

Er vernahm ein schabendes Geräusch. Dann flackerte in der entferntesten Ecke des kleinen Raumes eine winzige Flamme auf. Als Miracle sich zu Clayton umwandte, hielt sie eine Kerze in der Hand. Ihr Gesicht schien in dem trüben, zitternden Lichtschein körperlos im Raum zu schweben, während sie ihn mit klaren, feuchten Augen ansah.

»Es bringt Unglück, wenn man zögert, über die Schwelle eines Gotteshauses zu treten«, sagte sie, und ihre Stimme hallte hohl in dem kalten Gewölbe wider. »Vielleicht wird unser Schöpfer an Eurer Frömmigkeit zweifeln.«

Der Ozean gurgelte und zischte hinter ihm.

Clayton machte einen vorsichtigen Schritt in den dunklen Innenraum der Kapelle hinein, den Blick auf ihr Gesicht mit den sanften Augen und dem nachsichtigen Lächeln geheftet. Sie streckte ihm eine Hand hin. »Rasch«, ermunterte sie ihn. »Wir haben nicht viel Zeit. Bald wird die Flut die Kapelle überschwemmen.«

»Dann sollten wir sie vielleicht besser wieder verlassen«, schlug er ihr hastig vor.

Miracle bewegte sich nun an der entfernten Wand der Kapelle entlang, die Kerze über den Kopf haltend, so daß es aussah, als schwebte sie über den Boden dahin. Im Schein des Talglichts entdeckte Clayton, daß der Raum offenbar aus dem Fels herausgehauen worden war, weil er keinen Mörtel, keine Fugen oder andere Hinweise darauf zu entdecken vermochte, daß die Wände aus Steinen errichtet worden waren. Er hätte sich hier ebensogut in einer Höhle des Steilufers befinden können.

»Habt Ihr jemals schon so etwas Beglückendes gesehen, Euer Gnaden?« rief sie, die Kerze so hoch haltend, daß er die

Fresken an den Wänden und die in den Fels gemeißelten Gestalten erkennen konnte: die Jungfrau Maria mit dem Jesuskind auf dem Arm, vor dem eine kleine Heerschar von Rittern in die Knie sank, die ihre blutigen Schwerter auf den Boden warfen. Doch es war die Jungfrau Maria, die seinen Blick besonders auf sich zog. Ihre Augen sahen im Schein der Kerze ungemein lebendig aus – und die Tränen, die sie vergoß, schienen im Licht zu glitzern.

Mit einem vor Ehrfurcht leuchtenden Gesicht und einer etwas atemlosen Stimme erklärte sie: »Man sagt, daß unter diesem Boden ein Heiliger beerdigt sei. Und daß keinem, der in der Nähe der Steilküste wohnt, ein Leid geschähe, solange man seine Grabesruhe nicht stören würde.«

»Und was ist, wenn sie gestört wird?« fragte Clayton.

»Dann würde der Fels, der hinter der Kapelle aufragt, zusammenbrechen und ins Meer stürzen.«

Clayton sah an Miracle vorbei zu dem dunklen Durchgang hin, auf den sie sich zubewegte. »Dort befindet sich die Treppe zum Leuchtturm«, erklärte sie. »Seit die Außentreppe eingestürzt ist, kann man nur noch auf diesem Weg in den Turm gelangen – oder ihn wieder verlassen. Würdet Ihr Euch den Turm mal von innen anschauen wollen, Euer Gnaden?«

Die Einladung hörte sich für ihn eher wie eine Herausforderung an. Den Grund dafür vermochte er nicht zu erraten. Vielleicht glaubte sie, daß er sich nicht länger mit diesem muffigen, feuchten Mausoleum befassen wollte. Vielleicht forderte sie ihn aber auch nur heraus, weil sie ein bißchen . . . verrückt war. Dieses seltsame Betragen konnte doch gar nichts anders sein als eine ihr angeborene Neigung, mit ihrer Unberechenbarkeit zu kokettieren.

Schließlich folgte er ihr zu dem Eingang zum Turm. Er spürte, wie seine Stiefel im treibsandartigen Boden bis über die Knöchel versanken, und nahm betroffen, ja ärgerlich zur Kenntnis, daß der Schlamm sich an den Schäften festsaugte und diese nicht mehr loslassen wollte. Es kostete ihn einige

Mühe, sich aus diesem Schlamm zu befreien und sie am Fuß der Treppe wieder einzuholen.

»Vorsicht – die Treppe ist sehr schmal und steil und überaus schlüpfrig!« rief sie zu ihm hinunter, ehe sie hinter der nächsten Biegung im Dunkeln verschwand.

»Was, zum Teufel, mache ich eigentlich hier?« murmelte er und stieß dann einen leisen Fluch aus, als er auf etwas Glitschigem ausrutschte und gegen die Wand fiel.

Als er dann endlich die Spitze des Turms erreichte, saß Miracle dort auf einem Fenstersims, das fast anderthalb Meter breit war, schwang die nackten, mit Schlamm bedeckten Füße hin und her und sah ihn so eindringlich an, daß er sich vorkam wie ein Mann, der sich vor einem Gericht zu verantworten hatte.

»Nun«, sagte sie, »verratet mir mal, was Ihr von meiner Welt haltet!«

Er blickte sich in dem kleinen Raum um, betrachtete kurz die Mechanik des Leuchtturms, die aus einer ihm recht gefährlich erscheinenden, mit Holzkohlenasche gefüllten Feuerstelle bestand; dann die einfache, an die Wand geschobene Koje; die Bücherstapel, daneben die Pantoffeln aus Ziegenleder, den Schal auf dem Bett und die farbigen Skizzen von Seevögeln und Schiffen an den Wänden. »Sie ist recht . . . frugal«, gab er schließlich zur Antwort und sah wieder auf ihre bloßen Füße hinunter. »Deine Wunde blutet noch immer, meine Liebes.«

»Ich habe bisher noch nie jemanden hierhergebracht«, sagte sie, seine letzte Bemerkung ignorierend. »Nicht einmal Joe Cobbett, obwohl er mich darum gebeten hatte. Ich wollte das natürlich nicht. Das wäre nicht schicklich gewesen.«

»Es ist auch nicht schicklich, *mich* hierherzubringen«, bemerkte er anzüglich und lächelte.

»Aye. Aber Ihr seid schließlich ein Gentleman. Oder etwa nicht? Joe Cobbett war kein Gentleman. Außerdem habe ich zu entscheiden, wen ich zu meinen Freunden erwähle.«

»Bin *ich* Ihr Freund, Miracle?«

Sie senkte die Augen und kaute auf ihrer Unterlippe.

Clayton ging auf sie zu.

»Nein«, befahl sie, ihn jählings zum Anhalten bringend. »Ihr werdet mir so lange fern bleiben, bis ich Euch etwas anderes sage. Schließlich ist es ja *mein* Herz. Ich entscheide, an wen ich es verschenken will.«

Darauf sprang sie anmutig vom Fenstersims herunter und bewegte sich, ihn wachsam im Auge behaltend, zum Fenster an der entfernten Wand, blickte auf das Meer hinaus und runzelte die Stirn. Die Dämmerung brach rasch herein, und mit dem schwindenden Tageslicht wurde es unangenehm kühl. Das schien sie aber nicht sonderlich zu stören, obwohl ihre Kleidung nicht dazu geeignet war, sie vor der Kälte zu schützen. Sie trug nur ein dünnes rehbraun gefärbtes Baumwollkleid mit langen und sehr weiten, an den Handgelenken offenen Ärmeln. Da waren keine Rüschen, keine Spitzen oder Krausen daran, sondern sein einziger Schmuck bestand aus einem geflochtenen und mit Stickereien versehenen Gürtel, den sie sich um die Taille geschlungen hatte.

Sie sieht aus wie ein Kind, überlegte er, und ihm kam der Gedanke, daß sie zweifellos sehr wenig oder so gut wie gar nichts über Männer wußte. Sie hatte offensichtlich keine Ahnung, daß der Anblick ihrer kleinen nackten Füße, die unter ihrem Kleidersaum hervorlugten, das Blut eines Mannes in Wallung bringen konnte; oder daß ein auseinanderklaffender Ärmel, der ihren Arm sekundenlang bis zur Achsel hinauf enthüllte, seinen Körper so hart machen konnte wie Stein. Oh, ja. Sie wußte anscheinend nichts von den niedrigeren Instinkten eines Mannes, weil sie ihn sonst nicht so schüchtern und unschuldig aus ihren aquamarinblauen Augen angeschaut hätte, die so groß waren, daß sie ihr ganzes Gesicht auszufüllen schienen. Und sie würde sonst auch nicht auf diese Weise ihre Lippen geöffnet haben – gerade weit genug, daß er die Spitze ihrer rosigen Zunge zwischen den Rändern ihrer perlweißen Zähne erkennen konnte. Und sie hätte sonst auch nicht ihre prächtigen, flammend roten Haare so weich und auf eine so sinnlich betörende Weise über ihre Wangen und Schultern herunterfließen lassen, daß sie sich wie ein transparenter Vorhang über ihre vollen, spitzen Brüste legten. Eine Frau, die auch nur über ein bißchen Erfahrung mit Männern verfügte, würde ihn sogleich als das erkannt haben, was er war – ein erprobter, schon ein wenig ermatteter Schürzenjäger mit der Moral eines Katers, was die Vertreter des weiblichen Geschlechts betraf.

Wohingegen ein Mann mit seiner Erfahrung sogleich ihre Unschuld hätte erkennen und sich schleunigst aus dem Staub machen müssen.

»John kommt heute aber spät mit meinem Dinner«, drang ihre Stimme zu ihm, während sie den Strand unterhalb des Leuchtturms mit den Augen absuchte. »Das ist so gar nicht seine Art. Ist er denn wohlauf gewesen, als Ihr ihn zum letztenmal gesehen habt?« fragte sie, mit ihren Gedanken offensichtlich nicht länger bei Clayton weilend.

Er versuchte, ihr darauf eine Antwort zu geben, was ihm jedoch nicht gelingen wollte. Er konnte offenbar nichts anderes tun, als seinen Blick an ihrer schlanken Gestalt auf und ab wandern zu lassen, während sie sich, mit dem Rücken zu ihm, auf das Fenstersims lehnte und Ausschau hielt nach ihrem Freund. Er bemerkte, wie sich ihre sanft gerundeten Hüften und ihr Gesäß unter ihrem Rock abzeichneten. Er konnte auch ihre Knöchel sehen. Und es kam ihm jetzt erst richtig zu Bewußtsein, daß ihre Strümpfe in einem kleinen, locker-duftigen Häufchen neben ihrer Koje lagen.

Endlich drehte sie sich zu ihm um – ihr Gesicht ein Spiegel widerstreitender Gefühle, die sie jedesmal, wie er inzwischen wußte, so deutlich zeigte, wenn sie um jemanden besorgt war. Aber welche Befürchtungen sie Johnnys wegen auch hegen mochte, sie sprach sie nicht aus, als sie seinem Blick begegnete. Statt dessen überzog jetzt ein tiefes Rot ihre Wangen, das nicht von der Kälte hervorgerufen wurde, sondern von einer Befangenheit, die sie nun jählings überkam. Es war so, als habe sie versucht, eine Verführerin zu spielen, aber nun einsehen mußte, daß sie ihre Rolle schlecht geprobt hatte, weil sie sich auf der Bühne heftiger Kritik ausgesetzt sah, die sie von ihrer Torheit überzeugte, so daß sie vor Scham am liebsten im Boden versunken wäre.

»Was denkt Ihr jetzt?« fragte sie mit einer etwas schrillen Stimme.

»Daß Ihr ... sehr schön seid«, erklärte er wahrheitsgemäß.

Ihre Augen wurden schmal. »Ich bin nicht schön. Ich bin nur ... ungewöhnlich. Johnny nennt mich exotisch. Und ich bin auch nicht intelligent, sondern lediglich exzentrisch. Auch kann ich weder Heuchler noch Männer leiden, die nicht wissen, was sie wollen. Ihr, Euer Gnaden, seid beides. Oh, nein ...« Sie ging jetzt um ihn herum. »Ich glaube Euch nicht. Wie kann ich Euch etwas glauben, wenn Ihr bei Eurem ersten Besuch kein gutes Haar an mir und meinem Heim gelassen habt. Aber jetzt, wo Ihr etwas von mir haben wollt, überschüttet Ihr mich mit Komplimenten. Nun bin ich angeblich schön, während ich vorher schäbig und billig ausgesehen habe und nicht in die Gesellschaft von feinsinnigen Stadtleuten paßte ...«

»Ich war blind damals«, sagte er, sich nicht mehr die Mühe machend, ihr mit den Augen folgen zu wollen, während sie um ihn herumschlich wie eine Füchsin, die eine Falle wittert.

»Ihr meint wohl, weil Ihr nun schmeichelhafte Worte für mich findet, das Brot mit mir zusammen am Tische brecht und Johnny als Euresgleichen behandelt, daß ich Euch Eure früheren Unfreundlichkeiten verzeihen ...«

»Ich entschuldige mich dafür«, unterbrach er sie mit einer tiefen, klaren Stimme, so daß die steinernen Wände der Kammer von seiner wachsenden Irritation widerhallten. »Tausendmal, wenn es sein muß. Ich appelliere an Eure Großmut und Toleranz ...«

»Und wenn ich Euch nicht vergebe?«

»Dann, Mademoiselle, könnt Ihr meinetwegen zur Hölle fahren.«

Sie blieb plötzlich stehen.

Er drehte sich langsam zu ihr um.

»Ich habe dieses Spiel satt, Meri Mine. Ich bin kein Mann von unbegrenzter Geduld, was den Umgang mit spröden Frauen betrifft. Ich habe auch keinen Grund dazu. Es gibt nämlich unzählige andere Frauen dort draußen, die alle ebenso schön oder exotisch, intelligent oder exzentrisch sind, aber einem weitaus weniger Schwierigkeiten machen als Ihr.«

Damit bewegte er sich an ihr vorbei zur Treppe. Eine Kerze brannte auf halben Weg nach unten, die einen zitternden Schein auf die Stufen warf, die er auf eine geradezu halsbrecherische Weise hinunterstürmte und dabei das Bild ihrer hauchzarten weiblichen Beinbekleidung verfluchte, die sie so achtlos neben ihre Liegestatt auf den Boden geworfen hatte und die ihm nun nicht mehr aus dem Sinn gehen wollte.

Ja, er sollte nun so rasch wie möglich diese verdammte Insel verlassen, bevor aus diesem gefährlichen Spiel, das er für seinen Bruder trieb, Ernst wurde . . . und er sich selbst in sie verliebte.

Was hatte ihm der Vikar als Junge eingebleut? ›Du sollst nicht begehren deines Bruders Weib?‹

Als er die Kapelle erreichte, blieb er wie versteinert auf der untersten Stufe stehen, die bereits vom Wasser überschwemmt wurde, das nun mit langen grünen Zungen an seinen Stiefelschäften emporzulecken schien. Er wich zwei Stufen vor dieser brodelnden, zischelnden Flut zurück, bis Miracles schmale, feste Hand sich auf seine Schulter legte und ihn abermals zum Stillstehen zwang.

Sie schlüpfte an ihm vorbei, hielt am Rand des Wasser an und blickte auf ihn zurück. Er starrte ein paar Sekunden auf sie hinunter, während ihm das Blut in den Schläfen pochte und die Enge des Raumes und das stetig ansteigende Wasser ihm den Atem aus den Lungen zu pressen schienen. Sie sah ihn, gegen die Mauer des Treppenschachtes gelehnt, eindringlich an. In dem düsteren, muffigen Gewölbe wirkte sie klein und zerbrechlich, aber da war nichts in ihrer Haltung und ihrem Gesicht, das auf Schwäche hindeutete. Er spürte, daß sie ihn um jeden Preis aufhalten würde, falls er nun versuchte, sich von ihr und diesen verdammenswerten Umständen zu befreien.

»Was wollt Ihr mir sagen?« schnaubte er. »Heraus damit, bevor die Flut uns hier beide verschlingt!« Er warf einen Blick über ihren Kopf hinweg auf das im Gewölbe hin- und herwogende Wasser.

»Ich habe Euch wütend gemacht«, sagte sie.

Clayton ließ den angehaltenen Atem geräuschvoll entweichen, kletterte noch eine Stufe höher in den Turm hinauf, lehnte sich dann gegen die Wand und schloß die Augen. Er versuchte gegen dieses Schwindelgefühl und diese Übelkeit anzukämpfen, die ihn beim Anblick dieses auf- und abwogenden Wassers überkommen hatten.

»Ich bitte Euch um Entschuldigung«, hörte er ihre Stimme durch den Nebel, der sich in seinem Kopf auszubreiten schien. »Ihr habt uns überaus liebenswürdig behandelt, seit Ihr nach Cavisbrooke zurückgekehrt seid. Vielleicht bin ich mit der Zeit so mißtrauisch geworden, weil ich ständig von den Leuten im Dorf beobachtet und kritisiert werde. Ich fühlte mich schließlich dazu gezwungen, jeden freundlichen Akt und jedes Entgegenkommen ihrerseits mit Argwohn zu betrachten, weil ich zu oft habe erfahren müssen, daß sie fragwürdige oder gar unlautere Motive mit ihrem höflichen Betragen verbanden. Aber es kommt der Punkt, wo man Vertrauen haben muß, nicht wahr? Und die Wahrheit ist, Euer Gnaden, daß ich angefangen habe, Euch zu mögen ... wenigstens ein bißchen. Und sobald man zu der Erkenntnis kommt, daß man jemanden mag, selbst wenn es nur ein bißchen ist, dann hat man auch die Verantwortung zu übernehmen, die mit so einem ...

Vertrauen verbunden ist. Euer Gnaden – was habt Ihr? Ist Euch nicht gut?«

Clayton zwang sich nun dazu, seine Augen wieder zu öffnen und sie abermals auf das Wasser unter ihm zu richten, das in den letzten, ihm wie eine Ewigkeit vorkommenden Sekunden noch eine Stufe höher geklettert war. Es flirtete jetzt mit dem Saum von Miracle fadenscheinigem Rock, und im nächsten Moment vergaß er diese verdammte Flut und sah nur noch, wie das feuchte Material sich auf eine fast unverschämte Weise an ihren runden Busen klammerte. Und da waren ihre Brustwarzen, die seinen Bruder so sehr aufgebracht hatten . . . du liebe Güte, seinen eigenen *Bruder*! . . ., die sich nun unter dem Stoff abzeichneten wie zwei kleine Rosenknospen. Konnte sie das denn nicht sehen? Wußte sie etwa nicht, wie unglaublich erregend sie wirkte, wenn sie so auf der Treppe über dieser geheimnisvollen Kapelle mit ihrer uralten weinenden heiligen Jungfrau Maria dastand und dabei selbst einer verführerischen Madonna glich?

Er fuhr sich mit einer Hand über die Augen und preßte die Zähne zusammen, als er erwiderte: »Ob mir nicht gut sei, fragtet Ihr? Ich würde mich besser fühlen, wenn ich diesen Ort so rasch wie möglich wieder verlassen könnte, ehe ich etwas tue, das ich für den Rest meines Leben bereuen müßte.«

Sie dachte, daß er damit den Turm meinte. Doch er wollte so rasch wie möglich dieser Kapelle, Cavisbrooke und dieser verdammten Insel den Rücken kehren.

Und ganz besonders ihr.

Da hob Miracle ihm ihre weiße Hand entgegen, wobei ihr der weite Ärmel bis zum Ellenbogen hinaufrutschte und ihr Handgelenk und ihren Unterarm freilegte, an dem die feinen blassen Härchen im flackernden Kerzenlicht wie gesponnenes Gold schimmerten. »Habt Ihr etwa Angst?« fragte sie leise. »Das Wasser ist gar nicht so tief, wie es aussieht. Ich werde Euch helfen, es zu durchwaten. Bitte, Euer Gnaden – nehmt meine Hand.«

»Ich bin doch kein Krüppel!« rief er da, doch in diesem engen, niedrigen Gewölbe hörte sich das eher wie das zornige Brüllen eines verletzten Stieres an, so daß das Mädchen zusammenzuckte und vor ihm zurückwich, hinunter in das Wasser. »Ich habe keine Angst«, sagte er nun in einem etwas leiseren Ton. »Ich habe keine Angst, verdammt noch mal«, wiederholte er, jede Silbe betonend, stieß ihre Hand beiseite, stolperte die Stufen hinunter, faßte sie rasch um die Taille, hob sie hoch und warf sie sich über die Schulter, während sie laut aufschrie vor Überraschung und dann mit beiden Fäusten auf seinen Rücken trommelte.

»Setzt mich sofort wieder ab, Ihr Barbar! Was erlaubt Ihr Euch mit mir?«

Er gab ihr einen Klaps auf die Kehrseite und fauchte: »Haltet den Mund und erlaubt mir wenigstens einmal, mich wie ein Gentleman zu benehmen!«

»Was sagt Ihr da, Sir? Ein Gentleman würde eine Lady niemals so behandeln, als wäre sie ein Sack voller Mehl!«

Er watete mit ihr in das Wasser hinein, das ihm erst um die Knöchel strudelte und ihm dann oben in die Schäfte hineinlief, als er sich mit seiner Fracht auf den Ausgang der Kapelle zu bewegte, den Blick auf den fernen wäßrigen Horizont gerichtet, der sich mit jedem Pulsschlag des Ozeans höher am Himmel hinaufzuschieben schien. Einmal drohte das Wasser ihm die Beine wegzureißen, als seine Stiefel im tiefen Schlamm ausrutschten und er sich bemühte, mit der Last auf seiner Schulter das Gleichgewicht zu bewahren.

Mit einiger Mühe gelang es ihm schließlich, das Gewölbe zu verlassen. Dort empfing ihn der kalte Nachtwind, der sich ihm zusammen mit der Flut entgegenstemmte, während er sich schwankend auf den Weg machte zu der Treppe in der Felswand des Steilufers, wo sie Zuflucht finden konnten vor den immer höher gegen die Klippen anbrandenden Wellen.

Als er diese erreichte, nahm er immer zwei Stufen auf einmal, bis seine Lunge von der Anstrengung zu brennen anfing und seine Beine schmerzten und ihm erst jetzt bewußt wurde, daß er Miracle noch immer auf seiner Schulter trug. Da hielt er endlich über einem Felsvorsprung an, ließ sie langsam an seiner Brust heruntergleiten, wobei er sie mit seinen Armen fest umschlang und ihren Körper an seinen preßte, während ihre Beine in der Luft über dem Abgrund baumelten und die herrliche Flut ihrer Haare vom Nachtwind hochgewirbelt wurde, so daß sie um ihre Gesichter schwebten wie eine Wolke aus Kupfergespinst.

Auge an Auge, ihre Lippen nur einen Atemzug voneinander getrennt, ihr Herzschlag wie ein Echo in der Brust des anderen, hingen sie in der Steilwand, unter sich die donnernde See, umgeben von dem Heulen und Brausen des Nachtwinds. Gütiger Gott – er würde sie jetzt küssen. Er wußte das. Er konnte das so wenig verhindern, wie er den Herzschlag in seiner Brust anzuhalten vermochte. Er würde die zukünftige Frau seines Bruders küssen und dann mit der Erinnerung daran leben müssen, wenn er Trey in die Augen sah.

»Nein.« Ihre Stimme drang durch das Brüllen des Windes zu ihm, aber sie wehrte sich nicht, sondern klammerte sich an ihn, ihre Hände in den feuchten, schweren Mantelstoff gekrallt, ihr Körper wie an seinen geschmiedet, während der Nachtwind ihren Rock aufblähte und ihm um die Beine klatschte. »Ich will nicht, daß Ihr mich küßt!« rief sie. »Ich lasse das nicht zu!«

»Nein!« hörte er sich da zurückrufen – selbst dann noch, als er schon den Kopf senkte und beobachtete, wie ihre Lippen sich teilten, ihre Augen einen schläfrigen Ausdruck annahmen und ihr Körper schlaff wurde. Sein Mund strich zart über ihren hin – oh, Himmel, wie weich und warm er doch war und seinen Körper mit Hitze erfüllte, während der Nachtwind und die salzige Gischt sein Gesicht mit einer brennenden Kälte überzogen. Eine ihm wie eine Ewigkeit erscheinende Sekunde lang vermochte er sich nicht zu bewegen, hing er regungslos zwischen Himmel und Meer, seine Lippen an ihrem

Mund, während sich das Gefühl ihrer Nähe und ihr Geruch sich so fest seinem Gedächtnis einprägten, daß er es nie mehr vergessen würde.

Er vergrub seine Hände in ihren weichen Haaren, packte sie, zog sie heftig an sein Gesicht heran, öffnete die Lippen, bedeckte die ihren damit und füllte ihren Mund mit seiner Zunge aus, so, wie er schon hundert Frauen vor ihr geküßt hatte – erfahrene Frauen, die wußten, was sie von einem Mann wie ihn zu erwarten hatten. Sie zappelte, wehrte sich, und erwiderte seinen Kuß dann auf ihre eigene, unerfahrene Weise: keine Zunge, ein bißchen trocken, ein bißchen ungeschickt, schüchtern, ein wenig schuldbewußt. Er wollte nicht aufhören, sie zu küssen.

»B-bitte«, stammelte sie schließlich und rang keuchend nach Luft.

Da hob er den Kopf, wenn auch nur eine Winzigkeit, während sie in seinen Armen lag, den Kopf im Nacken, die Augen geschlossen, die Arme fast leblos herabhängen lassend. Der Wind wühlte in ihren Haaren, breitete sie wie einen flammenden Fächer um ihren Kopf aus. Er glaubte schon, sie wäre ohnmächtig geworden, doch dann murmelte sie Worte, die im Brausen des Windes fast untergingen:

»Ich – ich gab Euch keine Erlaubnis, mich zu küssen, Sir. Deshalb s-solltet Ihr mich sofort loslassen, bevor ...«

»Bevor was?« erwiderte er, während er den Blick an der blassen Wölbung ihres Halses entlangwandern ließ. Ein Puls flatterte dort, so rasch wie der Flügelschlag eines Elfen.

»Bevor i-i-ich verlange, daß Ihr das noch einmal tun sollt.«

Damit schien sie mit einem Schlag wieder zum Leben zu erwachen und abermals nur noch aus herumfuchtelnden Armen und strampelnden Beinen zu bestehen. Ihr Gesicht mit den riesengroßen Augen war von einer tiefen Röte überzogen, ihr Mund leicht geschwollen, ihre Lippen waren an einigen Stellen aufgeplatzt.

Da ließ Clayton sie endlich sacht auf den Felsvorsprung

hinuntergleiten, nahm seine Hände von ihrem Kopf, fiel gegen die Felswand zurück, verfluchte sich und wünschte, daß sein Bruder ihn damals hätte ertrinken lassen.

Eines Tages schrieb ich ihren Namen auf den Strand,
aber es kamen Wellen und spülten ihn fort.
Zum zweiten Mal schrieb ich ihren Namen in den Sand,
aber da kam die Flut, und meine Mühe wurde ihre Beute.

Edmund Spencer

Kapitel neun

Er hatte sie *geküßt*!

Sie hatte es *zugelassen*! Sie hatte es sogar *genossen*! Einen Moment lang hatte sie eine neue Art des Fliegens erlebt. Ihr Blut sang. Ihr Körper vibrierte wie eine angeschlagene Harfensaite. Dieser seltsame, verwirrende, *faszinierende* Mann hatte sie geküßt, sie einen Moment lang vergessen lassen, daß sie nicht mehr hoffen konnte, in den Leuchtturm zurückkehren zu können, wenn sie sich nicht beeilte – nicht bei einer solchen Turbulenz des Windes und der Flut, wie sie in dieser Nacht herrschte.

So turbulent, wie es jetzt in ihrem Inneren zuging.

Oh, du lieber Gott – er hatte sie geküßt. Was würde wohl Ceridwens Buch dazu sagen? War der Mond richtig? Befanden sich die Sterne in der richtigen Konstellation? War er schließlich doch ihr Schicksal?

Aber wer war er eigentlich? *Was* war er ein Held, der im nächsten Moment fast noch ein Kind zu sein schien? Ein Bauer, der sich kurz darauf in einen echten Aristokraten verwandelt hatte mit all den Allüren und der Arroganz, die dazugehörten. Das bewies er mit seinem Gang, seiner Haltung, den eleganten, maßgeschneiderten Kleidern, die er trug; um nicht die Art zu erwähnen, wie er auf alles herabschaute, was er für anstößig hielt. Aristokraten, insbesondere Herzöge, waren dafür berüchtigt, daß sie ihre nicht gar so hochgestellten Mitmenschen mit tendenziösen Augen betrachteten.

Das war ein Charakterzug, den sie so gar nicht schätzte an einem Mann – normalerweise. *Dieser* Herzog jedoch hatte eine Art, ihn ein bißchen sympathisch, ja, sogar ein wenig reizvoll erscheinen zu lassen. Mehr als einmal – sogar schon, bevor er sie geküßt hatte – war es ihm gelungen, ihr Herz einen Takt aussetzen lassen (das konnte sie nun nicht länger leugnen): wie jetzt eben, wo er an ihrer Seite ging und ihr jedesmal galant seinen Arm bot, wenn sie auf ihrem Rückweg nach Cavisbrooke gezwungen war, über einen Busch oder einen Graben zu springen.

Miracle war zu der Erkenntnis gekommen, daß seine unergründlichen Augen, die so grau waren wie der Nebel über dem Kanal, mehr als nur ein bißchen verwirrend waren. Sie schienen voller Geheimnisse zu sein, zynisch und irgendwie auch schuldbewußt. Letzteres schien er mit seiner Gewohnheit zu beweisen, ihrem Blick auszuweichen, wenn sie versuchte, ihm auf den Grund seiner Seele zu schauen, denn die Augen *waren* die Fenster der Seele, und der Herzog von Salterdon hatte diese Fenster nicht nur bei diesem Besuch vor ihrem Blick verschlossen, sondern auch schon bei seinem ersten Aufenthalt in Cavisbrooke. Sie wollte ihm vertrauen, aber konnte sie das wagen? Nachdem ihre Mutter sie verlassen hatte, hatte sie nur noch einem Menschen in ihrem Leben vertraut, und das war Johnny gewesen, der ihr beigebracht hatte, daß Wahrheitsliebe, Nachsicht und Vergebung zu den wertvollsten Tugenden eines Menschen gehörten.

Vielleicht war es Zeit, Seiner Gnaden zu verzeihen.

Miracle begann, vor Salterdon den Pfad hinunterzulaufen, den sie so genau kannte, daß sie jetzt mühelos Baumwurzeln und Felsvorsprüngen ausweichen konnte, obwohl die Nacht sich bereits auf das Land heruntersenkte. Sie fühlte sich sicherer hier – gute fünf Meter von ihm getrennt.

Was war, wenn er nun noch einmal versuchte, sie zu küssen? Würde sie das zulassen? Würde sie ihm das züchtige, schüchterne Mädchen vorspielen? Warum hatte er kein Wort mehr mit ihr gesprochen, seit er sich ihr gegenüber eine so schockierende Freiheit herausgenommen hatte? Was ging nach einem so intimen Geschehnis im Kopfe eines Mannes vor? Warum hatte er so wütend, so frustriert, so geschmerzt ausgesehen, als er sie schließlich wieder losgelassen hatte? Warum war es ihr so vorgekommen, als würde er sich am liebsten von der Klippe ins Meer hinunterstürzen?

Hatte sie ihn enttäuscht?

Es war ja nicht so, als *wüßte* sie nicht, was man in so einer Situation machte. Joe Cobbett hatte sie nur einmal geküßt, und sein Kuß war sicherlich nicht mit jenem von Salterdon zu vergleichen. Denn Joes Kuß war nicht viel mehr als ein kurzer, trockener Schmatz gewesen, bei dem sie sich verwundert gefragt hatte, warum man denn so viel Gewese machte um die Dinge, die zwischen Mann und Frau vorgingen.

Salterdons Kuß jedoch ...

In Ceridwens Buch hatte nichts von offenen Mündern und Zungen gestanden, von brennenden Augen, klopfenden Herzen, stockendem Atem und dem Verlust aller körperlichen Kräfte. Das war ganz gewiß etwas Neues. Sie fühlte sich verwirrt, ein bißchen aus dem Gleichgewicht gebracht und außer Kontrolle, und das war nicht gut. Sie argwöhnte, daß ein Mann wie Salterdon von solchen Schwächen abgeschreckt wurde.

Himmel! Sie hatte sogar damit begonnen, sich das, was er über sie dachte, zu Herzen zu nehmen!

Als sie den Scheitel einer Anhöhe erreichte, blieb sie, heftig atmend, plötzlich stehen und richtete den Blick in die Tiefe. Dort, am Fuß des Hügels, konnte sie im Abendlicht gerade noch Johnnys Karren mit dcm vorgespannten Esel ausmachen. Das verschreckte Tier schrie ganz laut, während ein halbes Dutzend Jungen auf Shire-Pferden mit donnernden Hufen im Kreis um ihren Freund herumjagten und jedesmal laut johlten, wenn er ihnen mit seinem Krückstock drohte.

»Fort mit euch«, drang seine Stimme zu ihr herauf, »ihr Gauner und Spitzbuben! Gebt mir den Weg frei und laß mich in Frieden!«

Da setzte sie sich wieder in Bewegung, achtete nicht auf die spitzen Steine, die ihr in die nackten Sohlen schnitten, noch auf die um ihren Fuß gewickelte Halsbinde Seiner Gnaden, die wie eine windzerfetzte Standarte an ihrem Bein wehte, als sie nun den Hügel hinunterstürmte und den Wegelagerern zuschrie: »Hört auf damit! Laßt ihn in Ruhe!«

Sie durchbrach den Kreis der um das Gespann herumgaloppierenden Reiter, fiel auf die Knie und legte die Arme um Johnny, der neben seinem Karren auf der Erde lag.

»Hexe!« höhnte einer der Jungen.

»Die Verrückte!« krähte ein zweiter.

»Warum müßt ihr beiden denn hier wohnen, statt die Insel den normalen Leuten zu überlassen?« schrie ein dritter.

»Geht!« schrie Miracle. »Wir haben euch nichts getan!«

Da schleuderte einer der Jungen einen Stein. Miracle schrie auf, als er von ihrer Wange abprallte. Ein zweiter Stein segelte durch die Luft. Sie schob sich zwischen die Jungen und Johnny, ihren Freund mit ihrem Körper abschirmend, zog seinen Kopf an ihre Brust und flüsterte an seinem Ohr: »Ruhig, Johnny, ruhig. Ich werde nicht zulassen, daß sie dir etwas antun.«

»Komm hierher, Herzchen!« rief da der Junge, der sie mit dem Stein am Kopf getroffen hatte. »Wenn du schon deine Arme um einen Mann schlingen möchtest, sollte es wenigstens einer sein, wo sich das lohnen würde!«

Im nächsten Moment spürte Miracle, wie eine Hand sie bei den Haaren packte und zur Seite schleuderte. Sie schlitterte über den mit spitzen Kieselsteinen bedeckten Boden, die ihr die Haut von den Händen und Knien schälten, während Johnny entsetzt aufschrie.

»Warte, du Hundesohn!« hörte sie da Salterdons wütende Stimme, die das Johlen der Jungen übertönte. Vom Schock halb betäubt, sah sie nun, wie Salterdon Johnnys Krückstock schwang und dem Jungen, der sie angegriffen hatte, damit einen so heftigen Schlag auf den Schädel versetzte, daß der Kerl sich auf den Hosenboden setzte und sich stöhnend an den Kopf griff. Dann schwenkte Salterdon auf den Fersen herum, als ein anderer zu Pferde ihn von hinten angriff, schwang den Krückstock wie eine Lanze über den Kopf und warf ihm diesen so wuchtig gegen die Brust, daß der Bursche vom Pferd stürzte, das Tier sich wiehernd aufbäumte und erschreckt davongaloppierte.

Dann wurde es plötzlich so still, daß Miracle ihre Atemzüge hören konnte, bis sie die Hufschläge der Reiter vernahm, die nun alle das Weite suchten.

»Mira, Mira«, rief Johnny.

»Meri Mine«, sagte Salterdon leise, fiel neben ihr auf ein Knie und strich ihr behutsam mit den Händen die Haare aus dem Gesicht. Sie bemühte sich nach Kräften, den Kloß, der ihr plötzlich im Hals steckte, hinunterzuschlucken, als er ihr nun vorsichtig, fast zärtlich mit den Fingern über Wangen, Arme und Hände strich, um zu untersuchen, ob diese Halunken vielleicht noch mehr an ihr zerbrochen hatten als nur ihren Geist.

Endlich hatte sie ihre fünf Sinne wieder so weit beisammen, daß sie sich aufsetzen konnte. Als sie jedoch sah, daß Johnny mit aschfahlem Gesicht an seinem Karren lehnte, wollte sie sofort vom Boden aufspringen und zu ihm eilen. Doch plötzlich begann sich alles um sie herum zu drehen, nach zwei taumelnden Schritten fiel sie Salterdon in die Arme. »Helft ihm«, sagte sie mit flehender Stimme, »denn ich fürchte, daß ich jetzt jeden Moment ohnmächtig werden könnte.«

Im nächsten Moment spürte sie, wie er sie auf seine Arme

hob und sie vorsichtig im Karren wieder ablud. Sie holte tief Luft, schloß die Augen und öffnete sie nicht eher, bis Salterdon mit umwölkter Stirn und zusammengebissenen Zähnen Johnny behutsam auf die Ladefläche legte. Sie öffnete die Arme, als der einzige Freund, den sie auf der Welt hatte, ihr entgegensank, bettete seinen Kopf an ihre Schulter und flüsterte: »Ruhig, Johnny, ruhig. Ich werde es nicht zulassen, daß sie dir noch einmal etwas zuleide tun. Bei Gott, das schwöre ich.«

Miracle saß an Johnnys Bett, bis er eingeschlafen war. Sie hielt seine Hand, redete ihm beruhigend zu und las ihm aus einem Buch Gedichte vor, bis seine Lider schwer wurden, sein Atmen weniger mühsam war und sogar ein bißchen Farbe in seine Wangen zurückkehrte. Doch ehe der Schlaf ihn übermannen konnte, griff er nach ihrer Hand, drückte sie heftig und flüsterte: »Liebe Mira, vergiß einen alten Mann und kümmere dich um deine Gesundheit.«

»Mir geht es gut, Johnny. Wirklich. Ich gebe dir mein Wort darauf.«

»Du blutest aus einer Wunde im Gesicht. Dein Kleid ist zerrissen. Barmherziger Gott, der Schlag soll mich treffen, daß ich dich einem solchen Schicksal ausgeliefert habe! Ich hätte darauf bestehen müssen, daß deine Mutter dich von diesem Ort wegbringt. Wir waren beide zu verdammt egoistisch. Du hast uns so viel Freude gemacht. Wir haben dich so sehr geliebt . . .«

»Und ich liebe dich«, erwiderte sie leise. »Schlaf jetzt. Morgen früh wird dieses schreckliche Geschehen nur noch eine unangenehme Erinnerung sein.«

Noch einmal nach ihre Hand fassend, sagte er im flehenden Ton: »Kehre heute nacht nicht mehr in den Leuchtturm zurück. Versprich es mir. Diese jungen Strolche . . .«

». . . würden niemals bis zu der Kapelle von Saint Catherine vordringen.«

»Es ist nicht sicher dort, sage ich dir. Noch so ein heftiger Sturm wie neulich, und dieser Turm wird ins Meer stürzen.«

»Unsinn. Der Leuchtturm von Saint Catherine hat zweihundert Jahre lang allen Stürmen getrotzt. Er ist so fest wie der Felsen von Gibraltar.«

»Mira . . .«

»Oh – also gut, Sir. Damit Ihr ruhiger schlafen könnt, werde ich Euch versprechen, daß ich heute nicht mehr in die Kapelle zurückkehren werde. Obwohl ich dich warnen muß: Wenn ein Schiff während meiner Abwesenheit an den Klippen von Race End zerschellen sollte, werde ich das uns beiden nie verzeihen.«

Johnny legte sich erleichtert ins Kissen zurück und war nach ein paar Minuten der Stille eingeschlafen. Erst dann drückte Miracle ihm sacht einen Kuß auf die Stirn und steckte die Decke um seine Schultern fest. »Warum«, fragte sie sich mit leiser Stimme »müssen sie uns beide ständig herausfordern und verhöhnen?«

»Weil die Leute Angst vor jedem haben, der anders ist als sie«, hörte sie da Salterdons Stimme hinter sich, drehte sich erschrocken um und sah ihn unter der Tür von Johnnys Kammer stehen. Er hatte seinen Rock abgelegt, hielt eine weiß-blaue Schüssel mit dampfend heißem Wasser in der Hand und hatte sich ein Tuch über die Schulter geworfen. Im selben Moment kehrte die Erinnerung an seinen Körper zurück, der sich an ihren preßte, und sie spürte wieder diesen leichten Schwindel im Kopf.

Vielleicht war es nur diese grauenhafte letzte Stunde, die schuld war an ihrer Atemlosigkeit und Gliederschwäche. Konnte es sein, daß dieser Vorfall Gottes Strafe für ihr fragwürdiges Verhalten gegenüber Salterdon war?

»Sie betrachten die Andersartigkeit als eine Art von Krankheit«, fuhr er mit einem Hauch von Bitterkeit in der Stimme fort. »Als sei sie ansteckend und gefährlich. Menschliche Wesen verhalten sich ihr gegenüber recht seltsam, vielleicht arrogant in ihrem Glauben, daß nur ihre eigenen Wertmaßstäbe und Überzeugungen richtig und akzeptabel seien. Wenn wir alle so moralisch und gerecht wären, wie wir das zu sein behaupten, würden wir unsere Mitmenschen nicht von grauer Vorzeit an mit Kriegen überzogen und vernichtet haben.«

»Ich kann mich nicht erinnern, Euch dazu eingeladen zu haben, hierher zu kommen«, sagte sie, sich dazu zwingend, in ihrem alten feindseligen Ton mit ihm zu reden. Wie frustrierend, daß sie nun so hart darum kämpfen mußte, in seiner Gesellschaft zu ihrer früheren Aggressivität zurückzufinden. Sie wollte diesen Mann nicht mögen. Sie hatte schließlich eine Verantwortung zu tragen. Wenn sie ihm nicht erlaubt hätte, ihre Zeit im Leuchtturm so lange zu beanspruchen, wäre sie wahrscheinlich schon viel früher aufgebrochen, um nachzusehen, warum Johnny sich heute so sehr mit ihrem Dinner verspätete. Vielleicht hätte sich dann dieser häßliche Vorfall vorhin gar nicht erst ereignet.

»Ich kann mich auch nicht daran entsinnen, Euch um eine Einladung gebeten zu haben«, erwiderte er mit einem geheimnisvollen Lächeln, stellte die Schüssel auf einen Tisch und fing an, sich die Ärmel aufzukrempeln. Einen Moment lang starrte Miracle auf seine Hände mit den Hautabschürfungen, die er sich beim Klettern in der Felswand zugezogen haben mußte. Er hatte lange, kräftige Finger mit gepflegten Fingernägeln. Seine Unterarme waren muskulös, von der Sonne gebräunt und mit feinen schwarzen Härchen besetzt. Zuweilen hatte sie bei ihren Ausflügen auf dem Plateau die Bauern der Insel sich den Oberkörper in einem Viehtrog waschen sehen. Ihre Unterarme waren ebenso von der Sonne gebräunt gewesen wie seine – bis zu den Ellenbogen hinauf, wo ihre Hemdärmel begannen. Wohingegen der Rest ihrer Arme und ihre Oberkörper so weiß gewesen waren wie der Bauch eines Fisch – ein für sie abstoßendes Bild.

Seltsam, daß sie bei der Betrachtung dieses Mannes, der vermutlich in seinem Leben nicht auch nur einen Tag lang hart hatte arbeiten müssen, sich in ihrer Phantasie vorstellte, daß seine Schultern und seine Brust von der Sonne ebenso gebräunt sein würden wie seine Hände und Unterarme. Seltsam auch, daß seine Hände bei seinem ersten Aufenthalt in Cavisbrooke nicht so braun gewesen waren. Vielleicht war das aber doch der Fall gewesen, und es war ihr damals nur nicht aufgefallen. Nein, dachte sie, das hätte ich ganz bestimmt bemerkt.

Salterdon zog nun einen Stuhl an den Tisch heran, ließ sich darauf fallen, tauchte das Tuch in das heiße Wasser und wrang es wieder aus.

»Was macht Ihr denn da?« forschte sie.

»Entspannt Euch«, sagte er, faßte dann mit einer Hand unter ihr Kinn und drückte mit der anderen vorsichtig das warme Tuch gegen die Platzwunde auf ihrer Wange. »Ich revanchiere mich lediglich für einen Gefallen, den Ihr mir erwiesen habt, Meri Mine.«

»Autsch! Das Wasser ist heiß . . .«

». . . und hilft deshalb, eine Infektion zu verhindern.«

»Spinnweben würden dafür genügen. Vorsicht! Ihr seid so behutsam wie ein Hufschmied.«

»Ich habe schon oft gehört, daß heilkräftige Menschen die schlechtesten Patienten sind.«

»Man kann mich wohl kaum als einen heilkräftigen Menschen bezeichnen, Euer Gnaden.« Sie blickte ihm nun zum erstenmal in die Augen. »Glaubt Ihr, daß es eine Narbe geben wird?«

Ein Lächeln kräuselte seine Lippen, und dann schien er wieder eine feierlich ernste Miene aufzusetzen. »Ich denke nicht. Aber nun haltet still, damit ich Euch behandeln kann.«

Sie schob Ihr Kinn vor, weil sie sich nicht sicher war, ob ihr die Autorität gefiel, die er sich, seinem resoluten Ton nach zu schließen, über sie anmaßte, und bemühte sich, so gut es ihr unter den Umständen gelingen wollte, stillzuhalten, während Salterdon ihre Stirn, ihre Wangen und ihr Kinn mit dem nassen Tuch reinigte, es auswrang und dann das heiße Tuch über ihre Augen legte, so daß sie diese kurz schließen mußte. Danach tupfte er auch ihren Mund so behutsam mit dem heißen Tuch ab, als würde ein weicher, warmer Atem über ihre leicht geöffneten Lippen hinstreichen. Sie hatte das Gefühl . . . Ja, was war das für ein Gefühl, die seine Berührung in ihr erregte?

»Meri Mine«, sagte er leise, »warum weinst du denn?«

»Ich . . . was?« Sie schluckte heftig und zwang sich dazu, die Augen wieder zu öffnen, so daß die heiße Flut, die sich hinter ihren Lidern angestaut hatte, ihr nun über die Wangen lief. »Bisher hat mich noch niemand außer meiner Mutter mit so großer Freundlichkeit und Güte behandelt, Euer Gnaden . . . und das ist schon lange her.« Sie wischte sich verlegen die Tränen mit dem Handrücken ab und versuchte zu lachen. »Eigentlich sollte ich *Euch* die Füße waschen, denn Ihr seid schließlich unser Gast und habt mich oberdrein schon zweimal aus einer Notlage gerettet. Wenn ich mich nicht in acht nehme, könnte ich fast an Märchen glauben – an Helden, die schönen Jungfrauen, die in Gefahr sind, zu Hilfe kommen.«

»Und was ist daran falsch, wenn man an Märchen glaubt?«

»Wie die Hoffnung können sie sich, sobald sie mit der Wirklichkeit konfrontiert werden, in Luft auflösen.«

»Ist das der Grund, weshalb Ihr hierbleibt und Euch in dieser Festung einschließt? Weil Ihr Angst habt vor der Realität?«

»Realität ist das, was heute abend dort draußen geschehen ist, Euer Gnaden. Die Bigotterie und die Vorurteile, die von uns verlangen, daß wir uns dem allgemein Üblichen anzupassen haben. Ich glaube, ich würde lieber sterben als in einer Gesellschaft zu verknöchern, die mir vorschreibt, was ich oder was ich nicht tun, sagen oder denken darf. Was sind denn Regeln anderes als Einschränkungen, die wir uns selbst oder unseren Mitmenschen aufzwingen, Sir?«

Er sagte nichts, beugte nur den Kopf und begann, ihren verletzten Fuß in dem heißen Wasser zu baden.

Sie lehnte sich entspannt im Stuhl zurück und sah mit schweren Lidern auf seinen Scheitel, betrachtete diese prächtige Flut vom Wind zerzauster, ungebändigter Haare, die hier und dort leicht mit Sand bestäubt waren und in denen sich sogar ein Grashalm verfangen hatte. Ohne erst nachzudenken, griff sie danach, fuhr mit den Fingerspitzen über diese Fülle lockiger schokoladenbrauner Strähnen hin, die bei ihrer Berührung zum Leben zu erwachen schienen und sich um ihre Finger ringelten.

Er hielt in seiner Arbeit inne und hob langsam sein Gesicht zu ihr empor. Ihre Blicke trafen sich.

»Ihr seid hübsch«, flüsterte sie. »Seltsam, daß ich das nicht schon früher bemerkt habe. Aber damals habe ich Euch ja auch noch nicht gemocht. Habt Ihr etwas dagegen, wenn ich Euch mit der Hand berühre, Euer Gnaden? Ich vermute, daß sich das in Euren Kreisen nicht schickt. Aber in meiner Welt kann ich nicht umhin, das zu verehren, was ich schön finde.« Sie erlaubte ihren Lippen zu lächeln und berührte mit den Fingern seine noble Stirn und die Wunde dort, die sie erst heute morgen behandelt hatte. Sie schloß die Augen und nahm sich die Freiheit heraus, ihn gründlicher zu erforschen: seine Brauen – dicht, weich –; seine Nase – kräftig und aristokratisch –; seine Wangen und sein Kinn – ein wenig rauh von dem einen Tag alten Bartwuchs. Schließlich seine Lippen – voll, warm, ein wenig feucht und leicht geöffnet . . .

Wie kühn sie doch geworden war!

Seine Zunge berührte ihre Fingerspitzen. Sie hielt erschrokken die Luft an und riß die Augen auf. Doch ebenso schnell griff er mit seinen nassen Fingern nach ihrem Handgelenk, senkte den Mund auf ihren Handteller hinunter, schickte seinen warmen Atem über ihre dort so empfindliche Haut und küßte sie dann auf den weichen Ballen zwischen Daumen und Zeigefinger. Sie erschauerte.

»Oh, Sir«, murmelte sie. »Ich fürchte, Ihr vergeßt Euch. Johnny . . .«

». . . schläft«, flüsterte er an ihrer Hand und berührte abermals ihre Haut mit der Zunge.

Mit einem leisen Keuchen entriß sie ihm rasch ihre Hand und lehnte sich vor, so daß ihre Gesichter nur noch wenige Zentimeter voneinander entfernt waren, den Blick auf seine Augen geheftet, die rauchig waren vor Verlangen.

»Ihr seid recht schamlos – wißt Ihr das?«

»Ich weiß.«

»Ich gab Euch nie die Erlaubnis, mich zu küssen, geschweige denn, *solche* Sachen mit Eurer Zunge zu machen. Vergeßt Ihr denn, wer Ihr seid, Sir? Und wer ich bin?«

Ein paar lange Sekunden hindurch blieb er stumm, setzte sich auf die Fersen zurück und betrachtete, einen Ellenbogen auf den mit schwarzen Tuch bekleideten Schenkel gestützt, eindringlich ihr Gesicht, wobei seine dunklen Augen jede Einzelheit ihrer Züge zu registrieren schienen. Dann verwandelte sich diese gesammelte, konzentrierte Aufmerksamkeit, mit der er sie studierte, allmählich in eine Art von seltsamer Ratlosigkeit, Verstörtheit und Resignation, in die sich Zorn und sogar ein merkwürdiger Abscheu zu mischen schienen. Diese Veränderungen, die in seinem Gesicht vorgingen, waren beunruhigend genug, daß sie sich in ihrem Stuhl zurücklehnte und in einer bangen Erwartung oder Vorahnung die Hände um die Armlehnen krampfte.

»Offenbar ist das der Fall«, antwortete er endlich in einem schroffen Ton, der sie ebenso bestürzte wie zuvor sein sündhaftes Spiel mit der Zunge. Innerhalb weniger Sekunden war aus einem Charmeur ein Tier geworden. Sie hatte jetzt das Gefühl, als würde sie in die Augen eines wütenden, hungrigen und gefährlichen Wolfs blicken.

Salterdon erhob sich langsam aus der Hocke, wobei ihm das Tuch aus den Fingern glitt und in die Schüssel mit dem nun lauwarmen Wasser fiel. Die Hände an den Seiten zu Fäusten geballt, sagte er mit heiserer Stimme, seinen Blick noch immer auf ihr Gesicht geheftet: »Zum Teufel mit deinen Augen.

Zum Teufel mit deiner Unschuld. Zum Teufel mit deinen Lippen und deinem Talent, mich vergessen zu lassen, wer ich bin ... und wer du bist. Oder was du vielleicht werden könntest, wenn ich mir erlauben würde, noch länger hierzubleiben.«

»Euer Gnaden?«

»Hör auf, mich so zu nennen, verdammt noch mal. Mein Name ist Hawthorne – nicht Herzog, nicht Herzog Dingsda, nicht Eure Hoheit, nicht Euer Gnaden, sondern nur schlicht und einfach ... Hawthorne. Sag meinen Namen, Miracle. *Sag* ihn!«

»Hawthorne«, wiederholte sie mit leiser Stimme, verwirrt von seinem Zorn und seiner offenkundigen Enttäuschung, und zugleich überrascht, wie leicht ihr seine Name von der Zunge ging. »Hawthorne. Das ist ein sehr hübscher Name, Euer Gnaden.«

Schweigen.

Miracle spürte, wie ihr das Blut in die Wangen stieg, als er noch immer mit diesen geballten Fäusten dastand und sie anstarrte, als wüßte er nicht, ob er über sie lachen oder sie umbringen sollte.

Schließlich schwenkte er auf dem Absatz herum und bewegte sich zur Tür, wo er auf der Schwelle noch einmal stehenblieb und sich mit einer Hand am Türpfosten festhielt, während er mit der anderen seinen Nacken massierte. »Versucht, ein wenig zu schlafen, Miracle. Ich bin sicher, Johnny wird morgen früh wieder wohlauf sein.«

Schon war er gegangen, ein bedrückendes Schweigen und eine entmutigende Leere hinterlassend.

Benjamin saß in einem Sessel vor dem niedergebrannten Feuer. Der Kopf war ihm auf die Brust gesunken, und ein lautes Schnarchen drang aus seinem Mund. Er trug seinen Mantel, und die mit Brandy gefüllte Reiseflasche drohte ihm aus dem Schoß zu gleiten. Clayton wanderte fast zehn Minuten im

Raum auf und ab, ehe sein Diener sich blinzelnd aufsetzte und seinen Herrn anstarrte, der mit blau umrandeten Augen und Sorgenfalten auf der Stirn vor ihm stand.

»Gütiger Himmel«, murmelte er, rasch die Reiseflasche in Sicherheit bringend, und erhob sich aus seinem Sessel. »Ich bitte um Verzeihung, Mylord. Ich muß gerade für ein paar Minuten eingenickt sein. Verstehe gar nicht, wie ich so pflichtvergessen sein konnte.«

»Nein?« erwiderte Clayton und nahm seinen Diener die Reiseflasche aus der Hand. »Du bist beschwipst, Ben. Berauscht, bezecht, sternhagelvoll.« Er zog den Stöpsel aus der Flasche, hielt sie an die Lippen und setzte sie nicht eher wieder ab, bis der Brandy ihm wie Feuer im Magen brannte, und zischelte dann durch die Zähne: »Blau wie eine Haubitze, Ben!«

»Beim Zeus«, murmelte der Diener, »da mögt Ihr wohl recht haben, Mylord. Kann mich nicht entsinnen, wann ich zuletzt so tief in die Kanne gestiegen bin. Laßt mich mal nachdenken ... ja, das letztemal muß das gewesen sein, als dieses junge Ding, das für Eure Großmutter arbeitete, mit diesem Langfinger aus London, dem mit mit dem Holzbein, durchgebrannt ist.«

»Wirklich, Ben, du könntest was viel Besseres bekommen.«

»In der Tat, Sir. Das habt Ihr mir damals schon gesagt.« Ein wenig ernüchtert, runzelte Benjamin die Stirn und zog seine Uhr aus der Westentasche. »Muß wohl doch vor längerer Zeit schon eingeschlafen sein, als ich glaubte, weil es bereits so spät ist. Vor Mitternacht werden wir kaum in Niton sein können, wenn wir jetzt aufbrechen.«

Clayton ging zum Fenster, blickte hinaus in die Nacht, nahm noch einen Schluck aus der Reiseflasche und wischte sich dann mit dem Handrücken den Brandy von den Lippen.

»Wir *werden* doch jetzt abreisen – nicht wahr, Sir?«

Es war eine selten klare Nacht, so daß man alle Sterne am Himmel sehen konnte, die über das Firmament verstreut waren und den sichelförmigen, über dem Meer schwebenden gelben Mond wie funkelnde Diamanten umgaben. Clayton richtete den Blick auf sein Spiegelbild in der Fensterscheibe und wünschte sich, daß er bereits in Niton wäre bei den pausbäckigen, rotgesichtigen Bauern und den Seeleuten, die nach Fisch rochen.

»Sir«, sagte Benjamin neben seinem Ohr. »Wir können jede Sekunde aufbrechen. Unsere Reisetaschen sind gepackt.«

»Dann pack sie wieder aus.«

»Oh, aber, Sir ... Mylord, es wäre ein törichter Fehler, hierzubleiben. Außerdem habe ich sie schon wieder gesehen, Sir. Deshalb wäre es schlichtweg unmöglich für uns, noch länger hierzubleiben. Das ist zu gefährlich.«

»Was hast du gesehen, Benjamin?«

»Das Biest. Und dieses dunkle, lallende Gespenst.«

Die Reiseflasche nun mit einem Zuge leerend, drehte Clayton sich zu seinem aschfahlen Begleiter um. Benjamins Augen waren so groß wie Untertassen, sein Atem so voller Brandy, daß man damit den Torf im Kamin hätte wieder in Brand setzen können. »Ihr haltet mich sicherlich für verrückt«, murmelte Benjamin.

»Keineswegs«, erwiderte Clayton.

Bens Augenbrauen schossen in die Höhe. Er schwankte ein wenig von einer Seite auf die anderen und rülpste.

»Ich habe sie nämlich auch gesehen«, gestand er.

Benjamin schluckte.

»Und den Engel auf dem Einhorn ebenfalls.«

»Ihr habt ... was Ihr nicht sagt!«

Clayton legte seinem Diener die Hand auf die Schulter und drückte sie leicht. »Ich glaube, daß wir beide ein wenig verrückt sind, mein Freund«, erklärte er beruhigend. »Oder genauer gesagt, daß ich noch verrückter bin als du, weil ich sonst nämlich nicht mehr hier sein würde. Zwar wünsche ich mir nichts sehnlicher, als diese muffige alte Burg mit ihren Spinnweben, Geistern, gottverdammten Einhörnern und Drachen zu verlassen. Aber ich habe meinem Bruder das Versprechen gegeben . . .«

Er brach mitten im Satz ab, schob mit einem kurzen zynischen Lachen seinen Diener von sich weg und deutete mit dem Finger auf sich. »Wem glaubst du das eigentlich noch weismachen zu können, du hältst dich jetzt nicht mehr Treys wegen hier auf, sondern nur noch um deinetwillen.« Und dann, an seinen Diener gewandt: »Weil sie mich fasziniert, Ben. Mich hypnotisiert. Weil ich herausfinden möchte, ob sie wirklich das ist, wie sie zu sein scheint. Mich schrecken nicht diese Dämonen oder gesichtslosen Wegelagerer, sondern das, was sie sein oder nicht sein könnte.«

»Sie soll aber die Ehefrau Eures Bruders werden«, wandte Benjamin hier ein.

»Ja«, murmelte Clayton, »die Frau meines Bruders, dem man bereits alles gegeben hat: einen achtbaren Titel, ein Dutzend Landsitze, ein riesiges Vermögen, sobald meine Großmutter das Zeitliche segnet . . . um nicht die ungeteilte Aufmerksamkeit meiner Eltern zu erwähnen. Schließlich war Trey ja der Erstgeborene, der offenkundige Erbe . . .«

»Mylord«, unterbrach Ben seinen Herrn, nach dessen Schulter fassend, »Eure Eltern haben Euch geliebt.«

»Aber nicht so, wie sie Trey geliebt haben. Kannst du ermessen, was es für mich bedeutete, nicht mehr für sie zu sein als Treys Schatten? Sein unbedeutendes Spiegelbild, dem keine Beachtung zukommt, während er mit Aufmerksamkeiten überschüttet wurde? Trey, der ein so schreckliches Chaos aus seinem Leben machte – aber was kümmert ihn das? Es wird ja immer jemanden geben, der ihm aus der Patsche helfen oder sein Leben wieder in Ordnung bringen wird. Mich nämlich.«

Benjamin nahm Claytons Gesicht fest in seine Hände und Benjamin blickte ihn eindringlich an: »Und hier seid Ihr nun und helft ihm wieder, Clay, in der Hoffnung, das Mädchen dazu zu bringen, Euren Bruder zu heiraten und ihm damit das Ansehen und die Bequemlichkeiten zu verschaffen, die er sich nur mit dem Geld Eurer Großmutter kaufen kann. Laßt uns also diesen Ort verlassen, Mylord, ehe dieses perverse Interesse, das Ihr jetzt an diesem Mädchen habt, übermächtig wird und Ihr Euch vergißt – es sei denn, daß Ihr sie selbst zu heiraten gedenkt.«

Clayton lachte, hart und bitter, drehte sich von seinem Freund fort, schüttelte ein paarmal die leere Reiseflasche an seinem Ohr und warf sie dann in eine Ecke des Raumes. Mit einem Blick auf die karge Einrichtung, ging er wieder im Zimmer auf und ab und sagte: »Sei jetzt nicht lächerlich. Ich habe nicht das geringste Verlangen danach, Miracle Cavendish zu heiraten. Was für ein absurder Gedanke.«

»Warum sind wir dann noch hier, Mylord? Oder genauer gesagt – warum *bleiben* wir dann noch hier?«

»Ich weiß es nicht«, erwiderte Clayton müde. »Vielleicht, weil mich hier die Einhörner faszinieren.«

Mein Pferd mit einer Mähne, aus kurzen Regenbogen gemacht.
Mein Pferd mit Ohren, aus rundem Mais gemacht.
Mein Pferd mit Augen, aus großen Sternen gemacht.
Mein Pferd mit einem Kopf, aus vermischten Wassern gemacht.
Mein Pferd mit Zähnen, gemacht aus weißen Muscheln.
Der lange Regenbogen ist in seinem Maul als Zügel,
mit dem ich es lenke.
Wenn mein Pferd wiehert,
folgen ihm verschiedenfarbige Pferde.
Wenn mein Pferd wiehert,
folgen ihm verschiedenfarbige Schafe.
Seinetwegen bin ich reich
Vor mir ist es friedlich
Hinter mir ist es friedlich
Über mir ist es friedlich –
Friedlich ist seine Stimme, wenn es wiehert:
Ich bin ewig und friedvoll
Mein Pferd bedeutet mir alles.

Aus Louis Watchman's Version der Navajo-»Horse Story«

Kapitel zehn

Der Mond und das Licht der Sterne waren hell genug, um ein spärliches Licht durch die Schießscharten auf Wände und Boden der Korridore zu werfen, die sich wie ein Labyrinth vor Clayton ausdehnten.

Basingstoke. Basingstoke. Basingstoke. Er wiederholte ständig diesen Namen in seinem Kopf, während er sich so leise wie möglich durch die Gänge bewegte und gelegentlich die

Hand ausstreckte, um mit den Fingern über die Wand zu streichen in der Hoffnung, der Kontakt mit den kalten Steinen würde ihm so etwas wie eine Ermächtigung dazu geben, auf eine derart vorwitzig-zudringliche Weise das Heim seiner Gastgeber zu erkunden.

Basingstoke, Hawthorne, Clayton, und nicht der Herzog von Salterdon. Das war sein Bruder. Er identifizierte sich jetzt viel zu sehr mit dieser verdammenswerten Rolle, die er hier spielte, und vergaß allmählich, daß er nur hierhergekommen war, um Miracle Cavendish für seinen Bruder zu gewinnen.

Als er vor einer Woche in Paris noch in den Armen seiner Mätresse gelegen war, hatte er im Geist diese Rolle mit dem Auslegen eines Spinnennetzes verglichen. Er würde Miracle in das seidene, durchsichtige Labyrinth seiner Lügen hineinlokken, und sobald sie darin gefangen war, wollte er sie mit seinem Charme umgarnen und sie dann seinem Bruder ausliefern. Er hatte das damals nur als ein Spiel betrachtet – als eines von diesen harmlosen Täuschungsmanövern, mit dem sie als Kinder oft ihre Freunde und Familienangehörigen genarrt hatten, indem sie ihre Identität vertauschten. Bevor er hier auf der Insel gelandet und der wirklichen Lady Cavendish begegnet war, hatte er nur eine Vorstellung von einem gesichtslosen Wesen gehabt – von einem etwas rückständigen Mädchen vom Lande, dem es, wie sein Bruder sich ausgedrückt hatte, ein wenig an Intelligenz mangelte.

Wieder eine Lüge.

Nun hatte er jedoch allmählich das Empfinden, als würde er sich in seinem eigenen Netz verfangen. Denn je energischer er darum kämpfte, sich in seiner Rolle nicht emotional zu engagieren, um so stärker fühlte er sich zu diesem Mädchen hingezogen. Daß dieses Mädchen auf eine so ungewöhnlich starke Weise seine Gedanken und Gefühle beschäftigte, begann ihn zu beunruhigen. Ja, hier war er nun und stahl sich durch die Korridore ihres Heims in der Hoffnung, ihre Geheimnisse aufzudecken. Vielleicht konnte er, wenn er ihre Mysterien ergründet hatte, sein, wie Ben es nannte, ›perverses Interesse‹ an diesem Mädchen wieder verlieren. Vielleicht konnte er dann wieder Abschied nehmen von dieser finsteren Burg, nach Hause zurückkehren und seine Schuldgefühle und das Mädchen in diesen muffigen Gängen mit ihren dunklen Zellen vermodern lassen.

Als er vor Johns Zimmer anlangte, öffnete er leise die Tür und schob sich hinein. Das erlöschende Torffeuer im Kamin überzog das Innere der Kammer mit einem rötlich goldenen Schimmer. Das Glas, aus dem er vor ein paar Stunden Portwein getrunken hatte, stand noch auf dem Tisch in der Nähe eines Sessels. Die Decke, die Hoyt um seine Beine zu wickeln pflegte, lag in einem unordentlichen Haufen auf dem Boden. Sein Bett war leer.

Clayton kam sich lächerlich vor, daß er mitten in der Nacht wie ein gewöhnlicher Dieb in die Kammer eines alten Mannes schlich. Er war sich nicht einmal sicher, weshalb er überhaupt hierhergekommen war. In diesem Zimmer konnte er doch kaum etwas über Miracle entdecken, von den Büchern einmal abgesehen, die sie angeblich alle gelesen hatte. Aber da nagte etwas an seinem Unterbewußtsein – störte ihn etwas an den Umständen von Lady Cavendishs plötzlichem Verschwinden und der Situation, in der Miracle und Hoyt sich nun befanden.

Ein Luftzug, der durch die Tür kam, wirbelte ein paar Blätter von einem Stapel Papiere fort, der sich auf einem Schreibtisch befand. Eines davon landete vor Claytons Füßen, und er hob es auf, hielt es in das Licht des verglühenden Torffeuers und nahm sich die Freiheit heraus, die Zeilen zu lesen, die darauf standen und von einer offensichtlich ungelenken Hand geschrieben worden waren.

Danach wanderte sein Blick hinunter zu der Asche im Kamin und beobachtete, wie die verglimmende Glut ihm mit roten Augen zuzublinzeln schien. Er hielt das Papier immer noch zwischen den Fingerspitzen, die allmählich taub wurden von der Kälte. »Himmel«, murmelte er dann gedankenverloren.

Ein zweiter Windstoß, heftiger als der erste, holte ihn wieder in die Gegenwart zurück. Sorgsam faltete er das Papier zusammen und schob es in seine Hosentasche, wobei er sich wünschte, daß er seinen Mantel oder zumindest seinen Rock angezogen hätte. Aber er hatte Benjamin nicht wecken wollen. Der arme Teufel hatte schon genug Sorgen damit, daß er nun gezwungen war, noch eine Weile länger hier in Cavisbrooke zu bleiben, zumindest so lange, bis Clayton wieder ›zur Vernunft‹ gekommen war.

Da – ein Geräusch! Clayton bewegte sich zur Tür zurück, blieb dort stehen und spähte den Korridor erst in die eine, dann in die andere Richtung hinunter. Nichts – doch dann eine Gestalt, die sich aus dem Schatten löste und in einiger Entfernung wieder anhielt – so weit weg von ihm, daß er nicht ausmachen konnte, wer oder was diese Erscheinung war. Ein Dutzend möglicher Entschuldigungen schossen ihm durch den Kopf, die er vielleicht vorbringen konnte, falls man ihn hier entdecken sollte und er seine Anwesenheit in Hoyts Räumen erklären mußte. Aber als sich diese Erscheinung wieder in Bewegung setzte, ging sie nicht auf ihn zu, sondern von ihm fort und löste sich in der Finsternis, die in der Galerie herrschte, auf.

Clayton folgte dieser Erscheinung in einigem Abstand, sich immer im Schatten der Wand bergend – weiter und immer weiter, bis die Wände noch älter, muffiger und feuchter wurden und auch kein Licht mehr durch irgendwelche Schießscharten drang oder Kerzen einen düsteren Schein um sich verbreiteten. Vielleicht hatte er sich diese Erscheinung nur eingebildet, wie ihm das zweifellos an jenem Morgen passiert war, als er am Rand der Steilküste zu sich gekommen war. Es gab schließlich weder Engel noch Einhörner auf Erden und auch keine lallenden Gespenster, die auf Drachen ritten und mit Schwertern herumfuchtelten.

Von totaler Finsternis umgeben, bewegte er sich langsam an der Wand entlang. Dann hörte er ein Scharren, ein Quietschen und Stöhnen, und einen Moment lang drang ein Lichtschein aus der Ferne zu ihm, der jedoch kurz darauf wieder erlosch. War da etwa eine Tür gewesen, die sich geöffnet und kurz darauf wieder geschlossen hatte?

Sich mit den Händen vorantastend, erreichte er schließlich eine Wand, hinter der er gedämpfte Geräusche vernahm. Das hörte sich an wie Hoyts Stimme, die irgendwelche Befehle brüllte, und – ja – wie das Pochen von Hufschlägen!

Clayton tastete mit den Händen die Wand ab und strich dabei über den kalten Stahl eines schweren Riegels. Er schloß die Finger darum und zog heftig daran. Die Wand gab plötzlich vor ihm nach und glitt zur Seite.

Der grelle Schein eines Feuers und bunter Farben blendete seine Augen. Er zuckte zusammen, blinzelte und richtete dann den Blick auf das Getümmel vor ihm. *Da sind ja unsere Einhörner und Drachen, Benjamin, guter Freund*, dachte er bei sich. Und natürlich auch unser Engel, setzte er in Gedanken hinzu.

Miracle, die auf einem rotbraunen Hengst von unbestreitbarem Temperament und großer Schönheit saß, galoppierte um Jonathan Hoyt herum, der in der Nähe eines Lagerfeuers stand und ihr wie ein erfahrener, schlachterprobter Soldat Befehle erteilte.

»Du mußt mit den Beinen und deinem Gesäß reiten, Mira. Du mußt eins werden mit deinem Pferd, hörst du? Die Bewegungen, mit denen du dein Pferd kontrollierst, müssen fließend ineinander übergehen, und du mußt das widerspenstige Tier dazu zwingen, unter dir im Gleichgewicht zu sein und sich zu versammeln. Ja, so ist es richtig, Mira. Du mußt spüren, wie die Kraft des Pferdes unter dir sich auf dich überträgt. Und du mußt es stets beherrschen. Du bist sein Meister. Der Hengst darf keine Sekunde lang auf den Gedanken kommen, daß er dein Meister wäre, Mira. Das könnte verhängnisvolle Folgen haben und sogar tödlich für dich ausgehen.«

»Hasan würde mich niemals umbringen!« rief Miracle ihm zu und schlug mit den Fersen gegen die Flanken des Pferdes, um es zu noch größerer Aufmerksamkeit und Eile anzutreiben.

»Du mußt Respekt von ihm verlangen, Mira!«

»Ich besitze seinen Respekt!« rief sie zurück, drehte die schnaubende Nase des Hengstes auf einen Geröllhaufen zu und trieb ihn wieder mit den Fersen an.

»Mira!« rief John. »Ich bitte dich . . .«

Da lösten sich Pferd und Reiterin mit einem gewaltigen Satz vom Boden, segelten über die Wehrmauer hinweg und tauchten in der Dunkelheit unter.

Laut fluchend schmetterte John seinen Krückstock auf den Boden, schüttelte die zu Fäusten geballten Hände über dem Kopf, hinkte zur Mauer hinüber und starrte in die Nacht hinaus. »Verdammte Zucht«, schimpfte er laut. »Sie wird sich noch den Hals brechen auf einem dieser unberechenbaren Biester!« Und dann brüllte er, sich umdrehend: »Ismail!«

Aus einem buntgestreiften Zelt, das sich jenseits des Feuers am Rande des Lichtscheins befand, erschien Benjamins Geist – bekleidet mit einer Djellabah, der typischen Tracht der Wüstenbeduinen, die sein dunkles Gesicht teilweise verdeckte. »Finde mir die Lady und bringe sie wieder zurück!« brüllte John dem Mann mit lauter Stimme zu. »Aber in einem Stück und mit heilen Knochen, oder ich werde dir ein Stück aus deinem mageren Hintern schneiden und es nur hier über dem Lagerfeuer zum Dinner rösten! Denn du hast sie zweifellos zu diesem für sie ungesunden Betragen ermuntert, du verdammter Barbar . . .!«

Trotz seiner langen wallenden Gewänder schwang sich der schmächtig gebaute Mann mit einer Behendigkeit über die Mauer, die Clayton ihm niemals zugetraut hätte, und tauchte nun ebenfalls im Dunkeln unter.

Von seinem im Schatten liegenden Standort aus beobachtete Clayton, wie John sich müde auf den Geröllhaufen vor der halb eingestürzten Wehrmauer setzte und sich mit den Händen durch die schütteren Haare fuhr. Erst jetzt erlaubte sich Clayton, auch seine Umgebung näher zu betrachten: das Beduinenzelt, die bunten Tücher und den ziemlich abgenützten Teppich in der Nähe des Lagerfeuers, über dem ein Topf mit dampfendem Kaffee hing. Sogar ein Schutzwall war rund um das Zelt errichtet, um es vor dem kalten Wind abzuschirmen.

Es schien sich um ein mehrere Morgen umfassendes und von Mauern umfriedetes Areal zu handeln – gleichsam um eine geheime Oase, die offenbar zum Schutz und zur Bequemlichkeit des arabischen Pferdepflegers und dessen Herde eingerichtet worden war, die mindestens aus einem Dutzend Pferde zu bestehen schien, die friedlich das saftige, ihnen bis über die Fesseln reichende Gras abweideten – bis plötzlich dort irgendwo in der Dunkelheit ein alarmierender Trompetenstoß erscholl. Sogleich warfen alle Tiere die Köpfe in die Höhe, drehten sich mit aufgestellten Ohren und geblähten Nüstern in Claytons Richtung und fingen nervös an zu tänzeln, als warteten sie auf Anweisungen, was sie als nächstes tun sollten.

Dann erklang dieses ihm bereits vertraute unheimliche Schnauben und Brüllen, dieser den Boden erschütternde Donner, der Clayton Schauer über den Rücken jagte, während er den Blick auf dieses gespenstische Wesen richtete, das sich dort aus der Dunkelheit herausschälte.

Der Drachen! Das Einhorn!

Keine Illusion diesmal, keine Fata Morgana, die von zu viel Grog herrührte, kein böser Traum, sondern Wirklichkeit.

Es kam, die anderen Pferde in die entfernten Winkel dieser künstlich erschaffenen Oase scheuchend und die Knie bis zur Brust hochwerfend, auf ihn zu getänzelt. Seine weißen Hufe schienen im Licht des Lagerfeuers Blitze über den Boden zu schicken, sein aufgerichteter silbrig-weißer Schweif schien wie ein Banner hinter ihm herzuwehen, als es, den kräftigen, aber zugleich anmutigen Hals wölbend, aus seinen geblähten roten Nüstern Dampffontänen in die kalte Nachtluft blies und ihn mit feurig-dunklen Augen herausfordernd musterte.

Da drang Johns warnende Stimme aus einiger Entfernung an Clays Ohr: »Versucht jetzt bitte nicht zu fliehen, Euer Gnaden!«

»Es ist nicht meine Gewohnheit, vor Pferden davonzulaufen«, erwiderte Clayton gelassen, obwohl der Hengst sich ihm nun mit gebleckten Zähnen näherte und sein muskulöser Körper mit jedem Hufschlag ins Riesenhafte zu wachsen schien.

»Er will Euch zum Kampf herausfordern!« rief John, während er so rasch wie er konnte, auf den Geröllhaufen hinaufkletterte und in die Nacht hinausrief: »Ismail! Ismail! Wo, zum Teufel, steckst du denn?«

Clayton pflanzte die Füße fest in den Boden.

Auch der Hengst grub nun seine Hufe in das Gras und kam nur drei Meter von ihm entfernt zum Stehen – nahe genug, daß Clayton den Atem, den dieses mächtige Tier wieder schnaubend durch die Nüstern blies, wie heißen Dampf auf seinen Wangen spürte. Dann bäumte sich der Hengst auf, trommelte mit den Vorderbeinen auf den Boden und schleuderte Rasenstücke wie kleine Geschosse durch die Luft.

»Napitov!« hörte Clayton nun Miracles Schrei, und in der nächsten Sekunde war sie schon wieder inmitten der Umfriedung und glitt von ihrem Pferd herunter, während ihr seltsamer Begleiter sich beeilte, die Zügel aufzunehmen und das mit Schaumflocken bedeckte Tier wegzubringen. Mit grimmigem Gesicht, das von einer wilden Flut ungebändigter roter Haare eingerahmt wurde, marschierte sie mit einer Gerte in der Hand auf Clayton und dessen aufgeregt schnaubenden Herausforderer zu. »Napitov«, wiederholte sie dabei mit fester, autoritärer Stimme, »fort mir dir! Napitov, nein!«

Das Pferd warf daraufhin mit einem schrillen Trompeten den Kopf zurück, daß seine stahlgraue Mähne wütend im

Wind flatterte, und als Miracle nun näherkam, schwang das Tier herum, keilte mit den Hinterbeinen aus und tänzelte dann zwischen Miracle und Clayton hin und her, Miracle den Weg versperrend und sie mit seinem Körper gegen Clayton abschirmend.

»Fort mit dir!« befahl sie abermals mit fester Stimme, offenbar nicht im geringsten von dem seltsam aggressiven Verhalten des Tieres eingeschüchtert. Dann streckte sie die Hand aus, und als sie damit die Nüstern des Hengstes berührte, ging sogleich eine Verwandlung mit ihm vor. Das so unbeherrschbar erscheinende Drachen-Ungeheuer senkte den Kopf und wieherte leise, ja verführerisch – wie ein Mann, der seiner Geliebten zärtliche Worte ins Ohr flüstert –, worauf es dann mit seinen weichen Lippen über ihre Hand, ihre Wange, ihr Ohrläppchen und ihre Haare fuhr und diesen Vorgang mit leisen, kehligen Lauten begleitete.

»Fort mit dir«, sagte Miracle abermals, aber in einem viel sachteren Ton, während sie dem Hengst über den mächtigen Hals strich, mit einer Hand, die so winzig wirkte auf diesen gewaltigen, sich bei ihrer Berührung bauschenden Muskeln des Tieres. Erst jetzt, als Miracle den Hals des Hengstes streichelte, gab das Tier ihr den Weg frei, und sie wandte ihre Aufmerksamkeit Clayton zu, wobei ihr Gesicht, das eben noch einen verklärten, ja leicht verzückten Ausdruck hatte, als sie den Hengst liebkoste, dunkelrot anlief vor Zorn.

»Ich hätte ihm erlauben sollen, Euch zu töten«, sagte sie, die Hand um den Griff ihrer Gerte krampfend, als wollte sie ihm damit einen Schlag versetzen. »Wie könnt Ihr es wagen, in den geheimsten Bereich meines Hauses einzudringen? Ihr habt hier nichts zu suchen, Salterdon. Weder hier noch auf meiner Burg. Ja, nicht einmal auf dieser Insel, Salterdon. Warum geht Ihr nicht dorthin zurück, wo Ihr hergekommen seid?«

Clayton schob die Hände in die Hosentaschen, während sein Blick ihr Gesicht keinen Moment lang losließ. »Was, zum Teufel, macht Ihr hier?« fragte er.

»Ich sagte Euch bereits ...«

»... daß mich das nichts anginge«, ergänzte er, während sein Blick kurz über das Lagerfeuer und die nun wieder friedlich grasenden Pferde streifte. »Als junger Mann bin ich mit meinen Eltern oft in fernen Ländern gewesen. Unsere letzte Reise führte in den Orient, in die Städte und Wüsten Arabiens. Mein Vater hatte dort geschäftlich zu tun. Ich habe dort Beduinen gesehen, die in ebensolchen Zelten wie dem dort drüben leben, und diese Pferde dort ...«

»Verschwindet!« fauchte sie ihn an.

»... sind natürliche Araber. Ich hätte das sogleich erkennen müssen, als ich Euch auf diesem Schimmelhengst im Morgengrauen über den Strand reiten sah. Aber ich hatte wohl kaum erwartet, solche Pferde hier auf dieser Insel anzutreffen. Darf ich Euch fragen, was diese Pferde hier machen? Oder genauer gesagt, was Ihr mit diesen Pferden hier macht? Abgesehen davon, meine ich, daß Ihr sie hier vor der übrigen Welt versteckt? Und wer ist Euer Freund dort drüben am Lagerfeuer? Hat er denn noch andere Aufgaben, als meinem Diener als lallendes Gespenst einen tödlichen Schrecken einzujagen? Ihr enttäuscht mich, Meri Mine – eine junge Dame sollte vor ihrem Verehrer nicht solche Geheimnisse haben.«

»Ihr seid nicht mein Verehrer, und ich schulde Euch auch keine Erklärungen.«

Johnny, der inzwischen seinen Krückstock wieder aufgenommen hatte, näherte sich Miracle von hinten und sagte besorgt: »Beruhige dich, Mira. Wenn du ihm die Situation nicht vernünftig erklärst, werde ich ...«

»Nein!« unterbrach sie ihn wütend, »das wirst du nicht tun! Ich habe doch nicht so viele Jahre hindurch das Geheimnis dieser Pferde so streng gehütet, damit dieser arrogante, anmaßende blaublütige Lackaffe jetzt nichts Eiligeres zu tun hat, als aller Welt zu verkünden, daß ich hier diese königlichen Pferde verstecke.«

»Es mußte ja irgendwann an den Tag kommen«, hielt ihr

John entgegen. »Du kannst sie doch nicht für immer hier versteckt halten. Mich hat es vielmehr gewundert, daß man dein Geheimnis nicht schon früher entdeckt hat in Anbetracht deiner ungezügelten Lust, wie der Teufel in der Morgen- und Abenddämmerung hier über den Strand und die Hügel zu galoppieren. Ich versichere Euch, Salterdon, daß dieses Mädchen mich mit der Weise, wie sie diese verdammten Biester reitet, noch ins Grab bringen wird. Ich habe ihnen nämlich mein steifes Bein zu verdanken, müßt Ihr wissen – vielmehr diesem Höllenhund dort – diesem Napitov. Jawohl! Weil ich mir eingebildet hatte, daß ich ihn zähmen und zureiten könnte. Ich bin mein ganzes Leben lang Stallmeister und Zureiter gewesen, Sir, aber solche Biester wie diese da hatte ich bis dahin noch nie unter dem Hintern gehabt. Die sind so gerissen, daß sie sich damit nur selbst schaden. Zu verdammt menschenähnlich, wenn Ihr mich fragt . . .«

»Sie wollen sich nur nicht von dir ihren Willen brechen lassen«, fiel Miracle ihm ins Wort. »Und sie sind überhaupt nicht gefährlich, wenn du dir nur die Zeit nehmen würdest, sie zu verstehen. Und Sie sind zuverlässiger als die meisten Menschen, die ich kenne«, setzte sie hinzu, Clayton mit einem zornigen Blick streifend.

Er quittierte ihren Blick mit einem Lächeln, was sie noch wütender machte – wenn das überhaupt noch möglich war.

Mit der Gerte gegen ihr Bein schlagend, ging Miracle um Clayton herum und bewegte sich auf die Geheimtür in der Mauer zu, die sie mit einiger Mühe öffnete, um dann im dunklen Korridor unterzutauchen.

»Nun habt Ihr es geschafft, Euer Gnaden«, sagte John, »daß Sie Euch ernst nehmen und nicht nur dulden muß, weil Ihr in ihr Heiligtum vorgedrungen seid, in dem sie ihren kostbarsten Besitz versteckt hielt. Ein kluger Mann würde wissen, wie er diese Situation zu seinem Vorteil ausnutzen könnte.«

»Indem er sie damit erpreßt?« erwiderte Clayton, der Miracle nachstarrte, als sie wieder in der Burg verschwand.

»Richtig.«

Irgendwo in der Entfernung – vielleicht am Lagerfeuer oder in seinem Zelt – saß Ismail auf seinem Teppich, spielte auf seiner Flöte und brannte Weihrauchkerzen ab, während Miracle sich unruhig auf ihrem Lager wälzte. Die durchsichtigen Bettvorhänge tauchten den von einem Feuer erleuchteten Innenraum in einen rosigen Nebel – ein sie vielleicht erheiternder, ganz gewiß tröstlicher Anblick.

Das war ihre Welt, so ungewöhnlich sie einem Außenstehenden auch erscheinen mochte – mit den orientalischen Teppichen an den Wänden, auf denen Pferde mit Beduinenkriegern abgebildet waren, die durch den Wüstensand galoppierten. Auf dem Steinboden lag Heu in kleinen duftenden Häufchen verstreut. Eine Katze lag zusammengerollt vor dem Feuer und schnurrte so laut, daß Miracle es hören konnte, und in der Nähe des Fensters döste ihr edler und so galanter Schimmelhengst mit gesenktem Kopf und halbgeschlossenen Augen. Auch das war nichts Ungewöhnliches – selbst für Könige nicht –, daß man sein Lieblinspferd mitnahm in seine Privatgemächer, wo es noch mehr behütet und verwöhnt wurde als die eigenen Kinder. Das Lieblingspferd war niemals verkäuflich, selbst für alles Gold dieser Erde nicht. Wegen eines einzigen Pferdes waren schon Kriege geführt und Schlachten gewonnen oder verloren worden.

Es schien, als würde die ganze Welt friedlich schlafen, als Miracle sich schließlich gezwungen sah, ihr Bett zu verlassen und im Zimmer auf und ab zugehen.

Der Sturm war, wie sie erwartet hatte, kurz nach Mitternacht losgebrochen. Am Himmel jagende Wolken verdeckten den Mond und die Sterne. Miracle lauschte dem Wind und dem Regen, der gegen ihr Schlafzimmerfenster trommelte, und beobachtete, wie Blitze in der Ferne über die dunklen Klippen der Steilküste zuckten. Normalerweise hätte sie sich nun dort befunden, wo das Unwetter gerade tobte – im

Leuchtturm, das Feuer schürend und ihre Augen anstrengend, ob sie nicht dort draußen am Horizont einen Lichtschimmer in der aufgewühlten See wahrnehmen konnte. Aber dank Seiner Gnaden, dem Herzog, und dessen verwerfliches Talent, ihre Gedanken von dem, was getan werden mußte, mit einem Blick, einer Berührung, einem Kuß abzulenken, befand sie sich jetzt nicht dort. Und dank Seiner Gnaden waren nun auch ihr Geheimnis offenbart, ihre Pferde entdeckt und ihr Verbrechen ans Tageslicht gekommen.

Wo blieb jetzt also ihre Panik? Warum waren ihre Knie noch weich von dem Kuß, den er ihr am späten Nachmittag in der Steilwand gegeben hatte, statt von der Tatsache, daß sie außer sich sein sollte vor Sorge, daß kein Leuchtfeuer von Saint Catherines ein in Seenot geratenes Schiff vor den Gefahren der Klippen warnte? Warum zitterte sie nicht am ganzen Körper bei dem Gedanken, daß sie möglicherweise den Rest ihres Lebens in einer Gefängniszelle verbringen mußte, nachdem ihre Herde arabischer Pferde entdeckt worden war?

Da stupste sie etwas in den Rücken. Miracle lächelte und drehte sich um. Napitov senkte den Kopf, wieherte leise, legte seine samtweichen Lippen in ihre Hand und schwang dann mit aufgestellten Ohren zur Tür herum. Dann verließ er die Kammer und trabte mit klappernden Hufen den Korridor hinunter. Miracle lauschte. Die Musik draußen hatte aufgehört.

Napitov gab schnaubend Alarm. Miracle eilte hinaus in den Korridor und hielt dann jählings an, während ihr das Herz bis in den Hals hinauf schlug. Ihr Hausgast stand dort am Ende der Galerie, hatte wohl wieder einmal unerlaubt in ihre Privaträume eindringen wollen, woran er nun durch die Wachsamkeit des Hengstes gehindert wurde. Der Hengst hatte sich zum zweitenmal in herausfordernder Pose zwischen sie und Salterdon aufgebaut.

»Er betrachtet Euch als eine Bedrohung«, sagte sie laut genug, daß Seine Gnaden sie hören konnte. »Hengste sind so.

Sie verteidigen ihr Eigentum um jeden Preis – wenn es sein muß, sogar mit ihrem Leben.«

»Mir ist das Verhalten eines Herdenführers durchaus bekannt. Ich finde es nur seltsam, daß er Euch als sein Eigentum betrachtet. Eigentlich müßte es doch umgekehrt sein.«

Miracle lehnte sich gegen die Wand. »Ihr setzt mich wieder einmal in Erstaunen, Euer Gnaden.«

»Gut. Wollt Ihr jetzt nicht Euren Wachhund zurückpfeifen?«

»Ihr seid sehr kühn, daß Ihr des Nachts bis in meine Räume vordringt. Ein Betragen, das sich wohl kaum für einen Gentleman schickt.«

»Ich konnte nicht schlafen.«

»Angst vor dem Gewitter, Euer Gnaden?«

»Werdet Ihr meine Hand halten, wenn ich das bejahen würde?«

»Nein.«

Miracle drehte sich um, kehrte in ihre Schlafkammer zurück und stellte sich dort vor das Feuer in der Hoffnung, daß es sie wärmen würde. Sie zitterte plötzlich am ganzen Körper, und es gelang ihr nicht, diesem Zittern Einhalt zu gebieten. Sie wollte zur Tür zurücklaufen und nachschauen, ob er sich wieder entfernt hatte. Vielleicht hatte er es getan, aber sie hatte keine Schritte gehört. Napitov verhielt sich still dort draußen. Ismail spielte wieder auf seiner Flöte. Seine Musik erfüllte die stille Kammer mit einer Melancholie, die ihr den Hals zuzuschnüren schien, sie verwirrte und zugleich verärgerte.

Mit einem leisen Fluch schwang sie zur Tür herum und erstarrte. »Was glaubt Ihr eigentlich, was Ihr da tut?« forschte sie. »Wenn Ihr nicht sofort den Raum verlaßt, werde ich Ismail rufen. Beduinen schätzen es nicht, wenn Frauen, die sich in ihrer Obhut befinden, von fremden Leuten belästigt werden.«

»Schön, dann ruft ihn doch«, erwiderte Salterdon gleichmütig und trat, die Hände in den Hosentaschen, über die Schwelle ihres Schlafzimmers. Der weiße Binder hing ihm lose um den Hals, sein Hemd war bis zur Brust aufgeknöpft: Er sah so aus, als habe er sich in den letzten Stunden in seinem Bett hin- und hergewälzt. »Faszinierend«, sagte er, sich im Zimmer umsehend, »aber keineswegs erstaunlich. Ich glaube nicht, daß mich hier noch etwas überraschen könnte – nicht, nachdem ich Euren kleinen Harem entdeckt habe, den Ihr im Bauch einer alten, halbverfallenen Burg versteckt habt. Das alles ergibt nun einen Sinn – warum Ihr nicht diesen Gerüchten, daß Eure Burg von Geistern heimgesucht würde, entgegentretet, und daß Ihr Euch möglicherweise auch bemüht, Eurem Ruf, daß Ihr eine exzentrische, närrische Person wäret, ständig neue Nahrung zu geben. Je mehr Leute Euch fürchten, um so geringer ist die Wahrscheinlichkeit, daß sie nach Cavisbrooke kommen und hier herumschnüffeln.«

Er lachte leise. Das hörte sich warm und zugleich bedrohlich an, ließ ihre Knie weich werden wie Butter und Schmetterlinge in ihrem Magen flattern. Mit seinem dunklen Gesicht, dem das Feuer einen Bronzeton verlieh, und der ungekämmten, wilden Flut seiner Haare hätte er selbst als Beduine gelten können – als ein wandernder Wüstenkrieger, der sogar Königen Angst einzuflößen vermochte.

»Was wollt Ihr hier?« fragte sie.

»Euch natürlich.«

Ihre Augen blitzten auf. Sie griff nach ihrer Reitpeitsche.

»Gemach, gemach, Meri Mine. Ihr seid keine Frau von der gewalttätigen Sorte.«

Die Hände noch immer in den Hosentaschen, ging er auf sie zu, während sie immer weiter vor ihm zurückwich, bis das Kaminfeuer in ihrem Rücken so heiß wurde, daß es ihr fast die Waden versengte. »Ich habe beschlossen, daß es an der Zeit ist, uns einmal wie zwei vernünftige Erwachsene zu unterhalten. Ihr könnt doch auch zuweilen vernünftig sein, nicht wahr?«

Sie hob die Reitgerte über den Kopf und versetzte ihm damit einen wuchtigen Schlag über die Schulter. Er zuckte nicht mit einer Wimper – nicht einmal dann, als der Striemen auf seiner Haut sein weißes Hemd rot färbte. Ihr wurde übel, als sie das frische Blut sah, und ihre Reitpeitsche wegwerfend, versuchte sie nun aus dem Zimmer zu fliehen. Er fing sie mit zwei langen Schritten wieder ein, schlang einen Arm um ihre Taille und hob sie hoch.

Sie keilte mit den Beinen nach ihm aus und trommelte mit beiden Fäusten auf seinen Scheitel.

Er warf sie auf ihr Bett, wo sie tief in der Federmatratze einsank und die mit Quasten versehenen Kissen um sich verstreute. Im nächsten Augenblick hatte er sich zu ihr gesellt, streckte seinen Körper auf ihrem aus, hielt mit seinen kräftigen Fingern ihre Handgelenke gefangen und drückte ihre Beine mit den seinen tief in das Laken hinein, in dem sie sich stundenlang ruhelos hin- und hergewälzt hatte, so daß es nun ganz zerknittert war. Sie starrte ihm, als sie so unter ihm lag, standhaft ins Gesicht – auf seinen Mund, der ihr bereits am Nachmittag die Lippen zerquetscht hatte, seine unrasierten Wangen und seine Augen, die so wild und scharf waren wie die eines Raubtiers. »Ich werde schreien«, drohte sie und holte keuchend Luft.

»Werdet Ihr das?« erwiderte er, ebenso heftig atmend wie sie. »Ich habe in den letzten zwei Stunden in meinem Bett gelegen und an meinem Verstand gezweifelt. Der logische Teil in mir sagte, daß ich mit meinen Bemühungen fortfahren sollte, Euch auf eine galante Weise für mich zu gewinnen . . . Teufel, ich wäre beinahe umgebracht worden, weil ich Euren guten Ruf verteidigte, und das hat mich trotzdem keinen Schritt weitergebracht – nicht wirklich. Dann kam mir der Gedanke, daß Ihr nicht zu jener Sorte von Frauen gehören würdet, die man mit süßen Worten erobern kann. Ihr seid zu verdammt dickschädelig dafür. Zu mißtrauisch. Ich vermute nämlich, daß Ihr glaubt, jeder Mann würde genauso ein Bastard sein wie Euer Vater. Ihr würdet Euch niemals erlauben, etwas für einen Mann zu empfinden, der Euch am Ende wieder verlassen könnte – wie Euer Vater Eure Mutter verlassen hat. Liegt still, verdammt noch mal, und hört mir zu!«

Er rang wieder kurz mit ihr, preßte seinen Körper noch fester auf ihren, bis sie ihn in seiner ganzen Länge spüren konnte – vom Bauchnabel bis zu den Zehen hinunter, als er seine Beine um ihre wickelte und das Leder seiner Stiefelschäfte ihr in die Waden schnitt, die nackt waren, weil ihr bei diesem letzten heftigen Scharmützel das Nachtkleid bis zu den Knien hinaufgerutscht war.

»Habt Ihr etwa vor, mir Gewalt anzutun?« fragte sie keuchend. Ihr Atem war wie ein heftiger, pulsierender Strahl an seinen Lippen, die ihrem Mund so nahe waren, daß sie meinte, das Blut darin flüstern zu hören.

»Ich pflege Frauen nicht mit Gewalt zu nehmen, Meri Mine. Das habe ich nicht nötig.«

»Arroganter Bastard . . .«

»Ich werde Euch jetzt eine Geschichte erzählen, Lady Cavendish. Vielmehr die Legende von einem Schiff, das vor ungefähr fünf Jahren aus Rußland nach England unterwegs war – beladen mit einem unbezahlbaren Schatz für König Georg. Mit einer überaus kostbaren Fracht von Pferden nämlich – arabischen Pferden, genauer gesagt. Mit einigen der besten Stuten und Jährlinge, die jemals in Rußland gezüchtet worden waren. Das Schiff erreichte jedoch nie seinen Bestimmungsort, sondern ging auf hoher See verloren. Es ist vermutlich mit Mann und Maus – vielmehr seiner kostbaren Ladung arabischer Pferde – untergangen. Was für ein Verlust! Oh, es hat natürlich Gerüchte gegeben, von Zeit zu Zeit, wenn Reisende auf irgendeiner unbewohnten Insel Pferden begegneten, die dort frei herumliefen. Sie wurden zumeist von habgierigen Kapitänen ausgestreut, die sich gern die Belohnung verdient hätten, die man für die Wiederbeschaffung dieser kostbaren Tiere ausgesetzt hatte. Doch jetzt, nach fünf Jahren, haben natürlich alle von diesem Verlust betroffenen Parteien jede Hoffnung längst aufgegeben . . .«

Miracle drehte ihr Gesicht zur Seite und verbarg es in der weichen Decke. Eine merkwürdige Schwäche breitete sich in ihr aus, so daß sie seinen Worten nicht mehr zu folgen vermochte. Vielmehr schienen sich nun alle ihre Sinne auf den harten Schlag seines Herzens an ihrer Brust zu konzentrieren, auf ihre Körper, die sich gegenseitig wärmten, auf ihrer beider Haut, die an den Stellen feucht wurde, wo sie sich gegenseitig berührten. Er hatte sie soeben davon unterrichtet, daß er über ihre Pferde Bescheid wußte, wo sie herkamen, daß sie einem Potentaten gehört hatten und ein Geschenk für den englischen König gewesen waren. Doch der Ärger und die Angst, die sie nun hätten verzehren sollen, wurden ausgelöscht von der Reaktion ihres Körpers auf den seinen.

Oh, Gott, das schmerzte, dort, wo sein Knie sich zwischen ihre Beine schob. »Bitte«, murmelte sie.

»Bitte was, Meri Mine? ›Bitte verlaßt jetzt nicht im Morgengrauen meine Burg, um nach London zurückzukehren und dort Euren teuren Vetter, König Georg, davon zu informieren, daß ich hier sein kostbares Pferdefleisch versteckt habe?‹ Ist es das, worum Ihr mich bitten wollt, Meri Mine?«

»Was verlangt Ihr von mir?« rief sie.

»Wir wissen beide, was ich von Euch verlange ...«

»Dann nehmt es Euch doch, verdammt noch mal! Ich kann diesen Zustand keine Minute länger ertragen.«

Er starrte mit seinen Wolfsaugen auf sie hinunter, während sich seine Finger in das weiche Fleisch ihrer Arme gruben und sein Knie zwischen ihren Beinen ihre Eingeweide in flüssiges Feuer zu verwandeln schien. Dann rollte er plötzlich zur Seite, schob sie auf seinen Körper und begrub seine Finger in ihren Haaren, die sich über seinem Hals und seiner blutenden Schulter ausbreiteten. Dann zog er ihren Kopf nach hinten, so daß sich ihr Hals seinem Mund entgegenwölbte. »Ihr enttäuscht mich, Mylady. Wo ist Euer Kampfgeist geblieben? Liebt Ihr diese verdammten Tiere so sehr, daß Ihr Euch so schnell ergebt? Wollt Ihr mir Eure Unschuld opfern, um sie behalten zu können?«

Die Augen schließend, schüttelte sie den Kopf und stöhnte laut. Es war ihr unmöglich, bei dem Aufruhr von Gefühlen, die sein Körper in ihrem hervorrief, auch nur einen klaren Gedanken zu fassen. »Küßt mich«, hörte sie da jemanden betteln, ehe sie zu ihrer Schande erkannte, daß diese Stimme ihr gehörte. »Küßt mich wieder so, wie Ihr das in der Steilwand gemacht habt. Hier – auf meinen Mund. Ich möchte Euch wieder schmecken – mit meiner Zunge diesmal. Küßt mich, Euer Gnaden, oder ich werde . . .«

Sie senkte ihren Mund zu seinem hinunter, spürte, wie seine Lippen sich anspannten, dann nachgiebig, heiß und feucht wurden, sich teilten, um ihre Zunge in seinen Mund eindringen zu lassen, diese seiner eigenen Zunge begegnete und sie dann tief in sich hineinzog, während seine Hände ihre Haare freigaben, an ihrem Kleid zerrten, an ihrem Rücken hinunterglitten, sich über ihr Gesäß legten und sie heftig gegen seine Hüften preßte, die sich nun auf und nieder zu bewegen begannen, während Laute des Entzückens und des Schmerzes aus seiner Kehle drangen.

Oh, ja – das war Fliegen, diese Freiheit, dieses Sich-seinen-Gefühlen-Hingeben! Sie wollte seine Hände auf ihren Brüsten spüren, unter der Berührung seiner rauhen Finger erschauern, die ihr empfindliches Fleisch kneteten und ihre steil aufgerichteten Brustwarzen. Sie wölbte ihren Rücken und bot ihre Brüste seinem Mund dar, und sie spürte seinen heißen Atem durch den dünnen Stoff auf ihrer Haut, als er nun sacht mit seinen Zähnen an ihren harten Brustspitzen knabberte, die zu brennen schienen, als er an ihnen leckte.

Sie fühlte sich . . . überwältigt, von einer Woge der Lust emporgehoben.

Die Beine gespreizt, ließ sie sich nun auf ihm nieder. Das jähe, unglaubliche Entzücken, das sie empfand, als sie mit dem intimsten Teil ihres Körpers den rauhen Stoff über seinem sich ihr entgegenwölbenden Glied berührte, ließ sie laut aufstöhnen vor Verlangen, während Wonneschauer sie durchrieselten. Es dauerte einen Moment, ehe ihr bewußt wurde, daß er nun vollkommen still unter ihr lag. Nicht einmal seinen Atem konnte sie mehr hören.

Sie öffnete die Augen.

Seine grauen Augen brannten wie Feuer. Sein Gesicht war lebhaft gerötet und mit einem dünnen Schweißfilm bedeckt, seine Lippen ein wenig von den Zähnen zurückgezogen, als litte er Schmerzen. Er packte mit beiden Händen ihre Arme und flüsterte rauh: »Um Gottes willen – bewegt Euch jetzt nicht! Versucht jetzt nicht einmal mehr, zu atmen!« Er schluckte – oder versuchte es zumindest. Sein Körper fühlte sich nun ganz steif unter ihr an – so fest und hart wie Stein.

»Aber ich möchte jetzt nicht aufhören«, erwiderte sie wahrheitsgemäß mit einer heiseren Flüsterstimme. »Es gefällt mir, was ich empfinde. Nein. Euer Gnaden, ich will jetzt nicht aufhören.«

»Oh, doch, das willst du! Oh, Gott, was zum Teufel suche ich eigentlich hier? Nein! Beweg dich jetzt nicht, weil ich sonst vergesse, mich wie ein Gentleman zu benehmen, wie man das von mir erwartet ... Nein, Meri Mine ... Es gehört eine gewisse Etikette zum Liebesspiel – eine Reihe von Maßnahmen, an die ein Mann sich halten muß, wenn er eine Frau verführt – um bei ihr entsprechende Reaktionen auszulösen, mit der sie seine Maßnahmen zu begleiten hat, damit die ganze Sache nicht – nicht zu heiß und stürmisch wird.«

»Ist stürmisch und heiß etwas Schlimmes?«

»Nun, das ist etwas, das sich – höchstens für Kellnerinnen und Hafenarbeiter schickt.«

»Es gehört sich demnach also nicht für eine Lady, solche stürmischen und heißen Gefühle zu hegen?«

Sein Körper entspannte sich jetzt ein wenig, und seine Finger krallten sich nicht mehr gar so fest um ihre Arme. »Eine echte Lady«, erwiderte er grinsend, »würde niemals zugeben, daß sie stürmische und heiße Gefühle für einen Mann empfindet – selbst wenn sie das gern möchte.«

»Dann bin ich froh, daß ich keine echte Lady bin, Euer Gnaden, weil die Empfindungen, die Ihr in mir erregt habt, ganz außergewöhnlich, wenn nicht gar entwaffnend sind. Ich habe seit gestern nachmittag an nichts anderes mehr denken können als an Euren Kuß ...«

»Ach, Ihr seid so verdammt ehrlich, daß ihr Euch damit selbst schadet.«

Damit rollte er sie von seinem Körper herunter und setzte sich schwerfällig auf. Der lose Binder hing ihm nun über die Schulter, und seine Haare waren eine zerzauste Masse dunkler Locken. Das Hemd war ihm hinten aus dem Hosenbund gerutscht und legte ein kleines Dreieck seines Rückens frei. Miracle bemerkte, daß dort die Haut genauso von der Sonne gebräunt war wie sein Gesicht und seine Hände es waren. Sie lächelte.

Salterdon räusperte sich, stand auf, strich sich die wirren Haare aus der Stirn – und das alles, ohne sich auch nur einmal anzuschauen. Schließlich sagte er: »Würdet Ihr bitte Eure nackten Beine bedecken, Lady Cavendish?«

Eine Braue wölbend, zupfte Miracle an dem Saum ihres Nachtgewandes, bis dieses ihr wieder bis über die Knöchel hinunterreichte. »Euer Gnaden, ich fürchte, Ihr seid ein Pedant.«

»Kaum«, erwiderte er, als er vor das Kaminfeuer trat und fortfuhr, sich die Haare mit den Fingern zu kämmen. »Ich versuche lediglich, Euch daran zu erinnern, wer wir sind.«

»Und wer sind wir, Sir? Ich verrate Euch jetzt, was ich Euch schon vor ein paar Stunden habe sagen wollen: Ihr seid nicht der gleiche Mann, der Cavisbrooke Castle schon einmal mit seinem Besuch beehrte.«

Da drehte er sich jählings um und starrte sie so eindringlich an, daß sie einen Moment lang vergaß, was sie ihm hatte sagen wollen. Sie glitt vom Bett herunter, drückte eines von den mit

Quasten versehenen Kissen an ihren Bauch, als hoffte sie, es würde ihr die Kraft zu dem Geständnis dessen geben, was sie schon seit Tagen beschäftigte. Sie bewegte sich nun langsam auf ihn zu und bemerkte dabei, daß seine grauen Augen nicht nur immer wachsamer wurden, sondern auch sein Gesicht einen merkwürdigen Ausdruck des Unbehagens annahm.

»Was meint Ihr damit?« fragte er mit tonloser Stimme.

»Daß Ihr Euch verändert habt. Ich fand Euch damals widerwärtig. Eure Gefühllosigkeit, Arroganz und Derbheit stießen mich ab. Doch seit Ihr wieder zu Besuch bei uns seid, habe ich davon nichts bemerken können. Deshalb fragte ich mich, weshalb nicht. Wie kann denn ein Mensch einfach seine Persönlichkeit ändern – sein Herz und seine Lebensweise? Und darauf konnte ich nur eine Antwort finden.«

»Welche?«

»Vielleicht habt Ihr Euch damals nur Eurer Freunde wegen so verhalten. Vielleicht wart Ihr in deren Gesellschaft dazu gezwungen, ein so anmaßendes und rücksichtsloses Benehmen an den Tag zu legen.«

Er lachte humorlos, schloß die Augen und schüttelte den Kopf. »Du liebe Güte, wie naiv Ihr doch seid, nicht wahr?« sagte er leise. »Ist Euch denn nicht bewußt, daß ich jetzt nur hier stehe, weil ich Euch erpressen wollte? Euch zu der schriftlichen Einwilligung Eurer Heirat mit mir zwingen wollte, weil ich sonst der ganzen gottverdammten Welt von Euren geliebten Pferden erzählen ...«

Er beendete den Satz nicht, zog ein zerknittertes Stück Papier aus der Tasche, starrte es einen Moment lang an, schwang es dann mit einer leisen Verwünschung in die Höhe und warf es so heftig, wie er konnte, ins Kaminfeuer.

»Liebt Ihr mich?« fragte sie da leise und legte ihm die Hand auf den Arm. Er ging von ihr weg, ließ sie dort allein vor dem Kamin stehen, die Hände um das Kissen gekrampft, das in roten und goldenen Prismen das Feuer widerspiegelte. »Wenn nicht – warum wollt Ihr mich dann heiraten?«

»Weil Ihr ... außergewöhnlich seid. Etwas Seltenes. Und die schönste Frau, die mir jemals begegnet ist«, erwiderte er, ihr noch immer den Rücken zugewandt und die kleinen Regenbäche auf der Fensterscheibe beobachtend. »Eure Unschuld bezaubert mich. Eure Naivität erstaunt mich. Ich ... ich mag Eure Sommersprossen. Ich ... ich mag Eure mit Sand bedeckten bloßen Füße. Ich bewundere Eure Hingabe und Loyalität. Ich denke, daß Ihr ein bißchen verrückt seid ... und ich finde das aufregend. Eure Unberechenbarkeit regt meine Phantasie an. Ich wache mitten in der Nacht auf und zähle die Stunden, bis ich Euch wiedersehen kann, denn jedesmal, wenn wir zusammen sind, fühle ich mich wie neu geboren – als wäre die Welt frisch und rein, und als würdet Ihr mir wieder eine neue Erfahrung bescheren. Ich will Euch von diesem ... Alptraum befreien.«

Er öffnete die Arme, um damit seine Umgebung anzudeuten, drehte sich dann zu ihr um. Mit noch immer ausgestreckten Armen, die Hände zu Fäusten geballt, preßte er durch die Zähne: »Und dann begreife ich plötzlich, daß dieser Alptraum gar nicht hier, sondern vielmehr dort draußen ist, wo ich herkomme, und ich glaube, daß Ihr diesen Zustand irgendwie verbessern, meine Welt ein bißchen weniger – leer machen könnt.«

»Ihr liebt mich«, sagte sie und lächelte.

Er schüttelte den Kopf. »Nein. Ich ... brauche Euch.«

»Ist das nicht ein Teil der Liebe? Vielleicht sogar ihr wichtigster Teil?«

»Ich weiß verdammt gut, was Liebe ist. Ich bin mindestens ein Dutzend Mal verliebt gewesen!«

»Offensichtlich haben diese Liebschaften Eure Bedürfnisse nicht befriedigen können, sonst wäre jetzt eine Frau an Eurer Seite – oder etwa nicht?«

Er ließ die Arme sinken. »Ich hätte niemals hierherkommen sollen«, sagte er laut zu sich selbst. Dann ging er um sie herum und verließ den Raum, ohne sich noch einmal nach ihr umzublicken.

Clayton warf die Schlafzimmertür so heftig hinter sich zu, wie er konnte, was keine leichte Sache war. Die fünfhundert Jahre alte Tür mußte offenbar in einem Stück aus einer Eiche herausgehauen worden sein und wog so viel wie der ganze verdammte Baum. Er trat mit dem Fuß dagegen und besserte dann mit einem zweiten Tritt nach, denn es verbot sich natürlich, mit der Faust gegen dieses eisenharte Holz zu schlagen – so gern er das auch getan hätte. Wenn er schon etwas beschädigen wollte, dann tunlichst nicht sich selbst.

Wußte Miracle Cavendish denn nicht, daß eine so junge Lady wie sie einem Mann niemals erlauben durfte, ihre Privatgemächer zu betreten? War ihr denn nicht bewußt, daß eine so junge Dame wie sie einen Besucher niemals im Nachtgewand empfangen durfte? Hatte sie denn nicht daran gedacht, daß sich ihr Körper unter diesem Nachtgewand auf eine Weise abzeichnen würde, wenn sie sich vor das Kaminfeuer stellte, die selbst einen verdammten Mönch sein Keuschheitsgelübde würde vergessen lassen? Daß Sie ihm damit einen Steifen bescheren würde, der so hartnäckig war, daß selbst die Willenskraft eines erwachsenen Mannes (der es besser wissen sollte) nicht mehr ausreichte, ihn von einer Dummheit abzuhalten?

Hatte man ihr denn nicht beigebracht, daß eine junge Frau wie sie niemals ihren niedrigen Instinkten nachgeben durfte? Daß man ihnen nicht nur nicht nachgeben, sondern es sich niemals erlauben durfte, sich obendrein auch noch offen zu ihnen zu bekennen? Und daß sie als Lady niemals die Initiative ergreifen und ihn verführen durfte, sondern vielmehr die Keusche und schwer zu Erobernde zu spielen hatte? Daß sie nach den Verhaltensregeln für junge Ladies nur kokett mit den Wimpern klimpern durfte und dann züchtig zu erröten hatte – selbst wenn das Ganze nur Theater war?

Verdammt. Wie wollte er seinem Bruder erklären, daß er zu

seiner Zukünftigen ins Bett gestiegen und es dort zu Intimitäten gekommen war? Wie würde er die zukünftigen Herzogin von Salterdon jemals wieder anschauen können, ohne daß er sie vor seinem inneren Auge mit gespreizten Beinen auf seinen Hüften sitzen und ihre Brüste seinem gierigen Mund darbieten sah? Wie würde er jemals wieder schlafen können, ohne im Geist von dem Bild gepeinigt zu werden, wie sie auf ihre leidenschaftliche, hemmungslose und schamfreie Weise einen anderen Mann – seinen eigenen Bruder – liebte?

Und was, zum Teufel, brachte sie auf die Idee, daß er sie lieben würde?

»Verdammt!« Er trat wieder gegen die Tür – noch einmal – und noch einmal . . .

Die erste Liebe ist nur eine kleine Torheit und eine Menge Neugier; keine Frau, die wirklich etwas auf sich hält, würde sich diese zunutze machen.

George Bernard Shaw

Kapitel elf

»Sein Name ist Ismail«, erklärte Miracle, »und er gehört zum Stamm der Anazeh von Nejd. Als junger Mann hatte er die Aufgabe, die Pferde seines Stammeshäuptlings zu hüten, zu pflegen und für den Kampf auszubilden. Vor vielen Jahren wurde sein Stamm von einem anderen überfallen, der sich die besten Stuten seines Häuptlings zur Beute nahm. Nun war es bei den Beduinen Sitte, daß auch der Pfleger und Hüter der erbeuteten Pferde dem Eroberer zufiel, um damit zu gewährleisten, daß die Pferde auch glücklich, gesund und eins mit Allah blieben. Also war Ismail damals gezwungen, seinen Stamm und seine Familie zu verlassen und den Eroberern der Pferde als Sklave überallhin zu folgen. In den darauffolgenden Jahren mußte er oft die Pferde zu immer neuen Wüstenplätzen begleiten, wenn die Tiere wieder von anderen Stämmen erbeutet wurden und er mit ihnen den Besitzer wechselte, bis er und die Pferde schließlich Eigentum der russischen Zarin wurden. Diese beschloß nun, auf eine ungewöhnliche, aber überaus noble Weise unserem König ihre Freundschaft zu bekunden, indem sie ihm mit einigen ihrer besten Pferde ein königliches Geschenk machte. Aber, wie Ihr schon erwähntet, ging das Schiff mit den Pferden auf dem Weg nach England auf hoher See verloren – oder so glaubte man jedenfalls.

Tatsächlich lief es in einem der schlimmsten Stürme, die

diese Insel jemals erlebt hat, dort drüben an der äußersten Spitze von Race End auf dem Felsenriff auf, zerbrach in zwei Teile und ging wie ein Stein unter, während die Besatzung von der mächtigen Strömung erfaßt, gegen die Klippen geschleudert wurde und ertrank. Alle bis auf einen . . .«

Sie blieb eine Weile stumm und beobachtete die Alke, die über das Meer hinflogen, sich auf das Wasser hinunterstürzten, dort eintauchten und dann wieder in den grauen Himmel hinaufschossen.

»John und ich haben sie dann in der Kapelle begraben. Das schien der geziemende Ort für ihre Ruhestätte zu sein – oder seid Ihr da andrer Meinung?«

Sie bekam keine Antwort auf Ihre Frage, setzte aber trotzdem ihren Bericht fort: »Ich entdeckte Ismail, der sich an den Schiffsmast klammerte, dessen Spitze man manchmal heute noch aus dem Wasser ragen sieht, wenn eine extrem niedrige Ebbe herrscht. Die Pferde standen, naß und frierend, über den ganzen Strand verstreut, machten aber, aus Anhänglichkeit und Treue zu ihrem Pfleger, keine Anstalten, sich von der Stelle zu bewegen. Ich darf sogar behaupten, daß sie dort ausgeharrt hätten, bis eine Flutwelle sie fortgeschwemmt hätte, oder daß sie verhungert wären, wenn ich nicht mit meinem Boot zu Ismail hinausgerudert wäre und ihn geborgen hätte. Weil ich ihn und die Pferde gerettet und ihn damit auch aus seiner ihm seit vielen Jahren aufgezwungenen Gefangenschaft befreit hatte, war er der Überzeugung, daß ich ihm von Allah gesandt worden sei, der offensichtlich wünschte, daß ich der Eigentümer dieser Pferde werden sollte – und damit natürlich auch sein Besitzer. Ich habe kein Verlangen danach, Ismail zu besitzen, kann ihm das aber offenbar nicht begreiflich machen. Ihr seht also, daß ich die Pferde keineswegs gestohlen habe, sondern . . .«

». . . daß Allah sie Euch gewissermaßen als Geschenk in den Schoß geworfen hat«, ergänzte Salterdon. »Und wie kämen wir dazu, uns Allahs Willen zu widersetzen?«

Miracle lachte so laut, daß eine heranfliegende Schar von Alke auseinanderstob und eilends wieder das Weite suchte. Mit herabbaumelnden Beinen und ihrem vom Wind aufgeblähten braunen Rock, der ihr fast bis zu den Knien hinaufgerutscht war, saßen sie und ihr stiller, ein wenig angespannt wirkender Begleiter hoch über dem Ozean auf einer spärlich mit Gras bewachsenen Felsplatte, einen halb aufgegessenen Apfel und ein paar Brotkrusten im Schoß, die sie für die Vögel mitgebracht hatte.

Sich gegen Salterdons Schulter lehnend, betrachtete sie eine Weile lang sein unbewegtes Profil, ehe sie sagte: »Ihr könnt mich küssen, wenn Ihr das möchtet.«

»Hier?« Er schob eine Braue in die Höhe und blickte in das Meer hinunter.

»Hier.« Sie deutete auf ihre Lippen. »Ich habe den ganzen Morgen über an nichts anderes denken können. Sind Küsse immer so feucht und warm? Gehört auch stets die Zunge dazu? Ich glaube, daß mir ihr Anteil daran am besten gefällt. Und dabei dachte ich, daß Zungen nur gut wären zum Reden und als Hilfe beim Kauen.«

»Du liebe Güte«, murmelte er und drehte das Gesicht in den kühlen Wind. Die feuchte Luft sorgte dafür, daß sich seine Haare noch stärker als sonst um Stirn und Schläfen ringelten. Er hatte seinen Rockkragen hochgeschlagen, der seinen Hals verdeckte, und sie blies ihm jetzt ihren Atem ins Ohr.

Er grunzte ärgerlich, sprang auf die Beine und schickte dabei eine kleine Steinlawine zu den schaumgekrönten Wellen hinunter.

»Vermutlich würde eine Lady so etwas auch nicht tun«, rief sie ihm nach und bemühte sich, nicht wieder so laut herauszuplatzen wie vorhin.

»Nein, das würde sie nicht«, erklärte er, ohne anzuhalten.

Mit einem Seufzer erhob sich Miracle nun ebenfalls von der Felsplatte. Er ging so schnell, daß sie laufen mußte, um in wieder einzuholen. Dann schob sie ihren Arm unter seinen und bot ihm ihren Apfel an. »Er ist sehr süß, Euer Gnaden, und schmeckt köstlich.«

»Danke nein, Eva. Nur weil Adam auf diesen Trick hereingefallen ist, muß ich ihm das doch nicht nachmachen.«

»Ihr müßt ihn ja nicht gleich aufessen, Euer Gnaden, sondern sollt nur einmal davon abbeißen, damit Ihr wißt, wie er schmeckt. Dann lasse ich Euch auch gern in Ruhe, wenn Ihr das wünscht, damit ihr wieder grübeln könnt.«

»Ich grüble nicht. Ihr redet ja fast schon so wie Benjamin.«

»Man sieht es Euch doch an, daß Ihr grübelt. Obwohl ich nicht weiß, warum. Wollt Ihr wirklich nicht mal von meinem Apfel kosten, Euer Gnaden? Man sagt, daß Äpfel magische Kräfte besitzen und ihr Nektar uns Gesundheit, Glück und Reichtümer beschert, die unsere kühnsten Träume übersteigen.«

»Nun gut – wenn Euch das glücklich macht?« gab er zurück, blieb stehen und griff nach dem Apfel, den sie ihm darbot.

Da zog sie rasch die Hand zurück und hüpfte ein paar Schritte von ihm weg, während der böige Wind ihre Haare hochwirbelte, daß sie ihr wie eine Wolke um den Kopf schwebten. Dann blieb sie wieder stehen, hob langsam, ganz langsam, den Apfel an den Mund, biß ein Stück davon ab, das sie mit den Zähnen zwischen den Lippen festhielt, während sie den Stiel mit dem Kerngehäuse wegwarf.

»Gütiger Gott«, murmelte Salterdon, als Miracle sich ihm nun wieder langsam näherte, das Apfelstück zwischen den Lippen, ein schelmisches Funkeln in den Augen. »Laßt das, Miracle! Was ist nur in Euch gefahren? Ihr benehmt Euch wie eine ... wie eine ... Und schaut mich nicht so an, sondern schluckt den Bissen doch endlich hinunter! Der Saft tropft Euch ja schon vom Kinn und wird Euch gleich den Hals hinunterrinnen! Wartet, ich werde ihn ...«

Er griff in die Tasche und holte rasch ein weißes, mit einem Monogramm besticktes Tuch heraus, blieb dann aber, die

Hände an den Seiten, wie erstarrt stehen, während der Wind ihm die Haare über die Stirn wehte, daß sie ihm in die Augen hinunterfielen. Das Taschentuch in seiner Hand begann zu flattern, und seine Wangenmuskeln zuckten, weil er die Zähne so heftig zusammenpreßte, daß sein voller, sinnlicher Mund zu einem dünnen Strich wurde, als sie nun ganz nahe bei ihm war und sich, das Apfelstück zwischen den Lippen, auf die Zehenspitzen stellte, um es ihm darzubieten.

Sie spürte, wie sein Körper so hart wurde wie Stein, als sie ihn berührte. Und daß er einen Moment lang nicht einmal zu atmen wagte, bis er dann die angehaltene Luft wieder ausstieß und mit tiefer, heiserer Stimme sagte: »Ihr riecht wie ein Apfel. Und auch nach Rosenwasser. Verdammt, Meri Mine, Ihr solltet nicht so ein Spiel mit mir treiben, oder ich werde . . .«

»Oder ihr werdet was, Euer Gnaden?«

»Mich nicht mehr bemühen können, ein Gentleman zu sein.«

»Ihr gefallt mir besser, wenn Ihr keiner seid. Der Apfel, Sir.«

»Meri . . .«

»Warum nennt Ihr mich so?«

Er blickte ihr eine Weile lang in die Augen, während sich die angespannten Muskeln in seinen Schultern und Wangen langsam zu entspannen begannen.

»Warum ich Euch Meri Mine nenne?« sagte er, ihr Gesicht zwischen seine Hände nehmend. »Weil Ihr mich fröhlich macht. Weil ihr mich glücklich macht. Weil Ihr mich zum Lachen bringt.«

Dann neigte er den Kopf zu ihr hinunter, nahm ihr das Apfelstück mit seinen Lippen ab und verharrte ein paar Sekunden lang regungslos mit seinem Mund an ihrem, ehe er sie küßte. Wie bei seinen früheren Küssen, schlug ihr das Herz ganz laut bis in den Hals hinauf, schien ihr das Blut in den Ohren zu rauschen, wurden ihr die Knie weich und überkam sie diese seltsame Trägheit, die sie schon am gestrigen Tage gespürt hatte. Nein, sie hatte sich das alles nicht nur eingebildet. Das waren keine Phantasieträume gewesen.

Sie wußte nun, was das war.

Sein Kuß wurde inniger und heißer, während seine Finger sich in ihren Arm gruben und er sie heftig an sich zog. Sie konnte spüren, wie die Leidenschaft in ihm wuchs wie in der Nacht zuvor, und der Gedanke, daß sie sein Verlangen so leicht erregen konnte, machte sie kühn. Sie schmiegte sich ganz fest an ihn und küßte ihn genauso wild, wie er das mit ihr tat, wobei sie ihre Küsse mit einem leisen wohligen Stöhnen begleitete. Sie klammerte sich an ihn, als er sie nun wieder von sich wegzuschieben versuchte und sie mit seinen grauen Augen ansah, die genauso turbulent waren wie die Wolken, die sich am Horizont auftürmten.

»Ihr spielt mit mir«, sagte er mit grollender Stimme. »Das ist nicht klug, Meri Mine. Dieses Spiel kann gefährlich werden, wenn Ihr nicht wißt, was Ihr tut.«

»Dann bringt es mir doch bei«, murmelte sie, während sich diese seltsame Lethargie, deren Bedeutung sie erst zu ahnen begann, immer mehr ihres Körpers bemächtigte.

»Das würde ich gern. Oh, Gott, wie gern ich das täte«, sagte er leise. »Aber ich bin nicht hierhergekommen, um Euch zu verführen, sondern in der Absicht, Euch mitzunehmen, Miracle, und Euch zur zukünftigen Herzogin von Salterdon zu machen. Wir werden noch genug Zeit für all das haben, wenn wir erst mal miteinander verheiratet sind. Hört Ihr?« Er schüttelte sie. »Gebt mir die Einwilligung, daß Ihr . . . mich heiraten wollt, und ich werde den Rest meines Lebens damit verbringen, Euch zu lieben.«

Miracle fühlte sich ein wenig aus dem Gleichgewicht gebracht von der Hast, mit der er sie zu einer Entscheidung drängen wollte. Sie sah hinauf in seine unergründlichen Augen, die sie durchbohrend ansahen, und legte ihm eine Hand auf die Wange. »Du meine Güte – seid Ihr aber ein ehrenhafter Mann, Sir«, sagte sie mit einem Lächeln in der Stimme.

»Und ich glaubte, daß gerade Männer Euren Standes sich kaum um die Tugend einer Frau scheren würden.« Sich aus seiner Umarmung drehend, wich sie mit noch vor Verlangen glutroten Wangen und einem Herzen, das erfüllt war von diesen neuen und unerwarteten Gefühlen, die er in ihr erregt hatte, zurück. Sie brauchte einen Moment, um wieder zu Atem zu kommen. »Ihr überrascht mich stets aufs neue, Euer Gnaden. Ihr, der Ihr bei Eurem ersten Besuch ständig mit Euren zahllosen Eroberungen geprahlt habt, wollt jetzt . . .«

»Vergeßt meinen früheren Besuch, verdammt noch mal«, fiel er ihr heftig ins Wort. »Ich bin nicht derselbe Mann . . .« Er drehte sich rasch von ihr weg und brauchte einen Moment, um sich wieder zu sammeln. »Werdet Ihr nun den Herzog heiraten oder nicht?« herrschte er sie dann in einem so wütenden und frustrierten Ton an, daß Miracle ihn ernüchtert anblickte.

»Vielleicht«, erwiderte sie ebenso hitzig, »wenn ich davon überzeugt wäre, daß der Herzog mich wirklich lieben würde. Vielleicht, wenn ich verstünde, warum er ausgerechnet mich von all den vielen Frauen heiraten möchte, die ihn begehren und lieben und unter denen sich zweifellos einige der schönsten Frauen Englands befinden, die zudem auch noch viel reicher sein müssen als ich. Warum also mich, Salterdon? Sagt es mir, verdammt noch mal. Überzeugt mich davon, daß Ihr mich liebt, und dann werde ich vielleicht dem Gedanken, Euch zu heiraten, nähertreten – jetzt, wo Ihr mir etwas bedeutet.«

Ihr noch immer den Rückern zukehrend, verharrte er schweigend, eine hohe, schlanke Silhouette vor dem grauen Himmel und dem Meer, bis sie es schließlich leid wurde, noch länger auf seine Antwort zu warten und, enttäuscht von seinem seltsamen Betragen, sich umdrehte und davonstürmte.

Ihr letzter Besuch in Alum Bay lag schon Monate zurück. Es war ein langer, beschwerlicher Weg, der am Rand der Felsenküste entlangführte. Aber Napitovs sicherer Tritt und leichter Gang machten den Ausflug dorthin stets zu einem Vergnügen.

Man erreichte den Strand der Bucht über eine tiefe, enge Schlucht. Vor ihr rollte das Meer mit großer Heftigkeit gegen die Klippen und schickte einen grauen Sprühnebel hoch die Kreidefelsen hinauf, die in der späten Nachmittagssonne von einem so gleißenden Weiß waren, daß sie geblendet die Augen schließen mußte.

Lange saß Miracle regungslos auf Napitovs Rücken und sah den Männern aus den umliegenden Dörfern zu, die sich mit Körben, die sie an der Taille befestigt hatten, an Seilen die Felsen hinunterließen und vorsichtig Eier und Federn aus den Nestern der Seevögel einsammelten, die hier in einer überraschenden Vielfalt und Menge in den Felsspalten nisteten. Dann setzte sie ihren geduldig auf ihre Befehle wartenden Hengst wieder in Bewegung und ritt den steinigen Pfad hinunter, der durch die sich stetig verjüngende Schlucht zur Bucht führte, bis diese dann zu einer gerade noch von Mensch und Tier passierbaren Bresche in der Felswand zusammengeschrumpft und darüber hinaus von Farnen und sprudelnden Quellen verborgen war, als würde sie sich hinter einem Wasserfall verstecken.

»Sei unbesorgt«, rief Miracle dem Hengst beruhigend zu, als dieser plötzlich nervös zu tänzeln begann, den Kopf schüttelte und sich einen Moment lang weigerte, dieses enge Felsentor zu passieren, hinter dem sich die Bucht wie ein nebelverhangener Kessel ausbreitete. Auch sie hatte sich als Kind gescheut, die Bucht zu betreten – beim ersten und einzigen Mal, wo ihre Mutter sie mitgenommen hatte nach Alum Bay, damit sie dort Ceridwen, die weise Frau, kennenlernen sollte. Damals war ihr die Bucht wie ein verwunschener Ort vorgekommen, an dem irgendeine böse Fee hausen mußte, weil die Felsen, die sich wie Spiralen in die Höhe wanden, in den seltsamsten und ihr unnatürlich erscheinenden Farben schillerten. Tiefblaue, purpurrote, ockerbraune, gelbe und schwarze Bänder durchzogen die Felswände, die so deutlich und scharf voneinander abgegrenzt waren wie die Streifen auf einem Seidengewebe. Gelegentlich wagten sich die mutigeren Kinder, die in den Dörfern in der Nähe wohnten, hierher, um diese vielfarbigen Steine zu sammeln und daraus kleine bunte Mosaiken anzufertigen oder sie in Flaschen zu füllen und an auswärtige Besucher zu verkaufen. Aber die Kinder kamen nicht oft hierher, ihre Eltern erlaubten das nicht – nicht, solange Ceridwen dort drüben am Rande der Bucht in dieser uralten steinernen Hütte hauste.

Um zu ihr zu gelangen, mußte man erst durch einen flachen Tümpel waten, der mit glasklarem Wasser gefüllt war und in dem exotisch aussehende kleine bunte Fische um die Hufe des Hengstes huschten, als dieser mit gesenktem Kopf und ein wenig widerstrebend seine Herrin hinübertrug. Als sie die blauschimmernde Sandbank erreicht hatten, glitt sie vom Rücken des Hengstes, flüsterte ihm wieder beruhigende Worte ins Ohr und belohnte ihn mit einer Karotte, die sie aus ihrer Tasche holte, ehe sie sich der Hütte unter einem Felsvorsprung näherte und die rankenden Pflanzen zur Seite schob, die den Eingang wie einen Vorhang verhüllten.

Wie immer stand Ceridwens Tür offen. Miracle hielt einen Moment auf der Schwelle an, bis sich ihre Augen an das Zwielicht gewöhnt hatten, das im Raum dahinter herrschte, und um den seltsamen Duft von Gewürzen und Kräutern einzuatmen, von dem der Flur erfüllt war.

»Kommt nur herein, Mylady Cavendish«, hörte sie eine kratzige Stimme, die aus der Tiefe der Hütte zu ihr drang. »Ich habe Euch schon erwartet.«

Miracle lächelte. Als junges Mädchen hatte sie oft versucht, sich so leise und verstohlen wie eine Katze in die Hütte hineinzuschleichen, aber es war ihr nie gelungen, ihre alte Freundin zu überraschen, die vor hundertundfünf Jahren blind auf die Welt gekommen war. Ceridwens Gehör war noch immer so scharf wie eine Messerspitze – oder vielleicht hatte ihre Sinnesschärfe gar nichts mit ihrem Gehör zu tun, sondern beruhte auf ihren magischen Fähigkeiten, wie ein paar abergläubische Dorfbewohner behaupteten.

Mit krummem Rücken und grauen Haaren, die ihr wie eine graue Seidenmatte bis zu ihren Füßen hinunterreichten, saß Ceridwen in ihrem Schaukelstuhl und blickte mit weißen, pupillenlosen Augen aus dem Fenster. Miracle setzte sich neben sie auf einen Melkschemel, und dann verharrten sie eine Weile lang schweigend nebeneinander, und das einzige Geräusch, das die Stille gelegentlich durchbrach, war das Knarren des Schaukelstuhls, in dem sich die alte Frau wiegte.

»Es ist nun drei Monate und sieben Tage her, seit Ihr zum letztenmal hierhergekommen seid«, sagte Ceridwen schließlich. »Damals wart Ihr sehr unglücklich über einen Mann – einen Eindringling, wie Ihr ihn nanntet. Ihr wolltet damals von mir wissen, wie Ihr ihn wieder aus Eurem Haus vertreiben könntet. Er war Euch sehr zuwider, wenn ich mich recht entsinne. Ich sagte Euch damals, daß dieser Mann zwei Gesichter habe – daß er Euch schließlich seine gute Seite zeigen würde und . . .«

»Der Herzog will mich heiraten«, sagte Miracle, die alte Frau unterbrechend.

Ceridwen nickte, und wiegte sich in ihrem Schaukelstuhl weiter.

Miracle verließ ihren Platz, wanderte in der Hütte umher und hielt zuweilen an, um eine seltsame Sammlung von getrockneten Kräutern, Blumen, eigenartig geformten Steinen, Tierknochen, Federn und zerstoßenen Eierschalen zu betrachten, die Ceridwen alle in kleinen Schilfkörbchen aufbewahrte, die sie selbst geflochten hatte.

»Er ist ein verflixt schwieriger, wankelmütiger Mann. Versucht mich erst zu verführen und ist im nächsten Moment so hart und abweisend wie diese verdammte Felsenküste. Er leugnet, mich zu lieben, und erklärt mir im gleichen Atemzug, daß er mich braucht und heiraten möchte. Küßt mich leidenschaftlich auf den Mund und ist mir am nächsten Tag böse, wenn ich das bei ihm versuche. Er ist so unbeständig wie das Wetter, Ceridwen.«

Sie kehrte zu dem Stuhl der alten Frau zurück, nahm eine der so zerbrechlich wirkenden Hände in die ihre, kniete vor ihr nieder und blickte ihr forschend in das runzelige Gesicht. »Ist das etwa die Liebe? Fällt sie wie eine donnernde Brandungswelle über einen her und zieht sich dann wieder zurück wie das Meer bei Ebbe? Wenn das Liebe ist, kann ich nicht begreifen, warum die ganze Menschheit so danach fiebert, von ihr befallen zu werden. Wenn das die wahre Liebe ist, möchte ich nichts davon wissen. Denn dann ist sie eine Feindin für uns alle.«

Wieder sagte Ceridwen nichts, sondern starrte nur, sich bedächtig in ihrem Stuhl wiegend, mit ihren weißen Augäpfeln zum Fenster hinaus.

»Das sind die Zeiten, in denen ich meine Mutter am meisten vermisse, Ceridwen. Denn vielleicht könnte sie mir jetzt erklären, wie sie einen Mann lieben konnte, der ihre Liebe offenbar gar nicht erwiderte.«

»Würdet Ihr Euch mit einem solchen Leben, wie Eure Mutter es hatte, zufriedengeben?« fragte Ceridwen.

»Nein.«

»Dann bin ich zuversichtlich, daß Ihr die richtige Wahl treffen und den Mann heiraten werdet, der Euch wirklich liebt, Mylady.«

»Liebt er mich denn?« fragte Miracle und war verblüfft darüber, wie bang ihre Stimme jetzt klang.

»Es steht mir nicht zu, das zu entscheiden, Kind. Ihr müßt Eure Bestimmung schon selbst finden ...«

»Aber ich muß das wissen, Ceridwen! Ich würde lieber mein Leben lang alleinbleiben, als es damit zu vergeuden, einen Mann zu lieben, der nichts für mich empfindet ... wie meine Mutter das tat.«

Als Ceridwen sich noch immer weigerte, ihr darauf eine Antwort zu geben, erhob Miracle sich wieder von den Knien.

Sie war nicht überrascht, daß ihre Freundin ihr keine Antwort auf ihre Frage geben wollte. Denn als Ihre Mutter hergekommen war, um Ceridwen um einen Ausweg oder ein Heilmittel für ihr Elend zu bitten, hatte Ceridwen Lorraina lediglich dazu gezwungen, ihren eigenen Dämonen ins Geschicht zu schauen und selbst eine Lösung für ihr Dilemma zu finden. Und Ceridwen war mit ihr, Miracle, damals auch nicht anders verfahren, als sie die alte Frau angefleht hatte, ihr bei der Suche nach ihrer Mutter zu helfen.

Schließlich ging Miracle zur Tür, blieb aber dort stehen, als die alte Frau sagte: »Seid vorsichtig, Mylady, und traut nur Euren Instinkten. Sie haben Euch bisher nur selten im Stich gelassen.«

»Aber jetzt tun sie es aber, Ceridwen! Denn da ist ein Teil von mir, der noch immer dem Mann mißtraut, der er war, während der andere Teil von mir sich immer mehr zu dem Mann hingezogen fühlt, zu dem er jetzt geworden ist.«

»Vertraut Eurem Instinkt«, wiederholte die alte Frau nur und begann dann wieder, sich in ihrem Stuhl zu wiegen.

Miracle rannte den Korridor zu Salterdons Zimmer hinunter. Ihre mit Pantoffeln bekleideten Füße machten kaum ein Geräusch auf dem kalten Kopfsteinpflaster, über das sie gelegentlich hüpfte wie ein aufgeregtes kleines Kind und sich dabei den Mund zuhielt, damit sie nicht laut kicherte, um dann, wenn sie ins Stolpern kam, den armseligen Kerzenstümpfen in den Wandhaltern, die kaum noch Licht spendeten, einen mißbilligen Blick zuzuwerfen. Morgen würde sie den ganzen Tag damit verbringen, neue Talglichter zu gießen, doch heute abend wollte sie feiern.

Benjamin zuckte zusammen, als sie in Claytons Kammer stürmte, drückte einen Stapel Wäsche gegen seine Brust, spitzte die Lippen und starrte sie mit seinen Dackelaugen an.

»Können Sie mir sagen, wo sich Seine Gnaden befindet?«

fragte sie und tanzte durch den Durchgang in Benjamins Kammer hinein.

»In Mr. Hoyts Quartier, glaube ich, zu einem kleinen Schlummertrunk vor dem ...« Er klappte rasch den Mund zu und biß sich aus Ärger über seine Unbesonnenheit auf die Zunge.

Miracle lachte. »Machen Sie doch nicht so ein erschrockenes Gesicht, Benjamin, als hätten Sie mir ein Geheimnis verraten! Denn ich weiß schon lange, daß Johnny hin und wieder mal ein Gläschen trinkt. Ich kenne sogar die Plätze, wo er seinen Wein oder Brandy zu verstecken pflegt.« Ihr Blick fiel jetzt auf die sauber zusammengefalteten Wäschestücke, die Benjamin gerade hatte aufräumen wollen, trat näher an den Diener heran und strich mit den Fingern über die Nähte eines dieser blütenweißen Hemden. »Wo haben Sie die denn her?« fragte sie und zählte ein gutes Dutzend dieser von ihr genähten Hemden, als der Kammerdiener sie im Wäscheschrank verstaute.

»Mein Herr hat sie in Niton gekauft, Miss, obwohl ich nicht verstehe, warum. Er muß mindestens hundert von solchen Dingern zu Hause in Basingsto ... äh ... London haben, die alle noch genauso neu sind wie diese. Seine Lord ... äh ... Seine Gnaden hat nämlich gar keine große Verwendung für solche feinen Sachen. Sie taugen nicht für die Feldar ... äh ... sind ihm einfach zu schade dazu, sie auch zu tragen.«

»Tatsächlich?« erwiderte Miracle nachdenklich, als Benjamin hastig die Schranktür schloß. Und dann sagte sie, während ihr ein schelmisches Lächeln über das Gesicht huschte: »Sie können Ihrem Herrn ausrichten, daß er mir nicht ein so teures Opfer hätte bringen müssen. Aber lassen Sie nur – ich glaube, ich werde es ihm selbst sagen.«

Dann wippte sie in die Höhe, wirbelte auf den Zehenspitzen herum, eilte wieder aus dem Zimmer und lief durch ein Dutzend Korridore, bis sie schließlich vor Johns Quartier anlangte. Als sie durch die Tür stürmte, sah sie Jonathan in einem Sessel vor dem Feuer sitzen, das steife Bein auf einen Polsterstuhl gelegt, während Salterdon neben dem Kamin stand, in einer Hand ein halbvolles Weinglas, die andere Hand in der Hosentasche. Sie erkannte sofort, daß das Hemd, das er trug, von ihr genäht worden war, und ihr kam der Gedanke, daß sie sich zu jeder anderen Zeit darüber aufgeregt und ihm gesagt hätte, daß sie keine wohltätigen Gaben von ihm annehmen wollte und auch nicht auf diese angewiesen sei – falls er tatsächlich in dieser Absicht ihre Hemden gekauft haben sollte.

Aber sie konnte jetzt an nichts anderes denken als an die gute Figur, die er in ihren Hemden machte – so adrett, so elegant, aber auch mit der ausgeprägten Aura eines wilden Tieres, das sich seiner Stärke sicher ist. Diese grauen Augen, die so warm und leuchtend waren wie die Kohlen auf dem Rost neben seinen Füßen, machten sie so sprachlos, daß sie ganz vergaß, weshalb sie ihn und John eigentlich hatte aufsuchen wollen.

»Himmel, was für ein distinguiertes Paar ihr beiden doch seid!« sagte sie schließlich, ihre Sprache wiederfindend, eilte an Johns Seite und gab ihm einen Kuß auf die Wange. Dann machte sie vor Salterdon einen kleinen Knicks, den dieser mit einem ihr Blut in Wallung bringenden lausbübischen Grinsen beantwortete und dann einen amüsierten Blick mit Hoyt wechselte.

»Mylady scheint mir heute abend aber prächtiger Laune zu sein«, stellte John fest.

»Ich habe auch wunderbare Neuigkeiten«, erklärte sie, »so daß ich es kaum erwarten kann, euch diese mitzuteilen.« Sie holte ein Kuvert aus der Tasche und schwenkte es in der Luft herum. »Ein Brief von meiner Mutter!«

»Ah«, sagte John, nahm seine Brille von der Nase und faltete sie sorgfältig zusammen.

»Sie scheint die letzten acht Monate in Rom verbracht zu haben. Sie beschreibt mir die Dörfer von Lazio, und die Kirchen und Kathedralen der Heiligen Stadt – und auch die Leute dort – in den herrlichsten Details. Sie hat einen Monat lang bei einer Gräfin in deren Villa auf einem Hügel über dem Tiber gewohnt. Man stelle sich nur mal vor, wie sie tagsüber auf der Veranda mit dem Blick auf den Fluß in der Sonne badete und abends am Arm eines hübschen Grafen zum Ball ging!«

Sie drehte eine Pirouette, daß ihr der Rock um die Knöchel flog, und lachte atemlos. »Sie scheint mir, ihren Zeilen nach zu schließen, unglaublich glücklich zu sein, obwohl sich ihre Gedanken an einigen Stellen ein wenig verwirren und auch ihre Handschrift ein bißchen zittrig zu werden beginnt. Aber das ist doch nicht so wichtig, nicht wahr? Was zählt, ist, daß sie mir überhaupt geschrieben hat. Nach fast einem Jahr habe ich endlich wieder einen Brief von ihr bekommen!«

Dann ließ sie sich neben John, der noch immer in das Kaminfeuer starrte, auf die Knie fallen, legte ihm sacht den Brief auf den Schoß und wartete, bis er sich endlich dazu herbeiließ, einen Blick darauf zu werfen. »Der Brief ist erst vor drei Wochen in Versailles aufgegeben worden«, sagte sie leise. »Wir könnten dorthin fahren, John, und . . .«

»Nein!«

Sie faßte nach einem Arm und bemühte sich, ihr Lächeln beizubehalten. »Ich habe genügend Geld, wenn du meinst, daß wir uns die Reise nicht leisten können. Ich habe so viel Geld zusammengespart, daß wir schon morgen . . .«

»Gib es auf, Mira. Ich werde nicht zulassen, daß du auf der Suche nach einem Geist in der Weltgeschichte herumreist. Und nichts, was du jemals sagen oder unternehmen würdest, könnte Lorraina wieder in diesen elenden Haufen Steine zurückbringen.«

Er hob das steife Bein vom Polsterstuhl herunter, griff nach seinem Krückstock, stemmte sich aus seinem Sessel hoch und sagte: »Gib es auf, Mira, nach ihr suchen zu wollen, und sei glücklich mit dem, was du hier hast . . .«

»Aber das sind doch nur Worte auf einem Papier!« hielt sie

ihm entgegen. »Wie könnte ich mich denn jemals nur damit zufrieden geben?«

»Immerhin liebt sie dich so sehr, daß sie sich die Mühe macht, dir Briefe zu schreiben.«

»Aber ihre Liebe zu mir ist nicht stark genug, daß sie zu mir nach Hause kommt oder mich zumindest wissen läßt, wo ich sie finden könnte!«

Miracle stand auf, ließ den Brief wie ein Blatt zu Boden flattern, trat ans Fenster und versuchte, an etwas anderes zu denken und die Emotionen, die ihr wie ein Band den Hals zuzuschnüren schienen, nicht übermächtig werden zu lassen. Draußen dunkelte es – Himmel und Erde waren ein düsteres, farbloses Grau. Aus den Wolken in der Ferne zuckten Blitze, und ein böiger Wind peitschte die Wellen und setzte ihnen Schaumkronen auf.

»Es sieht so aus, als würde es heute nacht wieder ein Gewitter geben«, sagte sie und bemühte sich, nichts von dem Schmerz und dem Zorn, die ihr fast die Luft abdrückten, in ihrer Stimme anklingen zu lassen. »Ich werde Ismail sagen, daß er mir Hasan satteln soll. Ich muß so rasch wie möglich hinunter in den Leuchtturm.«

»Mira«, rief John, als sie zu Tür eilte, »ich bitte dich – reite jetzt nicht dorthin! Du kannst an diesem elenden Ort keinen Trost für deinen Kummer finden! Bleib hier und überlaß diesen verdammten Turm den Wellen und den Winden!«

Clayton stand noch immer mit dem halbvollen Glas in der Hand neben dem Kamin und sah, wie sich Miracles Schultern strafften und sie das Kinn eigensinnig – oder stolz? – hob, als Hoyt versuchte, sie von ihrem Vorhaben abzuhalten. Dann war sie schon aus dem Zimmer, und als Hoyt, seinen Krückstock vergessend, ihr nacheilte, bückte Clayton sich zu dem Brief hinunter, der ihm vor die Füße geflattert war. Er hielt ihn noch immer in der Hand, als Hoyt nach ein paar Minuten mit einem in Schweiß gebadeten, schmerzverzerrten Gesicht ins Zimmer zurückkam, zu seinem Sessel humpelte, sich hineinfallen ließ, das steife Bein massierte, mit den Zähnen knirschte und dann laut vor sich hinfluchte. Erst in diesem Moment schien ihm bewußt zu werden, daß der Gast, den er zu einem kleinen Umtrunk eingeladen hatte, noch immer in seinem Zimmer weilte. Er sah auf den Brief in Claytons Hand, und eine tiefe Röte überzog seine Wangen, als er in seinem Sessel zurücksank.

Clayton faltete den Brief zusammen, warf ihn in den Kamin und sah zu, wie das Papier sich in der heißen Glut kräuselte, ehe es in Flammen aufging. Er wartete so lange, bis von ihm nur noch eine dünne Schicht Asche zurückgeblieben war, ehe er sich zu John umdrehte und mit leiser, aber strenger Stimme fragte: »Wann gedenkt Ihr eigentlich ihr zu sagen, wer ihr all diese Briefe geschrieben hat?«

»Wer ihr diese Briefe geschrieben hat?« schnaubte John. »Ich weiß nicht, was Ihr meint!«

»Ich glaube, doch. Wann, zu Teufel, gedenkt Ihr es ihr zu sagen?« wiederholte er, und diesmal war seine Stimme so stählern wie eine Lanze.

Da gab sich John geschlagen, lehnte sich ächzend wieder in seinen Sessel zurück und schloß die Augen. »Bald«, sagte er leise. »Wenn ich weiß, daß der richtige Augenblick dafür gekommen ist.«

Es gibt im Leben zwei Tragödien. Die eine, wenn man die Liebe seines Herzens verliert. Die andere, wenn man sie erobert.

George Bernard Shaw

Kapitel zwölf

Er fand sie schließlich. Sie stand oben auf dieser alten, morschen Plattform des Leuchtturms, die Hände um das Geländer gekrampft, ihr blasses Gesicht in den brausenden Wind haltend, der mit einer solchen Gewalt gegen den Turm anrannte, daß es zum Fürchten war. Doch Miracle schien das nicht zu schrecken. Sie hatte vielmehr eine so trotzige Haltung eingenommen, als würde der Zorn, der in ihr brodelte, sich durchaus mit der Wut des heraufziehenden Sturms messen können.

Clayton mußte zweimal ganz laut ihren Namen rufen, ehe sie den Kopf zur Seite drehte und ihn unten am Fuß der Kapelle stehen sah, Gesicht, Arme und Beine ungeschützt diesen vom Sturm aufgewirbelten Sandfontänen ausgesetzt, die ihm wie Millionen von Nadeln in die Haut stachen, während ihr die langen Haare um Kopf und Schultern flatterten. Da war keine Spur mehr von der Leidenschaft, dem Glück und dieser fast überschwenglichen Freude, mit der sie noch vor kurzem durch die Korridore von Cavisbrooke Castle getanzt war, als sie nun wie eine Marmorstatue dort oben stand, ein starres Lächeln auf dem Gesicht, und mit leeren Augen zu ihm hinunterschaute.

Die Plattform schwankte unter ihr im Wind wie ein Boot auf den Wellen. Sie knarrte und stöhnte und verstreute Mörtelstücke auf den Boden. Ein großer Holzsplitter löste sich von dem Geländer, fiel in Spiralen hinunter auf das Dach der Kapelle, prallte dort von dem steinernen Kreuz ab und landete schließlich vor seinen Füßen im Sand. Nun wurde ihm zum erstenmal bewußt, wie begründet John Hoyts Angst war: Der alte Leuchtturm war solchen Stürmen nicht mehr gewachsen und konnte jeden Moment in sich zusammenbrechen.

»Miracle!« schrie er. »Kommt von dort oben herunter!«

»Geht weg!« rief sie ihm zu. »Ich will Euch hier nicht haben!« Sie drehte sich vom Geländer weg und verschwand im Turmzimmer.

Die Flut schickte ihre ersten Wellen über den Strand und schwappte ihm um die Füße. Sie zischte wie eine Schlange, als sie ihm den Sand unter den Stiefeln wegspülte. Clayton stockte der Atem. Erschauernd wich er ein paar Schritte zurück und konnte erst wieder Luft holen, als das Wasser sich flüsternd über den Sand ins Meer zurückzog, nur um aufs neue wie ein schäumendes grünes Ungeheuer mit der Geschwindigkeit eines durchgehenden Pferdes heranzubrausen. Er stand wie gelähmt da, unfähig, sich von der Stelle zu rühren, weil er sich in Gedanken bereits von diesem Monster verschlungen sah, ehe es sich nur ein paar Schritte vor ihm in unzählige grüne Tentakel verwandelte, die nun nach seinen Beinen griffen und sich um seine Stiefel schlangen, ein bißchen höher als beim erstenmal – kalt, klamm, beharrlich und seiner Angst spottend.

Clayton ging in die Kapelle hinein und zwang sich dazu, nicht auf diese Welle zurückzublicken, die ihm hurtig nacheilte und an den Füßen der Madonna emporleckte. Die erste Stufe der Treppe, die zum Leuchtturm hinaufführte, war bereits überflutet. Erst als er die Treppe zur Hälfte erklommen hatte, hielt er an und sah nach unten. Da war noch nichts, aber es würde ihm schon nachkommen. Es würde so geschwind diesen schmalen Tunnel hinaufklettern wie das Wasser, das in den Bauch eines sinkenden Schiffes hineinschießt.

Endlich erreichte er das obere Ende der Wendeltreppe und lehnte sich dort, nach Atem ringend, an die Wand. Er wischte sich mit dem Jackenärmel den Schweiß von der Stirn und fragte sich, ob er nun ersticken mußte. So einen schweren Anfall wie diesen hatte er bisher noch nicht erlebt.

»Ich will Euch hier nicht haben«, hörte er Miracles Stimme.

Clayton versuchte, den Raum scharf in den Blick zu bekommen. Das war nicht einfach. Funken tanzten ihm vor den Augen, und das Feuer in der offenen Herdstelle brannte erst schwach, schickte gelbe Lichtspeere auf die aufgewühlte See hinaus, die gegen die Finsternis, die dort draußen herrschte, nicht viel auszurichten vermochten.

Endlich entdeckte er sie.

Sie hockte auf dem breiten Fenstersims, die Beine an den Leib gezogen, dic Arme um die Knie geschlungen und den Kopf gegen die Mauer gelehnt. Das Leuchtfeuer zog einen gelben Streifen über ihr Gesicht, aus dem sie ihn mit gequälten Augen ansah.

Wie schön sie doch ist – und wie traurig, schoß es ihm durch den Kopf.

»Er schreibt diese Briefe selbst, nicht wahr?« hörte er sie nun mit leiser Stimme sagen. »Ich wußte es schon lange oder habe es zumindest geahnt. Aber ich wollte es nicht wahrhaben. Ich brauchte diesen Glauben, daß sie von meiner Mutter stammten, versteht Ihr? Genauso wie damals, als meine Mutter mir die Briefe meines Vaters vorlas. Oh, wie sehr seine Worte doch von seiner Liebe zu mir sprachen! Und daß er uns eines Tages von diesem elenden, schrecklichen Ort wegholen würde. Dann, während einer seiner letzten Besuche, hörte ich die beiden streiten. Ich hörte, wie meine Mutter sagte, sie sei es leid, dauernd lügen zu müssen. Und was für eine Sorte von Mann er doch wäre, daß er sein Kind einfach aufgeben würde, als habe es nie existiert. Ich lief davon, ehe ich seine Antwort hören konnte. Ich liebte ihn ...

Und dann verließ mich auch meine Mutter.« Sie wischte sich mit dem Handrücken über die Nase. »Es war an einem Abend wie diesem. Ein schrecklicher Sturm war vom Kanal her aufgezogen, und ich hatte Angst. Meine Mutter brachte mich zu Bett, steckte die Decke um mich fest und küßte mich. Sie sagte, daß sie mich lieben und mich niemals verlassen würde.«

Clayton stemmte sich mit den Schultern gegen die Wand, als ein Windstoß um den Turm heulte und das Gebäude bis in die Grundfesten erschütterte. Er blickte in den Treppenschacht hinunter, sah den Schein der Kerzen in den Wandhaltern auf dem Mauerwerk kreisen wie Lichter, die sich in dem aufgewühlten Wasser spiegelten. Er hatte den Geruch des Meeres in der Nase, das so schal und muffig roch wie das Wasser am Grund eines alten Brunnens, und lockerte nun so ruhig, wie ihm das möglich war, die Binde um seinen Hals, um besser atmen zu können.

»Meri Mine«, sagte er mit einer dürren Flüsterstimme. »Kommt mit mir. Dieser Turm ist nicht sicher. Dieses Licht wird niemandem helfen können – es ist zu verdammt schwach dafür. Deshalb möchte ich, daß Ihr jetzt meine Hand nehmt und wir diesen Ort verlassen, ehe es zu spät ist.«

Sie sah von ihm weg, hinaus in die Nacht, wo die Blitze am fernen Horizont über die aufgewühlte See zuckten.

»Ich hatte Angst vor dem Gewitter, und immer war meine Mutter dagewesen, um mich zu beruhigen – aber sie kam in jener Nacht nicht zu mir, egal, wie laut ich auch weinte und schrie. Seltsam, wie diese Erinnerungen mit der Zeit verblassen. Ich wollte die Erinnerung daran lebendig halten. Könnt Ihr das verstehen, Euer Gnaden?«

Er nickte und bewegte sich nun weiter in den Raum hinein. Hatten die Mauern wirklich geschwankt? Hatte sich der Boden wirklich unter ihm geneigt? Er war doch nicht wieder auf diesem Schiff? Es sank nicht. Kein Wasser würde in seine Kabine eindringen und ihm die Beine unter dem Leib wegreißen. Nimm dich um Gottes willen zusammen! Du bist ein erwachsener Mann und nicht dieses Kind von zehn Jahren!

»Ich komme hierher«, sagte Miracle, noch immer auf das Meer hinausstarrend, »weil das der Platz ist, den *sie* aufzusuchen pflegte, um auf das Meer hinauszusehen, von anderen Ländern und Städten zu träumen und wider besseres Wissen zu hoffen, daß mein Vater, wie er es versprochen hatte, zurückkommen und uns von hier wegholen würde. Sie pflegte dann dort draußen auf der Plattform zu stehen, das Gesicht in den Wind zu halten, und sich vorzustellen, daß der Wind sie hochheben und forttragen würde, wenn sie sich das nur stark genug wünschte. Gelegentlich erlaubte sie mir auch, sie hierher in den Turm zu begleiten, und wir träumten dann beide davon . . .«

». . . zu fliegen«, sagte er leise.

Da drehte sie das Gesicht vom Fenster weg und blickte ihn mit ihren großen Augen an. »Würdet Ihr jetzt mit mir fliegen, Euer Gnaden?«

»Wohin?«

»Wo meine Mutter ist.«

Sie glitt vom Fenstersims herunter, bewegte sich so, als wenn sie schweben würde, durch den Raum und hob ihm ihren Arm entgegen. »Nehmt meine Hand, Sir.«

Clayton starrte sie an, ehe er ihrem Blick wieder begegnete. Ihre großen, leuchtenden Augen hatten diesen entrückten Ausdruck von Menschen, die in einer Traumwelt leben. »Habt Ihr etwa vor, uns beide umzubringen?« fragte er rauh. »Uns von dieser Plattform dort draußen hinunterzustoßen oder einen ähnlichen Unsinn?«

»Vertraut mir.« Sie lächelte, und er fühlte sich plötzlich unglaublich angerührt von diesem Lächeln, während er sich zugleich einer Fülle widersprüchlicher Empfindungen ausgesetzt sah. Er glaubte, daß sie wahnsinnig war, daß sie imstande war, sie beide umzubringen, und im Geiste sah er sie beide schon kopfüber in die hungrige See hinunterstürzen.

Doch im gleichen Moment nahm er wie ein hilfloser Automat ihre ihm so zerbrechlich erscheinende kalte Hand in seine, die ihm riesig, plump und ungeschickt vorkam und die zu zittern und zu schwitzen schien.

Als sie sich mit ihm auf die Tür zubewegte, zögerte er. Da sah sie ihn rasch von der Seite an, schickte aus ihren blaugrünen Augen einen Blick zu ihm hinauf, der seinen Widerstand ins Wanken brachte und einstürzen ließ wie ein Kartenhaus. Er ging mit ihr durch die Tür hinaus auf die schwankende Plattform, hinaus in den Wind, den Regen, die grellen, über die See hinzuckenden Lichterspeere und in den am Himmel dahinrollenden Donner.

Hilflos, hilflos, hilflos. Das war alles, was er jetzt noch empfinden konnte.

Von dem Augenblick an, als er sie in diesem blühenden Garten inmitten der Ruine mit ihren Körben voller Früchte und Gemüse, den Knöcheln, die unter ihrem rehbraunen Rock hervorlugten, und diesen blassen Sommersprossen auf ihrem Nasenrücken gesehen hatte, war er ihr hilflos ausgeliefert gewesen – unfähig, ihr zu widerstehen. Zu einem Mann, der ihrem ungewöhnlichen Zauber so wenig Willenskraft entgegensetzen konnte, daß er die unverzeihliche Sünde begangen hatte, sich in das Mädchen zu verlieben, das die Frau seines Bruders werden sollte.

Sie rückte näher an ihn heran, ihre Schulter gegen seine pressend, ihren Arm um seinen geschlungen, ihre Finger mit seinen verschränkt, und bot ihr Gesicht dem Windgott dar. Das gelbe Licht, das durch die Fensterscheiben hinter ihnen drang, wob einen Leuchtkranz um ihre Haare, schien sie in Feuer zu verwandeln, selbst als sie naß wurden vom Regen und ihr um den Kopf flatterten, als hätten sie ein eigenes Leben.

Er vermochte keine Angst auf ihrem Gesicht zu entdecken, nur Frieden Entrückung. Flog sie etwa jetzt? Hatte sie ihn hier zurückgelassen, sich ängstlich an das Geländer klammernd – so fest, wie er nur konnte, obwohl er zu spüren schien, wie sich Holzsplitter tief in sein Fleisch bohrten?

Entspanne dich. Atme. Vertrau ihr.

Der Schein des Leuchtfeuers reichte nicht weiter als bis zum

Wasser unter ihnen, das nun an den Seiten des Leuchtturms emporkletterte. Er konnte nur noch die Spitze des Kreuzes auf dem Dach der Kapelle aus den Wellen herausragen sehen, und als er durch das trübe Licht und den Regen nach unten starrte, sah er, daß auch diese nun vom Wasser verschluckt wurde.

Zu spät, um jetzt noch entrinnen zu können. Es gab jetzt keinen Ausweg mehr für ihn.

Der Wind heulte lauter. Der Regen rauschte heftiger auf ihn herunter. »Euer Gnaden«, hörte er da Miracles Stimme durch das Tosen und Brüllen an sein Ohr dringen. »Euer Gnaden, bitte . . .«

Er zwang sich dazu, seinen Blick vom Wasser abzuwenden – zurück auf ihr Gesicht.

»Meine Hand«, formten ihre Lippen. »Ihr tut meiner Hand weh.«

Er hatte sie so fest gepackt, so unglaublich fest, daß er sich fragte, ob er sie nicht zerquetscht haben mochte. Trotzdem schien er sie nicht loslassen zu können. Er würde sonst hinunterstürzen, von dem Wasser dort verschluckt werden.

»Clayton, gib mir deine Hand! Deine Hand, Clayton!«

»Kommt mit mir. *Rasch*! Hierher, Mylord! Vorsicht, ja, bleibt dort stehen, während ich die Tür schließe! Ja, Euer Gnaden, jetzt seid Ihr in Sicherheit. Ich habe den Sturm und das Gewitter ausgesperrt . . .«

»Nein, das habt Ihr nicht«, erwiderte er mit rauher Stimme, den Rücken gegen die Wand des Turmzimmers pressend. Er zwang sich dazu, die Augen wieder zu öffnen, spürte das Toben des Sturms, der gegen die Mauer in seinem Rücken anrannte.

»Ihr habt Angst vor dem Gewitter?«

»Vor dem Wasser. Dem gottverdammten Wasser.«

Ihre kühlen Hände legten sich um seine Wangen. Ihre Finger schoben ihm die nassen Strähnen aus der Stirn. »Pst«, beruhigte sie ihn, »das Wasser kann Euch hier nicht erreichen.« Sie streichelte sein Gesicht, seine Stirn, seine Lippen. Sie stellte sich auf die Zehen und preßte ihre Wange an seine, und er hob die Arme und zog sie so fest an sich, daß es fast wehtat. Er begrub sein Gesicht in ihren Haaren, und sog den Geruch von Regen, Rosenwasser und ihren süßen warmen Duft gierig in sich hinein, und plötzlich schien der Wind gar nicht mehr so wütend zu toben, sondern war nur noch ein leises Summen, das von diesem weichen, warmen, willigen Körper in seinen Armen gänzlich ausgelöscht zu werden schien.

»Ich war zehn«, hörte er sich sagen. »Mein Bruder und ich waren mit meinen Eltern in den Orient gereist. Wir befanden uns auf der Rückfahrt nach England, als es eine Explosion auf dem Schiff gab – ein Feuer. Es riß den Bauch des Schiffes auf, und es versank wie ein Stein in den Fluten. Da waren so viele Passagiere auf den Schiff – und so wenig Rettungsboote. So viel waren verletzt, verbrannt von dem Feuer. Es trieben so viele Körper im Wasser, so viele Wrackteile. Jene von uns, die das Feuer überlebt hatten, klammerten sich an alles, was sie über Wasser zu halten vermochte – tagelang. Wir hatten nur ein bißchen Schiffszwieback in den Booten und kein Trinkwasser. Die Leute starben wie die Fliegen ...

Und dann kamen die Haifische.

Sie holten sich zuerst meinen Vater. Und schließlich auch meine Mutter ..., als sie zu schwach wurde, um sich noch länger zu wehren, zu mutlos geworden war nach dem Tod meines Vaters ... Irgendwann in der Nacht, während mein Bruder schlief, glitt sie in das schwarze Wasser hinein und verschwand.

Sie waren überall, die Haifische, rammten mit ihren Leibern die Rettungsboote oder was da auch immer an Wrackteilen im Wasser trieb, an die sich Überlebende klammerten. Irgendwann mußte dann auch ich das Bewußtsein verloren haben. Ich erwachte erst wieder, als mir das Wasser in den Mund lief und ich meinen Bruder meinen Namen schreien hörte. Überall um mich herum waren diese grauen Biester, diese Schwanzflossen, die wie Schwerter über mir zu schweben schienen, wenn eine Welle auf mich zukam. Mein Bruder . . . Er sprang ins Wasser und schwamm auf mich zu. Ich erinnere mich noch, wie er mit den Füßen nach diesen verdammten Monstern trat und ununterbrochen rief, daß ich nicht aufgeben sollte. Er hat mir das Leben gerettet, Meri Mine.«

Miracle sah ihm in die Augen. »Ich werde Euch nicht ertrinken lassen, Sir«, sagte sie, stellte sich auf die Zehen und gab ihm scheu einen Kuß auf den Mund, verweilte dann noch eine Weile mit ihren Lippen darauf, so daß er ihren warmen Atem an seinen Wangen spürte.

Er schloß die Augen.

»Meri«, hörte er sich murmeln. »Meri. Meri. Ich . . . kann nicht. Ich . . . darf nicht. Ich . . . muß Euch etwas gestehen.«

Da küßte sie ihn abermals. Sie hob die Hände, löste seine Halsbinde, während ihre warme Zunge über seinen Mund spielte, über seine Zähne, bis er ihr schließlich erlaubte, einzudringen. Er hielt den Atem an. Er spürte nicht mehr seine kalten, feuchtklammen Kleider auf der Haut, spürte, wie dieses ängstliche Zittern, das ihn vorhin beim Anblick des am Turm heraufkletternden Wassers befallen hatte, sich auflöste in eine Wärme, die sich in seiner Brust nach allen Seiten auszubreiten begann. Seine Hände in ihren Haaren vergrabend, zwang er ihren Kopf zurück. Ihre Augen hatten einen schläfrigen Ausdruck, ihre Lippen waren rot und leicht geöffnet. »Ich muß . . . Euch etwas gestehen«, wiederholte er.

»Sagt es mir, Mylord. Rasch, damit ich Euch wieder küssen kann.«

»Ich . . . ich liebe dich.«

Ein Lächeln. Eine Träne. Und dann schlang sie ihm die Arme um den Hals, zog seinen Kopf zu sich herunter, küßte ihn heiß und innig auf den Mund und drückte ihn mit einer Kraft an sich, die viel zu groß zu sein schien für so ein schlankes, zierliches Wesen.

»Ihr zittert ja, Sir«, sagte sie, ihm ins Gesicht blickend. »Habt Ihr denn immer noch Angst vor dem Wasser? Ich habe

Euch doch versprochen, daß ich nicht zulassen werde, daß es Euch etwas antut. Und daß Ihr bei mir sicher seid.«

Sie nahm ihm den Umhang von den Schultern, der wie ein nasser Sack auf den Boden fiel und zog ihm das Hemd aus dem Hosenbund. Und als es lose um seine Hüften hing, schob sie ihre warmen Hände darunter und schob es ihm über den Bauch hinauf, daß er erschrocken die Luft anhielt und einen Moment lang dieser gellenden, warnenden Stimme in seinem Kopf lauschte, um sie dann zu ignorieren.

Sie zog ihm das Hemd aus und stand dann wie verzaubert vor ihm. »Nein«, sagte sie andächtig, »Ihr seht ganz und gar nicht so aus wie diese Bauern, Euer Gnaden. Ihr seid ... wie aus Bronze und schön. Ich bin mir nicht sicher, ob ich bisher in meinem Leben etwas so Perfektes gesehen habe. Ist es verkehrt von mir, so etwas zu sagen?«

»Möglich. Ich ... weiß es nicht. Ich weiß überhaupt nichts mehr, Meri Mine. Sonst würde ich wohl nicht hier stehen, glaube ich.«

Immer noch so regungslos wie eine Statue, sah er ihr zu, wie sie ihr Kleid auszog. Dann stand sie nackt vor ihm bis auf die Strümpfe, die ihr nur bis zu den blassen Schenkeln hinaufreichten. Und er vermochte den Blick nicht von dem Daunennest abzuwenden, das sich dort zwischen ihren Lenden wie ein seidiger Schatten befand – so kupferrot war wie die Haare, die ihr über die Schultern flossen.

Sie trat nun vor ihn hin, stand so nahe bei ihm, daß ihre festen, leicht nach oben gewölbten weißen Brüste mit den aufgerichteten rosigen Brustwarzen sacht über seine Haut strichen. Er nahm sie in seine Hände, schloß die Finger um diese weichen und zugleich festen Rundungen und schloß wieder die Augen. Er hatte in seinem Leben schon mit vielen Frauen geschlafen, von denen die meisten wenig Skrupel gehabt hatten, ihm ihre Reize zu enthüllen – sich dessen gewiß, daß ihn diese Verlockung, eine Kostprobe von ihrem Fleisch ihn wild machen würde vor Verlangen. Doch sein Grinsen hatte sie dann eines Besseren belehrt, sein Sarkasmus sie gekränkt und so wütend gemacht, daß sie ihm in das arrogante Gesicht geschlagen hatten.

Aber diese Frauen waren keine Miracle gewesen. Ihre Unschuld hatte ihn nicht verzaubert, und das Angebot ihres Körpers war nicht ein Geschenk ihres Herzens gewesen, sondern ein Mittel zu einem eigennützigen Zweck.

Selbst jetzt, als er sacht mit einer Hand an ihrem weichen, schlanken Leib hinunterfuhr, bis er die Grotte zwischen ihren Schenkeln fand, die warm, feucht und einladend war, hatte er nicht das Gefühl, daß er ihr etwas nehmen würde, daß dieses Sich-ihm-Ergeben überhaupt eine Ergebung war, sondern vielmehr ein Erwachen, das Sichöffnen einer Blume, die nach einem Leben in dunkler Einsamkeit liebevoll die Sonne umarmte.

Sie sanken zusammen auf den Boden hinunter, auf ihr Kleid, das auf den Dielen ausgebreitet lag, inmitten von ein paar Eicheln und Schnüren, die aus ihrer Rocktasche herausgefallen waren. Ein lange Zeit lagen sie sich dort regungslos in den Armen. Warmes Fleisch an warmem schwitzendem Fleisch, ihre Körper so fest aneinandergepreßt, daß sie nicht zu sagen wußten, wo der eine begann und der andere aufhörte.

Dann bewegten sich ihre Hände wieder über ihn hin, ihn erkundend und erforschend, jeder Kontur, jeden Muskel seiner Brust und seines Bauches mit dem Finger nachspürend, bis sie schließlich seinen Hosenbund erreichten . . .

Da half er ihr, ungeschickt an den Knöpfen nestelnd, und entließ sein Geschlecht in ihre Hand.

Eine Pause.

Ein rascher Atemzug.

Eine jähe Beschleunigung ihres an seiner Brust pulsierenden Herzens.

Und dann – ah – wie leicht, wie sanft ihre Berührung! Eine fast andächtige Liebkosung, die Wonneschauer durch seinen Körper schickte.

Momente der Verzückung, als ihre kühlen Fingerspitzen nun sacht die straffe Haut über seinem pochenden Fleisch betasteten. Er schien zu brennen an den Stellen, wo sie sein Glied berührte, dessen Form und Umfang erkundete und sich dann weiter, tiefer zwischen seine Beine vortastete. Eine Woge der Wollust schien ihn da emporzutragen, so daß sein Rücken sich wölbte, seine Hüften sich hoben, sich diesen Händen entgegenstreckend, die ihn dort liebkosten.

Dann Küsse, so sacht wie Schmetterlinge, die über seinen Bauch hinflatterten, seine Arme, die straffen Muskeln an seiner Kehle, seinen Hals. Die nun sein Ohr erreichten, daran entlangstreiften und sich dann auf seinen geschlossenen Augenlidern niederzulassen schienen, ehe sie seine Lippen erreichten. Er spürte ihren warmen Atem in seinem Mund, das Auf und Ab ihrer Zunge, während er nur den Kopf auf dem Kissen ihres Kleides hin- und herrollen konnte in der lustvollen Vorstellung, wie gut es sich wohl erst anfühlen würde, wenn er sich in ihr bewegte.

Da spreizte sie die Beine, wie sie das schon in der Nacht zuvor gemacht hatte, und ihr Blick suchte nun seine Augen, während sie mit geöffneten Schenkeln über ihm verharrte.

Und diesmal gab er ihrem Wunsch nach.

Ihr Gesicht verklärte sich im Augenblick des intimen Schmerzes, als er in sie eindrang, erstrahlend im Licht des Leuchtfeuers und erglühend unter diesem heißen Lavastrom in ihren Eingeweiden. Den Kopf zurückgeworfen, so daß ihre Haare sich nun in einer prächtigen Flut über ihre Schultern, ihre Brüste und ihre Schenkel ergossen, gab sie sich ihm hin, als wäre sie ein jungfräuliches Opfer, das man einem Gott der Leidenschaften darbrachte.

Sein Blut war ein donnerndes Rauschen, als ein gewaltiges Beben durch seinen Körper lief, als würde er von einer Riesenfaust geschüttelt. Seine Lungen schienen zu bersten, weil die Luft in dem kleinen Raum so heiß geworden war, daß sie nicht mehr zum Atmen taugte. Und dann ertrank er plötzlich in einer Flut unglaublicher Hitze, in ihren Augen, in ihrem Geruch. Die Hände in den Stoff unter sich krallend, versuchte er wieder an die Oberfläche zu gelangen, zu denken – was für ein vergebliches Bemühen! Wie konnte er denn denken, wenn er sie besitzen wollte? Ihren unbezähmbaren Geist erobern, in sich aufnehmen, zu seinem eigenen machen wollte?

Er wollte mit ihr fliegen. Er wollte ihr zeigen, wie wunderbar das Fliegen sein konnte.

Doch nun war sie es, die es ihm zeigte! Er hatte mit mehr als hundert Frauen geschlafen, doch es war nie so gewesen wie mit ihr. Er fühlte sich nun selbst wie eine Jungfrau, die zum erstenmal die Liebe erlebt – nicht nur die Wonnen des Körpers, sondern auch die des Herzens. Es war ein ...

Wunder.

Schließlich legte sie sich auf ihn, Körper an Körper, Herz an Herz. Er schlang die Arme um sie, drückte ihren schlanken Leib fest an sich und rollte sich auf die Seite. Als sie dann neben ihm lag, ein Bein über seine Hüfte geschoben, aber noch immer miteinander vereinigt, sahen sie sich gegenseitig ins Gesicht. Ihre Augen schimmerten glasig, wirkten ein wenig benommen, und ihre roten Wangen waren feucht. Und dann öffnete sie ihren kleinen roten Mund und flüsterte: »Nun wirst du dich immer an mich erinnern, wenn du an Wasser denkst. Vielleicht wirst du dann nicht mehr so viel Angst vor ihm haben.«

Er lachte. »Mich an dich erinnern? Meri Mine, wie könnte ich dich jemals vergessen!«

Und dann begegneten sich ihre Lippen wieder, als das Verlangen erneut in ihnen erwachte. Sie rollten über den Boden, ihre Arme und Beine ineinander verwickelnd, und er hätte nicht gedacht, daß er zu einer so wilden Leidenschaft fähig sei, mit der er nun in sie hineinstieß.

Sie keuchte und stöhnte. Sie packte seine Schultern und rief: »Oh, bitte. Dieser Schmerz, dieser Schmerz ...«

»Kein Schmerz«, hauchte er ihr ins Ohr. »Nur Wonne und

Seligkeit. Halte dich fest an mir, Meri Mine, und laß *mich* jetzt *dir* das Fliegen beibringen!«

Als Clayton erwachte, lag er nackt mit dem Gesicht nach unten auf dem Boden, und die Sonne, die durch die Fenster kam, brannte ihm unangenehm auf den Rücken. Es vergingen Sekunden, in denen er versuchte, sich klar zu werden, wo er sich befand.

Etwa wieder auf diesem Schiff? Neben ihm stöhnendes, knarrendes Holz. Und unter ihm das Rauschen und Brodeln von Wasser.

Langsam öffnete er die Augen. Da lag sein Hemd, ein Häuflein Stoff, bei einer Tür, seine Stiefel und seine Hose waren über den Raum verstreut, und seine Halsbinde hing wie ein totes Wiesel über einer Stuhllehne.

Stöhnend rollte er sich auf den Rücken und setzte sich auf. Da sprangen ihm die zarten Frauenstrümpfe in die Augen, die dort vom Fenstersims herunterbaumelten.

»Verdammt«, sagte er.

Der Kopf tat ihm weh. Sein Körper schmerzte. Er roch genauso wie Miracle. Ihr Geruch war in seinen Nasenlöchern, an seiner Brust, seinen Händen, zwischen seinen Beinen. Sogar in seinem Mund. Oh, was für Sachen er ihr doch beigebracht hatte! Er sollte sich schämen!

»Verdammt!«

Er stand auf. »Meri?« rief er.

Stille.

Clayton trat ans Fenster, versuchte mit verquollenen Augen den Strand scharf ins Blickfeld zu rücken. GUTEN MORGEN, EUER GNADEN stand dort mit Großbuchstaben in den feuchten Sand geschrieben. Da stahl sich ein Grinsen auf seine Lippen, während die Bilder der vergangenen Nacht sich nun so heftig seinem Bewußtsein aufdrängten, daß ihm das Blut in die Lenden schoß und seinen Körper ruhelos machte.

Er zog sich rasch an, nahm sich gar nicht erst die Zeit, das

Halstuch umzubinden, den Rock anzulegen oder in seine Stiefel zu steigen, sondern klemmte diese sich unter den Arm und rannte dann barfüßig den Strand hinunter, ihren kleinen Fußspuren folgend. Dann benützte er die Abkürzung, als diese vor der Steilwand endeten, und langte eine halbe Stunde später in Cavisbrooke Castle an.

Dort traf er Benjamin in der Küche bei einer Tasse Tee und dem Rösten von Milchbrötchen an.

Der Diener betrachtete ihn mit einem Ausdruck gelinden Entsetzens. »Gütiger Himmel«, sagte er. »Ihr seht ja aus, als hättet Ihr Euch die ganze Nacht mit einer Dirne im Heu gewälzt!« Und dann, sich näher zu Clayton hinbeugend und an dessen Rock schnüffelnd, rief er: »Gütiger Himmel, Ihr *habt* tatsächlich die Nacht mit einer Kuhmagd verbracht!«

»Wohl kaum«, schnaubte Clayton. »Hast du Miracle gesehen?«

Sofort nahm Bens Gesicht einen besorgten Ausdruck an. »Ich habe Angst, Euch zu fragen.«

»Dann frage mich erst gar nicht«, erwiderte Clayton, ging zur Hintertür und spähte den Gartenweg entlang. Sie unterhielt sich dort nicht mit ihren Schweinen und war auch nicht im Hühnerstall.

»Ich glaube, das verlangt nach etwas Stärkerem als Tee«, erklärte Ben hinter ihm, zog eine Reiseflasche aus der Rocktasche, entkorkte sie, nahm einen kräftigen Schluck daraus, schloß die Augen und schüttelte sich.

»Da hast du allerdings recht«, stimmte Clayton ihm zu und nahm ihm die Flasche aus der Hand. Er setzte sie an die Lippen und erschauerte, als ihm der Brandy einen Faustschlag in den Magen zu versetzen schien.

»Vielleicht geht mich das alles ja gar nicht an«, sagte Ben, Clayton mißtrauisch beäugend, ob er wohl die ganze Flasche austrank. »Aber könnt Ihr mir vielleicht verraten, was Ihr Euch eigentlich dabei gedacht habt? Ihr werdet doch jetzt nicht umhin können, es ihm auch zu sagen – *Seiner* Gnaden, meine ich –, weil er sich sonst eine ... wie soll ich es formulieren?«

»Eine Jungfrau in der Hochzeitsnacht erwartet?«

Ben räusperte sich und zitierte: »Der Geist ist willig, aber das Fleisch ist schwach. Und wer sich zum Schaf macht, den fressen die Wölfe ...«

Clayton packte Ben bei den Schultern und schüttelte ihn kräftig. »Hör auf! Ich will nichts davon hören! Hast du mich verstanden? Ich will darüber nicht mit dir diskutieren! Du brauchst mich nicht erst daran zu erinnern, daß ich ein absolutes Fiasko aus dieser Geschichte gemacht habe. Und das geschieht mir auch recht. Ich hätte mich nicht dazu bereitfinden dürfen, bei so einer Farce mitzuwirken. Aber nun geh und bereite mir ein heißes Bad, damit ich mich darin ersäufen kann!«

Ben nickte, befreite sich aus Claytons Griff und eilte aus der Küche. Kaum hatte sein Diener den Raum verlassen, als Clayton, der sich wieder zur Hintertür umdrehte, Hoyt dort auf der Schwelle stehen sah, in einer Hand eine Axt, in der anderen ein geköpftes Huhn.

»Nun«, räusperte sich Hoyt, während sein Mund zu einem dünnen Strich wurde und seine grimmigen Augen hinter den sich von seinem heftigen Atmen beschlagenden Brillengläsern ein wenig verschwammen, »Ihr seht mir heute aus wie ein Mann, der ein großes Problem hat, Euer Gnaden.«

»So? Habe ich das?«

»Aye«, John trat in die Küche. Da er sich nicht auf seinen Krückstock stützen konnte, war sein Hinken besonders ausgeprägt, als er sich zum Hackstock begab, das Huhn darauf warf und ihm dann mit einem Axthieb ein krummes, gelbes Bein vom Körper trennte, das er der Katze zuwarf, die ihm miauend um die Füße strich. »Ich hatte heute mal Lust auf ein Stück Fleisch«, erklärte er. »Oder vielleicht war es auch das Verlangen, irgend etwas oder jemanden zu töten. Was meint Ihr dazu, Euer Gnaden?«

»Wenn Ihr mir etwas zu sagen habt, dann sagt es, Hoyt.«

Wieder sauste das Beil auf den Hackstock herunter und bescherte der Katze das zweite Hühnerbein. »Ich könnte mir denken, daß Ihr nun das Mädchen ganz gewiß heiraten werdet. Ich meine, jetzt, wo Ihr die Nacht mit ihr verbracht habt und so zerzaust nach Hause gekommen seid wie ein streunender Kater. Nicht, daß sie etwa besser ausgesehen hätte, als sie nach Hause kam, obwohl sie mir, wie ich zu behaupten wage, weitaus zufriedener zu sein schien mit ihrem beklagenswerten Zustand, wohingegen Ihr mir eher wie ein Mann ausschaut, dem man gerade die Schlinge um den Hals gelegt hat.« Das Hackbeil fiel, und die Katze bekam jetzt auch noch den Hals von dem Huhn. »Gibt es vielleicht etwas, das *Ihr* mir gern sagen möchtet, Euer Gnaden?«

»Ja.« Clayton nahm noch einen kräftigen Schluck aus Benjamins Reiseflasche, hustete, als ihm der Brandy wie Feuer in der Kehle brannte, und sagte dann durch die zusammengepreßten Zähne: »Sie weiß jetzt, daß Ihr ihr diese Briefe geschrieben habt, Johnny, alter Knabe.«

Schwachsinn, dachte er, so etwas jetzt zu sagen. Er nahm noch einen Schluck Brandy, ohne Hoyt jedoch aus den Augen zu lassen. Wenn der alte Mann vorhatte, sich mit ihm anzulegen, sollte er wenigstens wissen, daß er, Clayton, nicht der einzige war, der sich mit einem schlechten Gewissen abzuplagen hatte.

Das Beil schwebte eine Weile lang in der Luft, ehe Hoyt es wieder auf den Hackstock hinuntersinken ließ. Er sagte lange nichts, das tote Huhn anstarrend, dessen weiße und braune Federn sich ein wenig sträubten, als Hoyts heftiger Atem darüber hinstrich. »Verratet mir nur eines«, fragte er schließlich mit müder Stimme, »ob Ihr sie liebt – ehrlich und wahrhaftig liebt. Das ist alles, was sie haben möchte, müßt Ihr wissen. Jemanden, der sie liebt.«

Er hob den Kopf und schaute Clayton mit leicht umflorten Augen an. »Ich habe nie so recht verstanden, warum Ihr zurückgekommen seid, Mylord. Und wenn ich auch nur einen

Moment lang denken müßte, daß Ihr es nicht ehrlich mit ihr meint, dann würde ich Euch hier und jetzt mit meinen eigenen Händen töten. Aber ich habe gesehen, wie Ihr sie anschaut. Ich habe gehört, wie Ihr mit ihr redet. Ich habe selbst einmal eine Frau geliebt. Aye, das tat ich. Ich weiß, was die Liebe aus einem Mann machen kann. Besonders dann, wenn es so eine Frau wie Miracle ist, die er liebt. Da kann schon ein Blick in ihre verträumten Augen genügen, daß er sich vergißt und selbst ein wenig verrückt wird. Ja«, sagte er, mit den Fingern schnippend, »die Liebe kann einen Mann ganz schnell um den Verstand bringen und ihn zu einem Narren machen. Und wenn die Liebe von einem Mann erst einmal Besitz ergriffen hat, läßt sie ihn nie mehr los, mein Freund. Sie prägt sich ihm in sein verdammtes Herz ein. Er könnte zwar versuchen, sich selbst zu täuschen und sich einzureden, daß es ja auch noch andere Frauen gibt, doch so eine Frau wie Miracle würde er nie mehr finden. Er würde den Ausdruck in ihren Augen, wenn sie lacht oder weint oder vor Zorn aufbraust, sein Lebtag nie mehr vergessen können.«

Die Kehle schien ihm plötzlich zugeschnürt zu sein. Er starrte auf das Huhn hinunter und sagte dann mit gepreßter Stimme: »Verdammt – ich habe Agatha geschlachtet. Ich weiß nicht, was über mich gekommen ist, daß ich mir Agatha gegriffen habe.«

»Die Liebe macht uns alle zu Narren«, sagte Clayton leise.

»Ich werde ihre Leiche jetzt wohl irgendwo vergraben müssen, denke ich.«

»Das denke ich auch.«

»Das soll unser kleines Geheimnis bleiben, nicht wahr, Euer Gnaden? Sie wird denken, daß Agatha sich irgendwohin verlaufen und ihr ein Fuchs oder Straßenköter den Garaus gemacht hat.«

Clayton nickte.

Hoyt ging mit dem toten kopf- und beinlosen Huhn in der Hand wieder zur Hintertür. Als er draußen im Hof verschwand, nahm Clayton wieder einen Schluck aus der Brandyflasche und wischte sich dann mit dem Handrücken über den Mund.

Waren ihm seine Gefühle für Miracle tatsächlich so deutlich anzusehen?

So deutlich wie John, wenn er an Miracles Mutter dachte?

Oh, ja, diese Augen konnten jeden Mann um den Verstand bringen.

Er ging hinauf in seine Kammer. Ben schüttete dort gerade den letzten Eimer mit heißem Wasser in den Waschzuber – ein recht umfängliches Ding auf Rädern, dessen Seiten mit Blumen, Schmetterlingen und kleinen Häschen bemalt waren, die im Gras Männchen machten. Ben half ihm beim Auskleiden, und dann stieg Clayton mit dessen Reisefläschchen, von dem er sich nicht trennen wollte, in den Zuber und zuckte zusammen, als ihn das heiße Wasser in die Schenkel biß, die mit Flecken von Miracles Blut und seinem Samen bedeckt waren.

Er tauchte bis zum Hals in das dampfende Wasser ein, legte den Kopf an den Rand des Zubers zurück und spürte, wie seine Haut aufquoll und seine Kopfhaut prickelte von der Hitze, während ihm wieder Johns verwittertes, runzliges Gesicht vor Augen stand, auf dem Wonne und Pein sich stritten, als er sich an Lorraina Cavendish erinnerte.

Würde auch er, Clayton Hawthorne, Lord Basingstoke, sich in zwanzig Jahren mit diesem verklärten Ausdruck in den Augen, wie er ihn eben bei John beobachtet hatte, an die Momente der Leidenschaft zurückdenken, die er in Miracles Armen verbracht hatte? Und mit dieser Qual, wenn er daran denken mußte, daß sie nun einen anderen Mann liebte – so wie Lorraina Cavendish ihren Gemahl geliebt hatte?

Denn da führte ja nun kein Weg mehr vorbei. Miracle – diese reizende, verträumte, rührend kindliche Miracle, die mit Tieren redete und die königliche Pferde stahl – würde eines Tages Herzogin Salterdon werden, die Ehefrau seines Bruders, wenn er, Clayton, dieses arglistige Spiel mit den vertauschten Identitäten fortsetzte. Er konnte ihr jetzt entweder enthüllen, wer und was er war und welche Absichten er mit seinem Besuch hier eigentlich verfolgt hatte, worauf sie ihn sicherlich sogleich aus dem Haus weisen würde und nie mehr wiedersehen wollte. Oder er gab sich auch weiterhin als der Herzog von Salterdon aus, was ihn dazu zwingen würde, sie für den Rest seines Lebens aus der Ferne zu begehren.

Himmel – das war immer noch besser als ein Leben ganz ohne Miracle.

Sie näherte sich ihm leise von hinten, legte ihm die Arme um die Schultern, tauchte die Hände in das warme Wasser und benetzte damit seine Brust. »Mein Herr«, flüsterte sie an seinem Ohr, »ich habe Euch vermißt.«

Clayton schloß die Augen und lächelte.

»Ich habe Benjamin gesagt, daß er sich in der Küche ein zweites Frühstück zubereiten und sich dafür viel Zeit nehmen sollte.«

»So wirst du dich aber bei den Leuten ins Gerede bringen, Meri Mine.«

Sie lachte vergnügt und setzte sich auf den Rand des Zubers. Der Dampf, der aus der Wanne aufstieg, trieb ihr das Blut in die Wangen und durchfeuchtete das stramme Mieder ihres rehbraunen Kleides, so daß es durchsichtig wurde und ihre Brustwarzen wie zwei kecke Kupfermünzen durch den fadenscheinigen Stoff hindurchschimmerten.

»Ich habe mich gefragt«, sagte sie, »ob es jedesmal so herrlich sein würde, wenn wir uns lieben. Ist das immer ein so wonnigliches Gefühl?«

»Das hängt wohl von den Menschen ab, die sich im Liebesakt vereinen, denke ich.«

»Ich rede nicht von anderen Menschen, sondern von uns beiden. Von Euch und mir.«

Er legte die Finger um ihr Handgelenk. Es fühlte sich so zerbrechlich an wie der Hals eines kleinen Vogels. »Nur, wenn du dich bereitfindest, die Herzogin von Salterdon zu werden.«

Miracle glitt vom Rand des Zubers herunter, sank auf die Knie, nahm Clayton die Seife aus der Hand und rieb ihm damit die Schultern ein. Er wußte inzwischen, daß er mit Widerspruch rechnen mußte, wenn sie das Kinn so vorreckte wie jetzt und den Kopf auf die Seite legte. Enttäuscht griff er nach ihrem Arm und packte ihn so fest, daß seine Finger nasse Streifen auf ihrem Ärmel hinterließen. »Was stört dich denn daran? Die meisten Frauen würden ihre Seele dafür verkaufen, wenn sie in eine so reiche und hochgestellte Familie einheiraten könnten!«

»Ich bin aber nicht so wie die meisten Frauen«, erwiderte sie und blickte ihn dabei schelmisch unter gesenkten Wimpern hervor an. »Zumindest habt Ihr mir das in der letzten Nacht mehrmals beteuert.«

»Himmel – das ist doch kein Spaß! Keine Sache, die man lächerlich machen sollte!«

Miracle entzog sich seinem Griff, drehte die Seife zwischen ihren Händen, daß ihr der Schaum zwischen den Fingern herausquoll, und nagte mit ihren kleinen weißen Zähnen an der Unterlippe. Sie sieht aus wie ein gescholtenes Kind, dachte er bei sich.

»Wenn ich noch einmal dieses Haus ohne dich verlassen sollte, Meri, würde ich nicht mehr hierher zurückkommen. Nie mehr. Und bedenke, daß du sehr wohl davon schwanger – oh, Himmel, daran hatte ich bisher ja gar nicht gedacht!« Er bedeckte das Gesicht mit seinen heißen, nassen Hände und fuhr sich damit durch die verschwitzten und vom Dampf nassen Haare. »Schwanger! Bedenke, in was für einen Schlamassel du damit geraten würdest. Was, zum Teufel, habe ich mir dabei nur gedacht?«

»Schwanger«, wiederholte sie da mit leiser, andächtiger Stimme. Ihr Gesicht begann zu leuchten, ihre Augen fingen an zu strahlen. Sich so weit vorbeugend, daß ihre mit Sommersprossen bedeckte Nase fast seine berührte, sagte sie: »Glaubt Ihr, ich könnte jetzt schwanger sein? Würde Euch das gefallen? Würdet Ihr gern ein Kind von mir haben wollen, Mylord?«

Ihr in das strahlende Gesicht blickend, versuchte Clayton zu schlucken. »Ja«, antwortete er leise, obwohl er sich schon innerlich verfluchte, als ihm das Wort über die Lippen kam, daß es vollkommen widersinnig war, an so was zu denken – ja, es ihr oder sich selbst einzugestehen. »Ja«, wiederholte er. »Nichts wäre mir lieber, als dich mit einem Kind schwanger zu sehen. Mit *meinem* Kind.«

Sie lächelte und zwinkerte mit den Augen. Und dann reckte sie sich plötzlich auf die Zehen, daß sich ihr Rocksaum über die in Pantoffeln steckenden Füße und ihre Knöchel bis zu den Waden hinaufrutschte und tanzte, ihren flachen Bauch so weit, wie sie konnte, nach vorne wölbend, auf einen Wandspiegel zu. Als das kaum etwas brachte, nahm sie ein Kissen vom Bett und schob es sich vor Claytons belustigten Augen unter den Rock.

Ihr Profil vor dem Spiegel erst von der einen, dann von der anderen Seite betrachtend, fragte sie, auf einem Finger kauend: »Würdet Ihr mich denn dann noch hübsch finden? Würdet Ihr mich da noch lieben? Und welchen Namen würdet Ihr ihm denn geben wollen, Euer Gnaden?«

Und im nächsten Moment war sie wieder bei ihm, ihn mit ihrer Nähe das Herz wärmend, während ihr Geruch ihn wie der Duft von frischen Rosen einhüllte und seine Sinne so betörte, daß ihm fast schwindlig wurde. Es schloß die Augen, legte er den Kopf wieder an den Rand des Zubers zurück und erschauerte, als sie ihm mit den Fingerspitzen über das Gesicht und die Haare strich. »Euer Gnaden«, murmelte sie, »warum seht Ihr mit einemmal so traurig aus? Ist Euch vielleicht der Gedanke, daß ich ein Kind von Euch unter dem Herzen tragen könnte, doch nicht so angenehm, wie Ihr mich das glauben machen wollt?«

Mit einem leisen Stöhnen nahm er sie da, das Kissen vergessend, in die Arme und zog sie zu sich in den Zuber hinein, so daß sie erst erschrocken die Luft anhielt, als sie in das Wasser eintauchte, und sich dann kichernd auf ihn setzte, während der Rock sich auf dem Wasser um ihre Schenkel herum ausbreitete. Da brandete das Begehren wieder wie ein heißer Springquell in ihm auf, nur daß diesmal das heftige Pochen seines Herzens sich so anfühlte wie ein Messer, das sich in sein Fleisch zu bohren schien.

Seine nassen Hände in ihren Haaren vergrabend, drückte er seine Lippen auf ihren halb geöffneten Mund und küßte sie, mit seiner Zunge ihrer begegnend, so innig und heiß, bis sie dahinschmolz, ihm stöhnend die Arme um die nassen Schultern legte und ihre Schenkel öffnete für sein Glied, das zwischen ihren Beinen pochte. Da drang er so heftig in sie ein, daß ein leises Wimmern aus ihrer Kehle drang und sie ihre Nägel in die Haut auf seinem Rücken bohrte.

Sie wollte ihn genießen. Doch statt dessen stillte er seine Lust an ihr, suchte gierig mit den Mund ihre noch in ihrer Bluse verfangenen nassen Brüste und stieß so wild in sie hinein, daß das Wasser über den Rand des Zubers schwappte und sie sich mit geschlossenen Augen und zusammengebissenen Zähnen an den Rand der Wanne klammerte und ihr die Haare wie feurige Strähnen am Gesicht und den Schultern klebten.

Schließlich kam er mit solcher Heftigkeit zum Höhepunkt, das er laut aufschrie vor Lust, Zorn und Erleichterung, und als er dann erschöpft gegen den Rand des Zubers zurücksank, lag sie auf seiner Brust, den Kopf unter seinem Kinn, das Gesicht an seinen Hals gedrückt, ihre Arme und Beine um ihn geschlungen, während ihr nasser Rock um seine Taille gewickelt war. Erst da bemerkte er, daß sein Badewasser — oder der sich noch im Zuber befindliche traurige Rest davon — inzwischen kalt geworden war.

»Beantwortet das deine Frage?« sagte er, ihr nun sacht ein paar kleine weiße Federn aus dem aufgeplatzten Kissen von ihrem rosigen Gesäß klaubend.

Sie hob den Kopf, sah ihn mit ihren blaugrünen Augen an,

suchte ihre Glieder wieder zusammen, krabbelte aus dem Zuber und entfernte sich dann mit graziösen Schritten aus dem Zimmer, eine breite Spur aus Wasser und Gänsefedern zurücklassend.

Ich wußte nie, wie man jemanden verehrt,
bis ich wußte, wie man jemanden liebt.

Henry Ward Beecher

Kapitel dreizehn

»Männer sind seltsam. Überaus verwirrend. Sie schnüffeln mit dem Appetit eines halb verhungerten Straßenköters an einem Weiberrock, doch sobald sie ihren Hunger gestillt haben, werden sie träge und gleichgültig. Ich frage mich, ob sie wirklich wissen, was es heißt, zu lieben. Mit seinem ganzen Körper und seiner ganzen Seele, meine ich. So sehr, daß es wehtut. Glaubst du das, Chuck? Meinst du, daß er an mich denkt, wenn er dort draußen jetzt allein spazierengeht? Er hätte mich doch dazu einladen können, ihn zu begleiten, statt sich mitten am Tag einfach davonzustehlen – meinst du nicht auch?«

Chuck, der Eber, stupste sie, um mehr Futter bettelnd, mit seinem roten Rüssel an. Miracle bemerkte das kaum. Sie war viel zu sehr damit beschäftigt, hinauszuschauen auf das sanft gewellte Hügelland. »Noch dazu an einem so herrlichen Tag, der wie geschaffen ist für Picknicks«, sagte sie leise. »Ein Tag zum Blumenpflücken. Ein Tag, um Hand in Hand mit seinem Liebsten durch Wiesen und Wälder zu streifen.«

Törichtes Mädchen, schalt sie sich dann. Wie konnte sie nur auf so dumme Gedanken kommen? Kerzen mußten gegossen, Seifenlauge gekocht und abgeschöpft, Teppiche geklopft und Eier eingesammelt werden. Und wo war Agatha?

Hier stand sie, fing Grillen und hing Tagträumen nach, statt nach Agatha zu suchen.

»Mira.«

Sie ließ den Eimer mit den Körnern fallen, so daß er umkippte und Chuck, sein Ringelschwänzchen schwingend, sich sogleich über das auf den Boden verstreute Futter hermachte und es gierig in sich hineinschlabberte. Stirnrunzelnd hob Miracle den nur noch halbvollen Eimer wieder auf und eilte damit den Pfad hinunter zum Hühnerhaus.

»Mira«, rief John ihr nach.

Miracle ging noch schneller, mit dem ihr um die Beine schwingenden Rock über die Blumen am Wegrand hinstreifend, die ihr Kleid mit ihren Pollen bestäubten.

»Du wirst es nicht vermeiden können, mit mir zu reden«, rief John, ihr nachhinkend. »Schließlich wohnen wir ja unter dem gleichen Dach!«

»Erinnert mich jetzt nicht daran, Mr. Hoyt!«

Sie riß die Tür des Hühnerhauses so heftig auf, daß ein halbes Dutzend Hühner erschrocken aufflogen und ein Regen aus kleinen Federn auf sie herunterrieselte. Sie hob die Hände, um die herumflatternden Vögel daran zu hindern, sich auf ihren Kopf niederzulassen, während sie sich zu den mit Stroh ausgepolsterten Lattenrosten hinunterbückte. John wartete, bis die Vögel sich wieder einigermaßen beruhigt hatten, und rief dann:

»Wenn du schon so lange gewußt hast, daß ich diese verdammten Briefe geschrieben habe, hättest du mir das doch sagen können – oder etwa nicht?«

Miracle schob die Hände in den Eierbeutel an ihrer Schürze und starrte hinunter auf Agathas leeres Nest. Ihre Augen brannten. Und sie fragte sich, ob das daran lag, weil sie sich nun endgültig mit der Tatsache abfinden mußte, daß nicht ihre Mutter die Briefe, so wenige es auch gewesen waren, an sie geschrieben, sondern daß John, ihr einziger Freund, sie jahrelang damit getäuscht hatte – oder weil der Mann, dem es nun doch gelungen war, ihr Herz zu erobern, sie jetzt plötzlich mied wie die Pest.

»Geh fort!« rief sie, heftig mit dem Fuß aufstampfend.

»Wäre es denn nicht viel schlimmer für dich gewesen, wenn

du in den verdammten zehn Jahren überhaupt keine Post bekommen hättest? Warum gibst du nicht endlich die Hoffnung auf und vergißt sie?«

Sie schniefte und blies dann eine kleine weiße Feder von ihrer Nasenspitze, die dort hängengeblieben war. »Ich vermisse Agatha«, sagte sie dann. »Solltest du zufällig auch etwas über ihren Verbleib wissen?«

Schweigen. Dann brummelte er etwas von einem Fuchs, der sie vielleicht erwischt haben könnte.

»Du wirst sie mir doch wohl nicht etwa geschlachtet haben?« forschte sie. »Jedesmal, wenn du dich über etwas aufregst, verschwindet eins von meinen Mädchen. Agatha war . . .«

». . . eine Pest, ein Luder. Sie ist jedesmal auf mich losgegangen, wenn ich nur bis auf einen Meter an sie herankam, ist mir an den Beinen hochgeflattert und hat nach meinen – na, was du da gerade einsammelst – gepickt. Aber ich bin nicht hierhergekommen, um mit dir über verrückte Hühner zu reden, die einen Haß auf Männer haben.«

»Vielleicht hatte Agatha die richtige Idee«, murmelte Miracle und trat wieder aus dem Hühnerstall hinaus in das Licht und die frische Luft. John sah sie mit einem so unglücklichen Gesicht an, daß sie spürte, wie ihr Zorn sich ein wenig legte.

»Verrate mir noch eins«, sagte sie. »Sind alle Briefe, die ich in den letzten zehn Jahren bekommen habe, von dir geschrieben worden? Auch die allerersten?«

John öffnete den Mund und schloß ihn wieder, ohne einen Ton herauszubringen.

»Schon gut«, murmelte sie, ging um ihn herum und den Pfad zum Haus hinauf.

»Was ist mit deiner Reitstunde auf Napitov?« fragte er.

»Du kannst Ismail ausrichten, daß er mir heute morgen Nap nicht zu satteln braucht.«

Die Talglichte wollten sich nicht ziehen lassen. Und egal, wieviel zerstoßene Blütenblätter sie auch der Seifenlauge hinzufügte – die erkalteten Seifenstücke rochen immer nach Schweinefett. Dann verbrannte sie das Brot. Eines von ihren Kaninchen, die sie sich im Haus als Schoßtiere hielt, war aus seinem Verschlag entwischt und hatte den Kohl gefressen, den sie bereits geputzt und für das Mittagessen vorbereitet hatte.

Sie konnte sich auf nichts konzentrieren. Sie ertappte sich immer wieder dabei, wie sie in die Ferne starrte und mit ihren Gedanken zwischen ihrer Mutter und Salterdon hin- und herzupendeln schien.

Würde er sich als ein zweiter Lord Cavendish entpuppen – als ein Mädchenverführer, der mit seinem verruchten Charme und seinem guten Aussehen der Tochter eines Landedelmannes den Kopf verdreht und die Unschuld genommen hatte, um sie dann, als er gezwungen war, sie auch zu heiraten, weil sie ein Kind von ihm bekam, in einer halbverfallenen Burg einzuquartieren – so weit entfernt von seiner Familie und seinen Standesgenossen, wie das nur möglich war? Oh, ja, sie kannte diese Geschichte – Johnny hatte ihr von dem ganzen Fiasko erzählt. Doch das war schon vor ein paar Jahren gewesen – damals, als sie ihrem verstorbenen Vater noch ein liebendes Andenken bewahrt hatte. Johnny mußte zu jener Zeit wohl das Gefühl gehabt haben, daß es vollauf genügte, wenn sie von einem Gespenst – ihrer Mutter nämlich – besessen sei. Nun, zumindest war er damals aufrichtig zu ihr gewesen.

Sie wanderte im ganzen Haus herum und suchte Räume auf, die sie seit vielen Jahren nicht mehr betreten hatte. Da war auch das Lieblingszimmer ihrer Mutter darunter, ein großer, saalartiger Raum mit einer hohen, gewölbten Decke, offensichtlich die ehemalige Festhalle der Burg und die perfekte Umgebung für ihre Musik. Miracle pflegte damals stundenlang auf einem kleinen Kissen auf dem Boden zu sitzen (Loraina duldete kein anderes Möbelstück in diesem Raum) und dem Klavierspiel ihrer Mutter zu lauschen. Wie ergreifend und zuweilend beklemmend doch diese Töne gewesen war, die von den alten Steinwänden und dem Boden aus poliertem Mahagoni widerhallten, und wie herrlich Ihre Mutter ausgesehen hatte, wenn sie ihr schönes weißes Gesicht zur Decke emporhob und ihr die roten Haare über den Rücken hinunterflossen. Sie war die schönste Frau gewesen, die Miracle in ihrem Leben jemals vor Augen gekommen war, und sie hatte damals jede Nacht gebetet, daß sie als Erwachsene wenigstens halb so reizend, gut und duldsam sein möge wie ihre Mutter.

Das Piano, das seit dem Verschwinden ihrer Mutter stumm geblieben war, stand noch immer in der Mitte des Raumes, nun mit einem verstaubten Tuch abgedeckt. Und in der entfernten Ecke unter dem Fenster, das auf das Meer hinausschaute, lag auch noch das Kissen, auf dem sie als Kind gesessen hatte.

Da floh Miracle aus dem Raum und warf die Tür hinter sich zu. Sie hastete den Korridor hinunter, vorbei an geschlossenen Türen, hinter denen sich Kindheitserinnerungen bargen, die sie nun nicht mehr freisetzen wollte. Immer schneller wurden ihre Schritte in dem Bemühen, dieser Stille und Leere wieder zu entrinnen.

Seltsam, daß diese Stille und Leere in den letzten paar Tagen bei weitem nicht mehr so bedrückend gewesen waren wie jetzt – seinethalben nicht mehr, weil er einen Platz in ihren Tagen und Nächten ausgefüllt hatte, für ihr Dasein wichtig geworden war. Sie hatte sich nicht in ihn verlieben wollen – oh, nein! –, weil alle, die sie bisher geliebt hatte, sie verlassen hatten. Liebe war eine Leere – eine Einsamkeit, ein kostbarer Besitz, der, wenn man ihn einmal verlor, eine tiefe Wunde im Herzen zurückließ, die nie heilte. *Niemals.*

Ismail rannte aus seinem Zelt, als sie in den Burghof kam. Sie ignorierte ihn, ging rasch an ihm vorbei zu der Stelle, wo Napitov graste und mit einem leisen Wiehern den Kopf hob, als er sie sah. Sie sprang auf seinen Rücken, grub ihm die Fersen in die Flanken, und schon wenige Minuten später flog er mit geblähten Nüstern und brüllendem Atem am Strand entlang, während ihr seine silbergraue Mähne ins Gesicht peitschte und die auf den Brandungswellen reitenden Möwen erschrocken davonstoben.

Sie suchte überall nach Salterdon, sich wenig um die Dorfbewohner scherend, denen sie bei ihrem wilden Ritt über Strand, Wiesen und Hügel begegnete und ihr mit offenem Mund oder kopfschüttelnd nachstarrten. Sie hielten sie ja sowieso für verrückt, und es spielte nun keine Rolle mehr, wenn sie ihre Pferde sahen, weil Salterdon sie ja bereits in ihrem Versteck entdeckt hatte. Ihr Geheimnis war ans Tageslicht gekommen.

Kurz vor der Abenddämmerung erreichte sie den Hügel von Saint Catherine.

Salterdon stand dort weit draußen auf den Klippen, ihr den Rücken zukehrend, während das Wasser um die Felsen zu seinen Füßen schäumte. Ihr Herz pochte vor Erleichterung, klopfte wie rasend vor Erwartung und Vorfreude.

Sie glitt, als sie den Strand erreicht hatte, vom Pferd herunter, sprang von Felsen zu Felsen, von Klippe zu Klippe, die gefährliche Distanz zu ihm überwindend, während ihr Rock von der Gischt durchnäßt wurde. »Hallo!« rief sie, als sie näher an ihn herangekommen war, aber er drehte sich nicht um. Vielleicht war ihre Stimme von den brausenden Wellen übertönt worden. »Hallo!« rief sie nun lauter, ihre Hände wie einen Trichter an den Mund gelegt.

Er bewegte ein wenig den Kopf, aber nur sein Umhang bauschte sich im Wind und tanzte ihm um die gespreizten Beine, mit denen er im Fels verankert zu sein schien.

Als sie endlich, schwer atmend, bei ihm anlangte, ging sie um ihn herum und lächelte. Er beachtete sie noch immer nicht, starrte nur mit Augen, die so kalt zu sein schienen wie Kieselsteine, vor sich hin. Sein ganzes Gesicht war so farblos wie der Fels, auf dem er stand. Seine Reserviertheit war für sie wie eine Ohrfeige. Er schien wieder der Mann zu sein, den sie vor Monaten aus Seenot gerettet hatte: kalt, unnahbar, abweisend.

»Ich hatte . . . solche Angst«, zwang sie sich zu sagen. »Als Ihr nach ein paar Stunden noch immer nicht nach Cavisbrooke zurückgekehrt wart und sich auch Benjamin Euer langes Ausbleiben nicht erklären konnte, fürchtete ich, daß Euch vielleicht ein Unglück getroffen – Euch etwas zugestoßen sei.«

Endlich begegneten seine Augen ihrem Blick. Ein Lächeln geisterte um seine Mundwinkel, als er ihr Gesicht studierte. »Kein Unglück, Meri Mine – zumindest keines, das man zu sehen vermag.« Er holte tief Luft und blickte wieder auf das Meer hinaus. »Hast du bemerkt, daß ich von Wasser umgeben bin? Es ist vor mir, neben mir und wird nun auch bald hinter mir sein. Schon leckt es an meinen Stiefeln hinauf, und doch . . .«

»Ihr seid eine Insel in der Brandung, Sir.«

»Ich denke an dich . . .

». . . statt an den Tod.«

Er lachte humorlos. »Heute sind beide ein und dasselbe.«

»Das verstehe ich nicht.«

»Natürlich nicht. Das würde ich von dir auch nicht erwarten.«

Salterdon wandte sich um und suchte einen Weg über die Klippen zum Ufer, während Miracle, die er auf den von Brandungswellen umtosten Felsen zurückließ, ihm nachstarrte. Dann beeilte sie sich, abermals von Klippe zu Klippe springend, ihn wieder einzuholen, und erreichte zugleich mit ihm den Strand. Sie warf ihm die Arme um die Taille und preßte ihr Gesicht gegen seinen Rücken. »Warum seid Ihr so kalt zu mir, Sir?« klagte sie. »Was habe ich falsch gemacht, daß Ihr mich jetzt meidet? Sagt es mir, damit ich mich bessern kann!«

»Laß mich gehen«, bat er mit gepreßter Stimme.

Sie preßte die Augenlider zusammen und klammerte sich an ihn. »Nein, das werde ich nicht tun. Verlangt so etwas nicht von mir! Ist es denn ein Verbrechen, daß ich Euch liebe?«

Schweigen. Dann: »Liebst du mich, Meri Mine?«

Da ließ sie ihn wieder los, wich ein paar Schritte vor ihm zurück, während er sich langsam zu ihr umdrehte. Ihr Körper zitterte so sehr, wie er selbst bei dem schlimmsten Gewitter nicht gezittert hatte.

»Liebst du mich, Meri Mine?«

Sie lief zu ihm, warf ihm die Arme um den Hals, preßte die Lippen auf die salzige Haut an seiner Kehle, gegen sein hartes Kinn und seine unrasierten Wangen. Doch er stand steif und starr da, all ihre Bemühungen ignorierend. Selbst als sie ihm mit der Hand über die Ausbuchtung unter seinem Hosenbund strich, bewegte er sich nicht.

Sie fiel auf die Knie und begann in fliegender Hast, seinen Hosenlatz aufzuknöpfen.

Da packte er sie bei den Handgelenken, zog sie wieder auf die Beine, zerrte sie, während seine Finger sich in das Fleisch ihrer Arme bohrten, in die Kapelle hinein und drängte sie dort gegen die Wand.

»Ist es das, was du unter deiner Liebe zu mir verstehst, Meri?« fauchte er durch die zusammengepreßten Zähne, hob ihren Rock hoch, schob die Hände zwischen ihre Schenkel, spreizte ihre Beine und hob sie dann, seine Finger um ihre Gesäßbacken legend, so mühelos in die Höhe, als wäre sie eine Feder. Dann preßte er ihren Körper gegen das Fresko der Heiligen Jungfrau und drang, seinen Kopf zur Seite drehend und die Augen schließend, in sie ein – so wild und tief, daß die Wand ihr den Rücken zerschrammte und Wellen des Schmerzes durch ihren Körper schickte. Und während er mit seinem Glied nun heftig in ihr auf und ab fuhr, konnte sie sich nur noch an seinen Schultern und seinen Haaren festhalten und versuchen, wenn auch vergeblich, ihre Beine um seine Hüften zu schlingen, um so die Wucht seiner Stöße ein wenig abzufangen.

Als er spürte, daß er nun jeden Moment explodieren würde, zog er sich rasch aus ihr heraus und ergoß sich dann, zum Höhepunkt kommend, auf ihrem nackten Bauch, so daß ihr die heiße Flut seines Samens an den Beinen hinunterrann. Dann ließ er sie plötzlich los und trat einen Schritt zurück.

Miracle rutschte an der Wand hinunter und lag wie betäubt eine Weile im nassen Sand und auf den verstreuten Büscheln aus Seetang auf dem Boden und starrte in sein gerötetes, schweißbedecktes Gesicht, während er sich die Hose zuknöpfte.

Schließlich fragte er: »Ist das die Liebe, die du meintest, Meri? Denn wenn sie das für dich ist, kannst du sie von jedem Seemann in jedem Hafen dieser Welt bekommen.«

Er schwang auf dem Absatz herum und verließ die Kapelle.

Miracle starrte ihm nach, rappelte sich dann mühsam vom Boden auf und rannte ihm nach. »Bastard!« schrie sie ihn an, als sie ihn eingeholt hatte. »Ihr seid nichts anderes als ein verdammtes, wildes Tier, und ich wünschte mir jetzt, ich hätte Euch damals ertrinken lassen!«

Er ging mit gesenktem Kopf weiter, während der Wind seinen Umhang wie ein Segel bauschte.

»Ich verabscheue Euch! Hört Ihr? Antwortet mir, verdammt noch mal!«

Da blieb er stehen und drehte sich langsam zu ihr um. Die im Meer versinkende Sonne verwandelte seine Gestalt in eine schwarze, sich scharf vor dem roten Abendhimmel abzeichnende Silhouette. »Nein, das tust du nicht«, sagte er gelassen. »Und das wissen wir beide. Deshalb mußt du nun eine Entscheidung treffen, Meri Mine. Ich werde morgen nach London zurückreisen – mit oder ohne dich.«

Sie schüttelte den Kopf und ging, die Hände ineinander verschlingend, vorsichtig etwas näher an ihn heran. »Wir könnten doch hierbleiben. Wir würden beide in Cavisbrooke Castle wohnen und ...«

»Glaubst du etwa, ich hätte mir das nicht überlegt? In den letzten vierundzwanzig Stunden habe ich nichts anderes getan als mir vorgestellt, daß ich meine Familie, mein Heim, mein Vermögen – kurzum alles – aufgeben würde, um hier mit dir den Rest meines Leben zu verbringen. Nur mit dir. Aber ich brauche Leute um mich, Miracle. Ich brauche einen Faden gesunden Menschenverstandes, an dem ich mich in deiner verrückten Welt festhalten kann. Abgesehen davon habe ich auch . . . Verpflichtungen, denen ich nachzukommen habe. Gewisse Schulden, die ich zurückzahlen muß. Ich darf mich nicht von irgendwelchen Emotionen von der Begleichung meiner Schulden abhalten lassen . . .«

»Das ist es also? Entweder ich heirate Euch oder sehe Euch niemals wieder?«

Er sagte nichts darauf, sondern ging den Strand hinunter, auf die untergehende Sonne zu und die Flut nicht beachtend, die ihm mit ihren Wellen um die Beine spülte.

Ismail saß mit gekreuzten Beinen auf seinem Teppich vor dem Feuer. Der Duft von starkem Kaffee und Weihrauch erfüllte die Luft.

Er sprang sofort auf, als er Miracle sah, um den schaumbedeckten Hengst vorsichtig zu waschen, mit Handtüchern trockenzureiben und ihm dann einen Eimer mit warmer Maische vorzusetzen, wenn er sich genügend abgekühlt hatte. Napitov wieherte Miracle noch einmal leise zu, ehe er sich von Ismail wegführen ließ, und Miracle sah, ein paar Tränen hinunterschluckend, den beiden nach, bis sie in der Dunkelheit untergetaucht waren.

Als sie den Burghof verlassen wollte, hörte sie hinter sich eine Stimme.

»Mira«, rief John.

»Ich möchte jetzt mit niemandem reden«, antwortete sie.

»Aber du hast doch immer mit mir geredet, Mira.«

»Damals hielt ich dich auch für meinen Freund.«

»Das war ich und bin ich noch.«

Sie hielt mitten im Schritt inne, starrte auf den Boden, die Hände an den Seiten zu Fäusten geballt und erklärte: »Er verläßt uns. Schon morgen. Er verlangte von mir, daß ich mich zwischen ihm und Cavisbrooke entscheiden müsse. Entweder verlasse ich mit ihm die Insel oder ich werde ihn nie wiedersehen.«

Eine Ewigkeit, wie es schien, sagte John nichts. Nur das Schnauben der Pferde in der Ferne unterbrach die Stille. Seit sie diese Tiere am Strand von Rocken End Race gefunden hatte, waren sie ein wichtiger Bestandteil ihres Leben gewesen, hatten mit ihrer Existenz die Leere in ihr mit einer seltsamen, aber innigen Freundschaft ausgefüllt. Jeden Morgen erwachte sie in Erwartung und Vorfreude auf den Ausritt mit Napitov. Der Geruch von Pferdekörpern und dieses vertrauensvolle Schnauben und Wiehern, mit dem die Tiere sie jedesmal begrüßten, wenn sie sie sahen, hatten ihre Tage auf eine seltsame Art verzaubert.

»Ich . . . kann nicht von hier fortgehen«, sagte sie und haßte diese Emotionen, die sie nun aus ihren Worten heraushörte, und diesen schrecklichen Schmerz in ihrem Herzen.

»Warum nicht?« fragte er ernst.

Sie drehte sich nun doch zu ihm um. Er wirkte so klein, wie er dort am Feuer saß, das steife Bein von sich gestreckt, seine Krücke mit dem Pferdekopf, den er selbst geschnitzt hatte, an seiner Seite.

»Das ist mein Heim, Sir«, erklärte sie. »Das einzige Zuhause, das ich in meinem Leben gekannt habe. In zwanzig Jahren habe ich kein einziges Mal diese Insel verlassen. Was würde ich denn dort draußen anfangen? Wie würde ich auf diese Leute dort reagieren? Nein, ich werde Cavisbrooke nicht verlassen – nicht seinetwegen.«

»Liebst du ihn?«

Die Augen gesenkt, kämpfte sie nun nicht länger gegen ihre Tränen an, sondern ließ ihnen freien Lauf, daß sie ihr heiß über die Wangen hinunterströmten. »Ja. Aber es ist hier so viel, was ich ebenfalls liebe.«

»Es wird von dir keine schwerere Entscheidung verlangt als von jedem anderen Mädchen, dem ein Mann einen Heiratsantrag macht. Glaubst du, daß es anderen Mädchen leichter fallen würde als dir, ihr Zuhause zu verlassen? Sie gehen aus dem Elternhaus, um ein neues Leben, ein neues Heim, mit ihrem

Ehemann aufzubauen. Und eines Tages werden sie ihre eigenen Kinder dazu ermuntern, aus dem Nest zu fliegen. Das ist das Gesetz der Natur, Mira.«

»Aber wer würde sich dann um dich kümmern, John? Wer würde dir dein Essen zubereiten, deine Kleider flicken, deine Kerzen ziehen und deine Seifen kochen? Und die Pferde – wer würde sie so lieben, wie ich das tue? Was würde aus ihnen werden, wenn du dich eines Tages nicht mehr um sie kümmern kannst? Und da sind noch die Kaninchen, die Hühner und die Schweine. Ich fürchte, sie werden schon alle in den Kochtopf gewandert sein, bevor ich in London eintreffe.«

»Willst du dich etwa für den Rest deines Lebens damit zufriedengeben, in den Mondnächten über deinen Eicheln und Muscheln die Zauberverse aus Ceridwens Buch herzubeten, damit dir irgendein Kuhbauer über den Weg läuft, der bereit wäre, dich zu heiraten? Du hast jetzt zumindest die Möglichkeit, glücklich zu werden. Nütze diese Chance, Mira!«

Sie schüttelte fast wütend den Kopf und drehte sich ab.

»Wo willst du denn jetzt hin?« rief John. »Vielleicht hinunter in diesen verdammten Leuchtturm, wie deine Mutter das tat, wenn ich versuchte, sie zur Vernunft zu bringen? Um dich dort auf diese verdammte Plattform zu stellen, auf das Meer hinauszustarren und dich deinen Illusionen hinzugeben?«

»Ich wünsche nicht, mit dir über meine Mutter zu reden . . .«

»Jetzt ist aber der Zeitpunkt gekommen, wo wir das sollten«, erwiderte er in einem so scharfen, schroffen Ton, daß Miracle abermals mitten im Schritt innehielt.

Hinter ihr bemühte sich John, vom Boden aufzustehen. Sie wußte, ohne sich umzudrehen, daß er sich jetzt schwer auf seinen Krückstock lehnte, um das steife Bein unter sich zu bringen. Und dann hörte sie auch schon das Tappen seines Krückstockes auf den Steinen, als er ihr nachhinkte und sagte: »Ich denke, daß die Gründe, warum du diese Insel nicht verlassen möchtest, nur sehr wenig damit zu tun haben, daß du angeblich so sehr an diesem verdammten Mausoleum von einem Haus hängst. Nicht einmal deine Sorge um die Pferde und deine Liebe zu ihnen scheint mir der wahren Grund zu sein, daß du hierbleiben möchtest, sondern Lorraina. Selbst nach so vielen Jahren wartest du immer noch darauf, daß sie nach Cavisbrooke zurückkommen würde.

Du liebst sie, hängst an ihr, willst an das Unmögliche glauben. Sie hat verdammte zehn Jahre lang darauf gewartet, daß dein Tunichtgut von Vater nach Cavisbrooke zurückkommen und sie von diesem Ort fortbringen würde. Aber er hat es nicht getan. Und weißt du auch, warum er es niemals getan hätte?«

Sie bedeckte die Ohren mit den Händen, preßte sie so fest an den Kopf, daß es wehtat.

»Weil er bereits eine verdammte Ehefrau und Familie besaß, Mira!«

Sie starrte mit blinden Augen auf ihre Füße, während John immer näher kam.

»Deine Mutter brauchte zehn Jahre dazu, die Wahrheit zu erkennen. Aber schließlich hat sie diese doch erfahren, weil sie Cavendish nach einem seiner so seltenen Besuche nach London folgte. Und stell dir ihre Überraschung vor, als sie dort eine zweite Lady Cavendisch entdeckte!«

»Ich glaube dir das nicht!«

»Deine Mutter konfrontierte ihn nicht gleich damit, daß sie von dieser zweiten Frau wußte. Sie war klug genug, sich nicht zu einer unbedachten Handlung hinreißen zu lassen. Schließlich hatte sie ihm ja zehn Jahre ihres Lebens geopfert . . . Und sie mußte auch an dich denken.«

Miracle wollte zur Tür rennen, um sich das nicht länger anhören zu müssen, aber John hielt sie fest.

»Schließlich schrieb sie ihm einen Brief . . .«

»Du lügst, John.«

». . . in dem sie ihm mitteilte, was sie wußte, und von ihm verlangte, sich hier in Cavisbrooke zu einer Unterredung einzufinden. Sie drohte ihm damit, falls er nicht kommen würde, in ganz England publik zu machen, daß er ein Bigamist sei. Da kam er natürlich. Erinnerst du dich noch an jene Nacht, Mira?«

Sie schüttelte heftig den Kopf.

»Du hast damals das meiste davon mitbekommen. Ich fand dich draußen im Flur, dein kleines bleiches Gesicht von Tränen überströmt. Damals warst du noch so klein wie ein Zwerg und so mager wie eine Bohnenstange, doch mit so riesengroßen traurigen Augen, daß mir dein Anblick fast das Herz brach. Das war ungefähr zu der Zeit, als deine Mutter und Cavendish aus dem Zimmer stürmten. Sie sahen mich nicht mit dir auf den Armen im Korridor stehen, als ich versuchte, deine Augen und Ohren gegen diese Häßlichkeiten abzuschirmen.«

»Hör auf, bitte, hör auf.« Miracle weinte jetzt, fühlte sich wieder wie das kleine Kind, das zusehen mußte, wie die beiden Menschen, die sie am meisten auf dieser Welt liebte, sich gegenseitig zerstörten.

»Cavendish stürmte aus dem Haus, und deine Mutter folgte ihm. Ich denke, daß sie ihm in jener Nacht sogar bis in die Hölle gefolgt wäre. In jener Nacht tobte ein solches Unwetter über der Insel, als wären alle Geister der Hölle auf sie losgelassen. Es blitzte und donnerte ununterbrochen, der Wind heulte so laut wie ein Heer von Derwischen und trieb mir den Regen wie tausend Nadeln ins Gesicht, daß ich kaum etwas sehen konnte. Ich bin deiner Mutter damals gefolgt – deinetwegen –, weil ich wußte, daß nur du deine Mutter wieder nach Cavisbrooke zurückholen konntest.

Ich holte sie dann schließlich auf der Anhöhe über der Kapelle von Saint Catherine wieder ein. Aber da war es schon zu spät für alles. Lorraina lag tot am Fuß der Steilwand, und Cavendish stand wie versteinert im Regen, sein Gesicht eine Maske des Schreckens. Er behauptete, es wäre ein Unfall gewesen – daß Lorraina auf dem schlüpfrigen Boden ausgerutscht sei. Ich wollte ihn in diesem Moment mit meinen bloßen Händen erwürgen, und das hätte ich sicherlich auch getan, wenn du nicht gewesen wärest. Ich konnte in diesem Moment nur daran denken, daß du ganz allein in der alten Burg warst und auf die Rückkehr deiner Eltern gewartet hast. Also erlaubte ich diesem Hundesohn, unbehelligt seiner Wege zu gehen. Allerdings unter einer Bedingung, Mira: daß er die finanzielle Unterstützung, die er deiner Mutter und dir in den letzten zehn Jahren hatte zukommen lassen, auch weiterhin leisten müsse. Und das tat er dann auch eine Weile lang, bis das Geld eines Tages ausblieb. Da hatte ich diese Lügnerei satt, war es müde, dich noch länger in dem Glauben zu lassen, daß dieser Mann dich lieben würde. Und deshalb erzählte ich dir, er wäre gestorben.«

Sie drehte sich zu John um. Sein Gesicht war so blaß und verzerrt, als sei eine bereits vernarbte Wunde plötzlich wieder aufgebrochen, die ihm nun fast unerträgliche Schmerzen bescherte. Er wich ihrem Blick aus und schlug die Augen nieder.

»Ich begrub Lorraina Cavendish am Fuße der Steilwand«, sagte er tonlos. »Du weißt jetzt also, daß sie nie mehr zurückkehren wird, Mira. Du kannst aufhören, von ihr zu träumen und an Wunder zu glauben.«

»Alles nur Lügen«, sagte sie atemlos.

»Ja. Alles nur Lügen. Von Anfang an.«

»Gibt es noch etwas, das du mir jetzt gern beichten würdest?«

Da hob er die Augen und begegnete endlich wieder ihrem Blick. »Ich tat nur das, was ich für das beste hielt. Du warst mein Leben, Mira. Ich liebte dich genauso innig und hingebungsvoll wie ich . . . deine Mutter geliebt habe, aber nun ist der Zeitpunkt für Veränderungen gekommen. Ich will aussteigen, Mira. Fortgehen von hier. Ein eigenes Leben führen, solange mir noch ein paar Jahre bleiben, in denen ich es genießen kann. Die Möglichkeit dazu würde sich mir aber niemals bieten, solange du nicht von hier wegziehst und heiratest.«

»Oh – jetzt gestehst du mir also, daß ich für dich eine Last bin, wie? Daß ich dein Leben ruiniert habe? Daß du dir sogar *wünschst*, ich ginge jetzt von hier fort?«

Er gab ihr darauf keine Antwort.

Da wandte sich Miracle ab, verließ den Burghof und wanderte durch die Korridore der alten Burg, bis sie sich in dem Saal mit dem Klavier wiederfand. Sie entfernte das Tuch, mit dem das Piano eingehüllt war, zögerte kurz, setzte sich auf die verstaubte Bank davor, schlug den Deckel zurück, schloß die Augen und ließ ihre Finger sacht über die Tasten gleiten, um eine dieser einfachen Melodien zu spielen, die ihre Mutter ihr einst beigebracht hatte. Damals hatten sie beide nebeneinander auf dieser Bank gesessen, und Lorraina hatte ihre kühlen Hände auf ihre gelegt, sie geführt und geleitet, bis sie die Melodie richtig spielen konnte, und sie dann mit einem Kuß belohnt.

»Meri«, kam da Salterdons Stimme von der Tür her.

Sie blickte von den Tasten auf, betrachtete seine hohe Gestalt im Türrahmen, schloß leise den Deckel und zog das Tuch wieder darüber.

Er kam langsam auf sie zu, als sie sich von der Bank erhob. Sein Gesicht sah im Schein der Kerze, die sie im Klavierleuchter angezündet hatte, blaß und hager aus.

»Sir«, sagte sie, »ich habe über Euren Antrag nachgedacht und . . .«

». . . und?«

»Ich werde morgen mit Euch von hier abreisen, wenn Ihr das wünscht.«

»Ja, das wünsche ich mir sehr«, erwiderte er mit gepreßter Stimme und öffnete die Arme.

Nach einem kurzen Zögern glitt sie hinein, barg ihr Gesicht an seiner Brust und klammerte sich an ihn.

Je mehr wir jemanden lieben, um so weniger können wir mit ihm reden.

Englisches Sprichwort

Kapitel vierzehn

London

Miracle erwachte mit einem steifen Hals, einem Krampf im Nacken und dem Gefühl, sich in einem überhitzten Raum zu befinden. Dieser gewaltige Lärm außerhalb der Kutsche schien ebenso überwältigend zu sein wie dieser Gestank von brennenden Kohlen, Schwefel und zahlreichen anderen unangenehmen Gerüchen, die ihr eine fast unerträgliche Übelkeit bereiteten.

Salterdon saß neben ihr und starrte, offenbar in Gedanken versunken, aus dem Kutschenfenster. Er hatte, seit sie Cavisbrooke verlassen hatten, kaum etwas gesagt – nur gelegentlich mit ihr geplaudert, wenn er sich dazu gezwungen sah, ihr ein paar Auskünfte zu erteilen, um ihre Neugierde ein wenig zu stillen.

Da wurde ihr plötzlich bewußt, als sie ihn so von der Seite betrachtete, wie wenig sie ihn eigentlich kannte. Wie war seine Kindheit gewesen? Wie sie hatte auch er bereits in sehr jungen Jahren seine Eltern verloren. Er und sein Bruder waren dann von der Herzogin von Salterdon aufgezogen worden, die sie, wie Miracle vermutete, nun wohl bald persönlich würde kennenlernen müssen.

Miracle gähnte, rieb sich die Augen und räusperte sich. Doch Salterdon schien noch immer mit seinen Gedanken woanders zu weilen.

»Glaubt Ihr, daß sie mich mögen wird?« fragte Miracle.

»Wer?« erwiderte er, noch immer die Vorgänge außerhalb der Kutsche mit dem Blick aus dem Fenster verfolgend. Wie entspannt er doch wirkte, seinen Rücken dem Lederpolster angepaßt, die langen, ein wenig gegrätschten Beine von sich gestreckt, fing er jeden Stoß der Kutsche elastisch mit seinem Körper ab. Das war ja nun auch *seine* Welt, in der sie sich befanden. Zweifellos hatten ihm die Stille und Abgeschiedenheit ihrer Welt nicht zugesagt.

»Die Herzogin natürlich«, antwortete sie.

Er kräuselte spöttisch die Lippen und ließ ein kurzes Lachen hören. »Das bezweifle ich«, erwiderte er. »Aber meine teure Großmutter findet ohnehin nur an wenigen Menschen Gefallen und noch weniger können ihr etwas recht machen. Aber du wirst dich mit der Zeit schon an sie gewöhnen. Es könnte sogar sein, daß du eines Tages anfangen wirst, sie zu mögen, sobald du ihr ihre seltsamen Idiosynkrasien verzeihen kannst.«

»Weiß sie von meiner Existenz?«

Da wandte er ihr endlich das Gesicht zu und sah sie an.

»Nein.«

»Dann werde ich also eine Überraschung für sie sein?«

Einen Moment lang zeigte sich so etwas wie Erheiterung in seinen grauen Augen, ehe er sie wieder ernst und nachdenklich musterte. »Sie wird zuerst außer sich sein vor Wut, denn sie wird eine ganz andere Person als Mutter ihrer Urenkel im Sinn haben: jemanden, der von Kopf bis Fuß in hübschen Rüschen verpackt ist und schwer an der Last seiner Juwelen und Affektiertheiten trägt, um nicht die lange Liste eindrucksvoller Titel zu erwähnen, mit denen sich der Vater der betreffenden Person schmücken kann. Die Herzogin liebt es, vor ihren Peers mit so etwas zu prahlen. Es gibt ein ungeschriebenes Gesetz unter den Vertretern meines Standes, daß jeder, der im Rang über einem Buchhalter oder Kaufmann steht, sich seiner Abstammung zu rühmen und mit dieser in irgendeiner Form zu prunken habe. Und ich kenne niemanden, der in dieser Beziehung auch nur annähernd das Talent meiner Großmutter erreicht.«

Sie rutschte etwas näher an ihn heran und schmiegte sich an seinen Arm. Lächelnd meinte sie: »Das klingt ja großartig. Ich liebe die Herausforderung.«

»Natürlich tust du das, Meri Mine. Schließlich hast du mich ja erobert, nicht wahr?«

Ihre Wangen röteten sich vor Freude. »Erzähl mir noch mehr von Eurer Familie.«

»Muß ich das?«

»Willst du vermeiden, mit ihr vor mir anzugeben?«

»Tue ich das?« erwiderte er grinsend.

Miracle lehnte sich in das Lederpolster zurück und betrachtete sein Profil. »Erzähl mir von Eurem Bruder. Wie heißt er?«

Er sah jetzt wieder aus dem Fenster und runzelte die Stirn. »Clayton.«

»Älter oder jünger als Ihr?«

»Jünger.«

»Wieviel jünger?«

»Nicht viel jünger.«

»Steht ihr beide euch nahe?«

»Unglücklicherweise ja.«

»Ich habe mir immer einen Bruder gewünscht.«

»Ich kann mir nicht vorstellen, weshalb.«

»Um mich zu beschützen und mir ein Vorbild zu sein natürlich.«

»Ein Vorbild und Beschützer? Höchstwahrscheinlich hätte er dich in der Öffentlichkeit gedemütigt, dein Familienvermögen verschleudert und deinen Namen in den Schmutz gezogen . . . Soll ich fortfahren?«

»Was macht Euer Bruder denn in der Zeit, wo er Euch nicht demütigt und Eurem Namen Schande macht?«

»Er . . . sitzt am Spieltisch. Er hat schon so oft ein Vermögen bei Crockford's, Roxborough's und Brooks gewonnen und kurz darauf wieder verloren. Die mit grünen Filz bezogenen Spieltische scheinen eine unwiderstehliche Anziehungskraft auf ihn auszuüben, obwohl er einen Abscheu vor seinen Spielgenossen hat – eine Bande unsympathischer junger Strolche, deren Benehmen dem Ansehen, das sie dank ihrer herausgehobenen Stellung im Leben beanspruchen, hohnspricht. Du wirst sie alle mit der Zeit noch kennenlernen«, setzte er verächtlich hinzu. Diese ›Outers‹, wie man sie nennt. Diese hübschen, geschniegelten jungen Adeligen, die zu jeder Schandtat bereit sind. Snobs, die in der Gaunersprache reden und nachts bei ihren Zechtouren mit den Männern, die über die Sicherheit der Londoner wachen sollen, Raufhändel anfangen. Die bei keinem Kostümball und keiner Keilerei fehlen dürfen. Die auf eine Übelkeit erregende Weise die Gefühle jedes Mannes, jeder Frau und jedes Kindes mißachten, mit denen sie in Berührung kommen. Das, Meri Mine, ist heutzutage das wahre Kennzeichen für das ›blaue Blut‹.«

Er holte tief Luft und ließ sie dann langsam wieder entweichen, während er die Hände in seinem Schoß zu Fäusten ballte.

»Mein Bruder ist ein . . . Lügner«, fuhr er dann in einem feindseligen Ton fort. »Und er verliebt sich in Frauen, in die zu verlieben er gar kein Recht besitzt. Dann zieht er sich in ein altes, halbverfallenes Landhaus zurück und . . . und brütet dort vor sich hin, weil er . . . einsam ist.«

»Warum ist er denn einsam?« fragte sie leise.

»Weil er allein ist. Weil er ein gewaltiges Vermögen angehäuft und sich einen der schönsten und größten Besitze Englands erschaffen hat, der aber noch immer auf eine Frau und Kinder wartet.« Er schüttelte den Kopf. »Weißt du, daß er nicht einmal in diesem prächtigen Haus wohnen will? Vielmehr haust er in einer mit wildem Wein bewachsenen Remise hinter den Ställen . . .«

»Ställen?«

Er sah sie an. »Ja, Ställe. Er teilt die Liebe unseres Vaters zu Pferden, mußt du wissen.«

Da spürte Miracle ein schmerzhaftes Brennen in ihrer Kehle, und sie lehnte sich in das Lederpolster zurück. »Erzählt mir noch mehr«, bat sie ihn, sich verzweifelt bemühend, ihre Gedanken von den Pferden abzulenken, die sie in Cavisbrooke hatte zurücklassen müssen. Sie wollte jetzt nicht an Napitov denken, und auch nicht an John und die Tatsache, daß sie sich geweigert hatte, ihn noch einmal zu sehen oder mit ihm zu sprechen, bevor sie die Insel verließ.

Warum hatte sie das Gefühl, als würde ihr jedesmal das Herz brechen, wenn sie an ihn dachte? Warum hatte ihr Herz so sehr danach verlangt, ihm zu verzeihen? Nach all diesen Lügen . . .

Salterdon beobachtete eine Weile ihr Gesicht, bevor er seine Aufmerksamkeit wieder auf die Vorgänge außerhalb der Kutsche konzentrierte. »Er hat geschworen, daß er nicht eher in diesem Haus wohnen will, bis er die perfekte Frau gefunden hat, die dieses Heim mit ihm teilt. ›Perfekt‹, sagte ich. Seit die Restaurierung dieses Hauses abgeschlossen wurde, hat er zahllose Mätressen und/oder Geliebte dort durch die Flure und Zimmer geführt, in der Hoffnung, daß er endlich eine Frau finden würde, die in dieses Haus und . . . zu ihm paßt.«

»Aber es gibt ja gar nicht so etwas wie eine perfekte Frau«, erklärte sie.

»Ich bin mir dessen nicht so sicher, Meri Mine.«

Er griff nach ihrer Hand, drückte sie sacht, verschränkte seine Finger mit ihren, hob sie dann an die Lippen und drückte einen Kuß auf die blasse, empfindliche Haut über dem Handgelenk.

Da kuschelte sich Miracle an ihn, streichelte seine Wange mit ihrer Nasenspitze und flüsterte an seinem Ohr: »Sir, Ihr habt mich schon seit einer Ewigkeit nicht mehr geküßt.«

»Nein?« Er verweilte eine Weile mit seinem Mund an ihrem, diesen sacht mit seinen Lippen berührend, ohne ihn jedoch zu küssen. Es schien, als würde er sich das, was sie ihm soeben – wenn auch nur auf indirekte Weise – empfohlen hatte, lange überlegen, ehe er sie sacht, aber entschieden, von sich wegschob. Dann betrachtete er sie mit einem seltsamen, halb bedauernden Ausdruck auf dem Gesicht.

»Lektion eins«, erklärte er. »Das ist hier nicht die Insel Wight oder Cavisbrooke. Als die zukünftige Frau des Herzogs von Salterdon mußt du dich an ein bestimmtes Dekorum halten. Die Freiheit, zu gehen und zu kommen, wann du möchtest, und mit jedem das zu tun, was dir gefällt, verstößt gegen die Regeln der feinen Gesellschaft. Während du dich in London aufhältst, mußt du dir dessen bewußt sein, daß du ständig unter Beobachtung stehst. Ein Fehler kann uns teuer zu stehen kommen.«

»Die feine Gesellschaft kann meinetwegen zur Hölle gehen«, sagte sie verärgert. »Ich heirate Euch, Sir, und nicht die Gesellschaft.«

»Du heiratest den Herzog von Salterdon – was auf das gleiche hinausläuft.«

Ein beunruhigender Gedanke. War sie so naiv, so verliebt und so niedergeschlagen von Johns Enthüllungen, daß sie nicht an die unvermeidlichen Konsequenzen einer derartigen ehelichen Verbindung gedacht hatte? War sie so naiv gewesen, zu denken, daß das Leben als Ehepartnerin eines Herzogs auf die gleiche Weise verlaufen könne wie ihr Leben auf Cavisbrooke?

Ein Schatten schien sich über sie zu legen – kalt, düster und beängstigend. Miracle starrte aus dem Fenster. Sie konnte spüren, wie er sie beobachtete – diese Augen, die so veränderlich waren wie der Himmel: erst klar und leuchtend wie die Sonne, und im nächsten Moment so kalt und grau wie der Nebel. Sie konnte nicht verstehen, warum er plötzlich so distanziert wirkte. Tatsächlich hatte er, seit sie gestern die Insel verlassen hatten, die meiste Zeit vor sich hin gebrütet. Oh, ja, nicht nur sein Bruder konnte das.

Deshalb bemühte sie sich nun, ihre Aufmerksamkeit auf das zu richten, was außerhalb der Kutsche geschah, und ihren Geist von der Ungewißheit ihrer Zukunft und der sie nun beschleichenden Angst abzulenken und diese bohrenden Zweifel zu ignorieren, die sich in ihr regten, wenngleich sie mit aller Macht dagegen ankämpfte:

Habe ich etwa einen Fehler gemacht? Habe ich das einzige Heim, das ich jemals in meinem Leben besaß, verlassen, weil ich diesen Mann wahrhaftig liebe, oder weil ich einfach nur wegrennen wollte von den Erinnerungen an die Vergangenheit und die Schmerzen, die damit verbunden waren?

Würde sie sich letzendlich doch dazu bereit erklärt haben, Salterdon zu heiraten, wenn John ihr nicht die Wahrheit über den Tod ihrer Mutter und die Betrügereien ihres Vaters erzählt hätte, weil sie ihn mehr liebte als alles andere auf der Welt?

Die Kutsche kam aus der Borough High Street heraus und rollte nun auf den Fluß zu. Sie sah die Silhouette einer Stadt, gerade und einförmig vor einem Himmel, in den sich ein Kranz steinerner Glockentürme erhob. Und aus diesem Kranz ragte wie ein Fels eine mächtige Kathedrale heraus, die von einem goldenen Kreuz und einer Kugel gekrönt war. Die Kuppel, auf deren Scheitel diese Symbole zu schweben schienen, gehörte zu einer ganz anderen Welt als die Häuser, die sich eingehüllt von dem quellenden Rauch aus den Schornsteinen so dicht am Fuße dieses Gotteshauses zusammendrängten, als würden sie sich in die Portale hineinzwängen.

In Wirklichkeit konnte sie den Himmel gar nicht sehen — nur graue Schwaden, so weit ihr Auge reichte. Wo waren die Wolken? Die Vögel? Die Sonne? Wie konnten denn diese Leute hier überleben, ohne daß ihnen gelegentlich eine von der Sonne geküßte Brise ins Gesicht blies und durch die Haare fuhr?

Der Fluß war gesäumt von Werften, Lagerhäusern, Sägewerken und Fabriken. Eine Brücke spannte sich darüber, ihren dunklen Kamelrücken über steile Rampen wölbend, auf denen sich Karren und Fußgänger drängten, und über Lauben, in deren Nischen alte Frauen Äpfel und Zuckerwerk verkauften. Unter der Brücke war der Fluß schwarz von Masten, und sein Wasser war fast gänzlich verdeckt von zahllosen Barken und Lastkähnen.

So viele Menschen – bleichhäutig und mit Gesichtern, die nicht in Wind und Regen gealtert waren, sondern von dem Kampf ums Überleben in diesem Schmelztiegel der Menschheit.

Die Kutsche rumpelte nun die steile, gepflasterte und allerlei üble Gerüchen verbreitende Fish Street hinauf in das Herz der Stadt, wo sie nur noch im Schneckentempo im Verkehrsgewühl und dem Gedränge der Menschen vorankam. Der Lärm war hier so groß, daß Miracle einen Moment lang der Atem stockte.

»So viel Leute«, sagte sie laut und bemühte sich, ein überzeugendes Lachen zustande zu bringen. »Ich hätte nicht gedacht, daß so viele Menschen in ganz England leben würden. Wie können sie denn alle überleben?«

»So, wie jeder das eben vermag«, gab Salterdon ihr ungerührt zur Antwort.

Miracle faßte nun, sich aus dem Kutschfenster lehnend, die Häuser hinter diesem Meer von Gesichtern ins Auge. Das waren zwei- oder dreistöckige, aus roten oder grauen Backsteinen errichtete Gebäude mit unauffälligen Fassaden, deren düster einförmige Silhouette aus schiefergrauen Firsten und rußigen Schornsteinen nur vom weißen Kalkstein der Glokkentürme durchbrochen wurde.

An diesen Fassaden führten mit Steinplatten belegte Gehsteige entlang, die mit Pfosten und schmiedeeisernen Geländer gegen den Verkehr abgeschirmt waren. Jedes dieser Häuser hatte das gleiche nüchterne Gesicht: mit grauem Sandstein eingerahmte Fenster, von zwei weißen Säulen flankierte Türen mit einem schmucklosen Giebelfeld darüber und einer kleinen, von einer Laterne gekrönten Freitreppe davor. Nur die mit geschnitzten Löwenköpfen, Girlanden, Kränzen und Urnen verzierten Türen mit ihren auf Hochglanz gebrachten Messingklopfern hoben sich aus diesem Einerlei heraus und schienen dem Bedürfnis der Bewohner nach Individualität einigermaßen Rechnung zu tragen.

Doch es waren nicht so sehr die Fassaden, sondern vielmehr die Gassen und Höfe dahinter, in die sich die Torwege dieser Häuser öffneten und aus denen der Geruch von Unrat und Pferdemist zu ihr drang – wo zerlumpte Kinder um Abfälle balgten und Flickschuster in Hütten mit niedrigen, offenen Türen ihrer Arbeit nachgingen.

Wie wach und geschäftig diese Stadt doch war! Sie hatte nichts von dieser ruhigen, fast schläfrigen Atmosphäre, die in Niton herrschte, wo man zur Hauptverkehrszeit höchstens ein paar Eselskarren auf den Straßen sah und hin und wieder einmal die Kutsche eines neugierigen Touristen. Würde sie sich jemals an diese neue, seltsame, sie verwirrende Umgebung gewöhnen können? Würde sie eines Tages diesen Lebensstil ebenso gleichmütig hinnehmen wie die Menschen, die hier ums Überleben kämpften?

Das Gedränge wurde noch größer, als sie zum Stadtkern vordrangen. Sie sah dort Postboten in scharlachroten Röcken mit Glocken und Säcken von Tür zu Tür gehen; Speisehaus-Laufburschen, die mit gefüllten Tonkrügen über die Gehsteige huschten; Bäcker in weißen Schürzen, die ihre frischen, noch heißen Brotwecken anpriesen; und Schornsteinfeger – kleine, knabenhafte Gestalten von schmächtiger Statur –, die ihre Bürsten und Eimer von einem Haus zum anderen schleppten.

Da waren Straßenhändler mit Stangen, an denen sie Schachteln mit Bändern, Halskrausen und Hüten befestigt hatten; barfüßige Mägde mit Kuhdung an den Beinen und Traghölzern über den Schultern, an denen mit Milch gefüllte Eimer hingen; Gemüse- und Eierhändler, die sich allesamt bemühten, ihre Waren lautstark an den Mann zu bringen und das Bimmeln der Müllkarren, das Rattern der eisernen Wagenräder und das Hufgeklapper der Zug- und Kutschpferde zu übertönen.

»Du wirst dich schon daran gewöhnen«, meinte Salterdon.

Miracle schluckte die in ihr aufsteigende Panik hinunter, schüttelte den Kopf und erwiderte: »Da bin ich mir nicht so sicher.«

Clayton lief ruhelos im Foyer der Mätresse seines Bruders auf und ab, die mit einem Kronanwalt verheiratet war, der zweimal jährlich nach Madrid reiste, um dort seine Gicht behandeln zu lassen. Ihre Zeit als Strohwitwe verbrachte sie mit Einkäufen in den von ihr favorisierten Modesalons und in ihrem Ehebett mit Trey, sooft der Terminkalender des Herzogs von Salterdon es gestattete. Schließlich hatte er sich noch um ein paar weitere Damen zu kümmern.

Wie es schien, war diese Dieranda Wie-hieß-sie-doch-gleich für den Zweck, den der Herzog im Augenblick verfolgte, vortrefflich geeignet, da sich das Haus, in dem die Dame residierte, eine gute Fahrstunde außerhalb Londons befand. Angeblich hatte sich Salterdon auf eine dringende Geschäftsreise ins Ausland begeben müssen, wie er die Herzogin hatte wissen lassen, ehe er sich in diesem offensichtlich recht opulent ausgestatteten Liebesnest vergrub.

Nachdem Clayton eine halbe Stunde lang im Foyer gewartet und in dieser Zeit reichlich Gelegenheit gehabt hatte, seinen Vortrag einzustudieren, mit dem er seinen Bruder zur Hölle wünschen wollte, und sich Treys Reaktion auszumalen, wenn er ihm eröffnete, daß er seine zukünftige Frau nicht nur kompromittiert, sondern sich obendrein noch in sie verliebt hatte, kam der Herzog mit zerzausten Haaren und mit offenem Hemd die Treppe herunter, begleitet von dem trunkenen Lachen und den zotigen Bemerkungen einer Frau.

Als er Clayton am Fuße der Treppe stehen sah, blieb er, die dunklen Brauen in die Höhe ziehend, auf halbem Weg nach unten stehen.

»Du bist zurück?« sagte er, seine Worte mit einem diabolischen Grinsen begleitend. »So schnell?«

»Ja«, schnaubte Clay, »ich bin zurück, wie du siehst.«

Daraufhin beeilte sich der Herzog, immer zwei Stufen auf einmal nehmend, den Rest des Weges zum Foyer hinunter zurückzulegen, gab seinem Bruder einen herzhaften Schlag auf die Schulter und sagte: »Du siehst aus wie das Leiden Christi, Clay. Soll das etwa bedeuten, daß deine Mission ein Mißerfolg gewesen ist?«

»Sie war erfolgreich.«

»Ausgezeichnet!« rief Trey, blickte rasch die Treppe hinauf, wo sich eine reizende Blondine in einem seidenen, durchsichtigen Negligé über das Geländer beugte, und setzte mit leiser Stimme hinzu: »Wir reden im Salon weiter. Clive!«

Ein Diener erschien, der die beiden Herren mit gleichgültiger Miene musterte.

»Bring Seiner Lordschaft einen Brandy. Er sieht so aus, als könnte er eine Stärkung gebrauchen.«

»Ich will jetzt keinen Brandy.«

»Nun gut, dann eben einen Port . . .«

»Um Gottes willen, nur keinen Port!«

»Was, zum Kuckuck, möchtest du dann?«

»So schnell wie möglich wieder weg von hier«, knurrte Clayton und ging an Trey vorbei in den Salon.

Trey folgte ihm, schloß die Tür, lehnte sich mit dem Rücken dagegen, verschränkte die Arme vor der Brust und sah eine Weile zu, wie sein Bruder nervös im Raum auf und ab lief, bevor er fragte: »Was meinst du? Ist sie nicht genauso, wie ich sie dir beschrieben habe?«

»Nein. Du hast sie mir als gehirnloses Gänschen dargestellt, das bereit wäre, den erstbesten Mann zu heiraten, sobald er auch nur einen Funken Interesse für sie zeigte. Das war eine grobe Fehleinschätzung. Vielmehr wollte sie mich, als sie mich sah, zuerst gar nicht in ihr Haus lassen. Aber nachdem ich mir gezwungenermaßen mit ein paar hinreichend glaubhaften Lügen ihr Vertrauen erschlichen hatte, ist es mir gelungen, eine so große emotionale Unruhe in ihrem Leben zu stiften, daß sie schließlich einwilligte, mich – oder vielmehr dich – zu heiraten.« Clayton baute sich neben dem kalten Kamin auf, stützte einen Ellenbogen auf den Mamorsims, fuhr sich mit den Fingern durch die Haare und weigerte sich, seinen Bruder anzublicken.

»Wo befindet sie sich jetzt?«

»Ich habe sie in deinem Apartment in Mayfair untergebracht, weil ich dachte, daß ihr die Nähe des Hyde Park gut bekommen und ihr etwas von ihrer Nervosität nehmen würde. Sie war meines Erachtens nur ungenügend auf London vorbereitet.«

Trey grinste. »Du machst gar keine so üble Figur in meinen Kleidern. Die stehen dir. Ich würde dir empfehlen, hin und wieder etwas von deinem Geld in feine, maßgeschneiderte Anzüge zu investieren. Es könnte sein, daß du darin bei besseren Frauen als bisher Anklang finden könntest und nicht mehr auf Schankkellnerinnen und Kuhmägde zurückzugreifen brauchst, wenngleich ich vermute, daß selbst ein gut gewandeter Bauer nicht zu wählerisch sein kann.«

»Du nennst das bessere Frauen?« fauchte Clayton, mit dem Daumen zur Tür hinweisend. Dann schälte er sich aus dem Cutaway und warf ihn seinem Bruder zu. »Zieh dir das an. In diesem liederlichen Aufzug solltest du dich nicht vor der Dienerschaft dieses Hauses zeigen.«

Trey fing lachend den Rock auf und schleuderte ihn wieder zurück. »Behalt ihn. Du wirst ihn noch eine Weile brauchen.«

»Nein.« Clay schüttelte den Kopf. »Ich bin fertig damit. Ich habe gemacht, was zum Teufel du von mir verlangt hast.«

»Liebt sie mich denn auch in ausreichendem Maße?«

Clayton ging zum Fenster und starrte hinaus in den von Heckenrosen und Weißdornbüschen umfriedeten Garten. Hier und dort waren ein paar Rabatten mit altmodischen

Blumen über den kurz geschorenen Rasen verteilt, die seine Monotonie mit ein paar bunten Farbtupfern aufhellten.

»Ich hab dich etwas gefragt«, sagte Trey, sich hinter seinen Bruder stellend.

»Ja«, erwiderte Clayton, nachdem er sich ein wenig beruhigt hatte.

»Und wie hast du das erreicht? Komm, Clay, sei nicht so schüchtern. Ich muß das doch alles wissen, wenn ich jetzt in deine Fußstapfen treten soll.«

»Ich habe nur . . .«

»Du hast dir natürlich einen Plan zurechtgelegt, nachdem du sie kennengelernt hattest.«

»Nein.« Clayton schüttelte den Kopf. »Nicht eigentlich. Es schien sich alles . . .«

». . . ganz von selbst zu entwickeln? Dann wirst du ihr zweifellos gesagt haben, daß du ihre eigentümliche Erscheinung und ihre seltsamen Eigenheiten bemerkenswert findest.«

»Ihre Schönheit, ja. Und ihre Einzigartigkeit, wie ich meine.«

»Und wie, glaubst du, wird Großmutter auf sie reagieren?«

»Mich schaudert, wenn ich nur daran denke.«

Trey entfernte sich vom Fenster. »Ich sollte sie so bald wie möglich sehen – meinst du nicht auch? Und du solltest schon mal die Hochzeitszeremonie vorbereiten – am besten in einem Dorf abseits von London, damit die ganze Sache so still und unauffällig wie möglich über die Bühne gehen kann. Großmutter wird das sicherlich begrüßen. Sie wird nicht wollen, daß ihre Freunde zu viel von der Verbindung mit diesem Mädchen erfahren.«

»Das Mädchen hat einen Namen und heißt Miracle«, sagte Clayton, sich zu seinem Bruder umdrehend. Sie starrten sich gegenseitig über ein paar Meter hinweg an.

»Ich habe den Namen der jungen Dame keineswegs vergessen, Clay. Du mußt mich nicht erst an ihn erinnern.«

»Sie ist zwanzig, obwohl man meinen könnte, sie wäre erst zehn. Sie redet mit Tieren . . .«

»Aha – und geben die ihr auch Antwort?«

»Ja.«

Wieder grinste Trey, ließ sich in einen Sessel fallen und streckte seine langen Beine von sich. Zwei Knöpfe an seinem Hosenstall standen offen, und sein Hemd teilte sich vorn so, daß man seine ganze Brust sah. Er wartete.

»Sie ist . . . verloren«, fuhr Clayton fort. »Ohne Heim und Familie ist sie verloren. Ich bin sicher, daß dir das längst bewußt ist. Raubtiere haben ein Gespür für die Schwächen ihrer Beute. Sie hat eine Heidenangst, daß Menschen, die sie mag, sie wieder verlassen könnten. Aber sie vertraut mir . . . dir . . . *dem Herzog.* Und sie glaubt mir – dir – als ich – *du* ihr versichertest, du würdest sie nie verlassen.«

Salterdon runzelte die Stirn und stülpte die Lippen auf.

»Ich bin der festen Überzeugung, daß die Londoner Gesellschaft ihr das Herz brechen wird, von ihrem Geist ganz zu schweigen. Je früher du sie hier wegbringen kannst, desto besser.«

»Und wie steht es mit Kindern?« fragte Trey. »Ist sie gesund genug, mich mit Kindern zu versorgen?«

»Ich dachte, du wärst nur an einem interessiert.«

»An einem Sohn natürlich. Aber wie es der Teufel will, könnte sie mir ja erst ein Mädchen bescheren. Da müssen wir es dann eben so lange probieren, bis es ein Junge wird – oder besser noch zwei.«

»Und was ist, wenn sie dir dann diesen Erben zur Welt gebracht hat? Oder gar die zwei Söhne, damit ja nichts passiert? Wenn du sie also nicht mehr benötigst für dein Brutgeschäft – was dann?«

»Ich denke, lieber Bruder, daß man sich mit dieser Frage erst beschäftigen sollte, wenn sie sich stellt.«

Clayton holte tief Luft und behielt sie so lange bei sich, bis es in seinen Kopf zu summen begann. »Ich frage mich, ob nicht etwas ganz anderes aus uns geworden wäre, hätten wir nicht so früh unsere Eltern verloren.«

»Himmel, wie ergehen uns hier in Rührseligkeiten, statt zu feiern. Wir haben jeden Grund dazu, mein guter Lord Basingstoke. Ich gedenke, mich endlich zu verehelichen, und erfülle damit unserer gestrengen Herzoginwitwe einen Herzenswunsch. Ich werde ihr genau das geben, was sie verlangt – einen Erben für das Herzogtum. Und bis die Voraussetzungen dafür erfüllt sind, womit ich den Trauungsakt meine, wirst du dafür sorgen, daß unsere kleine Maus einigermaßen zufriedengestellt und gut genug versteckt wird, damit die Leute aus unseren Kreisen erst dann erfahren, welchen Status sie in Zukunft einnehmen wird, wenn der Zeitpunkt dafür gekommen ist. Natürlich werde ich hin und wieder bei euch auftauchen, um mich mit ihr ein wenig vertraut zu machen. Es wäre schließlich ein Unding, wenn ich jemanden heiraten würde, der mir gewissermaßen absolut fremd ist, nicht wahr? Sonst könnte es in der Hochzeitsnacht unangenehme oder peinliche Überraschungen geben – meinst du nicht auch?«

Clayton sagte nichts. Er stand nur da, ballte die Hände zu Fäusten, während ein ohnmächtiger Zorn in ihm aufwallte und einen gallebitteren Geschmack auf seiner Zunge hinterließ.

»Noch etwas?« fragte der Herzog und kräuselte dabei so spöttisch die Lippen, daß Clayton sich beherrschen mußte, um ihm nicht die Zähne einzuschlagen. »Gibt es noch etwas, das du mir sagen möchtest?«

Clayton holte tief Luft, schüttelte den Kopf, ging an seinem Bruder vorbei aus dem Salon und warf die Tür hinter sich zu.

Enttäuschung bedeutet für eine noble Seele dasselbe wie kaltes Wasser für glühendes Metall: sie härtet, kräftigt, verstärkt, aber zerstört sie nie.

Eliza Tabor

Kapitel fünfzehn

Nachdem Clayton, noch immer als Herzog von Salterdon agierend, das ganze Haus an der Park Lane nach Miracle abgesucht hatte, wurde er von den kichernden Kammerzofen Gertrude und Ethel davon unterrichtet, daß Ihre Ladyschaft wohl hinter dem Haus im Stall zu finden wäre, wo sie sich seit ihrer Ankunft gestern die meiste Zeit aufgehalten habe. Clayton entdeckte sie daraufhin tatsächlich in dem kleinen, aus Ziegelsteinen errichteten Stall, der über drei Boxen verfügte, in dem Augenblick, als sie dem Stallburschen – einem schlaksigen, hoch aufgeschossenen Jungen mit Pickelgesicht – gerade eine Standpauke hielt.

»Der Zustand, in dem sich diese Pferde befinden, ist blamabel. Geradezu erschreckend, Thaddeus!«

»Jawohl, Mylady.«

»Die armen Tiere waten ja buchstäblich im Mist und sehen so aus, als wären sie seit mindestens zwei Wochen nicht mehr gestriegelt worden. Kein Wunder, daß sie sich elend fühlen.«

Der Adamsapfel des Burschen hüpfte auf und nieder, während er verlegen von einem Bein aufs andere trat.

»Ein gesundes Pferd ist auch ein glückliches Pferd, Thaddeus. Das ist nicht anders als bei uns Menschen. Wie würdest *du* dich wohl fühlen, wenn du nachts auf einer vollgepißten Matratze schlafen und am Tag in deiner Kammer in deinem eigenen Kot stehen müßtest, der dir bis zu den Knien hinaufreicht?«

»Jawohl, Mylady.« Die Augen des Stallburschen fanden jetzt Clayton, der sich mit einer Schulter gegen die Tür der Sattelkammer gelehnt hatte und mit einem dünnen Lächeln den Finger an die Lippen legte, damit der junge, sich vor Verlegenheit windende Junge seine Anwesenheit nicht verraten sollte.

»Das Pferd ist eine edle Kreatur, Thaddeus«, fuhr Miracle fort, während sie, die Hände in die Hüften gestemmt und eine steile Falte auf der Stirn, vor den Boxen auf und ab ging. »Wenn sie merken, daß du sie magst und respektierst, werden sich, was Treue und Anhänglichkeit betrifft, selbst deine besten Freunde nicht mit ihnen messen können. Gib mir die Forke!

Gut. Unsere erste Aufgabe wird es jetzt sein, ihre Boxen auszumisten und ihnen ein Bett aus frischem Stroh zu machen. Ein schmutziger Stall schwächt die Augen und Lungen der Pferde. Mit Urin vollgesogenes und verrottendes Stroh und Heu erzeugt ungesunde und ätzende Dämpfe und einen strengen Geruch nach Hirschhornsalz. Wie kann es dann ausbleiben, daß sie davon entzündete Augen oder Lungen, Katarrh und Rotz bekommen?

Ich könnte mir denken, daß auch ihre Hufe faulig riechen. Das bedeutet, daß sie Strahlhäule haben, die wir – laß mich mal überlegen...«, sie kaute an der Spitze ihres Zeigefingers, »... mit einem Umschlag aus Leinsamenbrei behandeln können, glaube ich. Ja! Wir werden ihnen einen Umschlag aus heißem Leinsamenbrei machen, den sie zwölf Stunden anbehalten müssen. Und dann schmieren wir die Hufe mit einer Paste ein, die aus zwei Unzen Kupfersulfat und einer Unze Zinksulfat besteht, die zu feinem Pulver zerstoßen und dann gut mit einem Pfund Teer und zwei Pfund Schweinefett verrührt werden. Kannst du das behalten, Thaddeus?«

Der Junge nickte stumm und starrte sie mit offenem Mund an.

»Du wirst diese Paste in die Spalte des Hufstrahls schmieren und sie dort zwölf Stunden belassen. Dann wäschst du sie wieder mit Wasser und Seife aus. Wenn das erledigt ist, werde ich mit Seiner Gnaden reden, damit er in diesem dunklen Loch ein paar Fenster einbauen läßt. Kein Wunder, daß dem Wallach ständig der Rotz aus den Nüstern läuft. Die von diesem feuchten, stinkenden und ungelüfteten Stall erzeugten Atemprobleme werden eines Tages dazu führen, daß Seine Gnaden seine Pferde mausetot in den Boxen findet. Ich kann nicht begreifen, wie ein Mann seines Standes und seiner Reputation dazu kommt, seine ihm treu ergebenen Freunde so sträflich zu vernachlässigen.«

»Vielleicht, weil der Mann, von dem Ihr gerade gesprochen habt, zu sehr damit beschäftigt ist, die Frau seiner Träume zu hofieren«, erklärte Clayton hinter ihr, so daß Miracle zusammenzuckte und vor Schreck die Forke fallen ließ. Oder vielleicht geschah es auch aus freudiger Überraschung, denn ihre schönen Augen waren riesengroß, als sie sich zu ihm umdrehte, sich in seine Arme warf und aufgeregt auf den Zehen wippte.

»Ihr seid zurück«, rief sie, bedeckte seinen Hals und sein Kinn mit Küssen und drückte ihn fest an sich. »Ich habe Euch schrecklich vermißt, Sir! Ich habe die halbe Nacht auf Eure Rückkehr gewartet und . . .«

Clayton legte ihr die Hände auf die Schultern und nickte dem Stallburschen kurz zu, der nun eilends seinen Platz räumte und das Gebäude verließ.

»Du solltest dich hüten, dich in der Öffentlichkeit auf eine derart ungestüme, wenn nicht gar ungezügelte Weise zu zeigen, wie du das eben getan hast«, meinte er dann lächelnd. »Denn niemand bringt dich schneller und lauter ins Gerede als das Personal.«

»Was kümmern mich diese Leute?« erwiderte sie und reckte sich wieder auf die Zehen, um ihm einen feuchten Kuß auf die Wange zu geben.

Lachend schüttelte Clayton den Kopf. »Meri Mine – was soll ich nur mit dir machen?«

»Mich heiraten natürlich. So rasch wie möglich.«

»Wenn die Zeit dafür gekommen ist.«

»Oh – ich dachte, Ihr könntet es kaum erwarten, mich zu einer ehrbaren Frau zu machen?« erwiderte sie, legte den Kopf zurück, und lächelte verführerisch.

Er grinste, von ihrer offensichtlich guten Laune angesteckt. »Es gibt da gewisse . . .«

»Ich weiß«, fiel sie ihm ärgerlich ins Wort, trat von ihm weg und hob die Forke vom Boden auf. »Ein Herzog ist an gewisse Regeln der Etikette gebunden, wenn er beabsichtigt, jemanden wie mich zur Frau zu nehmen, was offenbar der Grund ist, warum Ihr nicht in dieses Haus zurückgekommen seid, nachdem Ihr mich gestern auf eine recht unzeremonielle Weise hier abgeladen habt.«

»Wir können uns hier nicht so ungezwungen und frei benehmen, wie uns das in Cavisbrooke gestattet war.«

Sie sagte nichts, sondern fing an, die Box, vor der sie gerade stand, auszumisten. Fliegen erhoben sich in dichten Scharen aus dem stinkenden, verrotteten Stroh und schwirrten ihr um den Kopf und die Schultern. Sie schien das nicht zu bemerken.

»Euer Stall ist in einem erbärmlichen Zustand«, erklärte sie nach einer Weile.

»Das kann ich nur bedauern«, erwiderte er.

Sie hieb die Forke in den Mist und drehte sich zu ihm um. Da war Heu in ihren Haaren und Feuer in ihren Augen. Anscheinend hatte sie ihren alten Kampfgeist wiedergefunden, so daß Clayton nicht wußte, ob er sich nun darüber freuen sollte, daß sie ihr Stimmungstief, unter dem sie seit ihrer Abreise von der Insel gelitten hatte, offenbar überwunden hatte, oder auf der Hut sein sollte, daß sie ihm nicht eine Szene machte.

»Wie habt Ihr Euch das gedacht?« herrschte sie ihn an. »Soll ich nun meine Tage damit verbringen, vor lauter Langeweile Selbstgespräche zu führen, während Ihr mit Euren

Freunden die Stadt unsicher macht? Und da wir gerade von Freunden reden – ich hoffe doch, daß Ihr mich in Zukunft mit der Gesellschaft dieser Leute verschonen werdet.«

»Der Gesellschaft welcher Leute?«

»Mit dieser Gesellschaft bornierter, unverschämter Lackaffen, die ich zusammen mit Euch aus dem Meer gefischt habe!«

»Ach – an die hatte ich gar nicht mehr gedacht«, erwiderte er mit einem Achselzucken. »Allerdings läßt sich wohl nach dem Gesetz der Wahrscheinlichkeit ein Wiedersehen mit ihnen nicht ganz vermeiden. Obwohl ich versuchen werde, diese Begegnungen auf ein Minimum zu reduzieren. Wird dich das glücklich machen?«

»Es würde mich glücklicher machen, wenn Ihr diese Leute gar nicht mehr sehen würdet«, erwiderte sie ernst.

»Gütiger Gott, diese Frau versucht schon jetzt, einen Pantoffelhelden aus mir zu machen! Bald wird sie mir auch noch vorschreiben, was ich essen und anziehen soll und wann ich abends nach Hause zu kommen habe.«

»Dafür ist eine Ehefrau ja da, Sir«, antwortete sie und belohnte ihn dabei mit einem so sonnigen, ja wonniglichen Lächeln, daß er von einer Flut zärtlicher Gefühl überschwemmt wurde und von – Neid, wenn nicht gar Eifersucht auf seinen Bruder. Ja, er gestand es sich nun endlich ein, daß er Trey am liebsten mit erwürgt hätte – nicht nur dafür, daß er ihn diese verdammenswerte Farce hatte spielen lassen, sondern auch, weil er dieses herrliche, atemberaubende Gesicht nun für den Rest seines nichtsnutzigen Daseins würde ansehen können.

»Unter anderem«, murmelte er und grinste, während er den Blick langsam von ihren Knöcheln über ihre Brüste zu ihrem Gesicht hinaufwandern ließ. Ihre großen Augen hatten diesen seltsam trägen, schmachtenden Ausruck; ihre weichen, rosigen Lippen waren leicht geöffnet und ihre Wangen gerötet von der anstrengenden Arbeit, der sie sich eben noch unterzogen hatte, und der Hitze, die in diesem fensterlosen Raum herrschte.

»Schau mich nicht so an«, sagte er mit rauher, ein wenig atemloser Stimme.

»Wie soll ich Euch denn nicht anschauen, Euer Gnaden?«

»Als würdest du dir jetzt die Kleider vom Leib reißen wollen. Als würdest du von mir verlangen, daß ich dich jetzt auf der Stelle lieben soll . . .«

»Was Ihr nicht mehr getan habt seit – seit dieser Sache damals in der Kapelle«, sagte sie mit einer so leisen, etwas belegten Stimme, daß er ihre Worte kaum verstehen konnte, und senkte kurz die Augen – eine Geste, die ihn bei jeder anderen Frau als übertrieben kokett erschienen wäre und nur seinen Unmut erregt hätte. Schließlich war er nicht der Mann – war es nie gewesen –, dessen Geist, Herz und Körper von einer Frau manipuliert werden konnten. Miracle hingegen . . .

Er zwang sich, von ihr wegzublicken – die Hitze zu ignorieren, die in seinem Körper aufstieg, und diese Schwellung zwischen seinen Schenkeln –, hob die Hand und fuhr mit dem rechten Zeigefinger zwischen Hals und Hemdkragen entlang, um dieses verdammte steife Ding ein wenig zu lockern. Zur Hölle mit ihrer Naivität! Zur Hölle damit, daß sie so schön war und ihn seiner Willenskraft beraubte! Zur Hölle damit, daß sie eingewilligt hatte, ihn zu heiraten – oder vielmehr seinen Bruder! Zur Hölle damit, daß sie sich in Trey Hawthorne, den Herzog von Salterdon, verliebt hatte!

»Was ich damals in der Kapelle mit dir machte, konnte man kaum als Liebe bezeichnen«, erwiderte er gereizt.

»Nein?« Sie bewegte sich langsam auf ihn zu. »Was war es denn dann, Euer Gnaden?«

»Es war . . . ein Überfall. Animalisch. *Kriminell* . . . eine Vergewaltigung! Gütiger Gott, ich hatte mich bis dahin noch nie zu so einem wilden, hemmungslosen Akt der . . . Lust hinreißen lassen . . .«

»Nein?« unterbrach sie ihn. »Dann ist es schön, zu wissen, daß ich so eine Wirkung auf Euch ausübe, Sir.«

Sie strich ihm mit der Hand über den Arm, über die Schulter, das Ohr und die Haare, die sich sacht um ihre Finger wikkelten. Er wich vor ihr zurück, wenn auch nur ein paar Zentimeter. »Das ist weder der richtige Ort noch die richtige Zeit dafür, Meri.«

»Als Mann, der sich mit seinen zahllosen Eroberungen bei Frauen vor mir zu brüsten pflegte, scheint Ihr mir aber bemerkenswert zahm geworden zu sein, seit wir hierher nach London kamen.«

»Das waren doch alles nur – Püppchen und Dämchen gewesen. Doch nicht so etwas wie du«, erwiderte er kläglich.

»Nicht einmal einen Kuß?«

Endlich gestattete er sich wieder, sie anzusehen – zumindest ihren Mund.

»Nein«, krächzte er mit ausgedörrter Kehle, »nicht einmal das.«

In den darauffolgenden Tagen hatte Miracle viel Muße und Gelegenheit, sich mit ihrer augenblicklichen Situation und der Vergangenheit auseinanderzusetzen. Das waren Tage, in denen sie von Skrupeln und Schuldgefühlen geplagt war. Sie vermißte ihr Zuhause. Sie vermißte Napitov und Ismail. Doch am meisten vermißte sie John. Ihre anfängliche Empörung war einer nüchterneren Betrachtung der Dinge gewichen, und sie verstand nun, warum John sich so hatte verhalten und mit ihr reden müssen, wie er das getan hatte: weil sie ihn sonst niemals verlassen hätte. Dafür waren ihre Liebe zu ihm und ihr Verantwortungsbewußtsein zu groß gewesen.

Und so wanderte sie immer wieder zu dem Sekretär, der unter dem Fenster ihres Zimmer stand, und überlegte, ob sie ihm nicht einen Brief schreiben sollte. Aber was wollte sie ihm nun sagen? Daß sie ihm all seine Lügen verzeihen würde? Weil sie begriffen hatte, daß er ihr damit nur Kummer und Schmerzen ersparen wollte?

Lieber John, diese Stadt erschlägt mich. Sie ist schmutzig, und ich kann vor lauter Rauch den Himmel nicht sehen und keine Vögel singen hören. Meinen Verlobten habe ich seit vier Tagen auch nicht mehr zu Gesicht bekommen, und ich fürchte, daß ich dicht davor bin, mich schrecklich unglücklich zu fühlen. Hilf mir!

In den Nächten wurde sie von Gedanken an Salterdon geplagt. Von den Gedanken an seine Arme, Hände und Lippen. Von dem Gedanken, wie er sie geliebt und sich in ihr angefühlt hatte. Ein paarmal wachte sie nachts auf, die Decke um Arme und Beine geschlungen, und spürte einen schmerzhaft-süßen Druck in ihren Lenden. Gütiger Gott – was war nur aus ihr geworden? Woher kam diese plötzliche, ihrem eigenen Körper geltende Neugierde? Warum genügte schon ein Gedanke an ihn, daß sie von dieser beängstigend drangvollen Hitze befallen wurde? Warum wachte sie auf zerwühltem Laken mit einem schwitzenden und von einem so schrecklich brennenden Verlangen erfüllten Körper auf, daß sie dem nicht mehr anders abzuhelfen wußte als mit ihren eigenen Händen? Oh, nun war sie sicherlich zur ewigen Verdammnis verurteilt! Sie fing an, diese schwülen, einsamen Nächte ebenso zu fürchten wie ihre langen, leeren Tage.

Miracle bemühte sich zwar tagsüber nach Kräften, mit den Dienstboten ins Gespräch zu kommen, indem sie ihnen von einem Zimmer zum anderen folgte und munter drauflos schwadronierte, wurde jedoch vom Personal für ihre Anstrengungen nur mit einem mageren ›Jawohl, Mylady‹, ›nein, Mylady‹ oder ›wie Ihr meint, Mylady‹ belohnt. Und als sie sogar versuchte, der Dienerschaft zuweilen bei der Arbeit zu helfen, wurde dies keineswegs wohlwollend aufgenommen, sondern vielmehr als eine unerwünschte Einmischung in ihre Kompetenzen zurückgewiesen und sogar als einen ihre Arbeitsplätze gefährdenden Akt betrachtet, wie ihre Zimmermädchen ihr unmißverständlich erklärten. »Denn wer hätte schon jemals davon gehört, daß eine Lady Teppiche klopfen, Geschirr abwaschen oder den Fußboden schrubben würde? Wenn Seine Gnaden etwas davon erführe, würden sie sich allesamt auf der Straße wiederfinden!«

»Diese Gefahr besteht meiner Ansicht nach nicht«, hatte Miracle ihnen da so heftig widersprochen, daß Gertrud, Ethel und sogar der Koch in ihrer Arbeit innegehalten und sie angestarrt hatten, als habe sie nicht alle Tassen im Schrank. »Denn ich habe diesen Kerl nun schon seit vier Tagen nicht mehr gesehen«, hatte Miracle hinzugesetzt, »und das scheint mir ein Beweis dafür zu sein, daß er meine Existenz inzwischen vergessen hat.«

»Seine Gnaden«, hatte da der Koch, ein überaus magerer Franzose, mit lispelnder Stimme erklärt, »ist ein vielbeschäftigter Mann. Er hatte eine Menge Verpflichtungen, denen er nachkommen muß.«

»Richtig«, hatte sie ihm giftig erwidert, »und eine davon bin ich!«

Ihre Zofen hatten ihr daraufhin vorgeschlagen, daß sie ihre Dienste doch Thaddeus anbieten sollte, wenn sie schon nicht darauf verzichten wollte, sich auf irgendeine Weise im Hause zu betätigen. Und so kam es, daß sie sich im Stall befand, als ihr ›vielbeschäftigter‹ Verlobter geruhte, sie wieder einmal zu besuchen.

»Wie ist es denn unserer hübschen Lady ergangen, Gertrude, seit ich sie zum letztenmal gesehen habe?« hörte sie seine ihr vertraute Stimme im Foyer sagen. Seine vertraute und sie doch ein wenig befremdende Stimme, weil ihm die Worte mit einer gewissen steifen Monotonie von den Lippen zu kommen schienen. Oder besser gesagt: leidenschaftslos. Was sie jedoch nicht überraschte. Denn bei jedem seiner kurzen und sporadischen Besuche hatte dieser Mann, der auf eine so dramatische Weise ihr Leben verändert hatte, ein immer distanzierteres, verschlosseneres und sogar streitsüchtiges Verhalten an den Tag gelegt.

»Es geht ihr den Umständen entsprechend gut«, hörte sie darauf ihre Kammerzofe mit einem Kichern sagen, womit sie nun Miracles Herz vollends eroberte. Gertrudes Lachen erinnerte sie an das muntere Gurgeln eines über Steine hüpfenden Wiesenbaches. Und wenn Gertrude, Ethel und Thaddeus nicht gewesen wären, hätte sich der Aufenthalt in diesem Haus wohl noch viel trübseliger für sie gestaltet als es ihr ohnehin erschienen war. »Sie ist wie ein Sonnenstrahl, Euer Gnaden. Ethel und ich haben sie in den letzten Tagen ordentlich liebgewonnen. Sie ist sehr intelligent und lange nicht so mürrisch, wie wir an dem Abend angenommen hatten, als Ihr sie hier unvermutet bei uns einquartiert habt.«

»Oh, ja, Sir«, pflichtete ihr da Ethel Steckal, die für die Schlafzimmer im Oberstock zuständige Zofe, bei. »Ich habe ihr, seit sie hier bei uns wohnt, nicht eine von ihren Sachen nachräumen müssen. Sogar ihre Kissen klopft sie abends selbst auf. Und morgens bin ich kein einziges Mal dazu gezwungen gewesen, ihren Nachttopf zu leeren, weil sie das bereits für mich . . .«

»Ethel!« fiel ihr da Gertrude vorwurfsvoll ins Wort, »du sprichst mit Seiner Gnaden!«

»Ich weiß«, gab ihr da Ethel grollend zur Antwort, »aber wenn ich da an das Benehmen seiner früheren weiblichen Gäste hier denke, mußte das ja einmal gesagt werden!«

Schritte hallten nun im Korridor wider und verloren sich im Salon.

»Wo finde ich denn unsere kleine Heilige?« hörte Miracle dann abermals Salterdons Stimme, viel gedämpfter als vorhin. Sie runzelte die Stirn.

»Vermutlich im Stall hinter dem Haus. Könnte aber auch sein, daß sie noch in der Bibliothek befindet.«

»Gütiger Himmel – was macht sie denn da?«

»Sie liest.«

»Tatsächlich – und was?«

»Nun – die Bücher, die Ihr Lady Cavendish vor vier Tagen gebracht habt, Sir!«

Schweigen. Und dann: »Soso. Egal. Du sagst ihr jetzt, daß ich sie so rasch wie möglich zu sehen wünsche!«

»Jawohl, Euer Gnaden.«

Miracle stand noch immer im Schatten des Torwegs und versuchte, während sie auf ihre Füße starrte, sich darüber klar zu werden, warum Salterdons Stimme sie so sehr entnervte (abgesehen von der sie empörenden Tatsache, daß er seit vier Tagen kein Wort mehr mit ihr gesprochen hatte), als Ethel um die Hausecke kam. Die schmächtige Zofe, die mit ihren krausen Haaren und ihrem kleinen spitzen Gesicht Miracle an einen Igel erinnerte, griff sich mit der Hand ans Herz, als sie unversehens im Durchgang mit Miracle zusammenprallte.

»Mylady«, keuchte sie, gegen die Wand hinsinkend, »warum versteckt Ihr Euch denn hier? Mich hätte jetzt fast der Schlag getroffen, so sehr habt Ihr mich erschreckt! Seine Gnaden möchten Euch sprechen!«

Miracle zog eine Braue in die Höhe. »Er hat dich geschickt, um mir das auszurichten?«

»Jawohl, Mylady«, schniefte Ethel und zog ein Taschentuch aus ihrer weißen Schürze, mit dem sie sich nun die Nase abtupfte. »Ihr sollt so rasch wie möglich zu ihm kommen.«

»Geschähe ihm recht, wenn ich mich jetzt weigern würde, ihn zu sehen. Schließlich hat er mich vier Tage ohne eine Nachricht hier sitzen lassen.«

Ethel kratzte sich in der Achselhöhle und erwiderte dann mit einem Schulterzucken: »Wenn ich Euch einen Rat geben darf, Mylady, solltet Ihr Euch besser daran gewöhnen. Denn wie der Koch bereits sagte, sind Herzöge vielbeschäftigte Leute. Besonders während der Saison. Und ganz besonders dieser Herzog. Es gibt nämlich kaum eine hochwohlgeborene junge Lady in London, die ihn sich nicht zu gern geangelt hätte. Das ist aber bisher noch keiner gelungen – abgesehen von Euch natürlich. Deshalb würde ich an Eurer Stelle auf der Hut sein vor diesen Damen, Mylady. Die werden nämlich Gift und Galle spucken, sobald sie erfahren, daß er Euch hierher nach

London gebracht hat, um sich mit Euch zu vermählen. Könnte sein, daß diese enttäuschten jungen Dinger versuchen, Euch das Gesicht zu zerkratzen, falls Ihr ihnen noch vor der Heirat begegnen solltet.« Ethel lächelte breit und zeigte dabei ihre Zahnlücken. »Aber laßt ihn nun nicht zu lange warten«, setzte sie augenzwinkernd hinzu, »er scheint mir heute nicht in einer sehr geduldigen Laune zu sein.« Und dann, mit einem prüfenden Blick auf Miracles Frisur: »Nur einen Moment noch, damit ich Euch die Haare ein wenig richten kann! Seid Ihr sicher, daß Ihr sie nicht mit ein paar Nadeln aufstecken wollt?«

»Er ist daran gewöhnt, mich mit langen, heruntergelassenen Haaren zu sehen«, erwiderte Miracle, während Ethel, hier und dort an einer Locke zupfend, um sie herumging und dann einen Schritt zurücktrat, um Miracles Kleid zu inspizieren.

»Vielleicht sollte ich noch rasch ein Bad für Euch einlassen, Mylady«, meinte sie nachdenklich.

»Ich denke nicht. Er ist daran gewöhnt, mich in so einem Aufzug zu sehen.«

»Ihr müßt das ja wissen, Miss«, erwiderte die Zofe achselzuckend und strich Miracle noch rasch eine widerspenstige Locke aus der Stirn, bevor sie sich umdrehte und ins Haus zurückeilte, sich immer wieder mit einem Blick über die Schulter davon vergewissernd, daß Miracle ihr auch folgte. Als sie dann beide in der Halle angelangt waren, blieb Miracle stehen und schaute der Zofe nach, die sich in den Oberstock zurückziehen wollte, sich aber, als sie keine Schritte mehr hinter sich hörte, auf der Treppe noch einmal umdrehte und mit beiden Händen hastige, schiebende Bewegung zur Salontür hinmachte.

Doch Miracle zögerte noch immer. In den letzten vier Tagen hatte sie sich maßlos darüber geärgert, daß Salterdon sie hier wie einen leeren Milcheimer abgestellt und sich dann nicht mehr um sie gekümmert hatte. Aber als Thaddeus vorhin in den Stall gekommen und ihr ganz aufgeregt verkündet hatte, daß Seine Gnaden soeben mit der Kutsche vorgefahren sei, hatte ihr Herz wie bei all seinen bisherigen Stippvisiten heftig zu klopfen begonnen, und sie hatte es kaum erwarten können, ihn wiederzusehen. Vielleicht hatte er gute Gründe dafür, warum er sich so lange nicht hatte blicken lassen, überlegte sie, ehe sie tief Luft holte und dann eilenden Schrittes die letzten paar Meter bis zum Salon zurücklegte.

Als sie die Tür aufriß, stand Salterdon am Sekretär und sah die Post durch, die sich in den letzten Tagen hier angesammelt hatte.

Dann blieb sie wie angewurzelt stehen, als der Herzog aufsah, ihre Blicke sich begegneten, und er, seine Briefe beiseite legend, mit einem halben Lächeln sagte: »Nun, da seid Ihr ja endlich.«

»Euer Gnaden«, erwiderte sie leise, »ich dachte schon, Ihr hättet mich vergessen.«

»Kaum.«

»Weil ich seit vier Tagen kein Wort mehr von Euch gehört habe . . .«

»Dringende Geschäfte, versteht Ihr?« sagte er und machte einen Schritt auf sie zu, während sich seine Lippen ein wenig kräuselten und der Blick aus seinen grauen, sie an Granit erinnernden Augen langsam über ihren Körper wanderten.

Plötzlich hielt er mitten im Schritt an, während seine Brauen in die Höhe schossen und er, auf ihre nackten Füße deutend, die unter ihrem Rocksaum hervorlugten, sagte: »Gütiger Himmel – könnt Ihr mir vielleicht verraten, was das da ist?«

»Meine Zehen«, erwiderte sie und bewegte sie ein wenig auf dem Teppich auf und nieder.

»Die meinte ich nicht, sondern vielmehr diese mir nicht ganz geheuer erscheinende Substanz, die sich zwischen diesen befindet.«

»Oh.« Sie studierte eine Sekunde lang ihre Füße, ehe sie die Zehen einrollte und mit einem gewissen Stolz erklärte: »Das ist Pferdemist.«

»Das hätte ich mir eigentlich denken können«, sagte er, die Nase rümpfend. »Es riecht danach.«

»Ich hatte mich gerade im Stall aufgehalten, als Ihr kamt«, erklärte Miracle und verschränkte die Hände auf dem Rükken. »Bei Thad.«

»Thad?«

»Eurem Stallburschen.«

»Und was, bitte ich Euch, habt Ihr denn bei Thad im Stall gemacht?«

»Was man eben so tut in einem Stall«, erwiderte sie und ringelte kichernd die Zehen auf dem Teppich ein, biß sich dann aber auf die Lippen, weil er sie so anstarrte, als wäre sie so etwas wie eine Retorte, in der sich soeben irgendein gewagtes chemisches Experiment vollzog.

»Wie amüsant«, murmelte er schließlich, nachdem er sie eine Weile lang studiert hatte.

»Das fand ich auch«, gab sie erleichtert zurück. Offenbar hatte er seinen Sinn für Humor nicht ganz verloren.

»Ist bei Euren Geschäften etwas schiefgelaufen? Oder wäre es sogar möglich, daß Ihr krank seid, Sir?« fragte Miracle, als sie ihn beobachtete, wie er im Zimmer herumwanderte.

»Warum fragt Ihr mich das?«

»Weil Ihr noch gar keine Anstalten dazu gemacht habt, mich zu küssen«, erwiderte sie scheu.

Da lehnte er sich mit dem Rücken gegen den Sekretär und sah sie, während er sein Gewicht ein wenig verlagerte, wieder ein paar Sekunden lang an, ehe er tief Luft holte, lächelte, die Arme ausbreitete und sagte: »Wie konnte ich das nur vergessen, meine Liebe. Ich hoffe, Ihr könnt mir das verzeihen.«

Da wollte sie nun nicht länger mit ihm schmollen, sondern lief zu ihm hin und sank an seine Brust, während er sie mit seinen kräftigen Armen umfing und sich zu ihrem Ohr hinunterneigte.

»Ich bitte um Vergebung, daß ich Euch so lange vernachlässigt habe«, sagte er leise, während sein warmer Atem sie im

Nacken kitzelte. »Aber London nimmt einen ja so sehr in Beschlag, daß einem keine freie Minute mehr bleibt. Doch sobald ich meine dringendsten Geschäfte erledigt habe, werde ich Euch die Stadt zeigen.«

»Das habt Ihr mir bereits vor vier Tagen versprochen«, erwiderte sie schelmisch, sacht an seinem Ohrläppchen knabbernd. Da spürte sie, wie er einen Moment lang die Luft anhielt und seine Arme sich noch fester um sie schlossen, als sie sich nun an ihn schmiegte.

»Küßt mich«, drängte sie, als sein Körper sich bei ihrer Berührung versteifte. »Küß mich, solange uns keiner hier sieht!«

Da sah sie, wie sich langsam ein Lächeln auf seinem Gesicht ausbreitete, als er ihren Kopf zwischen seine Hände nahm, ihn etwas auf die Seite neigte und dann seinen Mund auf ihren legte. Doch das war ein ziemlich enttäuschender, etwas liebloser Schmatz, den er ihr gab, bis sie ihre Lippen ein wenig öffnete, worauf er plötzlich seinen Mund so hungrig und wild auf ihren preßte, daß sie zu wimmern begann.

Seine Hand ging zu ihrer Brust und wanderte dann an ihrer Seite zu ihrem Schenkel hinunter, während sein Mund seltsame Dinge mit ihren Sinnen anstellte. Sehr seltsame Dinge.

Dann schob er die Hand unter ihren Rock und glitt mit seinen Fingern an der Innenseite ihres rechten Beines hinauf, während er mit der anderen Hand ihren Kopf gefangen hielt und sie so heftig küßte, daß sie Angst hatte, ihr Genick könnte jeden Moment brechen.

Sie wand sich in seinen Armen und versuchte, sich wieder von ihm zu lösen, denn sie hatte das Gefühl, als müßte sie jeden Moment ersticken, und schüttelte den Kopf, und als das nichts half, versuchte sie, ihn mit den Ellenbogen von sich wegzuschieben. »Bitte nicht«, keuchte sie, »Ihr tut mir ja weh«, als es ihr endlich gelang, ihr Gesicht zur Seite zu drehen. Aber statt sie freizugeben, packte er sie noch fester, begrub sein Gesicht an ihrem Hals und nahm ihre empfindliche Haut zwischen seine scharfen Zähne.

»Nicht doch«, wimmerte sie, »laßt das, Euer Gnaden. Das können wir hier nicht machen.«

»Ich dachte, du hättest mich vermißt«, schnaubte er an ihrem Ohr. Und dann war seine rechte Hand auch schon ganz oben zwischen ihren Schenkeln angelangt, und als sie versuchte, sich diesem Zugriff zu entziehen, schwenkte er sie herum, drückte sie, wobei er die Post, den Briefbeschwerer und das Tintenfaß von der Schreibtischplatte fegte, auf diese hinunter, schob ihr den Rock über die Hüften hinauf und begann, sich die Hose aufzuknöpfen.

In diesem Moment klopfte jemand von außen gegen die Salontür, so daß er mitten in der Bewegung erstarrte.

»Gott, lieber Gott, ich danke dir – ich danke dir«, flüsterte Miracle, die Augen schließend.

Er blickte mit einem amüsierten Funkeln in seinen grauen Augen auf sie hinunter. »Was für eine Schande«, murmelte er, eine Braue in die Höhe ziehend, »jetzt, wo es gerade interessant wurde.«

Da sprang Miracle vom Schreibtisch weg und wich bis zur Tür zurück, währen Salterdon sich aufrichtete und seine Hose wieder zuknöpfte. Dann schnippte er mit den Fingern eine kleine weiße Leinenfaser vom Ärmel seines tadellos sitzenden, maßgeschneiderten marineblauen Cutaway und rückte seine Halsbinde gerade.

Da wurde abermals gegen die Tür geklopft.

»Was ist denn?« rief Salterdon.

»Lord Collingwood ist soeben angekommen und möchte Euch sprechen, Sir«, antwortete eine Stimme von draußen.

»Collingwood!« rief Salterdon, drängte sich rasch an Miracle vorbei, und riß die Tür auf.

»Salterdon!« begrüßte ihn dort eine Männerstimme. »Ich hörte, daß du nach London zurückgekehrt seist und wollte dir sagen, daß wir uns alle in einer halben Stunde im Windsor-Klub am Charing Cross treffen. Ich hoffe doch, daß wir mit dir rechnen können!«

Miracle stand noch immer stocksteif neben der Tür, eine Hand auf ihren Mund, den sie irgendwie befremdenden Geschmack von ihm auf der Zunge, und bemühte sich, dieses beklemmend kalte Gefühl zu ignorieren, das wie ein Anker bis auf den Boden ihres Magens hinuntersank.

Wo waren nur all diese flatternden Schmetterlinge in ihrem Bauch geblieben? Diese wohligen Schauer, die sie jedesmal durchrieselt hatten, wenn er sie mit diesem glimmenden Feuer in seinen rauchgrauen Augen angeblickt hatte? Wo dieses ekstatische Entzücken, von dem sie jedesmal überwältig wurde, wenn er sie in Cavisbrooke angefaßt hatte? Wo war das Verlangen hingekommen, das sich in den letzten vier Tagen in ihr aufgestaut hatte?

Wieso hatte sich ihr Begehren plötzlich in Abscheu verwandelt, als er sie dort am Schreibtisch bedrängte?

Die Stimmen draußen im Foyer wurden lauter, schwollen auf und ab in einer Art von prahlerischer, zuweilen sogar vulgärer Kumpanei, die sie plötzlich wieder an diese schrecklichen Tage erinnerte, als Salterdon sich mit seinen Freunden in Cavisbrooke eingenistet hatte wie eine Bande von Schmarotzern. Sie näherte sich vorsichtig der Tür, um einen Blick auf den Korridor hinauszuwerfen, blieb aber dann wie angewurzelt stehen, als Salterdon sich dort abermals zeigte, diesmal von einem elegant gekleideten fremden Mann begleitet, der ihm neugierig über die Schulter schaute.

»Tut mir leid, daß ich mich nun so rasch wieder empfehlen muß«, erklärte Salterdon ihr mit einem selbstgefälligen Grinsen. »Vielleicht können wir ja später dort weitermachen, wo wir eben stehengeblieben waren«, setzte er augenzwinkernd hinzu, ehe er sich umdrehte und ihr die Tür vor der Nase zumachte.

»Wer oder vielmehr was war denn das eben?« erkundigte sich der Fremde im belustigten Ton, als er mit Salterdon das Haus verließ.

»Niemand«, gab Salterdon ihm zur Antwort. »Nur eine Bekannte.«

Ein paar Sekunden verstrichen, als sich die Tür abermals einen Spalt breit öffnete und Gertrude mit Augen, die so groß waren wie Pennies, ins Zimmer spähte. »Ihr dürft Euch das nicht zu sehr zu Herzen nehmen«, sagte sie. »Seine Gnaden sind ein sehr beschäftigter Mann.«

»Das habe ich bemerkt.«

Miracle drückte ihre Schultern durch, schob ihr Kinn vor und marschierte an der teilnahmsvollen Zofe vorbei aus dem Zimmer und wandte sich der Treppe zu.

»Wollt Ihr Euren Nachmittagstee auf Eurem Zimmer einnehmen, Mylady?«

»Nein, danke«, erwiderte Miracle mit brüchiger Stimme, »weder hier im Salon noch dort.«

Als Miracle ihr Zimmer im zweiten Stock des Stadthauses erreicht hatte, trat sie dort gegen die Tür und stand dann einen Moment auf der Türschwelle, in Gedanken von zehn rückwärts zählend, bis der Schmerz in ihrem großen Zeh ein bißchen nachließ. Dann humpelte sie zuerst zu ihrem Bett und von dort zum Fenster. Unter ihr strömte der Verkehr durch die Park Lane, und dahinter paradierten Reiter auf tänzelnden Vollblütern über die Parkwege.

Sie dachte an Napitov und Majarre, Aziz und Salifa. Sie dachte an Ismail, der wohl auf seiner Flöte spielen würde. Sie dachte an den Leuchtturm, in dem nun kein Feuer mehr brennen würde, weil niemand mehr da war, der es anzündete und unterhielt. Wie viele Schiffe jetzt wohl auf den Klippen von Race Ending zerschellen würden, weil in den Sturmnächten kein Leuchtfeuer sie mehr vor den dort lauernden Gefahren warnte? Sie dachte an ihre Schweine, Hühner und Tauben, die in den Moospolstern unter den Dachtraufen von Cavisbrooke ideale Nistplätze fanden.

Oh, John, wenn du jetzt hier wärest, würdest du wissen, was ich tun oder sagen soll. Du würdest mir versichern, daß alles ein gutes Ende nehmen und diese schrecklichen Zweifel, die sich in meiner Brust erhoben haben, sich bald wieder legen würden. Und daß ich mich richtig entschieden, mich in den richtigen Mann verliebt hätte.

Mein süßer, teurer John, der du mich doch immer nur vor all diesen häßlichen Wahrheiten hast beschützen wollen: Deine Treue zu mir und meiner Mutter ist in all diesen Jahren niemals ins Wanken geraten. Du hast dein Leben für sie und mich geopfert. Wenn du hier wärest, wüßtest du, was nun zu tun ist. Wenn du hier wärest, würde ich mich vielleicht nicht so verlassen und einsam fühlen und es würde mir auch plötzlich nicht so schrecklich bange sein ...

»Ach, Kindchen«, hörte sie da Gertrude dicht hinter ihr sagen, »Euer Zeh blutet ja! Ich werde Euch eine Schüssel mit warmen Wasser bringen und ...«

»Nein, vielen Dank.«

»Ihr dürft Euch nicht so sehr über seine rüden Manieren grämen, Mylady. Das ist eben so deren Art, versteht Ihr? Und Ihr müßt auch bedenken, daß nun die Hochsaison beginnt. Da strömen alle Freunde Seiner Gnaden hier in London zusammen und ...«

»Bevor ich hierher nach London kam«, unterbrach Miracle die Zofe, »wußte ich nichts von einer Saison. Ich bin mir zwar sicher, daß meine Mutter davon gesprochen hat, aber sie war nicht so wie ich, mußt du wissen. Sie hatte so großartige Träume. Sie würde sich hier in London heimisch gefühlt haben bei diesen Leuten. Sie würde gewußt haben, wie man mit diesen Leuten zu reden und umzugehen hat. Sie hätte bestimmt nicht so wie ich wie eine Einsiedlerin in diesem Haus gelebt ...« Sie schniefte und bemühte sich dann, zu lächeln. »Ich frage mich, ob sie sich auch so gefühlt hatte, bevor sie ... meinen Vater heiratete.«

»Wie gefühlt, Mylady?«

»Verwirrt, enttäuscht, verängstigt. Und ... wütend.«

»Ich schätze, daß alle Mädchen sich jetzt so fühlen würden

wie Ihr, Mylady. Aber es kommt doch nur darauf an, ob Ihr ihn liebt oder nicht – meint Ihr nicht auch? Liebt ihr ihn, Mylady?«

»Ich tat es. *Ich tue es*! Es ist nur so, daß ich . . .«

Sie drehte sich um und warf sich aufs Bett.

»Aber, aber«, suchte Gertrude sie zu beruhigen. »Wenn es Euch bekümmert, daß Seine Gnaden nicht nett zu Euch war . . . nun, ich habe sein Gesicht gesehen, als er Euch vor einer Woche hierherbrachte, und schwöre Euch, daß ich ihn noch nie so glücklich erlebt habe wie an jenem Abend. Da war etwas in seinen Augen . . .«

». . . das heute nicht darin war«, unterbrach Miracle sie heftig und erschauerte dann bei der Erinnerung an seine Berührung.

»Nun, ja – er ist heute wieder ein bißchen sein altes Selbst gewesen, aber Seine Gnaden sind eben zuweilen ein wenig wetterwendisch. Eine Eigenart dieser Familie. Sein Bruder zum Beispiel . . .«

»Du verstehst mich nicht«, klagte Miracle, ihr Gesicht in einem Kissen vergrabend. »Es ist *mehr* als das. Mehr als nur eine momentane Verstimmung oder Grille.«

»Was ist es denn, Kind? Du kannst das deiner Gertrude doch sagen!«

»Oh, Gerti«, schluchzte Miracle, »seine Hände waren *kalt*!«

Reue: Der Anblick des Paradieses mit Qualen der Hölle.

George Moore

Kapitel sechzehn

»Meine Herrschaften – ich bitte um Ihr Gehör! Von diesem Abend des Juni im Jahre des Herrn 1880 an gelten folgende neue Regelungen für den Geschäftsverkehr in den Räumen des Brooks' Club in der Saint James Street Nummer sechzig.

Es ist den hochwohlgeborenen Mitgliedern des Clubs in Zukunft nicht mehr gestattet, den Speisesaal des genannten Etablissements für Glücksspiele zu benützen. Es darf dort lediglich noch darum geknobelt oder gewürfelt werden, wer von den Teilnehmern einer Tafelrunde die Rechnung für die von ihr konsumierten Speisen und Getränke begleichen soll. Jeder, der gegen diese Regelung verstößt, muß nach den neuen Satzungen des Klubs die Kosten für die Zeche aller zum Zeitpunkt des Vergehens im Speiseraum anwesenden Klub-Mitglieder übernehmen.«

»Wenn wir schon nicht mehr im Speiseraum Karten spielen dürfen«, rief da Lord Selwyn, »sollte man uns wenigstens etwas Besseres auf den Tisch bringen als den bisherigen Fraß. Wir haben nämlich diese ewigen Beefsteaks, diese gekochten Hühner mit Austernsoße und diese Apfelkompotts zum Nachtisch satt. Ich erwarte, daß mir für das viele Geld, das ich in diesen erlauchten Klubräumen verwette oder verspiele, zumindestens ab und zu ein gebratener Fasan oder ein Fisch zum Dinner serviert wird!«

Lord Selwyn erntete mit seiner kurzen Rede stürmischen Beifall bei den anderen im Raum versammelten Klubmitgliedern, zu denen James Fox, Lord Carlisle, Sir Stepney und der Bruder des Herzogs von Malborough, Lord Robert Spencer, gehörten. Und Sir Stepney erklärte, als es wieder etwas ruhiger im Saal geworden war: »Im ›Salon des Etrangers‹ können sich die adeligen Mitglieder an Hammelkoteletts, gebratenen Tauben und Rosinenpudding delektieren, ohne daß ihnen das extra in Rechnung gestellt wird. Deshalb schlage ich vor, daß wir nun alle unsere Segel setzen und Kurs auf Paris nehmen sollten, Gentlemen! Wer ist für meinen Antrag?«

»Um Napoleon dort die Stiefel zu küssen? Ohne mich! Lieber esse ich bis zum meinem Lebensende gekochtes Rindfleisch, bevor ich einem solchen Antrag zustimme!«

Jemand klopfte mit einem Holzhammer auf den Tisch. Ein anderer schwang eine Glocke.

»Ruhe, Gentlemen! Ich bitte um Ruhe!« rief da der die neue Satzung verkündende Klub-Angestellte, bis der Lärm und das Gelächter im Raum sich wieder ein wenig gelegt hatten, und fuhr dann fort:

»Jede Person, die an dem neu eingerichteten Guineen-Tisch spielt, muß mindestens einen Betrag von fünfzig Guineen vor sich auf dem Tisch liegen haben. Und jede Person, die am Zwanzig-Guineen-Tisch spielt, darf nicht weniger als zwanzig Guineen vor sich auf dem Tisch liegen haben. Das sind die neuen von Sir Brooks selbst erlassenen Regeln für den Spielbetrieb in seinen Klubräumen. Sie können jetzt mit Ihren Spielen fortfahren, meine Herrschaften.«

»Wieso fortfahren?« erklärte Lord Spencer, sein Portweinglas erhebend, und blickte sich in der Runde der an seinem Tisch sitzenden Spieler um. »Wir haben unser Spiel ja gar nicht unterbrochen, obwohl ich bemerke, daß sich nun eines unserer ehrenwerten Mitglieder vom Tisch erhebt, seine ihm noch verbliebenen Guineen einstreicht und uns eine gute Nacht wünscht. Oder vielleicht auch keine so gute Nacht. Basingstoke! Wollt Ihr denn wirklich nicht noch eine Runde Pharo oder Macao mit uns zu spielen? Ich würde Euch ja ein paar Schillinge leihen, wenn Ihr knapp bei Kasse seid. Könntet eine Anleihe wohl verdammt gut gebrauchen, denke ich, nach den schweren Verlusten der letzten vier Abende. Was ist nur mit Euch los, alter Junge? Sollte die Glücksgöttin Euch etwa untreu geworden scin und ihre Gunst jetzt zur Abwechslung mal mir geschenkt haben?«

Clayton drückte dem Klub-Diener, der ihm seinen Mantel brachte, eine Münze in die Hand und bemühte sich, die Sticheleien und Scherze, mit denen er von der Tischrunde verabschiedet wurde, zu überhören. Ihm brannten die Augen – zu viel Rauch, zu lange Nächte, zu wenig Schlaf. Zuviel Ale und französischer Wein. Und zuviel von diesem miserablen Gin.

Er hätte schon längst zu Hause in Basingstoke sein sollen. Er hätte seine Energien nutzbringend einsetzen und seine Frustration mit Pflügen, Pflanzen und dem Bauen neuer Häuser abreagieren sollen, statt hier in diesen verqualmten Räumen und dieser stickigen Atmosphäre seine Wunde schwären zu lassen und sich seinen trübsinnigen Gedanken hinzugeben. Er hatte in den letzten paar Tagen ein ganzes Vermögen verloren, weil er sich Miracle Cavendish nicht aus dem Kopf schlagen konnte.

Und warum nicht, verdammt noch mal? Weil sie glaubte, fliegen zu können? Weil sie mit Tieren besser kommunizieren konnte als mit Menschen? Oder einfach deswegen, weil sie seinem Bruder gehörte . . . seinem Bruder, dem von der Minute seiner Geburt an alles in den Schoß gefallen war und der noch lernen mußte, den Reichtum und die Macht zu schätzen, die ihm seine Position im Leben verschafften? Der nicht die leiseste Ahnung davon hatte, was eine Frau wie Miracle Cavendish für ihn tun konnte, wenn er ihr nur die Möglichkeit dazu gab?

Er bewegte sich nun ein wenig schwankend auf den Ausgang zu. Da schlug ihm jemand mit der Hand auf die Schulter und hauchte ihm seinen warmen, nach Brandy riechenden Atem ins Ohr. »Noch eine Runde, junger Bastard. Es bereitet mir nämlich ein diebisches Vergnügen, Euch auch mal die Taschen leeren zu können, Basingstoke, nachdem Ihr mich so oft mit einer ausgeplünderten Geldbörse nach Hause geschickt habt. Eine Runde hier am Whist-Tisch. Was meint Ihr dazu?«

Clayton blickte über die Schulter in die blutunterlaufenen Augen von Sir Fritz Drummond, der seinen Posten in einem der drei Garderegimenter Seiner Majestät hatte aufgeben müssen, weil er selbst im Dienst seiner Spielleidenschaft frönte.

»Sir«, erwiderte Clayton leise und in einem so drohenden Ton, daß Drummonds Brauen in die Höhe schossen, »nehmt Eure Hand von meiner Schulter.«

»Und wenn ich sie dort lasse?«

»Bin ich gezwungen, sie selbst zu entfernen.«

»Was habt Ihr denn, Basingstoke? Könnt Ihr so schlecht verlieren?«

»Ich bin zu betrunken, um mit Euch darüber zu debattieren, Drummond.«

Sir Harry Calvert, der General-Adjutant des Herzogs von York, trat nun zu den beiden und nahm Drummonds Hand sacht von Claytons Schulter. »Du wirst dich doch wohl nicht mit ihm anlegen wollen, Fritz? Der letzte, der das tat, hätte nämlich fast sein kostbarstes Stück auf dem Duellplatz zurücklassen müssen. Der Degenhieb, den er sich einfing, hat dieses unersetzliche Ding, wie ich mich selbst überzeugen konnte, nur um drei Zentimeter verfehlt.« Und dann mit einem Lächeln zu Clayton: »Wir wissen ja alle, wie Basingstoke darüber denkt, wenn wir zuweilen die Anstandsregeln unseres Standes vergessen. Er muß uns das nicht schon wieder beweisen. Geht nach Hause, Hawthorne, vergeßt das, was Euch zu plagen scheint, und schlaft Euch mal richtig aus. Ich bin sicher, daß Ihr dann morgen wieder in Eurer gewohnten guten Form hier erscheinen und uns wie früher den letzten Schilling aus der Tasche ziehen werdet.«

Clayton erwiderte nichts darauf, sondern wandte den beiden nun den Rücken zu und verließ den Club. Draußen sog er die dicke Abendluft tief in die Lungen und beobachtete eine Weile die vielen Kutschen, die durch die Saint James' Street rollten und elegant gekleidete Personen von einem Empfang zum anderen brachten. Ach ja, die Saison. Diese großartige, einem im Magen kribbelnde Saison, in der die Eltern ihre heiratsfähigen Töchter auf Bällen und Parties herumzeigten in der Hoffnung, daß so jemand wie er sich für das zarte junge Fleisch erwärmen und es entführen würde in ein Land, wo Milch und Honig floß, damit es dort glücklich leben konnte bis zum Ende seiner Tage. Er hatte bereits zwei Dutzend Einladungen zu solchen Empfängen mit der Post bekommen, und ein weiteres Dutzend war ihm von Müttern persönlich überreicht worden, deren Augen begehrlich aufgeleuchtet hatten bei dem Gedanken an Basingstoke Hall.

»Mylord, ist es wahr, daß Ihr es ablehnt, in dem Haus zu wohnen, und Euch statt dessen mit einem Apartment über Euren Ställen begnügt? Daß Ihr auf die perfekte Frau wartet, mit der Ihr Euer schönes Haus teilen könnt? Habt Ihr vielleicht zufällig meine Tochter in letzter Zeit gesehen, Mylord? Da ich gerade in dieser Gegend etwas zu erledigen hatte, habe ich die Gelegenheit dazu benützt, Euch persönlich eine Einladung zu unserem Empfang zu überbringen. Ihr seid verhindert? Oh, nun, ja . . . Sagt mal, Basingstoke, wie geht es denn eigentlich Eurem Bruder, dem Herzog von Salterdon? Was hat er denn für Pläne in der Saison?«

Ein Gruppe von Männern kam lachend um die nächste Hausecke herum und rief den Leuten in den vorbeifahrenden Kutschen allerlei frivole Bemerkungen zu. Clayton beachtete diese Männer nicht weiter, bis sie ihn beinahe über den Haufen rannten. Da Clayton mit seiner Geduld am Ende war, drehte er sich wütend um . . . und blickte seinem Bruder direkt in die Augen.

»Gütiger Himmel«, sagte der Herzog, ein Lächeln aufsetzend, »schaut mal, wenn wir hier haben, Ladies und Gents!

Lord Basingstoke!« Trey schlug seinen Bruder auf die Schulter, und Treys Freunde drängten nun näher heran, alle mit einem trunkenen Lächeln auf dem Gesicht und jeder den Arm um die Taille einer Frau von zweifelhaftem Ruf gelegt. Die junge Dame an Salterdons Seite hatte einen Schluckauf. Sie schwankte ein wenig und faßte dann kichernd nach Salterdons Arm, um nicht das Gleichgewicht zu verlieren.

»Ich habe seit dem Abend, an dem du nach London zurückgekehrt bist, nichts mehr von dir gehört«, sagte Trey.

Sich nicht weiter mit Trey und den lärmenden Freunden befassend, wandte Clayton seine Aufmerksamkeit wieder der Straße zu und bemühte sich, sich nicht weiter von dem unverschämten Gedrängel der Passanten irritieren zu lassen und diesen Gestank von brennenden Kohlen und Pferdemist zu ignorieren, der seine Nasenschleimhäute reizte. Wo, zum Henker, blieben nur die Droschken, wenn man eine von diesen Dingern brauchte?

»Du solltest mir Nachricht geben, wann du wieder in London sein würdest«, sagte er schließlich.

»Tatsächlich? Ja, vielleicht hätte ich dich benachrichtigen sollen. Aber ich hatte mich von einer Minute zur anderen dazu entschlossen . . .«

». . . weil der Anwalt aus Madrid zurückgekommen ist?«

»Höchst unerwartet.«

Clayton machte einen Droschkenkutscher mit einem Pfiff auf sich aufmerksam, ehe er bemerkte, daß die Kutsche bereits besetzt war. »Das bedeutet vermutlich, daß du jetzt Meri so bald wie möglich sehen willst«, murmelte er leise.

Das Lächeln auf dem Gesicht des Herzogs wurde breiter, während er, seine Begleiterin mit sich ziehend, noch näher an Clayton heranrückte und ihm zublinzelte. »Das ist bereits geschehen, alter Knabe.«

Claytons Blick ging nun rasch wieder zu Treys Gesicht zurück.

»Ja«, fuhr Trey mit leiser Stimme fort, »vor zwei Stunden

erst. Ich gestehe, daß mich die Neugierde zu sehr plagte. Ich wollte unbedingt herausfinden, auf was ich mich da einlassen würde. Das war natürlich ein gewagter Zug von mir, wie ich sehr wohl wußte, da wir ja noch nicht über die Einzelheiten deines Besuchs in Cavisbrooke gesprochen hatten. Aber andererseits reizen mich ja solche riskanten Abenteuer. Das scheint in der Familie zu liegen, nicht wahr, Clay?«

Er ging um Clayton herum, trat noch näher an diesen heran und flüsterte ihm ins Ohr: »Ihr Mund ist köstlich, findest du nicht auch? Und diese bewußte Stelle zwischen ihren Beinen – du liebe Güte, die hätte mich fast um meinen Verstand gebracht!«

Clayton entfernte sich rasch – oder versuchte es wenigstens. Er war gezwungen, sich mit den Ellenbogen einen Weg durch die Schar von Treys Speichelleckern zu bahnen, was ihn jedoch nicht weiter brachte als auf die Fahrbahn, wo er um ein Haar unter die Räder einer Postkutsche geraten wäre. Trey packte ihn hinten am Mantelkragen und riß ihn noch rechtzeitig auf den Gehsteig zurück, worauf Clayton herumwirbelte, Treys Hand wegschlug und dann seine rechte Hand gegen die Brust seines Bruders stemmte, um ihn von sich wegzuschubsen.

Die Männer grölten, die Frauen quietschten, als Trey sich taumelnd wieder aufrichtete, eine Braue wölbte, seinen Arm aus dem Griff seiner sich an ihn klammernden Begleiterin befreite und sich dann zu einem Lächeln zwang: »Mein werter Bruder scheint mir heute abend nicht in einer sonderlich geselligen Laune zu sein, Jungs! Ich frage mich nur, wieso. Wir haben ihm doch gar nichts getan.«

Da packte Clayton seinen Bruder bei den Rockaufschlägen und zog ihn so dicht an sich heran, daß er Treys Atem in seinem Gesicht spüren konnte. »Und ich frage mich, wie du die Gesellschaft von Lady Cavendish zugunsten dieser kleinen Schlampe dort aufgeben konntest, wenn du dich schon über meine Laune wunderst.«

»Schlampe?« kreischte da die junge Dame an Treys Seite. »Wie kann dieser Mann sich erdreisten, mich als Schlampe zu bezeichnen? Verlangt von ihm, daß er das sofort zurücknehmen soll, Euer Gnaden! Ich bin schließlich eine Lady, wie Ihr mir selbst versichert habt.«

»Du scheinst ja arg empfindlich zu sein, was dieses Mädchen betrifft«, sagte Trey, seine Rockaufschläge mit der Hand glättend. »Andrerseits wissen wir natürlich, daß du schon immer ein Herz für die im Leben Benachteiligten und sozial Schwachen gehabt hast. Und sie ja auch ein recht unterhaltsames, um nicht zu sagen ziemlich ansehnliches kleines Ding ... wenn sie erst einmal den Pferdedung entfernt hat, der ihr zwischen den Zehen klebt. Ich wage sogar zu behaupten, daß sich meine Hochzeitsnacht weitaus erfreulicher gestalten wird, als ich das zunächst angenommen hatte ... Falls ihr Körper sich im Bett ebenso weich und kurvenreich anfühlen sollte wie heute abend, als sie sich an mich schmiegte.«

Da legte sich plötzlich ein roter Schleier vor Claytons Augen. »Was hast du mit ihr angestellt?« fauchte er seinen Bruder an.

»Was, denkst du, werde ich wohl mit ihr angestellt haben?«

Da schlug Clayton zu und traf Trey mit voller Wucht am Kinn.

Diesmal taumelte der Herzog nicht, sondern flog, vor Schmerz aufstöhnend, nach hinten, wurde aber von seinen Freunden aufgefangen, ehe er zu Boden stürzen konnte. Die plötzlich schweigsamen Zuschauer, die den Vorgang verfolgten, wichen vor den beiden zurück, während Trey den starren Blick seines Bruders zurückgab und eine Hand hob, um sich vorsichtig das Blut von den Lippen zu tupfen. »Ich scheine wohl einen empfindlichen Nerv getroffen zu haben«, sagte er. »Vielleicht möchte jetzt mein Bruder Satisfaktion von mir verlangen. Was meint ihr, Freunde? Ich frage mich, ob es schon einmal ein Duell zwischen Brüdern gegeben hat – nicht zwischen *irgendwelchen* Brüdern, wohlgemerkt, sondern zwischen zwei identisch aussehenden eineiigen Zwillingen. Das gäbe doch einen guten Gesprächsstoff für die Kaffeehäuser ab. Was sagst du dazu, Clay? Sollen wir uns im Morgengrauen auf irgendeiner Wiese treffen?« Und sich zu seinem Bruder vorbeugend, fügte er mit leiser Stimme und einem drolligen Lächeln in den Mundwinkeln hinzu: »Ist ihr heißer, williger kleiner Körper es denn wert, dafür zu sterben?«

Da lichtete sich dieser rote Nebel vor Clays Augen wieder, und er erwachte langsam aus dieser rauschhaft dumpfen Benommenheit, die sich seines Geistes bemächtigt hatte. Wie, zum Teufel, kam er dazu, seinen Bruder in aller Öffentlichkeit zu schlagen? Warum verlor er gleich die Beherrschung, wenn Trey nur von Miracle sprach? Wie konnte er sich von der Eifersucht auf seinen Bruder, die ihn bereits von dem Tag an plagte, wo er Miracle Cavendish kennengelernt hatte, dazu hinreißen lassen, gegen Trey handgreiflich zu werden?

In diesem Moment hielt eine Droschke neben ihm. Da wandte Clay sich von seinem Bruder und der Menge, die sich hinter ihnen angesammelt hatte, ab, kletterte in die Kutsche und ließ sich auf das zerschlissene Polster der Sitzbank fallen, um nun zu entdecken, daß sein Bruder die Hand auf den Wagenschlag gelegt hatte und auf der Trittleiter stand.

»Noch etwas«, sagte der Herzog zu ihm. »Bevor ich nicht mit Großmutter gesprochen habe, darf sich unsere kleine Maid nicht in der Öffentlichkeit zeigen. Kein Wort von unserer Verlobung darf die Herzoginwitwe erreichen, bevor ich es ihr nicht selbst sage. Tatsächlich darf unsere Großmutter nicht einmal etwas von unserer bevorstehenden Heirat erfahren, bis sie bereits erfolgt ist. Ich werde morgen für ein paar Tage geschäftlich nach York verreisen und . . .«

». . . hast du mit ihr geschlafen?« fiel ihm Clayton ins Wort, und seine Stimme war so undeutlich, als würde er jede Silbe verschlucken. Der Schweiß rann ihm von den Schläfen und brannte ihm in den Augen. Er glaubte, sich jeden Moment übergeben zu müssen. Er war sich sicher, daß er sich übergeben würde, wenn ihm sein Bruder gestand, daß er mit Miracle geschlafen hatte. Es konnte sogar sein, daß er ihn umbrachte – so verzweifelt war er in diesem Moment.

Trey sah ihn einen Moment lang eindringlich an, ehe er auf eine weniger arrogante Weise als bisher antwortete: »Das geht dich doch nun wirklich nichts an, denke ich – nicht wahr, Clay?«

Einen Moment lang ging Clayton mit sich zu Rate, ehe er den Kopf schüttelte, noch tiefer in dem nicht gerade luxuriösen Polster versank und vor sich hin starrte.

»Während meines Aufenthalts in York«, fuhr Trey fort, »werde ich die für die Heirat notwendigen Formalitäten erledigen . . ., das Aufgebot bestellen und was sonst noch dazu gehört. Dann werde ich nach London zurückkehren, um das Mädchen abzuholen. Bis dahin, Bruder Basingstoke, magst du sie genießen, wenn du kannst . . . mit meinem Segen.«

Salterdon kletterte wieder von der Trittleiter herunter, warf den Wagenschlag zu und gab dem Kutscher irgendwelche Anweisungen. Das Gefährt setzte sich in Bewegung, und das Dröhnen des Verkehrs, das Pfeifen der Kutscher, das Wiehern der Pferde und das Rattern der eisernen Räder auf dem Kopfsteinpflaster hüllten Clayton ein wie ein dickes heißes Tuch, das ihn zu ersticken drohte. Am liebsten wäre er wieder aus der Kutsche gesprungen, zu seinem Bruder zurückgerannt, um ihm noch einmal mit der Faust ins Gesicht zu schlagen.

Sein Kopf fiel gegen das Polster zurück. Er schloß sie Augen und stellte sich vor, wie Trey in das Haus in der Park Lane schlenderte, und dort von Miracle mit einem vor Aufregung roten Kopf begrüßt wurde. Er stellte sich vor, wie Trey sie küßte, und malte sich aus, wie sie darauf reagierte. Wie ihr Körper an seinem hinschmolz, ihre Lippen sich öffneten, sie begierig seine Zunge in ihrem Mund aufnahm. Sie stöhnte dabei jedesmal leise – ein Laut, der ihr Verlangen, ihre anwachsende Leidenschaft verriet.

Ah, ja – ihr Mund war köstlich. Der bloße Gedanke an ihn

hatte ihn dazu getrieben, jeden Abend seine Zeit bis in die frühen Morgenstunden am Spieltisch zu verbringen und sich bis zur Besinnungslosigkeit zu betrinken. Nur so war es ihm gelungen, seine Gedanken von der Tatsache abzulenken, daß sein Bruder sie heiraten würde.

Zur Hölle mit ihm.

Verdammt sollte Trey Hawthorne, der Herzog von Salterdon sein, daß er nicht begreifen wollte, was er da eigentlich hatte.

»Sir? He! Wacht auf – mein Wagen ist kein Asyl, in dem Ihr übernachten könnt!«

Er öffnete die Augen. Wo war er hier eigentlich?

Er rappelte sich vom Sitz hoch, kletterte aus der Kutsche, stand einen Moment lang auf dem Bürgersteig und versuchte sich zu orientieren. Die Häuser mit den gestreiften Markisen und den Blumenkästen an den Fenstern waren alle hell erleuchtet. Gelegentlich schlug Musik und Gelächter an sein Ohr, während die andere Seite der Straße von dunklen Rasenflächen und Bäumen gesäumt war. Ein einsamer Reiter trabte dort auf seinem Pferd die Rotten Row hinunter und sang so laut, wie ihm das in seinem angetrunkenen Zustand möglich war.

Das war die Park Lane, in der er hier stand. Wie, zum Kuckuck, war er nur hierhergekommen?

Er kramte in seinen Taschen nach einer Münze, fand aber keine.

»Das hat Seine Gnaden bereits für Euch erledigt«, rief ihm der Kuscher zu, der wieder auf den Bock seiner Droschke geklettert war.

»Ich verstehe. Hat Seine Gnaden denn auch zu Euch gesagt, daß Ihr mich hierherbringen sollt?«

»Aye, das tat er, Sir«, erwiderte der Kutscher und knallte dann mit seiner Peitsche, so daß die Zugpferde ansprangen und mit der Kalesche davonpreschten, während Clayton auf dem Bürgersteig zurückblieb und das Stadthaus seines Bruders anstarrte.

Von einem Willen angetrieben, der nicht ihm zu gehören schien, ging er durch das weiße, mit Spalierrosen bewachsene weiße Gattertor, den von blühenden Bartnelken und Pfingstrosen gesäumten Gartenpfad hinunter, dann die Vortreppe hinauf und durch die unverschlossene Haustür in das Foyer hinein, wo er sich einer mit Nachthemd und Schlafhaube bekleideten Gertrude gegenübersah, die soeben mit zwei Tellern aus der Küche kam, um sich in ihrer Kammer noch ein wenig zu stärken, bevor sie sich zum Schlafen niederlegte.

»Himmel!« kreischte Gertrude, ihre beiden Teller mit Brot und Käse fallen lassend und mit einem Satz zur Küchentür zurückflüchtend, »habt Ihr mich aber erschreckt, Euer Gnaden! Was soll ein Mädchen wie ich wohl denken, wenn Ihr abends so unvermutet und ohne vorher anzuklopfen ins Haus gestürmt kommt? Ihr hättet ja ein Einbrecher sein können oder einer von diesen finsteren Gesellen, die noch Schlimmeres im Sinn haben und sich an unschuldigen Mädchen vergreifen!« Sie kniff die Augen zusammen, um ihn im Halbdunkel, das im Foyer herrschte, besser sehen zu können, und runzelte die Stirn, als sie seinen einfachen Rock, seine lederne Bundhose und die ihm fast bis zu den Hüften hinaufreichenden Schaftstiefel musterte.

»Wo ist sie?« herrschte er sie mit rauher Stimme an, so daß ihr Blick, der an seinen Sporen haften geblieben war, rasch wieder zu seinem Gesicht hinaufglitt.

»Wie . . . was, Euer – äh – Gnaden?«

»Miracle, verdammt noch mal! Oder solltest du plötzlich von Taubheit geschlagen sein?«

Da holte sie, entrüstet ihren Busen vorwölbend, geräuschvoll Luft. Aber ehe sie ihm etwas darauf antworten konnte, öffnete sich oben im zweiten Stock eine Tür, und Miracle, in ein weißes, bodenlanges Gewand gehüllt, schwebte über die Stufen der geschwungenen Treppe ins Foyer hinunter, bis sie dann, als sie seiner ansichtig wurde, auf halber Höhe über ihm stehenblieb und die Hand um das Geländer krampfte. Sie sah so aus, als habe er sie soeben aus dem Schlaf geschreckt: Ihre Augen waren dunkel und umflort, und ihr Mund war leicht geöffnet und zu einem Schmollen verzogen, während ihr die offenen, ungebändigten Haare bis zu den Knien hinunterflossen. Sie lächelte nicht und sagte nichts, sondern funkelte ihn genauso an wie damals an jenem Abend, als er gerade mit seinem Diener auf der Insel Wight gelandet war.

»Verschwinde«, knurrte er Gertrude an, die eben ihren Cheddar vom Boden aufheben wollte. »Verschwindet und laß dich heute abend ja nicht mehr blicken!« rief er dann zum zweitenmal, als sie nicht sofort seiner Aufforderung nachkommen wollte, »weil es sonst passieren könnte, daß du morgen eine neue Anstellung suchen mußt!«

Da huschte sie davon. Und kurz danach fiel irgendwo im Hintergrund eine Tür zu.

Den Blick noch immer auf Miracle geheftet, ging Clayton nun zum Fuß der Treppe und setzte den Fuß auf die unterste Stufe.

»Komm herunter zu mir!« befahl er.

»Nein – das werde ich nicht.«

»Komm sofort zu mir herunter, verdammt noch mal!«

Sie zögerte noch ein paar Sekunden, ehe sie dann langsam die Treppe hinunterschritt und erst wieder anhielt, als sie die vorletzte Stufe erreicht hatte und ihre Gesichter sich auf gleicher Höhe befanden.

»Ihr seid betrunken«, stellte sie mit teilnahmsloser Stimme fest.

»Ja, das bin ich. Betrunken, wütend und eifersüchtig. Was habt Ihr mir darauf zu sagen?«

Sie schien einen Moment über seine Frage nachzudenken, ehe sie plötzlich ausholte und ihm mit der Hand ins Gesicht schlug. Nicht nur einmal, sondern zweimal – und zwar so heftig, daß ihr die Finger danach wehtaten. Dann drückte sie die Schultern durch, schob das Kinn vor und sagte: »Das ist die Quittung dafür, daß Ihr mich in diese abscheuliche Stadt gebracht und eine Woche lang ohne eine Nachricht von Euch hier alleingelassen habt. Und dann kommt Ihr plötzlich heute nachmittag hier hereingeschneit, findet kein Wort der Reue für Euer merkwürdiges Verhalten, sondern behandelt mich wie eine Barbarin, um mich kurz darauf von neuem zu verlassen.«

Er setzte nun beide Füße auf die unterste Stufe, worauf Miracle wieder eine Stufe höher klettern wollte, dabei aber auf den Saum ihres langen Nachthemds trat, das sich so fest um ihren Hals schnürte, daß sie kaum noch atmen konnte.

»Sag mir jetzt mal«, fragte er leise, »ob du den Kuß, den ich dir heute nachmittag gab, genossen hast, Meri Mine?«

»Nein. Ich fand ihn ... abstoßend. Widerwärtig. Nicht nur Euren Kuß, sondern auch alles andere an Euch. Diese schrecklich harten Augen, diese hochmütige Art, zu lächeln, als wären wir anderen allesamt nur minderwertige Subjekte, und dieser empörenden Weise, auf einen hinunterzuschauen, als hätten wir Plebejer vor Euch im Staub zu kriechen. Aber es kommt mir nicht in den Sinn, mich für minderwertiger zu halten als Euch – oder als sonst jemanden Euresgleichen in dieser Stadt.

Nein! Ich habe keinen Gefallen gefunden an dem Kuß, den Ihr mir heute nachmittag gabt, Sir. Ich fand ihn vielmehr abscheulich. Und ich haßte das Gefühl Eurer Hände in meinen Haaren, auf meinem Gesicht und meinem – Körper. Faßt mich nicht an! Nicht mit diesen Händen, die so kalt – so schrecklich kalt sind, daß mir noch jetzt ein Schauder über den Rücken läuft, sobald ich daran denke. Geht weg, Sir, und laßt mich in Ruhe. Ich wünschte mir nun, ich wäre niemals hierher gekommen! Ich wünschte, ich hätte mich nicht in Euch verliebt. Ich will nach Hause, auf meine Insel, nach Cavisbrooke. Dort bin ich wenigstens glücklich gewesen.«

Damit drehte sie sich um und rannte so rasch die Treppe hinauf, daß sie ein paarmal auf den Stufen ins Stolpern kam, weil sie mit den Füßen im Saum ihres Nachtgewandes hängen blieb. Sie wagte nicht mehr, auf ihn zurückzuschauen, weil ihr bereits die Reue wie eine Fischgräte im Hals steckte und sie am liebsten die häßlichen Worte, die ihr eben noch so flüssig über die Lippen gekommen waren, wieder zurückgenommen hätte. Denn sie war mit dieser einstudierten Rede aus ihrem Zimmer gekommen in der Erwartung, daß sie sich dort unten am Fuße der Treppe wieder diesem dünkelhaften, anmaßenden und aufgeblasenen Laffen gegenübersehen würde, der sie am Nachmittag so sehr gedemütigt und der bereits vor Monaten in Cavisbrooke ihren Widerwillen erregt hatte. Weil sie nicht im Traum daran denken würde, *diesen* Mann zu heiraten. Aber als dann ihre Hand seine Wange berührte und sich in diesem Moment nicht nur Überraschung, sondern auch Schmerz und so etwas wie Verbitterung in seinen dunklen Augen widerspiegelten, als habe er diese Behandlung nicht verdient, waren ihr wieder Zweifel gekommen und hatten sie abermals in diesen Strudel widerstreitender Gefühle hineingerissen, aus dem sie sich befreit zu haben meinte, als sie vorhin die Treppe hinunterstieg.

Wie konnte es sein, daß der Mann, den sie eben noch verabscheut hatte, sie im nächsten Moment schwach machte vor Liebe?

Wie konnte sie eben noch nur mit Schaudern an die Berührung seiner Hand denken und sich jetzt nach ihr sehnen?

Warum, zum Kuckuck, mußte die Liebe eine Prüfung für sie sein – ein so irrationaler, leidvoller Prozeß?

Er folgte ihr die Treppe hinauf. Und dann hallten seine Schritte wie Donner von den Korridorwänden wider und ließen den Boden unter ihr wie bei einem Erdbeben vibrieren. Da rannte sie zu ihrem Zimmer und versuchte, ihm die Tür vor der Nase zuzuschlagen. Aber er trat so heftig mit dem Fuß dagegen, daß sie mit der Tür gegen die Wand geschleudert wurde und sich zwei Bilder von ihren Haken lösten und scheppernd zu Boden fielen.

Die Hände an den Seiten zu Fäusten geballt, wich sie bis

zum Fenster zurück und schnaubte durch die zusammengebissenen Zähne: »Verschwindet! Ich möchte Euch hier nicht haben.«

»Das ist zufällig mein Haus. Wir befinden uns hier nicht in Cavisbrooke, wo du mich aus dem Zimmer weisen könntest, Meri Mine. Ich kann hier kommen und gehen, wann und sooft ich will. Und als Herzog von Salterdon darf ich mir auch alles nehmen, was ich haben möchte. Das ist mir nämlich kraft meines Geburtsrechtes erlaubt, Meri Mine. Also komm jetzt zu mir.«

»Geht zur Hölle!«

Den Rücken gegen das Fensterbrett gepreßt, sah sie ihn auf sich zukommen und fauchte: »Wenn Ihr mich jetzt anfaßt, schreie ich! Wenn ihr mir zu nahe kommt, springe ich aus dem Fenster!«

»Aber heute nachmittag hast du dich noch gerne von mir anfassen lassen, nicht wahr, Meri Mine?« schnaubte er mit zusammengebissenen Zähnen.

»Bleibt mir vom Leib, oder ich werde . . .«

». . . gar nichts tun«, sagte er nun mit einer so tiefen und seidenweichen Stimme, daß ihr Herz einen kleinen Satz machte. Er war nicht viel mehr als ein Schatten vor ihr, der hoch und bedrohlich vor ihr aufragte, bis er in den schwachen Lichtschein trat, der durch das offene Fenster hinter ihr kam. Da verwandelten sich seine dunklen Augen in kleine feurige Funken.

Er hob die Hand und faßte sie unter das Kinn. »Habe ich eben gesagt, daß du nichts tun würdest? Das stimmt nicht. Ich weiß genau, was du nun machen wirst. Du wirst mit deinen großen, grünen Augen kurz zu mir hochsehen und dann mit einem kurzen, züchtigen Wimpernschlag mein Innerstes nach außen kehren. Du wirst mich verrückt machen und ein solches Verlangen in mir wecken, wie ich es noch bei keiner Frau empfand, die ich bisher gekannt habe. Du wirst mich mit deinem Zauber umgarnen und mich eine Weile lang so glücklich machen, wie ich es noch nie in meinem Leben gewesen bin. Du wirst mich mit einer Erwartung auf morgen erfüllen, nachdem so viele leere, einsame Tage an mir vorbeigerollt sind, daß ich einst dachte, ich möchte lieber tot sein als noch so einen Tag erleben.«

Er legte nun seine schlanken Finger um ihren Nacken, zog ihren Kopf sacht zu sich heran, legte ihn an seine Brust und küßte sie auf den Scheitel. »Meri, Meri«, hauchte er, eine Hand in ihren Haaren begrabend, »du darfst nicht böse mit mir sein. Ich dachte, ich könnte vielleicht ohne dich leben. Ich versuchte es. Doch da merkte ich, daß ich mich so sehr nach dir sehnte wie nie zuvor – und uns die Zeit durch die Finger rinnt.«

Sie versuchte, etwas zu sagen.

»Nein«, murmelte er und hob ihr Kinn mit dem Finger an. »Keine Vorwürfe mehr. Verzeih mir, Liebste. Ich wollte dir nie etwas zuleide tun.« Da sah er diesen brutalen Knutschfleck an ihrem Hals – einen dunklen Schatten auf ihrer weißen Haut –, und das blanke Entsetzen trat in seine Augen. »Bastard«, stöhnte er leise, »du gemeiner Bastard.« Und dann faßte er sie wieder unter das Kinn und blickte ihr fast flehentlich in die Augen. »Liebe mich. Liebe mich so, als wäre es das letztemal – als würden wir uns nie mehr in den Armen liegen können. Bitte, Meri Mine. Ich kann heute nacht nicht ohne dich sein . . .«

Da vergaß sie, daß sie noch vor wenigen Minuten bereit gewesen war, aus dem Fenster zu springen, um sich seiner Zudringlichkeiten zu erwehren. Sie schloß die Augen und gab sich diesem seltsam verwirrenden Gefühl hin, das seine Nähe in ihr weckte. Die Hand *dieses* Mannes war warm, zärtlich und brachte schon ihr Blut in Wallung, wenn er ihr nur mit den Fingerspitzen sacht über die Wangen strich. Und er konnte nur mit einem einzigen, geflüsterten Wort ihr Herz mit einer solchen Sehnsucht erfüllen, daß es fast wehtat. Daß sie sich verzehrte in Liebe zu ihm. Vor Leidenschaft. Und vor Verlangen. Vielleicht würde sie es morgen wieder mit diesem *anderen* Mann zu tun bekommen, dessen Benehmen und Allüren sie zur Weißglut bringen konnten. Aber heute nacht war *das* der Mann, den sie liebte. *Das* war der Mann, den sie heiraten würde – und keinen anderen.

Seine Hände hoben nun ihr Gewand an, streiften es ihr über den Kopf und ließen es dann zu Boden fallen. Sie erschauerte in der kühlen Brise, die durch das Fenster kam, als sie so nackt vor ihm stand und ihr das Haar über den Rücken hinunterrollte und sich sanft auf ihre Brüste legte.

Er senkte den Kopf, und noch ehe sie die Augen schloß, spürte sie schon seine ein wenig feuchten, weichen Lippen auf ihrer Wange. Sein Atem duftete nach süßem Branntwein, seine Kleider nach einem angenehm aromatischen Tabak. Und dann glitten seine Hände unter ihre Brüste, um die er nun sacht seine langen, schlanken Finger legte und mit dem Daumen ihre Brustspitzen so behutsam streichelte, daß ein Beben durch ihren Körper lief.

»Oh, oh«, murmelte sie und sank, jeden Gedanken an Widerstand aufgebend, gegen ihn hin. Und da hatte sie noch vor wenigen Minuten geglaubt, daß sie ihn hassen würde! Sie hatte sogar schon Vorbereitungen dafür getroffen, dieses Haus noch vor Sonnenaufgang zu verlassen, um nach Cavisbrooke zurückzukehren – in der Hoffnung, daß sie ihn nie wiedersehen und vergessen würde.

»Oh«, seufzte sie, lächelte und erschauerte. Der Duft seiner Haut erfüllte all ihre Sinne. Der stetige Schlag seines Herzens unter ihrer Hand ließ sie nun stöhnen vor Wonne, schickte wohlige Schauer durch ihren Körper, fand nun ein Echo in dem Pochen ihrer Lenden und der heißen, drängenden Flut, die dort den Hügel zwischen ihren Schenkeln immer mehr anschwellen ließ.

»Sag, daß du mich begehrst, Meri Mine«, flüsterte er mit rauher, atemloser Stimme an ihrem Ohr.

»Ja, ich begehre dich.«

»Wie groß ist dein Verlangen nach mir, Meri? Zeig es mir!«

»Aber Ladies tun doch so etwas nicht!«

»Zeig es mir, verdammt noch mal. Damit ich es auch glaube.«

Da gingen ihre Hände zu seiner Hose, rissen an den Knöpfen, bis sie unter ihren Fingern nachgaben und ihr sein schweres, herrliches Glied in die Hand sprang, das nun größer und größer wurde, bis es sich wie ein mächtiges Schwert vor der Öffnung ihres Leibes aufrichtete.

Da hob er sie auf das Fensterbrett hinauf, spreizte ihre Beine und drang ganz langsam, behutsam in sie ein, bis er sie so sehr ausfüllte, daß es fast wehtat, und sie sich nun mit den Händen an seine Schultern festklammern mußte, um ihre Hüften anheben und ihn gänzlich in sich aufnehmen zu können.

Er erschauerte.

Sie vermochte nicht zu atmen.

Er hatte seine Arme um sie geschlungen und drückte sie ganz fest an sich. »Bewege dich nicht, Meri Mine«, flüsterte er. »Ich wünschte, daß wir immer so vereint bleiben würden wie jetzt. Wäre dir das recht?«

Sie schluckte mit geschlossenen Augen, das Ohr an seine Brust gepreßt, und schüttelte den Kopf. »Ich glaube nicht«, gelang es ihr schließlich zu sagen. »Auch frage ich mich, was wohl die guten Leute dort unten auf der Straße von uns denken würden, wenn sie uns morgen früh so wie jetzt im Fenster sitzen sähen.«

Da war sein Lachen wie ein leiser Donnerhall an ihrem Ohr, während er sie abermals so fest drückte, daß ihr die Rippen wehtaten, seine Hüften sich zu bewegen begannen und sein in ihr auf- und niedergleitendes Glied diesen Schmerz, diesen süßen Schmerz in ihr weckte, der zunächst nur so etwas wie eine sanfte Glut im Zentrum ihres Frau-Seins war, von dort aber nach allen Seiten ausstrahlte bis in ihre Zehen- und Fingerspitzen hinein, sich ihres Herzens und ihrer Lunge bemächtigte und alle ihre Muskelfasern durchströmte, bis sie keine Gewalt mehr über sich hatte.

Da entrang sich ein Stöhnen ihrer Kehle, während sie sich mit beiden Händen am Fensterbrett festhielt, ihren Leib vorwölbte und ihm ihre Brüste darbot, die mit jedem seiner Stöße auf- und niederwippten. Als sie meinte, daß das nun alles über ihre Kräfte ging und sie diese süße Qual nicht länger ertragen konnte, schob er seine Hand zwischen ihre Beine und streichelte sie dort, wo ihre heißen, schweißnassen Körper miteinander vereinigt waren, an ihrer empfindlichsten Stelle – dem Scheitelpunkt all ihrer Lustgefühle.

Da kam sie. Es war wie ein reißender, pulsierender Strom aus Feuer, der sich da ergoß, während ihr Körper plötzlich wie versteinert war, unfähig, sich noch länger zu bewegen, und ihr Bewußtsein sich in eine tiefe, dunkle und reißende Flut verwandelte – in eine donnernde, sie mit sich fortschwemmende Woge, so daß sie sich in einem fernen Winkel ihres Geistes fragte, ob sie jetzt sterben müsse, und hemmungslos zu schluchzen begann.

Da verebbte diese Flut langsam, ganz langsam, wieder. Sie erwachte, öffnete die Augen und sah ihn mit tränennassen Wangen an.

Es war ein schmerzhaft verzerrtes Antlitz, das sie über sich erblickte, aber mit sanften, glänzenden Augen und einem leisen Lächeln auf den Lippen. Dann begann dieser Rhythmus von neuem, und sein Gesicht wirkte nun wie aus Stein gemeißelt, als er in dem Verlangen, selbst diesen süßen Tod zu sterben, in ihrem Körper ein und aus fuhr, diese Bewegungen mit seiner wachsenden, für den Liebesakt so notwendigen Erregung immer schneller und heftiger wurden, so daß ihre Hüften schließlich bei jedem seiner Stöße, wenn ihre Körper aneinanderklatschten, vom Fensterbrett abhoben und sie dann plötzlich und gänzlich unerwartet abermals zum Höhepunkt kam.

Und in dem Augenblick, als dieser heiße Springquell in ihr hochschoß, lief ein gewaltiges Beben durch ihn, schien seinen

Körper einen Moment lang in Stein zu verwandeln, ehe er sich, wie von einer Riesenfaust geschüttelt, in ihr entlud. Den Kopf in den Nacken geworfen, die Finger fast schmerzhaft in ihr nacktes Gesäß gekrallt, ließ er seinen Lebenssaft in ihr verströmen, während noch die Schauer ihres eigenen Orgasmus durch ihren Körper liefen.

»Meri, Meri«, stöhnte er. »Mein göttliches kleines Mädchen. Mein . . . Wunder.« Dann drückte er sich wieder ganz fest an sich, seufzte und flüsterte: »Ich liebe dich.«

Der Weg zur Liebe ist die Erkenntnis, daß man sie verlieren könnte.

Gilbert K. Chesterton

Kapitel siebzehn

Miracle saß den ganzen Morgen hindurch an ihrem Schlafzimmerfenster, den Kopf an den Fensterrahmen gelegt, die warme Sonne auf ihrem Gesicht, während sie das hektische Treiben unten auf der Straße beobachtete. Hin und wieder hielt sie sich die frisch geschnittene Rose, die sie beim Aufwachen auf ihrem Kopfkissen gefunden hatte, an die Nase und zwirbelte sie sacht zwischen den Fingern. Es war eine gelbe Rose mit dunkelgrünen wächsernen Blättern, die einen himmlischen Duft verströmte.

Sie lächelte verträumt.

Wie schön ihr diese Welt doch an diesem Morgen erschien! So frisch und funkelnd wie ein Tautropfen. So belebend. Zum erstenmal, seit sie in diese Stadt gekommen war, sehnte sie sich danach, an dem geschäftigen Treiben um sie herum teilzunehmen. Das war schließlich *seine* Welt. Sie war jetzt bereit, sie zu akzeptieren. Sie zu erobern. Das war das wenigste, was sie für den Mann, den sie liebte, tun konnte. Oh, und wie sehr sie ihn liebte!

Sie erschauerte, als sie daran dachte, wie sie sich in der letzten Nacht hier am Fenster geliebt hatten. Dann auf dem Boden, anschließend dort drüben im Sessel und zuletzt in ihrem Bett, bis die ersten Strahlen der aufgehenden Sonne den grauen Himmel mit einem rotgoldenen Schimmer überzogen. Sie hatte dann tief und fest geschlafen und war nur kurz aufgewacht, als er sie sacht auf die Wange geküßt und geflüstert hatte: »Ich komme wieder, mein Liebling. Das verspreche ich dir.«

»Ja, aber wann?« sagte sie nun laut, auf die Straße hinunterblickend – und lachte dann, wandte sich vom Fenster ab, schlug die Arme um sich und wirbelte im Zimmer herum. Und als Gertrude jetzt hereinkam und sie mit großen Augen und geschürzten Lippen verwundert ansah, mußte Miracle noch lauter lachen, tanzte auf sie zu, warf die Arme um den Hals der erschrockenen Zofe und sagte: »Was für ein herrlicher Morgen – meinst du nicht auch, Gerti?«

»Ja, Mylady, aber ...«

»Natürlich wäre er noch schöner, wenn ich jetzt mit Napitov am Strand entlanggaloppieren könnte und die Gischt und der Nebel mich auf die Wangen küssen würden. Aber ich möchte mir an so einem herrlichen Morgen nicht von solchen Gedanken die Laune verderben lassen. Übrigens – hat Seine Gnaden gesagt, wann er wieder im Hause sein wird? Ich sollte jetzt wohl besser ein Bad nehmen, mir die Haare richten und vielleicht ein anderes Kleid anziehen. Ich möchte perfekt aussehen, wenn er wiederkommt. Ethel!« rief sie dann, unter die Tür ihres Zimmers tretend: »Würdest du mir bitte ein Bad einlassen? Und schütte etwas von dem Rosenwasser hinein, das du mir gestern gezeigt hast! Vielleicht werde ich mir sogar ein paar von diesen Rosen ins Haar flechten. Ich denke, daß ihm das gefallen würde. Warum stehst du da wie eine Statue, meine teure Gertrude? Hast du denn gar nichts dazu zu sagen?«

Die Zofe rang die Hände und zupfte dann an ihren Schürzenbändern, während sich eine steile Falte auf ihrer Stirn bildete. »Mylady ... Mädchen ... ich frage mich ... wie lange kennt Ihr denn jetzt eigentlich Seine Gnaden?«

Miracle, die sich gerade die Haare bürstete, sah die Zofe im Spiegel mit einem schelmischen Lächeln an. »Alles in allem vier Monate, glaube ich«, erwiderte sie. »Und davon habe ich ihn drei Monate lang gehaßt. Kannst du dir das vorstellen, Gertrude? Als ich den Herzog und diese üble Sippschaft, die er als seine Freunde bezeichnet, kennenlernte, hielt ich ihn für einen Mann, der keinen Funken Anstand besitzt. Für einen arroganten Laffen mit einem Herzen aus Stein und einer pechschwarzen Seele. Er war kalt, unverschämt und anmaßend ... aber jetzt nicht mehr. Meine Mutter sagte einmal, daß die wahre Liebe selbst den wildesten und herzlosesten Mann verwandeln könne. Das stimmt. Ja, der Mann, der vor noch gar nicht so langer Zeit zu mir zurückkam, ist jetzt ein ganz anderes Wesen, meine liebe Gertrude. Bist du nicht derselben Meinung wie ich?«

»Oh, natürlich, Mylady«, murmelte die Zofe leise. »Er ist entschieden anders – das ist wahr. Hmmm – hat Seine Gnaden denn jemals mit Euch über seine Familie gesprochen, Miss?«

Während sie sich die Haare auf dem Kopf zusammenband, damit sie beim Baden nicht naß wurden, nickte Miracle der Zofe im Spiegel zu. »Ja, das hat er.«

»Und hat er dabei auch einmal seinen Bruder erwähnt?«

»Er erzählte mir, sein Bruder wäre ein Bauer, der in einem Stall wohnt. Kannst du dir das vorstellen? Wenn Ethel sich jetzt aber nicht mit dem Bad sputet, könnte es passieren, daß ich noch im Negligé bin, wenn er zurückkommt.«

»Die Brüder stehen sich sehr nahe, Mylady. Ihr kennt doch das Sprichwort, daß Blut dicker sei als Wasser, nicht wahr? Es gibt wohl kaum etwas, das sie nicht füreinander tun würden.«

Miracle lief zum offenen Fenster und blickte hinunter auf den am Haus vorbeirollenden Verkehr und die Passanten, die sich auf dem Bürgersteig bewegten – die Frauen mit aufgespannten Sonnenschirmen, die Männer mit steifen Hüten und Spazierstöcken bewaffnet. Von Salterdon jedoch keine Spur. Sie drehte sich um und runzelte die Stirn, als ihr Blick wieder auf Gertrude fiel.

»Du liebe Güte – Gerti, du bist ja ganz weiß im Gesicht geworden! Fehlt dir etwas?«

»Nun ... nein ... ich ... ich weiß nicht, wie ich Euch

das sagen soll, Mylady. Ich würde sicherlich meine Stellung hier im Haus verlieren, aber ...« Auf ihrer Unterlippe kauend, sah die Frau Miracle nun mit bekümmerten Augen forschend ins Gesicht. »Liebt Ihr diesen Mann wirklich, Mylady?«

Miracle nickte.

»Und es würde Euch vermutlich das Herz brechen, falls sich herausstellen würde, daß er nicht ... nicht das ist, was er zu sein scheint?«

»Ich habe alles, was ich besaß, für ihn aufgegeben. Wenn ich Seine Gnaden nicht hätte, wäre ich so verloren wie die sprichwörtliche Gans. Aber warum diese Frage, Gertrude? Hast du mir etwas zu sagen? Gibt es da etwas, das ich wissen sollte?«

In diesem Moment erschien Ethel unter der Tür, eine Schüssel mit dampfend heißem Wasser auf den Armen tragend, und verkündete: »Ihr habt Besuch bekommen, Mylady!«

»Seine Gnaden ...?«

»Eine Mistress Ellesemere, Mylady. Sie sagt, Sie käme im Auftrag Seiner Gnaden.«

Ellesemere?

Miracle huschte aus dem Zimmer, lief auf Zehenspitzen bis zum Treppenabsatz, spähte über das Geländer und sah unten im Foyer eine schlanke, grauhaarige Frau in einem schlichten Musselingewand mit hochgezogener Taille und gefaltetem Brusttuch stehen.

»Eure Schuhe, Mylady«, sagte da Ethel leise hinter ihr, und tippte ihr mit der Hand auf die Schulter.

Miracle nahm der Zofe die Pantoffel ab und streifte sie über ihre bloßen Füße. Dann stieg sie langsam und vorsichtig, als wäre ihr dieser Besuch nicht ganz geheuer, die Treppe hinunter.

Mistress Ellesemere hob den Kopf und musterte sie neugierig – oder belustigt? – mit ihren braunen Augen. »Lady Cavendish?« sagte sie lächelnd, als Miracle am Fuß der Treppe angelangt war. »Ich habe von ... von Seiner Gnaden, dem Herzog von Salterdon, Order bekommen, mich hier in seinem Haus in der Park Lane einzufinden ...« Sie faltete die Hände, legte den Kopf erst auf die eine, dann auf die andere Seite, musterte Miracle von Kopf bis Fuß und ließ den Blick ein paar Sekunden lang auf ihren Haaren, dann auf ihrem Kleid und schließlich auf ihren ausgefransten Pantoffeln verweilen. »Faszinierend. Ich verstehe jetzt, was Seiner Gnaden meinte. Ein Rohdiamant. Ein Juwel, das ein wenig zurechtgeschliffen und auf Hochglanz gebracht werden müßte.«

Miracle runzelte die Stirn, als Mistress Ellesemere anfing, um sie herumzuwandern und ihre Äußerungen nun auf ein gelegentliches »Hm, hm!« oder »Aha!« beschränkte.

»Ich komme mir vor wie ein Pferd, das versteigert werden soll«, platzte Miracle schließlich heraus. »Möchtet Ihr vielleicht auch meine Zähne sehen?«

»Ein recht krasser Vergleich, würde ich meinen, wenn auch nicht ohne ein Quentchen Humor. Aber es genügt nicht, witzig zu sein, sondern ihr müßt auch geistreich sein, wenn Ihr zu scherzen beliebt, meine Gnädigste. Sonst besteht die Gefahr, daß man Euch für einen Spaßvogel hält – und das ist keine Empfehlung in einer Zeit, wo man von Frauen verlangt, mehr mit ihrem Aussehen als ihrem Humor zu glänzen.«

»Wer seid Ihr?« forschte Miracle nun. »Und was bringt Euch hierher?«

»Ah – wie gedankenlos von mir«, erwiderte Mistress Ellesemere und streckte Miracle nun ihre Hand hin. »Ich hatte angenommen, er hätte Euch bereits aufgeklärt, was meine Mission betrifft. Seine Gnaden haben mich dafür engagiert, um ein paar von Euren ... schärferen Ecken und Kanten zu glätten. Um Euch für Eure zukünftige Rolle als Herzogin von Salterdon zu erziehen.«

»Oh«, murmelte Miracle. Sie spürte, wie der Zorn in ihr hochstieg und ihren Hals und ihre Wangen mit einer flammenden Röte überzog. »Offenbar ist Seine Gnaden der Meinung, daß mir gewisse Eigenschaften fehlen, die ihm für ein Mitglied seiner Familie und den Umgang mit Vertretern des Hochadels wichtig zu sein scheinen«, sagte sie nun mit gepreßter Stimme.

Mistress Ellesemere, die hinter sie getreten war, um eine Haarsträhne, die sich aus dem Knoten auf Miracles Kopf gelöst hatte, wieder hochzustecken, erwiderte: »Es ist nicht so, als würde er sich Eurer schämen, meine Liebe. Weit entfernt davon. Tatsächlich zeigt sich Seine Gnaden ungewöhnlich fürsorglich, was Eure Person betrifft – ein Zug, den er bisher bei anderen Frauen vermissen ließ. Er möchte nur die Gewähr haben, daß Ihr als Herzogin auch glücklich werdet. Die Ansprüche, die an eine Frau in einer so herausragenden Position gestellt werden, können selbst für Ladies, die jahrelang darauf vorbereitet wurden, zu einer harten Prüfung werden ...«

Miracle entfernte sich wieder zur Treppe hin.

Mistress Ellesemere holte tief Luft und ließ sie dann langsam wieder entweichen. »Seine Gnaden sagten mir auch, daß Ihr nicht sehr kooperativ sein würdet.«

»Dann hätte er Euch gar nicht erst hierherschicken sollen. Ich fürchte, daß er nur Eure und meine Zeit verschwendet. Ich bin durchaus imstande, meine Aufgaben als Ehefrau des Herzogs wahrzunehmen, ohne daß mich erst jemand belehren oder gar ... dazu erziehen müßte. Wenn Seine Gnaden so viel an meiner Person und meinem Betragen zu beanstanden hat, ist mir unbegreiflich, warum er dann das Verlangen hat, mich zu heiraten. Deswegen könnt Ihr jetzt wieder gehen und Seine Gnaden davon unterrichten, daß Eure Dienste hier nicht benötigt werden.«

Mistress Ellesemere verschränkte die Hände vor dem Leib zum Zeichen, daß man sie nicht so leicht entmutigen konnte, schob das Kinn vor und schüttelte den Kopf. »Das kann ich nicht, Lady Cavendish. Ich bin von Seiner Gnaden engagiert worden und nehme deshalb nur von ihm Anweisungen entgegen. Meine Sachen werden hier jeden Moment eintreffen ...«

»*Eure* Sachen?«

»Die brauche ich selbstverständlich, wenn ich als Eure ständige Begleiterin hier wohnen soll.«

»Dann werde *ich* ausziehen.«

»Wie es Euch beliebt, Mylady.«

Sie funkelten sich eine Weile gegenseitig an, bis Miracle auf dem Absatz herumschwenkte, zur Eingangstür ging, diese aufriß und sich dort drei schnurrbärtigen, kräftig gebauten Männern gegenübersah, von denen jeder einen Schrankkoffer auf der Schulter balancierte. Sie sah zu, wie die drei mit ihrer Last an ihr vorbei ins Haus marschierten, und stieg dann wutentbrannt die Vortreppe hinab, eilte den Gartenweg hinunter und durch die Pforte hinaus auf die Straße, wo sie sogleich von dem Strom der sich auf den Bürgersteig in beiden Richtungen am Haus entlangbewegenden Passanten erfaßt wurde. Männer in steifen Hüten und schwarzen Cutaways und hübsche Frauen in farbenfrohen Seidengewändern oder in schlichten, hautengen Musselinkleidern, deren bestickte Säume auf dem Boden schleiften, schoben sich an ihr vorbei oder stießen mit ihr zusammen, so daß Miracle sich, um nicht umgerannt zu werden, von diesem Strom forttragen ließ, ohne darauf zu achten, wohin sie eigentlich ging.

Zudem war sie viel zu erregt, um ihr Augenmerk auf ihre Umgebung zu richten. Wofür hielt er sich eigentlich, dachte sie wütend, daß er meinte, sie sei in ihrem augenblicklichen Zustand nicht würdig genug, um als Ehefrau seine Familie repräsentieren zu können? Aber als sie noch auf der Insel waren – oder im Bett –, waren ihm solche Bedenken offenbar nicht gekommen!

Aber das hier war nicht die Insel. Weit entfernt davon. Hier gab es keine Bauersfrauen und -töchter mit von der harten Feldarbeit gebeugten Schultern und den tiefen Furchen zwischen den Brauen, die von den vielen Nächten herrührten, die sie bei schlechtem Licht über ihren Näharbeiten verbrachten, sondern nur bunt gewandete, elegant gekleidete Damen mit sorglosen, heiteren Gesichtern, die mit Sonnenschirm, Henkelkorb und einem perlenbestickten Ridikül, das ihnen an Seidenschnüren vom Handgelenk baumelte, bewaffnet, einen Einkaufsbummel machten.

Miracle wurde sich plötzlich, während sie noch immer im Strom der Passanten mitschwamm, auch überdeutlich der vielen Gerüche und Geräusche bewußt, die von allen Seiten auf sie eindrangen. Da wurden Fässer von Brauerei-Fuhrwerken abgeladen und über den Gehsteig gerollt; zankten sich Droschkenkutscher mit dem Gespannführer eines riesigen Planwagens herum, der offenbar die Höhe einer Toreinfahrt überschätzt hatte und nun mit seinem Gefährt den halben Fahrdamm blockierte; öffneten Lehrlinge mit großem Getöse die eisernen Läden an der Fensterfront ihrer Werkstätten oder Geschäfte, und rasselten Einspänner in raschem Tempo an von Ochsen gezogenen und hoch mit Heu beladenen Leiterwagen vorbei, die mit ihrer Fracht zu einem der zahlreichen Londoner Marktplätze unterwegs waren.

Allmählich verlor Miracle ihre Nervosität, als sie das geschäftige Treiben um sich herum beobachtete. Schließlich gab es ja auch keinen ersichtlichen Grund, weshalb sie nervös sein sollte. Niemand schien sie zu beachten. Warum sollten die Leute das auch tun? Sie unterschied sich ja kaum von ihnen. Zudem würde sie ja nun sehr bald den Herzog von Salterdon heiraten, und dann würde es keine einzige Frau mehr geben – egal, wie vornehm oder elegant sie auch immer sein mochte –, die sie *nicht* akzeptieren würde. Das war ein ihrer Meinung nach überzeugendes Argument, das sie Salterdon vortragen mußte, sobald sie sich wiedersahen.

Sie wanderte, wie ein Wrackgut im Strom der Passanten treibend, viele Meilen weit von einer Straße in die andere. Zahllose Schaufenster säumten dort die Gehsteige, und zuweilen hielt sie vor einem an, die Hände gegen das Glas pressend, um die dahinter ausgestellten Waren zu bestaunen. Da hingen mehr Kleider aus Seide, Musselin oder Kattun in jeder nur erdenklichen Farbe und Musterung in einer Auslage, als sie in einem Jahr würde tragen können. Und was da an Gläsern, Porzellan, Schmuck und Silber hinter den Fenstern schimmerte und funkelte, mußte nicht nur das Herz jeder Frau und jedes Mannes höher schlagen lassen, sondern würde auch bei dem anspruchsvollsten Käufer keine Wünsche mehr offenlassen.

Sie wanderte immer weiter, drang immer tiefer in die Stadt ein und merkte kaum, als sie von den vornehmeren Stadtbezirken in die ärmlicheren hinüberwechselte, wie die Flut der elegant gekleideten Passanten allmählich von Arbeitern in Schürzen und wattierten Lederjacken abgelöst wurden, von Guckkasten-Männern, die ihr ›Berufsgeheimnis‹ auf ihrem Rücken mit sich herumschleppten, und von Frauen, die mit Käfigen an Kirchenmauern standen und dort Kanarienvögel verkauften. Wie laut und schön doch diese kleinen Vögel trotz ihres bedrückenden Daseins in diesen schmutzigen, engen und überfüllten Behältnissen sangen! Ihre kleinen blaßgelben Brüste aufblasend, trällerten sie aus voller Kehle, als gelte es, den Lärm der Stadt mit ihren süßen Melodien zu verdrängen.

Lächelnd hielt Miracle vor einem der Käfige an, um dem gefühlvollen Gesang dieser kleinen Kreaturen zu lauschen und ihnen ihre Zuneigung zu bekunden. Sie steckte den Zeigefinger durch die Stäbe des Käfigs und kicherte, als ein besonders magerer Insasse mit einem verkrüppelten Bein ihr auf den Finger hüpfte und ihr nun, wie es schien, ein Ständchen sang.

»Ihr da!« rief da die Vogelverkäuferin, »Ihr da mit dem braunen Kleid – verschwindet! Sucht Euch eine andere Ecke für Euer Gewerbe aus, wenn Ihr wißt, was gut für Euch ist! Das hier ist mein Platz, und ich denke nicht daran, ihn für Euch oder jemanden Euresgleichen zu räumen!«

Miracle drehte sich um und sah eine hagere weibliche Gestalt mit einem verbeulten Filzhut auf den strohfarbenen Haaren, der mit ausgestopften, von Motten zerfressenen Kanarienvögeln garniert war, auf sich zu kommen. »Meint Ihr etwa mich?« fragte sie leise.

»Mit wem würde ich denn wohl sonst reden?« keifte die Frau. »Vielleicht mit der verdammten Königin vom Nil?«

Miracle richtete sich langsam auf. »Ich habe nur Eure Vögel bewundert«, sagte sie und versuchte zu lächeln, was die Frau mit einem höhnischen Grinsen quittierte. »Wer kauft die denn?« setzte Miracle hinzu, in der Hoffnung, daß sie die keifende Frau mit einem höflichen Gespräch vielleicht für sich einnehmen könnte.

»Seid Ihr blöd?« bellte die Frau. »Wer, glaubt Ihr denn, wird diese Dinger wohl kaufen außer den Bergmännern?«

»Die Bergmänner? Wofür brauchen Bergmänner denn solche Vögel?«

»Um sie in ihre verdammte Grube mitzunehmen. Für die Gase.« Die Frau tippte sich mit dem Finger gegen die Schläfe, als zweifelte sie an Miracles Verstand. »Wenn sich bei ihnen unten im Stollen Gase entwickeln, sterben die Vögel als erste.«

»Oh!« rief Miracle da, »das ist ja grauenhaft! Grausam! Wie kann man denn eine so schöne, liebenswerte Kreatur für so einen Zweck opfern! Wie könnt Ihr nur so etwas machen! Würde nicht eine Krähe oder ein Hahn den gleichen Dienst tun?«

»Wenn Ihr mir hier an meiner Ecke auf Freierfang geht, werde ich Euch dazu benützen!« schrie da die Frau erbost und stieß Miracle den Zeigefinger zwischen die Rippen. »Also trollt Euch jetzt, bevor ich hier die Leute zusammenschreie, damit sie Euch zum Teufel jagen!«

»Autsch!« rief Miracle und wich einen Schritt vor der Frau zurück. »Wen glaubt Ihr denn eigentlich vor Euch zu haben, Madam? Oder besser gesagt – für wen haltet Ihr mich eigentlich?«

Mit einem Auge zu Miracle hochschielend und die Fäuste in die mageren Hüften stemmend, meinte die Frau mit einem lüsternen Grinsen: »Ihr seid zweifellos eine von diesen Nachtschwalben aus Spitalfields, die sich hier einen Freier anlachen möchte.«

»Ein Strichmädchen! Meine gute Frau, ich bin Lady Cavendish . . .«

»Eine *Lady?* Ha, ich habe noch nie eine Lady gesehen, die in *so* einem Kleid herumgelaufen wäre!«

»Was ist denn so verkehrt an der Art, wie ich mich kleide?« entgegnete Miracle wütend.

»Sieht mir aus wie ein Fetzen, den Ihr Euch bei einem Lumpensammler oder von einem Totengräber besorgt habt. Lady! Pah! He, Barney!« rief sie einem spitzbäuchigen Schlachter mit vorgebundener Lederschürze auf der anderen Straßenseite zu. »Diese rothaarige Schnepfe behauptet, eine Lady zu sein.«

»Oh, wie könnt Ihr Euch erdreisten, in solchem Ton über mich zu reden!« brauste da Miracle auf und bemerkte dann zu ihrer Bestürzung, daß eine Reihe von Männern in verschwitzten Kleidern in ihrer Arbeit innegehalten hatten, laut lachten und offenbar allerlei abfällige Bemerkungen über sie machten. Mit vor Scham glühendem Gesicht starrte sie die Vogelhändlerin an und versuchte nun nicht mehr, den Sinn der Worte zu ergründen, mit denen die Frau sie beschimpfte. Sie wollte deren Bedeutung auch gar nicht mehr wissen, sondern sich jetzt nur noch möglichst rasch aus dieser für sie blamablen Situation befreien. Als sie sich nun umsah, wo sich denn für sie die beste Möglichkeit zu einem schnellen und einigermaßen ehrenvollen Rückzug eröffnete, bemerkte sie zum erstenmal, daß aus der Reihe stattlicher Häuser, die in West End die Straßen säumten, eine wuchernde Zeile nie ganz fertiggestellter Bruchbuden und wenig einladender Geschäfte geworden war. Und daß hier an den Straßenecken Frauen in abgewetzten Kleidern und geflickten Schuhen herumlungerten, die hin und wieder offenbar gutbetuchte Passanten, die sich hierher verirrt hatten, und zuweilen sogar die Insassen einer Kutsche, die von einem Verkehrsstau gezwungen war, in ihrer Nähe anzuhalten, ansprachen, ohne von diesen beachtet zu werden.

»Also gut«, sagte Miracle da, die Kiefer zusammenpressend, und schenkte der Frau, die sie noch immer mit schwarzen Zahnstummeln angrinste, ein dünnes Lächeln, während sie sich unauffällig wieder etwas näher an den Vogelkäfig heranschob und dann mit einer kurzen, schnellen Handbewegung dessen Tür öffnete, worauf die darin eingesperrten Tiere mit einem lauten Schwirren und schrillem Gezirpe in einer flatternden gelben Wolke davonstoben.

»Himmel!« kreischte da die Frau und machte einen wilden, aber vergeblichen Versuch, die flüchtigen Vögel mitten in der Luft wieder einzufangen. »Meine Ware! Meine Vögel! Verdammte Zucht! Hexe! Satansweib! Hilfe! Haltet sie fest! Haltet den Dieb! Polizei!«

Miracle hatte sich inzwischen mit ein paar raschen Schritten aus der Reichweite der Frau entfernt und begann nun zu laufen. Sie rannte so lange, bis die Schreie der Vogelhändlerin im Straßenlärm untergingen und ihr der Weg zudem noch von der hochaufragenden, düsteren Fassade des Saint Luke Hospitals für Geisteskranke versperrt wurde, dessen vergitterte Eingangspforte von zwei Hogarthschen Figuren flankiert wurden, von denen die eine die Melancholie, die andere den Wahnsinn symbolisierte. Sich keuchend an die Gitterstäbe klammernd, blickte sie an den rußgeschwärzten Mauern zu den ebenfalls rußgeschwärzten Fenstern hinauf, aus denen sie die weißen, abgezehrten Gesichter der Insassen mit leeren Augen ansahen.

Sie drehte sich von dem Gitter weg und suchte nun fast verzweifelt mit den Augen die Straße, die Gebäude und die Gesichter der an ihr vorbeiflutenden Passanten ab, die alle nur daran interessiert zu sein schienen, möglichst rasch das Ziel zu erreichen, zu dem sie unterwegs waren. Keiner von ihnen beachtete sie. Sie hätte ebensogut eine Ritze im Mauerwerk sein können.

Dann flatterte plötzlich etwas neben ihrer Wange, und als sie das Gesicht zur Seite drehte, sah sie den Kanarienvogel mit dem verkrüppelten Bein auf ihrer linken Schulter sitzen, der das Köpfchen ein wenig schief legte und dann auf die herrlichste Weise zu singen begann.

Kurz darauf legte sich eine Hand so fest und schwer auf ihre andere Schulter und drückte diese so heftig zusammen, daß sie erschrocken zusammenfuhr und mit einem leisen Wehlaut herumwirbelte.

Das Tor von Saint Luke's starrte sie nun an wie ein aufgesperrter Rachen. Ein Wärter in einem schmutzig braunen Kittel stand dort, und neben ihm ein zweiter in einem ebensolchen Kittel, der jedoch seinen Kollegen um gut eine Elle überragte und ihre Schulter nun so fest umklammert hielt wie ein Schraubstock.

»Wo wolltest du denn hin, meine Süße?« fragte dieser Wärter sie nun mit einem schiefen Lächeln.

»Ihr müßt das verstehen, Euer Gnaden. Diese bedauernswerten Kreaturen finden doch immer wieder ein Schlupfloch, durch das sie uns auf die Straße entwischen können. Wir haben nicht genügend Personal, um alle Spitalinsassen ständig zu überwachen, und unsere Mittel sind so knapp bemessen, daß wir auch nicht entsprechende Gerätschaften anschaffen können, mit denen sich solche Ausbruchsversuche unterbinden ließen. Meine Pfleger haben nur die ihnen erteilten Anweisungen befolgt, als sie das Mädchen dort draußen in einem überaus erregten und offensichtlich geistig verwirrten Zustand stehen sahen. Sie hat sich dann mit Händen, Füßen und Zähnen gegen meine Wärter zur Wehr gesetzt und aus vollem Halse geschrien, daß sie eine Lady sei. Und nicht nur das. Sie behauptete sogar, die zukünftige Herzogin von Salterdon zu sein, und verlangte, daß wir uns mit Euch in Verbindung setzen sollten. Sie hat dieses . . . dieses Ansinnen mit einer solchen Hartnäckigkeit und Beharrlichkeit an uns gerichtet, daß wir es schließlich für das beste hielten, Euch zu benachrichtigen, Euer Gnaden. Schließlich haben wir hier in Saint Luke's allerlei Vorsichtsmaßregeln zu beachten, ehe wir einen Patienten im Hospital aufnehmen. Ich bin mir natürlich bewußt, was für eine Zumutung das für Euch ist, Euer Gnaden, aber . . .«

». . . dann solltet Ihr mich auch nicht so lange mit der Vorrede aufhalten«, schnaubte da Clayton den nervösen Verwalter an und setzte seine Wanderung durch das Zimmer fort, während Mistress Ellesemere, die auf einem Stuhl mit gerader Rückenlehne an der Wand saß, mit beiden Händen ihr Ridikül im Schoß umklammerte und versuchte, die unheimlichen Geräusche zu ignorieren, die aus der Tiefe der tunnelartigen Gewölbe dieser Institution an ihr Ohr drangen.

Verwalter Wilkes nickte nun seinem Assistenten zu. Daraufhin wurde eine Tür geöffnet, so daß man jetzt nicht nur das schreckliche, nichts Menschliches mehr an sich habende Geheul in voller Lautstärke vernehmen konnte, sondern nun auch noch mit dem Gestank eines geistigen und körperlichen Verfalls konfrontiert wurde.

Clayton starrte an die Wand, vergrub die Hände in seinen Rocktaschen und überlegte, was für eine Strafe er wohl zu erwarten habe, wenn er seinen Bruder umbrachte.

»Euer Gnaden«, holte ihn Wilkes da aus seinen Gedanken heraus. »Das Mädchen. Kennt Ihr es?«

Clayton drehte sich zu der Innentür um und sah dort Miracle stehen, deren Arme von zwei Wärtern festgehalten wurde und die mit runden, glasigen Augen und einem leichten Beben ihres eigensinnig vorgeschobenen Kinns zu ihm hochblickte.

»Laßt sie gefälligst los!« knurrte er da in einem so drohenden Ton, daß Wilkes erschrocken aus seiner Ecke herauskam.

»Euer Gnaden«, flüsterte der Verwalter, »ich verstehe Eure Situation. Ich meine, es könnte ja sein, daß diese Person eine — wie soll ich mich ausdrücken — eine Bekannte von Euch ist, was Ihr aber nicht gern publik machen möchtet . . .«

»Ganz im Gegenteil, Mr. Wilkes«, unterbrach ihn Clayton

grimmig. »Diese Lady ist genau das, was sie zu sein behauptet – nämlich die zukünftige Herzogin von Salterdon. Also befehlt jetzt endlich Euren beiden Ochsen dort, daß sie ihre gottverdammten Hände von meiner Verlobten wegnehmen, bevor ich Euch und Euer Institut wegen Freiheitsberaubung und Nötigung verklage.«

Als Miracle nicht mehr von den Wärtern festgehalten wurde, stand sie schwankend da, als könnte sie sich nur noch mit großer Mühe auf den Beinen halten, so daß Clayton zu ihr eilte, die Arme um sie legte und sie stützte. Er spürte, wie angespannt und aufgewühlt sie innerlich war, und wie tapfer sie sich bemühte, jetzt nicht vor diesen Leuten die Nerven zu verlieren.

»Soll ich dich jetzt nach Hause bringen?« fragte er leise.

Sie nickte nur, während sie sich mit ihren kleinen weißen Händen an seine Rockaufschläge klammerte.

»Ah ...«, meldete sich Wilkes mit einem verlegenen Räuspern wieder zu Wort, »da wäre noch eine Kleinigkeit zu regeln, Euer Gnaden. Eine gewisse Miss Crabb. Anscheinend ist es zwischen ihr und Lady Cavendish zu einem Streit gekommen, Sir.«

Clayton runzelte die Stirn. Er witterte Unrat. Offenbar glaubte Wilkes, der mit menschlichen Schwächen und Gebrechen seinen Lebensunterhalt verdiente, ihn mit einem versteckten Hinweis auf einen Skandal erpressen zu können – eines dieser Ärgernisse, denen sich Vertreter seines Standes häufig in einer solchen Situation wie dieser ausgesetzt sahen.

»Was für ein Streit?« schnaubte er.

Da öffnete sich abermals eine Tür, und eine hagere, ältliche und wild mit den Augen rollende Weibsperson stürmte ins Zimmer, die sogleich, als sie Miracles ansichtig wurde, mit dem Finger auf sie wies und keifte: »Das ist sie! Ich würde sie überall wiedererkennen! Ja, das ist diese Person, die sich mit mir wegen meiner Vögel anlegte. Und dann, ehe ich mich versah, meinen Käfig öffnete und sie alle davonfliegen ließ! Und nun frage ich Euch, Gents, wovon ich denn jetzt leben soll, bis ich mir neue Vögel besorgt habe?«

Claytons Blick ging nun wieder zu Miracle hin, die sich noch immer an ihn klammerte, das Gesicht zur Wand gedreht hatte, aber sich weigerte, ihn anzusehen. Er spürte, wie die straffen Muskeln in seinen Schultern und Wangen sich ein wenig lockerten, »Meri«, sagte er mit sanfter Stimme, »ist das wahr?«

»Natürlich ist es wahr!« keifte die Frau. »Sehe ich aus wie eine verdammte Lügnerin?«

Eine Augenbraue wölbend, musterte Clayton die Vogelhändlerin mit einem steinernen Blick, ehe er sich wieder zu Miracle hinunterbeugte, um seine Frage zu wiederholen.

Da schob sie ihn ein Stück von sich weg, öffnete die Schleife am Halsausschnitt ihrer Bluse und zog diese ein wenig auseinander, als sich da etwas zwischen ihren Brüste bewegte. Und kurz darauf krabbelte ein kleines gefiedertes Wesen mit einem verkrüppelten Bein aus ihrer Bluse heraus – wohl der magerste Kanarienvogel, der ihm jemals vor Augen gekommen war –, der ihr erst auf die Schulter und dann auf den Kopf hüpfte, wo er, kurz mit den Flügeln schlagend, zu singen begann.

Clayton drehte sich um und sah, wie Mistress Ellesemere sich mit beiden Händen den Mund zuhalten mußte, um das Lachen zurückzuhalten, das ihre Schultern in Zuckungen versetzte.

»Wir werden Euch natürlich für den Verlust der Vögel entschädigen«, sagte Clayton zu der Frau.

»Das möchte ich auch meinen!«

»Und was wird es mich kosten, damit Ihr von einer Anzeige Abstand nehmt?«

»Ich würde sagen, mindestens . . .«, sie schob die Lippen ein wenig vor, während ihre Augen ganz klein wurden ». . . zwanzig Pfund.«

»*Zwanzig*?« Clayton holte tief Luft. »Also gut. Ich werde dafür sorgen, daß Ihr das Geld bekommt. Aber jetzt werden

Sie uns entschuldigen müssen. Die junge *Dame* hier hat einen sehr anstrengenden Tag hinter sich.«

Mistress Ellesemere verließ daraufhin als erste das Gebäude und hatte bereits in der glänzenden, schwarzlackierten Kutsche, deren Türen das in Rot und Gold gehaltene herzogliche Wappen zierte, Platz genommen, als Clayton und Miracle, auf deren Scheitel noch immer der Kanarienvogel saß, aus dem Spital herauskamen.

Die Arme um Miracles Schultern gelegt, half Clayton ihr in die Kutsche hinein, wo er sich in das dicke Lederpolster fallen ließ, Miracle auf den Schoß nahm und kurz mit der Hand gegen das Wagendach klopfte. Als sich das Gefährt daraufhin in Bewegung setzte, barg Miracle ihr Gesicht an seiner Brust.

»Möchtest du dich jetzt vielleicht an meiner Schulter ausweinen?« fragte Clayton leise und gab ihr einen Kuß auf den Scheitel, nachdem er den Kanarienvogel mit einem leichten Stubs mit dem Finger dazu gebracht hatte, diesen Platz zu räumen und sich auf Miracles Knie niederzulassen.

»Nein«, erwiderte sie mit erstickter Stimme.

»Vielleicht fühlst du dich dann besser?«

»Ich werde nicht weinen . . . nicht in Eurer Gegenwart!«

»Warum denn nicht?«

»Weil Ihr das für ein Zeichen von Schwäche halten würdet. Und weil ich mir dann vorwerfen müßte, daß ich nun auch zu dem geworden bin, was ich schon immer verabscheut habe — ein wehleidiges Weib.«

»Wie du meinst«, murmelte er, ihr über die Haare streichend. Er schwieg eine Weile, während die Kutsche mit ihnen durch die dunklen Straßen von London rollte, schob sie dann ein wenig von sich weg, faßte sie unter das Kinn und zwang sie dazu, den Kopf zu heben.

Da sah er die Tränenspuren auf ihren Wangen.

»Meri Mine«, sagte er mit rauher, vor Erregung bebender Stimme, »weißt du eigentlich, was für Sorgen ich mir deinetwegen in den letzten Stunden gemacht habe? Als es dunkel wurde und du noch immer nicht in das Haus in der Park Lane zurückgekommen warst, wußte ich nicht, was ich davon halten sollte. War dir etwas zugestoßen? Oder hattest du einen solchen Zorn auf mich, daß du dich dazu entschlossen hattest, nach Cavisbrooke zurückzukehren? Und dann gingen mir alle nur erdenklichen Katastrophen durch den Kopf, denen eine Person, die sich in dieser Stadt nicht auskennt, zum Opfer fallen könnte.«

»Ich wollte Euch beweisen, daß ich durchaus in der Lage bin, mich den Menschen hier anzupassen. Und daß ich keine Lehrmeisterin brauche, die mir das erst beibringen muß.«

Er lächelte. »Manchmal schadest du dir mit deinem Eigensinn nur selbst.«

»Das . . . tut mir leid.«

»Das sollte dir aber gar nicht leid tun, Meri Mine. Denn das ist einer der Gründe, warum ich . . . warum ich dich mag. Du bist eine bewundernswert starke Frau.«

»Aber nicht heute. Ich hatte Angst. Was für ein schreckliches Spital, was für bedauernswerte, verlorene Seelen, die gezwungen sind, in dieser elenden Anstalt zu leben. Und diese Stadt . . . Ich war unsichtbar, Sir! Niemand schaute mich an, jeder blickte nur durch mich hindurch. Ich war ein Nichts, ein gesichtsloses Wesen, das mit zahllosen anderen, ebenso gesichtslosen Wesen durch die Straßen dieser Stadt trieb — eine Erfahrung, die ich nicht noch einmal machen möchte.«

»Folglich . . .?«

»Ich nehme an, daß mir gar nichts anderes übrig bleibt, als mich Euren Wünschen zu fügen. Also werde ich mich nicht länger dagegen sträuben, mich von Mistress Ellesemere unterweisen zu lassen, falls Ihr darauf besteht — wenn auch nur, um das Ziel zu erreichen, das ich mir selbst gesteckt habe.«

»Und das wäre?« fragte Clayton, in dessen Augen sich nun die Lichter der Häuser von West End spiegelten, an denen sie vorbeifuhren.

Sie streckte dem kleinen gelben Vogel, der auf ihrem Knie

saß, den Finger hin, offensichtlich so gerührt von der Anhänglichkeit dieses kleinen Wesens, daß sie einen Moment lang ihren Kummer vergaß. »Euch eine so gute Ehefrau zu sein, daß Ihr Euch meiner in keiner Hinsicht mehr zu schämen braucht«, gab sie ihm gelassen zur Antwort. »Das versteht sich doch von selbst, meine ich. Denn ich liebe Euch viel zu sehr, um Euch in irgendeiner Hinsicht Schande machen zu wollen.«

»Das würdest du doch niemals . . .«

»Pst«, sagte sie und legte ihm rasch den Finger, den sie dem Kanarienvogel anbieten wollte, auf die Lippen. »Ich hatte viel Zeit zum Nachdenken, als ich in einer dieser stinkenden Zellen in diesem schauderhaften Hospital eingesperrt war. Ich fragte mich, wie es geschehen konnte, daß eine Heilstätte sich in so einem beklagenswerten Zustand befand, und kam zu dem Schluß, daß solche Mißstände nur von Personen in einflußreichen Stellungen verhindert oder beseitigt werden können. Die Frau eines Herzogs wäre wohl in der Lage, etwas an diesen Zuständen zu ändern, überlegte ich. Als Herzogin könnte ich den bedauernswerten Menschen in diesem Hospital zu einem besseren Dasein verhelfen – habe ich recht, Euer Gnaden?«

»So hehre Ideale«, murmelte er, barg Miracles Kopf wieder an seine Brust und schaukelte sie sacht auf seinen Knien. »Versteht Ihr nun, wie dieser himmlische kleine Fratz mich so verzaubern konnte?« flüsterte er, sich zu Miss Ellesemere hinüberbeugend.

»Das habe ich bereits begriffen, als ich sie zum erstenmal sah, Euer Gnaden«, gab sie ihm zur Antwort.

Clayton saß allein mit geschlossenen Augen im Dunkeln. Jemand öffnete hinter ihm die Salontür und schloß sie leise wieder. Mistress Ellesemere trat in das Zimmer und nahm in einem Sessel an seiner Seite Platz. Sie saß eine Weile sehr aufrecht, die Hände im Schoß gefaltet, schweigend neben ihm, während sie beide den Klängen einer Musik lauschten, die ihnen der Wind durch das offene Fenster zutrug.

Schließlich sagte sie: »Die junge Lady ist zu Bett gegangen. Nach ihrem Bad fühlte sie sich schon viel besser.«

»Es fehlt ihr also nichts?« fragte er müde.

»Du liebe Güte, nein. Sie ist keine Hypochonderin und hat auch keine Veranlagung zur Hysterie. Aber ich denke, das wißt Ihr längst. Natürlich hat sie hier und dort ein paar Schrammen. Aber das war zu erwarten, nachdem sie sich ja, wie dieser Wilkes uns erzählte, wie eine Tigerin gegen seine Wärter gewehrt haben soll. Ich glaube nicht, daß er übertrieben hat. Sie macht auf mich nicht den Eindruck einer kleinen Maus, die sich von einem Mann alles gefallen läßt. Sie liebt Euch sehr, müßt Ihr wissen.«

»Sie liebt den Herzog.«

»Sie liebt nicht die Standesperson, sondern den Mann. Euch. Es würde ihr nichts ausmachen, wenn Ihr ein Lumpensammler wäret, Clay. Warum sagt Ihr dem Mädchen nicht endlich die Wahrheit?«

»Mein Bruder . . .«

»Euer Bruder – es wird Zeit, daß er endlich auf sich selbst aufpaßt. Ihr habt ihm schon als Kind immer aus jeder Klemme geholfen, in der er steckte. Ihr seid nicht für seine Fehler verantwortlich und deshalb auch nicht dazu verpflichtet, für diese zu büßen. Von dem Tag an, an dem die Herzogin mich als Kinderschwester für euch bestellte, habe ich beobachtet, wie er Euch mit einer fast unglaublichen Raffinesse manipulierte. Das macht er mit jedem, und zwar auf eine höchst charmante Weise. Ich bin ja selbst auf sein bestrickendes Wesen hereingefallen. Aber das passiert mir jetzt nicht mehr.«

»Er hat mir das Leben gerettet, Ellie.«

»Und wie oft habt Ihr seines gerettet, mein lieber Junge?«

»Ihr versteht das nicht«, sagte Clayton, stand auf und ging hinüber zum Fenster. Der Wind fühlte sich unangenehm kühl und feucht an. Es würde noch vor Sonnenaufgang zu regnen anfangen, und das würde mindestens ein Dutzend Gartenparties ruinieren, zu denen ehestiftende Mamis eingeladen hatten.

»Es gibt Zeiten, in denen ich nichts anderes möchte, als Trey aus meinen Gedanken zu verbannen – und aus meinem Leben. Aber wie soll mir das bei einem Menschen gelingen, der ein so vitaler Bestandteil meines eigenen Wesens ist, daß ich sogar noch die Schmerzen empfinde, unter denen er leidet, wenn wir hundert Meilen voneinander entfernt sind? Du lieber Gott – ich blute sogar, wenn er sich in den Finger schneidet! Als er einmal vom Pferd stürzte ...«

»... seid Ihr schreiend aufgewacht und habt Euch den Kopf gehalten. Ich kann mich noch gut an jene Nacht erinnern.«

»Und als er dieses schlimme Fieber hatte ...«

»... wurdet Ihr selbst zwei Tage lang von Krämpfen geschüttelt, bis sein Fieber endlich nachließ.«

»Manchmal kann ich sogar seine Gedanken hören, ehe er sie ausspricht. Und wenn ich ihn betrachte, Ellie, weiß ich, daß ich selbst zu dem werden könnte, was mich da wie mein Spiegelbild anschaut, falls ich es zuließe. Die Frauengeschichten, die Spielleidenschaft ...«

»Das erklärt auch, weshalb Ihr diese Stadt und die Gesellschaft Eurer Standesgenossen meidet. Und warum Ihr Euch so sehr zu Miracle hingezogen fühlt. Sie ist die Antithese zu allem, was den Lebensstil Eures Bruders ausmacht. Doch dann seid Ihr zu mir gekommen, damit ich Euch diesen Gefallen tun soll. Ihr wollt, daß ich sie umwandle ...«

»Ihr sollt sie nicht umwandeln, Ellie, sondern nur ... vorbereiten. Er hat vor, sie zu heiraten, ihr ein Baby zu machen und sie dann in irgendein altes, entlegenes Landhaus zu verbannen, damit sie ihm hier nicht im Weg steht und er sein gewohntes Lotterleben weiterführen kann. Seine Standesgenossen würden sich nicht viel dabei denken, wenn er seine Ehefrau auf irgendeinem Landsitz versauern läßt, wenn es sich um eine unscheinbare, graue Maus handeln würde. Daß man jemand seiner Mitgift oder eines Titels wegen heiratet, ist ja nichts Ungewöhnliches. Aber da sie weder Vermögen noch Titel in die Ehe mitbringt, werden die Salonlöwen über sie herfallen und sie in der Luft zerreißen. Es wird sich keine Tür hier in London für sie öffnen, und genau das wünscht er sich ja, Ellie.«

Er beugte sich über sie, stützte sich mit den Händen auf die Lehnen ihres Sessels und blickte ihr in die Augen. »Aber sobald Ihr und ich mit ihr fertig sind, wird es keinen Mann oder keine Frau mehr in dieser Stadt geben, die Miracle nicht akzeptieren, respektieren und . . . liebhaben würden.«

»Die sie so liebhaben würden wie Ihr?« erwiderte sie, ihre Hände auf seine legend.

»Nein«, antwortete er nach einer kurzen Pause. »Kein anderer könnte sie wohl jemals so lieben wie ich.«

Wenn du auf dein Leben zurückblickst, wirst du erkennen, daß die Augenblicke, in denen du wirklich gelebt hast, jene waren, als du etwas im Geist der Liebe getan hast.

Henry Drummond

Kapitel achtzehn

Lektion eins, meine Liebe: Eine junge Dame darf sich niemals – unter keinen Umständen – in dieser Stadt allein auf die Straße wagen. Stets sollte sie von ihrer Mutter begleitet werden, auch wenn der Vater mit ihr ausgeht. Sollte ihre Mutter verhindert oder nicht verfügbar sein, muß die Gesellschafterin der Tochter die Rolle der Mutter übernehmen. Auf diese Weise lassen sich solche Vorkommnisse wie gestern vermeiden.«

Miracle blickte aus dem Kutschfenster und sah, wie die Leute auf der Straße stehenblieben, um das prächtige Gespann mit dem herzoglichen Wappen zu bestaunen, das sich einen Weg durch das Verkehrsgewühl bahnte. Die Augen der jungen Frauen wurden groß und glänzend, und auch deren Begleiter verrenkten sich den Hals, um einen Blick auf die Insassen der Kutsche zu erhaschen.

»Meri«, sagte Salterdon, »hörst du Miss Ellesemere überhaupt zu?«

»Ja«, erwiderte sie geistesabwesend. »Wo fahren wir denn jetzt zuerst hin, Euer Gnaden? Und seid Ihr sicher, daß mir diese Frisur steht? Es ist schon ein recht komisches Gefühl für mich, wenn ich meine Haare nicht mehr auf den Schultern spüre, sondern sie zusammengewickelt wie einen Turban oben auf dem Kopf mit mir herumtrage.« Sie hob die Hände und berührte vorsichtig mit den Fingern die kurzen Ringellocken an ihrer Stirn und ihren Schläfen und dann ihre zu einem kleinen Turm aufgesteckten und oben mit grünen Haarschleifen zusammengebundenen Zöpfe.

Salterdon blickte an ihr vorbei auf Ellie und nickte.

»Lektion Nummer zwei! Es ist schlechter Stil, sich mit *jedermann* gut stellen zu wollen. Als Herzogin werdet Ihr Eure Freunde und Bekannte sehr sorgfältig auswählen müssen, und dafür kommen nur Personen in Frage, die Euch gesellschaftlich ebenbürtig sind. Natürlich wird es eine Menge Leute geben, die mit allen ihnen zu Gebote stehenden Mitteln versuchen werden, sich Euer Wohlwollen zu erschleichen. Sie werden Euch mit Einladungen zum Tee, zu Soireen und zu Jagdveranstaltungen bombardieren. Sie werden Euch schmeicheln und um Euch herumscharwenzeln, Euch teure Geschenke ins Haus schicken und Briefe in einer so blumenreichen Sprache, daß sie von William Shakespeare verfaßt sein könnten. Lektion drei! Glaubt diesen Leuten kein Wort, sonst lauft Ihr Gefahr, ein ebensolcher Hohlkopf zu werden wie diese.«

»Was sollte ich denn dann machen?« erwiderte Miracle lachend. »Wie kann man das Begehren nach Freundschaft auf eine huldvolle Weise ablehnen?«

»Das ist ein Verfahren, das man als *cut direct* bezeichnet. Damit drückt Ihr der betreffenden Person nicht nur Euer Mißfallen aus, sondern beweist ihr zugleich Eure gesellschaftliche Überlegenheit und Exklusivität. Das muß natürlich in aller Öffentlichkeit, vor einem möglichst großen Kreis von Leuten geschehen . . .«

»Weshalb?« fragte Miracle verwundert und ein wenig entsetzt über dieses ihr ziemlich grausam erscheinende Verfahren.

»Damit Ihr Zeugen habt, natürlich. Denn wenn Ihr der betreffenden Person in einem vertraulichen Gespräch Eure Ablehnung bekundet, wird sie sich vermutlich unwissend stellen und Euch bei nächster Gelegenheit wieder ihre Freundschaft aufdrängen wollen. Aber sobald dieser *cut direct* in einem

Ballsaal oder einem Opernhaus erfolgt, wo sich alle Augen sogleich auf den Herzog und dessen Gemahlin richten, wenn sie dort erscheinen, bleibt der betreffenden Person gar nichts anderes übrig, als die Zurückweisung zur Kenntnis zu nehmen und sich so rasch und unauffällig wie möglich zu verabschieden.

Was nun das eigentliche Verfahren angeht, so müßt Ihr zunächst sicher sein, daß das von Euch auserkorene Opfer Euch auch sieht. Ihr müßt also erst einmal, wenn die Umstände das erlauben, einen Augenkontakt mit der betreffenden Person herstellen – mit einem Nicken, einem Lächeln oder einem Winken mit der Hand. Das ist sehr wichtig, weil sonst das Opfer nämlich *Euch* ignorieren könnte, falls es bereits ahnt, was Ihr im Schilde führt, und sich dann damit brüsten könnte, es habe *Euch* geschnitten und Ihr nicht die betreffende Person.

Sobald Ihr die Gewißheit habt, daß diese Person Euch ihre Aufmerksamkeit schenkt, geht ihr auf sie zu – und segelt dann mit steinernem Gesicht an ihr vorbei, als wäre sie gar nicht vorhanden. Nur umschauen dürft Ihr Euch dann nicht mehr, um Euch vielleicht an der Enttäuschung der betreffenden Person zu weiden. Das wäre eine abscheuliche Roheit.«

In das Polster zurückgelehnt, blickte Miracle zwischen Ellie und Salterdon hin und her, der sie mit halbgeschlossenen Augen und einem amüsierten Lächeln im Mundwinkel beobachtete.

»Muß ich mich wirklich so gefühllos verhalten, Euer Gnaden?« fragte sie mit fester Stimme. »Und wer sagt mir denn, wen ich schneiden soll und wann?«

»Das wirst du schon selbst herausfinden, Meri Mine. Keine Angst, das wirst du.«

Daraufhin nahm die Unterweisung in der richtigen Etikette ihren Fortgang. Clayton hörte nur mit halbem Ohr zu, als Ellie Miracle nun geduldig auseinandersetzte, wie sie sich als Herzogin in dieser und jener Situation zu benehmen habe, während Miracle immer größere Mühe hatte, sich auf Ellies Vortrag zu konzentrieren, weil sie das geschäftige Treiben draußen auf der Straße weitaus interessanter fand als Ellies Ausführungen.

Clayton hatte nur ein paar Stunden geschlafen, nachdem Ellie ihm eine gute Nacht gewünscht und sich auf ihr Zimmer zurückgezogen hatte – und zwar angekleidet in einem Sessel beim Fenster, seine langen, in Lederstiefeln steckenden Beine auf das Fensterbrett gelegt. Er war dann kurz nach Sonnenaufgang aufgewacht und hatte Miracle unten im vom Regen nassen Garten entdeckt, wo sie in einem Blumenbeet saß, eine Katze auf dem Schoß, eine zweite zu ihren Füßen, die Milch aus einer Schüssel schleckte, während der Kanarienvogel auf ihrem Kopf balancierte und laut vor sich hin trällerte. Der nur wenige Meter neben ihr am Haus vorbeirollende Verkehr schien so gar nicht zu diesem idyllischen Bild passen zu wollen, das sie mit ihren Tieren, ihren großen braunen, ihn an ein Reh erinnernden Augen, ihren Sommersprossen und aufgelösten Haaren abgab. Nicht zum erstenmal, seit er sie hierher in die Stadt gebracht hatte, war er versucht, sie auf ein Pferd zu setzen und mit ihr nach Cavisbrooke zurückzureiten. Um sie vor ihrer Zukunft zu retten. Um sie vor seinem Bruder zu retten. Um sie vor seinem eigenen Verrat zu retten.

Sie hielten nun zum erstenmal vor einem kleinen, aber sehr elitären Laden in der Bond Street an, wo Clayton den beiden Damen viel Vergnügen mit der Schneiderin wünschte, um sich dann zu Fuß zu dem nur wenige Schritte von diesem Salon entfernten Etablissement des sündhaft teuren Herrenausstatters und ›Hoflieferanten Seiner Majestät‹, Marcel Swift, zu begeben, bei dem der Herzog von Salterdon und dessen Peers ihre Anzüge zu kaufen pflegten, während er, Clayton, für seine bescheidenere Garderobe die Schneider abseits von West End bevorzugte, die weitaus billiger arbeiteten und dazu auch noch besser.

Doch heute, morgen und übermorgen – solange sein Bruder nicht in London weilte – war *er*, Clayton, der Herzog von Salterdon. Und da sein Bruder ihn vor noch gar nicht so langer Zeit aufgefordert hatte, sich seiner Rolle entsprechend zu kleiden – zumal Salterdon nun die zukünftige Herzogin der Londoner Gesellschaft vorzustellen gedachte –, sollte Seine Gnaden eine angenehme Überraschung erleben, wenn er nach London zurückkehrte.

Als der Herzog und dessen Verlobte drei Tage später die Oper besuchten, hatte sich bereits, wie Clayton das vorausgesehen hatte, die Nachricht von Treys bevorstehender Heirat in der ganzen Stadt verbreitet. Wie das Rote Meer vor Moses teilte sich das hochherrschaftliche Publikum vor den beiden, als das Paar die Treppe zu der herzoglichen Balkonloge mit den schweren roten Samtvorhängen und den mit dem Wappen der Salterdons verzierten Polsterstühlen hinaufstieg.

Wie gewöhnlich schien Miracle überhaupt nicht zu bemerken, welches Aufsehen sie mit ihrem Erscheinen in der Öffentlichkeit erregte, zumal sie viel zu aufgeregt war, um auf die Reaktion der Leute im Parterre zu achten. Schließlich war das die erste Opernvorstellung, der sie beiwohnen sollte, und wenn ihre neue Frisur und das Pariser Modellkleid ihr Aussehen auch ein wenig verändert hatten, vermochte doch beides nicht die Lebhaftigkeit zu beeinträchtigen, mit der sie jede neue Erfahrung zu begrüßen pflegte.

Ellie beugte sich, noch ehe sie im Sessel hinter Clayton Platz nahm, ein wenig vor und wisperte ihm ins Ohr: »Unsere Miracle scheint einen großen Eindruck auf die Leute hier gemacht zu haben... Euer Gnaden. Aber Ihr habt das ja schon vorher gewußt. Ich vermute, daß die Nachricht von Eurer bevorstehenden Hochzeit die Herzogin nun jeden Tag erreichen könnte – wenn dies nicht bereits geschehen ist.«

Clayton schlug seine langen Beine übereinander und blickte Miracle von der Seite an, die sich gerade ein wenig über den Rand der Loge hinausbeugte, um das komplizierte Schnitzwerk zu betrachten, mit der diese außen verkleidet war, was sogleich ein aufgeregtes Tuscheln bei den Leuten unter ihr hervorrief.

»Ich dachte, Ihr haßt Opern, Mylord«, wisperte Ellie an seinem Ohr.

»Aber Trey nicht. Er liebt sie.«

»Ich muß gestehen – ich hätte Euch niemals zugetraut, daß Ihr die Rolle Eures Bruders so täuschend echt spielen könntet. Die gleiche affektierte Redeweise wie er; und inzwischen beherrscht Ihr auch diese unverschämte Art ganz gut, mit der er auf unsereinen hinunterschaut. Und Ihr seht hinreißend aus in seinen Kleidern. Was hat Euer Anzug den Herzog gekostet?«

»Ein kleines Vermögen. Desgleichen Miracles Pariser Abendkleid und die Halskette mit den Rubinen und Saphiren, die der Herzog ihr zur Verlobung geschenkt hat. Natürlich durften auch die dazu passenden Ohrringe nicht fehlen. Und auch nicht diese Tiara – ein absolutes Muß für jede Herzogin, die etwas auf sich hält. Habe ich etwas vergessen, Ellie?«

Seine Schultern auf eine besorgte Art mit der Hand berührend, sagte sie: »Seid Ihr sicher, daß es Euch nicht zu viel wird? Daß Ihr das Spiel noch eine Weile fortsetzen wollt?«

Clayton sah Miracle nun abermals von der Seite an, die ungeduldig auf ihrem Sessel hin- und herrutschte, weil sie es kaum mehr erwarten konnte, daß die Vorstellung endlich begann.

»Ganz sicher«, erwiderte er leise.

Es war kurz nach Mitternacht, als sie wieder vor dem Haus in der Park Lane anlangten. Miracle hatte ihren Kopf an Salterdons Schulter gebettet und war unterwegs eingeschlafen. Er weckte sie mit einem sachten Kuß auf die Wange.

Sie hob den Kopf und blinzelte.

Ellie hatte die Kutsche bereits verlassen und wartete im Dunkeln neben dem Gartentor. Nachdem Salterdon ausgestiegen war, reichte er Miracle die Hand, um ihr aus der Kutsche zu helfen. Sie ergriff sie und stand dann ein wenig schwankend neben ihm auf dem Bürgersteig.

Mit einem leisen Lachen fing er sie auf, als sie sich wieder an ihn lehnen wollte: »Meri Mine – ich habe noch keine Frau gekannt, die so rasch einschlafen konnte wie du. Und die binnen weniger Minuten so tief schlief, daß es großer Anstrengung bedurfte, sie wieder aufzuwecken.«

»Wahrscheinlich habt Ihr schon viele Frauen mit einem Kuß geweckt, nicht wahr?« erwiderte sie schlaftrunken und rieb sich die Augen.

Er lächelte.

Miracle drehte sich von ihm weg und ging so nahe an den schmiedeeisernen Gitterstäben des Vorgartens entlang, daß die Spalierrosen, die über den Zaun wucherten, leicht über ihren Seidenmantel streiften. Clayton sah ihr neugierig nach. Sie machte einen nachdenklichen, ja, bedrückten Eindruck auf ihn, hatte den Abend über kaum ein Wort geredet und mit einem gequälten Lächeln die Glückwünsche einiger wohlmeinender Damen über sich ergehen lassen. Und von dem Enthusiasmus, mit dem sie ihn zum Opernhaus begleitet hatte, war ihr während der Vorstellung kaum noch etwas anzumerken gewesen.

Sie blieb stehen und sagte, wobei sie eine besonders große gelbe Rosenblüte mit den in Handschuhen steckenden Fingern berührte: »Ich habe gesehen, wie die Frauen Euch beobachtet haben. Wie sie Euch auf Schritt und Tritt mit ihren sehnsüchtigen Blicken verfolgten. Und ich sah den Neid in ihren Augen, wenn sie mich anschauten und sich verwundert fragten: ›Warum sie? Was kann er denn schon Liebenswertes an dieser Person finden?‹«

Sie legte den Kopf ein wenig auf die Seite und fuhr leise fort: »Manchmal wache ich morgens mit dem Gefühl auf, daß ich Euch nicht verdiene. Daß das alles nun bald eine Ende haben wird. Daß das Ganze nur ein perverser Trick ist. Daß Ihr plötzlich ebenso aus meinem Leben verschwindet wie all die anderen, und ich wieder ... allein dastehe. Das macht mir angst.«

Und dann setzte sie, tief Luft holend, ein wenig zaghaft hinzu: »Es ist schon ziemlich lange her, daß Ihr mich zuletzt geküßt habt, Euer Gnaden.«

Da ging Clayton zu ihr, nahm ihr Gesicht in beide Hände, und küßte sie sacht auf die Stirn.

»Das ist es nicht, woran ich gedacht hatte«, murmelte sie.

»Das glaube ich dir. Nur fürchte ich, daß das im Augenblick genügen muß.«

»Bis wir verheiratet sind?«

»Ja.«

Miracle wich einen Schritt zurück und sagte: »Himmel – was sind wir doch für brave Leute geworden, seit wir nach London gekommen sind! Tatsächlich scheint Ihr mir gar nicht mehr der gleiche Mann zu sein, der sich in Cavisbrooke so hartnäckig um meine Gunst bewarb. Selbst die Art, Euch zu kleiden, hat sich verändert – so förmlich, als wäret Ihr nun wieder einer von *denen*. Ihr habt damals in Bundhose, Hemd und Euren wild im Wind flatternden Haaren viel natürlicher ausgesehen als jetzt.«

»Miracle«, fiel ihr Clayton da ins Wort, »bist du etwa nicht glücklich?«

»Oh, du meine Güte – natürlich bin ich das« erwiderte sie und lächelte plötzlich. »Wie könnte ich denn nicht glücklich sein? Ich komme mir vor wie ein Prinzessin, habe zwei Schränke voll teurer Kleid. Und meine Haare – gefallen sie Euch wirklich besser, wenn ich sie nicht lose über den Schultern, sondern zusammengerollt auf dem Kopf trage?«

»Es ist eine sehr hübsche Frisur.«

»Aber sie juckt ein bißchen«, erwiderte sie und kratzte sich über dem Ohr. »Aber solange sie Euch gefällt, nehme ich das gern in Kauf.« Lachend hüpfte sie zu ihm und gab ihm einen Kuß auf die Wange. »Ihr müßt mich für eine furchtbar, eine schrecklich undankbare Person halten, Sir.«

»Keineswegs.«

»Das Schicksal meint es gut mit mir, weil ich Euch habe. Kaum zu glauben, daß Ihr mich unter allen Frauen dazu auserkoren habt, Eure Gattin zu werden. Ich verspreche Euch, daß ich alles in meiner Macht Stehende tun werde, damit Ihr glücklich werdet – und daß Ihr stolz auf mich sein könnt.« Sie wich wieder zurück, lächelte und warf ihm eine Kußhand zu. »Dann also gute Nacht. Werde ich Euch morgen sehen?«

Er nickte.

Auf den Zehen herumschwenkend, eilte sie durch das Gartentor und dann den Pfad zur Haustür hinauf.

»Gute Nacht«, rief Clayton ihr leise nach, bevor sie im Haus verschwand.

Miracle stürmte, immer zwei Stufen auf einmal nehmend, die Treppe zu ihrem Zimmer hinauf. Als sie dort angelangt war, warf sie die Tür ins Schloß, lehnte sich von innen dagegen, schlug die Hände vors Gesicht und rang nach Luft.

Was sollte sie jetzt tun?

Wütend riß sie Nadeln und Bänder aus ihren Haaren und warf sie auf den Boden. In diesem Moment kam Ethel ins Zimmer.

Ohne ein Wort zu sagen, eilte die Zofe Miracle zu Hilfe, brachte sie zu dem Stuhl vor der Frisierkommode und drückte sie darauf nieder. Dann nahm sie sich Miracles Haare vor, entfernte vorsichtig die Spangen und Nadeln daraus, ehe sie die Zöpfe löste, während Miracle ihr Spiegelbild anstarrte und die aufsteigenden Tränen hinunterschluckte.

»Hat Euch die Oper gefallen, Mylady?« fragte Ethel nach einer Weile.

»Nein«, schnaubte Miracle. »Ich konnte kein einziges Wort von dem Gekreische verstehen. Und ich bin mir ziemlich sicher, daß die anderen auch kein Wort davon verstanden. Aber das war ihnen wohl ziemlich gleichgültig, weil sie nämlich gar nicht darauf achteten, was dort vorn auf der Bühne passierte. Denn sie schauten alle mich an, oder vielmehr Seine Gnaden.

Ich möchte wetten, daß selbst die Darsteller mehr daran interessiert waren, was oder wer sie aus der Loge des Herzogs beobachtete, statt an den Arien, die sie sangen. Was soll ich jetzt nur tun, Ethel? Ich fürchte, je länger ich hierbleibe, um so deutlicher wird mir bewußt, daß ich für dieses Leben nicht geschaffen bin. Ich werde als Herzogin eine elende Versagerin sein. Ich mag weder Opern noch Tee-Empfänge und bringe es nicht fertig, stundenlang dazusitzen und über belanglose Dinge zu plaudern.«

Sie drehte sich auf ihrem Stuhl herum und starrte hinauf in Ethels spitzes, sie an eine Maus erinnerndes Gesicht. »Weißt du eigentlich, daß sich das Lesen für eine ›Lady‹ nicht schickt? Die Damen der vornehmen Londoner Gesellschaft werden zweifellos hysterische Anfälle bekommen, wenn sie erfahren sollten, daß ich nicht nur schreiben, sondern auch lesen kann. Und was die körperliche Betätigung einer Lady anlangt – du liebe Güte! Wie Mistress Ellie mir erklärte, sei der Müßiggang das Merkmal einer Lady. Nur das Tanzen sei davon ausgenommen – eine Tätigkeit, die eine Lady nicht lange und oft genug ausüben könne, ›da sie das Gesicht einer Lady vor Wärme und Anstrengung erblühen ließe‹. Oh, ich bin schon ein undankbares Mädchen.«

Sie stand auf und begann im Zimmer auf und ab zu wandern, so daß Ethel, die sich noch immer mit Miracles Haaren beschäftigte, gezwungen war, diese Tätigkeit im Gehen zu verrichten. »Ist die Liebe denn ein so absolutes Opfer?« fragte Miracle die Zofe, obwohl sie keine Antwort erwartete und auch keine bekam. »Ist die Liebe nicht blind? Tolerant? Soll sie denn nicht Unterschiede widerspruchslos hinnehmen und klaglos ertragen können? Wäre ich denn nicht ebensogut dazu geeignet, seine Kinder aufzuziehen – in unserer Ehe zu repräsentieren –, ohne all das dort?« Sie wies mit der Hand auf das halbe Dutzend neuer Kleider, die ein Bote am Morgen aus dem Modeatelier in der Bond Street gebracht hatte.

Sie trat ans Fenster und blickte hinunter auf den vom Mondlicht erhellten Garten und dann hinüber zur Straße, wo noch immer die herzogliche Kutsche stand, und daneben Seine Gnaden, der sich, die Hände in den Hosentaschen vergraben, mit Mistress Ellesemere unterhielt.

Worüber redeten die beiden wohl jetzt?

Über sie natürlich – über wen oder was sonst? Vielleicht besprachen sie ihre nächste Lektion in feinem Benehmen. Wie man als Dame zu reden hatte. Die zukünftige Herzogin mußte natürlich auch die Kunst beherrschen, mit ihrem Publikum auf eine höchst eloquente und wirksame Weise zu diskutieren. Oder wie man als Lady aufzutreten hatte. Der feine Umgang mit anderen Menschen mußte geübt sein. Schließlich gehörte ja viel Finesse dazu, jemanden in der Öffentlichkeit zu ›schneiden‹.

Langsam erholte sie sich von ihrer Depression, als sie Salterdon dort draußen im Mondlicht beobachtete. »Undankbares Mädchen«, schalt sie sich abermals, jetzt nur mit sich selbst redend, während Ethel begann, ihre aufgelösten langen Haare zu bürsten und dabei leise vor sich hin summte. »Ich habe alles, wovon meine Mutter ihr Leben lang träumte. Doch statt mich darüber zu freuen, stehe ich hier und jammere. Aber kann man mir einen Vorwurf daraus machen, daß ich mein Zuhause vermisse? Daß ich John vermisse? Daß ich mich danach sehne, am frühen Morgen wieder auf Napitovs Rücken durch die Brandungswellen am Fuße der Klippen von Saint Catherine reiten zu können? Kann man einer Frau einen Vorwurf daraus machen, daß sie ihr früheres Leben vermißt und die einzigen Freunde, die sie bisher gehabt hat? Denn ich war glücklich damals, Ethel. Sehr glücklich. Und wenn ich mit Seiner Gnaden zusammen bin, bin ich auch glücklich . . ., die meiste Zeit wenigstens. Wenn wir unter uns sind. Wenn ich nicht ständig daran erinnert werde, wer oder was er ist. Und was ich werden muß, um bei ihm bleiben zu können.

Ich undankbares Mädchen . . ., was soll ich nur machen?«

In den darauffolgenden zwei Tagen regnete es ununterbrochen. Miracle verbrachte diese Zeit abwechselnd damit, daß sie aus dem Fenster schaute; mit Samantha redete (wie sie ihren verkrüppelten Kanarienvogel in der Annahme, daß es ein Weibchen sei, getauft hatte, und den sie Sam nennen wollte, falls sich ihre Vermutung, sein Geschlecht betreffend, als falsch erweisen sollte); sich die Veränderungen überlegte, die sie in London vornehmen würde, wenn der König und alle in der Thronfolge vor den Salterdons rangierenden Personen plötzlich sterben sollten und sie Königin würde; und sich viele Stunden bei Thaddeus im Stall aufhielt, wo sie die Boxen ausmistete und die Pferde striegelte.

Als sie in einem Verschlag hinter dem Stall herumstöberte, entdeckte sie dort ein seltsames, mit einer dicken Staubschicht bedecktes Gestell auf vier Rädern.

»'n Rennwagen«, klärte Thaddeus sie auf seine gewohnte mundfaule Art auf, als sie sich auf ein paar Heuballen setzte und zu einer undichten Stelle im Stalldach hinaufschaute, durch die der Regen in die Eimer hinuntertropfte, die sie in der Stallgasse aufgestellt hatten. »Seine Gnaden hat es auch ein paarmal mit Rennpferden versucht und ist dabei kräftig auf den Arsch – äh – ich meine, er hat 'ne Menge Geld damit verloren. Er drohte damals, den ollen Pretender dort«, er deutete auf den großen braunen Wallach in der letzten Box, der gerade die Nase in einen Futtereimer steckte, »in die Wurst zu schicken, aber sein Bruder hat ihm das Pferd abgekauft, um das zu verhindern. Der will das Pferd demnächst abholen lassen, um es bei sich . . .«

»Kann er denn rennen?« unterbrach ihn Miracle, die nun wieder das seltsame Gestell mit den vier Rädern ins Auge faßte.

»Ja, das kann er – wenn er Lust dazu hat. Deswegen hat

ihn Seine Gnaden ja damals gekauft. Kostete ihn ein Vermögen, der Gaul. Wahrhaftig.«

»Und wer hat ihn trainiert?«

»Ich.«

Miracle drehte überrascht den Kopf zur Seite und musterte den schlaksigen Jungen, der sich neben ihr auf dem Heu ausgestreckt hatte und auf einem Grasstengel kaute.

»Brach mir das Bein, als ich ihn zum letztenmal ritt«, erklärte Thaddeus und kratzte sich am Bauch. »Es muß schon in der Hölle schneien, ehe ich noch einmal auf Pretender steige. Das ist vielleicht ein verrücktes Biest, kann ich Euch sagen.«

»Schirrst du ihn für mich an?«

»Wen, Mylady?«

»Pretender natürlich. Kannst du ihn vor diesen Rennwagen dort spannen?«

Thaddeus erhob sich achselzuckend von seinem Heulager und ging daran, die dafür benötigten Gegenstände zusammenzusuchen. Dazu gehörte erst einmal eine große Kiste voller Lederriemen, von denen einige mit Seide, andere mit Samt verkleidet waren. Miracle mußte sich fast eine Stunde gedulden, bis der Stallbursche die recht komplizierte Aufgabe gelöst und das Geschirr zusammengesetzt hatte. Aber als dann endlich Pferd, Geschirr und Wagen miteinander verbunden waren, betrachtete sie staunend und mit vor Aufregung klopfendem Herzen das Gespann.

Die dünne, kurze Deichsel war mit feinem Draht umwickelt, der Wagenbaum mit Stahl armiert, und die gefederte Vorder- und Hinterachse waren an beiden Seiten durch jeweils zwei Seile miteinander verbunden. Das Geschirr bestand aus dünnem, mit Seide überzogenem Lederzeug, und der Fahrersitz war aus dem gleichen Material gefertigt, jedoch mit Samt überzogen. Die Radbuchsen bestanden aus Messing und waren mit Behältern versehen, aus denen in regelmäßigen Abständen Öl auf die Radachsen tropfte und diese, wie Thaddeus ihr erklärte, bei einem Rennen eine Stunde lang schmieren konnten, ehe sie nachgefüllt werden mußten. Obwohl fast alle Teile des Wagens mit Stahlfedern verstärkt waren, wog das Gefährt selbst mit dem daran befestigten Geschirr so wenig, daß Thaddeus es mühelos im Stall herumtragen konnte.

Da entdeckte Miracle in einer Ecke noch eine Kiste, öffnete sie und fand darin das Reit- oder Rennfahrerkostüm des Stallburschen: ein weißes Seidenjackett, eine schwarze Samtkappe und rote Seidenstrümpfe.

»Sag mal«, erkundigte sie sich bei Thaddeus, der diese Sachen offenbar lange nicht mehr getragen hatte, »finden hier häufig Wagenrennen statt?«

»Nein«, gab er zur Antwort und streckte sich wieder auf seinem Heulager aus. Als Miracle ihn enttäuscht ansah, fügte er hinzu: »Nur einmal im Monat. Am ersten Sonntag eines jeden Monats, Mylady.«

»Wo?«

»Dort drüben im Park. Aber mich könnt Ihr nicht mehr dazu bringen, so ein Gefährt zu besteigen«, erklärte er kopfschüttelnd. »Vor zwei Monaten erst ist ein Junge bei so einem Rennen umgekommen, als sein Wagen gegen einen Stein prallte und umkippte. Bis sie dann das Pferd zum Stehen brachten, war von dem armen Kerl nicht mehr viel für die Beerdigung übriggeblieben.«

Miracle biß sich auf die Lippe und strich mit den Händen über das Geschirr, während sie nachdenklich dann den Wallach anblickte, der mit dem Schweif die lästigen Fliegen von seiner Kruppe zu verjagen suchte. »Ich habe dabei ja auch gar nicht an dich gedacht«, meinte sie und lächelte versonnen.

Er wandte den Kopf zur Seite, starrte sie an und sprang dann, wie von der Tarantel gestochen, von seinem Heulager auf.

»Ihr würdet doch nicht ... Ihr könnt doch nicht, Mylady!«

»Doch würde ich, könnte ich ... ja, werde ich, Thaddeus! Und du wirst keiner Menschenseele ein Wort davon sagen!«

»Meri? Meri, wach auf! Was, zum Kuckuck, ist denn plötzlich in dich gefahren?«

Miracle zwang sich dazu, die Augen zu öffnen. Seine Gnaden hatte sich über sie gebeugt, sie bei den Schultern gepackt und starrte ihr ins Gesicht. Hinter ihm traten Ethel und Gertrude verlegen von einem Bein aufs andere, während Ellie ihr Taschentuch zu einem Strick zusammendrehte und zwischen ihr und Salterdon hin und her blickte.

Sie mit der Hand unter das Kinn fassend, hob Salterdon ihren Kopf an und betrachtete sie wütend. »Seit wann, zum Henker, habt Ihr Euch angewöhnt, tagsüber zu schlafen?« herrschte er sie an. »Habt Ihr denn vergessen, daß wir Karten für diese Matinee haben? Und daß wir danach mit dem Grafen Fanshawe und dessen Gattin dinieren sollen?«

»Eine Matinee? Oh, ich ... natürlich habe ich das nicht vergessen. Wie könnte ich denn eine so ... wichtige Sache wie eine Matinee vergessen?« murmelte sie. Dann fiel ihr Blick auf die Wanne, die mitten im Zimmer stand, und runzelte die Stirn. Offensichtlich war das Badewasser darin längst kalt geworden.

Salterdon stemmte die Ellenbogen auf die Knie und lehnte sich zurück. »Ich hätte jetzt gern ein paar Worte unter vier Augen mit Miracle geredet«, erklärte er mit autoritärer Stimme, worauf Ethel und Gertrude rasch einen Knicks machten und aus dem Zimmer eilten. Nach kurzem Zögern verließ dann auch Ellie den Raum.

Nur in ihren Frisiermantel eingewickelt, den sie vor einiger Zeit angelegt hatte, als sie sich für den Nachmittag, den sie mit ihrem Verlobten und dessen Freunden verbringen sollte, hübsch machen wollte, ehe sie sich dazu entschloß, vor dem Baden noch ein kleines Nickerchen zu machen, schob Miracle die Beine über die Bettkante und setzte sich auf.

»Nun?« schnaubte er.

»Entschuldigung«, murmelte sie und gähnte dann hinter der vorgehaltenen Hand.

»Meinst du vielleicht, ich könnte mit einem Wort der Entschuldigung den Schimpf wiedergutmachen, den du den Fanshawes antust? Die Gräfin hat eigens deinetwegen diesen Abend arrangiert, damit sie dich ein paar unserer einflußreichsten Freunde vorstellen kann.«

»Ihr müßt nicht in einem solchen Ton mit mir reden«, erwiderte sie gereizt. »Ich bin kein Kind mehr, Sir.«

»Wirklich nicht? Du hast mir aber in den letzten acht Tagen eher das Gegenteil bewiesen. Tatsächlich hast du dich aufgeführt wie eine ungezogenen Göre, indem du dich nicht nur beharrlich geweigert hast, dich von Miss Ellesemere im guten Benehmen unterweisen zu lassen, sondern obendrein noch die beiden Abende, an denen ich mich hier einfand, um mit dir zu dinieren, in deinem Zimmer schlafend im Bett verbracht hast! Ich verlange dafür eine Erklärung!«

»Ich schlafe eben gern.«

»Demnach scheinst du also deine Zeit lieber im Bett als mit mir verbringen zu wollen.«

»Jedenfalls schlafe ich lieber als meine Zeit in der Gesellschaft Eurer Standesgenossen oder in Eurer Loge im Opernhaus zu verbringen. Tatsächlich«, setzte sie, sich erhebend, hinzu, »würde ich lieber tagelang Euren Garten umgraben als mir noch einen Abend lang die Ohren von diesen Operndivas vollplärren zu lassen!«

Seine Augenbrauen schnellten in die Höhe. Sie war sich nicht sicher, ob das ein belustigtes Zwinkern oder ein zorniges Funkeln war, was sie nun in seinen grauen Augen sah.

Aber was spielte das für eine Rolle. Sie waren offenbar beide nicht gut aufeinander zu sprechen.

Salterdon erhob sich nun ebenfalls von der Bettkante, schaukelte kurz auf den Fersen, ging dann zum Fenster und starrte in die Dunkelheit hinaus.

Auf ihrer Unterlippe kauend, betrachtete Miracle seinen breiten Rücken und die dunklen Haare, die sich um seinen Hemdkragen ringelten. Das Verlangen, jetzt zu ihm zu gehen und sich ihm an den Hals zu werfen, war so groß, daß sie ihm kaum zu widerstehen vermochte. Selbst wenn sie wütend auf ihn war, war der Zauber, den er mit seiner bloßen Gegenwart auf sie ausübte, so groß, daß sie darüber ihren Zorn und ihre Enttäuschung vergaß.

»Meri«, sagte er nach einer Weile. »Glaubst du etwa, es macht mir Spaß, dich zu etwas zu zwingen, das dir widerstrebt? Ich tue das doch nur zu deinem eigenen Besten. Damit du dir bei deinen Standesgenossen und Untergebenen den größtmöglichen Respekt verschaffen kannst.«

»Ich habe keine Untergebene«, erklärte sie mit fester Stimme.

»Als Herzogin von Salterdon wirst du aber eine Menge Untergebene haben, mein Schatz, und diese Leute erwarten von dir eine Hierarchie. Ohne eine Hierarchie können sie nicht gedeihen. Sie brauchen jemand, der sie anführt – und das Königshaus und der Adel verschaffen ihnen das, wonach sie verlangen. Wenn du diesen Anspruch nicht erfüllen kannst, diese Rolle nicht akzeptieren willst, dann . . . bist du vielleicht nicht für diese Position geeignet. Vielleicht wäre es dir dann lieber, wieder in dieses dunkle, alte Gemäuer zurückzukehren, das du als dein Zuhause bezeichnet hast, und dein Leben als vertrocknete alte Jungfer zu beschließen, die von ihren Nachbarn für verrückt erklärt wird. Dort kannst du dir am Tage mit dem Nähen von Hemden ein paar Schillinge verdienen und nachts in einem baufälligen alten Turm ein Leuchtfeuer unterhalten, das von keinem

Seemann, der dort mit seinem Schiff vorbeikommt, beachtet wird. Kurz gesagt, du kannst das gleiche elende, einsame und unerfüllte Dasein führen wie deine Mutter. Ich frage mich nur«, setzte er, sich zu ihr umdrehend und sie mit harten Augen ansehend, hinzu, »ob Lorraina sich wohl ebenso undankbar gezeigt hätte, wenn man ihr das gleiche Angebot gemacht hätte wie dir.«

»Ihr seid sehr grausam«, sagte Miracle, während sich ihre Augen mit heißen Tränen füllten.

Einen Moment lang schien seine steinere Fassade ein wenig abzubröckeln, schienen seine Schultern ein bißchen nach unten zu sacken, ehe er sich wieder steif aufrichtete, sich räusperte und mit der Hand auf ihren Kleiderschrank deutete. »Ich gebe dir fünfzehn Minuten Zeit, dich anzukleiden, und keine Minute mehr. Wenn wir uns beeilen, können wir noch vor der Pause im Opernhaus sein und dort den letzten Akt miterleben. Und was noch wichtiger ist – wir werden das Dinner nicht versäumen, das die Fanshawes dir heute zu Ehren geben.«

»Habt Ihr noch einen Wunsch, Euer Gnaden?« fragte sie durch die zusammengebissenen Zähne.

»Ja. Zieh das weiße Kleid aus Gaze und Seide an, das der Bote dir gestern aus dem Modeatelier gebracht hat. Ellie sagt, es würde dir besonders gut stehen. Und mach, um Gottes willen, etwas mit deinen Haaren. Mit dieser Frisur siehst du aus wie ein Wildfang.«

Damit ging er zur Tür.

»Wenn so das Leben aussehen wird, das ich als Herzogin führen soll«, erklärte sie da, an seinen Rücken gewandt, »daß man mir vorschreibt, wie ich zu reden, mich zu benehmen und sogar zu kleiden habe – um nicht die herzlose Art zu erwähnen, mit der ein Mann zu mir spricht, der behauptet, mich zu lieben –, dann würde ich vielleicht als vertrocknete Jungfer, die in einem düsteren alten Gemäuer lebt, glücklicher sein.«

Da blieb er, ihr noch immer den Rücken zukehrend, unter der Tür stehen und erwiderte: »Wie du meinst, Meri Mine. Es ist schließlich deine Entscheidung.«

Dann ging er hinaus in den Korridor, an dessen Ende er von Ellie erwartet wurde.

»Ist es wirklich nötig, daß Ihr so grausam mit ihr sprecht?« fragte sie, als sie ihm die Treppe ins Foyer hinunter folgte. »Ihr versteht doch sicherlich, daß ihr von dem Mädchen eine radikale Veränderung seines Lebensstils verlangt, Clayton. Ihr habt ein Kind der Erde, das frei war in seinem Denken und Handeln, in einen Käfig gesperrt, und versucht nun, sein ganzes Wesen zu verändern.«

»Wenn ich Eure Meinung haben möchte, werde ich Euch darum bitten«, schnaubte er und ging an ihr vorbei in den Salon.

Ellie blieb an der Tür stehen und musterte ihn mit einem vielsagenden Blick. »Ich hätte nie gedacht, daß ich Euch das sagen würde. Aber ich habe das Gefühl, daß Ihr mit jedem Tag Eurem Bruder ähnlicher werdet, Mylord. Vielleicht habt Ihr seine Rolle schon zu lange und zu überzeugend gespielt, so daß Ihr jetzt selbst glaubt, Ihr wäret der Herzog von Salterdon.«

Er goß sich einen Drink ein.

»Ich will verhindern, daß sie von diesen widerwärtigen, anmaßenden Hundesöhnen kaputt gemacht wird«, gab er ihr mürrisch zur Antwort.

»Also macht Ihr das lieber selbst?«

Er goß den Brandy hinunter und füllte dann sein Glas zum zweitenmal. »Ich werde nicht zulassen«, sagte er mit dünnen Lippen und zuckenden Wangenmuskeln, »daß Trey sie auf irgendeinem Landsitz vergräbt. Daß er sie benützt wie eine Zuchtstute und auf die Weide schickt, sobald sie ihm einen Sohn in den Schoß geworfen hat. Er kann sie jetzt nicht mehr verstecken, Ellie, während er sein gewohntes Lotterleben weiterführt.«

»Ist Euch denn noch nicht der Gedanke gekommen, daß sie vielleicht glücklicher sein würde, wenn er sie auf die Weide schickt, wie Ihr das nennt?« meinte Ellie, ging in den Salon hinein und nahm ihm das Glas aus der Hand. »Macht dieser Farce ein Ende. Nehmt sie mit nach Basingstoke und heiratet sie selbst, Clay. Wir wissen doch beide, daß es das ist, was Ihr Euch wünscht. Der Gedanke, daß sie Euren Bruder heiraten und seine Kinder bekommen soll, macht Euch krank. Warum müßt Ihr denn so stur an dem Versprechen festhalten, das Ihr Trey gegeben habt?«

Clay wandte sich von ihr fort, starrte eine Büste an, die auf einem Podest in der Zimmerecke stand, und ballte seine Hände zu Fäusten.

»Es ist immer noch Zeit dafür«, sagte Ellie leise. »Ehe Seine Gnaden aus York zurückkommt und die Herzoginwitwe etwas von seiner bevorstehenden Heirat erfährt.«

»Miracle würde uns ... mir das niemals verzeihen. Und Trey ...«

»... würde Euch mit der Zeit vergeben.«

Er lachte humorlos. »Ich glaube nicht, daß Ihr versteht, was für einen Wert Meri für unseren verarmten Herzog darstellt. Du liebe Güte, Ellie – Ihr habt ja gar keinen Begriff, zu welchen Mitteln ich greifen mußte, um Treys Kleiderlieferanten zu bewegen, dem Herzog noch einen Kredit einzuräumen. Miracle bedeutet für ihn finanzielle Sicherheit und Befreiung von seinen Schulden. Zudem bietet ihm Miracles Naivität die Gewähr, daß er auch als verheirateter Mann seinen gewohnten Lebensstil beibehalten kann – genauer gesagt, seinen ausschweifenden Lebenswandel.«

»Woher nehmt Ihr denn Eure Überzeugung, daß die Herzogin Treys Vermählung mit diesem Mädchen gutheißen wird?«

»Weil ihr gar keine andere Wahl bleibt, wenn er sie bereits geheiratet hat.«

Ellie runzelte die Stirn. »Ich hätte nie geglaubt, daß Ihr

Euch dazu bereitfinden könntet, das üble Ränkespiel Eures Bruders mitzumachen. Ihr habt natürlich recht, was Miracle betrifft. Sie würde Euch das niemals verzeihen. Ich weiß, daß ich es jedenfalls nicht tun würde, gleichgültig, wie groß meine Liebe zu Euch auch wäre.«

Clayton nahm ihr das Brandyglas wieder ab und sah auf die Uhr auf dem Kaminsims. »Es könnte ja sein, daß wir jetzt über ungelegte Eier reden. Wenn ich an ihr Verhalten in letzter Zeit denke, wäre es durchaus möglich, daß sie sich bereits wieder anders entschieden hat. Jedenfalls scheint mir so manches darauf hinzudeuten – ihre Geistesabwesenheit, ihr Schlafbedürfnis und ihre Aufsässigkeit. Sie ist unglücklich, Ellie.«

»Schwer zu sagen, Mylord. Es ist zwar richtig, daß sie in letzter Zeit bis in die Puppen schläft, aber wenn es mir zuweilen gelingt, sie zum Verlassen ihres Bettes zu bewegen, macht sie auf mich einen sehr lebendigen und tatkräftigen Eindruck. Wir gehen fast jeden Abend vor Einbruch der Dunkelheit drüben im Park spazieren. Die Rotten Row scheint sie zu faszinieren; denn vor ein paar Tagen habe ich sie dabei ertappt, wie sie genaue Skizzen von dieser Straße anfertigte.«

»Glaubt Ihr, sie würde sich dort mit jemandem treffen?« fragte er leise. »Mit einem anderen Mann?«

In diesem Moment erschien Miracle unter der Tür, eine Vision in weißer Seide. Wie es die Mode verlangte, hatte Ethel das seidene Unterkleid, das sie unter der Gaze trug, feucht gebügelt, so daß es ihr förmlich auf der Haut klebte und jede Linie und Rundung ihres Körpers betonte. Und was für ein perfekt geformter Körper das doch ist, dachte Clayton, und erinnerte sich nun wieder daran, wie gut er sich doch angefühlt hatte – damals, als er nicht in diesen duftig weißen Flor gehüllt, sondern um seinen Körper gewickelt gewesen war.

Sie starrte ihn einen Moment lang mit ihren großen, von

einem grünen Feuer erfüllten Augen an. Ihre roten Lippen zu einem leichten Schmollen verzogen, machte sie einen Knicks und sagte: »Ich bin soweit, Euer Gnaden.«

Die Liebe war für seine von der Leidenschaft beherrschte Seele nicht bloß ein Teil seiner Existenz, sondern dessen Inhalt, der Lebensodem seines Herzens.

Moore

Kapitel neunzehn

Das Haus des Grafen Fanshawe im Stadtbezirk Tottenham war ein Musterbeispiel für die Sammelleidenschaft und Prunksucht vermögender Kunstliebhaber. Seine Wände waren mit Gemälden von Hogarth, Gainsborough, Reynolds, Romney und Zoffany vollgepflastert; die von den Gebrüdern Adam entworfenen Tische mit Cosway-Miniaturen überhäuft; und das Licht der Kerzen brach sich in den zahllosen über den Raum verteilten Kristall- und Silberwaren.

Die Männer hatten sich auf der einen Seite des Salons versammelt, um sich dort nach dem Dinner mit einem Drink zu stärken, während die Damen auf der anderen Seite des Raumes beisammensaßen, auf dem Rand ihrer Stühle balancierend wie buntgefiederte Käfigvögel auf ihren Sitzstangen. Tatsächlich hatten sie eine große Ähnlichkeit mit einer Hühnerschar, da sie alle mit Straußenfedern verzierte kleine Hüte trugen, die sie im schrägen Winkel auf dem Kopf befestigt hatten, damit diese nicht ihre kunstvollen Frisuren verdeckten – oder vielmehr ihre Perücken, die im Augenblick in Paris groß in Mode waren. Wie Clayton bemerkte, hatte die Gräfin Fanshawe sich bei ihren Tischgesprächen so sehr echauffiert, daß ihr Haarteil ins Rutschen gekommen war und es seiner Schätzung nach keine halbe Stunde mehr dauern konnte, bis ihr das teure Stück in den üppigen Schoß fallen würde.

Miracle hingegen hatte während des Dinners kaum etwas gesagt. Sie hatte natürlich gelächelt. Und genickt. Und auch huldvoll die Gratulationen und guten Wünsche der überaus neugierigen Gäste entgegengenommen, deren Fragen sie auch geschickt auszuweichen wußte, wenn sie ihr zu aufdringlich oder intim zu sein schienen, wobei sie hin und wieder zu Ellie hinübergeblickt hatte, die sich im Hintergrund gehalten und sich dort leise mit anderen ›Gesellschaftsdamen‹ unterhalten hatte.

Jetzt, wo Miracle nur noch von plaudernden Frauen umgeben war, wirkte sie . . . nachdenklich. Ihre Augen hatten einen entrückten Ausdruck, und ihr schönes, junges Gesicht war seltsam leer, als verstünde sie kein Wort von dem, was um sie herum gesprochen wurde.

Er hatte während des Dinners seine Augen nicht von ihr abwenden können, und auch jetzt wanderte sein Blick immer wieder zu ihr hinüber. Er war frustriert, krank vor Verlangen nach ihr. Am liebsten hätte er sie hier vor all diesen einfältigen, dekadenten Schwachköpfen auf den Boden geworfen und diesen gezeigt, was Leidenschaft bedeutete. Echte, ungehemmte, entfesselte Leidenschaft . . .

»Lady Cavendish«, sagte die Gräfin in diesem Moment, Miracle dazu zwingend, mit ihren Gedanken in die Gegenwart zurückzukehren, »Lady Stanhope und ich hätten gern auch Eure Meinung über den neuen, sich an antiken griechischen Vorbildern orientierenden Haarstil erfahren, der in dieser Saison so viel Furore zu machen scheint. Wie denkt Ihr denn darüber?«

»Über Haare?« erwiderte Miracle zerstreut und legte den Kopf ein wenig auf die Seite, Clayton nun die weiche Rundung ihres Nackens zeigend.

Das halbe Dutzend Frauen, die in Miracles Nähe versammelt waren, nickte eifrig und beugte sich ein wenig vor, während Clayton rasch zu Ellie hinüberschaute, die die Gespräche ihrer ›Schülerin‹ genauer verfolgt zu haben schien, als er bisher angenommen hatte. Hoffentlich hatte Ellie nicht vergessen, Miracle bei ihren Lektionen im feinen Benehmen darauf hinzuweisen, daß eine von der zukünftigen Herzogin von Salterdon in der Öffentlichkeit bekundete Meinung in Modeangelegenheiten, wie auch immer diese ausfallen mochte, von der gesamten Damenwelt Londons zum Gesetz erhoben werden würde, noch ehe die Sonne am nächsten Morgen über dem Buckingham-Palast aufging. Wenn die zukünftige Herzogin nun erklärte, daß die Frauen sich die Haare purpurrot färben und diese mit Vogelnestern garnieren sollten, und – was noch wichtiger war – ihre Meinung mit dem Zusatz versah, daß sie demnächst selbst in so einer Frisur in der Öffentlichkeit zu erscheinen gedachte, würden alle modebewußten Damen zwischen London und Paris binnen vierzehn Tagen mit Nestern voller piepsender Jungvögel auf ihren purpurroten Köpfen durch die Straßen flanieren.

Miracle saß mit sehr geradem Rücken und im Schoß gefalteten Händen eine Weile lang nachdenklich da, ehe sie den Kopf hob und Clayton mit einem boshaften Glitzern auf dem Grund ihrer meergrünen Augen fixierte, während eine sachte Röte sich auf ihren Wangen auszubreiten begann.

Mach mir jetzt bloß keine Schande, signalisierte er ihr mit hochgezogenen Augenbrauen.

Ich habe mich über Euch geärgert, gab sie, die Augen unter ihren langen schwarzen Wimpern verengend, zurück. *Wo finde ich denn noch einmal so eine gute Gelegenheit, Euch zu erklären, was ich von Eurer monströsen Hierarchie halte und der brutalen Mißachtung meiner Gefühle, die Ihr mir heute gezeigt habt?*

Dann holte sie tief Luft, während er den Atem anhielt.

»Jeder Frau sollte es erlaubt sein, ihre Haare auf eine ihrem Wohlgefühl förderliche Weise zu tragen . . ., auf eine Art, die ihre Persönlichkeit am besten zur Geltung bringt«, erklärte sie schließlich.

Die Damen sahen sie einen Moment lang verständnislos an, ehe sie sich, offensichtlich enttäuscht über die Unverbindlichkeit ihres Urteils, auf ihren Stühlen zurücklehnten und sich wieder in ihrem müßigen Geschwätz ergingen.

Wo weilt sie jetzt mit ihren Gedanken? überlegte Clayton, als er sah, daß Miracle wieder jedes Interesse an ihrer Umgebung verlor. *Auf dem Rücken ihres geliebten Navitov, mit dem sie im Morgennebel am Strand entlangreitet? Oder sitzt sie mit Ismail am Lagerfeuer und lauscht seiner Flötenmusik? Oder steht sie dort oben auf der baufälligen Plattform des Leuchtturms, blickt auf das Meer hinaus und träumt vom Fliegen?*

Die heitere Ruhe und Gelassenheit, die sich damals in ihren Augen spiegelte, hatte er nie mehr in ihren Augen gesehen, seit er sie nach London gebracht hatte.

›Kind der Erde‹, hatte Ellie sie genannt.

»Ihr versucht, ihr Wesen zu verändern, ihr alles zu nehmen, was ihre Persönlichkeit ausmacht«, hatte sie ihm erklärt.

»Wann werdet Ihr endlich aufhören, diese Märtyrerrolle für Euren Bruder zu spielen? Es ist der Mann, den sie liebt, und nicht der Titel.«

»Euer Gnaden?«

Stirnrunzelnd drehte sich Clayton zu seinem Gastgeber um.

»Darf ich Euch nun ein Glas von meinem Portwein anbieten, Euer Gnaden?«

»Einen Brandy«, gab ihm Clayton, ohne erst zu überlegen, zur Antwort, und reichte dem Diener, der mit einem Tablett hinter seinem Herrn stand, sein leeres Glas.

Eine Reihe von Herren drehte sich nun erstaunt zu ihm um, und einige von ihnen lachten, als Fanshawe rief: »Nanu, Euer Gnaden – hätte nie gedacht, daß Ihr eines Tages einen Geschmack für Brandy entwickeln würdet. Das ist doch das Leib- und Magengetränk Eures

Bruders! Oder sollte Clay jetzt etwa ein Faible für Portwein haben?«

Clayton starrte Fanshawe ins Gesicht.

»Da wir gerade von Eurem Bruder reden«, mischte sich Lord Cartwright in ihr Gespräch, »ich habe schon eine ganze Weile nichts mehr von Clayton gehört. Weilt er denn wieder bei seiner Gräfin – wie heißt sie doch gleich wieder – in Paris?«

»Delarue-Madras«, kam Graf Stanhope da Seiner Lordschaft zu Hilfe und starrte lächelnd an die Decke. »Ein recht ansehnliches Geschöpf. Und sehr temperamentvoll. Bin auch eine Weile recht gut mit ihr bekannt gewesen – damals, als sie noch nicht verwitwet war.«

Der Diener kam in diesem Moment mit dem Brandy für Clayton zurück, der ihn erst bemerkte, als dieser sich ein paarmal räusperte.

Fanshawe beugte sich nun zu Clayton und senkte die Stimme: »Wie ich hörte, hattet Ihr selbst eine Weile lang eine Affäre mit dieser Gräfin von Delarue-Madras gehabt, Euer Gnaden. Damals, als Clay in Basingstoke monatelang bis über die Knöchel im Schlamm versunken war. Was glaubt Ihr, wird Clayton wohl sagen, wenn er wüßte, daß Ihr ihn mit seiner Mätresse betrogen habt?«

Clayton starrte in sein Brandy-Glas und hob es dann langsam an die Lippen.

Graf Fanshawe beugte sich zu seinem Ohr hinüber und wisperte: »Ich nehme an, daß Ihr es jetzt nicht mehr nötig hättet, auf die Mätressen Eures Bruders zurückzugreifen, Euer Gnaden, nachdem Ihr Euch so ein hübsches Mäuschen angelacht habt.«

Mit einem grimmigen Lächeln in den Mundwinkeln, sah sich Clayton nun in der Runde der grinsenden Männer um und sagte im grollenden Ton: »Gentlemen, Ihr sprecht von der zukünftigen Herzogin von Salterdon. Meiner Frau. Ich möchte Euch deshalb empfehlen, mit Euren Äußerungen sehr, sehr vorsichtig zu sein, wenn ich Ihr wäre.«

Da klappten sie alle den Mund zu und widmeten sich ihren Drinks.

»Möchtet Ihr uns denn nicht etwas über Eure Kindheit erzählen?« drang da die Stimme der Gräfin an Claytons Ohr und lenkte seine Aufmerksamkeit wieder auf Miracle, die mit ihren meergrünen Augen zu ihm hinüberstarrte.

Was hatte sie gehört?

War sie Zeugin geworden, wie er diesen dummen Fehler mit dem Brandy machte?

Nach einigen Sekunden richtete sie ihre Aufmerksamkeit wieder auf ihre Gastgeberin. »Meine Kindheit?« wiederholte sie.

»Habt Ihr Geschwister?«

»Nein.«

»Freunde, mit der Ihr Eure Zeit verbracht habt?«

»Meine Mutter.«

»Eure Mutter?« Ein paar von den Frauen sahen sich an und lachten.

»Ja«, erklärte Miracle mit fester Stimme. »Rate- und Reimspiele, Scharaden und an besonders regnerischen Tagen ›slippery hog‹. Oder sie spielte mir etwas auf dem Klavier vor, und wenn ich mich ganz still verhielt, durfte ich auf ihrem Schoß sitzen, und sie zeigte mir dann, welche Tasten ich anschlagen mußte, um eine Melodie oder ein Lied, das ich mir wünschte, selbst spielen zu können. Sie war alles, was ich hatte, müßt Ihr wissen. Und ich war alles, was sie hatte, da mein Vater so oft . . . verreist war.«

»Und wo sind Eure Eltern jetzt?«

Sie hob ihr Kinn ein wenig und bemühte sich, tapfer zu bleiben, wenn ihre Stimme auch etwas brüchig klang: »Meine Mutter ist tot. Und mein Vater . . . ebenfalls.«

»Wie traurig. Aber was für ein Glück, daß Seine Gnaden so gütig war, Euch unter seine Fittiche zu nehmen.«

»Mich unter seine Fittiche zu nehmen?« Eine flüchtige Röte zeigte sich auf ihren glatten, perfekt geschnittenen Wangen. »Ja«, setzte sie dann müde und ein wenig elegisch hinzu, »so wird es wohl sein.«

»Euer Gnaden?« Lord Cartwright zupfte Clayton am Ärmel, um dessen Aufmerksamkeit auf sich zu lenken. »Ich erwähnte gerade Lord Derby gegenüber, daß sich in letzter Zeit die Überfälle von Straßenräubern zu häufen scheinen. Habt Ihr schon gehört, daß man vor kurzem Mr. Bowes, dem Halbruder des Grafen von Strathmore, beim Pferderennen in Epsom die goldene Uhr und seine mit dreißig Guineen gefüllte Geldbörse geraubt hat? Ich fürchte, daß unsere Liebe zu Pferden und für den Rennsport bald abnehmen wird, wenn wir uns auf den Rennbahnen beständig solchen Verbrechen ausgesetzt sehen.«

»Die Begeisterung für den Rennsport mit Pferden wird niemals abnehmen«, meldete sich da Lord Derby zu Wort. »Denn seit der Mensch zum erstenmal auf den Rücken eines Pferdes stieg, ist er von dem Wunsch besessen, es mit Sporen und Gerte zu äußerster Schnelligkeit anzutreiben.«

»Richtig«, stimmte Miracle ihm da zu, worauf alle im Raum versammelten Personen ihr das Gesicht zuwandten – die Männer mit einem belustigten Zwinkern, die Frauen mit offenem Mund.

Sie verließ ihren Platz und ging in die andere Hälfte des Salons hinüber, wo sich die Männer versammelt hatten, die, teils im unklaren über Miracles Motive und teils schockiert darüber, daß sie sich an ihren Diskussionen beteiligen wollte, sogleich von ihren Stühlen aufsprangen. »Daß man sich für das Wettrennen für Pferde begeisterte«, sagte Miracle, »ist bereits in einem im dreizehnten Jahrhundert von einem gewissen Sir Beuys von Hampton verfaßten und im Jahre 1550 von W. Copland gedruckten Gedicht belegt, das folgendermaßen lautet:

Im Sommer,
wenn die Ritter die meiste Zeit auf dem Rücken ihrer Pferde verbringen,
pflegten sie sich zu Pfingsten an einem Ort zusammenzufinden,
um dort eine Strecke von drei Meilen für einen Wettlauf ihrer Pferde abzustecken.
Wer diese Strecke mit seinem Pferd am schnellsten durchmaß, konnte den Siegespreis von einem Pfund Gold mit nach Hause nehmen.«

Sie blickte die Männer mit einem strahlenden Lächeln an. Graf Fanshawe blinzelte, scharrte mit den Füßen und schaute sich mit betretener Miene im Kreis seiner Gäste um, ehe er Clayton ansah, der nun sein Brandy-Glas abstellte und erklärte: »Lady Cavendish ist eine in der Reitkunst recht erfahrene Dame.«

»Ihr reitet?« rief Lady Derby ein wenig schrill.

»Natürlich. Tut das denn nicht jeder?« erwiderte Miracle.

Jemand räusperte sich.

Als Miracle sich nun umwandte und die erstaunten, offenbar mißbilligenden Blicke der Damen sah, schob sie das Kinn vor und erklärte: »Ich lese auch. *Können Sie sich das vorstellen?* Die englischen, lateinischen und italienischen Klassiker sind überaus unterhaltsam. Aber es sind die Werke von Plato, Aristoteles, Demosthenes und Thukydides, die den Geist schulen und zur Kontemplation anregen. Wenngleich Lord Chesterfield in einem seiner Briefe seinem Sohn die Lektüre der großen Philosophen empfahl, weil er die Kenntnis der klassischen Sprachen und Gelehrsamkeit für die geistige und sittliche Bildung eines Gentleman für notwendig erachtete, hat er offensichtlich nicht erkannt, daß Frauen zu geistigem Wachstum ebenso befähigt sind wie ihre Ehemänner.«

Schweigen.

Schließlich sagte Lord Gooch, ein teiggesichtiger junger Mann mit Augen, die so klein und schwarz waren wie die einer Kohlmeise: »Chesterfield schrieb auch, daß Latein allein nicht genüge, sondern daß ein wahrhaft gebildeter Mann auch die griechischen Philosophen im Original studiert haben müsse. Ich für meine Person lese jedoch lieber die Werke von Homer.«

»Ich scheine wohl die Erwartung, die Ihr in mich gesetzt habt, nicht erfüllt zu haben«, sagte Miracle, während Clayton ihr die Hand reichte, um ihr aus der Kutsche zu helfen.

»Nun«, erwiderte er, »dein Verhalten konnte man zwar nicht gerade als Muster für feines Benehmen bezeichnen, aber das sollte dich nicht weiter stören. Ich bin überzeugt, daß die Damen spätestens in vierzehn Tagen nicht nur die Bibliotheken ihrer Ehemänner plündern, sondern auch deren Pferde reiten werden.«

Miracle sagte nichts darauf, sondern schüttelte nur kurz den Kopf, als Clayton ihr seinen Umhang als Schutz vor dem strömenden Regen anbieten wollte, und lief dann hinter Ellie her den Gartenpfad zum Haus hinunter. Gertrude öffnete ihnen dort schon die Haustür, als sie die Stufen der Vortreppe erreicht hatten, und als Ellie und Clayton sich in der Vorhalle das Regenwasser von den Kleidern zu streifen versuchten, blickte Miracle sich suchend nach Samantha um. Der Kanarienvogel hatte es sich nämlich in den letzten Tagen zur Gewohnheit gemacht, durch das Treppenhaus zu flattern und sich mit lautem Zirpen auf Miracles Kopf niederzulassen, wenn sie von einem Ausflug in die Stadt heimkam. Was für eine Ironie, dachte Clayton, als Miracle sich, ihre nassen Kleider nicht beachtend, in der Halle nach dem Vogel umschaute: Da hatte er nun ein Vermögen vom Geld seines Bruders für feine Garderobe, Bücher und teure Toiletteartikel ausgegeben – für all die Dinge, die man normalerweise anschaffen mußte, um Frauen froh und glücklich zu machen –, aber Miracle schien nur Freude an diesem mageren gelben Vogel zu finden, der sich bei jeder passenden und unpassenden Gelegenheit auf ihren Schultern oder ihren Kopf zu setzen pflegte.

»Samantha!« rief Miracle nun und lief ein paar Stufen die Treppe hinauf, mit den Augen das Geländer über sich absuchend.

Clayton tauschte mit Ellie einen amüsierten Blick und wandte sich dann Gertrude zu, die neben der Eingangstür stand und einen seltsam verstörten Eindruck auf ihn machte. Er runzelte die Stirn und wollte sie gerade fragen, was sie denn habe, als sie stumm mit der Hand auf einen Tisch in der Halle hinwies, auf dem ein in ein weißes Spitzentaschentuch eingewickeltes kleines Bündel lag. Sein Herz setzte einen Takt lang aus, als er zwischen den Spitzen eine gelbe Feder hervorlugen sah.

In diesem Moment drehte sich Miracle um, sah seine bestürzte Miene und folgte seinem Blick.

Am ganzen Körper zitternd, ging Gertrude nun zu dem Tisch, hob das Bündel auf und brachte es Miracle. »Sie hat vor ein paar Stunden noch so schön gesungen, aber als ich dann in Euer Zimmer kam, weil es plötzlich so still darin war, fand ich sie unter dem Fenstersims, als wäre sie ausgerutscht, als sie aus dem Fenster schaute. Ich schätze, sie hat dort auf Eure Rückkehr gewartet, Mylady. Sie war eben nicht kräftig genug, um sich dort lange halten zu können. Ihr kleines Herz muß wohl versagt haben.«

Miracle starrte, ohne mit den Lidern zu zucken, auf das kleine Bündel hinunter.

Während Ellie, die Hände faltend, wie angewurzelt dastand, trat Clayton rasch an Miracles Seite, als diese Gertrude nun vorsichtig das Bündel abnahm und es in ihren hohlen Händen barg. »Sie ist kalt«, flüsterte sie, »so kalt.«

»Ja, Miss«, sagte die Zofe mit nassen Augen, »sie ist keine halbe Stunde, nachdem Ihr mit Seiner Gnaden das Haus verlassen habt, gestorben.«

»Sie schien mir aber einen noch recht gesunden Eindruck zu machen, als wir weggingen.«

»Ich schätze, daß das Aussehen einen oft täuschen kann, Mylady.«

»Meri«, sagte Clayton, »gib mir den Vogel . . .«

»Nein!« Sie schüttelte heftig den Kopf und drückte das kleine Bündel an ihre Brust. »Wir werden sie natürlich begraben. Hinten im Garten, wenn Ihr nichts dagegen habt.«

»Dagegen kann wohl niemand etwas haben. Wir werden sie gleich morgen früh dort . . .«

»Nein, heute nacht noch. Sofort!« erklärte sie heftig, ihre Tränen hinunterschluckend. »Wenn Ihr die Güte habt, Thaddeus zu sagen, daß er mir eine Schaufel besorgen soll, Sir, werde ich das selbst erledigen.«

»Aber Meri, ich bitte dich – es regnet in Strömen . . .«

Da drehte sie sich um und lief in den Korridor hinein, der zur Hintertür des Hauses führte. Clayton zögerte einen Moment und folgte ihr dann.

Er suchte nun selbst nach einer Schaufel und fand, nachdem er eine Weile im dunklen Geräteschuppen hinter dem Haus gekramt hatte, einen Spaten, der dort unter einem kleinen Haufen verrottender Grasstengel und Unkräuter versteckt war. Nachdem er sich ein paar Spinnweben aus dem Gesicht gewischt und ein halbes Dutzend hungriger Mäuse aus dem Weg gescheucht hatte, begab er sich mit dem Spaten hinaus in den Garten und hob, während ihm der Regen auf die Schultern und den Rücken trommelte, hinter den Ställen und einer hundert Jahre alten Ulme zwischen wild wuchernden Rosenbüschen eine kleine flache Grube aus.

Dann trat er einen Schritt beiseite und richtete den Blick auf die dunklen Stallgebäude, weil er nicht zuschauen wollte, wie Miracle den kleinen Vogelleichnam in die nasse, sich nun rasch mit Wasser füllende Mulde legte. Ihr Anblick schmerzte. Er tat ihm verdammt weh. Sie begrub nun nicht nur ihren Vogel, sondern auch ihre Mutter. Und ihren Vater, der möglicherweise auch schon tot war. Sie begrub jetzt ihre ganze Vergangenheit.

Es schüttete wie aus Kübeln. Der Regen wurde so heftig, daß er kaum atmen konnte. Und so sah er schließlich doch zu der Stelle hinunter, wo Miracle mit ihrem vollkommen durchnäßten weißen, mit Schlamm bespritzten Seidenkleid am Boden kniete und die Grube mit ihren bloßen Händen zuschaufelte. Erst in diesem Moment hob sie ihr blasses Gesicht zu ihm empor, und er bemerkte zum erstenmal, wie hohl ihre Wangen waren. Und wie tief die Schatten unter ihren Augen, die ihn so traurig ansahen, daß ihm ganz weh wurde ums Herz.

»Ich hätte sie mit den anderen Vögeln ziehen lassen sollen«, sagte sie traurig, und der Regen rauschte so stark, daß er ihre Worte kaum verstehen konnte. »Vielleicht hätte sie dann überleben können. Was ist das Leben schon wert ohne die Freiheit des Fliegens, Sir?«

Er schloß die Augen, fiel vor ihr auf die Knie, nahm ihre steifen kleinen Schultern zwischen seine Hände und zog sie mit sich in die Höhe. »Weine, verdammt noch mal«, preßte er durch die zusammengebissenen Zähne und zog ihren Kopf an seine Brust.

Da ließ sie endlich ihren Tränen freien Lauf. An seine Brust gelehnt, strömten sie nun so heftig aus ihr heraus wie der Regen aus den Wolken über ihnen. Ihre Schultern zuckten, ihre Brust wogte auf und nieder, und sie weinte so lange, bis sie so schwach war, daß sie sich kaum mehr auf den Beinen zu halten vermochte. Da ließ er sich mit ihr auf den Boden sinken, wickelte sie in seinen Umhang, bettete sie an seinem Körper, drehte das Gesicht hinauf in den Regen und weinte nun selbst vor Kummer um ihren Schmerz.

Miracle saß zwischen leicht verstaubten, aber duftenden Heuballen und sah sich in dem inzwischen viel reinlicheren, ja, fast gemütlichen Stallgebäude hinter dem Haus in der Park Lane um, während Thaddeus damit beschäftigt war, den ungeduldig schnaubenden Pretender vor den Rennwagen zu spannen.

»Du hättest mal ihre Gesichter sehen sollen«, sagte sie zu dem Stallburschen, der gerade den Schweifriemen verschnallte, streckte dem braunen Wallach eine Handvoll Heu hin und lachte, als der es ihr aus den Fingern riß und von einer Seite auf die andere schleuderte. »Ich hätte ebensogut aufspringen und mich vor ihren Augen ausziehen können, so verdutzt waren sie, als sie hörten, daß eine Frau nicht nur Bücher liest, sondern auch noch reitet. Du liebe Güte! Schließlich ist eine Lady doch dazu verpflichtet, ihre Zeit mit Nichtstun zu verbringen.«

»Richtig«, sagte Thaddeus, den Sitz des Hinterzeugs unter der Schweifrübe prüfend. »Und wenn Ihr meine Meinung hören wollt, würde ich mich an Eurer Stelle jetzt allmählich an das Nichtstun gewöhnen. Seine Gnaden ist nicht gerade für seine Langmut bekannt, Mylady.«

»Mir scheint, daß Seine Gnaden und ich uns mit der Zeit immer weniger zu sagen haben, solange es sich nicht gerade um eine Beschwerde handelt.«

Thaddeus trat von dem Pferd zurück und schüttelte den Kopf. »Beschwerde ist gar kein Ausdruck für das, was Ihr von Seiner Gnaden zu hören bekommt, sobald er entdeckt, was Ihr vorhabt, Mylady. Ich wünschte mir jedenfalls, Ihr würdet es Euch aus dem Kopf schlagen, am Sonntag an diesem Rennen teilnehmen zu wollen. Das ist ein verdammt unsicheres Gefährt.«

»Ist es nicht. Man muß den Rennkurs nur genau kennen. Und nachdem ich ihn eine Woche lang jede Nacht durchfahren habe, kenne ich ihn so gut wie meinen Handrücken.«

»Er ist und bleibt gefährlich«, murmelt er und musterte

den Wagen mit besorgter Miene, ehe er noch einmal die Achsen und die Räder prüfte.

»Mach das Tor auf«, befahl sie ihm dann, stieg auf den kleinen Ledersitz des Rennwagens und nahm die Zügel in die Hand. »Und du legst dich jetzt eine Weile aufs Ohr. Wir sehen uns in einer Stunde wieder.«

Miracle lenkte das Pferd durch das offene Tor hinaus auf die gepflasterte Auffahrt und dann hinunter auf die regennasse, nebelverhangene Straße. Wenn sie die Augen schloß, konnte sie sich leicht vorstellen, wie sie nun wieder im Sattel auf Napitovs Rücken saß und ihn mit einem kurzen Zug an Zügel und Gebiß versammelte. Oh, wie sehr sie den Hengst jetzt vermißte! Diese herrlichen Ausritte mit ihm um Mitternacht oder am frühen Morgen im Nebel! Johnny hatte sie wie Thaddeus jedesmal gebeten, diese Ausritte zu unterlassen, weil sie zu gefährlich seien — sie dann aber bei ihrer Rückkehr jedesmal mit einer Umarmung, einem am Feuer vorgewärmten Schal und einer Kanne voll heißen Tees oder heißer Schokolade begrüßt. Und dann mußte sie ihm jedesmal erzählen, was sie denn bei ihrem Ausritt so alles erlebt hatte.

Zumindest er hatte verstanden, was die Freiheit des Fliegens für sie bedeutete.

Von allen Kaffee- und Schokoladenhäusern, die Miracle bisher in London besucht hatte, war ihr das Cocoa Tree Chocolate House bei weitem das liebste. Es war ein kleines, intimes Lokal mit Rosenholzpanelen und einer Handvoll Chippendale-Tische und -Stühle, in dem sich die Kunden von der nervösen Hast, die draußen auf den Straßen der Metropole herrschte, erholen konnten.

Was Miracle jedoch an diesem Etablissement besonders schätzte, war die kleine Lesestube, die sich an der Rückseite des Lokals befand: ein behaglicher mit einem Kamin, einem Orientteppich und Klubsesseln ausgestatteter Raum, in dem auf Wandregalen alle in jüngster Zeit erschienenen Bücher versammelt waren. Während die Damen an den Tischen darauf warteten, daß ihnen die heiße Schokolade serviert wurde, konnten die Männer hier die neuesten Publikationen der rund dreihundert in England tätigen Verlage studieren. Auch die neuesten Ausgaben der populärsten englischen Tageszeitungen waren hier ausgelegt – der *Northampton Mercury*, das *Glocester Journal*, der *Norwich Mercury* und der *Newcastle Courant*, dazu die überaus erfolgreiche *Times* und die in finanziellen Nöten steckende *Morning Post*, die beide ihre Leser ausführlich über alles Wissenswerte aus der Londoner Gesellschaft informierten.

Zweimal hatte Miracle, seit sie nach London gekommen war, in den Ausgaben dieser beiden Zeitungen ihren zwar in etwas verschleierter, aber dennoch unverkennbaren Weise wiedergegebenen Namen entdeckt. So hatte die *Times* vor vierzehn Tagen berichtet, daß ›Lady C vorhabe, den Herzog von S zu heiraten und in die Fußstapfen der Herzoginwitwe von S zu treten‹. Und die *Morning Post* war erst vor ein paar Tagen mit der Meldung herausgekommen, daß der Herzog von S dabei beobachtet wurde, wie er eine nagelneue Garderobe für sich und die zukünftige Herzogin angeschafft habe, und hatte daran folgende Betrachtung geknüpft: ›Wäre es möglich, daß die Mitgift der Lady C groß genug ist, daß sich der Herzog damit seine zahlreichen Gläubiger vom Hals schaffen kann?‹

Miracle warf zuerst einen Blick zu Ellie hinüber, deren Aufmerksamkeit jedoch gänzlich von den Törtchen in Beschlag genommen zu sein schien, die der Ober auf einem silbernen Tablett zu ihrem Tisch gebracht hatte, damit sie sich eines davon aussuchen sollte, ehe sie sich in die vom Kaminfeuer erhellte Leseecke zurückzog, die sie, wie sie erleichtert feststellte, im Augenblick nicht mit irgendwelchen männlichen Gästen teilen mußte. Dort blätterte sie nun so rasch wie möglich die auf einem Tisch ausgelegten Tageszeitungen durch, während sie sich in Gedanken auf das Unvermeidliche vorbereitete. Denn zweifellos würde ein Verleger sich in einem dieser Blätter hämisch darüber ausgelassen haben, daß Lady C bei einem ihr zu Ehren gegebenen Dinner die Gäste nicht nur damit schockiert hatte, daß sie erklärte, die Philosophie von Plato und Homer studiert zu haben, sondern auch – Gott behüte – eine so begeisterte Reiterin sei, daß man nicht überrascht sein würde, die zukünftige Herzogin von S demnächst, ›Tallyho‹ schreiend, in Schaftstiefeln und Kniehosen die Piccadilly Road hinuntergaloppieren zu sehen.

Miracle grinste. Was für ein köstlicher Gedanke!

Ihr Blick flog über die Seiten, über Kolumnen, in denen sich Herausgeber auf intelligente Weise zu irgendwelchen politischen Ereignissen äußerten; dann über die langen offiziellen Berichte über auswärtige Angelegenheiten; die Werbeanzeigen für Bücher, Konzerte, Theatervorstellungen und Modeartikel; die Stellengesuche und -angebote für Butler, Diener und Hausangestellte; die Leserbriefe; das Feuilleton und schließlich die Berichte aus der Gesellschaft.

Ihre Augen blieben dort an einer Spalte haften, wandten sich davon ab, wanderten wieder dorthin . . .

»Wißt ihr eigentlich«, hörte sie in diesem Moment eine lebhafte Stimme jenseits der Regalwand sagen, »daß die Gräfin Fanshawe vorgestern ein Dinner zu Ehren der Verlobten des Herzogs von Salterdon gegeben hat? Die zukünftige Herzogin scheint sich dabei recht blamabel benommen zu haben.«

»Wie man mir erzählte, liest sie«, meldete sich nun eine andere weibliche Stimme zu Wort. »Sie ist in die Männerrunde eingedrungen und soll dort schockierende Ansichten von Plato zum besten gegeben haben . . .«

»Der Herzog wird sie niemals heiraten«, warf hier eine dritte weibliche Stimme ein. »Er hat sich bisher doch noch nie einer Lady mit ernsthaften Absichten genähert. Diese

Verlobung ist nur eine Farce, wenn ihr mich fragt. Und wer ist denn schon diese Lady Cavendish? Die Tochter von irgendeinem obskuren Landedelmann? Glaubt ihr etwa, daß Ihre Gnaden, die Herzoginwitwe von Salterdon, so einer Verbindung ihre Zustimmung geben wird?«

»Niemals.«

»Natürlich nicht! Mich graust, wenn ich nur daran denke, wie sie es aufnehmen wird.«

»Angeblich hat Seine Gnaden es bisher nur einmal gewagt, seiner Großmutter eine mögliche Heiratskandidatin vorzustellen, die sie daraufhin öffentlich mißbilligt, mit Geld abgefunden und in die Wüste geschickt haben soll.«

»*Keine* junge Lady könnte jemals *deren* Erwartungen erfüllen!«

»So ist es!«

»Wie ich hörte, soll der Herzog sich bisher auch gar nicht die Mühe gemacht haben, diesen Emporkömmling seiner Großmutter oder seinem Bruder vorzustellen. Wenn der Herzog sich ernsthaft mit dem Gedanken tragen würde, sie zu heiraten – wenn er sie aufrichtig lieben würde –, wäre es dann nicht logisch, daß er sie zumindest seiner Familie vorstellt, meine Damen?«

»Es gibt natürlich nur eine logische Erklärung dafür: Er beabsichtigt, sie zu seiner Mätresse zu machen.«

»Was, zum Kuckuck, will er denn mit einer neuen Mätresse anfangen, wo er doch kaum noch genügend Zeit für diejenigen findet, die er bereits hat!«

»Miracle«, hörte sie da eine flüsternde Stimme hinter sich sagen und zwang sie dazu, von der Zeitung aufzusehen.

Mit aschgrauem Gesicht und ihr Ridikül mit beiden Händen umklammernd, stand Ellie dort am Ende der Bücherwand. »Hört nicht auf diese Leute«, fuhr sie nun mit leiser, beschwörender Stimme fort. »Die wissen nicht, wovon sie reden.«

»Natürlich nicht«, gab Miracle ihr hölzern zur Antwort,

faltete die Zeitung ein paarmal zusammen und zerknüllte sie dann zwischen den Händen. »Könnten wir jetzt gehen?« fragte sie. »Ich fürchte, mir ist der Appetit auf heiße Schokolade vergangen.«

»Gewiß. Nun kommt schon, meine Liebe.«

Mit vorgeschobenem Kinn, die zerknüllte Zeitung in der Hand verließ Miracle die Sitzecke und stand, nachdem sie das Bücherregal umrundet hatte, von den drei jungen Damen, die dort an einem Tisch saßen und erschrocken hochsahen. Den Schritt verlangsamend, blickte Miracle ihnen der Reihe nach in die Augen, als sie nun alle drei verlegen von ihren Plätzen aufsprangen und zu lächeln versuchten.

»Was für eine angenehme Überraschung«, sagten sie wie aus einem Mund. »Wir hätten niemals erwartet, Euch hier anzutreffen, Lady Cavendish. Wir hatten uns nämlich gerade darüber unterhalten, was für ein entzückendes Paar Ihr und Seine Gnaden doch abgeben werdet!«

Sich an Ellies Lektionen erinnernd, fixierte Miracle jedoch mit versteinerter Miene die Wand hinter den drei jungen Damen und ging dann, dem Ausgang zustrebend, an ihnen vorbei, als wären sie gar nicht vorhanden.

Clayton kaufte einer buckeligen alten Frau, die einen Karren voller Blumen hinter sich her zog, einen großen Strauß gelber Narzissen und Maßliebchen ab, ehe er sich in Jack Thelwall's Konditorei und Patisserie für feinste Backwaren ein Dutzend Ecclairs einpacken ließ.

Und da war natürlich noch der Kanarienvogel — ein plumper und recht vorwitziger kleiner Sänger, der auf einer Stange in seinem vergoldeten Käfig balancierte, den Clayton samt Vogel bereits vor einer halben Stunde zu Lasten von Treys inzwischen recht arg strapaziertem Kredit für Miracle erstanden hatte.

Obwohl es noch am Morgen geregnet hatte, war es ein

unerträglich schwüler Nachmittag. Der Kohlenrauch, der aus unzähligen Schornsteinen und Fabrikschloten aufstieg, hüllte die Stadt in einen dicken Nebel ein, der ihm in die Augen biß und das Atmen zu einer mühsamen Angelegenheit machte. Straßauf, straßab tupften sich die Frauen die tränenden Augen ab und husteten in ihre Taschentücher. Pferde standen mit gesenkten Köpfen da, und überall sah er hechelnde Hunde lang ausgestreckt auf den Gehsteigen liegen.

Clayton hatte sich in der Früh eines von Miracles Hemden angezogen, das ihm nun auf der schweißnassen Haut klebte. Oh, was für ein Segen war dagegen doch Basingstoke mit seinem kristallklaren Himmel und seiner reinen Luft, wo ihm ständig eine sanfte Brise die Stirn kühlte und ihm den schwachen Duft frisch geschnittenen Grases zutrug. In der vergangenen Nacht hatte er von nichts anderem als von Miracle geträumt, die über die Felder und Weiden von Basingstoke wanderte, auf blühenden Wiesen tanzte, jauchzend auf ihren Pferden durch die Wälder ritt und ihn unter wogenden Weizenähren leidenschaftlich liebte.

Endlich erreichte er das Haus in der Park Lane. Als er dort aus der Kutsche stieg, sah er Ellie aus dem Haus kommen und mit einer Zeitung in der Hand auf dem mit Rosenblütenblättern bestreuten Pfad zum Gartentor hinunterlaufen. »Gott sei Dank, daß Ihr gekommen seid«, sagte sie aufgeregt, als sie dort anlangte. »Miracle ist weg.«

»Weg?« Er spürte, wie sein Herz einen Takt lang aussetzte. »Wohin?«

»Das weiß ich nicht so genau. Sie sagte nichts zu mir, bevor sie ging. Sie war – außer sich. Ich hatte Euch gestern eine Nachricht geschickt . . .«

»Ich war nicht zu Hause«, unterbrach er sie und sah, wie ein Schatten des Unmuts über ihr Gesicht wanderte. »Ich war daheim. In Basingstoke. Es gab dort einiges zu regeln . . .«

»Es begann alles mit einem Gespräch im ›Cocoa Tree‹, das sie mitgehört hat. Ein paar törichte junge Damen, die an einem Tisch beisammensaßen, unterhielten sich darüber, daß Seine Gnaden sie unmöglich lieben könne, sie niemals heiraten und die Herzoginwitwe auch niemals ihre Zustimmung zu einer solchen Verbindung geben würde. Folglich würde sich Miracle nur in die lange Kette seiner Mätressen einreihen können . . .«

Clayton warf die Blumen und die Schachtel mit den Ecclairs in die Kutsche zurück, faßte Ellie bei den Schultern und schüttelte sie sanft. »Nun beruhigt Euch doch . . .«

Doch Ellie schüttelte den Kopf und schob ihm das Zeitungsblatt in die Hand. »Das habe ich in ihrem Zimmer gefunden.«

Er nahm das Papier, faltete es auseinander und blickte stirnrunzelnd die engbedruckten Spalten an. »Nun sagt schon, verdammt noch mal, wonach ich denn hier suchen soll!«

Ellie wies mit bebenden Fingern auf die linke untere Ekke des Zeitungsblattes der *Post*: auf die Nachrichten aus den Gesellschaftskreisen minderen Ranges oder des niederen Adels, zu denen die Vicomtes, Barone und Baronets zählten:

»Der Baron, Lord D. Cavendish, seine Gemahlin, Baronin Molly, und deren Söhne, die Ehrenwerten Felix und Nigel, haben vor kurzem für die Dauer der Saison ihr Haus in Islington bezogen . . .«

Nimm, Lieb, all meine Lieben, nimm sie hin;
Was ist dann mehr dein eigen als vorher?
Nicht Lieb, mein Lieb, nach wahrer Liebe Sinn,
Denn alles Mein war dein vor diesem Mehr.
Daß du statt meiner Lieb mein Lieb empfangen;
Nicht zürn ich des, wenn du nach Lieb begehrst.
Doch zürn ich, wenn du Selbstbetrug begangen,
Aus Laune nahmst, was dir nicht liebenswert.
Der Diebstahl sei verziehn dir holdem Diebe,
Obgleich du nahmst des Armen letztes Gut,
Obgleich weit schmerzlicher mich trifft – weiß Liebe –
Als Hasses Tat, was Lieb mir Schlimmes tut.
So schön im Schlechten, holder Bösewicht,
Quäl mich zu Tod, doch feind bin ich dir nicht.

William Shakespeare

Kapitel zwanzig

Die Droschke rumpelte die alte Pflasterstraße von Paddington nach Islington hinunter. Links und rechts der Fahrbahn nahm die Gegend nun einen mehr ländlichen Charakter an, reihten sich Kleingärten und Lauben mit Pergolen und Maulbeerbäumen aneinander. Miracle kannte sich inzwischen schon so gut in der Stadt und deren Umgebung aus, um zu wissen, daß die Kaufleute Londons mit ihren Familien hier an den Sonn- und Feiertagen im Sommer Zuflucht und Erholung suchten. Molkereien und Wochenendhäuser lagen über Felder verstreut, ehe sich hinter Islington Wiesen und Felder in eine ausgedehnte Parklandschaft mit aristokratischen Herrenhäusern verwandelten.

Nachdem der Droschkenkutscher kurz beim Dorfkrug angehalten hatte, um sich den Weg zu Lord Cavendishs Landhaus zeigen zu lassen, saß Miracle dann lange vor der Einfahrt von Cavendish House und starrte zu dem kunstvoll geschmiedeten Parktor mit dem mächtigen, von vergoldeten Rankenwerk umgebenen ›C‹ hinauf. Wie hübsch doch das sich in einiger Entfernung erhebende, aus Feldsteinen und Ziegeln errichtete Gebäude mit seinen Butzenglasfenstern aussah, die das Sonnenlicht wie ein Kaleidoskop reflektierten. Und wie schön die Gartenanlagen mit den von Blumenrabatten umgebenen Springbrunnen. Mit Muschelschalen bestreute Gartenwege führten durch ein Labyrinth von Hecken und Hainen. Wie sehr ihre Mutter doch dieses Anwesen geliebt hätte! Sie stellte sich vor, wie Lorraina mit einem Henkelkorb am Arm, leise ein Lied vor sich hinsummend, zwischen den Blumenbeeten hin und her gegangen wäre, um Buketts für das Haus zusammenzustellen. Lorraina hätte natürlich auch die Namen all dieser Blumen gekannt, die dort in üppiger Vielfalt wuchsen, und all der Vögel, die ringsum in den Bäumen zwitscherten.

Schließlich stieg Miracle aus der Kutsche und ging die Auffahrt hinauf zum Haus. Eine niedliche kleine Zofe öffnete die Tür, als sie an der Hausglocke zog.

»Ich möchte Lord Cavendish sprechen«, hörte sie sich sagen und wunderte sich, wie fremd ihre Stimme auf einmal klang. Und ein Wispern in ihrem Kopf sagte, daß sie jetzt noch immer die Gelegenheit habe, zu ihrem Verlobten nach

London zurückzukehren und ihr gewagtes Vorhaben zu vergessen.

»Miss?« erkundigte sich das Mädchen, sie fragend ansehend. »Wen darf ich denn Seiner Lordschaft melden?«

Miracle blinzelte und schluckte. »Lady . . .«

»Miss?«

»Aimesbury. Ja. Sagen Sie, daß Lady Aimesbury ihn sprechen möchte. Er wird sich an den Namen bestimmt erinnern.«

Die Zofe huschte davon.

Irgendwo tickte in der Tiefe des Hauses eine Uhr.

Eine Tür öffnete sich. Gelächter drang an ihr Ohr. Dann tauchte ein junger Mann, der vielleicht ein oder zwei Jahre älter sein mochte als sie, im Foyer auf, offensichtlich auf dem Weg nach draußen. Als er Miracle sah, hielt er, ein Lächeln auf dem Gesicht, mitten im Schritt an.

»Was haben wir denn da?« meinte er, sie mit offenkundigem Wohlwollen musternd. »Ich hoffe doch, daß ich es bin, den Ihr besuchen wollt!«

»Lord Cavendish?« erwiderte sie. »Natürlich nicht. Ihr seid . . .«

»Ich bin sein Sohn. Nigel.«

Sie sahen sich nun wieder gegenseitig stumm an, und einen Moment glaubte Miracle sich in eine Zeit von vor zwanzig Jahren zurückversetzt – den Augenblick, als ihre Mutter zum erstenmal einem kecken, hübschen jungen Lord als Cavendish mit dunklen Haaren, blauen Augen und einem Lächeln, das Eisen zum Schmelzen bringen konnte, gegenübergestanden hatte.

Und dann in eine noch gar nicht so lange zurückliegende Zeit, wo sie selbst in die grauen Augen eines Mannes geblickt und gespürt hatte, wie sie in den Bannkreis einer irrationalen Liebe geriet.

Hatten sie beide, Mutter und Tochter, zu sehr geliebt – so innig und tief, daß dieses Gefühl sie ihres gesunden Menschenverstandes, ihrer Würde und Selbstachtung beraubt hatte? Mußte die Liebe sich denn immer zu einer so alles verzehrenden Leidenschaft auswachsen?

»Lord Cavendish ist bereit, Euch zu empfangen«, hörte sie die Stimme der Zofe in ihrer Nähe sagen.

Nigel warf sich einen Umhang über die Schultern und bewegte sich auf die Haustür zu. Er sagte etwas im Vorbeigehen zu ihr, was sie jedoch nicht verstand. Alle ihre Sinne waren auf den Korridor vor ihr gerichtet und darauf, wie schwer es jetzt war, ihre Beine dazu zu zwingen, einen Schritt nach dem anderen zu machen.

Die Zofe verschwand vor ihr durch eine Tür, und sie hörte deren ein wenig gedämpfte Stimme jetzt sagen: »Lady Aimesbury, Mylord. Soll ich Tee servieren?«

»Nein«, gab ihr eine Männerstimme schroff zur Antwort. »Und schließen Sie die Tür, wenn Sie gehen. Sollte meine Frau nach Hause kommen, dann sagen Sie ihr, daß ich eine geschäftliche Besprechung habe und nicht gestört werden möchte.«

»Sehr wohl, Mylord.«

Die Zofe eilte im selben Moment aus dem Zimmer, als Miracle dessen Schwelle erreichte.

Cavendish schien den Raum vor ihr auszufüllen. Er stand neben einem Schreibtisch: groß, distinguiert, hübsch – unglaublich hübsch. Sein Gesicht war blaß, und Panik spiegelte sich in seinen blauen Augen, als er sagte: »Nun tretet doch näher, bitte.«

Sie zwang ihre Beine wieder dazu, sich zu bewegen. Kaum war sie über die Schwelle des Zimmers getreten, als sich auch schon die Tür leise hinter ihr schloß.

Die Hände an den Seiten zu Fäusten geballt, machte Cavendish ein paarmal den Mund auf und zu, ohne daß ihm ein Ton über die Lippen kam. Schließlich gelang es ihm dann doch, zu sagen: »Aimesbury war der Mädchenname Eurer Mutter.«

»Wie gütig von Euch, daß Ihr ihn nicht vergessen habt. Ich war mir nicht sicher, ob Ihr Euch an ihn erinnern würdet.«

»Mein Gott – Ihr seid ihr wie aus dem Gesicht geschnitten. Einen Moment lang glaubte ich, ein Gespenst vor mir zu sehen.«

Miracle schenkte ihm ein dürres Lächeln. »Vor vierzehn Tagen hätte ich das wohl auch noch gedacht, wenn ich Euch zufällig irgendwo begegnet wäre. All diese Jahre über glaubte ich ja, Ihr wäret tot. Wie lange ist es her, daß ich zum letztenmal etwas von Euch hörte, Mylord? Acht Jahre oder neun?« Ihre Stimme wurde nun lauter, als der Zorn in ihr hochkochte: »Ich habe natürlich erst vor kurzem Kenntnis von Eurer *anderen* Familie bekommen. Von *dieser* hier. Von der Familie, die Ihr offensichtlich bereits hattet, als Ihr Euch mit meiner Mutter trauen ließet.«

»Ich war jung damals, Miracle, und glaubte wirklich daran . . .«

»Wie viele Ehefrauen habt Ihr denn sonst noch über das Land verstreut?« unterbrach sie ihn. »Habt Ihr auch diese zu einem Leben in ärmlichen Verhältnissen verdammt? Ich kann nur hoffen, daß es Euren anderen Ehefrauen weitaus besser ergangen ist als meiner teuren Mutter, die Euch trotz der schnöden Behandlung, die Ihr ihr angedeihen ließet, stets geliebt und die Treue gehalten hat.«

»Es hat keine anderen gegeben«, sagte er müde mit hängenden Schultern. »Ich hatte anfangs wirklich und ehrlich geglaubt, daß es gutgehen könnte mit deiner Mutter, Miracle. Ich . . . ich liebte sie sehr.« Seine Augen nahmen einen entrückten Ausdruck an. »Sie war unglaublich schön – die schönste Frau, die ich jemals gekannt habe. Ihre Ausgelassenheit, ihre Lebenslust – ihr Lachen füllten mein Dasein aus und machten mich ein wenig verrückt. Ich war damals bereit, alles zu opfern, um sie zu haben und mein Leben mit ihr auf diese ihr eigene Weise des Wahnsinns zu verbringen.

Ich kaufte Cavisbrooke mit der festen Absicht, es zu einem der großartigsten Schlösser des Landes auszubauen – zu einem Geschenk für die Frau, die ich liebte.«

»Lügner«, schnaubte sie durch die zusammengepreßten Zähne.

Er senkte die Augen, wurde nun grau im Gesicht und schien um Jahre zu altern, als er gegen seinen Schreibtisch hinsank und sagte:

»In meiner Verblendung meinte ich, von meiner Frau die Scheidung verlangen zu können. Aber es war ja ihre Mitgift und es war der Reichtum ihres Vaters, dem ich das alles hier verdankte.« Er beschrieb mit der Hand einen kleinen Kreis. »Und den Respekt, den mein eigener Vater mir mit seiner unmaßgeblichen Position, die er in der Gesellschaft einnahm, nicht zu verschaffen vermochte. Die Heirat mit Eurer Mutter würde mir hingegen nichts davon eingebracht haben. Aber zu der Zeit, als mir das langsam bewußt wurde, erfuhr ich, daß Lorraina schwanger war.«

Er fuhr sich mit der Hand durch die graumelierten Haare. »Ich konnte sie doch nicht einfach sitzenlassen. Eine ledige Frau mit Kind – Gott behüte! Und ob Ihr es nun glaubt oder nicht: Ich liebte sie noch immer. Also heiratete ich sie und brachte sie auf die Insel Wight nach Cavisbrooke in dem naiven Glauben, daß sich mit der Zeit schon alles von selbst regeln würde. Dann begann meine Frau zu argwöhnen, daß ich eine Mätresse hatte. Es kam zu Drohungen, zu Szenen, und schließlich wurde sogar mein Schwiegervater in die Sache hineingezogen. Ich riskierte nun alles zu verlieren.«

Sein Blick kehrte zu Miracle zurück.

»Dann seid Ihr auf die Welt gekommen, und Lorraina begann jetzt immer größere Ansprüche und Forderungen an mich zu stellen. Es kam immer öfter zu heftigen Auseinandersetzungen, so daß sich schließlich meine Liebe zu ihr in Abneigung verwandelte. Ich lebte in der beständigen Angst, daß man mein Doppelleben entdecken, mich wegen Bigamie verhaften und mir den Prozeß machen würde.«

»Habt Ihr sie umgebracht?« fragte Miracle mit dünner Stimme.

»Ob ich sie umgebracht habe?« Er schüttelte heftig den Kopf und preßte die Hände zusammen. »Gütiger Gott, nein.«

»Ich glaube Euch nicht. John erzählte mir . . .«

»John?« Er lachte humorlos und kräuselte dann höhnisch die Lippen. »John. Reitknecht und Trainer von Gottes Gnaden. Er war der einzige Diener, den ich dafür aussuchte, Eure Mutter nach Cavisbrooke zu begleiten. Hat John Euch auch erzählt, daß er einmal für mich oder vielmehr meinen Vater gearbeitet hat? Wir sind zusammen aufgewachsen, John und ich. Er war der einzige Mensch, dem ich vertrauen und von dem ich erwarten konnte, daß er mein geheimes Doppelleben nicht verriet.«

Er ballte wieder die Fäuste.

»Nun?« forschte er nun mit rauher, zorniger Stimme, »was hat Euch denn unser Freund John erzählt, Miracle? Etwa, daß ich Eure Mutter über den Rand der Steilwand von Saint Catherine gestoßen hätte? Bastard«, fauchte er. »Er wäre ein verlogener Bastard, wenn er das Euch gegenüber behauptet hätte. Er war ja selbst dabei und sah, daß wir uns stritten. Der Wind war so stark und der Regen so heftig, daß Eure Mutter und ich laut schreien mußten, um uns zu verständigen. Sie hatte auf ein Treffen mit mir bestanden und mir eröffnet, daß sie inzwischen von meiner anderen Familie Kenntnis bekommen habe – von meiner gesetzesmäßigen Familie und Ehe. Meine Söhne . . . Sie drohte mir, ihnen von meiner Doppelehe zu erzählen, mich und meine Kinder öffentlich zu diskreditieren. Ich sagte ihr, daß ich gern vor jedem Gericht der Welt erscheinen und das Sorgerecht für meine Tochter – Euch – verlangen würde. Ich sagte ihr, daß es kein Gericht in diesem oder jedem anderen Land gäbe, das mir nicht das Recht zusprechen würde, mein eigenes Fleisch und Blut zu mir zu nehmen – in Anbetracht der gewaltigen Unterschiede in unseren Lebensumständen. Ich wies sie darauf hin, daß die Richter sie nur als eine Konkubine betrachten und sie für untauglich halten würden, die Kinder eines Gentleman zu erziehen ...«

Er stockte. »Nun schaut mich doch bloß nicht so an – um Gottes willen!« sagte er. »Ihr seht genauso aus wie Eure Mutter damals – mit diesem Schmerz und dieser Empörung in den Augen, während ihr das Regenwasser über das Gesicht rann.« Er hob die Hände und bedeckte damit sein Gesicht, als wollte er das Bild von Miracle aus seinem Bewußtsein und die Erinnerung an ihre Mutter aus seinem Gedächtnis verdrängen.

Nach einer Weile holte er geräuschvoll Luft, nahm die Hände wieder vom Gesicht und starrte auf den Boden. Mit einer viel schwächeren, wie aus weiter Ferne kommenden Stimme, die wie ein Echo aus der Vergangenheit zu kommen schien, sagte er: »Dann gestand sie ... Vermutlich zwang die Erkenntnis, daß sie Euch sehr wohl verlieren und ich Euch mitnehmen könnte ... weiß der Himmel, ob ich das getan haben würde oder nicht; ich wußte doch, wie sehr sie Euch liebte. Ihr wart schließlich ihr Lebensinhalt. Aber ich war wütend und verzweifelt ...« Er schluckte. »Sie gestand mir also ... daß Ihr nicht mein Kind seid.«

Schweigen.

Langsam hob er dann den Blick. »Sie sagte mir, daß sie das Kind, das sie unter dem Herzen getragen hatte, als wir heirateten und ich sie nach Cavisbrook brachte, schon kurz darauf wieder verloren hatte. Ich war damals natürlich schon wieder nach London zurückgekehrt. Sie war allein. Sie hatte Angst, daß ich sie nur geheiratet hatte, weil sie ein Kind von mir bekam. Und so wandte sie sich an den einzigen Freund und Gefährten, den sie in ihrem Leben gehabt hatte.«

Miracle hielt sich jetzt die Ohren zu und schüttelte den Kopf.

»John ist Eurer Vater, Miracle, nicht ich.«

»Lügner«, zischelte sie.

»Mein Gott – könnt Ihr Euch denn nicht mehr erinnern? Ihr seid doch selbst Zeugin der Vorgänge damals gewesen. Ihr seid John gefolgt, als er in jener stürmischen Nacht nach Lorraina suchte. Ihr habt diese schreckliche Szene aus der Entfernung beobachtet – ein weinendes Kind im Regen. Ich werde Euer angstverzerrtes Gesicht niemals vergessen.«

»Nein. Ihr würdet es gewußt haben. Meine Geburt wäre viel zu spät erfolgt ...«

»Sie suchte eine sogenannte weise Frau auf – Ceridwen – und besorgte sich von ihr Kräuter, mit der sie die Wehen einleiten konnte. Ihr seid mehr als einen Monat zu früh auf die Welt gekommen – zu einer Zeit, wo sie mit ihrem ersten Kind hätte niederkommen müssen. Niemand erwartete, daß Ihr überleben würdet – Ihr seid bei Eurer Geburt so klein und schwach gewesen. Es war ein ... Wunder, daß Ihr überlebt habt.«

Ein Wunder – ein Mirakel.

»Meine Mutter«, sagte sie leise.

»Kaum hatte sie mir die Wahrheit gebeichtet, als sie sich umdrehte und Euch in der Nähe auf einem Felsvorsprung entdeckte. John rannte zu Euch, um Euch von dort herunterzuholen, und Lorraina glaubte, Ihr hättet alles mit angehört. Und während sie eben noch am Rand der Steilwand gestanden hatte, das Gesicht mit einem gefaßten, fast friedlichen Ausdruck in den Wind drehend, breitete sie im nächsten Moment die Arme aus und ... schien einen Augenblick lang tatsächlich zu fliegen, als sie über dem Abgrund hing. Ich versuchte sie zurückzureißen, Miracle, aber da war es schon zu spät.«

»Mylord«, sagte da eine atemlose Stimme hinter ihr, die nur langsam durch ihre betäubten Sinne zu ihrem Bewußtsein vordrang. »Dieser Mann da hat sich an mir vorbei ins Haus gedrängt und verlangte Euch und die junge Dame zu sprechen.«

»Meri«, sagte Salterdon im beschwörenden Ton.

»Was, zum Teufel, denkt Ihr eigentlich, wer Ihr seid?« herrschte Cavendish Clayton an.

»Er sagte, er wäre der Herzog von Sowieso«, erklärte der Diener schrill. »Daß er Lady Cavendish sprechen wolle. Ich sagte ihm, daß Ihre Ladyschaft ausgegangen wäre, aber er ließ sich nicht abwimmeln . . .«

»Meri.« Salterdons breite Hände legten sich nun sacht auf ihre Schultern. »Meri, komm mit mir.« Er drehte sie herum, aber als er sie an sich ziehen wollte, schüttelte sie den Kopf und wich vor ihm zurück. Es war ihr so, als hätte man sie von innen nach außen gestülpt. Ihre Zähne klapperten, und ihr Blut fühlte sich so kalt an wie Eis.

»Er ist nicht mein Vater«, sagte sie, in Salterdons Augen blickend, die sie eindringlich ansahen. »Ich bin mir nicht sicher, ob ich nun vor Freude jubeln sollte oder . . .«

Sie bewegte sich auf die Tür zu, zögerte nicht und blickte sich auch nicht mehr um, als sie das Haus verließ und in die in der Auffahrt wartende Droschke stieg. Salterdon nahm neben ihr Platz. Er schien mit seiner Gegenwart die kleine Kutsche gänzlich auszufüllen, als er nun mit der Faust gegen das Wagendach klopfte und dann nach ihrer Hand griff, die sie ihm jedoch entzog und in den Falten ihres teuren Gewandes vergrub. Erst als die Kutsche die Straße erreicht hatte, sagte sie:

»Wie ich soeben erfahren habe, scheine ich nicht nur ein illegitimes Kind, sondern obendrein auch noch ein Produkt der allergewöhnlichsten Klasse – die Tochter eines Reitknechts – zu sein. Was für eine traurige und zugleich lachhafte Ironie, daß ich in der Hoffnung hierhergekommen bin, meinen Vater möglicherweise dazu zu bringen, mich als seine Tochter anzuerkennen, indem ich ihn mit meiner Person konfrontiere. Damit die eheliche Verbindung mit mir für Euch nicht gänzlich unstandesgemäß sein würde. Denn da Eure Großmutter ja bisher alle für eine Heirat im Betracht kommende Kandidatinnen mißbilligt hat, die Ihr ihr vorstelltet . . .«

»Ich kann dir versichern, daß meine Großmutter vor Erleichterung und Freude in Ohnmacht gefallen wäre, wenn einer ihrer beiden Enkelsöhne ihr bisher auch nur eine Heiratskandidatin vorgestellt hätte. Meri Mine, du mußt lernen, nicht jede boshafte Bemerkung zu glauben, die eifersüchtige Frauen sich gegenseitig zuflüstern.«

Sie blickte ihm fest in die Augen. »Dann verratet mir mal eines, Sir: Habt Ihr irgendwelche Mätressen?«

Er preßte die Zähne zusammen, rutschte auf seinem Sitz hin und her und machte, ihrem Blick ausweichend, ein finsteres Gesicht.

»Nun?« forschte sie, »hat der Herzog irgendwo Personen versteckt, von denen ich etwas wissen sollte? Geliebte Kinder? Ehefrauen? Haltet jetzt nicht mehr hinter dem Berg damit – verdammt noch mal!« Sie wartete.

»Meri«, begann er schließlich.

»Gebt dem Kutscher ein Zeichen, daß er anhalten soll«, verlangte sie nun mit erhobener Stimme. »Ich sagte, daß Ihr das Fuhrwerk auf der Stelle anhalten sollt, bevor ich aus der fahrenden Kutsche springe!« Sie faßte nach dem Griff der Droschkentür und wollte sie öffnen, als er sie bei den Schultern packte. Sie wehrte sich gegen seinen Griff, trommelte mit beiden Fäusten gegen seine Brust und seine Schultern und gab ihm eine Ohrfeige. »Ich will jetzt keine Entschuldigungen oder Ausflüchte hören!« schrie sie. »Ich möchte nicht den gleichen Fehler machen wie meine Mutter! Ich will nicht mißbraucht werden, Salterdon. Ich werde nicht zulassen, daß Ihr mir das Herz brecht . . .«

»Nun hört mir doch mal einen Augenblick zu, verdammt noch mal!«

»Wenn Ihr es wirklich ehrlich mit mir meinen würdet, hättet Ihr mich schon längst Eurer Familie vorgestellt! Der Herzoginwitwe, Eurem Bruder! Aber Ihr hattet ja niemals die Absicht, mich zu heiraten, nicht wahr? Das macht jetzt alles einen Sinn. Wie hatte ich nur so blind sein können! Das scheint bei mir in der Familie zu liegen.«

Sie wehrte sich wieder gegen seinen Griff, als er ihre Handgelenke packte. »Laßt mich los, Sir. Eher wird es in der Hölle schneien, als daß ich Euch heirate. Ich werde lieber den Rest meines Lebens damit verbringen, mit einem irischen Bauern Kartoffeln auszugraben, als den verdammten Herzog von Salterdon zu heiraten.«

Er gelang ihr endlich, sich von ihm loßzureißen. »Steigt sofort aus der Kutsche«, sagte sie keuchend, »oder ich springe!«

Er öffnete wieder den Mund, sagte aber nichts. Und dann fluchte er leise, murmelte, »ich werde diesen Hundesohn ermorden, wenn ich ihn zwischen die Finger bekomme«, öffnete die Kutschentür, sprang hinaus und warf den Wagenschlag so fest hinter sich zu, daß die Pferde erschrocken schnaubten.

»Weiterfahren!« rief Miracle dem Droschkenkutscher zu.

Das Gefährt setzte sich wieder in Bewegung.

Miracle schloß die Augen. Sie würde jetzt nicht weinen. Dummes Mädchen, dachte sie. Sie hatte ja auch gar keinen Grund dazu. Sie sollte eher dankbar dafür sein, daß Cavendish nicht ihr Vater war. Armer John. Wie sehr er doch ihre Mutter geliebt haben mußte! Und wie sehr er sie – seine einzige Tochter – geliebt haben mußte! So sehr, daß er sie nicht mit der häßlichen Wahrheit hatte verletzen wollen.

Sie öffnete die Augen wieder und starrte zuerst den Käfig mit dem Kanarienvogel auf der Sitzbank und dann die beiden Sträuße weißer und gelber Blumen auf dem Wagenboden an. Sie hob sie auf, drehte sich langsam um und blickte aus dem Fenster.

Clayton stand, mit wachsender Entfernung immer kleiner werdend, mit gesenktem Kopf, die Hände auf die Hüften gelegt, am Straßenrand.

Sie verfluchte ihr Herz, das selbst jetzt noch bei seinem Anblick heftig pochte. Verfluchte sich, weil sie ihn trotz allem noch liebe. Ein Schrei entrang sich ihrer Kehle. Verräterische Gefühle! Treuloses Herz!

Wütend riß sie die Käfigtür auf und sah zu, wie der Kanarienvogel aus dem Kutschenfenster flatterte und dann hinaufstieg in den blauen Himmel und den weißen Wolken, die darin schwammen. Dann fiel sie auf die Knie und schleuderte so fest wie sie konnte die beiden Sträuße in die Luft. Der Fahrtwind riß sie auseinander, und sie sah zu, während heiße Tränen über ihre Wangen strömten, wie weiße und gelbe Blüten auf die Straße hinunterregneten und Salterdons Gestalt hinter einer Staubwolke verschwand.

Mistress Ellesmeres Gesicht wurde leichenblaß, als sie Miracle durch die Haustüre stürmen sah. Sie sprang zur Seite, rang die Hände und rief: »Gütiger Himmel – was ist denn passiert? Wo ist . . .?«

»Ich möchte weder jetzt noch später darüber reden!« erklärte Miracle mit so lauter Stimme, daß Gertrude und Ethel herbeigerannt kamen. »Und was Seine Gnaden, den überaus hübschen, vornehmen und wegen seiner Frauengeschichten berühmten Herzog betrifft, so befindet sich dieser irgendwo an der Landstraße nach Islington, wo er sicherlich jeden Moment vor Wut zu platzen droht, würde ich denken. Was ihm recht geschieht.«

Dann rannte sie, von Elli gefolgt, die Treppe hinauf.

Als Miracle in ihrem Zimmer angelangt war, riß sie die Schranktüren auf und holte ihre Kleider heraus, und zwar nur jene, mit denen sie nach London gekommen war und die sie selbst genäht hatte.

»Was macht Ihr denn da?« wollte Ellie wissen.

»Ich packe«, erwiderte Miracle. »Ich kehre nach Cavisbrooke zurück zu den einzigen Freunden – der einzigen Familie –, die ich auf Erden habe.«

»Miracle, bitte, laßt uns reden . . .«

»Ich habe genug geredet. Ich habe lange genug Verständnis für ihn gehabt und bin es jetzt leid, mich von ihm in jemanden oder etwas verwandeln zu lassen, mit dem er sich nicht zu sehr blamieren würde . . .«

»Oh, das war doch gar nicht seine Absicht!«

Miracle zog eine Reisetasche unter dem Bett hervor, warf sie auf die Matratze und stopfte ihre Sachen hinein, ohne sich erst die Mühe zu machen, ihre Kleider und Hemden zusammenzufalten. »Ihr müßt mich wohl für ein naives Gänschen gehalten haben, weil ich dachte, ich könnte einen Mann wie ihn glücklich machen. Weil ich glaubte, daß ich ihm genügen würde. Weil ich dachte, ich könnte seine leeren Stunden mit etwas so Unwesentlichem wie Liebe und Kameradschaft ausfüllen. Aber wie es scheint, hat er bereits so viel Gesellschaft, daß er gar nicht weiß, was er damit machen soll.«

»Meri . . .«

»Nennt mich nicht so. Das ist der Name, den *er* mir gegeben hat. Und wißt Ihr auch, warum? Weil ich ihn angeblich glücklich machen würde.«

»Was Ihr tut!«

»Weil ich ihn angeblich zum Lächeln und sogar zum Lachen bringen könnte.«

»Aber das tut Ihr doch!«

»Ein Jagdhund könnte ihm den gleichen Dienst leisten, meine teure Ellie, und der wäre viel eher bereit, ihm die Hand abzuschlecken als ich.«

Sie hob die schwere, mit ihren Habseligkeiten vollgestopfte Reisetasche vom Bett herunter und wollte mit ihr das Zimmer verlassen, als Ellie rasch über die Schwelle sprang, die Tür zuschlug und von außen verriegelte.

Miracle ließ die Reisetasche zu Boden fallen, zog und zerrte am Türknauf und hämmerte dann mit der Faust gegen die Türfüllung.

»Entriegelt die Tür«, verlangte sie mit lauter Stimme, »und laßt mich aus dem Zimmer!«

»Das mache ich erst, wenn Ihr euch wieder beruhigt habt und vernünftig denken könnt!«

»Nach Cavisbrooke zurückzukehren, ist der erste vernünftige Gedanke, auf den ich kam, seit ich ihn kenne!« rief sie und trat mit dem Fuß gegen die Türfüllung. »Nun zieht endlich den Riegel zurück, bevor ich . . . ich aus dem Fenster springe!«

»Gertrude«, rief Ellie da mit beschwörender Stimme, »sag Thaddeus, daß er rasch mit einer Leiter kommen und das Fenster Ihrer Ladyschaft von außen vernageln soll!«

Die Hände in die Hüften stemmend und wütend die Tür anfunkelnd, rief Miracle: »Ich habe eine Überraschung für Euch, Ellie! Ich bin gar keine Lady, sondern nur die illegitime Tochter eines Stallknechts! Stellt Euch das mal vor! Nicht der Mann, den ich für meinen Vater hielt, sondern der Diener, der mich aufzog, mir das Lesen und Schreiben beibrachte und mich dazu ermunterte, meinen vermeintlichen Vater zu verehren, hat mich in Wahrheit gezeugt. Seid Ihr nun genügend schockiert, Mistress Ellesmere?«

Stille.

»Könnt Ihr jetzt verstehen, daß es absolut töricht von mir wäre, noch länger in diesem Haus zu verweilen? Die Herzoginwitwe – diese wunderliche alte Krähe – würde es niemals zulassen, daß ich ihren kostbaren Enkelsohn heirate.«

Ein Keuchen und ein aufgeregtes Flüstern.

Schließlich sagte Ellie mit lauter Stimme: »Miracle, ich werde diese Tür nicht eher entriegeln, bis Ihr Euch beruhigt habt. Wenn Ihr diese bedauerlichen Umstände auf eine vernünftige Weise, wie es sich für Erwachsene gehört, mit mir erörtern wollt, ohne Euch zu echauffieren, werde ich Euch freilassen.«

Miracle verschränkte eigensinnig die Arme vor der Brust, klopfte mit dem Fuß auf den Boden und lauschte angestrengt, als es draußen still wurde. Sie legte ein Ohr gegen die Tür und horchte, aber da war auch nicht das leiseste Geräusch mehr auf dem Flur zu vernehmen.

Sie drehte sich rasch zum Fenster um, als sie in ihrem Rücken ein leises Scharren vernahm, und sah dort Thaddeus mit einem Hammer in der Hand und einem Dutzend Nägel zwischen den zusammengepreßten Lippen auf einer Leiter stehen. Er winkte ihr mit der freien Hand zu, und sein Adamsapfel hüpfte in seinem mageren Hals auf und nieder, als sie sein Winken mit einem bitterbösen Blick erwiderte. Dann begann er rasch ihr Fenster zu vernageln.

Als der Mond sein silbernes Licht ins Zimmer schickte, sprach Miracle leise einen Segen über drei weißen Kerzen und machte das Zeichen des Kreuzes über jeder von ihnen. Dann zündete sie die drei geweihten Kerzen an. Zwar stand in Ceridwens Bibel geschrieben, daß silberne Kerzen besser dafür geeignet wären, aber Miracle standen nur weiße zur Verfügung, und deshalb mußten diese genügen. Mit gefalteten Händen, den Kopf über die Kerzenflammen gesenkt, rezitierte Miracle:

Engel des Spiegels, Engel des Mondes,
Erweist mir mit Eurer Gegenwart die Gnade Eurer Zaubermacht

Dann zog sie einen Stuhl an ihre Frisierkommode heran, nahm dann die drei Kerzen und stellte sie dort vor den Spiegel, den sie vorher geputzt und auf Hochglanz gebracht hatte. Sie kletterte auf den Stuhl, wiederholte ihren Zauberspruch und wartete, den flackernden Schein der Kerzen im Spiegel beobachtend, während sie flüsterte:

»Liebt er mich *wirklich*? Liebe ich ihn *aufrichtig*? Wenn ja, warum habe ich dann noch immer unter dieser unseligen Verwirrung zu leiden? Warum habe ich im Grunde meines Herzens das Gefühl, als wäre der Mann, den ich liebe, ganz anders als der Mann, der er zu sein scheint?«

Sie wartete. Nach Ceridwens Lehre würde nun bald eine Gestalt in dem vom Kerzenlicht beleuchteten Spiegelglas erscheinen. Wenn es eine aus reinstem Weiß, sanften Silbertönen und perlfarbenem Mondlicht erschaffene Lichtgestalt war, die sich im Spiegel zeigen würde, war das der Lichtengel Gabriel – der Engel des Mondes –, der ihr die Antwort auf ihre Frage gab, die sie sich am sehnlichsten erhoffte.

Aber wenn sich eine dunkle Frauengestalt im Spiegel zeigen sollte, lieblich und schrecklich zugleich in ihrer schattenhaften Erscheinung, eingehüllt in einen Schleier, der aus Regentropfen, die aus dem schwärzesten Mitternachtshimmel herunterfielen, gemacht zu sein schien, dann war das Morgana, der Schwarze Engel, der gekommen war, um Miracle zu warnen, daß sie das, was sie sich am sehnlichsten wünschte, nicht weiterverfolgen sollte.

Da war ein Flirren und Strudeln im Spiegelglas, als die Kerzen plötzlich zu flackern begannen und das Licht ein wenig trüber wurde. Mit wild klopfendem Herzen beugte sich Miracle vor, um die Gestalt, die sich im Spiegel abzuzeichnen begann, besser erkennen zu können – das Gesicht, das sie daraus anblickte ...

»Verflixt!« flüsterte Miracle, drückte rasch die Augen zu und öffnete sie dann wieder, um den Blick auf die runzelige Hexe zu richten, die sie mit feurigen Augen aus dem Spiegel anstarrte. »Morgana, du häßliche alte ...«

»Häßlich!« bellte da eine Stimme hinter ihr, daß Miracle erschrocken zusammenfuhr und fast mit dem Stuhl umgekippt wäre. »Steigt sofort von diesem lächerlichen Möbelstück herunter«, befahl die Stimme ihr nun im strengen Ton. »Was, zum Teufel, treibt Ihr denn da? Was soll dieser Unfug bedeuten – etwa eine Geisterbeschwörung? Und hört auf, mich so anzustarren, als wäre ich der Erzfeind, Mädchen, sondern stellt Euch vor, wie sich das gehört!«

»Ich soll mich vorstellen?« erwiderte Miracle, in der sich nun Zorn regte, nachdem sie ihren momentanen Schrecken überwunden hatte. »Was denkt Ihr denn, wer Ihr seid, daß ihr mitten in der Nacht unangemeldet in mein Zimmer eindringt?« sagte sie, die alte Frau mit den stahlgrauen Augen wütend anfunkelnd. »Und wenn ich jetzt Lust dazu hätte, den Satan zu beschwören, um mit ihm die Schwarze Messe zu feiern, ginge Euch das überhaupt nichts an.«

»Es geht mich durchaus etwas an, was Ihr in meinem Haus macht. Aber jetzt steigt gefälligst von diesem Stuhl herunter, bevor Ihr Euch den Hals brecht!«

»In *Eurem* Haus Madam, dieses Anwesen gehört meinem Verlobten, dem Herzog von Salterdon. Solltet Ihr etwas mit ihm zu besprechen haben, dann laßt mir Eure Karte hier und kommt später wieder – am besten erst, wenn ich dieses Haus verlassen habe.«

In diesem Moment zeigten sich Ellie und Gertrude im Türrahmen und schüttelten heftig mit dem Kopf. Dann trippelte Ethel vorsichtig ins Zimmer hinein, machte einen ungeschickten Hofknicks und sagte mit bebender Stimme: »Mylady Cavendish. Ihre . . . Ihre Gnaden, die Herzogin von Salterdon.« Worauf sie noch einmal versuchte, einen Hofknicks zu machen, dabei fast auf dem Teppich ausgerutscht wäre und dann zusammen mit Ellie und Gertrude aus dem Zimmer flüchtete.

Miracle klappte den Mund zu.

Die Haare der alten Frau waren so weiß und weich wie Gänsedaunen, und ihre schlanke, fast hagere Gestalt steckte in einem schlichten schwarzen Kleid, das die Blässe ihrer zarten Haut noch betonte. Die Herzogin von Salterdon spitzte die Lippen, während sie Miracle nun von Kopf bis Fuß musterte. »Ihr könntet zumindest ein gewisses Maß an Erschrockenheit zeigen, junge Dame«, erklärte sie. »Das ist das wenigste, was ich von Euch erwarten kann, nachdem Ihr mich eine häßliche alte Frau genannt habt.«

»Oh – Ihr seid nicht im mindesten häßlich«, versicherte Miracle ihr jetzt wahrheitsgemäß. »Streng vielleicht. Und hart.«

»Ich bin die Herzogin von Salterdon. Da erwartet man von mir, daß ich hart und streng bin. Und herrisch. Und streitsüchtig. Von Euch hingegen . . .«

». . . erwartet man Unterwürfigkeit und Ehrfurcht vor Eurem Titel.«

»Wollt Ihr die ganze Nacht dort oben auf dem Stuhl stehend verbringen?« erkundigte sich die Herzogin, eine graue Augenbraue ein wenig in die Höhe ziehend.

»Durchaus – falls ich mich dazu entschließen sollte, auf diesem Stuhl die ganze Nacht stehenzubleiben.«

»Also – Ihr seid keineswegs das, was ich hier vorzufinden glaubte.«

»Und was genau glaubtet Ihr hier vorzufinden?«

»Man sagte mir, daß Ihr eine kleine furchtsame Maus seid, die so sehr in meinen Enkelsohn vernarrt wäre, daß sie ihm aus der Hand fressen würde. Daß Ihr ihm auf Schritt und Tritt nachlaufen würdet wie ein kleiner Welpe an einer Hundeleine.«

»Dann habt Ihr etwas Falsches gehört, Euer Gnaden.«

»Offenbar.« Die Herzogin warf einen Blick auf die gepackte Reisetasche neben dem Bett, ohne einen Kommentar abzugeben. Statt dessen ging sie zu dem vernagelten Fenster, lehnte sich dort leicht auf den Elfenbeingriff ihres Krückstockes aus Nußbaumholz und fragte: »Seid Ihr immer so wankelmütig?«

»Wenn ich Grund dazu habe – ja.«

»Und Ihr habt einen Grund?«

»Den habe ich in der Tat«, erwiderte Miracle und drehte sich nun um hundertachtzig Grad auf dem Stuhl, um die Herzogin im Auge behalten zu können, die ihr die Rückseite zudrehte. Wie aufrecht die Herzoginwitwe doch dastand mit ihren durchgedrückten schmalen Schultern und dem Rükken, der so gerade war wie eine Ladestock – ein Musterbild an Halsstarrigkeit, die so unerschütterlich zu sein schien wie Miracles Charakter.

»Es war jedoch nicht übertrieben, was man mir von Eurer Wahrheitsliebe berichtete, habe ich den Eindruck«, erklärte die Herzogin, auf die dunkle Straße hinunterstarrend.

»Wer ist ›man‹?«

»Das tut nichts zur Sache«, erwiderte die Herzogin und drehte sich wieder zu Miracle um. »Verratet mir mal, meine Kleine – liebt Ihr ihn?«

»Wen?«

»Meinen Enkelsohn natürlich. Versucht jetzt nicht, mich für dumm zu verkaufen!«

»Ich . . . ich weiß es nicht.«

»Wie kommt Ihr auf die Idee, daß Ihr Euch zu einer Herzogin eignet würdet?« fragte die alte Dame, nun beide grauen Brauen in die Höhe wölbend.

Miracle sprang vom Stuhl herunter und blies die drei qualmenden Kerzen aus. »Ich bin ja gar nicht auf diesen Gedanken gekommen, Euer Gnaden. Tatsächlich ist das Gegenteil der Fall. Ich würde eine schreckliche Herzogin abgeben. Ich bin weder kalt noch grausam und intolerant genug, um mich als Herzogin qualifizieren zu können. Ich verbringe meine Zeit lieber mit Dienstboten als mit den engstirnigen Vertretern des Hochadels. Ich finde mehr Vergnügen daran, einen Stall auszumisten, als Gästelisten für Tee-Empfänge und andere Veranstaltungen zusammenzustellen, die nur den Zweck zu haben scheinen, die Gefühle anderer Leute zu verletzen. Ich kann Menschen nicht leiden, die den Titel für wichtiger halten als den Charakter des Titelträgers. Nein, ich würde mich keineswegs zu einer Herzogin eignen, Euer Gnaden. Ich werde Euren Enkelsohn nicht heiraten. Wenn Euch also die Sorge, ich könnte den Ehrgeiz haben, in Eure Fußstapfen zu treten, hierhergebracht hat, dann hättet Ihr Euch diesen Weg ersparen . . .«

»Das war nicht der Grund, also seid jetzt nicht so unverschämt, mir Worte in den Mund legen zu wollen, meine Gnädigste.« Sie bewegte sich, mit ihrem Krückstock heftig auf den Boden schlagend, auf Miracle zu. »Glaubt Ihr etwa, ich würde Euch jetzt noch erlauben, dieses Haus zu verlassen, nachdem sich bereits überall herumgesprochen hat, daß er sich mit der Absicht trägt, Euch zu heiraten? Könnt Ihr Euch vorstellen, wie sich diese hohlköpfigen Peers den Mund zerreißen werden, wenn Ihr ihm jetzt den Laufpaß geben würdet? Könnt Ihr ermessen, welche Blamage Ihr ihm damit zufügen und welchen Demütigungen Ihr ihn aussetzen würdet? Zumal ihm doch jeder ansehen kann, daß seine Gefühle für Euch so . . . tief sind.«

»Ihr erlaubt doch, daß ich Euch da widerspreche«, erklärte Miracle daraufhin mit leiser Stimme, ihren Blick von der alten Dame abwendend.

Da trat die Herzogin vor sie hin, faßte sie hart unter das Kinn und zwang sie dazu, ihr ins Gesicht zu schauen. »Was sehe ich denn da? Sollte ich etwa einen Riß in Eurem Stachelpanzer entdeckt haben? Sind die Tränen, die ich in Euren Augen blinken sehe, etwa ein Beweis dafür, daß Ihr Euch der Gefühle, die mein Enkelsohn für Euch hegt, nicht ganz sicher seid? Euer Kinn zittert. Es ist Euch nach Weinen zumute, aber Ihr werdet jetzt natürlich nicht weinen, weil Ihr meint, daß sich ›diese alte Krähe‹ nur darüber freuen würde. Schaut mich an, Kind. Ich sehe schon, daß Ihr eine Romantikerin seid. Ein Mädchen, das an Märchen glauben möchte. Und an das ewige Glück. Ist es das, was Ihr gerade gemacht habt, als ich ins Zimmer kam? Daß Ihr die Mondgeister beschworen habt, Euch die Zukunft mit meinem Enkelsohn zu zeigen? Teures, naives Mädchen – nicht einmal Euer Spiegelengel hat die Macht dazu.«

»Aber da sind doch noch andere Frauen. Gespielinnen, Mätressen und . . .«

»Ah.« Die Hand von Miracles Kinn nehmend, stützte sich die Herzogin wieder auf ihren Krückstock, während sich der Hauch eines amüsierten Lächelns auf ihren dünnen Lippen zeigte. »Was spielt das denn schon für eine Rolle, wenn Ihr seinen Namen tragt, seinen Reichtum mit ihm teilt, seine Kinder bekommt und Euch mit seinem Titel schmükken könnt?«

»Nichts von alledem ist für mich wichtig«, erwiderte Miracle und fing an zu zittern. »Nur das hier zählt«, fuhr sie fort, die Hand auf ihr Herz legend. »Wenn er da kein Gefühl für mich hat . . . Ich will nicht alleingelassen werden. Ich möchte nicht mein Leben damit verbringen, einen Mann zu lieben, der die Gesellschaft einer anderen Frau mir vorzieht . . .«

»Ihr wollt nicht das Schicksal Eurer Mutter erleiden?«

Miracle blinzelte. Der Schock und die Scham stachen ihr so heftig und kalt wie ein Eiszapfen ins Herz, und sie erschauerte.

»Ich weiß alles über sie«, fuhr die Herzogin in einem geschäftsmäßigen Ton fort. »Sobald mich die Nachricht von dieser – Verlobung erreichte, habe ich Eure Vergangenheit unter die Lupe nehmen lassen. Das war nicht schwierig. Obwohl man Cavendish schwerlich als einen mir im Rang ebenbürtigen Mann bezeichnen kann, war ich dennoch mit seiner Familie und deren Verhältnisse vertraut. Ich hatte natürlich eine Unterredung mit ihm. Unter vier Augen.«

Miracle ging zum Bett und hob ihre Reisetasche vom Boden auf.

»Macht jetzt keine Dummheit«, warnte die Herzogin sie.

Da drehte sich Miracle mit blitzenden Augen zu der alten

Frau um und sagte mit bebender Stimme, während sich ihr Gesicht mit einer heißen Röte überzog: »Dann habt Ihr sicherlich auch erfahren, wer in Wirklichkeit mein Vater ist, Euer Gnaden. Und deshalb seid Ihr zweifellos zu dem unwiderruflichen Entschluß gekommen, daß ich keineswegs aus dem Material bestehe, aus dem man Herzoginnen macht.«

»Hört auf, mir ständig Worte in den Mund zu legen.«

»Dann seid Ihr also nur hierhergekommen, um mich zu demütigen?«

»Ich bin in der Erwartung in dieses Haus gekommen, hier jene Art von Frau vorzufinden, die ihre ganze Existenz dafür opfern würde, ihre Kinder in gesicherten, glücklichen Verhältnissen aufwachsen zu sehen. Die ihre Kinder trotz aller Vorurteile auf eine würdige und stolze Weise großziehen würde. Die meinem Enkelsohn eine Partnerin sein würde, egal, ob sie nun zu Ehren Seiner Majestät ein Dinner oder ihm beim Pflügen seiner Äcker helfen würde. Eine Frau, die um das kämpfen würde, was sie haben wollte, und wenn sie es hatte, darum kämpfen würde, es auch zu behalten. Aber vielleicht bin ich mit zu großen Erwartungen hierhergekommen.«

»Vielleicht«, erwiderte Miracle mit trockener Stimme, zur Tür hinsehend.

Die Herzogin ging nun mit langsamen, aber zielstrebigen Schritten um sie herum, hielt an der Tür noch einmal an und schaute auf Miracle zurück. Einen Moment lang sah es so aus, als ob sie noch etwas sagen wollte, doch dann schüttelte sie nur den Kopf und verließ das Zimmer.

Ihre gepackte Reisetasche fallen lassend, lief Miracle ihr nach und hielt am Kopfende der Treppe an, als die Herzogin die Stufen zur Halle hinunterstieg.

»Hat er Euch etwa hierhergeschickt, damit Ihr mir ins Gewissen reden sollt?« rief sie.

»Wer?«

»Euer Enkelsohn natürlich.«

»Selbstverständlich nicht. Warum sollte er?«

Ethel kam von der Garderobe herbeigeeilt, einen Hut in der Hand und einen Mantel über dem Arm. Die Herzogin blieb am Fuß der Treppe stehen, um beides von dem knicksenden Dienstboten entgegenzunehmen, ehe sie ihren Weg zur Vordertür fortsetzte. Dort erklärte sie, sich noch einmal zu Miracle umdrehend: »Ich habe meinen Sohn und meine Enkelsöhne dazu erzogen, die Familienehre über alles andere zu stellen. Ich habe ihnen beigebracht, um das zu kämpfen, was sie haben wollten, und dann, wenn sie das hatten, wonach sie strebten, darum zu kämpfen, es auch zu behalten. Zuweilen muß ich jedoch zugeben, daß ich die Ergebnisse meiner ständigen Bemühungen doch ein wenig enttäuschend finde. Meine Enkel können manchmal verdammt starrköpfig sein. Aber dasselbe gilt auch für mich, meine Liebe.«

Ein Lächeln huschte nun wieder über ihre strengen Lippen, und dann glitt sie aus dem Haus in die Nacht hinaus, während Ethel leise die Tür hinter ihr schloß.

Es gibt drei grundsätzliche Haltungen der Liebe: Sie gibt mit Freuden, empfängt mit Hochachtung und tadelt mit Demut und Hoffnung.

Albert M. Wells, jr.

Kapitel einundzwanzig

Da braute sich irgendein Unheil zusammen. Clayton konnte das in seinen Knochen spüren. Die Tatsache, daß er die letzten zwei Tage und Nächte am Spieltisch gesessen und einen Batzen Geld eingestrichen hatte, vermochte an diesem Gefühl nichts zu ändern. Seine Haare stanken nach Rauch, sein Hemd nach Schweiß, und sein Atem roch wie eine verdammte Brauerei. Er sehnte sich nach einem Bad und seinem Bett. Er wollte die letzten paar Wochen aus seinem Leben streichen und vergessen, daß Miracle Cavendish überhaupt existiert hatte.

Er wünschte, daß diese verdammten Haifische ihn vor zwanzig Jahren gefressen hätten. *Und* seinen Bruder. *Besonders* seinen Bruder.

Er stand unter der Tür seines Stadthauses, das sich in der Nähe von Gray's Inn in der Holborn Street befand, und starrte hinaus auf die Straße, wo gerade die Postkutsche mit zwei Postillionen auf dem Bock vorbeirasselte, während seine Großmutter gerade dabei war, sich irgendwo im Inneren seiner bescheidenen Residenz einzurichten. Nicht, daß er sie bereits gesehen oder gar mit ihr gesprochen hätte; denn das würde natürlich erst geschehen, wenn *sie* dazu bereit war, und das konnte in fünf Minuten oder auch in fünf Stunden der Fall sein. Bisher hatte er nur einen Zettel mit einer rätselhaften Botschaft von ihr erhalten, die ihm ein nervöser und aufgeregter Benjamin bei Brookes' hatte zustellen müssen: ›Kommt sofort nach Hause. Oder sonst. Die D.‹

Die D. Diese vier Buchstaben genügten, in den Herzen der Enkelsöhne Angst zu wecken, wenn sie die Erwartungen Ihrer Gnaden nicht erfüllt hatten, und das wußte sie natürlich. Und deshalb war er auch noch zweieinhalb Stunden länger am Spieltisch sitzengeblieben, nachdem er ihre Botschaft erhalten hatte. Es war nicht gut, wenn sie die Oberhand über ihn gewann.

Eine Droschke hielt jetzt vor dem Haus. Sein Bruder Trey, der Herzog von Salterdon, stieg aus und kam mit hochrotem Gesicht und zuckenden Wangenmuskeln durch den Vorgarten auf ihn zu. Als er Clay sah, der die Arme vor der Brust verschränkt und mit einem Grinsen auf dem Gesicht, gegen den Türpfosten lehnte, verlangsamte er einen Moment lang seinen Schritt, während sein Zorn noch größer wurde, was Clay vorausgesehen und mit dieser Geste auch beabsichtigt hatte. Nichts erboste und frustrierte seinen Bruder mehr als das Wissen, daß Clayton es sich leisten konnte, die Drohgebärden ihrer allgewaltigen Großmutter nicht zu beachten, weil er nicht auf ihre Geldbörse angewiesen war.

»Du Hundesohn«, fauchte Trey, während er die Vortreppe hinaufstieg.

»Ich wünsche Euer Gnaden einen guten Tag. Wie hat es Euch denn in York gefallen, Euer Gnaden?«

Nachdem er die letzte Stufe genommen hatte, trat Trey, die Hände zu Fäusten geballt, so dicht an seinen Bruder heran, daß sich ihre Nasenspitzen fast berührten. »Was, zum Teufel, hast du dir eigentlich dabei gedacht?«

»Ich weiß nicht, was Ihr meint, Euer Gnaden.«

»Was ich meine? Ich habe von einer Reihe meiner Kreditoren erfahren, daß ich ihnen eine ungeheuerliche Summe Geld für eine Garderobe schulde, die ich angeblich bei ihnen gekauft . . .«

». . . die Ihr für Eure zukünftige Braut gekauft habt. Ihr erinnert Euch doch noch an sie, nicht wahr? An dieses seltsame Mädchen, dem es ein wenig an Intelligenz mangelt? Wir können doch die zukünftige Herzogin nicht wie ein zerlumptes Gassenkind herumlaufen lassen, nicht wahr? Was würden Eure Peers wohl dazu sagen?«

»Und für Juwelen«, würgte Trey hervor und begann nun am ganzen Körper zu zittern. »Für Rubine und Saphire! *Große* Steine, die ein *Vermögen* kosten!«

»Sie wird schön aussehen damit. Ganz London wird Euch um sie beneiden!«

»Ganz London – oh, mein Gott!«

»Sie hat bereits ein beträchtliches Aufsehen in der Stadt erregt, Euer Gnaden. Es wird gar nicht so einfach für Euch sein, sie jetzt irgendwo auf dem Land zu verstecken, nachdem sie Geschmack an den feineren Dingen des Lebens gefunden hat.«

»Sie weiß Bescheid, nicht wahr?« sagte Trey, an Clay vorbei ins Haus hineinschauend.

Clayton lächelte. »Ich nehme an, daß du damit unsere Großmutter meinst.«

»Du weißt verdammt genau, wen ich damit meine.«

»Ich könnte mir vorstellen, daß sie nicht ganz ahnungslos ist, nachdem die Nachrichten von Eurer bevorstehenden Vermählung wochenlang die Spalten aller Londoner Zeitungen füllten. Sie haben natürlich auch Anlaß zu allerlei Spekulationen gegeben, Euer Gnaden. Es wurden sogar Wetten bei Crockford's und Brookes' darauf abgeschlossen, ob Ihr die Sache durchziehen würdet oder nicht. Ich habe meine Guineen darauf gesetzt, daß die Angelegenheit einen positiven Verlauf nehmen wird: jetzt, wo unsere Großmutter von Miracles Existenz erfahren hat – und ganz London von Eurer Verlobung.«

»Wo ist sie?« fragte Trey.

»Wer?«

»Das Mädchen, verdammt noch mal! Ist sie hier?«

»Nein.« Clayton beobachtete den alten blinden Tobit, der sich, von seinem Hund begleitet, der ihm gehorsam an der Seite blieb, mit seinem Stöckchen am Bordstein entlangtastend, die Straße hinunterging. »Ich habe sie vor zwei Tagen zuletzt gesehen, als sie mich zwischen London und Islington am Straßenrand absetzte. Ich dachte, ich sollte ihr zwei Tage Zeit lassen, sich wieder zu beruhigen. Ihr wißt ja, wie unvernünftig Frauen sein können, wenn sie glauben, daß man mit ihren Gefühlen spielt.«

»Euer Gnaden. Eure Lordschaft«, sagte Benjamin hinter ihnen. »Ihre Gnaden, die Herzogin von Salterdon, möchte jetzt mit Euch sprechen.«

Clayton trat einen Schritt zurück, hob den Arm und deutete damit in das Haus hinein. »Nach Euch, Bruder«, sagte er grinsend.

Trey musterte ihn böse, während er seinen Rock an den Schultern geradezog und dann seine Manschetten zurechtzupfte.

»Wir sollten sie nicht zu lange warten lassen«, meinte Clayton.

Sie begaben sich nun gemeinsam in die Halle und marschierten im Gleichschritt den Flur bis zu einer geschlossenen Tür hinunter. Dort räusperten sie sich beide gleichzeitig und strichen sich auch im exakt gleichen Moment die Locken aus der Stirn. Und sie dachten beide: *Das alles nur wegen einer Frau. Hoffentlich ist es das wert.*

Vor ihnen schob Benjamin nun die Doppeltüren auf, die ihnen den Weg in einen bescheidenen, spärlich möblierten Raum freigaben, der in den meisten Stadthäusern Londons genügend Platz geboten hätte für eine gutbestückte Bibliothek. Hier waren die Wandregale jedoch größtenteils leer. Und der Kamin hatte, seit Clayton dieses Anwesen vor ein paar Jahren gekauft hatte, kein Feuer mehr gesehen.

Vier Sessel waren über den sonst kahlen Raum verteilt. Einer davon stand an der entfernten Wand vor den Terrassentüren, die auf einen kleinen, von einer hohen Ziegelmauer umgebenen Garten hinausgingen. Zwei weitere Sessel standen nebeneinander in der Mitte des Zimmers dem vierten gegenüber, der im Augenblick von ihrer Großmutter besetzt war, die nun ihre Enkelsöhne mit einem so vernichtenden Blick und einer ihr Mißfallen so deutlich bekundenden Miene betrachtete, wie sich das mit ihrer königlichen Haltung vereinbaren ließ.

»Euer Gnaden«, begrüßte Trey sie mit einer Mischung aus Bangen und erzwungener Munterkeit, »wie wunderbar, Euch so gesund wiederzusehen!«

Die Herzogin zog eine graue Braue in die Höhe, während der Blick ihrer scharfen Augen Clay folgte, der um die beiden Sessel herumging und sich auf den für ihn bestimmten fallen ließ.

›*Du kommst spät*‹, sagte ihr Blick.

›*Ich weiß*‹, gab ihr sein Achselzucken zur Antwort.

›*Du siehst schauderhaft aus*‹, erklärte sie ihm mit einem mißbilligenden Schnauben.

›*Ich habe mich eigens für dich umgezogen, Darling*‹, erwiderte ihr sein Lächeln.

Trey beugte sich über die Hand, die die Herzogin ihm hinstreckte, und drückte einen Kuß auf ihre juwelengeschmückten Finger. »Ihr seht wie immer bezaubernd aus, Großmutter. Findest du nicht auch, Clay, daß Großmutter bezaubernd aussieht?«

»Natürlich«, plapperte Clay ihm wie ein Papagei nach. »Und strotzend vor Gesundheit«, setzte er hinzu, der Herzogin zuzwinkernd.

Die Herzogin entzog Trey ihre Hand und sah ihm kurz in die Augen. »Laß die Katzbuckelei und setz dich.«

Mit einem dünnen Lächeln auf den Lippen kam Trey ihrer Aufforderung nach.

»Ich habe auch nicht vor, wie eine Katze um den heißen Brei herumzuschleichen«, erklärte die Herzogin und trommelte mit den Fingern auf ihre Sessellehne. »Es ist nie meine Art gewesen, euch Jungs mit Samthandschuhen anzufassen. Und ich bin zu alt dazu, um mir das jetzt noch abzugewöhnen.«

»Man kann Euch doch schwerlich als alt bezeichnen, Großmutter«, sagte Trey, lehnte sich in seinem Sessel vor und schenkte ihr ein breites Lächeln.

»Sei still und unterbrich mich nicht«, raunzte sie ihn an und wartete, bis Trey sich wieder in seinen Sessel zurückgelehnt hatte. »Mir ist vor ein paar Tagen zu Ohren gekommen, daß du im Verlauf eines Reformierungsprozesses, den du mit einer gewissen jungen Dame durchführst, ein Vermögen ausgegeben hast, wie deine Gläubiger zu ihrem Mißvergnügen feststellten. *Meine* Verärgerung rührt nun von der Tatsache her, daß du deinen Gläubigern versichert hast, *ich* würde für deine Schulden aufkommen.«

Clayton sah auf die Terrassentüren und grinste hinter der vorgehaltenen Hand.

Trey sagte nichts, sondern rutschte nur unruhig auf seinem Sessel hin und her.

Clayton war sich zwar nicht ganz sicher; aber er glaubte, seinen Bruder stöhnen zu hören.

»Nun?« schnaubte die Herzogin.

»Großmutter«, sagte Clayton und schwenkte der Herzogin ein nachsichtiges Lächeln, »für dieses Problem gibt es doch eine absolut logische Lösung.«

»Und die wäre?« fauchte Trey durch die zusammengebissenen Zähne.

»Trey wird die Schulden, die er inzwischen angehäuft hat, ganz einfach mit dem Geld bezahlen, das Ihr ihm versprochen habt, wenn er dieses Mädchen heiratet, Großmutter.«

Trey setzte sich in seinem Sessel auf, krampfte die Hände um die Armlehnen und funkelte Clayton wütend an. »Ich bezweifle, daß auch nur ein Penny von diesem Geld für mich übrigbleiben wird, wenn ich bedenke, wie groß die Summe ist, die ich jetzt meinen Gläubigern zu erstatten habe, mein teurer Bruder.«

»Was spielt das schon für eine Rolle?« erwiderte Clay mit einem Achselzucken und einem kleinen unbekümmerten Lachen. »Bedenke doch nur, was du dir mit deiner Großzügigkeit alles eingekauft hast – eine schöne Braut, schöne Kinder und eine Herzogin, zu der ganz London aufschauen kann. Du wirst von allen Männern um sie beneidet werden – angefangen bei Seiner Majestät bis hinunter zum letzten Kuhbauern. Alle Türen werden ihr offenstehen. Und du wirst keinen Schritt mehr in dieser Stadt ohne sie machen können, weil dich nämlich sonst die Repräsentanten der Oberschicht mit Fragen bestürmen werden, wo du sie denn gelassen hast.«

Während Clay sprach, fixierte Trey seine Großmutter mit einem starren Blick, während sein Gesicht sich in eine aus Marmor gemeißelte Maske zu verwandeln schien.

»Du scheinst diese junge Dame ja recht gut zu kennen«, wandte sich die Herzogin nun an Clayton. »Hat man sie dir bereits vorgestellt?«

»Nein.«

»Wie ich hörte, soll sie ja geradezu unglaublich schön sein.«

»Ja . . ., das hat man mir auch erzählt.«

»Und intelligent. Sie soll sogar lesen.«

»Tatsächlich?« gab Clayton, die Beine übereinanderschlagend, zur Antwort, als wäre das zwar eine interessante, aber ihn kaum berührende Neuigkeit.

»Und sie reitet wie ein Jockey.«

»Schockierend.«

»Man hat sie erst vor kurzem dabei beobachtet, wie sie

auf dem Wochenmarkt mit einem Geflügelhändler um den Preis eines Suppenhuhns feilschte. Sie könne Seiner Gnaden mindestens alle vierzehn Tage eine Guinee ersparen, indem sie selbst Hühner halten und damit auch die in seinem Haushalt benötigten Eier erzeugen würde, soll sie der Dienerschaft gesagt haben. Wenn Mistress Ellesmere nicht gewesen wäre, würde jetzt im Garten hinter dem Haus in der Park Lane ein Hühnerstall mit einem Dutzend brütender Hühner stehen, fürchte ich.« Ein Lächeln huschte über ihre strengen Lippen, das jedoch rasch erlosch, als sie den Blick wieder auf Trey richtete.

»Es müssen jetzt natürlich Pläne für die Hochzeit gemacht werden.«

»Heißt das, daß Ihr die Eheschließung mit diesem Mädchen befürwortet?« fragte Clayton.

»Selbstverständlich. Hattest du etwas anderes erwartete, Clay?«

Schweigen.

Clayton erhob sich aus seinem Sessel.

Ihre grauen Augen folgten ihm. »Stimmt etwas nicht?«

»Ich denke nicht, daß ich noch gebraucht werde, wenn Ihr nun mit Trey über seine Hochzeitsvorbereitungen sprechen wollt«, erklärte er und ging zur Tür, die im gleichen Moment aufging. Benjamin trat ins Zimmer. Doch ehe der Diener ein Wort sagen konnte, schob Thaddeus ihn zur Seite, riß sich den Hut vom Kopf, als er die Herzogin sah, und blickte dann mit hochrotem Gesicht hilfesuchend zwischen Trey und der Herzogin hin und her, ehe er zu ersterem sagte: »Ich hoffte, Euch hier zu finden, Euer Gnaden.«

Trey erhob sich nun ebenfalls aus seinem Sessel.

»Es handelt sich um Eure Lady, Sir«, sprudelte Thaddeus hervor, während er sich den Schweiß von der Stirn wischte. »Um Miracle – äh – Lady Cavendish. Ich dachte mir, daß Ihr das wissen solltet – obwohl sie mich wahrscheinlich umbringen wird, wenn sie erfährt, daß ich hier war. Ich habe ihr nämlich versprochen, niemandem ein Wort zu sagen, Sir, aber . . .«

Clayton packte den Jungen am Hemd. »Was, zum Teufel, ist passiert?«

Den Blick noch immer auf Trey geheftet, stammelte Thaddeus: »Pretender, Euer Gnaden. Die Lady will heute mit ihm am Rennen teilnehmen.«

»Am Rennen? Welches Rennen?« fragte Clayton.

»Im Hyde Park«, sagte Thaddeus zum Herzog. »Mit Eurem Rennwagen, Sir. Sie hat in den letzten zwei Wochen jeden Abend mit Pretender im Park trainiert. Sie will heute mit ihm gegen die Männer von Eurem Klub antreten, Sir.«

»Gütiger Gott«, murmelte Trey und drehte sich dann zu Clayton um. »Was, zum Henker, soll ich denn jetzt machen?«

»Sie aufhalten natürlich«, erklärte die Herzogin, die jetzt ebenfalls ihren Platz verließ.

»Nun?« meinte Trey, Clayton anblickend.

›*Du bist jetzt für sie verantwortlich*‹, gab ihm Clayton zu verstehen. ›*Ich bin fertig mit ihr*‹, bedeuteten ihm seine eigensinnig aufeinandergepreßten Lippen.

Mit einem Fluch lief Trey aus dem Zimmer. Clayton starrte ihm nach.

»Willst du dich ihm nicht anschließen?« fragte die Herzogin.

»Warum sollte ich das?«

»Aus Neugierde, würde ich meinen. Oder aus Loyalität zur Familie.«

»Familiensinn – ein Wort, das ich allmählich nicht mehr hören kann«, erwiderte Clayton.

Die Herzogin bewegte sich zur Tür. »Ausgerechnet du mußt das sagen, der du die Loyalität stets bis zum äußersten getrieben hast«, murmelte sie leise, und fügte dann mit lauter Stimme hinzu: »Ich finde auch, daß Loyalität zuweilen verdammt lästig sein kann.«

Nachdem Clayton glaubte, Trey einen genügend großen Vorsprung gegeben zu haben, verbeugte er sich kurz vor seiner Großmutter und verließ das Zimmer. Draußen im Korridor wurden seine Schritte dann immer länger, während er in seinem Geist fieberhaft nach alternativen Routen zum Hyde Park suchte. Der Weg über Westminster kam natürlich nicht in Frage, weil er dann die Blackfriars Bridge benützen mußte – da waren zu viele Sonntagsausflügler unterwegs; dieser Flaschenhals war Mord. Vielleicht sollte er die Fleet Street bis zum Strand hinunterfahren, dann über den Saint James' Square zum Piccadilly ...

Was, zum Teufel, hatte sie sich eigentlich dabei gedacht, sich diesem kleinen, zerbrechlichen Rennwagen anzuvertrauen? War es ihr denn egal, daß eine Fahrt mit diesem Flitzer sie das Leben kosten konnte? Oder war das nur wieder einer von diesen Einfällen, mit denen sie ihn ärgern wollte – oder vielmehr Trey, den Herzog ...

»Clayton, Darling!« Blanche Delarue-Madras, seine Mätresse, die er in den letzten paar Wochen buchstäblich vergessen hatte, kam ihm mit ausgebreiteten Armen und einem strahlenden Lächeln auf dem Gesicht im Foyer entgegen, »ich bin endlich aus Paris nach Hause zurückgekehrt!«

Zu Beginn des Rennens standen die Wetten auf Lady Cavendish sechsundfünfzig zu vier. Tatsächlich hatten die ältesten und fachkundigsten Liebhaber und Veteranen dieses Rennsports auf sie gewettet, weil sie, wie sie erklärten, noch nie eine Frau mit einem besseren Fahrstil als Miracle gesehen hätten.

Die Kunde, daß die zukünftige Herzogin von Salterdon gegen die Mitglieder des Jockey Clubs antreten wollte, mußte sich wie ein Lauffeuer in der Stadt verbreitet haben, denn Clayton hatte große Mühe, sich unter Einsatz seiner Ellenbogen einen Weg durch die Zuschauermenge zu bahnen. Männer und Frauen standen auf den Zehenspitzen und verrenkten sich die Hälse, um das Spektakel verfolgen zu können. Als er sich endlich bis zum Rand der Strecke durchgeboxt hatte, war das Rennen bereits vorbei.

Miracle stand auf dem Sitz ihres Rennwagens und winkte den Zuschauern zu, was diese zu noch größeren Begeisterungsstürmen anregte.

»Bravo!« riefen ein paar von ihnen, »Dacapo! Dacapo!«

»Ich habe mein Geld auf das Mädchen gesetzt!« schrie jemand.

Die Menge jubelte.

Miracle warf ihr Kußhände zu.

Clayton, der sich bei seinem Gewaltmarsch durch die Menge etliche Beulen und blaue Flecke eingehandelt hatte, glaubte sich nun eine Verschnaufpause gönnen zu können. Sie hatte das Rennen offensichtlich überlebt – und gewonnen. Wieso war er nicht überrascht?

»Clayton, Darling, wem gilt denn diese ganze Aufregung?« fragte Blanche, die sich bemühte, ihren Rocksaum unter dem Stiefelabsatz eines Zuschauers hervorzuziehen. »Das ist kaum das Willkommen, das ich mir versprochen hatte, als ich zu dir kam und du mich buchstäblich wieder aus dem Haus gezerrt . . .«

»Werde jetzt bitte nicht theatralisch«, unterbrach er sie, während er beobachtete, wie Miracle die Haare über die Schultern rollten, als sie ihre rote Kappe vom Kopf riß und sie in der Luft herumschwenkte. Sie trug eine rote Seidenweste, einen ein wenig zu kurz geratenen Baumwollrock, rote Strümpfe und rote Schuhe.

Blanche reckte sich auf die Zehenspitzen und hüpfte auf und nieder in dem Bemühen, über die Köpfe der Zuschauer hinweg einen Blick auf die Siegerin des Wettrennens zu erhaschen.

»Skandalös.«

»Nicht wahr?« erwiderte er grinsend und warf einen Seitenblick auf seine Mätresse, die ihn argwöhnisch und mit zu einem Schmollen verzogenen roten Lippen musterte.

»Und schön«, setzte sie hinzu, kurz mit dem Kopf nach vorn deutend.

»Nicht wahr?«

»Offensichtlich sind die Gerüchte, die ich über sie hörte, zutreffend.«

»Zweifellos.«

In diesem Moment teilte sich die Menge. Plötzlich erschien der Herzog mit einem vor Erregung hochroten Gesicht auf der Rennstrecke, aber zweifellos in guter Form: Es gehörte sich schließlich nicht, in der Öffentlichkeit seinem Ärger Luft zu machen, und jetzt schon gar nicht, wo er sich gegen Miracle richtete.

Die Zuschauer jubelten erneut.

Trey sagte etwas zu Miracle. Daraufhin sagte Miracle etwas zum Herzog. Clayton kannte diesen Gesichtsausdruck und dieses Feuer in ihren blaugrünen Augen nur zu gut. Er wußte genau, was diese hochgezogenen Schultern und das vorgestreckte Kinn zu bedeuten hatten. Wenn sein Bruder glaubte, daß er etwas damit erreichen würde, wenn er sie jetzt vor ein paar hundert Zuschauern herunterputzte, hatte er sich arg getäuscht. »Vorsicht, großer Bruder«, sagte er laut zu sich selbst. »Sie beißt zurück, wenn sie gebissen wird.«

Trey schlang einen Arm um Miracles Taille und zog sie vom Wagen herunter. Mit Schweißperlen auf der Stirn und einem starren Lächeln auf dem Gesicht, schob er sie nun langsam vor sich her durch die Menge auf das Haus in der Park Lane zu. Männer schlugen ihm auf den Rücken, wollten von ihm den Termin ihres nächsten Rennens erfahren und hofften, daß sie zur Hochzeit eingeladen würden.

Clayton starrte dem Paar nach, das sich langsam von ihm entfernte.

Die Erkenntnis, daß sie nun ihm gehörte – *seinem Bruder* –, traf ihn wie ein Faustschlag in den Magen.

Er drehte sich um und sah, daß Blanche ihn neugierig beobachtete. »Soll ich meinem Kutscher sagen, daß er uns zu meiner Wohnung bringen soll?« fragte sie leise.

Seine Hände in den Hosentaschen vergrabend, nickte Clayton stumm.

Salterdon öffnete die Haustür mit einem Fußtritt und zerrte dann die sich in seinem Griff windende Miracle über die Türschwelle. Gertrude, Ethel und die Köchin stoben vor ihm auseinander wie eine Schar erschreckter Hühner. Ellie baute sich am Fuße der Treppe auf, als wollte sie diese mit ihrem Körper verbarrikadieren. Als er sie dort wie zu einer Salzsäule erstarrt stehen sah, schnaubte er wütend: »Ihr! Ich hätte mir das eigentlich denken können!«

»Euer Gnaden . . .«

»Verräterin! Ihr habt ihn schon immer lieber gemocht als mich!«

»Laßt mich los!« rief Miracle, mit Armen und Beinen zappelnd, und achtete nicht auf diese seltsamen, wütenden Worte, die Salterdon ihrer Freundin ins Gesicht schleuderte. »Wie könnt Ihr es wagen, mich so zu behandeln? Ihr habt kein Recht dazu! Wir sind noch nicht verheiratet, und soweit ich in dieser Angelegenheit etwas zu sagen habe, werden wir das auch nie sein . . .«

»Du hast aber nichts zu sagen, du Fratz!« schnaubte er zornig, schob sie in den Salon hinein und warf die Tür hinter sich zu. Mit dem vor Wut blauroten Gesicht, seinen wilden Augen und den so fest zu Fäusten geballten Händen, daß die Knöchel weiß hervorstanden, sieht er aus wie ein Verrückter, dachte Miracle mit einem momentanen Anflug von Angst und Verzweiflung. Sei vernünftig, sagte sie sich. Mit Sturheit machst du die Sache nur noch schlimmer.

Sie wich, ihre rote Kappe in den Händen drehend, ein

paar Schritte vor ihm zurück. »Ich befand mich keinen Moment lang in Gefahr«, teilte sie ihm mit, als er nun wie ein Leopard im Raum auf und ab lief – die Hände an den Hüften, den Kopf so tief gesenkt, daß ihm die gelockten schwarzen Haare bis zu den Augen hinunterhingen – und ihr den einzig möglichen Fluchtweg aus dem Zimmer versperrte. »Der Trick besteht darin, daß man die Strecke genau kennen muß . . .«

»Sei still«, herrschte er sie an. »Ich versuche, mir darüber klar zu werden, ob ich dich erwürgen möchte oder nicht.«

Sie hob das Kinn ein wenig an. »Gehe ich etwa fehl in der Annahme, daß Ihr Euch nicht so sehr über die Tatsache empört, daß ich mich bei diesem Rennen hätte verletzen oder sogar umbringen können, sondern vielmehr darüber, was Eure so hochgeschätzten Standesgenossen von dieser Geschichte halten werden?«

Ein dünnes Lächeln kräuselte die Lippen seines harten Mundes.

»Endlich seit Ihr wenigstens einmal ehrlich«, schniefte sie. »Soll das heißen, daß es mir jetzt freisteht, nach Cavisbrooke zurückzukehren?«

»Ist es das, was du möchtest?« gab er so rasch zurück, daß Miracle einen Moment lang sprachlos war. Die Erkenntnis, daß jedes Wort, das sie jetzt sagte, über ihre Zukunft entscheiden konnte, ließ ihr Gesicht so kalt wie Eis werden. In den letzten paar Tagen, seit sie Salterdon am Straßenrand hinter einer Staubwolke hatte verschwinden sehen, hatte sie an nichts anderes mehr gedacht als an ihre Rückkehr nach Cavisbrooke – zu ihrem Vater, ihren Pferden und zu ihrem Leben als Einsiedlerin . . . Und daß sie den Herzog von Salterdon nie mehr wiedersehen wollte.

»Antworte mir, verdammt noch mal!«

Sie schrak zusammen und zerdrückte die Kappe zwischen den Händen. »Ich . . .«, begann sie zögerlich. »Ich . . . ja . . . nein. Ich weiß es nicht.«

»Ihr wißt es nicht? Habe ich richtig gehört? Ihr wißt nicht, ob Ihr gewillt wäret, zu heiraten?«

»Wenn ich vielleicht mehr Zeit hätte . . .«

»Zeit? Wofür? Damit Ihr mich noch mehr demütigen könnt? Was habt Ihr denn nun als nächstes vor, Lady Cavendish? Wollt Ihr vielleicht nackt über den Piccadilly Circus reiten? Oder auf einer Revuebühne mit dem Hintern wackeln? Oder soll es diesmal etwas nicht gar so Vulgäres sein? Möchtet Ihr Euch vielleicht um einen Sitz im Oberhaus bewerben . . . oder, was Euch sicherlich besser zu Gesicht stehen würde, im Unterhaus, um dort das gemeine Volk zu vertreten? Sagt mir, was Ihr wollt, Miracle!«

Sie zuckte leicht mit den Achseln und schlug die Augen nieder. »Ich habe in den letzten Wochen lange darüber nachgedacht. Es wäre mir wahrscheinlich am liebsten, wenn ich London wieder verlassen könnte. Womit ich nicht sagen möchte, daß ich unbedingt wieder nach Cavisbrooke zurückkehren will, das ist ein ziemlich düsterer und sehr einsamer Ort, wenn ich so ehrlich bin, mir das auch einzugestehen. Zudem hängen zu viele schreckliche Erinnerungen daran . . .«

Ein Schatten wanderte über ihr Gesicht, und es dauerte einen Moment, ehe sie weitersprechen konnte.

»Ich habe mir vielmehr ein Leben irgendwo auf dem Land vorgestellt«, fuhr sie dann etwas leiser fort. »Wo die Luft rein und der Himmel blau ist und ich meine Hühner, Schweine und Kaninchen um mich haben kann. Und . . . natürlich auch meine Pferde. Napitov. Hasan. Salifa. Ich habe sogar schon daran gedacht, sie mit englischen Pferden zu kreuzen. Wie man mir erzählte, wäre das möglich. Das hat man hier sogar schon versucht, und zwar mit großem Erfolg. Eine Rasse, die die Schnelligkeit der englischen und die Ausdauer der arabischen Pferde in sich vereinigt, wäre unschlagbar auf dem Turf.« Sie merkte, daß ihre Stimme bei den letzten Sätzen immer lauter geworden war vor Begeisterung, und warf einen Blick zu Salterdon hinüber, der in seiner Wanderung durch das Zimmer innegehalten hatte und sie nun mit einem merkwürdigen Gesichtsausdruck anstarrte.

»Es tut mir leid, wenn ich Euch damit beunruhige«, sagte sie. »Und es täte mir leid, wenn sich das nicht mit Eurer Vorstellung vertragen würde, die Ihr von Eurer zukünftigen Frau habt. Aber so bin ich nun mal, Sir. Und so möchte ich auch bis zum Ende meines Lebens bleiben.«

Der Herzog fuhr sich mit beiden Händen durch die Haare und schüttelte den Kopf. Sein Zorn war inzwischen verraucht, und er sagte nun mit müder Stimme, aber im resoluten Ton zu sich selbst: »Ich muß verrückt gewesen sein, mich auf diese Geschichte einzulassen. Nicht alles Geld der Welt ist diese Kümmernisse und Demütigungen wert.«

Blanche hatte sich mit dem Vermögen ihres verstorbenen Gatten nicht nur das Haus in der Drury Lane, sondern auch jenes in Paris und ein drittes in Rom gekauft. Aber das reichte ihr noch nicht. Sie wollte Basingstoke haben. Das war ihr sehnlichster Wunsch.

Nachdem sich Clayton mit zwei Brandys gestärkt hatte, versuchte er, sich Blanche als Bewohnerin seines Hauses vorzustellen – von all den zweihundert Zimmern. Vielleicht war das gar keine so schlechte Idee. Sie war zweifellos hübsch, und man konnte sie sogar als eine Schönheit im landläufigen Sinn bezeichnen. Sie hatte auch Verständnis dafür, daß er zurückgezogen auf dem Land leben wollte. Und obwohl sie seine Vorliebe für die Landarbeit nicht so gut verstehen konnte – seine Freude daran, seine Äcker selbst zu bestellen und mitzuerleben, wie sie seine Mühen mit reichen Ernten belohnten –, gönnte sie ihm dieses ›Hobby‹ und meinte, daß er mit der Zeit schon noch die Lust daran verlieren würde.

Zweifellos würden sie beide auch hübsche Kinder in die

Welt setzen. Aber Blanche hatte mit Kindern nicht viel im Sinn. Sie hatte sich nach dem Tod Ihres Gatten gerne dazu überreden lassen, das Sorgerecht für ihren einzigen Sohn der Familie ihres verstorbenen Mannes zu übertragen – allerdings nur gegen eine Abfindung von hunderttausend Pfund.

Seine Großmutter mochte Blanche nicht. Sie nannte sie eine ›Kokotte mit Stammbaum‹.

Tatsächlich hatte ihn die Eröffnung neulich, daß auch Trey mit ihr geschlafen hatte, keineswegs überrascht. Er hatte von Anfang an diesen Verdacht gehabt. Es hatte ihn damals nicht gestört und störte ihn auch heute nicht.

Vielleicht *sollte* er Blanche heiraten, eine Ehe mit ihr konnte ihn sicher ablenken, so daß er nicht ständig an Miracle denken mußte.

»Mylord«, sagte eine Stimme hinter ihm, »Ihre Ladyschaft ist bereit, Euch jetzt zu empfangen.«

Er goß einen Drink für Blanche ein und füllte sein Glas mit Brandy nach. Dann stieg er mit den Gläsern langsam die Treppe hinauf – mit einem Gefühl, als würde er einen Berg besteigen.

Blanche lag bereits im Bett, ihre aufgelösten schwarzen Haare wie einen Fächer um sich herum ausgebreitet. Ihre Haut sah genauso weiß aus wie das Kopfkissen. Ihre Lippen waren rot, ihr Mund lächelte.

»Du hast lange auf dich warten lassen«, meinte sie nekkisch und klopfte dann mit der Hand auf die Matratze neben sich.

Clayton blickte sich im Zimmer um. Blanches Kleider lagen säuberlich zusammengefaltet auf einem Stuhl an der Wand. Ihm kam plötzlich der Gedanke, daß sie ihn bei all ihren zahlreichen gemeinsamen Liebeseskapaden stets im Bett erwartet hatte, immer mit ihren ordentlich zusammengefalteten Kleidern auf diesem Stuhl an der Wand.

Vor Miracle hatte er Spontaneität überhaupt nicht gekannt. Die Leidenschaft war stets eine gezügelte Angelegenheit gewesen. Und was die Lust anlangte – so durfte ein Mann in seiner Position an so etwas gar nicht denken oder es gar einer Frau zumuten.

Er hatte noch nie eine Frau so heftig begehrt wie Miracle.

Er schüttete den Brandy hinunter. Dann den Drink, den er für Blanche mitgebracht hatte. Er ließ die Gläser auf den Boden fallen, und sie schraubte die Augenbrauen in die Höhe.

»Raus aus dem Bett«, befahl er.

»Wie bitte?«

»Ich sagte, raus aus dem Bett. Leg dich auf den Boden. Oder dort drüben in den Sessel. Oder auf das Fensterbrett. Überallhin – nur nicht in dieses verdammte Bett!«

Sie setzte sich auf, das Laken vor die Brüste haltend. »Du bist betrunken«, sagte sie.

»Nein. Bin ich nicht.«

Sie sah ihn eine Weile mit ihren großen dunklen Augen an, ehe sie langsam die Beine über die Bettkante schwang und mit einigem Widerstreben das Laken, das sie sich vorgehalten hatte, fallen ließ.

Sie hatte exquisite Brüste – voll und schwer. Und obwohl ihre Taille eine Idee zu üppig war für seinen Geschmack (sie führte das auf ihre Schwangerschaft zurück, aber seiner Vermutung nach war eher die französische Küche daran schuld), waren ihre Hüften hübsch gerundet und ihre Schenkel lang und fest.

»Du bist schön«, sagte er sanft.

»Aber . . .«

Er blickte auf die beiden Gläser auf dem Boden und wünschte sich, er hätte die ganze Flasche Brandy mitgenommen, als er in ihr Schlafzimmer hinaufging.

»Da ist doch noch etwas, nicht wahr, Clayton? Nun schau mich bloß nicht so an, Clay. Du hast noch nie lügen können. Das ist dir einfach nicht gegeben. Eine Welt von Gefühlen spiegelt sich in deinen Augen, selbst wenn dir das nicht bewußt sein sollte.« Sie hob das Laken vom Boden auf und wickelte es um ihren Körper. »Ich hatte gleich so einen Verdacht, als ich dich am Nachmittags in deinem Haus begrüßte. Da hast du mich nämlich nicht an-, sondern durch mich hindurchgeschaut. Und später dann, im Park, war ich mir sicher: Du bist in diese Miracle Cavendish verliebt.«

Ein Lächeln wanderte nun über ihr Gesicht, als sie zu dem Stuhl an der Wand ging und sich anzukleiden begann.

»Ich bin nämlich schon vor einer Woche nach London zurückgekommen. Ich hörte das Gerede, daß Seine Gnaden in nächster Zeit vorhabe, zu heiraten. Und zwar ein Mädchen, das er vor ein paar Monaten auf einer Insel kennengelernt hatte und von dem er so angetan gewesen wäre, daß er auf die Insel zurückgegangen sei, um ihm den Hof zu machen. Da war nur ein Haken an dieser Geschichte. Zufällig ist nämlich Treys momentane Mätresse eine meiner besten Freundinnen, und sie hat mir im Vertrauen erzählt, daß Seine Gnaden die Wochen, in denen er angeblich diesem Mädchen den Hof gemacht hat, mit ihr verbracht hat.«

Blanche zog die Bänder an ihrem Hemd zu Schleifen zusammen und drehte sich zu ihm um. »Habe ich dir nicht schon vor Jahren gesagt, daß du damit aufhören sollst, deinem Bruder ständig aus irgendwelchen Klemmen befreien zu wollen, weil du sonst nämlich eines Tages ebenso wie er bis zum Hals im Schlamassel stecken würdest? Nun siehst du, wie recht ich hatte. Du hast jetzt zwar endlich die Frau deiner Träume gefunden, und es ist dir auch gelungen, ihre Einwilligung zu einer Eheschließung zu erhalten – aber mit einem anderen Mann, deinem Bruder. Wie typisch für dich!«

Sie stieg in ihr Kleid, ging zu Clayton und bot ihm ihren Rücken dar.

»Du hast das aber recht gefaßt aufgenommen«, meinte

er, an den winzigen Perlknöpfen ihres Kleides herumfummelnd.

»Habe ich denn eine andere Wahl?«

»Du könntest mir doch jetzt eine Szene machen. Die meisten Mätressen würden das tun, wenn man ihnen den Laufpaß gibt.«

»Ich habe dich viel zu gern, um so etwas zu tun.«

Er nahm die Hände von ihrem Rücken, nachdem er ihr das Kleid zugeknöpft hatte.

Sie drehte sich wieder zu ihm um und lächelte ein bißchen traurig. »Was wirst du jetzt tun?«

»London so bald wie möglich verlassen.«

»Um nach Basingstoke zu fahren?«

»Das weiß ich noch nicht so genau.«

»Es ist dir doch klar, daß du den beiden nicht ständig aus dem Weg gehen kannst. Du wirst sie eines Tages wiedersehen müssen.«

Clayton gab ihr darauf keine Antwort, drehte sich um und verließ das Zimmer. Blanche lief ihm nach, blieb dann aber unter der Haustür stehen, und ihre Stimme schwankte ein wenig, als sie rief: »Vielleicht schau ich mal gelegentlich bei dir in Basingstoke vorbei – falls dir das recht ist.«

»Du bist jederzeit willkommen«, gab er zurück.

Kurz nach Einbruch der Dunkelheit hüllte ein Nebel die Stadt ein. Ein graues, nasses Tuch war über alles gebreitet, und die beleuchteten Fenster der Häuser schienen wie kleine, trübe Laternen im Dunst zu schweben.

Clayton stand mit Benjamin auf dem Gehsteig vor dem Haus in der Park Lane.

»Wie schön, daß wir jetzt endlich nach Basingstoke zurückkehren«, sagte Benjamin, während er seine Reiseflasche entkorkte. »Meint Ihr nicht auch, Mylord?«

»Ja«, murmelte Clayton und starrte zu dem dunklen Haus hinauf. Die Kutsche seines Bruders wartete hinter ihm am Gehsteigrand. Sie stand schon seit dem frühen Nachmittag dort – seit Trey eine widerspenstige Miracle vom Rennplatz entfernt und in sein Haus zurückgebracht hatte.

»Was, zum Teufel, macht er denn hier so lange?« sagte Clayton. »Es ist bereits Mitternacht, verdammt noch mal...«

Ben hob die Reiseflasche an den Mund. »Vielleicht haben die beiden sich inzwischen versöhnt, Sir, und er schmust jetzt mit ihr.«

Clayton warf seinem Diener einen so bitterbösen Blick zu, daß dieser rasch noch einen Schluck aus seiner Reiseflasche nahm, ehe er sie wieder mit dem Korken verschloß und in seiner Rocktasche verstaute. »Pardon, Mylord, aber ihr hattet wirklich genügend Gelegenheit dazu, Euch mit ihr...«

»Ich weiß das, verdammt noch mal!«

Ben klappte den Mund zu.

»An dem Tag, als sie nach Islington fuhr, um dort Lord Cavendish aufzusuchen, hatte ich mir fest vorgenommen, ihr alles zu sagen. Ich kam mit zwei Blumensträußen hierher. Aber nachdem sie mit ihrem Vater – Cavendish – geredet hatte, war sie so verstört, daß ich es nicht fertigbrachte. Sie hatte soeben erfahren, daß dieser Mann nicht das war, wofür sie ihn immer gehalten und woran sie immer geglaubt hatte. Wie konnte man da von mir erwarten, daß ich ihr sagte, daß auch ich nicht der Mann war, für den sie mich hielt? Man hatte sie ihr ganzes Leben lang nur getäuscht und belogen, Ben. Ich brachte es einfach nicht fertig, ihr noch eine Enttäuschung zu bereiten. Nicht an jenem Tag...«

»Und jetzt?«

»Nein, nicht jetzt. Und auch in Zukunft nicht. Sie wird eine großartige Herzogin abgeben, Ben. Ich wußte das sofort, als ich sie heute nachmittag dort drüben auf dem Rennwagen stehen sah und die Menge ihr zujubelte. Der Jubel galt nicht ihrem Sieg, sondern ihr selbst, Ben. Miracle hatte ihre

Herzen erobert. Und vielleicht werden nun auch diese blaublütigen Schafsköpfe ein Vorbild in ihr sehen, dem sie nacheifern können. Ich wette mit dir, wir werden demnächst Frauen in die Buchläden strömen sehen, Frauen, die im Sattel von Rennpferden und auf den Bänken im Ober- und Unterhaus sitzen. Und die Hospitäler von Saint Luke's und Bethlem werden sich wundern, wieso sie plötzlich so wenig Zugänge an geisteskranken Frauen haben. Sie ist genau das, was England so dringend nötig braucht. Eine Heldin.«

»Und wie steht es mit dem, was Ihr braucht, Sir? Und sie selbst?«

»Ob er will oder nicht – Trey wird sie mit der Zeit lieben lernen. Er kann ja gar nicht anders. Und vielleicht wird es ihm dann gelingen, auch in emotionaler Hinsicht ihre Erwartungen zu erfüllen.«

»Aber Ihr selbst, Mylord. Wie wollt Ihr denn zurechtkommen ohne sie?«

»Ich . . . weiß es nicht.« Endlich wandte Clayton den Blick von dem dunklen Haus ab und schaute seinem so sehr um ihn besorgten Diener und Freund in das Gesicht. »Ich weiß es nicht«, wiederholte er, wandte sich ab und ging die dunkle Straße hinunter, an deren Ende die von ihm gemietete Droschke auf ihn wartete. »Laß uns jetzt nur so rasch wie möglich von hier verschwinden, Ben.«

Liebe erquickt wie Sonnenschein nach Regen.

William Shakespeare

Kapitel zweiundzwanzig

Das Londoner Domizil der Herzogin befand sich in der Nähe von Saint James' Square – einen Steinwurf vom Saint James' Palace und nur eine kurze Wegstrecke vom Parlament entfernt. Während Miracle, die eine Botschaft von der Herzogin erhalten hatte, die sie auf unmißverständliche Weise dazu aufforderte, sich sogleich in ihrem Stadthaus einzufinden, nun schon seit einer guten halben Stunde in einem kleinen Raum neben dem Foyer stillsitzen und darauf warten mußte, daß die Herzogin sie empfing, erzählte ihr Ellie die Geschichte des Hauses. Bei der Entscheidung, an dieser Stelle ein Haus zu errichten, hatte nicht etwa der Wunsch des Herzogs und der Herzogin von Salterdon eine Rolle gespielt, möglichst nahe bei ihren königlichen Vettern und Kusinen zu wohnen, sondern vielmehr das Verlangen Seiner Gnaden, des verstorbenen Gatten der Herzogin, sich jeden Morgen sowohl bei Regen wie bei Sonnenschein zu Fuß ins Parlament begeben zu können.

»Er war ein überaus distinguierter und hübscher Mann«, erklärte ihr Ellie, »und sehr beliebt bei allen, die ihn kannten. Er fand, daß nur Wissen und Bildung den Menschen adelt, und hat wie sein Sohn und seine Enkel in Oxford studiert. Ja, der Gatte der Herzogin war ein überzeugter Philanthrop.«

Miracle mochte jetzt nicht länger still auf ihrem Stuhl sitzenbleiben und begann im Zimmer auf und ab zu wandern.

»Ihr habt wirklich keinen Grund, jetzt nervös zu werden, Darling«, redete Ellie auf sie ein. »Ich bin ganz sicher, daß die Herzogin den Schock, Euch in einem Rennwagen durch die Rotten Row rasen zu sehen, längst überwunden hat. Schließlich ist seit dem Rennen bereits eine Woche vergangen, und wenn Ihre Gnaden Euch deswegen einen Rüffel hätte erteilen wollen, hätte sie Euch bereits am vergangenen Sonntag hierherzitiert.«

Als Miracle an einem Bild mit einem Pferd vorbeikam, das an der den Fenstern gegenüberliegenden Wand hing, hielt sie mitten im Schritt inne, während ihr Herz heftig zu pochen begann.

»Das ist ein Gemälde von Virgilius Erichsen«, erklärte Ellie, die hinter sie getreten war. »Die Frau, die auf diesem grauen Araberhengst reitet, ist Katharina die Große. Wie sein Vater liebte der Sohn der Herzogin arabische Pferde über alles und reiste mit seiner Familie in der Hoffnung nach Ägypten, dort eine Reihe arabischer Hengste kaufen zu können und sie hierher nach England zu bringen, um seine englischen Zuchtstuten mit ihnen zu kreuzen.«

»Aber das Schiff ging unter«, murmelte Miracle.

»Ja. Und nachdem die Herzogin erst ein paar Monate zuvor ihren Gatten und nun auch ihren einzigen Sohn verloren hatte, trauerte sie viele Jahre lang.«

Miracle ging nun weiter bis zu einer offenen Tür, die in das Innere des Hauses hineinführte, und sah dort auf seidenen Wandbildern gelb gewandete Mandarine unter pfirsichfarbenen Baldachinen sitzen. Auf allen Kaminaufsätzen und Kronleuchtern schienen sprungbereite, krallenbewehrte Drachen zu lauern, sich über Teppiche und Vasen hinzuschlängeln oder sich als Statuen in furchtgebietender Pose aufzurichten.

»Der Orient ist die Leidenschaft Ihrer Gnaden«, erklärte Ellie. »Sie hat kurz nach ihrer Heirat mit ihrem Mann mehrere Monate lang den Fernen Osten bereist. Es war, wie sie sagt, die schönste Zeit ihres Lebens.«

»Warum erzählt Ihr mir das alles?« fragte Miracle.

»Damit Ihr besser versteht, wie sie zu dem wurde, was sie heute ist. Sie war auch einmal so jung und verliebt wie Ihr. Und sie will nur das Beste für ihre Enkelkinder.«

In diesem Moment erschien ein Diener und bat sie, ihm zu folgen. Er führte sie durch einen langen Korridor zum Audienzzimmer der Herzogin, die sie dort in einem thronähnlichen Sessel erwartete. Sie trug ein chinesisches Gewand aus weinroter Seide, das mit kleinen goldenen Drachen bestickt war, und ihre aufgelösten silberweißen Haare fielen ihr lockig und schön über die Schultern bis zur Taille hinunter. Sie sah jetzt nicht mehr wie eine Frau von achtzig Jahren aus, sondern viel jünger – vital, tatkräftig und mit dem Feuer der Jugend in ihren Augen.

Ihr Enkelsohn, der Herzog, Miracles Verlobter, stand aufmerksam an ihrer Seite – wie immer tadellos gekleidet, jedes Härchen an der richtigen Stelle und den hübschen Mund zu diesem herablassend arroganten Lächeln verzogen, das Miracle stets so empörend gefunden hatte.

Nur war das ja nun nicht mehr ihr Verlobter. Sie kannte diesen Mann nicht mehr. Sie wollte ihn auch nicht mehr kennen.

Der Mann, in den sie sich verliebt hatte, würde sie niemals vom Rennwagen heruntergezerrt und sie stundenlang auf eine überaus herzlose Weise mit Worten gegeißelt haben. Der Mann, in den sie sich verliebt hatte, würde sie niemals so lange mit Spott und Hohn übergossen haben, bis sie trotz all ihrer Bemühungen, diesem Bombardement zu widerstehen, in Tränen ausgebrochen war. Der Mann, in den sie sich verliebt hatte, würde ihr niemals solche Vorwürfe wegen ihres angeblich schändlichen Betragens gemacht, sie niemals mit Drohungen eingeschüchtert oder ihr verboten haben, nie mehr, solange sie beide lebten, auch nur in die Nähe eines Pferdes zu kommen.

Lieber würde sie sterben, als sich dieser Anordnung beugen.

Die Doppeltüren schlossen sich hinter ihnen. Ellie, die einen halben Schritt hinter Miracles rechter Schulter stand, machte einen Knicks und flüsterte Miracle ins Ohr: »Erweist ihr Euren Respekt!«

Miracle knickste.

»Soso«, sagte die Herzogin, »Ihr hattet also beschlossen, meine ersten beiden Aufforderungen, Euch hier einzufinden, zu ignorieren. Weshalb?«

»Ich hatte nichts zu sagen, Euer Gnaden.«

»Und was für Gründe hattet Ihr für Eure Weigerung, meinen Enkel zu sehen?« Die Herzogin wies mit der Hand kurz auf den Herzog, der die Lippen zusammenpreßte und dessen graue Augen so hart wie Stein waren, als er Miracle jetzt ansah, so daß sie erschauerte.

»Ich hatte ihm ebenfalls nichts zu sagen.«

»Und weshalb nicht?«

Sie hob das Kinn und kaute auf der Unterlippe. Dann sagte sie: »Er war grob zu mir. Nein, nicht nur grob, sondern gemein. Geradezu infam. Er sagte, ich wäre ein bescheuertes, dämliches, hirnloses, schwachsinniges Frauenzimmer. Und daß ich mich umtaufen lassen sollte, weil ich kein Mirakel, sondern eine Katastrophe für die Menschheit sei.«

Ihre Augenbrauen wölbend, trommelte die Herzogin mit den Fingern auf ihre Sessellehnen. »Das hat er alles gesagt?«

»Das und noch mehr.«

»Nun verratet mir mal, was Euch dazu veranlaßte, an diesem Spektakel teilzunehmen.«

»Ich nahm daran teil, weil ich das wollte.«

»Macht Ihr denn immer, was Ihr wollt, meine Liebe?

Selbst wenn Ihr damit Euer Leben und das anderer Menschen gefährdet?«

»Ich war nicht in Gefahr. Seine Gnaden weiß sehr genau, wie gut ich mit Pferden umgehen kann.« Sie wandte sich an den Herzog und fuhr fort: »Ihr habt mich ja oft genug auf Napitov reiten sehen, oder etwa nicht?«

Er sagte nichts, starrte sie nur verständnislos an.

Sie straffte die Schultern und richtete den Blick wieder auf die Herzogin. »Ich vermute, daß Ihr mich jetzt wieder nach Hause schicken werdet, nachdem ich Euch solche Unannehmlichkeiten bereitet habe, Euer Gnaden.«

»Ah. Ich glaube, ich fange an zu begreifen. Ihr dachtet, wenn Ihr solche törichten Sachen anstellt wie am letzten Sonntag im Hyde Park, werde ich Euch mit Sack und Pack wieder dorthin verfrachten lassen, wo Ihr hergekommen seid. Keine Rede von einer Heirat mehr. Meinem Enkelsohn würde so die Peinlichkeit erspart, daß Ihr selbst die Verlobung löst . . . Kluges Mädchen, aber nicht klug genug. Nein, ich werde Euch nicht in die Wüste schicken, meine Liebe.«

»Aber Ihr könnt doch jetzt nicht mehr wollen, daß ich ihn heirate, nicht wahr?« rief sie.

»Ihr habt mir bisher keinen logischen Grund dafür geliefert, warum ich mir das nicht wünschen sollte.«

»Und wo bleiben meine Wünsche?«

»Wie sehen diese aus?«

Miracle bedeckte das Gesicht mit den Händen. Sie versuchte zu atmen, klar zu denken. Sie hatte das Empfinden, als stünde sie vor Gericht und müßte ihr Leben verteidigen. Nur daß in diesem Moment ihr Leben überhaupt keinen Sinn hatte. Dieser Wirrwarr der Gefühle, unter dem sie litt, war kaum noch zu ertragen.

Schließlich richtete sie den Blick erneut auf Salterdon, der sie mit versteinertem Gesicht ansah.

»Ich *möchte* Euch ja noch immer lieben«, gestand sie ihm mit bebender Stimme. »Wenn ich eine Ähnlichkeit mit dem

Mann wiederfinden könnte, der Ihr auf der Insel gewesen seid ... *Er* war gütig. *Er* lachte über meine Schweine, sprach sogar mit ihnen. Oh, streitet das jetzt nicht ab, Euer Gnaden. Ich habe doch selbst gesehen, wie Ihr mit Chuck geredet habt, als Ihr Euch unbeobachtet glaubtet.«

Er kräuselte die Lippen.

»Ihr habt John behandelt wie Euresgleichen. Ihr habt meinen Haferbrei genossen. Ihr habt mich zu meinen Träumen ermutigt. Eure Augen waren sanft, Eure Hände warm. Ihr habt meine Haare geliebt, wenn sie aufgelöst im Wind flatterten. Ihr habt mich Meri Mine genannt. Ihr habt meine Ehre verteidigt, ein Ritter in schimmernder Rüstung. Ihr habt Euer Gesicht in den Wind gehalten, und ich brachte Euch das Fliegen bei.« Sie schluckte und holte tief Luft.

»Ihr wart verletzlich damals. Ich konnte Euch anrühren – berühren. Konventionen haben Euch nichts bedeutet.

Ihr habt ausgesehen wie ein Bauer.

Und Ihr habt sogar daran gedacht, mir eine Freude zu machen, indem ihr ein Dutzend Hemden kauftet, die Ihr gar nicht brauchtet, nur weil ich sie genäht hatte.«

Die Herzogin räusperte sich. »Es müssen natürlich jetzt Vorbereitungen für die Hochzeit getroffen werden«, erklärte sie in einem viel freundlicheren Ton. »Ich bin jedoch der Meinung, daß Ihr die Zeit bis zu Eurer Vermählung nicht hier in London verbringen solltet, mein Kind. Zuweilen ist eine vorübergehenden Trennung sehr nützlich für die Heilung emotionaler Wunden.« Sie stand von ihrem Sessel auf, ging zu Miracle und faßte sie mit ihren weichen, kühlen, juwelengeschmückten Fingern sacht unter das Kinn. »Ich kann verstehen, warum mein Enkelsohn so von Euch angetan war, daß er sich in Euch verliebte.« Sie drehte sich von Miracle weg. »Mistress Ellesmere?«

Ellie trat vor und knickste.

»Ihr sorgt dafür, daß Miracles Sachen noch heute gepackt werden. Ich denke, daß ein Aufenthalt auf dem Land ihrem Geist guttun wird, von ihrem Herzen ganz zu schweigen.«

»Jawohl, Euer Gnaden. Darf ich fragen, wohin Lady Cavendish verreisen wird?«

»Nach Salisbury«, erwiderte die Herzogin. »Auf den Landsitz Basingstoke.«

Es war ihnen kaum Zeit geblieben, sich an die veränderte Situation zu gewöhnen. Die plötzliche Verbannung nach Basingstoke war sowohl für Miracle wie für Ellie überraschend gekommen. Als sie in das Haus in der Park Lane zurückkamen, waren ihre Sachen bereits gepackt, hatte Gertrude einen Korb mit Reiseproviant für sie vorbereitet, und Ethel überreichte Miracle einen Strauß gelber Rosen, die sie selbst im Garten gepflückt hatte. Und Thaddeus' Gesicht war glühend rot geworden, als Miracle ihn für all seine Mühen mit einem Kuß auf die Wange belohnt hatte.

Als Miracle das Haus verließ, das sie ein paar Wochen lang als ihr Heim betrachtet hatte, fragte sie sich, ob sie es wohl jemals wiedersehen würde. Sie war sich nicht sicher, ob sie es wiedersehen wollte. Sie fühlte sich wie betäubt. Und unglücklich. Sie wäre am liebsten nach Cavisbrooke zurückgekehrt – zu ihren Pferden und zu ihrem Vater. Würde er ihr verzeihen, daß sie damals von ihm geschieden war, ohne sich noch einmal zu ihm umzuwenden oder ihm Aufwiedersehen zu sagen? Man stelle sich das nur vor nach all den Jahren, nach den vielen Malen, wo sie sich gewünscht hatte, daß Johnny ihr Vater sein möge, war er das jetzt tatsächlich.

Was Miracle auf der Reise nach Basingstoke besonders auffiel, war die Schönheit der Landschaft: das sattgrüne Gras und Laubwerk, die milde, feuchte Luft, die Wiesen voller leuchtend gelber Butterblumen und die Täler mit den mächtigen, turmhoch vor dem blauen Himmel aufragenden Ulmen.

Sie fuhren an prächtigen Bauernhäuser vorbei, mit kunstvoll gestalteten Fassaden aus Ziegel- oder Feldsteinen, mit Hecken, die an Filigranarbeiten erinnerten, und Gärten, so bunt und leuchtend wie Emaille. Am Rand der Dörfer standen Rasthäuser, wo die Gäste im Schatten weitausladender Eichen und Kastanien gemütlich ihr Bier tranken und alte Männer ihre Krüge zum Gruß erhoben, wenn die Kutsche an ihnen vorbeirollte. Und da waren auch immer wieder diese alten grauen Kirchen und Scheunen, die wie Urgestein aus dem Boden herausgewachsen zu sein schienen.

Da es Sonntag war, läuteten überall die Kirchenglocken – eine ununterbrochene Kette von Melodien, die über das Land hallten wie Engelsmusik. Familien kamen aus ihren Häusern, versammelten sich auf dem Dorfplatz, waren unterwegs auf Straßen und Wiesen. Mädchen in weißen Kleidern hüpften über Blumenteppiche, während die hellen Stimmen eines Knabenchors wie jubilierende Lerchen zum Himmel aufstiegen.

»Schön, nicht wahr?« fragte Ellie, den Blick auf die vorbeigleitenden Häuser und Wiesen gerichtet.

»Die schönste Landschaft, die ich je in meinem Leben gesehen habe«, erwiderte Miracle wahrheitsgemäß und lächelte zum erstenmal an diesem Tag. Sie war so aufgeregt, als würden Schmetterlinge in ihrem Magen flattern, und die Verzweiflung und Verwirrung der letzten Tage und Wochen schienen ihr jetzt nicht mehr so gewichtig zu sein. Dieses Land und dieser Himmel und die Freiheit, mit der man das alles genießen konnte, waren Balsam für ihre Seele. »Wie lange wird es denn jetzt noch dauern, bis wir nach Basingstoke kommen?« fragte sie erwartungsvoll.

»Aber, meine Liebe – Ihr befindet Euch bereits seit einer guten Viertelstunde auf dem Boden von Basingstoke!«

Überrascht betrachtete Miracle nun die Hügel und Täler, an denen sie vorbeikamen, noch etwas genauer. Ja, sie sah es jetzt – bei aller Vielfalt hatte die Landschaft ein einheitliches Gepräge. Die hohen Eichen, die Hecken aus Ulmen und auf den fernen Wiesen immer wieder kleine Wälder mit Laub- und Nadelhölzern.

Ellie rief dem Kutscher zu, daß er anhalten sollte, stieg aus und sagte zu Miracle: »Kommt, meine Liebe. Man kann die Schönheit und die heitere Ruhe dieser Landschaft nicht so richtig einschätzen, wenn sie an einem vorbeifliegt. Hier, nehmt meine Hand und laßt uns auf den Hügel dort drüben steigen.«

Miracle nahm Ellies Hand, die so warm und schmal war wie ihre eigene und die ihre nun so fest und innig drückte, daß Miracle fast die Tränen kamen.

Als sie den Scheitel der Anhöhe erreicht hatten, blieben sie stehen, und Miracle stockte der Atem. Vor ihren Augen breitete sich eine gepflegte Kulturlandschaft mit sorgfältig bestellten Äckern und üppigen grünen Weiden bis zum Horizont aus. Die mit Mais, Gerste, Roggen und Weizen bestellten Felder waren durch Hecken voneinander getrennt, und im Osten grasten Schafe, während im Westen Kühe weideten. Das Ganze war mit einem Netzwerk von Straßen und Fahrwegen überzogen, die über Hügel und durch bewaldete Täler zu steinernen, strohgedeckten Häusern führten, die bis zu den Schornsteinen hinauf in die Blätter von emporrankenden wilden Wein- oder Efeupflanzen eingehüllt waren. Und alle Wege und Stege – selbst der kleine Pfad, auf dem Miracle und Ellie jetzt standen – waren von Heckenrosen, Geißblatt und wilden Blumen eingesäumt.

»Basingstoke?« fragte Miracle ehrfürchtig.

»Alles, was Ihr da vor Euch seht«, erwiderte Ellie stolz. »Diese Häuser dort unten gehören den Pächtern von Basingstoke. Natürlich sind es in der Mehrzahl Bauern und deren Familien, die hier leben. Aber auch viele Handwerker, die zu den besten in England gehören. Darunter findet Ihr Holzfäller, Hürdenmacher, Speichenmacher und Stellmacher. Aber auch Schmiede, Schreiner, Maurer, Steinmetze und Zimmerer. Sie bauen hier die Zäune, die Scheunen, die

Wasser- und die Windmühlen. Die Kirche, an der wir vorhin vorbeigekommen sind, hat Basingstoke für seine Arbeiter errichten lassen, um nicht die Gasthäuser zu erwähnen, die wir in den Dörfern gesehen haben. An den Werktagen wird die Kirche als Schule benützt, in der die Kinder der Pächter und Landarbeiter unterrichtet werden. Lord Basingstoke erlaubt nicht, daß Kinder unter zwölf Jahren Feldarbeiten verrichten. Er ist der Meinung, daß Bildung für einen jungen Geist das allerwichtigste ist. Ich darf hier vielleicht erwähnen, daß Seine Lordschaft sein Examen in Oxford mit magna cum laude bestanden und anschließend in Gray's Inn Jura studiert hat.«

»Meint Ihr, daß wir Lord Basingstoke hier auch einmal zu Gesicht bekommen werden?« fragte Miracle.

»Da bin ich mir nicht sicher«, erwiderte Ellie mit einem leichten Stirnrunzeln. »Wie ich hörte, soll er sich auf eine Auslandsreise begeben haben und sich in Paris aufhalten.«

»Wie schade«, meinte Miracle seufzend. »Ich würde ihn gern kennenlernen. Nach allem, was ich bisher über ihn erfahren habe, scheint er ... außergewöhnlich zu sein.« Sie schloß die Augen und hob das Gesicht zur Sonne empor. Der Wind küßte ihre Wangen und spielte mit ihren Haaren. Was für eine Ruhe hier herrschte, die nur gelegentlich von dem Schwirren eines auffliegenden Rebhuhns oder Fasans durchbrochen wurde! So ein Frieden war ihr nicht mehr vergönnt gewesen, seit sie Cavisbrooke verlassen hatte.

»Wir haben es jetzt nicht mehr weit«, hörte sie Ellies Stimme, öffnete widerstrebend ihre schweren Lider und sah, wie Ellie auf einen Hügel in der Ferne deutete. »Gleich dahinter liegt Basingstoke Hall.«

Nichts hätte sie darauf vorbereiten können. Nichts.

Aus der Kutsche steigend, starrt Miracle sprachlos das Haus an. Nur war es gar kein Haus. Es war ein Palast. Und selbst dieser Begriff schien noch eine Untertreibung für das Gebäude zu sein, das sie jetzt vor Augen hatte.

»Basingstoke hat diesen Landsitz vor zehn Jahren bei einem Kartenspiel gewonnen«, erklärte Ellie und gab dem Kutscher mit einem Kopfnicken zu verstehen, daß er ihr Gepäck ausladen könne. »Er war damals erst zwanzig. Und das Haus, das Ihr vor Euch seht, war nicht viel mehr als eine Ruine.«

Miracle bewegte sich langsam auf dem breiten, gepflasterten Fußweg auf die mächtigen Marmorsäulen der Vorhalle zu, während sich links und rechts von ihr Rasenflächen wie grüne Seen ausbreiteten, durch die sich Fußpfade zu Springbrunnen und von Mauern umfriedeten Gärten schlängelten. Wie raffiniert hier doch Künstliches mit Natürlichem zu einem Ganzen vereinigt war, der Rasen in einen Park überging, in dem Teiche unter Bäumen in der Sonne schimmerten und ein Reh, das in der Ferne graste, den Kopf hob und sie auf eine solche Weise beobachtete, daß Miracle davon überzeugt war, sie hätte zu dem Tier hingehen und es streicheln können.

Die Türen öffneten sich vor ihr.

Ellie redete leise mit dem Haushofmeister, aber Miracle hörte ihnen nicht zu. Sie stand in der Mitte der Eingangshalle, drehte sich langsam im Kreis und bestaunte die mit etruskischen Fabeltieren geschmückten mächtigen Säulen aus Porphyr. An der Decke, die sich in einer Höhe von mindesten fünfzehn Meter über ihr wölbte, schwebten im Stil des italienischen Barocks gemalte Cherubine und Engel, und der riesige Kristallüster, der von der Mitte der Kuppel herabhing, würde des Abends die Halle im Licht von ein paar hundert Kerzen erstrahlen lassen.

»Wie ich soeben von Marvin hörte, soll Lord Basingstoke sich doch nicht im Ausland, sondern hier auf seinem Landsitz aufhalten. Da seine Dienerschaft jedoch von unserer Ankunft nicht unterrichtet war, müssen wir annehmen, daß

Ihre Gnaden es versäumt hat, Seine Lordschaft unseren Besuch anzukündigen. Mit anderen Worten – er hat uns nicht erwartet.«

»Und wo befindet er sich jetzt?« fragte Miracle, die noch immer die Fresken an der Decke bewunderte. »Werde ich ihn kennenlernen? Vielleicht sollten wir besser wieder abreisen, wenn er gar nicht auf unseren Besuch eingestellt ist.«

»Wir bleiben«, erwiderte Ellie energisch. »Und Ihr werdet Seine Lordschaft auch zu sehen bekommen. Dafür werde ich schon sorgen. Und wenn es das Letzte ist, was ich auf dieser Erde tun werde. Aber kommt jetzt, meine Liebe, und bereitet Euch auf einige Überraschungen vor.«

Marvin öffnete jetzt vor ihnen eine riesige Doppeltür, die den Blick auf eine gut hundert Meter lange Zimmerflucht freigab mit prächtigen gotischen Fächergewölben, goldfarbenen Panelen und den Wappenschilden von England in den Bogenzwickeln. Rote Samtvorhänge rahmten die Fenster an der linken Wand, und alle fünf Meter hing ein Lüster von der Decke, der jenem in der Vorhalle in allen Einzelheiten nachgebildet zu sein schien.

Sie passierten das kreisrunde Speisezimmer, dessen Wände mit Silber bedeckt waren und in dessen Pfeilerspiegel sich Wälder aus ionischen Säulen mit silbernen Kapitellen zeigten; den mit einem blauen Samtteppich ausgelegten Salon mit seinem prächtigen dreistufigen Kristallüster, der im Licht seiner Kerzen funkelte und strahlte wie eine aus Diamanten erschaffene Tiara; das Vestibül; das Empfangszimmer; den rosenfarbenen Salon und den himmelblauen Salon, ehe sie schließlich über zwei geschwungene, mit königsblauen Läufern ausgelegte Treppen eine weitere Zimmerflucht erreichten und dabei an einer Bibliothek vorbeikamen, deren vom Boden bis zur Decke mit in Leder gebundenen Büchern gefüllten Regale so hoch waren, daß man eine Leiter benötigte, um alle erreichen zu können.

Sie passierten den goldenen Salon, den gotischen Speisesaal; das Vorzimmer, das Speisezimmer und das Musikzimmer, bis sie endlich in die Privatgemächer des Hauses kamen, von denen es allein in diesem Flügel sechsundzwanzig gab, wie Ellie Miracle erklärte.

Schließlich gelangten sie in ein Schlafzimmer, in dem man mühelos die große Halle von Cavisbrooke unterbringen könnte, dachte Miracle. Die beiden Kamine in der Nord- und Südwand des Zimmers waren so mächtig, daß man darin einen ganzen Ochsen hätte braten können. Und auf einer kreisrunden Plattform in der Mitte des Raumes stand das größte Himmelbett, das Miracle jemals in ihrem Leben gesehen hatte.

»Ich denke, daß Ihr hier gut untergebracht seid«, sagte Ellie zu Miracle. »Mich findet ihr zwei Zimmer weiter den Korridor hinunter. Ich schlage vor, daß Ihr Euch jetzt ein wenig ausruht, bevor wir über Euren Wunsch, nach Cavisbrooke zurückzukehren, reden.«

Miracle sagte nichts, als ihre Freundin sich anschickte, das Zimmer zu verlassen. Was hätte sie denn auch zu ihr sagen können? Ihr Entschluß stand fest: Sie würde nicht mehr nach London zurückkehren, egal, wie groß auch immer der Schmerz sein mochte, daß sie damit auch einen Schlußstrich unter die hoffnungslose Liebe zog, die sie noch immer für Salterdon empfand.

Warum tat der Gedanke daran so weh? Warum quälte und verwirrte er sie so sehr? Warum war sie so lächerlich naiv gewesen, zu erwarten, daß ein Mann sich in wenigen Monaten radikal verändern könnte?

Sie versuchte, ein wenig zu schlafen, stand aber nach wenigen Minuten wieder auf und lief unruhig im Zimmer auf und ab. Schließlich entdeckte sie hinter einer Doppeltür ein Vestibül, durch das sie über eine Treppe in den Garten hinuntergelangte.

Wie still es hier war! Und wie sehr sie doch die Vögel, die Bäume und den Himmel in den letzten Monaten vermißt hatte! Die Sträucher warfen lange Schatten, und eine Nachtigall kündigte den Einbruch der Abenddämmerung an. Sie hüllte sich in den Frieden, der über den Garten gebreitet lag, ein wie in einen Mantel, und fast hätte sie jetzt all ihr Sorgen vergessen können, wenn da nicht diese Bilder gewesen wären, die sich nun ihrem Bewußtsein aufdrängten – eine schamvolle, beunruhigende, ihr Blut erhitzende und ihren Atem beschleunigende Sequenz von Bildern, die vor ihrem inneren Auge vorbeizogen und ihr auf eine alarmierende Weise zu Bewußtsein brachten, daß sie vermutlich nie mehr ein so sehnsüchtiges Verlangen nach einem Mann verspüren würde, wie sie es jetzt noch für Seine Gnaden empfand.

Sie wanderte nun mit bloßen Füßen über den Rasen, der ihre Zehen mit Nachttau benetzte. Eine aufkommende frische Brise kühlte ihre Wangen und erquickte ihre Seele. Was für ein köstliches Gut die Freiheit doch war! Sie konnte wieder nach Herzenslust über Wiesen laufen und tanzen. Sie stellte sich auf die Zehen und drehte eine Pirouette im Gras. Freiheit – was für ein himmlisches Gefühl!

Als sie in der Ferne ein paar Lichter blinken sah, kletterte sie auf eine Anhöhe und blickte nun auf eine Ansammlung von Gebäuden hinunter. Es waren die schönsten Häuser, die sie jemals gesehen hatte – mit ziegelgedeckten Dächern, geteilten Türen und mit weichem Sand bestreuten und von weißgestrichenen Zäunen umgebenen Arenen.

Sie hob ihre Röcke an und lief erst langsam, dann immer schneller – wie ein unartiges Kind, das im Begriff war, etwas zu unternehmen, was ihm seinen Eltern verboten hatten – den Hügel hinunter. Sie erschrak, als sie fast mit einem grasenden Reh zusammengeprallt wäre, und lachte, als es mit erhobenem Schwanzwedel, ihr seinen weißen Spiegel zeigend, davonhüpfte und in einem Wäldchen verschwand.

Keuchend und nach Atem ringend, lehnte sie sich gegen die Wand einer Scheune, schloß die Augen und ließ die Gerüche und Geräusche, von denen sie nun umgeben war, auf sich einwirken. Frisches Heu und mit Melasse vermischtes Getreide. Dung, Pferde . . . und noch etwas. Parfüm? Weihrauch? Nein, doch nicht hier!

Stimmen.

Sie ging weiter bis zur offenen Tür, durch die ein goldener Lichtschein kam und vor ihren Füßen auf den Boden fiel.

»Dieb. Sie sind ein Dieb, Sir! Ich wette, daß Sie ein paar Karten in Ihrem Ärmel versteckt haben«, hörte sie eine ihr vertraute Stimme sagen.

»Das ist nun bereits ein ganzer Schilling, den Sie mir schulden, Ben.«

Die Männer lachten.

Miracle trat durch die offene Scheunentür und richtete den Blick auf die beiden Männer, die ihre grauen Köpfe über einen Tisch beugten, auf dem Spielkarten verstreut lagen.

Benjamin sah als erster auf. Seine Augen wurden so groß wie Untertassen. Er sprang auf die Beine und warf dabei den Melkschemel um, auf dem er gesessen hatte. »Gütiger Gott«, hauchte er, fing an zu stottern und rief dann laut: »*Gütiger Gott* – was sucht Ihr denn hier?«

»Benjamin? Oh, Benjamin!« rief sie und lachte dann laut vor Freude, als sie über den Boden lief und dem überraschten Diener beide Arme um den Hals warf, der wie zur Salzsäule erstarrt dastand. »Ich habe Sie so vermißt«, gestand sie und gab ihm einen Kuß auf beide Wangen. Dann wich sie einen Schritt von ihm zurück und starrte in sein aschfahles Gesicht und seine runden Augen. »Was machen *Sie* denn hier?«

»Ich . . . ahem . . . ich . . .«

»Arbeiten Sie denn jetzt wieder für Lord Basingstoke?«

»Ob ich jetzt wieder für . . .?« Er schluckte, blinzelte und nickte dann heftig. »Jawohl. Das ist richtig. Ich war nur . . . nur vorübergehend in den Diensten Seiner Gnaden. Ich glaube, das war so zwischen ihnen vereinbart«, murmelte er, entspannte sich dann und lächelte. »Richtig. Ich arbeite jetzt wieder für Basingstoke.«

Sie drückte ihn noch einmal liebevoll an sich und drehte sich dann zu seinem Gefährten um, der jedoch nicht mehr am Tisch saß. Neben dem leeren Melkschemel sah sie jedoch einen Spazierstock liegen, der einen geschnitzten Pferdekopf als Griff hatte. Ihr Blick flog durch die Scheune zu einer Stalltür in der entfernten Wand, durch die John wohl soeben zu flüchten versuchte. Als ihr Blick ihn erreichte, hielt er mitten im Schritt inne und drehte sich langsam zu ihr um.

Miracle brachte keinen Ton heraus. Sie vergaß sogar zu atmen. Ihre Augen füllten sich mit Tränen, die ihr heiß über die Wangen hinunterzulaufen begannen. Sie glaubte, sie würde nun jeden Moment in Ohnmacht fallen.

Er senkte seine rotgeränderten Augen und sagte mit schwacher Stimme: »Sieh mal einer an. Da setzt man sich nun mit einem Freund an einen Tisch, um ein Gläschen mit ihm zu trinken und ein Spielchen mit ihm zu machen – und wer schneit in diesem Moment herein? Ein alter Bekannter, der einem guten Tag sagen möchte.«

»Ein alter Bekannter, Sir?« erwiderte sie leise. »Willst du mich jetzt noch länger damit kränken, daß du dich weigerst, mich als das anzuerkennen, was ich bin?« Sie schüttelte den Kopf. »Wie konnte ich die ganzen Jahre über nur so blind sein? Wie konnte ich nicht erkennen, wer der Mann eigentlich war, der abends die Decken um mich feststeckte, mir Geschichten erzählte und Gute-Nacht-Küsse gab? Und dabei bin ich doch oft mit dem Gedanken eingeschlafen, wie sehr es mir gefallen würde, wenn du mein Vater wärst.«

Er straffte seine Schultern und räusperte sich, bevor er ihr in die Augen sah. »Ich liebte sie, mußt du wissen. Mehr als mein Leben.«

»Ich weiß das.«

»Aber sie liebte Cavendish. Und ein Gefühl, das so tief im Herzen vergraben ist, ändert sich nicht über Nacht, wenn überhaupt. Nicht, wenn es eine echte Liebe ist. Eine Liebe . . ., die das Gute wie das Schlechte gleichermaßen hinnimmt in dem Bewußtsein, daß das Gute das Schlechte bedeutungslos erscheinen läßt. Das ist das Opfer, das ich brachte, indem ich bei ihr blieb . . . und bei dir. Ich werde keine weiteren Entschuldigungen mehr vorbringen für das, was ich getan habe.«

Lächelnd ging sie zu ihm. Er öffnete seine kräftigen Arme, und sie sank ihm an die Brust. Er drückte sie lange und heftig an sich, während beide versuchten, nicht die Fassung zu verlieren und gegen ihre Rührung anzukämpfen.

Schließlich löste sie sich von ihm, trat einen Schritt zurück und sah ihn groß an. »Was, zum Kuckuck, suchst du denn eigentlich hier?« fragte sie in ihrem gewohnten forschen Ton.

John sah an ihr vorbei auf Benjamin, der noch immer wie zur Salzsäule erstarrt dastand und die beiden beobachtete. »Sagen Sie es ihr, warum ich hier bin, Ben, alter Junge«, rief er.

»Warum Sie hier sind? Ah . . . äh . . . ahem . . . nun . . .«

»Ein Hochzeitsgeschenk«, sprudelte John daraufhin so hastig heraus, daß Miracle zusammenschreckte. »Das ist es. Dein Verlobter hat mich hierhergebracht. Seine Gnaden, der Herzog. Er war der Meinung, daß du nicht heiraten könntest, ohne daß dein einziger Freund – deine Familie – zugegen wäre.«

»Aber warum brachte er dich hierher nach Basingstoke statt nach London?«

»Nach London?«

Irgendwo in der Entfernung schnaubte ein Pferd. Dann hörte sie ein donnerndes Geräusch. Hufe klapperten über den gepflasterten Weg, der an der langen Reihe von Ställen entlangführte. Langsam trat Miracle um John herum und spähte durch das offene Scheunentor in die Dunkelheit hinaus. Ihr Herz klopfte ganz laut, und ihr Atem beschleunigte sich.

Napitov erschien mit gebogenem Hals, aufgestellten Ohren und geweiteten Nüstern am Rand der Ställe und trank den Wind in sich hinein. Als er sie sah, stieß er ein trompetenartiges Wiehern aus, und warf mit blitzenden Augen seinen herrlichen Kopf in die Höhe.

Da rannte Miracle dem Hengst entgegen, warf ihm die Arme um den schlanken Hals und begrub das Gesicht in seinem Fell. »John, du lieber, guter Mann, hast sie hierhergebracht!« Lachend und weinend zugleich drehte sie sich zu John um. »Deswegen bist du also nicht nach London gekommen – wegen der Pferde.«

»Aye.« John blickte zu Benjamin hinüber, der zwischen ihm und Miracle hin- und hersah.

»Sie sollten ein Hochzeitsgeschenk sein«, erklärte Benjamin hastig. »Richtig. Ein Hochzeitsgeschenk. Eine Überraschung. Ein Geschenk, das Euch von Lord Basingstoke nach der Zeremonie überreicht werden sollte.«

John runzelte die Stirn.

Benjamin biß sich auf die Lippen.

»Basingstoke?« erwiderte Miracle verwirrt. »Warum Basingstoke?«

»Seine Gnaden haben Seiner Lordschaft von diesen Pferden erzählt«, beeilte sich John nun zu erklären.

Miracles Gesicht wurde kalt wie Stein. »Er hat mir doch versprochen, niemandem ein Wort von den Pferden zu erzählen! Wenn das Seine Majestät . . .«

»Ihr könnt ganz beruhigt sein«, unterbrach Benjamin sie da. »Basingstoke hat volles Verständnis für Eure Liebe zu Pferden.«

»Wie kann denn Basingstoke etwas über mich wissen?« erwiderte sie mit wachsender Panik.

Offenbar schien Ben nun zu dem Schluß zu kommen, daß

er bereits zu viel gesagt hatte, klappte den Mund zu und schob die Schultern vor.

Napitov legte seine samtweichen Nüstern in Miracles Hand, und sie spürte, wie ihr Ärger wieder verflog. »Das ist jetzt auch nicht mehr wichtig«, sagte sie etwas leiser, »weil ich nun bald nach Cavisbrooke zurückkehre. Es wird keine Hochzeit geben.«

Beide Männer machten einen Schritt auf sie zu. »Keine Hochzeit?« sagten sie wie aus einem Mund.

»Nein. Keine Hochzeit. Ich fürchte, daß Seine Gnaden und ich nun an einem Scheideweg angelangt sind.« An John gewandt fuhr sie fort: »Ich kann nicht etwas sein, was ich meinem Wesen nach nicht bin. Ich würde niemals in seine Welt passen, und er hat offenbar auch nicht das Verlangen, sich meiner Welt anzupassen. Du siehst also, daß du den weiten Weg hierher umsonst gemacht hast. Mein Entschluß steht fest, und es ist mir gleichgültig, ob Seine Gnaden oder Ellie oder einer von euch beiden damit nicht einverstanden sein sollte. Ich werde den Herzog von Salterdon nicht heiraten. Egal, wie sehr es mich auch schmerzt, das zuzugeben: Aber ich glaube nicht, daß ich ihn noch länger liebe.«

Clayton hatte zusammen mit den Landarbeitern, die er für die Hege und Pflege seiner zahllosen Felder beschäftigte, bis in den späten Abend hinein auf seinen Wiesen Heu gemäht und kehrte nun nach Basingstoke Hall zurück. Er genoß diesen friedlichen Ritt zurück zum Herrenhaus. Nach einem solch anstrengenden Arbeitstag unter der Sonne war er zu müde zum Denken, zu erschöpft, um noch einmal die Ereignisse der letzten Wochen vor seinem inneren Auge Revue passieren zu lassen. Er konzentrierte sich auf seine brennenden Muskeln, das nagende Hungergefühl in seinem Magen und diese Bettschwere in seinen Gliedern.

Vielleicht würde er in dieser Nacht endlich Schlaf finden können – ohne zu träumen und mitten in der Nacht aufzuwachen, geplagt von der Erinnerungen an Miracles so von jeglicher Hemmung freie Art, mit der sie ihn geliebt hatte.

Sein Pferd blieb plötzlich stehen. Clayton spürte, wie es alle Muskeln anspannte und dann am ganzen Körper zu zittern begann. Clayton spähte in die Dunkelheit hinein, konnte aber nichts Bedrohliches auf dem Weg vor sich erkennen. Und dann hörte er es – ein Wagen, der sich mit halsbrecherischer Geschwindigkeit auf dem steinigen Pfad ihnen näherte.

Clayton zog die Brauen in die Höhe, als er Benjamin auf dem Wagensitz auf und nieder hüpfen und sich mit beiden Händen an den Zügeln festklammern sah, während sein Rock sich bei jedem Stoß, der ihn von seinem Sitz hochschleuderte, im Wind aufblähte.

»Brrr!« schrie Benjamin, als er seinen Herrn erblickte. »Brrr, habe ich gesagt, du verdammtes, widerspenstiges Vieh! Brrr – stehenbleiben sollst du!« Und dann: »Hilfe!«, als er mit seinem Gefährt an Clayton vorbeigeschossen war.

Clayton stieß einen Pfiff aus, und der Wagen stand.

Mit käsweißem Gesicht, gesträubten grauen Haaren und aus ihren Höhlen hervorquellenden Augen starrte Ben seinen Herrn benommen an. »Gütiger Gott«, ächzte er schließlich, »ich glaubte schon, mein letztes Stündlein hätte jetzt geschlagen.«

»Chester.« Clayton deutete auf das struppige Pferd, das mit seinen langen Ohren eher an ein Muli erinnerte, und das nun, als es seinen Namen hörte, auf Clayton zurückschaute und seine Oberlippe so weit zurückzog, daß man seine gelben Schneidezähne sah. »Ich habe das Pferd von Zigeunern gekauft. Es ist darauf dressiert, nur auf gewisse Pfiffe zu reagieren. Möchtest du sehen, was es macht, wenn ich wie eine Nachtigall trällere?«

»Lieber nicht«, erwiderte Ben.

Clayton lachte und fragte: »Dürfte ich erfahren, wo du zu so später Stunde noch so eilig hinfahren möchtest?«

»Ich wollte Euch davon Mitteilung machen, daß heute ein unangemeldeter Gast auf Basingstoke eingetroffen ist. Ich dachte, daß Ihr das wissen solltet.«

Clayton wartete. Daß sich Gäste unangemeldet auf Basingstoke einfanden, war schließlich nichts Ungewöhnliches. Es gab wohl kaum ein Mitglied der Gesellschaft, das es bisher versäumt hatte, sich kurz vor Einbruch der Dunkelheit in die Nähe von Basingstoke zu verirren, um dort um ein Nachtquartier zu bitten. Und bisher hatte sich auch noch nie einer von dieser Gästen am nächsten Morgen wieder verabschiedet, sondern war mindestens eine Woche lang dort geblieben.

»Lady Cavendish«, verkündete Ben.

Meri.

»Offenbar hat Eure Großmutter sie hierhergeschickt, damit sie ihren Entschluß, die Verlobung mit Seiner Gnaden aufzulösen, noch ›einmal überdenken soll und diesen hoffentlich zurücknehmen würde‹.« Chester wachsam im Auge behaltend, zog Benjamin seinen Rock glatt und fuhr sich mit den Händen ein paarmal durch die gesträubten Haare. »Scheint, daß der Lady Zweifel gekommen sind, daß sie mit Seiner Gnaden glücklich werden würde. Sie könne nicht viel an ihm finden, was ihr gefiele, sagte sie. Er wäre nicht der Mann, in den sie sich in ... in Cavisbrooke verliebt hätte.«

»Und John ...«

»Sie hat uns beide in der Scheune beim Kartenspiel überrascht, Mylord.«

»Die Pferde ...«

»Eine recht emotionales Wiedersehensszene, um es vorsichtig auszudrücken.«

»Du hast ihr natürlich erklärt ...«

»... daß die Pferde und John ein Hochzeitgeschenk sein sollen, ja.«

»Von Trey ...«

»Von Euch«, korrigierte ihn Ben und lächelte. »Das Versteckspiel ist zu Ende, Mylord. Mr. Hoyt und ich haben beschlossen, daß es zu Euren und zum Besten des Mädchens ist, wenn sie nun endlich die Wahrheit erfährt.«

»Was, zum Teufel, erzählst du da!« rief Clayton und gab seinem Pferd die Sporen, so daß es überrascht davongaloppierte.

»Was wird jetzt mit Chester?« rief Ben ihm nach. »Was soll jetzt aus Chester werden, Mylord? Basingstoke? *Basingstoke*!«

Liebe schaut nicht mit den Augen,
Sondern mit dem Verstand:
Und deshalb wird der geflügelte Kupido auch blind gemalt.

William Shakespeare

Kapitel dreiundzwanzig

Im Dunkel verborgen, beobachtete Clayton, wie Miracle Napitov striegelte, ihm Zöpfe in die lange silbergraue Mähne flocht und ihn aus der Hand mit Karotten, Äpfeln und Mais fütterte, während Ismail die übrigen Pferde versorgte – alle zwölf von ihnen, die ihre wunderschönen Köpfe durch die Fenster ihrer Boxen steckten und ungeduldig auf ihre abendliche Fütterung mit Hafer und Heu warteten.

Miracle reinigte Napitov sorgfältig die Hufe und polierte sie dann so lange mit einem weichen Tuch, bis sie glänzten. Sie redete dabei ganz offen über ihre Zeit in London, während John, der in ihrer Nähe saß und an einem Stock herumschnitzte, gelegentlich den Kopf hob und sie besorgt ansah.

»Er kann genauso wenig dafür wie ich, daß er so ist, wie er ist«, sagte sie. »Und dabei hat er doch so viele gute Anlagen. Ich habe selbst miterlebt, wie gütig und großzügig er sein kann, als er uns zum zweitenmal auf der Insel besuchte. Ich vermisse diesen Mann sehr. Aber er ist glücklich in London. Und er hat Verpflichtungen gegenüber seiner Großmutter und seinem Titel. Er ist der Herzog von Salterdon, und er muß eben sein Leben und sein Verhalten so einrichten, wie man das von einem Herzog erwartet. Aber er wird mir sehr fehlen«, setzte sie leise hinzu, während ihre Augen einen entrückten Ausdruck annahmen.

Eine gute Weile später saß Clayton auf einer Marmorbank unter ihrem Zimmer und sah zu den erleuchteten Fenstern hinauf, bis die Lichter hinter den Scheiben erloschen. Dann öffneten sich die zu ihrem Zimmer gehörenden Verandatüren, und sie trat hinaus auf den Balkon und starrte auf die vom Mondlicht übergossene Landschaft hinaus, während der Nachtwind mit ihren aufgelösten Haaren und ihrem weißen Nachthemd spielte.

Warum, zum Kuckuck, offenbarte er sich ihr jetzt nicht? Warum gab er sich ihr nicht zu erkennen und enthüllte ihr sein Geheimnis? Warum sank er nicht vor ihr auf die Knie, um sie um Verzeihung und Verständnis für sein Verhalten zu bitten? Warum erklärte er ihr nicht, wie sehr er seinem Bruder verpflichtet war – schließlich hatte Trey ihm ja das Leben gerettet –, und daß sie sich als Zwillinge viel näherstanden als gewöhnliche Geschwister? Das war ja auch der Grund, warum er nun so schrecklich unter Schuldgefühlen zu leiden hatte. Er war in Miracle Cavendish verliebt, er hatte mit Miracle Cavendish geschlafen, er hatte sie becirct, umgarnt, sich ihr Vertrauen erschlichen und schließlich ihr Herz erobert, indem er sich als sein Bruder ausgegeben und ihn als etwas dargestellt hatte, was er gar nicht war. Er hatte dafür gesorgt, daß sie sich in ein Trugbild verliebt hatte. War es da ein Wunder, daß sie jetzt nach Cavisbrooke zurückkehren wollte – in die einzige Wirklichkeit, die sie bisher gekannt hatte?

Wie an all den anderen Tagen vorher frühstückte Miracle auch am nächsten Morgen mit Ellie und John auf der Ostveranda von Basingstoke Hall. Sie knabberte an ihrem Hörnchen, trank ihre Schokolade und blickte zwischen Ellie und ihrem Vater hin und her, die nur noch Augen füreinander zu haben schienen. Sie hatte ihr Reitkostüm angezogen, weil sie hoffte, ihr Vater würde ihr wieder Reitunterricht auf Napitov geben, wie er das früher in Cavisbrooke so oft getan hatte, um nun von ihm zu erfahren, daß er bereits etwas anderes vorhatte und mit Ellie im Einspänner einen Ausflug in die Umgebung machen wollte. Das kränkte sie über alle Maßen. Doch das ist nur wieder eine von diesen Irritationen, unter denen ich in jüngster Zeit zu leiden habe, ging es ihr durch den Kopf. Sie schien ihre Gefühle einfach nicht in den Griff zu bekommen.

»Kommt euch das nicht komisch vor«, sagte sie plötzlich, die Aufmerksamkeit ihrer beiden Tischgenossen auf sich lenkend, »daß wir nun schon eine ganze Woche hier in Basingstoke weilen, aber Lord Basingstoke kein einziges Mal zu Gesicht bekommen haben? Ich fange an zu glauben, daß er genauso niederträchtig ist wie sein Bruder.«

»Miracle«, schalt Ellie sie da, »wie könnt Ihr nur so etwas Garstiges über unseren Gastgeber sagen! Zumal er doch die Liebenswürdigkeit besaß, uns sein prächtiges Haus zur Verfügung zu stellen.«

»Das hat er zweifellos nur deshalb getan, weil ihm das seine Großmutter befohlen hat.«

Ellie runzelte die Stirn, während Miracle die Serviette in ihrem Schoß zerknüllte und sagte: »Ich möchte nach Hause – nach Cavisbrooke.«

»Noch nicht«, erwiderte Ellie streng.

»Warum soll ich hier noch länger meine Zeit vertrödeln? Ich habe nicht die Absicht, meinen Entschluß zu ändern, falls ihr beide das annehmen solltet. Ich beabsichtige nicht, einen Mann zu heiraten, der sich nicht einmal die Mühe macht, hierher nach Basingstoke zu kommen und zu versuchen, mich umzustimmen.«

»Ist es das, was Euch so sehr wurmt?« sagte Ellie und blickte lächelnd zu John hinüber. »Daß Seine Gnaden nicht auf den Knien zu Euch gekrochen kommt in der Hoffnung, Eure Gunst zurückzugewinnen?«

»Wenn er mich lieben würde, würde er das tun. Offensichtlich liebt er mich nicht.«

»Habt Ihr denn nicht vor einer Woche in London zu ihm gesagt, daß Ihr ihn nie mehr wiedersehen möchtet?« erinnerte Ellie sie.

Miracle nippte an ihrer Tasse und verbrannte sich die Zunge an der heißen Schokolade. »Das möchte ich auch nicht.«

»Warum beschwerst du dich dann?« fragte John und setzte mit erhobenem Zeigefinger hinzu: »Wir wissen doch beide, was das zu bedeuten hat, wenn du dein Kinn so eigensinnig vorschiebst, wie du das jetzt tust! Du wirst uns noch alle ins Unglück stürzen, Mädchen, wenn du dich ständig unnötig über etwas aufregst.«

»Wahrhaftig, Miracle«, fügte Ellie hinzu, »Ihr benehmt Euch wie ein verwöhntes kleines Kind.«

»Wie ich sehe«, rief Miracle, warf ihre Serviette auf den Tisch, sprang vor ihrem Stuhl auf, stemmte die Hände in die Hüften und funkelte erst Ellie und dann ihren Vater wütend an, »bin ich heute morgen hier am Tisch unerwünscht. Deshalb ist es wohl besser, wenn ich mich jetzt entferne.«

Sprach's und stürmte dann in die Richtung der Ställe davon.

Als sie dort, vor der Stalltür auf und ab gehend, darauf wartete, daß Ismail Napitov für sie sattelte, sah sie eine Dienerin aus dem Dickicht hinter der Scheune herauskommen. Sie hatte bisher dem etwas abgelegenen, fast gänzlich hinter Büschen und Bäumen versteckten roten Ziegelgebäude wenig Beachtung geschenkt und es für ein unbewohntes Gerätehaus gehalten. Nun kam ihr jedoch der Gedanke, daß dies vielleicht das Quartier war, in dem sich ihr ungeselliger Gastgeber vor ihnen versteckte.

Miracle eilte der Dienerin nach und brachte das überraschte Mädchen mit einem »Wartet mal einen Moment!« zum Stehen.

»Mylady?«

»Seine Lordschaft – ist das das Haus, das er zur Zeit bewohnt?«

»Ja, Mylady.«

»Befindet er sich im Augenblick dort?«

»Nein, Mylady.«

»Wann wird er denn zurückerwartet?«

»Das kann ich Euch nicht sagen, Mylady.«

Miracle runzelte die Stirn und schlug mit der Gerte ein paarmal leicht gegen ihren Reitrock. »Ist Seine Lordschaft denn immer so unhöflich zu seinen Gästen, daß er sie mit Mißachtung bestraft?«

»Wie meinen Mylady?«

»Vergiß es – aber vielleicht kannst du mir sagen, ob Seine Lordschaft sich gegenwärtig hier aufhält oder außer Landes geflohen ist?«

Das Mädchen lächelte und nickte. »Nein, Mylady, ich kann Euch versichern, daß er sich definitiv hier auf seinem Landsitz befindet.«

Mit einem Knicks machte sich das Mädchen dann wieder auf den Weg zum Haupthaus, und Miracle kehrte zu den Ställen zurück.

Wie gewöhnlich gab sie Napitov die Möglichkeit, seine überschüssige Energie abzureagieren. Der Wind brüllte in ihren Ohren, als sie querfeldein galoppierten und in hohen, sauberen Sprüngen über die Hecken setzten. Als sie dann zu den Pachthöfen kamen, waren Naps Flanken mit Schaum bedeckt und seine überschüssigen Kräfte soweit aufgebraucht, daß er jetzt auch damit zufrieden war, im Schritt zu gehen.

Ein halbes Dutzend Kinder rannte herbei, um sie zu begrüßen. Kurz darauf kamen die Mütter aus den Häusern und eilten ihren Sprößlingen nach. Sie knicksten und lächelten erst Miracle und dann ihren Kindern zu, die sich um ihre Röcke versammelten.

»Ihr müßt schon entschuldigen«, sagte eine Frau und

strich ihrem Sohn über die Haare. »Es passiert nicht oft, daß wir herrschaftlichen Besuch bekommen – ausgenommen Seine Lordschaft natürlich.«

Miracle glitt von Napitovs Rücken herunter. Ein Junge kam mit einem Eimer voll kaltem Wasser herbeigeeilt, den er vor dem Hengst abstellte. Miracle sah zu den strohgedeckten Häusern hinüber, die zu dem Weiler gehörten, und bemerkte, daß nicht eines davon reparaturbedürftig oder gar baufällig war. Sie machten alle einen gepflegten Eindruck, und die Gärten sahen genauso schmuck und sauber aus wie die Pächterfamilien selbst. Die Kinder hatten gesunde rote Backen, und sie konnte nicht einen Riß oder ein Loch in den frisch gewaschenen Kleidern erkennen.

»Kommt Seine Lordschaft denn oft zu Besuch?« fragte sie.

»Mehrmals die Woche, Mylady.«

»Um sich zu überzeugen, daß die Arbeiten auf den Feldern auch ordentlich verrichtet werden, nehme ich an.«

»Ja. Und um dafür zu sorgen, daß es uns an nichts fehlt, Mylady.«

»Seid ihr glücklich hier? Behandelt Lord Basingstoke seine Leute auch gut?«

Die Frauen tauschten lächelnd Blicke untereinander und kicherten leise. Eine blonde Frau in Baumwollkleid und Kittelschürze, die ein Wickelkind auf dem Arm trug, sagte: »Ich habe noch keinen Grundbesitzer gekannt, der fürsorglicher und großzügiger gewesen wäre als Seine Lordschaft. Ehe er auch nur einen Scheffel von seinem Getreide verkauft, überzeugt er sich erst davon, daß es uns an nichts mangelt. Er verkauft so viel von seiner Ernte, wie das nötig ist, um einen kleinen Profit zu erzielen, und verteilt den Rest an wohltätige Einrichtungen in London.«

»An die Armenhäuser?«

»Und die Findelhäuser«, ergänzte eine andere Frau.

»Um nicht die Schulen zu vergessen . . .«

»Und die Kliniken für die Armen. Mit den Lebensmitteln, die Seine Lordschaft in London verteilt, kann man tausend Kinder ernähren.«

»Er ist ein so guter Mann«, erklärte ein kleiner Knirps, von dessen Nase sich die Haut schälte.

Lächelnd ließ sich Miracle vor ihm auf die Knie nieder. »Ist er das?« fragte sie leise. »Warum glaubst du denn, daß er ein guter Mann ist?«

»Als ich mir das Bein gebrochen habe, hat er eigens für mich einen Arzt aus London kommen lassen. Und weil ich so tapfer gewesen bin, sagte er zu mir, daß er eines Tages auch so einen Sohn haben wollte wie mich.«

»Mag er denn Kinder?«

Der Knirps nickt heftig mit dem Kopf.

Die Mutter des Knaben lachte. »Wie wir schon sagten, ist Seine Lordschaft überaus großzügig. Erst letzte Woche hat er jedem unserer Männer ein neues Hemd geschenkt – so feine und gut genähte Hemden habe ich bisher noch nie gesehen.«

»Sie stammen von der Insel Wight«, sagte eine andere Frau.

Langsam stand Miracle wieder vom Boden auf und blickte von einer Frau zur anderen. »Der Insel . . .?«

»Ich habe eines davon hier«, erklärte eine kleine, stämmige Frau, die eben Wäsche von der Leine abgenommen hatte, und zeigte Miracle das Hemd, das sie über dem Arm trug. Es war eines von den Hemden, die Miracle mit ihren eigenen Händen genäht hatte.

Wie sie das nun schon seit einigen Tagen zu tun pflegten, unterhielten sich Ellie und John auch an diesem Abend leise im Mondlicht – zwar in geziemendem Abstand voneinander, aber ihr Lächeln und Ellies weiches feminines Lachen waren Miracle Beweis genug für die wachsende Zuneigung, die sie füreinander empfanden. Miracle saß im dunklen

Zimmer, hatte ihre Verandatüren einen Spalt breit geöffnet, lauschte ihren murmelnden Stimmen und wünschte sich, daß die beiden sich einen anderen Platz für ihre Turtelei ausgesucht hätten als ausgerechnet Ellies Balkon. Das kam ihr gar nicht zupaß.

Miracle wartete bis Mitternacht, ehe sie aus ihrem Zimmer schlüpfte. Am Ende des Korridors löschte ein Diener gerade die letzte Kerze in den Wandleuchtern, und das Haus lag nun in völliger Dunkelheit. Leise Stimmen erreichten ihr Ohr: Dienstboten, die einander eine gute Nacht wünschten. Dann Stille.

Miracle suchte einen Weg in der Mitte des Korridors einzuhalten, vorsichtig die Hände ausgestreckt, alle Sinne angespannt, während ihr eigener Atem ihr in den Ohren rauschte und das Herz ihr bis zum Hals hinauf klopfte. In den letzten zwei Tagen hatte sie sich alle Flure genau eingeprägt, jede Biegung und jedes Möbelstück, das dort stand. Sie hatte auch die Schritte gezählt, die sie brauchte, um von einer Ecke eines Zimmer zur anderen zu gelangen, und wußte genau, wann sie das Speisezimmer und das Vorzimmer hinter sich gelassen und das Kopfende der Treppe erreicht hatte. Ihre Hand suchte das Geländer und fand es. Sie mußte nun fünfunddreißig Stufen hinuntersteigen, sich dann nach links wenden, den langen Korridor mit den roten Vorhängen an den Fenstern passieren, bis sie die Eingangshalle erreicht hatte.

Nachdem sie das Haus durch die Vordertür verlassen hatte, eilte sie rasch die sich durch den Garten und Park schlängelnden Fußpfade hinunter, wobei sie mehrmals gezwungen war, anzuhalten, damit sie wieder zu Atem kam. Wie eine Maus in einem Labyrinth suchte sie sich einen Weg durch Hecken, Rosengärten und über kleine Brücken, bis sie endlich dieses imposante Marmorstandbild von drei sich aufbäumenden Pferden erreicht hatte und wußte, daß sie bei den Ställen angelangt war.

Als sie dort keuchend den Schritt verhielt, fragte sie sich, ob sie noch bei Trost sei, des Nachts einen derartigen Ausflug zu unternehmen.

Sich immer im Schatten haltend, schlich sie nun an den Ställen vorbei und hielt auf einem Fußpfad hinter der Scheune wieder an, bog die Zweige eines Strauchs auseinander und blickte zu dem Fenster des Ziegelgebäudes hinüber, das von einem blassen, flackernden Licht erhellt war.

»Schön, Basingstoke«, sagte sie laut. »Heute nacht werden wir uns also endlich begegnen. Schließlich sollte ich ja auch den Bruder meines zukünftigen Gatten kennenlernen, ehe ich mich tatsächlich dazu durchringen könnte, diesen arroganten, übellaunigen Herzog von Salterdon zu heiraten, der offenbar auf eine schockierende Weise von den Wünschen seiner Großmutter regiert wird und nach deren Pfeife tanzt.«

Sie wollte diesen Mann auch kennenlernen, der ein so hohes Ansehen bei seinen Pächtern und Arbeitern genoß, aber offenbar kein Interesse daran hatte, sich um die Gäste seines Hauses zu kümmern. Und sie würde jetzt endlich erfahren, wie er in den Besitz der Hemden gelangt war, die sein Bruder auf der Insel gekauft und die er seinen Pächtern geschenkt hatte.

Als sie die Eingangstür des Gebäudes erreicht hatte, holte sie tief Luft und betätigte den Türklopfer.

Stille.

Miracle runzelte die Stirn und klopfte ein zweitesmal.

Immer noch nichts.

Da ihr niemand öffnen wollte, übernahm sie diese Aufgabe nun selbst und schob die Tür auf, blinzelte ins Licht und sah, daß das saubere, behaglich eingerichtete Zimmer, in dem sie sich jetzt umschaute, leer war.

»Verdammt«, murmelte sie, warf einen vorsichtigen Blick über die Schulter und schloß dann die Tür hinter sich.

Was hatte sie denn hier zu finden erwartet? Sie konnte

nichts Ungewöhnliches in diesem Zimmer entdecken: Ein Bücherregal, abgenützte, aber im guten Zustand befindliche Sitzmöbel und ein halbvolles Glas auf einem Schreibtisch neben einem aufgeschlagenen Buch.

Miracle trat an den Tisch, hob das Glas hoch, roch daran und nahm einen kleinen Schluck daraus. Brandy. Sie würde Earl Fanshawe, falls sie ihn jemals wiedersehen sollte, davon unterrichten, daß Basingstoke keineswegs, wie der Graf vermutete, inzwischen Geschmack an Portwein gefunden hatte.

Sie verließ das kleine Gebäude wieder, stand eine Weile zwischen Sträuchern und Bäumen im Dunkeln und lachte dann leise in sich hinein. Gütiger Gott – wie sehr sie sich inzwischen langweilen mußte, daß sie sich nachts heimlich in fremde Häuser einschlich, um die Eigenheiten oder Schrullen der Bewohner auszuspionieren. Ich habe, weiß Gott, selbst genügend davon, dachte sie, und lachte noch lauter.

Sie war offenbar selbst zu einem dieser neugierigen, engstirnigen Menschen geworden, die jedes nicht der Norm entsprechende Verhalten seltsam und befremdlich fanden und es unbedingt unter die Lupe nehmen und zerpflücken mußten, um die Ursache dieses sonderbaren Benehmens zu entdecken – als wäre es eine ansteckende Krankheit.

Da hörte sie ein Geräusch zwischen den Bäumen.

Ihr Herz setzte einen Takt lang aus. Sie spähte in die Dunkelheit hinein, während die Vernunft ihr einen raschen Tritt in die Kehrseite gab. Was sollte sie nun zu ihrem Gastgeber sagen, wenn er sie fragte, warum sie mitten in der Nacht in seine Wohnung eingedrungen war?

Sie hob ihre Röcke an und lief rasch wieder den Pfad zu den Ställen hinunter. Dann rannte sie, sich nicht an die gepflasterten oder mit Kies bestreuten Fußwege haltend, quer durch die Parkanlagen zurück zum Herrenhaus. Als sie um den Ostflügel herumkam, hielt sie mitten im Schritt an. Da drückten sie zwei Personen an der Hauswand herum – ein

Mann und eine Frau –, die plötzlich aufeinander zueilten, sich umarmten und leidenschaftlich küßten. Offenbar handelte es sich um zwei Bedienstete des Hauses, die sich zu einem Rendezvous trafen.

Mit vor Scham brennenden Wangen schwang Miracle auf den Zehenspitzen herum und eilte in die entgegengesetzte Richtung, wobei sie mit den Augen fieberhaft in der Mauer nach einem anderen Zugang zum Herrenhaus suchte. Endlich entdeckte sie eine Tür, drückte die Klinke nieder und atmete erleichtert auf, als sie sich öffnen ließ. Dann schlüpfte sie rasch über die Schwelle und warf die Tür hinter sich zu.

Sie starrte in das Dunkel vor sich wie jemand, der am Eingang einer dunklen, unerforschten Hölle steht. Wo, zum Teufel, befand sie sich hier?

Sich langsam mit ausgestreckten Armen vorantastend, stieß sie nach wenigen Schritten gegen einen Sessel und schlug sich das Knie daran auf. Dann blieb sie mit den Zehen an der Kante einer Couch oder Sitzbank hängen, schlug mit der Hüfte gegen einen Tisch und hörte Gläser klirren. Sie sah sich schon im Geiste eine Spur aus Porzellan- und Glasscherben hinterlassen, die bis zu ihrem Schlafzimmer hinaufreichte. Wie sollte sie das wohl Ellie gegenüber erklären? Oder John? Oder ihrem Gastgeber? Oder ihrem Verlobten? Sie stellte sich vor, wie er sich in einem orientalischen Gewand vor ihr aufbaute und wie dieser Drache im Stadtpalais seiner Großmutter Feuer und Rauch aus seinen Nasenlöchern versprühte.

Endlich erreichte sie eine zweite Tür – ein Ausgang oder vielmehr Zugang zu einem Korridor. Sie holte erleichtert Luft.

Aber wohin jetzt? Zu welcher Treppe über welchen Korridor? Wenn sie in die falsche Richtung lief, würde sie zweifellos in irgendeinem Kohlenkeller landen.

Da hörte sie ein Geräusch hinter sich. Sie erstarrte zur

Salzsäule, während ihr das Herz wieder bis zum Hals hinauf klopfte. Da war jemand in ihrer Nähe. Sie spürte das. Seine Gegenwart strich wie ein warmer Luftzug über sie hin.

»Lady Cavendish«, hörte sie eine leise, etwas heisere Stimme im Dunkeln.

»Ja?« erwiderte sie und bemühte sich, in einem normalen, ruhigen Ton zu sprechen, soweit das unter diesen Umständen überhaupt möglich war.

»Habt Ihr Euch verirrt?«

Sie nickte.

»Dachte ich es mir doch.« Sie spürte, wie zwei Hände sich leicht auf ihre Schultern legten, sie ein wenig zur Seite drehten und sie dann mit einem sachten Druck vor sich herschoben. Sie gab diesem Druck, wenn auch widerstrebend, nach. Sie fühlte sich verwundbar, diesen Händen praktisch ausgeliefert.

»Habt Ihr Euren mitternächtlichen Spaziergang genossen?« hörte sie diese Stimme leise fragen. Es war nicht viel lauter als ein Flüstern.

»Ja, vielen Dank«, gab sie zur Antwort, sich mehr über die Wärme und Zärtlichkeit dieser Hände verwundernd als über die Tatsache, daß dieser Mann sie offenbar bei ihrem nächtlichen Ausflug im Mondschein beobachtet hatte.

»Und wie gefällt es Euch hier in Basingstoke?« fragte die Stimme, in der diesmal eine gewisse, wenn auch verhaltene Neugierde mitzuschwingen schien.

»Sehr gut.«

»Das freut mich.« Ein Lächeln sprach aus seinen Worten. »Wenn es etwas gibt, was Euren Aufenthalt in Basingstoke noch angenehmer gestalten könnte . . .«

»Es gibt etwas.«

»Oh?«

»Ich würde Basingstoke gern persönlich kennenlernen.«

Die Hände drehten sie nun in eine andere Richtung. Sie

spürte jetzt keinen Teppich mehr, sondern kalten Marmor unter den Füßen.

»Und was würdet Ihr zu Basingstoke sagen?«

»Daß es ein unmögliches Benehmen ist, sich nie bei seinen Gästen sehen zu lassen.«

»Er ist ein sehr beschäftigter Mann.«

»Das rechtfertigt nicht sein unhöfliches Benehmen.«

»Da habt Ihr natürlich recht. Vorsicht. Es kommen jetzt zwei Stufen. Gut. Jetzt nach rechts. Wir haben es jetzt nicht mehr weit. Noch zwei Stufen. Gut. Ihr habt jetzt den Korridor zum Westflügel direkt vor Euch. Ich bin sicher, daß ihr von hier aus Euren Weg allein finden werdet.«

Miracle seufzte erleichtert und drehte sich um, als die Hände ihre Schultern wieder freigaben. »Vielen Dank«, rief sie, während ihr Herz aus irgendeinem ihr unerfindlichen Grund zu rasen begann.

»Keine Ursache, Mylady«, gab ihr die Stimme aus einiger Entfernung zur Antwort.

Am nächsten Tag, exakt um Mitternacht, stand Miracle, ein wenig bibbernd vor Kälte, abermals neben den drei mächtigen sich aufbäumenden Marmorpferden. Es hatte am Nachmittag geregnet, und der Himmel war noch von Wolken verhangen, so daß man weder den Mond noch die Sterne sehen konnte. Der Park um sie her war so dunkel wie es die Korridore des Herrenhauses in der Nacht zuvor gewesen waren.

»Wo, zum Kuckuck, steckt Ihr denn?« rief sie laut. »Ich weiß, daß Ihr hier draußen seid. Ich spüre, daß Ihr mich schon die ganze Zeit hindurch beobachtet. Ich hätte schon gestern nacht wissen müssen, daß Ihr das seid, Basingstoke. Die Einsicht ist mir gestern aber erst gekommen, als ich schon im Bett lag. Wäre es nämlich ein Diener gewesen, der mir half, zu meinem Zimmer zurückzufinden, hätte dieser ganz gewiß eine Kerze angezündet. Und er hätte mich auch bis vor die Tür meines Zimmers gebracht. Warum wollt Ihr Euch mir denn partout nicht zeigen?«

Stille.

Sie seufzte. Wie närrisch ihr jetzt ihr Verhalten vorkam! Zweifellos hatte sie wieder einmal eine viel zu lebhafte Phantasie. Warum sollte der Besitzer dieses riesigen, ehrfurchtgebietenden Landsitzes denn einen Grund haben, sich nicht vor seinen Gästen blicken zu lassen?

»Kaum die richtige Nacht für ein Rendezvous«, drang eine Stimme aus dem Dunkel zu ihr.

Miracle schwang herum und suchte die Hecken und Bäume in ihrer Nähe mit den Augen ab.

»Pflegt Ihr Euch immer um Mitternacht mit fremden Männern zu treffen, Lady Cavendish?«

Mit wild klopfenden Herzen gab Miracle ihm zur Antwort: »Nur, wen es keine andere Möglichkeit gibt, einen so widerspenstigen und lichtscheuen Gastgeber kennenzulernen, wie Ihr das seid, Sir.«

»Schlaft Ihr denn jemals, Lady Cavendish?«

»Und Ihr, Mylord?«

War das ein Lachen, das sie da eben gehört hatte?

Sie lief nun in fliegender Hast all die mit Ziegelsteinen gepflasterten Wege ab, die zu dem Marmorstandbild mit den drei Pferden führten. Da! Ein Schatten – die Umrisse einer Gestalt . . . Sie machte Schritt auf sie zu.

»Nein«, wurde ihr da mit fester Stimme bedeutet.

»Aber warum denn nicht?«

»Ich bin einfach noch nicht . . . bereit dazu.«

»Wozu bereit, Sir?«

»Es zu beenden.«

»Was zu beenden, Sir?«

»Euren Besuch in meinem Haus. Ich habe es genossen, zu beobachten, wie Ihr die Leere mit Euer Gegenwart ausgefüllt habt, Lady Cavendish.«

»Leere?« Mit einem hellen Lachen rückte sie, die Hände

auf dem Rücken verschränkt und ihr Gewicht leicht auf ihren Fußballen balancierend, noch einen Schritt näher an ihn heran. »Man kann Basingstoke Hall wohl kaum als ›leer‹ bezeichnen, Sir. Tatsächlich habe ich in meinem Leben noch nie so ein so prächtig und kostbar eingerichtetes Haus wie das Eure gesehen.«

»Dann gefällt Euch also mein Heim?«

»Ob es mir gefällt, fragt Ihr? Oh, Sir, es wäre eine Untertreibung, zu sagen, daß es mir gefiele. Welche Frau würde wohl nicht gern in einem so prächtigen Haus leben wollen?«

»Auch solche Frauen, die sich in verwunschenen alten Burgen heimisch fühlten und durch verstaubte Gänge voller Spinnweben tanzten?« gab er amüsiert zur Antwort.

»Oh.« Miracle spitzte die Lippen und rückte noch einen Schritt näher an die schattenhafte Person heran. »Offenbar hat Seine Gnaden Euch von etwas von Cavisbrooke erzählt.«

»Ja.«

»Dann bin ich Euch gegenüber eindeutig im Nachteil. Ihr wißt viel mehr über mich als ich über Euch.«

»Ihr kennt mich. Ihr habt gesehen, wie ich lebe.«

»Ich weiß, daß Ihr ein Romantiker seid, Sir. Ihr weigert Euch, in eurem prächtigen Haus zu leben, solange Ihr nicht die Frau gefunden habt, die Ihr gern heiraten würdet. Ich weiß auch, daß Ihr ein überaus gütiger Mann seid. Eure Pächter und Landarbeiter, die auf Eurem Besitz leben, sind glücklich und zufrieden. Sie erzählten mir, daß Ihr das Wohlergehen Eurer Leute über Euer eigenes stellen würdet. Ihr liebt Pferde. Das kann ich an Euren Ställen erkennen. Es sind die besten Ställe, die ich bisher in meinem Leben gesehen habe. Sauber, luftig, warm. Die Tiere strotzen nur so vor Gesundheit.«

Stille.

»Basingstoke!« rief sie und empfand plötzlich eine seltsame, fast hysterische Angst bei dem Gedanken, daß er sie jetzt verlassen haben könnte.

»Ja?«

Miracle entspannte sich wieder. »Da Ihr ja so viel über mich wißt, ist Euch vermutlich auch zu Ohren gekommen, daß ich mich mit dem Gedanken trage, die Verlobung mit Seiner Gnaden aufzulösen und nach Cavisbrooke zurückkehren.«

»Und weshalb?«

»Weil ich fürchte, daß ich ihn nicht länger liebe.«

»Und warum nicht?«

Sich gegen den kalten Marmor des Pferdestandbilds lehnend, schlang Miracle frierend die Arme um sich selbst. »Ich kann das nicht so genau erklären«, erwiderte sie mit leiser, nachdenklicher Stimme. »Amor ist blind, sagt man. Vielleicht habe ich mehr auf die Stimme meines Herzens als auf die meines Verstandes gehört. Vielleicht wünschte ich mir, ihn zu lieben, und sah nur das, was ich sehen wollte. Ich fürchte jedoch, daß die Wirklichkeit mir nun sein wahres Wesen enthüllt hat.«

»Und das wäre?«

»Meine Augen sehen jetzt einen aufgeblasenen, arroganten Aristokraten, dem sein Titel, seine Standesgenossen und das Vermögen seiner Großmutter wichtiger sind als ich. Ich sehe in ihm einen selbstsüchtigen, egozentrischen und oft grausamen Menschen. Mein Herz sieht in ihm jedoch noch immer den Mann, der er auf der Insel gewesen ist, als ich mich in ihn verliebte. Da war er gütig, sanft, selbstlos und bereit, sich zu verschenken. Nun verratet mir einmal, was für ein Mann er wirklich ist!«

»Das fragt Ihr mich?« gab er ihr darauf in einem schroffen, ärgerlichen und . . . gequälten Ton zur Antwort. »Mein Gott! *Sie fragt mich*! Was würdet Ihr denn tun, wenn ich Euch bestätigen würde, daß er selbstsüchtig, egozentrisch und oft grausam *ist*? Vermutlich so rasch, wie Ihr könnt, nach Cavisbrooke zurückkehren, um den Rest Eures Lebens in einer alten, feuchten, halb verfallenen Burg zu verbringen, nicht wahr? Mein Gott, was für eine Vergeudung! Wenn ich Euch aber nun alle Eure Ängste damit nähme, indem ich Euch versichern würde, er sei gütig, sanft, selbstlos und bereit, sich zu verschenken, und daß Ihr als seine Frau nicht einen Moment lang unglücklich sein würdet, werdet Ihr ihn heiraten. In beiden Fällen wäre ich der . . .«

»Wäret Ihr was?« rief sie, als das Schweigen sich nun endlos lange ausdehnte.

»Basingstoke? Basingstoke!« rief sie bang und rannte zu der Stelle, wo er eben noch gestanden hatte. Aber da war er nicht mehr, und sie suchte nun abermals in fieberhafter Hast alle Wege in der Nähe des Standbildes nach ihm ab, so gut sie das in der Dunkelheit vermochte, während die Enttäuschung darüber, daß er wieder nicht bereit gewesen war, ihr sein Gesicht zu zeigen, sich wie ein heißer Stein auf ihre Brust legte.

Da fiel ihr Blick hinunter auf das Pflaster des Weges, den sie soeben abgesucht hatte, und ließ sich dann langsam auf ein Knie nieder, um vorsichtig die langstielige weiße Rose aufzuheben, die dort lag.

Sie lächelte.

Liebe – ein ganzes Buch in einem Wort,
ein Ozean in einer Träne,
Ein siebter Himmel in einem Blick,
Ein Wirbelsturm in einem Seufzer.
Der Blitz in einer Berührung, ein Jahrtausend in einem Moment.

M. F. Tupper

Kapitel vierundzwanzig

»Oh«, rief Ellie und ließ ihr Hörnchen auf die Untertasse fallen, »Ihr seht schrecklich aus, meine Liebe!« Sie verließ ihren Stuhl, eilte zu Miracle, nahm deren Gesicht zwischen beide Hände und drehte es vorsichtig erst auf die eine, und dann auf die andere Seite. »Ihr habt wohl wieder nicht geschlafen, nicht wahr? So kann es einfach nicht weitergehen. Ihr seid ja nur noch Haut und Knochen. Und Eure Augen – Jonathan, rede du mal mit ihr. Du mußt ihr sagen, daß sie unbedingt mehr schlafen muß.«

John lehnte sich in seinen Stuhl zurück, die Hände über dem Bauch gefaltet, und musterte seine Tochter, die lustlos ihren Teller betrachtete, der bis zum Rand mit Rühreiern und Schinken gefüllt war. Sie hatte das Gefühl, als müßte sie sich jeden Moment übergeben.

Ellie, die wieder an ihren Platz am Frühstückstisch zurückgegangen war, sagte: »Ich habe da ein paar Pülverchen in meinem Gepäck. Wenn Ihr die einnehmt, könnt Ihr wunderbar schlafen.«

»Ich möchte aber keine Pülverchen einnehmen«, sagte Miracle und schob ihren Teller von sich weg. »Und ich möchte auch gar nicht schlafen.«

»Aber weshalb denn nicht?« riefen Ellie und John wie aus einem Mund.

»Weil ich ...« Miracle biß sich auf die Lippen.

»Du bist die ganze Nacht hindurch auf diesem verdammten Pferd geritten, nicht wahr?« meinte John stirnrunzelnd.

»Bin ich nicht.«

»Dann habt Ihr die ganze Nacht hindurch gelesen«, erklärte Ellie.

»Habe ich nicht.«

»Was dann?« sagten Ellie und John wieder wie aus einem Mund.

»Ich habe darauf gewartet, daß *er* zurückkommt«, gestand Miracle.

»*Er*?«

»Basingstoke.«

Ellies Augen wurden groß und rund wie Untertassen. John setzte sich in seinem Stuhl auf.

»Ich bin ihm begegnet«, sagte Miracle, zwischen John und Ellie hin- und hersehend, die sie anstarrten, als wären ihr zwei Köpfe gewachsen. »Gewissermaßen«, beeilte sie sich hinzuzusetzen. »Vor ein paar Nächten. Erst hier im Haus, dann draußen im Park. Es war dunkel. Ich konnte ihn nicht sehen – nur mit ihm sprechen.«

Ellie sank in ihrem Stuhl zurück. John räusperte sich laut.

Miracle spielte mit ihrem schweren silbernen Frühstücksbesteck, das mit dem Familienwappen verziert war. »Er ist ein so gütiger Mann. Aber er scheint sehr scheu zu sein. Ist er häßlich?«

»Häßlich?« Ellie lachte laut und hielt sich dann rasch den Mund zu.

»Vielleicht ist er entstellt oder verkrüppelt, weil er sich nicht vor mir zeigen möchte.«

Ellie nahm rasch ein Hörnchen von der Platte und bestrich es mit Butter. John goß sich eine Tasse Schokolade ein.

»Es würde mich nicht stören, wenn er entstellt wäre«, erklärte Miracle den beiden und lächelte still. »Die schönsten

Dinge im Leben kann man nicht sehen oder anfassen. Man muß sie mit dem Herzen spüren. Und ich spüre, daß Basingstoke ein großartiges Herz hat. Ihr braucht Euch doch hier nur umzusehen, Ellie. Alles ist perfekt. Schön. Das Haus, der Park, die Leute – alles strömt hier über vor Liebe.«

»Möchtest du noch einen Löffel Zucker haben?« fragte Ellie John.

»Aber gern. Darf ich dir noch einen Löffel Honig auf den Teller tun?« fragte John Ellie.

»Oh, ja – wie reizend von dir.«

Ihre Stimme ein wenig erhebend, sagte Miracle: »Wir haben uns vor drei Nächten ausführlich miteinander unterhalten. Bei dem Standbild mit den drei Pferden. Seither bin ich jede Nacht dorthin gegangen und habe stundenlang gewartet. Aber er ist nicht mehr erschienen.«

»Miracle«, sagte Ellie und lächelte verständnisvoll, »hört jetzt bitte auf, irgendwelchen Schimären nachzujagen. Zudem braucht Ihr in den nächsten Tagen so viel Schlaf, wie ihr überhaupt bekommen könnt.« Sie warf einen Blick auf John und holte tief Luft. »Ich habe von Ihrer Gnaden eine Botschaft erhalten. Sie wird mit ihrem Gefolge in den nächsten Tagen hier eintreffen.«

»Gefolge?«

»Ich denke, es wird Zeit, daß Ihr es erfahren solltet. Der Termin der Hochzeit wurde inzwischen festgesetzt, die Einladungen sind verschickt. Ihr werdet in einer Woche, von heute an gerechnet, den Herzog von Salterdon heiraten, meine Liebe.«

Miracle fiel das Unterkiefer herunter. Sie umklammerte den Tischrand mit den Fingerspitzen. »In einer Woche ...?«

»Ich weiß, was du jetzt denkst«, sagte John.

»Nein. Nein, das kannst du gar nicht wissen. Habe ich in dieser Angelegenheit denn überhaupt nichts mehr zu sagen? Schließlich habe ich ja noch nicht einmal entschieden, ob ich diesen Hohlkopf überhaupt . . .«

»Miracle!« Die Hände im Schoß faltend, wartete Ellie so lange, bis Miracle sich ein wenig beruhigt und mit vorgeschobenem Unterkiefer in ihrem Stuhl zurückgelehnt hatte, ehe sie fortfuhr: »Solche Leute wie die Herzogin haben gar nicht die Zeit dafür, sich das Geplapper junger Mädchen anzuhören, die nicht wissen, was sie eigentlich wollen. Deshalb muß man diesen eben zuweilen die Entscheidung abnehmen.« Ihre strenge Miene lockerte sich ein wenig, als sie mit dem Arm über den Tisch langte und Miracles Hand drückte. »Ich verstehe, was Ihr jetzt empfindet. Wir verstehen das beide. Was Ihr im Augenblick erlebt, ist nichts anderes als das vorhochzeitliche Lampenfieber. Wir haben das alle einmal durchgemacht. Es ist nur natürlich, daß Ihr nun Eure Gefühle in Frage stellt . . . Euch ein wenig bange ist vor der Zukunft.«

Den Blick auf John richtend, fragte Miracle: »Und was meinst du dazu? Wünschst du, daß ich diese Ehe eingehe?«

»Das fragst du mich?«

»Ja. Du bist schließlich mein . . . Vater.«

John schluckte, und sein Gesicht überzog sich mit einer leichten Röte. »Aye . . . das bin ich.« Er spielte, seine Gedanken sammelnd, mit seiner Serviette. Das war nicht mehr die Empfehlung oder der gut gemeinte Rat eines elterlichen Freundes oder Gefährten, sondern hatte aus dem Herzen eines liebenden und fürsorglichen Vaters zu kommen. Er suchte ihren Blick, als er schließlich sagte: »Ich würde lieber sterben, als mitansehen zu müssen, wie du auf dieser Insel dein Leben vergeudest. So wie deine teure Mutter.«

»Ich . . . verstehe. Nun, dann . . . nehme ich an, daß ich mich, wie es sich für eine gehorsame Tochter gehört, dem Wunsch meines Vaters beugen sollte.«

Das Gefolge traf schon an diesem Nachmittag ein: siebzig

Bedienstete; Landschaftsgärtner, Kammerzofen, Kammerdiener, Innendekorateure, acht Köche (von denen jeder erklärte, daß die Küche ihm gehöre), Friseusen (von denen jede erklärte, daß Miracles Haar ihr gehörte) und drei Wagenladungen Näherinnen.

Nachdem man Miracle buchstäblich von Napitovs Rükken heruntergezerrt hatte, wurde sie nach Basingstoke Hall gebracht, ausgezogen, vermessen, in Papier und Stoffe eingewickelt, mit Stecknadeln gepikst, geknufft und herumgeschubst, während eine Schar aufgeregter Frauen um sie herumschwirrte, schwadronierte, argumentierte und darüber debattierte, wie ihr Hochzeitskleid denn aussehen würde, wenn es einmal fertig war. Diese Frage wurde nicht eher entschieden, bis die Tür aufflog und ein spindeldürres Männchen in einem cremefarbenen Seidenanzug in das Zimmer stürmte, einen großen, in Leder gebundenen Skizzenblock aufschlug, auf ein unglaublich extravagantes Hochzeitsgewand zeigte, das darin abgebildet war, und sagte: »*Voilà*!«

Die Näherinnen machten »oh« und »ah«, klatschten in die Hände und zwitscherten wie Kanarienvögel, während der Modezeichner an seiner dünnen Nase entlangsah und geschmeichelt lächelte. Als die Frauen ihm gebührend geschmeichelt hatten, fixierte er Miracle mit seinen kleinen Knopfaugen und sagte: »Nun? Ist Mademoiselle mit meinem Modell einverstanden?«

»Hat Mademoiselle denn eine andere Wahl?« erwiderte Miracle, die Stimme des Modezeichners nachäffend, so daß er seine dünnen Brauen bis zum Haaransatz hochzog und sich hüstelnd wieder aus dem Zimmer entfernte.

»Nun?« sagte Miracle, sich im Kreis der Näherinnen umschauend, »hat sie das vielleicht?«

Darauf folgte das Anpassen ihrer Brautausstattung. Diese war so umfangreich, daß sie sich ihrer Schätzung nach ein Jahr lang mehrmals am Tage ein neues Kleid würde anziehen können. Dazu gehörten Vormittagskleider, Nachmittagskleider, Dinnerkleider, Teekleider, Abendkleider und Kleider für die Nacht – so schockierend dünne, durchsichtige und winzige Gebilde, daß ihre Wangen glühend rot wurden und sie sich wieder an gewisse Stunden erinnerte, die sie mit Salterdon verbracht hatte. Und daran, daß sie ja nun einen ihr nicht gänzlich unbekannten Mann heiraten sollte, sondern jemanden, den sie leidenschaftlich geliebt hatte – einstmals.

In dieser Nacht war er wieder zum Pferdestandbild gekommen, nachdem Miracle eine Ewigkeit, wie es sie dünkte, im Dunkeln auf ihn gewartet, die Hoffnung schon aufgegeben und sich angeschickt hatte, ins Herrenhaus zurückzukehren.

Da war er leise hinter sie getreten und hatte sacht die Hände auf ihre Schultern gelegt.

»Habt Ihr etwas dagegen?« hatte er an ihrem Ohr geflüstert, »wenn wir einen Moment lang so stehenbleiben?«

Sie hatte gelächelt und erleichtert seufzend den Kopf geschüttelt.

Da hatte er sich an sie gelehnt, und als sie seinen harten, muskulösen Körper an ihrem Rücken spürte, hatte das ein seltsames Gefühl der Sicherheit und Geborgenheit in ihr ausgelöst. Er hatte sein Kinn auf ihren Scheitel gelegt und gesagt: »Ich habe Euch vermißt.«

Was konnte sie darauf erwidern? Sie konnte ihm doch unmöglich sagen – was sie sich selbst kaum einzugestehen wagte –, daß seine Worte sie wie ein Wonneschauer durchrieselten. Und sie konnte ihm auch unmöglich gestehen, daß sie den ganzen Tag an ihn denken mußte und ihre Stunden mit der Erwartung ausfüllte, daß sie ihm hoffentlich in dieser Nacht wiederbegegnen würde.

»Der Hochzeitstermin steht jetzt fest«, sagte sie laut und war sich nun nur zu deutlich bewußt, wie sein Herz an ihrem Rücken pochte, wie sein warmer Atem ihr über die Wange strich und seine Daumen sacht ihre Schultern massierten. »In einer Woche soll ich Salterdon heiraten. Dann werde ich Eure ... Schwägerin sein. Gefällt Euch das? Werdet Ihr der Hochzeit beiwohnen, und werden wir uns endlich von Angesicht zu Angesicht gegenüberstehen?«

»Nein«, hörte sie ihn sagen. »Ich werde bei der Hochzeit nicht zugegen sein.«

»Aber ...«

»Dringende Geschäfte im Ausland, die keinen Aufschub dulden.«

Sie erschauerte enttäuscht.

Der Griff seiner Hände wurde fester. »Ist Euch kalt?«

»Nein. Ich dachte nur eben an meine Zukunft.«

»Als Herzogin?«

»Als Frau Eures Bruders.«

Sie lehnte sich fester an ihn. Seine Kraft und seine Güte spendeten ihr Trost. Das waren Arme, in denen eine Frau Geborgenheit und Liebe finden würde. Die sie stützen würden, wenn sie sich schwach fühlte. Und die ihr auch die Freiheit verschaffen würden, die sie brauchte, wenn sie das Verlangen hatte, zu fliegen.

»Erzählt mir, wie Ihr den Tag verbracht habt«, sagte sie in dem Verlangen, noch länger so an ihn gelehnt verweilen zu können – den Augenblick hinauszuschieben, an dem sie wieder ins Haus zurückkehren und an die kommende Woche denken mußte.

»Ich bin in den entlegensten Winkel meines Besitzes geritten, um mir ein Bild davon machen zu können, in welchem Zustand sich meine Felder und Weiden befinden. Man hat mir berichtet, daß die Saat dort schlecht aufgegangen sei und das Korn mager auf den Halmen steht. Ich fürchte, daß die Ernte diesmal viel schlechter ausfallen wird als im letzten Jahr oder den Jahren zuvor.«

»Vielleicht sind dort die Böden erschöpft, Sir.« Ihr Gesicht wurde warm vor Sorge. »Entschuldigt bitte. Ihr werdet Euch sicherlich nicht den Rat einer Frau anhören wollen.«

»Wenn Ihr wißt, was zu tun ist, um diesem Übel abzuhelfen, dann sagt es.«

»Nun . . .« Miracle blickte hinaus auf das dunkle Land, während ihr Herz schneller schlug vor Freude, daß er sie dazu ermunterte, ihm ihre Meinung zu sagen. »In den letzten drei Tagen bin auch ich mit Napitov über Euren riesigen Besitz geritten. Alles, was ich da gesehen habe, hat mich sehr beeindruckt und mit Bewunderung erfüllt. Aber . . .«, sie räusperte sich, ». . . ich denke, Ihr könntet auch eine Menge Geld sparen, was die Bestellung Eurer Felder und Eure Viehwirtschaft betrifft.«

»Und wie könnte ich das?«

»Bei Euren Schafen zum Beispiel, wenn Ihr sie nicht über ein weites Gebiet verstreut grasen, sondern zu Herden versammelt auf einem Feld mit Futterwicken, Klee und Heu weiden laßt. Und füttert sie auch mit Rüben, Sir. Vor der Aussaat solltet ihr das vom Vieh beschmutzte Stroh und den von den Schafen hinterlassenen Mist unterpflügen, was den erschöpften Boden wieder fruchtbar machen wird. Wenn Ihr Eure Weiden und Felder auf diese Weise düngt, könnt Ihr zweimal im Jahr Heu ernten und Euer Getreide im Hochsommer dreschen. Und nach dem Mähen der Kornfelder solltet Ihr nicht die Stoppeln auf den Äckern verrotten lassen, sondern damit Eure Schweine füttern. Das ausgedroschene Stroh könnt Ihr zum Ausbessern der Dächer Euer Pächter und Landarbeiter verwenden, und das Holz, das Ihr in Euren Wäldern schlagen laßt, zum Bau von Scheunen und Schuppen. Lagert das Holz so, daß es vor Nässe und Witterungseinflüssen weitgehend geschützt ist, damit es sich nicht verwirft oder verzieht, sondern jedes Stück Holz auch für den Zweck verwendet werden kann, für den es bestimmt ist.« Und dann in einem etwas strengeren Ton: »Das Ziel einer erfolgreichen Landwirtschaft sollte nicht darin bestehen, daß man mit einem Minimum an Zeitaufwand den größtmöglichen Profit erreicht, sondern über Jahre hinweg die Produktivität seiner Felder, Weiden und Viehbestände ständig steigert. Nicht das, was sich kurzfristig gut und rasch verkaufen läßt, sollte der Maßstab für die Bewirtschaftung sein, sondern die Bewahrung und Steigerung der Fruchtbarkeit der Äcker, Wiesen und Felder . . . zumindest ist das die Denkweise auf der Insel, wo ich herkomme, und jeder weiß, daß die Farmer dort siebenmal so viel ernten, als die Bevölkerung der Insel verbrauchen kann.«

Da schlug ein leises Lachen an ihr Ohr. Sie spürte einen leichten Druck auf ihren Schultern und seine Lippen, die kurz ihren Scheitel berührten. »Ach, Meri«, hörte sie ihn flüstern, »Ihr erstaunt mich über alle Maßen.«

Miracle hörte auf zu atmen. Die ganze Welt schien in diesem Moment die Luft anzuhalten, während ihre Pulsschläge wie Glockentöne in ihren Ohren widerhallten.

Er hatte sie *Meri* genannt!

Sie blinzelte, und als die Welt aufhörte, sich wie ein Karussell um sie herum zu drehen, merkte sie, daß sie allein war. Am ganzen Körper zitternd, drehte sie sich langsam um und suchte die dunklen Hecken und Wege mit den Augen nach ihm ab.

Er hatte sie Meri genannt. Die Erinnerung daran ließ sie nicht mehr los.

Sie schlief bis in den späten Vormittag hinein, als hätte sie eines von den Pülverchen genommen, die Ellie ihr angeboten hatte, und träumte immer wieder davon, wie er ihr im Park seine warmen Hände auf die Schultern legte und sie ein paar Minuten lang mit einem Gefühl der Geborgenheit und einer fast himmlischen Freude erfüllte.

Er hatte sie Meri genannt.

Und es war nicht nur Freude gewesen, was sie in diesen kurzen Momenten empfunden hatte, sondern sie hatte auch ein Flattern in der Magengrube gespürt — ein sehnsüchtiges körperliches Verlangen.

Begehrte sie etwa einen Mann, den sie gar nicht kannte?

Nachdem sie aufgestanden war und sich angekleidet hatte, verließ sie ihr Schlafzimmer und sah, daß die Bediensteten des Hauses wie ein Heer von Ameisen aus dem Haupthaus in den Ostflügel strömten, in dem die Herzogin Quartier zu nehmen pflegte, wenn sie in Basingstoke zu Besuch war. Lakeien und Zofen eilten mit Koffern voller Kleider, mit Blumensträußen und -gestecken, mit Stühlen, Tischen und anderen Möbelstücken durch die Korridore. Da Miracle den Ostflügel noch nicht gesehen hatte, machte sie sich ebenfalls auf den Weg dorthin, wanderte durch die mit Teppichen ausgelegten Korridore und wunderte sich nicht darüber, daß die Räumlichkeiten dort ganz nach dem orientalischen Geschmack der Herzogin eingerichtet waren. Sie sah schwarz lackierte Wandschirme mit Perlmutter-Intarsien von Bergen, Mandelblüten und kleine orientalische Frauen in Kimonos mit hochgesteckten kohlschwarzen Haaren und schönen geschlitzten Augen; Sessel mit Drachenköpfen an den Lehnen; kleine schwarzlackierte, von Sitzkissen umrahmte Tische; rotseidene Brücken und Vorhänge mit goldenen Kordeln und Quasten. Und in jeder nur verfügbaren Ecke saß ein meditierender Buddha aus Jade.

Als sie zum Schlafzimmer der Herzogin kam, entdeckte sie, daß dieses jenem in ihrem Londoner Stadtpalais bis aufs Haar glich. Nur standen hier noch ein paar gläserne Vitrinen, in denen die kostbarsten Besitztümer der Herzogin verwahrt waren: das Zepter des Königs von Candra, ein reich verzierter Dolch, der einmal Dschingis-Khan gehört hatte, und die Sänfte von Tippu Sultan.

Danach kam sie an Räumen vorbei, die offenbar nur selten benützt und jetzt nur nur von den Dienstboten gelüftet und sauber gemacht wurden. In einem dieser Räume entdeckte sie ein Bild, das von einem blauen Seidenschal verhüllt auf einer Staffelei stand. Miracle schaute sich vorsichtig um. Da niemand in ihrer Nähe war, wollte sie die Gelegenheit nützen und einen kurzen Blick auf das unter dem Tuch verborgene Gemälde werfen.

Sie hob den Schal an und blickte in die warmen, gütigen Augen eines Mannes, die ihr belustigt zuzuzwinkern schien und in lässiger Pose in einem Sessel saß, die in einer ledernen Bundhose steckenden langen Beine übereinandergeschlagen, die bloßen bronzefarbenen Arme entspannt auf die Sessellehnen gelegt, das weiße Leinenhemd am Hals geöffnet und die schwarzen gelockten Haare ein wenig zerzaust, als wäre er eben von einem Ausritt oder der Feldarbeit nach Hause gekommen.

Ihr Bauer. Ihr Zigeuner. Der Mann, in den sie sich in Cavisbrooke verliebt hatte. Der Mann, der ihr Herz erobert, sie mit Freude, Lachen und Hoffnung erfüllt hatte. All diese Empfindungen kehrten wie eine Sturzflut in ihr Bewußtsein zurück, erfüllten ihren Geist, ihr Herz und ihren Körper mit einer fast schmerzlichen Klarheit.

»Lady Cavendish?«

Miracle schrak zusammen und schwang herum.

Eine Zofe, die in jeder Hand einen Blumenstrauß trug, lächelte Miracle an, die nun mit blutrotem Gesicht dastand wie ein Kind, das man soeben dabei ertappte, wie es ein paar Plätzchen aus dem Vorratsschrank seiner Mutter stehlen wollte.

»Ist Euch nicht gut?« fragte das Mädchen besorgt.

»Wie bitte? Nein – mir fehlt nichts. Ich habe mich nur darüber gewundert, warum das Porträt Seiner Gnaden hier auf dieser Staffelei steht.«

»Es wurde der Herzogin im vorigen Jahr zum Geburtstag geschenkt«, erwiderte die Zofe, die die Sträuße auf zwei Vasen im Zimmer verteilte. »Und das Gemälde stellt auch nicht Seine Gnaden dar«, setzte das Mädchen hinzu, von den Blumen aufblickend, die sie neu arrangierte.

Die Luft im Raum schien plötzlich zu vibrieren.

»Ich werde doch noch meinen eigenen Verlobten kennen«, erwiderte Miracle scharf. »Selbstverständlich ist dieser Mann dort auf dem Bild kein anderer als Seine Gnaden!« Doch im gleichen Moment schienen ihre Eingeweide sich zusammenzuziehen wie die Stahlfedern eines aufgezogenen Uhrwerks.

Die Zofe lachte bei ihren Worten. »Nein, Mylady. Das dort ist Seine Lordschaft Basingstoke. Erstaunlich, nicht wahr? Der Herzog und Seine Lordschaft sind eineiige Zwillinge, müßt Ihr wissen. Selbst die Eltern hatten oft Mühe, die beiden auseinanderzuhalten. Und die Herzogin . . .« Die Zofe öffnete die gläsernen Verandatüren, um frische Luft ins Zimmer zu lassen, die nicht nur den muffigen Geruch daraus vertrieb, sondern auch den Duft der Rosen, mit denen die Zofe soeben die Vasen gefüllt hatte. ». . . nun, die Herzogin war sich nie ganz sicher, wen von den beiden sie gerade bestrafte oder belohnte, weil die Brüder sich oft den Jux erlaubten, ihre Identität zu vertauschen, wie man mir erzählte. Obwohl ich mir ziemlich sicher bin, daß die Herzogin Basingstoke viel öfter belohnt haben muß als Seine Gnaden . . . Oh, ich bitte um Verzeihung, Mylady. Es ist ja nicht so, als würde Seine Gnaden nicht auch hin und wieder eine Belohnung verdient haben . . .«

Miracle sagte nichts darauf, und als die Zofe mit einem vor Verlegenheit rotem Gesicht das Zimmer verließ, wandte sich Miracle wieder dem Gemälde zu und blickte in die Augen von Basingstoke.

Die nächsten beiden Tage waren mit fieberhaften Aktivitäten ausgefüllt. Zunächst mußte sie wieder zur Anprobe ihres Hochzeitskleides und ihrer Brautausstattung erscheinen. Anschließend gab es lange Diskussionen zwischen ihren Friseusen, wie man denn ihre Haare arrangieren sollte, damit sie unter dem Brautschleier am besten zur Geltung kamen.

Dann zeigte man ihr lange Listen von Speisen und Weinen und fragte sie, ob sie etwas an diesen zu ändern wünschte. Am Nachmittag trafen dann die ersten Wagen mit den Hochzeitsgeschenken und ein Teil der fünfhundert Gäste ein, die die Herzogin zur Hochzeit eingeladen hatte.

Fünfhundert Gäste, von denen mindestens hundert zu den engsten Freundinnen und Freunden der Herzogin gehörten und als ihre Gäste in Basingstoke Hall einquartiert und bewirtet wurden. Miracle bemühte sich, mit Ellie und John an ihrer Seite, diese Ansammlung von Aristokraten so gut sie konnte zu unterhalten, indem sie mit ihnen über das Wetter, die neueste Mode und über Menüs plauderte. Mitternacht war lange vorüber, bevor es Miracle gestattet wurde, sich in ihr Schlafzimmer zurückzuziehen, wo sie todmüde ins Bett fiel. Aber statt nun Schlaf zu finden, wälzte sie sich stundenlang auf ihrem Lager und durchlebte immer wieder jene kurzen Momente, in denen Basingstoke ihr die Hände auf die Schultern gelegt und sie das Tuch hochgehoben hatte, mit dem Basingstokes Porträt verhüllt gewesen war.

Am nächsten Abend schützte sie Kopfschmerzen vor, damit sie auf ihrem Zimmer bleiben konnte, und wartete dann um Mitternacht bei dem Marmorstandbild im Park – in der Hoffnung, daß er sich dort noch einmal zeigte, wenngleich sie befürchtete, daß die Chance sehr gering war.

Aber ihre Angst erwies sich als unbegründet.

Wie bei ihrer zweiten Begegnung mied er jeden körperlichen Kontakt mit ihr, blieb ein paar Schritte von ihr entfernt stehen – ein Schatten, der eine Idee dunkler war als die ihn umgebende Nacht.

»Mylord«, sagte sie und bemühte sich, mit fester Stimme zu sprechen, »ich habe das Gespräch mit Euch vermißt.«

»Ihr seid gestern sehr beschäftigt gewesen«, erwiderte er.

»Eure Gäste fragten mich danach, wo Ihr Euch denn im Augenblick aufhalten würdet.«

»Es sind nicht meine, sondern Eure Gäste.«

»Die Gäste Eurer Großmutter«, sagte sie, das letzte Wort betonend.

»Ja, vermutlich.«

»Wie ich hörte, sollen die Herzogin und Salterdon morgen hier eintreffen.«

»Großmutter liebt große Auftritte.«

Miracle bewegte sich nun im Dunkeln auf diese Stimme zu, während ihr Herz heftig zu pochen begann. »Ich habe eine Bitte an Euch, Mylord. Betrachtet sie als ein Hochzeitsgeschenk.«

»Alles, was Ihr wünscht.«

»Liebt mich.«

Sie hörte ein jähes, geräuschvolles Einatmen. Vielleicht war es auch ungläubiges oder überraschtes Seufzen.

»Hier«, sagte sie heftig, und knöpfte das einfache Kleid auf, das sie eigens zu diesem Zweck angezogen hatte. »Jetzt. Hier auf dem Gras. Zwischen diesen Blumen. Liebt mich, Basingstoke. Nehmt mich – ich bitte Euch.«

»Ihr seid von Sinnen«, schnaubte er leise.

Das Kleid glitt ihr von den Schultern und sank zu Boden, wo es sich bauschig um ihre Knöchel legte. Ein Ruck an ihren schweren Perlmuttkämmen, und ihre Haare rollten ihr über die Schulter den Rücken hinunter. »Wenn ich schon Salterdons Frau werden und ein Leben lang seine kalten Hände und Augen ertragen muß, möchte ich wenigstens eine Erinnerung an Euch haben, die mir Herz und Körper wärmen kann.«

»Macht das nicht mit mir«, bat er sie in einem so verzweifelten Ton, daß Miracle erschüttert und beschämt dastand. Aber sie mußte es wissen. Es war die einzige Möglichkeit, herauszufinden, ob ihr Instinkt sie nicht trog, oder ob sie nur mit wilden, idiotischen Vermutungen die Wahrheit zu verdrängen versuchte, daß sie in vier Tagen einen Mann heiraten würde, den sie nicht liebte – nie geliebt hatte.

»Bitte«, sagte sie mit bebender Stimme.

Der Schatten bewegte sich. Sie hörte nur ein leises Rascheln der Zweige in den Hecken, und dann war er verschwunden.

Miracle schloß die Augen. Die Enttäuschung war wie ein kalter Stein in ihrer Brust.

Doch dann war er plötzlich hinter ihr, und seine schwieligen Hände berührten ihre Schultern, glitten an ihren Armen hinunter und wölbten sich sacht über ihre Brüste. Er preßte seinen Mund auf ihren Nacken, und seine Küsse legten eine heiße feuchte Spur bis zu ihrem Ohr.

Ihr Körper schien zu schmelzen. Sie sank gegen ihn und biß die Zähne zusammen, um ein Stöhnen der Lust zu unterdrücken, als heiße Wonneschauer ihren Körper durchrieselten und sich zwischen ihren Beinen konzentrierten. Sie wimmerte leise, als ihre Wonnegefühle immer mehr anschwollen und sich in ein heißes, pochendes Verlangen verwandelten. Und als seine Hand zu ihrer feuchten Grotte hinunter, zwischen ihren Schenkeln glitt, begannen ihre Hüften unwillkürlich zu kreisen. Ihre Brüste wurden schwer, ihr Körper bebte vor Lust.

Plötzlich schwang sie zu ihm herum, um ihm ins Gesicht schauen zu können, vermochte aber nur einen flüchtigen Blick auf seine Züge zu erhaschen und auf seine weißen Zähne, von denen die Lippen zurückgezogen waren, als litte er unter qualvollen Schmerzen, ehe er mit beiden Händen in ihre Haare fuhr und ihr Gesicht gegen seine Brust drückte. Ihre Finger wanderten hinunter zu der Wölbung in seiner Hose und rissen dort an den Knöpfen, bis ihr sein steifes Glied, das fast den Stoff sprengte, in die Hände fiel. Hart und pulsierend lag es an ihrem Leib, nach ihrer heißen Gotte suchend, und im nächsten Moment umfaßten seine Hände ihre glatten kleinen Gesäßbacken, hoben sie hoch und setzten sie auf seinen Penis.

Mit ihren Händen seine Schultern umfassend, schlang sie die Beine um seine Hüften.

Langsam ließ er sich mit ihr auf den Boden hinuntersinken, erst auf die Knie und dann auf das nasse Gras und ihre sich wie eine Decke unter ihnen ausbreitenden Haaren. Ihre Brüste gegen seinen harten Torso gepreßt, hob sie ihm ihre Hüften entgegen, während sein Glied ihr Geschlecht ausfüllte, sich rhythmisch in ihr zu bewegen begann und nun mit mächtigen, fast brutalen Stößen in ihr ein und aus glitt, als forderte sein eigenes, lang unterdrücktes Verlangen seinen Tribut und zwangen ihn dazu, wie ein Verschmachtender möglichst rasch seinen Durst zu stillen.

Sie kamen beide viel zu schnell zum Höhepunkt. Während sie sich ihm entgegenwölbte, die Finger in seinen Rücken krallte und mit den Beinen ruderte, stieß sie einen verzückten Schrei aus, als er mit einem letzten gewaltigen Stoß und einem animalischen Knurren seinen heißen Samen in sie verströmte, wo er sich mit ihrer eigenen Wonneflut vermischte. Dann fiel er stöhnend auf sie.

Zu schwach, um sich noch bewegen zu können, und so verausgabt, daß sie nicht einmal mehr die Augen zu öffnen vermochte, lag sie unter ihm – sein schwerer Körper eine willkommene Last. Sie trieb auf einer Woge purer Lust dahin – erfüllt, befriedigt, sich in seinen Armen nun endlich wieder sicher fühlend.

»Mein Darling, mein geliebter Basingstoke«, murmelte sie träge, nach ihm tastend, um nun feststellen zu müssen, daß er sie, als sie so selig vor sich hindöste, abermals verlassen hatte. Sie lag allein auf dem zerdrückten Bett aus taunassen Gräsern.

Sie stand vor dem Porträt, schlang die Arme um sich, als könnte sie sich so vor der Kälte schützen, die sich im Mark ihrer Knochen eingenistet hatte, und starrte hinunter in die

Augen des Mannes, der sie erst ein paar Stunden zuvor leidenschaftlich geliebt hatte.

Warum? war alles, was sie denken konnte. *Warum? Wie konnte das nur möglich sein?*

Da hörte sie ein Geräusch an der Tür: Miracle blickte auf und sah im Licht einer Kerze die Herzogin von Salterdon und den Herzog über die Schwelle ins Zimmer treten.

»Euer Gnaden«, sagte sie mit tonloser Stimme und versuchte, einen Knicks zu machen. »Wann seid Ihr denn hier eingetroffen?«

»Spät abends – kurz nachdem Ihr Euch mit Kopfschmerzen auf Euer Zimmer zurückgezogen habt.«

Miracles Blick wanderte zu Salterdons Gesicht – zu seinen harten Augen, seinem verkniffenen Mund. Es war das Gesicht eines Fremden: distanziert und sogar etwas pikiert über ihr Wiedersehen.

Die Herzogin trat nun neben sie und und betrachtete das Porträt mit hochgezogenen Brauen. »Er hätte sich etwas Eleganteres anziehen können«, murmelte sie.

»Aber dann wäre es nicht mehr Basingstoke – meint Ihr nicht auch, Euer Gnaden?« sagte Miracle. »Basingstoke ist schließlich ein Farmer – ein schlichter Bauer, der sich nicht das geringste aus der Mode oder der in den besseren Kreisen der Gesellschaft geltenden Etikette macht. Er liebt es, die warme Sonne auf dem Gesicht und den Wind in seinen Haaren zu spüren.«

Die Kerze hochhaltend, so daß ihre weißen Haare, die ihr weich über die mit einem Schal bedeckten Schultern fielen, wie Silber schimmerten, sagte die Herzogin: »Wir müssen miteinander reden, meine Liebe, und dieser Zeitpunkt ist so gut wie jeder andere dafür geeignet.«

Ihre Miene drückte Bestürzung aus, und sie schwieg eine Weile still. Er sah immer wieder die roten Beeren zwischen ihnen an, betrachtete sie so eindringlich, bis sie ihm in seinem zukünftigen Leben eine Chiffre für einen Heiratsantrag darzustellen schienen. Bathseba wandte sich ihm jetzt entschlossen zu. »Nein; es hat keinen Zweck«, sagte sie. »Ich möchte dich nicht heiraten.«

aus ›Far From the Madding Crowd‹ von
Thomas Hardy

Kapitel fünfundzwanzig

Die Botschaft erreichte Clayton in dem Moment, als er im Begriff stand, die Remise am Rande der Ställe, die er als Wohnung benützte, zu verlassen und sich so rasch und so weit wie möglich aus Basingstoke zu entfernen. Er hatte sich schon viel zu lange hier aufgehalten. Diese Geschichte heute nacht hätte niemals passieren dürfen. Diese verdammte Schwäche, die er für Miracle hatte, war daran schuld. Er hatte wissentlich und ohne Hemmungen mit der Frau geschlafen, die sein Bruder in ein paar Tagen zu heiraten gedachte. Und was noch schlimmer war: Sie hatte ihn sogar dazu aufgefordert.

Was, zum Teufel, war nur in sie gefahren, daß sie sich einem anderen, im Grunde genommen fremden Mann angeboten und ihren Verlobten wissentlich und schamlos mit dessen Bruder betrogen hatte.

Benjamin hatte ihm berichtet, daß die Herzogin und sein Bruder kurz vor Mitternacht drüben im Herrenhaus eingetroffen wären. Und daß unter der Dienerschaft Gerüchte umgingen, daß die beiden Miracle ins Gebet genommen und sie bis kurz vor Anbruch der Morgendämmerung bei sich in einem Zimmer im Ostflügel eingesperrt hätten. Dann hatte Benjamin ihm die Botschaft ausgehändigt: »Ich wünsche Dich und Deinen Bruder Punkt zehn Uhr morgens in meinen Gemächern zu sehen. Keine Minute früher oder später. Ihr werdet Euch selbstverständlich in angemessener Kleidung präsentieren. Gruß, D.«

Exakt um viertel nach elf marschierte Clayton in seiner üblichen aus Bundhose und Leinenhemd bestehenden Alltagskleidung zum Herrenhaus hinüber, die neugierigen Hochzeitsgäste ignorierend, die in kleinen Gruppen durch den Park wanderten, auf den Balkonen Tee tranken oder auf dem kurzgeschorenen Rasen Krocket spielten. Er stieg die Veranda hinauf und ging durch die offenen Balkontüren in den Salon der Herzogin hinein, sah sich dort kurz um und verhielt dann mitten im Schritt, als Trey sich aus einem Sessel erhob und auf ihn zu kam.

»Schließ die Balkontüren«, sagte Trey mit fester Stimme.

»Wo ist Großmutter?«

»Sie ist verhindert. Nun mach schon die Türen zu.«

Clayton kam dieser Aufforderung ungeduldig nach.

Trey, der wie immer tipptopp gekleidet war, begab sich zur Vitrine, in der die geistigen Getränke aufbewahrt wurden. »Ich fürchte, daß ich jetzt einen Drink brauche. Du wirst ebenfalls einen nötig haben.«

»Ein bißchen früh dafür, meint Ihr nicht auch, Euer Gnaden?«

»Es ist nie zu früh für eine Seelenstärkung, mein lieber Bruder.«

Nachdem Trey ein Glas mit Port und ein zweites mit Brandy gefüllt hatte, bediente er Clayton mit letzterem und befahl: »Setz dich.«

Widerstrebend nahm Clayton in einem Sessel Platz. Das Glas leicht zwischen zwei Fingern haltend, betrachtete er die Physiognomie seines Bruders. Da stimmte zweifellos etwas nicht. Treys übliche unbekümmerte Kavaliersmiene war verschwunden, sein Gesicht wirkte nun hart und grimmig, wenn nicht sogar ausgesprochen nervös.

»Es betrifft Miracle.«

»Ich beabsichtigte nicht, mit dir über Miracle zu reden. Ich habe meine Schuldigkeit getan und sie für dich erobert. Damit sind wir quitt. Also nimm das, was wir, verdammt noch mal, abgemacht hatten, und laß mich . . .«

»Ich hatte niemals die Absicht, sie zu heiraten, Clay.«

Clayton runzelte die Stirn.

Trey nahm einen Schluck aus seinem Glas und wartete, bis der Port seinen Magen erreicht und sich dort wie ein Feuer ausgebreitet hatte. Dann fuhr er mit etwas heiserer Stimme fort: »Es war Großmutters Idee. Sie wollte unbedingt einen von uns verheiratet sehen, ehe sie das Zeitliche segnen würde. Da ich offensichtlich nicht dazu zu bewegen war, mich zu verehelichen, nahm sie dich aufs Korn. Als ich nun vor ein paar Monaten von dieser Insel zurückkam, erwähnte ich der Herzogin gegenüber etwas von diesem Mädchen. Dieser Miracle. Ich erzählte ihr beiläufig, daß sie zu jener Sorte von Mädchen gehöre, die gut zu dir passen würde – erdverbunden, eigenwillig; zwar ziemlich . . . gewöhnlich, was ihre Abkunft betrifft, aber auf eine noch akzeptable Weise.«

Er nahm einen zweiten Schluck aus seinem Glas. »Kurz darauf kam sie mit diesem Plan zu mir. Ich sollte dich davon überzeugen, daß dieses Mädchen für mich bestimmt sei. Du würdest dich dann mit der Absicht auf diese Insel begeben, das Mädchen für dich einzunehmen und es in dich verliebt zu machen – wobei du dich selbst in sie verlieben würdest.«

Ein dünnes Lächeln auf den Lippen, zuckte der Herzog von Salterdon mit den Achseln und lachte trocken, als Clayton ohne zu blinzeln ihn anstarrte, während seine Finger nun mit jeder Sekunde sein Brandyglas fester umspannten.

»Wie sich zeigen sollte«, fuhr Trey fort, »hast du dich ja dann tatsächlich in sie verliebt. Die Sache hatte nur den Haken, daß du hinsichtlich deiner Loyalität mir gegenüber ein wenig standhafter warst, als Großmutter und ich das angenommen hatten. Statt nach London zurückzukehren, um dort in mein Haus zu stürmen und mir zu erklären, daß du keineswegs die Absicht hättest, dieses Mädchen für den Rest seines Lebens solchen Leuten wie mir oder meinesgleichen auszuliefern, hast du sie praktisch mir, in eine Schleife eingebunden, auf die Türschwelle gelegt. Und nicht nur das, du hast obendrein auch noch dafür gesorgt, daß das ganze Land auf sie und mich aufmerksam wurde und von unserer bevorstehenden Vermählung erfuhr. Ich stehe nicht an, zuzugeben, daß du mich und Großmutter mit deinem Verhalten in eine Zwickmühle gebracht hast. Deshalb . . . schickte Großmutter sie hierher in der Überzeugung, dieses Dilemma würde sich nun von selbst erledigen, sobald sie dir hier begegnen und damit die Wahrheit ans Licht kommen würde. Aber du meintest ja, immer noch den Märtyrer spielen zu müssen, verdammt noch mal, und . . .«

»Nein«, fiel ihm da Clayton mit leiser, sanfter Stimme ins Wort und erhob sich langsam aus seinem Sessel. »Ich bin und bleibe dein Bruder. *Dein Bruder*, verdammt noch mal. Der krank war vor Liebe zu dem Mädchen, das du dir, wie er glaubte, zur Ehefrau erkoren hattest. Der dich so sehr schätzte und achtete, daß er bereit war, sogar seinen Verstand für dich zu opfern!«

Das Glas so heftig auf den Tisch absetzend, daß der Brandy herausschweppte, ging Clayton nun mit drohender Miene langsam auf seinen Bruder zu, der vor ihm zurückwich und sagte: »Laß uns vernünftig sein, Clay.«

»Nenne mir deine Sekundanten, du heuchlerischer, verlogener Blutsauger, der seine eigene Mutter für ein paar lumpige Guineen verkaufen würde!«

»Einhunderttausend Pfund kann man wohl schwerlich als

ein paar lumpige Guineen bezeichnen. Und ich habe unsere Mutter nicht verkauft. Das würde mir niemals eingefallen sein. Ich habe immerhin einige Skrupel, falls du das noch nicht wissen solltest. Zudem verstehe ich nicht, warum du dich jetzt so aufregst. Du hast es doch mir zu verdanken, daß du die Frau deiner Träume kennengelernt und du dich in sie verliebt hast, wie sie sich in dich. Was spielt es da noch für eine Rolle, daß ich ein kleines Vermögen für meine Bemühungen bekommen habe? Himmel, das ist das wenigste, was ich dafür verdiene, daß man in den letzten Wochen meinen guten Namen und meine Reputation in den Schmutz gezogen hat. Man stelle sich das doch nur einmal vor – der Herzog von Salterdon heiratet eine Leuchtturmwärterin! Gütiger Himmel!«

»Wo ist sie?« fauchte Clayton durch die zusammengepreßten Zähne.

»Das weiß ich doch nicht!«

Mit einem lauten Fluch schwang Clayton herum, stürmte durch die Verandatüren hinaus ins Freie und eilte, die gelegentlichen Grüße der neugierigen Gäste ignorierend, mit langen Schritten quer über den Rasen zu den Ställen hinüber.

Sie pflegte stets am späten Vormittag zu reiten. Er wußte das, weil er jedesmal seine Arbeit auf den Feldern unterbrochen hatte, um zu den Ställen zurückzukehren und sie dort aus der Ferne zu beobachten.

Er war sich noch nicht sicher, was er jetzt zu ihr sagen und wie er es ihr sagen würde. Aber es war ihm jetzt wenigstens gestattet, sich vor ihr auf die Knie zu werfen, falls das nötig sein sollte, und sie um Vergebung zu bitten. Wenn sie ihn haßte, würde er das verstehen. Wenn sie ihn ohrfeigte und erklärte, daß sie auf der Stelle auf die Insel zurückkehren wollte, würde er sie, wenn auch mit großem Bedauern, ziehen lassen.

Einen Teufel würde er sie ziehen lassen!

Er stürmte in die Ställe hinein und schaute sich um. Die Gänge waren leer. »Meri!« rief er. »Meri Mine! Miracle? Nun antworte doch, verdammt noch mal!«

Er fuhr herum, als John durch die Stalltüre hereinkam. Sich den Schweiß von der Stirn wischend, sagte der alte Mann mit bekümmertem Gesicht: »Ich habe überall nach ihr gesucht, Clay. Als ich heute morgen kurz nach Sonnenaufgang in den Stall kam, stand Napitov nicht in seiner Box. Ich dachte, sie hätte wieder mal einen ihrer morgendlichen Ausritte unternommen. Aber als sie dann zur Frühstückszeit noch immer nicht zurückgekommen war, schickte ich Ismail und ein paar andere Reiter los, um sie zu suchen. Aber keiner von ihnen hat sie gesehen oder gefunden.«

In diesem Moment traf Ellie ganz außer Atem im Stall ein. »Ich komme eben aus ihrem Zimmer, Clayton, Darling. Ihre Reisetasche ist nicht mehr da. Ich fürchte, sie hat Basingstoke verlassen und ist auf die Insel zurückgekehrt.«

Er war mit Majarre auf dem Weg zur Insel. Die graue Stute war zwar klein, vermochte aber sein Gewicht mühelos zu tragen. Und während seine Vollblutpferde diese lange Distanz niemals geschafft, sondern schon auf halber Strecke zusammengebrochen wären, trug ihn die Araberstute im gleichbleibenden Trott dahin und benötigte nur kurze Verschnaufpausen.

Warme Winde aus Süden stießen mit kühleren, aus dem Norden kommenden zusammen. Die feuchte Luft roch nach Regen. Eine dunkle, brodelnde Wolkenwand ragte wie ein grün und blau geschlagener Riese am Horizont auf, und die heranrückende Gewitterfront setzte den hohen Wellen, die gegen das kleine, zerbrechliche Fährboot anbrandeten, mächtige Schaumkronen auf. Er hatte dem Fährmann fünf Pfund dafür bezahlen müssen, daß er ihn und das Pferd bei diesem Wetter zur Insel hinüberbrachte, und Clayton saß zusammengekauert auf einer Kiste auf dem Vorderdeck, das

Gesicht in den Händen vergraben, und betete die ganze Zeit hindurch, die das Fährboot dazu benötigte, die fünf Meilen von Portsmouth nach Ryde bei diesem hohen Seegang zurückzulegen. Wenn ihn der Fährmann dann glücklich über den Kanal nach Ryde gebracht hatte, würde er noch zwölf grausame Weilen bis nach Rocken End zurücklegen müssen. Er hoffte, daß Majarre noch genügend Kraft besaß, um diese letzte Etappe bewältigen zu können.

Er trieb das Pferd mit Sporen und Gerte bis nach Cavisbrooke.

Die alte Burg hockte auf der Steilwand über dem Meer wie viel ein riesiger grauer, von Nebelschwaden und Wolkenfetzen eingehüllter Stein. Seevögel und Raben kreisten um seine bröckelnden Wehrmauern. Der Wind brauste durch die leeren Fensterhöhlen, und der nun einsetzende Regen war wie ein Pfeilhagel, der aus den Wolken auf die ausgebrannten Mauern herunterfiel.

Cavisbrooke existierte nicht mehr. Nur noch rußgeschwärzte Steine waren von der Burg übriggeblieben. Keine Fußböden, keine Dächer, keine Türme, keine Zinnen, keine Schornsteine mehr, sondern nur noch eine große, von Wehrmauern umschlossene Schutthalde.

Der Regen stach Clayton in die Augen und biß ihn in die Schultern, während er benommen auf die kläglichen Überreste von Cavisbrooke starrte. Da, direkt vor ihm, war einmal das Tor gewesen, gegen das Benjamin und er in jener Gewitternacht mit den Fäusten getrommelt hatten, und dort drüben hatte der runde Turm gestanden, in dem Miracle die halbe Nacht hindurch gesessen und Hemden für einen Hungerlohn genäht hatte.

Wann? fragte er sich müde. *Wie*?

»Sie kamen«, sagte da eine krächzende Stimme hinter ihm, und als er sich umdrehte und blinzelnd die Regentropfen von seinen Wimpern entfernte, fiel sein Blick auf die gebückte Gestalt einer alten Frau, deren lange graue Haare über den Boden schleiften, als sie nun, ihr Gewicht auf einen Stock stützend, langsam auf ihn zu kam. »Gleich, nachdem John die Burg verlassen hatte, kamen sie. Junge dumme Bengels. Schlugen alles kurz und klein. Sie hatten keinen Respekt davor, daß in diesen Mauern einmal Menschen gewohnt hatten. Sie hatten Angst vor dieser Burg, versteht Ihr? Sie war ihnen nicht . . . geheuer.«

Ein paar Schritte vor ihm blieb sie stehen, hob den Kopf und zeigte ihm ihre weißen, blinden Augäpfel. »Basingstoke«, sagte sie. »Ihr seid gekommen, um Mylady zu holen?«

»Ist sie hier?«

»Nein. Dort.« Sie hob ihren Stock und deutete nach Süden. »Im Leuchtturm auf den Klippen von Rocken End Race.«

Da faßte er wieder nach Majarres Zügeln.

Die Alte schlug ihm mit dem Krückstock leicht gegen den Arm. »Wartet noch einen Moment. Sie wird wissen, wie groß Eure Liebe zu ihr ist, sobald dies alles vorbei ist. Laßt nur jetzt nicht die Angst zu Eurem Feind werden, Mylord. Denn ihr Leben hängt davon ab. Und jetzt sputet Euch. Das Gewitter kann jeden Moment losbrechen.«

Das Gewitter war seine geringste Sorge.

Napitov war gehorsam auf der Felsplatte über dem Steilufer geblieben, wo Miracle ihn abgestellt hatte – die Kehrseite in den Wind gedreht, den Kopf gesenkt, während der Regen ihm auf Rücken und Widerrist trommelte. Als der Hengst Majarres Hufschläge hörte, stellte er die Ohren auf, hob die Nase witternd in die Luft und wieherte zur Begrüßung, ohne sich jedoch von der Stelle zu bewegen, was er auch nicht eher tun würde, bis seine Herrin zu ihm zurückgekehrt war.

Es herrschte Flut. Kapelle und Leuchtturm waren vom Wasser eingeschlossen. Graue, schaumgekrönte Wellen leckten am Turm empor und strudelten um das größtenteils überflutete Kreuz auf dem Dach der Kapelle. Als hätte sich der Boden des Ozeans gehoben, rollten so mächtige Brecher gegen die Steilwand an, daß der Boden unter Claytons Füßen bebte.

Hilflos, die Augen mit beiden Händen gegen den Regen abgeschirmt, den Körper in den brausenden Wind gestemmt, beobachtete Clayton das flackernde Leuchtfeuer im Turm, sah es kreiseln und tanzen, heller und wieder dunkler werden und von einer Seite auf die andere schwanken.

Nein, es war nicht das Licht, sondern der Turm, der schwankte! Der Turm konnte jetzt jeden Moment unter der Gewalt dieses Sturms zusammenbrechen!

War da nicht eine Bewegung gewesen? Dort, auf dieser lächerlich kleinen Plattform, die wie ein altes morsches Nest seitlich am Turm klebte?

Miracle!

Er schrie ihren Namen. Sinnlos. Er konnte nicht einmal seine eigene Stimme hören. Was, zum Teufel, machte sie denn dort draußen auf diesem baufälligen Gerüst?

An die Reste des Geländers geklammert, das Kleid vom Sturm zerzaust, die Haare ihr wie eine Standarte waagerecht vom Kopf wegstehend, taumelte sie zwischen den beiden Enden des hölzernen Balkons hin und her, als suchte sie verzweifelt nach einem Weg aus dem Turm und dächte tatsächlich daran, von der Plattform in die tobende See hinunterzuspringen.

»Nein!« rief er und begann, die schlüpfrigen Stufen der in die Felswand gehauenen Treppe hinunterzusteigen, mit den Händen an den kantigen Steinen Halt suchend, die ihm die Haut von den Fingern schälten.

Da zuckte ein Blitz aus den Wolken hernieder, der wie eine feurige Schlange über die Wellen tanzte und dann, nicht weit entfernt von ihm, mit lautem Knall an der Felswand explodierte. Und dann ein zweiter, so gleißend hell, daß Clayton geblendet die Augen schloß und unwillkürlich den Kopf mit beiden Händen bedeckte, als könnte er sich so gegen den Blitzschlag schützen. Und dann, als er die Finger wieder in die nasse Felswand neben sich krallte, sauste ein blauweißes gezacktes Schwert vor ihm aus den Wolken hernieder und schlug scheppernd in das Dach des Leuchtturms ein.

Fenster barsten, Holzstücke und Ziegel flogen durch die Luft, und das Leuchtfeuer, das plötzlich überreichlich Nahrung fand an dem durch die Bresche in den Turm einströmenden Sauerstoff, sprang wie ein hungriges, von seiner Kette befreites Raubtier in die Höhe und setzte das Gebälk in Brand. Zu Claytons Entsetzen brach im selben Moment auch der Balkon von der Außenmauer ab und wurde vom Sturm davongewirbelt.

Wo war Miracle?

War sie ins Meer hinuntergestürzt?

Oder war sie in den Leuchtturm geflohen, bevor der Blitz dort eingeschlagen war?

Wenn ja, war sie nun nicht nur vom Meer, sondern auch von den Flammen eingeschlossen!

Er schlitterte über ein paar nasse Stufen an der Felswand hinunter. Unter ihm kochte und brodelte der Ozean. Unmöglich, den Leuchtturm dort drüben schwimmend erreichen zu wollen!

Himmel, er war nicht mehr mit seinem ganzen Körper im Wasser untergetaucht, seit er . . .

»Clayton, Darling, gib mir deine Hand! Spring, Darling, Spring!«

Keuchend im peitschenden Regen nach Luft ringend, richtete Clayton den Blick in die Tiefe, bis er dort auf einer schmalen Felsplatte etwas Längliches liegen sah. Ein Boot? Hatte Miracle nicht mal etwas von einem Boot gesagt, das sie hier irgendwo in der Nähe für Notfälle bereithielt? Konnte das da unter ihm dieses Boot sein?

»Ja!« schrie er, und ließ sich dann auf die Felsplatte hinunterfallen. Das Boot war so klein, daß es zwei Personen nur mit knapper Not würde aufnehmen können, und so leicht gebaut wie eine Lattenkiste. Wellen von der Größe, wie sie jetzt gegen die Küste anbrandeten, konnten es mühelos hochheben und an den Klippen zerschellen lassen – und ihn dazu.

Er zog das Boot hinter sich her zum Rand des zischelnden Wassers. Wellen bäumten sich vor ihm auf, warfen sich gegen seine Beine, packten seine Knöchel und zogen mit aller Macht daran, während sie ihm zuzurufen schienen: »Heute entkommst du uns nicht! Heute werden wir dich hinunterziehen in das nasse Grab zu deiner Mutter und deinem Vater. Du bist uns einmal entwischt, aber diesmal wird dir das nicht gelingen!«

Er schob, einen kurzen Anlauf nehmend, das Boot ins Wasser und warf sich dann selbst hinein. Dann wurde es von einer Woge erfaßt, herumgeschwenkt und auf die Klippen zugetragen. Doch in dem Moment, in dem es so aussah, als würde es an den Felsen zerschellen, geriet es in den Sog an der Rückseite der Welle und wurde auf die offene See hinausgetrieben – dem Leuchtturm entgegen.

Er benutzte das Ruder, das unter dem Boot auf dem Felsen gelegen hatte, um es in der brodelnden See so gut es ging auf Kurs zu halten. Er kämpfte mit der reißenden Strömung und den sturmgepeitschten Wellen, bis seine Armmuskeln vor Erschöpfung schrien und er keuchend in der salzigen Gischt und im strömenden Regen nach Luft rang. Es gelang ihm zwar immer wieder, bis auf Armeslänge an das Kreuz auf dem Dach der Kapelle heranzukommen, ehe ihn, wenn er es fassen wollte, das zurückflutende Wasser wieder davontrug, als wollte der Ozean ein neckisch grausames Spiel mit ihm treiben.

Nach einigen vergeblichen Versuchen gelang es ihm endlich, die Schlinge des Taus über das steinerne Kreuz zu werfen, bevor die Strömung das Boot wieder erfassen und auf die offene See hinausziehen konnte. Das Tau straffte sich, und das von der Küste zurückflutende Wasser warf das Boot nun so heftig gegen die Außenmauer des Leuchtturms, daß Clayton auf die Bodenplanken geschleudert wurde.

Der Himmel über ihm war erfüllt von brodelnden Wolken und Rauchschwaden. Flammen zischelten und knatterten im Regen. Steine prasselten von der bröckelnden Turmmauer auf das Meer hinunter. Es genügte, daß einer von diesen sein Boot traf, um es in Kleinholz zu verwandeln. Es blieb ihm so wenig Zeit ... Er mußte Miracle so rasch wie möglich erreichen ..., falls sie überhaupt noch lebte ...

Da wurde ihm voller Schrecken zum erstenmal bewußt, daß es keinen Zugang zu diesem Leuchtturm mehr gab. Die einzige Möglichkeit, in den Turm zu gelangen, war die Wendeltreppe, die sich in der Kapelle befand, und der Eingang zu ihr lag nun vier oder fünf Meter tief unter der Wasseroberfläche.

Das konnte er niemals schaffen. Unmöglich. Das bedeutete ja, daß er tauchen und gegen die Unterwasserströmung ankämpfen mußte. Mit angehaltenem Atem. Das Wasser würde durch Mund und Nase bis in seine Lungen vordringen und diese verstopfen ...

Keuchend rang er wieder nach Luft.

»Glaubt Ihr an Wunder?« hatte Miracle ihn einmal gefragt – dort unten, am Eingang dieser nun vom Wasser überfluteten Kapelle.

Er zog seine Stiefel aus und warf sie über Bord. Er streifte sein Hemd über den Kopf, sah zu, wie es einen Moment wie ein Gespenst in der Luft schwebte, dann ins Wasser fiel, von einem Strudel erfaßt wurde und in der Tiefe verschwand.

»Clayton, Darling, springe. Springe!«

Da warf er sich kopfüber in das kalte Wasser. Es verschluckte ihn. Zog ihn hinunter. Tiefer, immer tiefer. Seine Lungen brannten. Er ruderte mit Armen und Beinen, bis kein Geräusch mehr um ihn war, nur noch Bewegung – ein mächtiges Schieben, Ziehen und Stoßen.

Seine Lungen drohten jeden Moment zu platzen.

Nur keine Panik jetzt ...

Salz brannte in seinen Augen, als er sich in dem dunklen, schlammigen Wasser an der Wand der Kapelle hinuntertastete – tiefer, noch tiefer ...

Endlich! Der Eingang! Er schnellte förmlich hindurch in noch dunkleres, stilleres Wasser – ein nasses, von vier steinernen Wänden umschlossenes Grab mit einem Gewölbe als Sargdeckel darüber. Er tastete sich abermals an Steinen entlang, doch diesmal nicht nach unten, sondern seitwärts – seine Lungen mußten platzen! – dieses Brennen in seinem Gehirn war nicht mehr auszuhalten ...

Seine Finger glitten über das Antlitz der Jungfrau Maria hin. Ihre Augen sahen ihn an. Ihre Lippen lächelten.

Nicht mehr weit jetzt. Hier. Der Durchgang zur Wendeltreppe – und nun schnell nach oben! Wo, zum Teufel, befand sich die Wasseroberfläche? Hinauf – er krallte sich mit den Fingern in die mit Schleim bedeckten Stufen der Wendeltreppe – hinauf – er mußte jetzt Luft holen, Luft, oder ...!

Er schoß aus dem Wasser heraus, rang keuchend mit brennenden Lungen nach Atem, schob dann die Beine unter sich, wankte die Treppe hinauf, ehe er zusammenbrach und sich übergeben mußte.

Das Salzwasser rann ihm aus Mund und Nase und schien ihm sogar aus den Augen zu strömen.

Dann traf ihn die Hitze von oben wie ein Faustschlag. Es war so heiß über ihm wie in einem Backofen. Seine ganze ihm noch verbliebene Kraft zusammenraffend, zog er sich in die Höhe, durch diese strudelnde Decke aus kondensierendem Rauch, bis er am Kopf der Treppe angelangt war, wo das Feuer tobte und sich gierig durch das morsche Gebälk fraß.

Er blickte sich hustend in diesem brennenden Inferno

um – sah dort, im hintersten Winkel sich zusammenkauernd, eine Gestalt ...

»Meri!« rief er und wankte auf sie zu.

Ihr Kopf zuckte hoch, sie starrte ihn mit leeren Augen an, aber als er vor ihr auf die Knie fiel und nach ihr griff, löste sie sich aus ihrer Erstarrung.

»Nein!« schrie sie und schlug nach seinen Händen. »Ich würde lieber sterben ...«

»Hör mich an!« rief er im beschwörenden Ton.

»Das habe ich viele Wochen lang getan und nur Lügen gehört. Nichts als Lügen!«

»Ich liebe dich, Meri.«

»Du liebst den kostbaren Namen deiner Familie ...«

»Ich liebe dich, Meri.«

»Es war alles nur für deinen Bruder ... alles ... die vielen Versprechungen, die zärtlichen Worte, die Liebkosungen ... Du mußt mich für eine Närrin gehalten haben, weil ich dir glaubte ... Ich verehrte dich ... Ich würde alles getan haben, um dich glücklich zu machen. Aber du – alles nur Lügen und Betrug.«

Er legte ihr die Hände auf die Schultern und schüttelte sie heftig. »Ein Fehler. Mein Fehler. Ich habe mich gleich in dich verliebt, als ich dich sah, und ich war gottverdammt zu schwach dazu, mich gegen eine wertlose Verpflichtung zu wehren – gegen den Dienst, den ich meinem Bruder zu schulden glaubte. Hör mich an. Was konnte ich denn anderes tun? Wenn ich es dir gebeichtet hätte – schon gleich am Anfang –, dann würde doch alles, was zwischen uns passierte, doch gar nicht geschehen sein, nicht wahr? Wenn du mir verzeihst, Meri Mine, werde ich den Rest unseres Lebens damit verbringen, diesen Fehler wieder gutzumachen.«

Sie schüttelte den Kopf und wandte ihr von Ruß beschmutztes und aus Schürfwunden blutendes Gesicht zur Seite.

Er ließ sie los und sagte resolut: »Also gut, dann werden wir eben beide hier sterben.«

Langsam wanderten ihre geweiteten, mit Tränen erfüllten Augen zu ihm zurück. Ihr Kinn bebte. »Was sagst du da?«

»Daß ich diesen Turm ohne dich nicht mehr verlassen werde. Daß mein Leben ohne dich nichts mehr wert ist. Wenn du beschlossen hast, hier zu sterben, werde ich mit dir sterben.«

Sie schien nun zum erstenmal seine nassen Haare, seinen nackten, feuchten Oberkörper und seine am Körper klebende nasse Hose wahrzunehmen.

»Wie bist du denn hierhergekommen?« fragte sie leise.

»Ich schwamm.«

»Aber – die Flut, der Sturm . . .«

»Es war nicht einfach.«

Ein Balken ächzte laut über ihnen. Funken und glühende Holzsplitter regneten auf sie herunter. Mit einem leisen Fluch schlang Clayton die Arme um Miracles Taille und zog sie in die Höhe. Diesmal wehrte sie sich nicht, als er sie auf die Arme hob, einem herabstürzenden Balken auswich und durch Feuer und Rauch die Treppe hinunterfloh zum Wasser.

Dort setzte er Miracle neben sich ab und starrte hinunter in das trübe, strudelnde, grüne Naß, während die Hitze über ihnen immer stärker wurde und sie in dieser von Qualm erfüllten Luft kaum noch atmen konnten. Trotzdem nagten Angst und Panik noch immer an seinem Unterbewußtsein.

Da schob Miracle ihre Hand in seine und sagte mit leiser Stimme: »Glaubt Ihr an Wunder, Mylord?«

»Ich glaube an dich«, erwiderte er.

Dann wateten sie beide in das Wasser hinein, holten noch einmal tief Luft und tauchten hinunter in die trübe Flut.

Die Strömung, gegen die Clayton hatte ankämpfen müssen, um die Wendeltreppe zu erreichen, war nun ihr Verbündeter und trug sie sacht aus der Kapelle hinaus. Einen

Arm um Miracles Taille geschlungen, strebte Clayton nun, mit beiden Beinen rudernd, hinauf zur Oberfläche. Dort half er Miracle ins Boot, ehe er selbst hineinkletterte und dann rasch das Tau kappte, mit dem er das Boot am Kreuz auf dem Dach der Kapelle festgemacht hatte. In den nächsten Minuten hatte er wieder mit der Strömung und den Brandungswellen zu kämpfen, um das Boot so nahe an die in den Fels gehauene Treppe heranzubringen, daß sie diese erreichen konnten, ohne an den Klippen zu zerschellen.

Miracle sprang als erste hinüber ans Ufer, während Clayton mit heftigen Ruderschlägen zu verhindern suchte, daß das Boot von der Strömung fortgewirbelt wurde. Dann streckte sie Clayton die Hand hin, der nun das Ruder losließ, danach faßte – und sie verfehlte, als eine mächtige Welle das Boot hochhob und gegen die Felswand schmetterte, wo es in tausend Stücke zerbarst.

Einen Moment lang sah es so aus, als würde er mit den Trümmern des Bootes von der Strömung des zurückflutenden Wassers ins offene Meer hinausgetragen.

»Spring!« hörte Clayton da ihre Stimme, die das Donnern der Brandung übertönte, »Clayton, Darling, spring!« Während er sich an einen Felszacken klammerte, streckte sie ihm wieder ihre Hand entgegen. Er faßte rasch danach. Klammerte sich daran, blickte kurz hinunter in die Tiefe. Wenn er jetzt in die tobende See stürzte, war er ein toter Mann. Die Brandungswellen würden ihn binnen weniger Sekunden an den Klippen zu Brei zermalmen.

Er sprang – und prallte hart auf die Stufen der Felsentreppe.

Plötzlich war Miracle ganz nahe bei ihm, umschlang ihn mit ihren schlanken Armen, preßte ihren weichen Mund auf sein Gesicht und küßte ihm das salzige Wasser von den Augen, den Wangen und dem Mund. Mit einem Gefühl, als wäre jeder Knochen in seinem Körper zerbrochen und jeder Muskel eine schmerzende Wunde, nahm Clayton ihr kleines

Gesicht in seine mit Blasen bedeckten Hände und lachte: »Soll das etwa heißen, daß du mir verzeihst, Miracle?«

»Wie könnte ich noch an der Liebe eines Mannes zweifeln, der seine größte Angst überwunden hat, um mir das Leben zu retten, Mylord?«

Clayton zog sie fest an sich und schloß die Augen. Lächelnd flüsterte er: »Meine größte Angst war, dich zu verlieren, Meri Mine.«

Hier kommt das Fräulein, sieh,
Mit leichtem Tritt, der keine Blume biegt.
Sieh, wie die Macht der Lieb und Wonne siegt!
JULIA: *Ehrwürdiger Herr, ich sag Euch guten Abend.*
LORENZO: *Für mich und sich dankt Romeo, mein Kind.*
JULIA: *Es gilt ihm mit, sonst wär sein Dank zuviel.*
ROMEO: *Ach Julia! Ist Deiner Freude Maß*
Gehäuft wie meins und weißt du mehr die Kunst,
Ihr Schmuck zu leihen, so würze rings die Luft
Durch deinen Hauch; laß des Gesanges Mund
Die Seligkeit verkünden, die wir beide
Bei dieser teuern Näh im andern finden.
JULIA: *Gefühl, an Inhalt reicher als an Worten,*
Ist stolz auf seinen Wert und nicht auf Schmuck.
Nur Bettler wissen ihres Guts Betrag;
Doch meine treue Liebe stieg so hoch,
Daß keine Schätzung ihre Schätz erreicht.
LORENZO: *Kommt, kommt mit mir, wir schreiten gleich zur Sache.*
Ich leide nicht, daß ihr allein mir bleibt,
Bis euch die Kirch einander einverleibt.

William Shakespeare

Epilog

Sicherlich würde man noch in ein paar Jahren über diese Geschichte reden. Man stelle sich das doch nur einmal vor! Fünfhundert Gäste waren in dem Glauben nach Basingstoke Hall gekommen, daß sie dort die Vermählung des Herzogs von Salterdon mit ... wie hieß sie doch gleich wieder? ... miterleben würden, und statt dessen hatte die Braut jetzt Salterdons Bruder geheiratet. Seinen Bruder! Was hatte sich das Mädchen eigentlich dabei gedacht, sich mit einem einfachen Lord zu vermählen, statt mit einem Herzog? Hatte sie denn gar keinen Sinn für Rangordnungen? Oder hatte ihre Mutter es versäumt, sie rechtzeitig auf den Unterschied hinzuweisen?

Miracle fühlte sich wie eine Prinzessin. Ihr Kleid war ein Traum aus weißem Satin und Klöppelspitzen. Das Mieder lag wie ein Futteral an ihrer schmalen Taille an, ehe es, sich leicht über den Hüften bauschend, in den aus mehreren Lagen bestehenden Rock überging, der glockig bis zum Boden fiel. Die mit Perlen besetzten Spitzenärmel endeten lanzettenförmig auf ihren Handrücken. Ein Band aus Spitzen und Perlen umschloß ihren schlanken Hals, ehe es sich herzförmig zu einem ihren Busen bedeckenden Oberteil erweiterte, das den Rücken freiließ, der mit einem hauchzarten Schleier aus Spitzen bedeckt und mit winzigen, aus Perlen bestehenden, an ihrer Wirbelsäule entlanglaufenden Knöpfen besetzt war.

Der Schleier, der das Gesicht wie zwei mit Olivenzweigen bestickte Girlanden einrahmte, die auf ihrer Stirn zu einem V zusammenliefen, an dessen zum Scheitel hinweisender Spitze eine tränenförmige Perle befestigt war, fiel ihr in weiten, weichen Falten über den Rücken bis zur Taille hinunter und war dort mit kleinen aus Perlen bestehenden Blumensträußen bestickt.

In der Hand hielt sie ein Bukett weißer Rosen.

Die Sonne lächelte an ihrem Hochzeitstag von einem strahlend blauen Himmel herunter. Es regte sich kaum ein Lüftchen. Die fünfhundert Gäste waren über den ganzen Park verstreut. Die Damen wedelten sich mit Fächern aus Straußenfedern Kühlung zu und tuschelten zuweilen miteinander.

Miracle saß bequem im Sattel auf Napitovs Rücken, hielt den silberfarbenen Zügel, der an einem mit Silber beschlagenen Halfter mit einem perlenbestickten Stirnband befestigt war, leicht in einer Hand und lächelte auf ihren Vater hinunter, der den silberweißen Araberhengst über den mit einem roten Läufer ausgelegten Mittelgang zu der Stelle führte, wo Miracles zukünftiger Gatte die Braut erwartete.

Basingstoke, Seine Gnaden an seiner Seite, lächelte ihr mit so viel Stolz und Liebe entgegen, wie er sie in diesem Moment in seinem Herzen empfand. Konnte sie jetzt noch an seiner Ergebenheit zweifeln? Er würde mit Freuden sein Leben hingegeben haben, um das ihre zu retten.

Oh, wie herrlich, daß sie am Ende doch noch so viel Liebe und Verehrung erfahren durfte! Daß sie nun voller Hoffnung in die Zukunft blicken konnte – und nicht in der bangen Sorge, vielleicht ihr Leben allein und einsam beschließen zu müssen. Daß sie nun von langen, spektakulären Nächten in seinen Armen träumen konnte, von den Kindern, die sie zusammen bekommen würden, von den Zielen, die sie sich im Leben setzen, und von den Plänen, die sie gemeinsam verwirklichen wollten.

Clayton hob ihr beide Hände entgegen, und sie glitt von Napitovs Rücken hinunter in seine Arme.

Dann gaben sie sich gegenseitig das Jawort, und Clayton schob ihr den mit Diamanten und Perlen besetzten Ehering auf den Finger.

Während der Champagner wie Wasser aus einem der vielen Springbrunnen zu sprudeln begann, begrüßten Lady Basingstoke und ihr Gemahl, der sogar die Rosenblütenblätter zu verehren schien, über die seine Gemahlin hinschritt, jeden Hochzeitsgast mit einem Lächeln. Die letzten beiden in der langen Reihe der Gratulanten waren der Herzog und die Herzoginwitwe von Salterdon.

Miracle zog die Brauen in die Höhe, und eine leichte Röte überzog ihre Wangen, als Seine Gnaden ihre Hand in die seine nahm. Seine Augen waren jetzt nicht mehr kalt, sondern von einer überraschenden Wärme, und sein Lächeln war echt und dem seines Bruders sehr ähnlich.

»Ich heiße Euch in unserer Familie willkommen, Mylady«, sagte er in einem liebenswürdigen, fast herzlichen Ton. Als sie glaubte, ihm ihre Hand wieder entziehen zu müssen, um ihm noch einmal, wenn auch nur halbherzig, zu bekunden, wie sehr sie die Rolle, die er als ›Ehestifter‹ gespielt hatte, mißbilligte, hielt er diese fest und sagte lächelnd: »Ihr würdet eine großartige Herzogin abgegeben haben.« Und dann, an die Herzoginwitwe gewandt, die Clayton und dessen Braut mit einer gewissen Genugtuung und einem Gefühl innerer Befriedigung betrachtete: »Meint Ihr nicht auch, Großmutter?«

»Zweifellos«, erwiderte sie mit einem etwas schwankenden Lächeln und einem verwunderlichen feuchten Glanz in den Augen. »Oder glaubst du etwa, ich würde jemand Geringeren als Braut für Clayton ausgewählt haben?« Ihr Kinn ein wenig anhebend, richtete sie nun den Blick auf Salterdon und sagte hoheitsvoll: »Ihr seid natürlich als nächster dran. Und wenn es das Letzte ist, was ich auf Erden tue.«

»Niemals«, erwiderte er, wobei er den Arm seiner Großmutter unter seinen schob, »Gott soll mein Zeuge sein: Mit solchen Tricks werdet Ihr mich niemals unter die Haube bringen.«

»Wirklich nicht?« erwiderte sie, sah über die Schulter auf Miracle zurück und zwinkerte ihr lächelnd zu. »Wir werden sehen, mein lieber Junge. Wir werden sehen.«

Clayton legte dem Arm um Miracles Taille, beugte sich zu ihr hinunter, küßte sie auf den Mund und drückte ihr ein Stück Papier in die Hand. »Ein Geschenk meines Bruders«, sagte er. »Ein Friedensangebot sozusagen, falls du ihm noch immer mißtrauen solltest.«

Miracle sah auf das Papier, und das Herz klopfte ihr bis in den Hals hinauf, als sie las, was darauf stand.

»Trey hat mit seinem Vetter, König Georg, gesprochen. Er hat ihn darauf aufmerksam gemacht, was für ein schönes Hochzeitsgeschenk die Pferde doch für dich sein würden.«

»Sie gehören jetzt mir?« Sie lächelte. »Alle rechtmäßig, meine ich? Ich muß mir keine Sorgen mehr machen, daß ...«

»Nein. Du brauchst dir wegen gar nichts mehr irgendwelche Sorgen zu machen, Meri Mine. Nicht, solange du mich liebst.«

Da lehnte sie sich an ihn, um die Kraft und Wärme seines Körpers zu spüren, und seine Liebe schien sie einzuhüllen wie ein schützender Mantel.

»Du hast mich einmal gefragt, ob ich an Wunder glaube.« Er blickte ihr lächelnd in die strahlenden Augen. »Ich tat es nicht, bis ich einem Wunder begegnete – meiner Miracle –, die mich dazu brachte, immer an sie zu glauben.«

Da tanzte sie lachend von ihm weg, und als sie Ellie mit John einen Gartenweg herunterkommen sah, rief sie »Ellie! Paßt auf!« und warf ihr das Bukett mit den weißen Rosen zu, das diese überrascht auffing.

Dann hob Miracle ihre seidenen Röcke an und rannte den Pfad zu der von wildem Wein überwucherten Remise hinunter. Morgen wollten sie hinüber ins Herrenhaus ziehen, aber diese Nacht würden sie hier in der schlichten, heimeligen Atmosphäre des Kutscherhauses verbringen ... Und vielleicht würde sie Clay dann auch ihr Geheimnis ins Ohr flüstern – ihr gemeinsames Geheimnis, das sich bereits in ihr regte und das sie in wahrer, aufrichtiger Liebe empfangen hatte.

Band 12506

Barbara Cartland

Das Nein der Braut

Auf dem Tiefpunkt ihrer Verzweiflung widerfährt einer jungen Lady ein unerhofftes Glück.

Lady Athena Wade, Tochter des Marquis von Wadebridge, reist nach Griechenland, um den Prinzen von Parnassos zu heiraten. Doch sie fragt sich, wie sie einen Mann lieben soll, den sie nie gesehen hat. Als ihr Gerüchte über den lockeren Lebenswandel des Prinzen zu Ohren kommen, flieht sie völlig verzweifelt zum Heiligtum des Apollon in Delphi. Dort begegnet sie dem geheimnisvollen Orion, entbrennt in Liebe zu ihm – und verliert ihn wieder. Als sie zu allem Unglück auch noch in die Gewalt eines Banditen gerät, glaubt sie, die Götter hätten ihren Untergang beschlossen.

Band 12518

Maria Barrett

Jill

Eine Karrierefrau wird von schrecklichen Erinnerungen gequält und sinnt auf Rache

Als Direktorin einer renommierten Investmentbank in London befindet sich die strahlend schöne Jill Frazer auf dem Höhepunkt ihrer Karriere und wird von zahlreichen Verehrern umworben. Doch Jill verschließt sich vor der Liebe, weil sie eine grausige Kindheitserinnerung quält. Als kleines Mädchen mußte sie miterleben, wie ihre Mutter ermordet wurde, und auch ihr einziger Jugendfreund starb eines gewaltsamen Todes. Vom Verlangen nach Gerechtigkeit erfüllt, setzt sie ihre Karriere und die Liebe ihres Lebens aufs Spiel und geht eine gefährliche Allianz mit ihrem Todfeind ein...

BASTEI LÜBBE